KNAUR

KNAUR

Im Knaur Taschenbuch sind von der Autorin bereits erschienen:
Das Schokoladenmädchen
Der Kuss des Schokoladenmädchens
Die Muschelsammlerin
Die Meeresflüsterin

Über die Autorin:
Katryn Berlinger hat Literatur- und Musikwissenschaft studiert und in einem Schallplattenunternehmen in Hamburg gearbeitet. Einige Jahre später tauschte sie dann den Beruf gegen ihre Familie ein. Heute lebt und arbeitet sie als Schriftstellerin in Norddeutschland. Ihr Roman »Das Schokoladenmädchen« war ein großer Erfolg.

Katryn Berlinger

DAS GEHEIMNIS DER HERZKIRSCHEN

Roman

Knaur Taschenbuch Verlag

Besuchen Sie uns im Internet:
www.knaur.de

FSC
www.fsc.org
MIX
Papier aus verantwortungsvollen Quellen
FSC® C083411

Originalausgabe Mai 2013

Ein Unternehmen der Droemerschen Verlagsanstalt
Th. Knaur Nachf. GmbH & Co. KG, München

Redaktion: Ilse Wagner
Umschlaggestaltung: ZERO Werbeagentur, München
Umschlagabbildung: © Getty Images/Lena Granefelt;
© Getty Images/Maria Kallin
Satz: Adobe InDesign im Verlag
Druck und Bindung: CPI – Clausen & Bosse, Leck
Printed in Germany
ISBN 978-3-426-51262-3

2 4 5 3 1

Und hätte ich
die Stimmen der Welt,
nur die eine,
die der Liebe
nicht,
wäre ich ein Sandkorn
im Spiel der Winde.

* * * * *

»Ears can hear deeper than eyes can see.«

D. H. LAWRENCE, Die Saligen

KAPITEL I

1

Nacht im Hafen von Swakopmund,
Kolonie Deutsch-Südwestafrika,
Januar 1904

Er hatte ihr ein Geschenk versprochen. War es vor zehn Minuten, vor hundert Stunden gewesen? Agnes hatte den Klang seiner Stimme noch im Ohr, die ihr bis zu diesem Moment die Gewissheit gegeben hatte, Paul würde zu ihr zurückkehren. Eine Ewigkeit schien das her zu sein. Nervös glitt ihr Blick über Passagiere und Lastenträger, die von der Mole her mit Brandungsbooten am Schiff anlegten.

Paul aber war nicht unter ihnen.

Sie hörte, wie sich einige Männer darüber beschwerten, dass der Kaiser noch immer kein Geld bereitgestellt habe, damit Swakopmund einen richtigen Hafen bekäme. Denn in halb undichten Nussschalen an Bord eines Schiffes geschaukelt zu werden, sei eines deutschen Kolonisten unwürdig. Angestrengt starrte Agnes zur Mole. Das Unbehagen, das der Anblick der starken Brandungswellen in ihr auslöste, war nichts gegen die Angst, die sie um Paul empfand. Er hatte ihr keine Erklärung gegeben, woher dieser Dampfer kam und warum er nur wenige Stunden nach seiner Anlandung wieder in See stechen würde. Nein, keine Erklärung, aber die Versicherung seiner Liebe. Und deshalb hatte er sie schließlich davon überzeugen können, wie wichtig es sei, wenn sie noch heute Nacht die Kolonie verließen.

Wo aber blieb er?

Noch während des Festes hatte er sie an Bord gebracht. Sie waren sich schon länger über eine gemeinsame Abreise einig gewesen, hatten nur auf eine günstige Gelegenheit gehofft. Und jetzt war es so weit. Agnes versuchte, sich an Einzelheiten des Abends zu erinnern, doch in ihrem Inneren klang nur Pauls Stimme. Auf diesem Schiff, hatte er ihr versichert, würde niemand sie vermuten, und sie brauche keine Angst haben, verfolgt zu werden.

Wer aber, fragte sie sich, hätte sie verfolgen wollen? Sie hatte keine Feinde. Arthur, ihr Ehemann, wäre der Einzige, der Grund hätte, sie aufzuhalten. Doch er kannte die Wahrheit nicht. Und das, was er gesehen hatte, hatte ihm Anlass gegeben, Paul sogar dankbar zu sein. Schließlich sorgte Paul sich um ihre Sicherheit und nahm Arthur ein wenig von der Sorge um seine junge Ehefrau. Es war einfach nicht auszudenken, würde sie Opfer der aufständischen Herero werden. Denn Arthur, der mit Geist und Seele dem deutschen Kaiser ergeben war, hätte selbst den von einem Herero aufgewirbelten Staub auf ihren Stiefelspitzen als persönliche Kränkung empfunden.

Das war der eine Teil der Wahrheit. Vom anderen wusste Arthur nichts. Er ahnte nicht einmal, was sie in den letzten Wochen erlebt hatte.

Agnes' Herz krampfte sich zusammen, als sie sich dem Moment stellte, in dem sie mit Paul die gemeinsame Kabine betreten hatte. Ihm war eingefallen, dass er noch seinen Geschäftskoffer aus dem Hotel holen müsse. Wie selbstverständlich hatte er dem Kapitän ein Bündel Geldscheine in die Hand gedrückt, mit der eindringlichen Anweisung, erst abzulegen, wenn er wieder zurück sei.

Und schon in diesem Augenblick hatte sie die aufkeimende Angst, dass irgendetwas schieflaufen könne, verdrängt.

Sie erinnerte sich, dass der Kapitän, ein fettleibiger, x-beiniger Mann mit dröhnendem Bass, widerwillig zugestimmt hatte. Immer noch trieb er, Befehle bellend, die Mannschaften an, die erst schwere Gewehr- und Munitionskisten entladen hatten und nun leere Bier- und Weinfässer, riesige Schafwollgebinde und Tonnen voller afrikanischer Kunstgegenstände von den Brandungsbooten hinauf an Deck und hinab in den Bauch dieses Dampfers schleppten.

Von Minute zu Minute flößte ihr diese Karikatur eines Kapitäns mehr Furcht ein. Er hatte versprochen, auf Pauls Rückkehr zu warten. Noch konnte sie sich einreden, Pauls Geld besäße genügend Macht, dass alles gutgehen würde.

Warum aber kam er nicht endlich zurück? Was, um Himmels willen, war geschehen? Wer konnte es wagen, ihn aufzuhalten? Ihn, der das Meer so liebte wie die Steppe, die seine Heimat war. Der die wichtigsten Hafenstädte der Welt ebenso gut kannte wie die Eitelkeiten ihrer Regierenden.

Er war erst vor kurzem aus New York zurückgekehrt – und hatte die kaisertreu und national gesinnten Kolonialbeamten schockiert, weil er drei dunkelhäutige Männer mit seltsamen Instrumenten mitgebracht hatte. Nur, weil ihre Musik ihn so fasziniert hatte. Noch immer erschien es Agnes traumhaft, dass diese fremden Klänge ihr ganzes Sein von einem Atemzug auf den nächsten verändert hatten. Das eigentliche Wunder war jedoch, dass ausgerechnet dieser weltgewandte Mann, Paul Henrik Söder, sich in sie, die Ehefrau eines einfachen Schutztruppen-Feldwebels, verliebt hatte.

Ja, Paul hatte ihr ein Geschenk versprochen.

Agnes lauschte in sich hinein.

Ein Geschenk, das sie, wie er ihr versichert hatte, immer aneinander erinnern, für ewig miteinander verbinden würde. Noch über den Tod hinaus.

Und sie glaubte ihm.

Ein kühler Wind von Nordost blies feinen Wüstensand über die Reling. Er legte sich auf Agnes' Gesicht, erinnerte sie an die Schönheit einer rauhen Landschaft, an unendliche Weiten, an Farmen, zu denen einsame Köcherbäume den Weg markierten. Gegen ihre Tränen anblinzelnd, hob sie den Kopf und schaute einem niedrig fliegenden Schwarm Kapscharben nach, zuckte zusammen, als in der Nähe laut ein Brillenpinguin rief.

Nachtschwärze umhüllte die Hafenstadt, hatte längst den Ausblick auf die flache Küste mit ihren endlos langen Dünenketten und die Gebirgsschemen des Landesinneren verschluckt. Selbst die imposanten Gebäude des Kaiserlichen Bezirksgerichts und der Woermann-Schifffahrtslinie waren kaum noch zu erkennen. Nur der Leuchtturm unweit der Mole verbreitete ein hoffnungsvolles Licht.

Die Luft roch nach Meer, gegerbten Häuten, feuchtem Holz und einer eigenartigen kühlen Süße von Baumharz und kaltem Sand. Klar glitzerten die Sterne durch die Schwärze der Nacht. Unter ihr ertönte ein Rumpeln aus dem Bauch des Schiffes, als sei eine schwere Tonne umgefallen und hätte drei kleinere Tonnen mit sich gerissen. Die dumpfen Schläge erweckten wieder den Klang dieser leidenschaftlichen, rhythmischen Musik, die bereits in ihr ruhte wie ein zweites Herz, das nur darauf wartete, schlagen zu dürfen.

Rumba. Rumba hieß der Tanz, den Paul sie gelehrt hatte. Schritte, aufreizend langsam, dann wieder schnell, wiegender Hüftschwung, ohne Innehalten. Ein erotisches Spiel zwischen Mann und Frau, das sie nicht kannte, nie vom Leben erwartet hätte.

Und doch war es geschehen.

Agnes lehnte sich gegen die Bordwand, suchte nach dem Halt, der sie noch vor wenigen Stunden so glücklich gemacht hatte. Sie schloss die Augen, um noch einmal Pauls werbende Bewegungen zu spüren. Sanft hatte er sie geführt, ihr bedeutet, wie sie sich um ihn, von ihm fortdrehen solle. »Dime que no«, hatte er ihr zugeflüstert. »Sag mir ›nein‹.« Er war es, der sie erobern, sie umwerben wollte. Dabei hatten seine Augen geblitzt, und sie hatte das Gefühl gehabt, aus feuriger Seide zu bestehen, die Paul voller Begehren in ihren Bann zog.

Sie hatten sich auf den ersten Blick ineinander verliebt. Doch Paul hatte es verstanden, seine Sehnsucht geschickt zu verbergen. Am ersten Abend hatte er, der Etikette gehorchend, zunächst der Rangfolge nach die anwesenden Kolonialbeamten um die Erlaubnis eines Tanzes mit ihren Ehefrauen gebeten. Nachdem aber eine nach der anderen, teils aus Unvermögen, teils aus Schüchternheit, dankend abgelehnt hatte, war Paul schließlich mit einem eleganten Scherz auf Arthur zugetreten. Sie hatte ihrem Mann angesehen, wie er mit sich gekämpft hatte, weil er sich der ungewöhnlichen Beachtung durch einen weltgewandten Herrn durchaus bewusst war, sich aber schon im Voraus für das Unvermögen seiner jungen, unerfahrenen Ehefrau glaubte schämen zu müssen.

Wie schon so oft hatte Arthur sich in ihr getäuscht. Sie hatte es besser gewusst und ihm ihre Zuversicht mit einem bedeutungsvollen Blick zu verstehen gegeben. Da hatte Arthur sich, hochrot im Gesicht, von seinem Stuhl erhoben, vor Paul verbeugt und ihm für die außergewöhnliche Ehre gedankt.

Noch im gleichen Moment hatte sie Pauls dargebotenen Arm ergriffen – und Arthur vergessen. Schon bei der ersten Berührung wusste sie, dass sie und Paul füreinander geschaffen waren und sie diesen Tanz schnell lernen würde. Schneller, als jeder der erwartungsvollen Zuschauer es erwartet hätte, bewegten sich ihre Körper harmonisch im Takt der Musik. Trotzdem verstanden beide sich sofort darauf, nach außen hin Distanz zu wahren, um vor der Welt ihr stummes und doch so wortreiches Liebesgeflüster zu verbergen.

Wie mühelos hatten sie einander umtänzelt. Ihre Körper lockten und verzögerten die lustvolle Spannung, mal spielerisch streng, mal glutvoll gelassen.

Noch einmal glaubte Agnes, das Applaudieren der Gäste zu hören, erinnerte sich, dass Hauptmann Höchst, Arthurs Vorgesetzter, befremdet und zigaretterauchend auf die Terrasse hinausgetreten war.

Dem ersten Auftritt der fremden Musiker waren hitzige Gespräche über die Moral und Schändlichkeit dieser aufreizenden Klänge gefolgt. Agnes entsann sich, wie einer der Kolonialbeamten von primitiven »Urwaldtrommeln« sprach, die Sittlichkeit und Anstand einer christlichen Gesellschaft verletzen würden. Paul war daraufhin ans Klavier getreten, hatte, ungerührt von der Kritik, ein bekanntes Salonstück gespielt und nebenbei das Gespräch geschickt auf sein eigentliches Anliegen gelenkt. Überzeugend hatte er die günstigen Voraussetzungen der deutschen Farmer für sein Projekt hervorgehoben, zukünftige Profite in die rauchgeschwängerte Luft gemalt. Man brauche nur zuzugreifen. Agnes hörte noch deutlich die begeisterten Hochrufe des Farmers Martin Grevenstein auf den Kaiser, der als Erster Pauls Idee in die Tat umsetzen wollte und dem die »Negermusik« genauso gefiel wie Paul.

Und das war ihr beider Glück – und gleichzeitig Geheimnis, das sie vor Arthur hatten verbergen können.

In den Tagen danach hatte sie eine Nachricht erhalten, dass Martin Grevenstein ihr, Paul, den Musikern und einigen verschwiegenen Tanzbegeisterten eine leerstehende Scheune anbieten könnte, wo sie heimlich Rumba tanzen konnten. Offiziell hatte Grevenstein erklärt, nach der Augenoperation seiner Frau sei eine vernünftige Haushaltsführung ohne Agnes nicht mehr möglich. Natürlich war auch das nur die halbe Wahrheit. Zwar hatte sie wirklich im Grevensteinschen Haushalt mit angepackt, anschließend aber war sie zur Scheune hinübergeeilt, wo die anderen bereits tanzten.

Wie sehr hatte sie diese Stunden genossen.

Wie oft hatte sie sich klopfenden Herzens von Paul fortgedreht, um sich von ihm lodernd vor Sehnsucht zurückziehen zu lassen. »Du wirst mir nie einen Korb geben, Agnes, nicht?« Er hatte ihr im flackernden Licht der Lampions tief in die Augen gesehen. Seine Fingerkuppen setzten magische Punkte auf ihren Rücken, tänzelten, zogen sie an seinen Körper.

»Que sera, wer weiß«, hatte sie leise erwidert und wie beiläufig mit ihrem Mittelfinger sein Handgelenk gestreift. Lächelnd hatte er sie daraufhin um sich herumgelenkt. Sie tanzten im schwingenden Takt heißer, nach Weihrauch duftender Luftwirbel. Es war ein Ineinanderfließen intimster Gefühle. Kein Kampf, sondern unermüdliches Bejahen gegenseitigen Begehrens.

Das Gebrüll des Kapitäns riss Agnes aus ihren Gedanken. Neue Passagiere drängten auf das Schiff, heimreisende Kaufleute, Händler, zahlreiche deutsche Siedler mit ihren aufgeregten Kindern, Missionsschwestern in grauem Habit.

Gelangweilt machten sich die Schiffsjungen daran, die Strickleitern zu halten und nach den ausgestreckten Händen zu fassen. Schon wurde die erste Leiter eingeholt.

Wenig später bot sich die letzte Möglichkeit, in eines der Brandungsboote zu steigen, an Land zu gehen und nach Paul zu suchen. Hatte sie nicht schon viel zu lang hier gestanden und in Erinnerungen geschwelgt?

Und wenn Paul im allerletzten Augenblick auf das Schiff zuschwimmen würde? Agnes beugte sich über die Reling, bildete sich ein, kraftvolle Schwimmstöße, seinen Atem zu hören. Doch unter ihr schlug das Wasser nur kalt und gleichgültig gegen die Bordwand.

Der Kapitän schloss eine Luke, ohrfeigte einen Schiffsjungen und lief fluchend die Reling entlang, wobei er mit einem Stock gegen die Bordwand schlug. Hastig zerrten die Schiffsjungen unter hartem Scheppern die letzten Leitern an Deck, während im Schiffsinneren die Dampfturbinen anliefen und die Planken vibrieren ließen.

Eine nie gekannte Verzweiflung breitete sich in Agnes aus. Ihr war, als glitte sie auf fremden Füßen davon, fort von einer vertrauten Vergangenheit und zugleich fort von ihrer einzigen Hoffnung auf Glück.

Eine Träne nach der anderen lief ihr übers Gesicht. Ohnmächtig starrte sie in die Schwärze der Nacht, die den flachen Küstenstreifen unerbittlich einsog. Und wenn sie dies alles nur träumte? Vielleicht erlebte sie gerade ein Märchen? Ein Märchen, in dem die unglückliche Frau eines kaiserlichen Soldaten einen Prinzen trifft, der sie wach küsst und mit all ihren Sehnsüchten wieder allein lässt.

Doch anders als im Märchenbuch wollte dieses Märchen kein gutes Ende nehmen. Agnes stieß einen dumpfen Laut aus, umklammerte mit der einen Hand die Reling, ballte die andere zur Faust und presste sie auf ihre Lippen.

Der Schmerz, die große Liebe ihres Lebens gefunden und wieder verloren zu haben, raubte ihr fast den Verstand. Für kurze Momente tröstete sie sich mit der Vorstellung, gutmeinende Mächte hätten Paul wieder an den Platz seines Lebens zurückbeordert. Doch schließlich redete sie sich ein, dass sie gesündigt hatte. Dann war dies jetzt die Stunde, in der sie akzeptieren musste, von einem gerechten, aber grausamen Gott bestraft zu werden. Je weiter das Schiff sie in die dunkle Unendlichkeit des Atlantiks hinausführte, desto mehr glaubte sie, an diesem Schuldgefühl ersticken zu müssen. Und auch, wenn sie sich nicht eigentlich verantwortlich fühlte: Bald kam sie sich so tot und abgestorben vor wie die Viehhäute und Felle, Hörner und Straußenfedern, die der Bauch dieses Dampfschiffes vor Stunden noch verschlungen hatte.

Es war ihr Lebenstraum gewesen. Der Traum, zu tanzen und zu lieben.

In einem Anflug trotzigen Mutes beschloss sie, Arthur eines Tages die Wahrheit zu erzählen. Sie würde ihn bitten, ihr ihre Lüge zu verzeihen und ihr zu glauben, dass sie ihn nicht mit Paul betrogen hatte. Schließlich schuldete sie Arthur zu viel, mehr noch, sie musste einsehen, einer solch großen Liebe wie der zu Paul gar nicht würdig zu sein. So war es das Beste, heimzukehren und das alte Leben wieder aufzunehmen. Bestimmt würde Arthur zu Weihnachten seinen ersten Heimaturlaub erhalten. Und wenn sie erst ein Kind hätten …

Ein eigenartiges Erschauern durchfuhr sie, und sie fragte sich erschrocken, woher es kam. Irgendwo an Deck schlug eine Bordtür auf und entließ langgezogene Akkorde eines Schifferklaviers. Eine brüchige Männerstimme hob zu einer melancholischen Melodie an, brach sie ab und führte sie auf höherer Tonlage weiter.

Nein, sie würde ihn nie vergessen können.

Aber was blieb ihr? Auch, wenn sie ihn niemals wiedersehen dürfte, wuchs in ihr der Wunsch, zu erfahren, welcher Art Pauls Geschenk gewesen wäre, das sie beide über den Tod hinaus miteinander verbunden hätte.

Sie kehrte zu ihrer Kabine zurück. Ein Streifen fahlen Mondlichts durchschnitt die stickige, von Scheuerwasser und Schweiß getränkte Luft. Agnes starrte auf die Koje, tastete taumelnd nach einem Halt. Wie ein durchsichtiges Feenband bedeckte ein kleiner Lichtstreifen Pauls Koffer. Und in diesem Moment wurde ihr bewusst, dass sie einen Fehler gemacht hatte.

2

Schweden, auf der Insel Visingsö,
am Ufer des Vätternsees,
August 1978

Den ganzen Juli über war es trocken gewesen, Mitte August aber änderte sich das Wetter über Nacht. Es wurde schwül, dann setzte tagelanger Regen ein. Als er nachgelassen hatte, schwirrten Tausende von Mücken zwischen den Beeten und Hecken des Gartens, der sich bis an das Ufer des Sees erstreckte. Trotz ihres hohen Alters hörte Linnea das geisterhafte Sirren deutlich, ihre welke Haut jedoch spürte die Stiche kaum noch. Heute allerdings schienen die Schwärme sogar den Ausblick auf den geliebten See zu trüben. Trotzdem wusste Linnea, dass er glatt, wie ermattet, vor ihr ruhte … wie erkaltetes Glas. Sie musste nicht mehr alles sehen, und das war für eine alte Frau wie sie Trost genug. So würde sie auch niemanden darüber täuschen können, dass dies ihr letzter Sommer war. Schon jetzt war sie müde und fast zu schwach, das Telegramm unter ihren zittrigen Händen zu glätten.

Dessen einzige Zeile aber sah sie deutlich vor sich: *Das Kind ist da. Ein Mädchen.*

Ein Mädchen, murmelte sie vor sich hin. Ob es wohl eines Tages … *ihr* gleichen würde?

Linnea bildete sich ein, ein Mädchen in blütenweißem Kleid im flachen Wasser zu sehen. An seinen Ohren baumelten Pärchen reifer, blutroter Herzkirschen. Es winkte ihr zu, raffte sein Kleid und lief jauchzend an ihr vorbei. Zurück in den Obsthain.

Aber warum, fragte sie sich, war *dieses* Kind erst jetzt, kurz vor ihrem Tod, geboren worden? Warum nicht vor zwanzig Jahren? Einen kurzen Moment lang flammte Ärger in ihr auf. Aber natürlich war dies unsinnig. Gott hatte es eben so gewollt, und er würde auch diesem Kind seine Lebensaufgabe nicht ersparen. Was für sie zählte, war, dass das Mädchen überhaupt auf die Welt gekommen war.

Ein Entenpaar landete platschend am Ufer. Linnea beugte sich ein wenig vor, sank wieder zurück und stieß einen langen Seufzer aus. Wie gerne hätte sie jetzt mit der Mutter gesprochen. Und wäre es möglich gewesen, hätte sie *alle,* Verstorbene wie noch Lebende, um sich versammelt, um die Geburt dieses Kindes zu feiern.

Linnea seufzte wieder. Welche Kapriolen das Leben doch schlug. Mit einem Mal wurde ihr bewusst, wie sehr sie unter der Ohnmacht ihres hohen Alters litt. Selbst wenn sie in zehn Jahren ihren hundertsten Geburtstag erleben würde, wäre das Kind noch zu jung, um diese große Geschichte zu verstehen. Dabei hatte das Leben gerade sie Geduld gelehrt, Geduld, aber auch Nachsicht.

Gesichter glitten vor ihrem inneren Auge vorüber. Gesichter, die sie einmal vor langer Zeit geliebt hatte. Lebensfäden tauchten auf, gingen verloren, rissen ab. Sie hatte sie nicht zu dem Muster verweben können, das ihr gefallen hatte. Und wenn sie ehrlich war, war alles nur bei einer Papierzeichnung geblieben, und selbst diese war mit der Zeit verblasst.

Nur die Geburt des Kindes erinnerte sie wieder daran, dass Leben Hoffnung bedeuten konnte. Ob wohl wenigstens dieses Kind eines Tages als *Frau* glücklich werden würde?

Eine eigenartige Unruhe ergriff von ihr Besitz. Noch immer tanzten am Seeufer im Dunst die Mücken. Ihr Sirren war wie eine monotone Musik, die zu den blassen Bildern der Vergangenheit spielte. Mal näher, mal ferner klangen die Stimmen längst Verstorbener, glichen dem wechselhaften Gemurmel eines Gebirgsbaches. Linnea atmete flacher, hoffte, irgendein Wort zu verstehen, einen Satz. Vergeblich. Erst nach einer Weile stellte sie fest, dass das Einzige, was sie hörte, ihre eigene Stimme war: die Stimme ihrer Schuld.

An diesem See hatte sie einmal einem Menschen das Versprechen gegeben, ein Geheimnis zu hüten. Und hier hatte sie denselben Menschen betrogen.

Ein Geräusch ließ sie zusammenzucken. Plötzlich verspürte sie eine seltsame Angst. Vage ahnte sie, dass sie etwas mit der Geburt des Kindes zu tun hatte. Und je stärker diese Angst sie quälte wie ein falscher Akkord, desto deutlicher verspürte sie den Wunsch, etwas gegen sie zu tun. Am besten noch heute, dachte sie. Denn die Stunden waren gezählt, in denen ihr Verstand noch ungetrübt war. Linnea hüstelte und zog ihr kupferfarbenes Wolltuch über ihren Schoß. Dann blinzelte sie einem flatterigen Schemen nach, dessen *chräik*-Schreie sie daran erinnerten, dass der September nahte und die ersten Graureiher gen Süden zogen.

Gleich nachher würde sie telefonieren. Die Zeit war gekommen, dass sie endlich ihr Schweigen brach. Buchstäblich im letzten Moment würde sie den Schutt von Fehlern und Versagen beiseiteräumen. Noch war Zeit, ihrer Freundin endlich Abbitte zu leisten, um deren Erbe zu retten.

Linnea atmete auf, strich über das Telegramm. Ihr war schwindelig, gleichzeitig aber war sie erleichtert, dass sie endlich wusste, was sie zu tun hatte. Etwas blitzte vor ihrem Auge auf, gleichzeitig verspürte sie einen Stich im Kopf. Wollten die Mücken sie vertreiben? Als griffe sie ein Schwarm Glühwürmchen an, schreckte sie vor den vielen hellen Punkten zurück, die auf einmal vor ihr flirrten. Panik stieg in ihr auf, plötzlich wurde ihr eng um die Brust. Vielleicht ist es besser, dachte sie beunruhigt, wenn ich meinen Plan notiere …

Sie fingerte hastig einen Bleistiftstummel aus der Seitentasche ihres Kleides und stellte sich vor, was sie Agnes unbedingt sagen wollte.

Ich hole das Kind. Bringe es hierher. Sorge dich nicht. Sie wird …

Die Bleistiftspitze brach ab, dennoch vollendete Linnea den Satz, ohne zu merken, dass sie die letzten Worte nur ins Papier drückte.

Motorengeräusch schreckte sie auf. Ein weißes Boot schoss über den See, ließ Wellen ans Ufer schwappen. Dumpfe Taktschläge drangen an ihre Ohren.

Dieser Lärm, dachte sie halb benommen und wischte zittrig eine Haarsträhne von der Lippe. Hirnbetäubend. Der Rhythmus. Alles.

Sie versuchte, die Musik fortzuwischen, blinzelte, erinnerte sich daran, was sie jetzt unbedingt erledigen wollte. Ja, gleich würde sie Agnes anrufen. Auch, wenn es schon spät war. Gleich … wenn ihr Herz sich beruhigt hatte. Sie würde noch eine Weile sitzen bleiben und atmen. Einfach nur atmen.

War Nebel aufgezogen? Alles schien plötzlich so hell.

Sie musste die Augen schließen, dachte an das kleine Mädchen. Und wie von allein fügten sich ihre Finger zum Gebet zusammen.

3

Ostsee, Lübecker Bucht,
ein Landhaus,
Valentinstag, Februar 2012

»Und nun, wer fängt auf? Gleich fliegt er, mein Brautstrauß!« Simone, Isabels beste Freundin, stellte sich in Positur. Isabel schaute sie erwartungsvoll an. Doch das Gedränge um sie herum war so groß, dass eine Kübelpalme umstürzte und ein Mädchen mitriss, das offenbar noch immer Amy Winehouse verehrte. Vergeblich versuchte sie, ihr zum Bienenkorb hochgestecktes Haar zu schützen, doch ihre Frisur wurde von den peitschenden Palmblättern gründlich zerzaust. Ohrenbetäubendes Gelächter ertönte. Auch Isabel musste lachen. Dabei schob sich fast wie von allein der Rollstuhl mit ihrer Mutter Constanze vor und stieß mit der Fußstütze gegen die runden Waden von Mo, Isabels Lieblingsfeindin. Seit dem Abitur vor sechzehn Jahren hatten sie sich nicht mehr gesehen. Daher war Isabel überrascht gewesen, wie rundlich Mo geworden war. Bestimmt zwanzig Kilo mehr. Dabei hatte Mo einmal Stewardess werden wollen … Bestimmt hatte sie damals ihr Ziel erreicht, aber es war schwer vorstellbar, wie Mo heute, in enger Uniform und mit Hüftspeck, in einem überfüllten Flugzeug Getränke austeilte. Isabel hörte ihre Mutter hüsteln, und sie stellte sich vor, wie fantastisch es wäre, wenn Mo sich umdrehte und in Constanzes hasserfüllte Augen blickte …

Sie beugte sich vor, um zu sehen, wie Mo reagierte. Doch Mo tat, als hätte sie plötzlich Engel entdeckt, die um das Brautpaar flatterten. Isabel seufzte. Mo drehte sich nicht um, sondern zuckte mit den nackten Schultern, als wäre Staub von der Decke gerieselt. Mo behielt also die Nerven. Typisch, das war ihr auch damals gelungen, als sie zwei Jahre vor dem Abitur Isabels Vater verführt hatte. Constanze, geistig noch immer fit, hatte sie natürlich vorhin wiedererkannt und »Biest« vor sich hin gemurmelt. Zu gerne hätte Isabel gehört, was sich diese beiden Frauen, die ihr so sympathisch waren wie Nacktkatzen, sonst noch zu sagen hätten. Vielleicht würde es ja nachher eine Gelegenheit zu giftigen Bemerkungen geben. Dann nämlich, wenn sie, Isabel, Simones Brautstrauß auffangen würde.

Natürlich würden diese beiden ihr den Strauß nicht gönnen. Das war klar.

Sie winkte Simone zu, in der Hoffnung, ihre Freundin drehte sich in diesem Durcheinander so, dass sie, Isabel, den Brautstrauß auch bestimmt auffangen würde. Zu ihrem Ärger aber nutzte Simone in diesem Moment den Zwischenfall mit der umgestürzten Kübelpalme, um Falk, ihren Liebsten, leidenschaftlich zu küssen. Und auch wenn Isabel Simone ihr Glück gönnte, musste sie neidisch zur Seite gucken. Simone war innerhalb von zwei Jahren bereits die dritte Freundin, die es geschafft hatte, ihre große Liebe zum Traualtar zu führen. Nur sie, Isabel, war noch dabei, ihre Single-Tage zu zählen. Heute allerdings, da war sie sich sicher, würde Simone ihre Glücksfee sein. Außerdem war heute Valentinstag, und eine Hochzeit an diesem Tag musste auch ihr, Isabel, endlich einmal einen Wunsch erfüllen …

Sie seufzte, stellte sich auf die Zehenspitzen. Für einen Moment stützte sie sich auf den Griffen des Rollstuhls ihrer Mutter ab, um zwischen den Brautjungfern und deren fotografierenden Eltern Blickkontakt mit Simone aufzunehmen. Sie musste diesen Strauß bekommen. Unbedingt. Und Simone schien jetzt auch endlich dafür sorgen zu wollen, denn sie lächelte ihr verschwörerisch zu.

Was sollte da noch schiefgehen?

»Bitte sei so gut, Schatz, und nimm mir mal kurz Mama ab, ja?« Isabel zog ihren Freund Henning näher zu sich, der wieder einmal rauchte und so unbeteiligt tat, als besuche er eine Marionettenausstellung und keine Hochzeit.

Henning versuchte sich an einem Rauchkringel, hielt dann die Zigarette mit der Glut nach oben. »Muss das sein?«

»Das fragst du auch noch? Komm, jetzt tu nicht so. Ich weiß, dass Blumen nicht dein Ding sind, aber Simone wirft jetzt gleich den Brautstrauß. Und ich kann mir nicht vorstellen, dass du möchtest, dass ich das verpasse.«

»Verpassen sollst du es ja gar nicht.«

»Männer!« Sie schüttelte ihren Kopf, darauf bedacht, dass ihr Haar Hennings glühender Zigarette nicht zu nah kam. »Nein, ich meine natürlich, ich kann mir nicht vorstellen, dass du möchtest, dass ich den Strauß …«

»Okay, probier's. Attenzione, sie hebt den Arm.« Henning wechselte die Zigarette in die linke Hand und sah ihr direkt ins Gesicht.

»Du tust, als sei es dir egal, ob ich ihn auffange!« Verärgert riss Isabel Henning die Zigarette aus der Hand und warf sie in hohem Bogen in den nächstbesten Eiskübel.

»Aberglaube tut nicht gut. Höchstens an der Börse. Aber mach nur, doch wenn's dir nicht bekommt, will ich nicht schuld sein.«

»Mistkerl!«

»Tsss.« Er blies den Rauch zu einem weiteren Kringel über die Köpfe hinweg, grinste zufrieden und streckte lässig seinen Fuß nach dem Rollstuhl aus, um Isabels Mutter Constanze näher zu sich heranzuziehen. Isabel hätte ihn am liebsten geschüttelt, stattdessen spürte sie, wie sich ihr Hals verkrampfte, als sie sah, wie begeistert Simone jetzt ihren Strauß schwenkte.

»Mädels, Jungs, Verliebte und die es werden wollen: Achtung, Flug!«

Sieben unterwegs, fuhr es Isabel durch den Kopf … Rosen und Jasmin, rot und weiß, Sünde und Unschuld …

Sie streckte die Arme aus. Wie gut Simone werfen konnte! Genau ihre Richtung! Strahlend sprang sie hoch, doch im selben Moment schnellte Henning vor, als wollte er per Kopfball einen Freistoß verwandeln.

»Bist du verrückt?« Der Strauß entglitt ihren Händen und landete auf Mos Schulter, die ihn kreischend an sich presste. Mo! Isabel hätte ihr am liebsten jeden Rosendorn einzeln über die Arme gezogen.

Sie drehte sich zu Henning herum. »Sag, dass du komplett bescheuert bist. Dass du betrunken bist oder bankrott. Sag es!«

Sie war so wütend, dass der Absatz ihres linken Pumps drei Zentimeter im Rattanteppich versank. Immerhin hatte sie eine einzige Blüte packen können, aber es war keine Rose, sondern nur eine Jasminblüte.

»Ich hab es dir immer gesagt. Er findet immer eine andere. Du aber wirst keinen Besseren bekommen.«

Der Kommentar ihrer Mutter, der Mo den Hut vom Kopf gefegt hatte. Henning hob ihn auf und reichte ihn Isabel, die ihn mechanisch ihrer Mutter gab.

»Sorry, aber ich hatte gedacht, du hättest mich endlich verstanden.«

Noch so ein Satz. Diesmal aber von Henning, der wieder nicht sie ansah, sondern ihre Mutter, deren Greisinnenfinger ungeduldig um den Hut zappelten.

Isabel verspürte das Verlangen, ihr den Hut zu entreißen und über die Reifen ihres Rollstuhls zu zerren. Gleichzeitig hatte sie das Gefühl, als schwanke der Boden.

»Verstehst du endlich, Isabel?« Henning sah sie an, als müsse sie ihm auch noch dankbar dafür sein, wenn er ihr ihre Dummheit nachsähe.

»Ja, ja, verstehst du endlich.«

Sie konnte Henning nur nachäffen, während sie ihrer Mutter den Hut aufsetzte. Wenn sie doch bloß für immer schweigen würde, schoss es ihr durch den Kopf. Und diesmal blieb das Schuldgefühl aus, das sie sonst bei derartigen Gedanken hatte.

»Isabel!«

»Ja, Henning.« Aus den Augenwinkeln nahm sie wahr, wie Simone an ihrem Schleier nestelte und sie stirnrunzelnd beobachtete. »Du … hast damit angedeutet, dass Schluss ist, stimmt's? Ausgerechnet heute, am Hochzeitstag meiner besten Freundin. Ein guter Zeitpunkt, Henning, perfekt getimt. Mein Respekt. Das hätte ich dir wirklich nicht zugetraut.«

Henning schaute unbeteiligt über die Schar der Hochzeitsgäste hinweg. Er nestelte nach seinem Zigarettenetui, hielt inne und hob die Stimme, ohne Isabel anzusehen: »Ich frage mich, warum ihr Frauen immer behauptet, sensibel zu sein, wenn ihr nicht einmal die kleinsten Andeutungen von uns Männern begreift. Wenn ich nicht zurückrufe, heißt das nein. Wenn ich keine Lust habe, dich mit Ayurveda-Ölen einzuschmieren, heißt das nein. Wenn ich weder Salsa noch Tango noch sonst was mit dir tanzen will, heißt das nein. Wenn mir deine Fältchenkrisen egal sind, heißt das, verdammt noch mal, nein! Nein, da ist nichts mehr in mir, was dich braucht. Wie deutlich wollt ihr Frauen das noch haben? Liebe, verdammt, kann man nicht erzwingen.«

Den letzten Satz hatte er so laut gesprochen, dass die Mehrheit der Hochzeitsgäste sich zu ihnen umdrehte. Es wurde still, und als auf der beheizten Terrasse der Kellner den Korken einer Flasche Champagner knallen ließ, zuckte nicht nur Isabel zusammen.

»Henning hat recht. Und ich sag es nur ungern. Du musst und wirst es akzeptieren. In unserer Familie gibt es die große Liebe nicht. Das ist auch dein Schicksal.«

Die Stimme ihrer Mutter ließ Isabel frösteln. »Nein«, erwiderte sie, »es ist mein Fluch.« Sie hörte sich wie aus weiter Ferne sprechen, als hätte ihr eine fremde Seele das Wort auf die Lippen gelegt. Mit den Tränen kämpfend, schaute sie Henning nach, der sich beim Brautpaar entschuldigte und zur Garderobe eilte.

Endlich kam Simone auf sie zu und nahm sie in die Arme. »Unsinn, Isabel, was für ein Fluch denn? Du hast den Strauß zuerst berührt, nur das zählt. Vergiss das nie. Und ob Mo wirklich etwas von Hennings Manöver hat, sollte sie sich gut überlegen. Ich wäre mit so einem Ausgang nicht glücklich.«

»Klar, das wäre ja auch noch schöner.« Isabel tupfte sich die Tränen von den Wangen und löste sich von ihr. »Erst hat sie meinen Vater scharfgemacht … und jetzt soll sie mit ihrem nächsten Lover zum Traualtar? Tut mir leid, aber das wäre wohl wirklich ungerecht, oder?«

Simone nickte. »Ja, Isy, natürlich. Komm, ich hol dir ein Glas Champagner. Das muss jetzt sein. Überhaupt: Wir sollten es mit den Symbolen und Bräuchen auch nicht übertreiben.« Sie hob den Saum ihres Kleides und zwängte sich durch die dichte Menge zur Bar.

Isabel versuchte zu lächeln. Mo, die ihren Blick suchte, breitete zu ihrer Überraschung die Arme aus, als wolle sie sagen: Wie gewonnen, so zerronnen. Nimm's nicht so ernst, ist ja eh alles nur Einbildung. Isabel nickte ihr kurz zu, bemüht, sich ihre Erleichterung nicht allzu sehr anmerken zu lassen. Aber wenigstens triumphierte Mo nicht. Nachdem ihr Vater die Affäre mit ihr beendet hatte, war Mo lange Zeit allein geblieben. Und offensichtlich hatte sie in diesen Jahren andere moralische Maßstäbe für sich entdeckt.

Isabel schob den Rollstuhl mit ihrer Mutter in einem weiten Bogen auf die Terrasse. Die Bewegung linderte den nagenden Schmerz, den Hennings Demütigung ihr zugefügt hatte. Vor einer Woche noch hatte er sich vor ihr als Abteilungsleiter aufgespielt und ihr und zwei anderen Kollegen betriebsbedingt gekündigt: Das Hypothekengeschäft mit Privatkunden würde eingestellt. Die Nord-Hyp habe leere Kassen, alles käme jetzt auf den Prüfstand. Angeblich wisse er selbst nicht, ob er in einem halben Jahr noch dabei sei. Dabei verfügte Hennings Vater als erfolgreicher Anlageberater über beste Kontakte zu Bankern. Henning jedenfalls musste sich um die Finanzierung seines Lofts in der Hamburger Speicherstadt keine Sorgen machen. Derartige Nöte würde er nie haben. »Und heute nutzt dieser Mistkerl diese Bühne, um allen zu beweisen, dass er im Privatleben auch der Chef ist.«

»Was hast du gesagt? Sprich doch lauter.«

»Mama, das war für mich. Sei jetzt bitte still.« Vor Ärger stieß sie mit ihrem Bauch ein wenig härter gegen die Krempe des

Hutes. Constanze tat, als hätte sie einen Hustenanfall. »Du wirst sie nie … nie finden … keine Liebe. Nie. Ich … nicht.«

»Es reicht, Mutter«, erwiderte Isabel und berührte deren magere Schultern. »Ich habe es nicht vergessen.«

Vor gut einem Jahr aber hatte sie an die große Liebe geglaubt. Wie sehr hatte sie Henning für seine virile Selbstsicherheit bewundert. Darum, wie geschickt er tagsüber bei der Arbeit sein Verlangen verborgen, raffiniert mit Blicken und kleinen Gesten gespielt hatte, sobald sie allein waren. Seine Lust auf sie hatte Isabel lange Zeit mit Stolz und Vorfreude auf immer neue amouröse Abenteuer erfüllt. Nun aber war ihr von dieser Liebesgeschichte nichts als die Erkenntnis geblieben, der Eitelkeit eines selbstverliebten Machos zum Opfer gefallen zu sein.

Isabel roch an der Jasminblüte des Brautstraußes. Schließlich nahm sie Simone das Champagnerglas ab. »Danke dir. Ich könnte mir vorstellen, mich kopfüber in ein Gärfass zu stürzen, um mich darin aufzulösen.«

»Erst genießen.« Simone lachte und stieß mit ihr an. »Gewinne allem doch einmal eine positive Seite ab. Heute beginnt dein neues Leben. Zwar nicht so wie meines, aber diesen Macho bist du endlich los. Erstens habt ihr überhaupt nicht zueinander gepasst, und zweitens ist ein Mann, der so etwas tut, sowieso unmöglich.« Sie nahm Isabel die Blüte aus der Hand, küsste sie und ließ sie in Isabels Glas fallen. »Siehst du? Jetzt ist sie persönlich von der Braut geweiht. Damit wird sie dir Glück bringen.«

Isabel hob zweifelnd die Augenbrauen und beobachtete, wie sich um die Blüte Champagnerbläschen bildeten und nach oben perlten. Aber dann setzte sie das Glas an die Lippen und leerte es in einem Zug.

»Und? Gu-huut?« Simone grinste und legte den Arm um Isabels Taille.

»Wenn Trost so schmeckt, werde ich Henning bestimmt vergessen können – dafür dann aber bald völlig pleite sein.« Isabel lächelte eher gezwungen über ihren Scherz, weil er sie mit Schrecken daran erinnerte, dass sie etwas Wahres aussprach. Denn wenn sie in einem Monat arbeitslos war, würde sie sich trotz der Abfindung höchstens einen schlichten Prosecco vom Discounter leisten können.

Im Saal setzte Musik ein. Ein Walzer.

»Versprich mir, dass du bleibst, ja?« Simone hauchte ihr einen Kuss auf die Wange. »Und pass bitte auf deinen Glücksbringer auf.«

Isabel schob den Rollstuhl in die Nähe eines Pfeilers, der mit einer blütenverzierten Efeugirlande geschmückt war. Sie betätigte die Feststellbremse und überließ ihrer Mutter den freien Ausblick auf die Tanzfläche, auf der Simone mit ihrem Mann tanzte.

Ihr war schwindelig. Sie lehnte sich gegen den Pfeiler und schaute auf die Terrasse. Dort, wo der Palmenkübel umgefallen war, stand eine Gruppe rauchender junger Männer, die auf die Idee gekommen war, ihre Autoschlüssel zu vergleichen. Neben ihnen kniete ein Serviermädchen auf dem Boden und fegte wie in Zeitlupe Erdkrumen zusammen. Gebannt verfolgte Isabel ihre Handbewegungen. Für einen Moment vergaß sie Henning, die Hochzeit, ihre Mutter. Nur das Mädchen, das fegte, schien auf einmal wichtig. Tief in ihrem Herzen aber musste Isabel sich eingestehen, wie durcheinander sie in Wirklichkeit war. Am liebsten wäre sie nach einem kurzen Bad in der Ostsee so schnell wie möglich wieder zurück nach Hamburg gefahren.

4

Schweden, auf der Insel Visingsö, August 1978

Linnea schreckte hoch. Sie war etwas verwirrt und versuchte, sich zu erinnern, warum sie nicht in ihrem Lehnsessel und auf ihrer windgeschützten Veranda saß, sondern hier, unter den Birken, auf der alten Lärchenbank am Seeufer. Es wollte ihr nicht einfallen, zumal lautes Lachen und aufgeregte Stimmen es ihr erschwerten, einen klaren Gedanken zu fassen.

Sie rutschte zur Kante vor und drehte sich mühsam in Richtung Garten um. Weit oberhalb in der Nähe der knorrigen, verwachsenen Herzkirschenbäume bewegten sich helle Gestalten. Überrascht kniff sie ihre Augen zusammen, weil Britt, ihre Haushälterin, deren Tochter Inga mit Ehemann Styrger Sjöberg und ihren zwei Söhnen nun bereits mit schnellen Schritten den Gartenpfad zu ihr hinabeilten. Styrger trug hüftenge blaue Schlaghosen und Rüschenhemd, Britt trug Tracht, Inga dagegen ein orangefarbenes Minikleid mit weißen Tupfen.

Verständnislos schüttelte Linnea den Kopf. Sie empfand es als anstößig, dass heutzutage so viele junge Frauen halbnackt in der Öffentlichkeit herumliefen und junge Männer Rüschen trugen – und dies mit Hosen kombinierten, die den Eindruck erweckten, als ginge es nur noch darum, ihre Männlichkeit zur Schau zu stellen.

»Na, hast du auch die Krebse gut aufgepäppelt?«, rief Styrger ihr lachend zu. Wie Britt und Inga schleppte er eine karierte Reisetasche und einen Korb.

Du liebe Güte! *Kräftskiva*, das Krebsfest!

Daran hatte sie überhaupt nicht mehr gedacht. Und jetzt hatte sie sogar vergessen, ob sie überhaupt dazu eingeladen hatte. Linnea zog ihre Stirn so kraus, dass sie fürchtete, Kopfschmerzen zu bekommen. Wie konnte dies passieren? Wo sie dieses Fest doch seit ihrer Kindheit wie kein anderes liebte? Aber sie war eben neunzig Jahre alt ... neunzig! Trotzdem: War es nicht so, dass später auch alle Nachbarn kommen würden? Alle würden sie feiern wollen. Weil jeder wusste, dass ihre Edelkrebse zu den wenigen gehörten, die vor Jahrzehnten die große Krebspest überlebt hatten. Soweit Agnes sich erinnerte, war die Pest in Finnland ausgebrochen und hatte sich dann rasend schnell in ganz Europa bis nach Russland ausgebreitet. Als Ersatz hatte man resistente Krebse aus Amerika in die Gewässer gesetzt. Doch sie kannte niemanden, der diese dem köstlichen Geschmack ihrer echten schwedischen Krebse vorzog ...

Britt schwang zwei große, bis an den Rand gefüllte Körbe.

»Hier! Schau! Wir haben an alles gedacht! Hüte, Schürzen, Tischdecken, Brot, Bier, Käse. Und für dich haben wir einen ganz besonders guten Schnaps!«

Schnaps. In ihrem Alter. Das würde sie nicht überleben!

Linnea tastete nach einem Taschentuch. Dabei knisterte das Papier, auf dem ihre Hand, während sie schlief, geruht hatte. Das Telegramm. Das Kind. Jetzt fiel es ihr wieder ein. Sie hatte unbedingt etwas erledigen wollen. Doch bevor sie weiter nachdenken konnte, prallten Björn und Jan, dreizehn und neun Jahre alt, stürmisch gegen die Rückenlehne der Bank.

»Kinder, lasst Linnea am Leben!«

»Na klar doch, Mama! Aber heute ist Krebsfest!«

»Dürfen wir nachher mit Knut die Krebse holen?«

»Wenn euer Vater es erlaubt ...«

»Von mir aus.«

»Ja! Allein mit Knut! Das ist viel besser!«

Die Kinder rannten zweimal um die Bank. Was für eine Kraft sie hatten.

»Was hast du da, Tante Linnea?« Björn, der Ältere, neigte den Kopf zur Seite und blickte sie atemlos an. »Ist das eine Überraschung für uns?«

»Nein«, entfuhr es ihr heftig, »dass ihr immer gleich glaubt … nein.« Ihr Herzschlag kam für einen Moment ins Straucheln, doch es gelang ihr, das Telegramm in der Kleidertasche in Sicherheit zu bringen.

Björn indes hatte längst alles Interesse daran verloren. Er bückte sich, um seine Schuhe aufzuschnüren, und lief seinem Bruder hinterher, der unschlüssig neben einer Uferbirke stand und aufs Wasser guckte. Kurz entschlossen warf Björn Hemd und Hose auf einen Birkenzweig, streckte die Arme in die Luft und rief: »Komm, beeil dich! Wir schwimmen raus. Vielleicht finden wir eine Reuse voller Riesenkrebse!«

Da müsst ihr weit schwimmen, dachte Linnea. Aber Jungs wie ihr werdet es schaffen. Jungen kennen keine Angst. Sie schüttelte den Kopf. Wie kam sie darauf, zu glauben, dass Mädchen der Mut für so etwas fehlte? Warum? Sie schaute um sich. Sie sollte sich jetzt zusammenreißen und zeigen, wie sehr sie sich über diesen Besuch freute. Lächelnd ließ sie, während die Jungen in den See hinausschwammen, die Begrüßung der Erwachsenen über sich ergehen.

»Geht es dir gut, Linnea?« Britt nahm Linneas Hände und rieb sie ein wenig. Sie und Styrger hatten sich links hingesetzt, Inga rechts. »Du hast ja ganz kalte Hände. Sitzt du etwa schon lange hier, so allein? Hast wohl gar nicht damit gerechnet, dass wir kommen, stimmt's?«

Alle lachten.

»Nein, so vergesslich bin ich nun doch nicht. Macht euch nur lustig über mich. Aber schön, dass ihr mich nicht vergessen habt.«

Sie blinzelte und hoffte, die anderen würden ihr die Notlüge nicht ansehen. Styrger schlug die Knie aneinander. Inga nestelte nervös an ihrem BH. »Ich geh mal kurz rein, ich fürchte, ein Träger ist abgerissen.«

»Tu das.« Styrger drehte jetzt sogar seine Stiefelspitzen gegeneinander.

Linnea fragte sich, warum er seiner jungen Frau nicht nachging. Taten das junge Männer heutzutage nicht mehr?

»Und?« Britt tätschelte Linneas Wange. »Wie hast du die letzten Tage ohne mich erlebt?«

»Wunderbar. Du hast ja alles eingerichtet. Vor allem das Bett auf der Veranda. Ich hab so gut geschlafen. Und das viele Obst. Ich fürchte, es hat die Obstfliegen angelockt. Am besten, du kochst nachher noch ein Kompott.«

»Du liebe Güte, Linnea, hast du etwa vergessen zu essen? Ich seh schon, ich werd dich ab heute nicht mehr allein lassen. Drei Tage sind zu viel. Ich habe angenommen … ach was, ich hätte mich nicht darauf einlassen sollen. Du magst dich zwar gut fühlen, ich aber habe trotzdem ein schlechtes Gewissen.«

»Übertreib nicht, Britt. Du siehst doch: Ich bin noch sehr lebendig.«

»Umso besser, dass es heute Abend Krebse gibt. Ich werde dir ein paar edle Happen zurechtmachen.«

»Langsam, in meinem Alter schmeckt vieles nicht mehr. Selbst die Krebse nicht, fürchte ich. Mach mir lieber ein Glas Herzkirschen auf.« Sie lächelte.

Britt hob überrascht die Augenbrauen. »Bist du dir sicher? Deine kostbaren Kirschen? Erinnere dich, wir haben in diesem Jahr nur vier Gläser gefüllt.«

»Das weiß ich. Und wenn eines nicht reicht, mach noch eins auf. Ich möchte, dass heute alle etwas von ihnen haben. Und koch ein bisschen Grieß dazu, ja?« Sie tätschelte Britts Hand.

Britt zog erneut die Augenbrauen hoch und streckte ihre Beine aus. »Ich weiß nicht … wäre es nicht besser, du würdest dir deine

Kirschen für den Winter aufbewahren? Heute kommen noch mehr Gäste als sonst. Haben dir die Larssons nicht gesagt, dass ihre Kinder Freunde aus Stockholm mitbringen wollen? Sie studieren dort.«

»Egal, tu mir den Gefallen. Und stell die alten Gläser auf den Tisch, du weißt schon, meine ersten Gläser …«

»Die mit den Moosglöckchen-Blüten?«

»Ja, stell sie auf. Es ist schon richtig so. Und dann sollen ruhig alle kommen. Mir macht das nichts aus. Es ist schön, so viele junge Leute um sich zu haben.«

»Gut, dass du keine Einwände hast und dir der Trubel nichts ausmacht. Und es ist ja auch ein wunderschöner Tag. Hat dich etwa Knut, dein alter Verehrer, besucht?« Britt lachte und drückte kurz ihre Hand.

»Unsinn.« Linnea schluckte und bekam einen leichten Hustenanfall. »Heute Morgen kam in aller Herrgottsfrühe ein Postbote. Ich … ich hatte noch geschlafen.«

»Ein Postbote? Dann muss es wegen etwas Wichtigem gewesen sein, oder?« Styrger sah sie neugierig an.

Linnea biss sich auf die Zunge. Wie dumm von ihr. Wie konnte sie nur so leichtfertig losplappern. Nun aber war es zu spät. Dann soll es wohl so sein, dachte sie. Alles kommt, wie es bestimmt ist.

Trotzdem zauderte sie und überlegte, ob das, was sie empfand, wirklich wahrhaftig war. Wie um sich zu vergewissern, befühlte sie das Telegramm in ihrer Kleidertasche. Aber es gab keinen Zweifel.

»Das Kind ist da.« Sie lächelte, erfüllt von Stolz. »Ein Mädchen.«

»Ein Kind? Von wem?« Britt runzelte die Stirn. »Du hast nie davon erzählt, dass du Verwandte hast.«

»Ja, ich habe keine Verwandten. Keinen einzigen.« Sie nickte. Es stimmte, sie hatte nie jemandem die Wahrheit über ihr Leben erzählt. Erst jetzt wurde ihr deutlich, wie viel Kraft es sie gekostet hatte, so lange zu schweigen. Ihr entging nicht, wie Styrger einen

Blick mit Britt wechselte, der dieser signalisieren sollte, dass er sie für geistesschwach hielt, wenn sie erfreut von der Geburt eines Kindes berichtete.

Britt tätschelte ihr liebevoll, wenn auch etwas ungeduldig, den Unterarm. »Wie heißt es denn?«, fragte sie.

»Das Kind?« Linnea presste die Lippen zusammen. Aber es war vergeblich, ihr fiel kein Name ein. Es würde zur Mutter passen, dem armen Kind keinen Namen zu geben. O nein, sie durfte nicht so gehässig sein. Das war ungerecht. Zu ungerecht.

»Es ist noch nicht getauft«, beeilte sie sich zu antworten. »Aber ich muss sagen, ich wollte, es wäre jetzt hier bei mir. Ich hätte sie euch so gern gezeigt.«

Sie bemerkte, wie Britt Styrger anschaute und das Gesicht verzog. Jetzt hält auch sie mich für verrückt, durchfuhr es Linnea. Beide halten mich für eine schwachsinnige Greisin, die in ihrem letzten Sommer nach und nach den Verstand abgibt.

»Oh, diese Mücken!« Britt beugte sich ruckartig vor und schlug auf ihren Knöchel.

»Ein Blutfleck mehr.« Linnea sprach lauter als gewöhnlich, um Britt und Styrger zu beweisen, dass sie durchaus noch die Realität wahrnahm. »So, jetzt bringt mich ins Haus. Ich will sehen, was ihr mitgebracht habt. Und dann möchte ich mit jemandem telefonieren.«

Styrger nickte. »Natürlich. Mit der Mutter … dieses Kindes, nicht?« Er bemühte sich, nicht zu grinsen.

»Nein, Styrger, nicht mit der Mutter.« So entschlossen wie möglich entzog Linnea Britt ihre Hand. Was für einen einfältigen Schwiegersohn ihre Haushälterin doch hatte. Sie würde mal ein ernstes Wort mit ihr reden müssen … aber halt, jetzt war sie ungerecht. Woher sollte Styrger denn alles wissen? Schließlich war noch nicht einmal Britt im Bilde und konnte irgendetwas mit dieser Nachricht anfangen.

Nur eines war sicher. Britt kannte sie zu gut, um nicht mit dem Instinkt einer Frau zu erahnen, dass es eine Wahrheit hinter ihrem greisen Geplapper geben musste. Es war nur die Frage, ob Britt in der Lage sein würde, sie zu schützen …

Im Laufe des Spätnachmittags genoss es Linnea, zuzuschauen, wie Britt und Inga bunte Girlanden legten, Dutzende gelber Lampions mit Vollmondgesichtern im Garten aufhängten, Windlichter zwischen den Sträuchern aufstellten und schwedische Fähnchen an den Stuhllehnen befestigten. Dann trafen rasch hintereinander Nachbarn und Freunde ein. Jeder brachte etwas Selbstgemachtes für das Büfett mit: eingelegte Heringe, geräucherten Lachs, Würstchen und Fleischbällchen, Salate, Aufläufe, Käse, Brot, Bier und Schnaps. Sonst hätte man sehr viele Krebse essen müssen, um satt zu werden. Und so viele waren selbst von einem Mann wie Knut, Linneas altem Jugendfreund, nicht zu fangen.

Kurz nach Einbruch der Dunkelheit legte er mit seinem Boot an und lud ein paar Kinder ein, mit ihm und zwei weiteren Männern zu den Reusen hinauszurudern. Nach einer knappen Stunde kehrten sie mit Körben voller Krebse zurück. Die älteren Jungen machten sich den Spaß, sie mit Stöckchen zu reizen. Erst nachdem ein Krebs einem der Jungen in die Hand gezwickt hatte, ließen sie die Tiere in Ruhe.

In der Zwischenzeit hatten die Frauen Salzwasser mit Dillblüten zum Kochen gebracht. Die mutigsten von ihnen packten die ersten, sich krümmenden Exemplare und ließen sie ins siedende Wasser fallen. Nach nur wenigen Minuten landeten die Krebse tiefrot auf den Tischen. So ging es in einem fort, und so weit die Krebse auch ihre Scheren öffneten, es half ihnen nichts.

Alle Gäste trugen spitze Papierhütchen und bunte Schürzen. Sie scherzten miteinander, witzelten, wer als Schnellster diese oder jene Schere aufknacken konnte, oder wer es schaffte, das

Fleisch so aus dem Panzer zu lösen, dass möglichst wenig Saft über die Unterarme hinab in die Schürzen tropfte. Jedem schmeckte es, und es gab viel Gelächter, als eines der Kinder einen Panzer so ungestüm aufbrach, dass den Tischnachbarn warmes Seewasser ins Gesicht spritzte. Die Nacht war lau, und bald erklangen die ersten Schnapsgesänge.

Es rührte Linnea, wie sehr sich alle bemühten, keinen Abfall in ihrem Garten zu hinterlassen. Jeder achtete darauf, versehentlich herabgefallene Krebsschalen nicht zu zertreten. Und sobald sich die leeren Krebspanzer und ausgehöhlten Scheren in den Schüsseln türmten, verständigten sich die Frauen, wer von ihnen an der Reihe war, die Schüssel in einen vor dem Haus stehenden Eimer zu entleeren.

Ihre Krebse. Ihre Nachbarn, ihre Freunde. Ihre große, fröhliche und doch blutsferne Familie.

Nichtsdestotrotz – Linnea bildete sich ein, nie ein schöneres Fest erlebt zu haben.

Nach fünf Krebsen und drei Schnäpsen war sie noch bis kurz vor zehn Uhr bei ihnen geblieben, dann hatte sie Britt gebeten, sie zurück in ihr improvisiertes Bett auf der Veranda zu begleiten. Die Fenster waren weit geöffnet, so dass sie die Sterne wie ein engmaschiges Fischernetz am Himmel glitzern sah.

Wie schön das Alter sein konnte, wenn man nicht allein war.

Linnea lehnte sich in die Kissen zurück, ließ ihren Blick über die weißen Regale gleiten, auf denen sie vor langer Zeit einmal ihre schönsten Gläser und Vasen aufgestellt hatte. In diesem sanften Licht schien es, als tanzten die Muster an der Wand. Ihre rechte Hand zitterte, und sie bildete sich ein, den Pinsel fester halten zu müssen, damit ihr die Farben nicht verwischten.

Nach einer Weile beruhigte sie sich und genoss die Stimmen, selbst die ihr so fremde Musik, die die jungen Leute zwischen den Schnapsliedern mit ihren Kassettenrecordern abspielten. Sie hatte erreicht, was sie sich am Morgen vorgenommen hatte. Jetzt freute sie sich darauf, endlich von ihrem sich selbst auferlegten Schweigen Abschied nehmen zu können. Ganz gleich, was ein Jüngelchen wie Britts Schwiegersohn Styrger von ihr denken mochte.

Die Männer ihrer Generation waren einfach anders gewesen. Imposant, sich ihrer Stärken bewusst, entschieden, mutig, elegant.

Da drehte jemand die Lautstärke eines dieser schnell pulsierenden Popsongs hoch. Linnea setzte sich auf, lugte in den bunt erleuchteten Garten hinaus. Noch immer hockte die Mehrzahl der Gäste an den langen, mit Krebsschalen, Schüsseln und Brotresten übersäten Tischen. Und wie sie es geahnt hatte, tanzten ein paar junge Leute zwischen Buchsbaum, Asternrabatten und Mehlbeersträuchern.

Zufrieden schloss sie die Augen. Wie gut es diese Jugend hatte. Glücklich musste sein, wer sie genießen konnte. Als sie blinzelte, entdeckte sie zwei Falter, die inmitten eines zitternden Lichtflecks einander umkreisten.

Ja, zum Glück gehörte Licht.

Schatten waren der Tod.

5

Hamburg,
am Oberlauf der Alster,
März 2012

Simone schien tatsächlich recht zu behalten: Das Leben, das sie, Isabel, nun seit zwei Wochen in Atem hielt, war wirklich ein Neuanfang. Allerdings hätte Isabel sich nicht im Traum vorstellen können, an wie vielen banalen Dingen ihr dies bewusst werden sollte. Aber seit sie in diese Zweizimmerwohnung eingezogen war, geschahen täglich Dinge, die ihr früher nie passiert waren. An der Lage der Wohnung am oberen Alsterlauf konnte es nicht liegen, es sei denn, die Geister des in der Nähe gelegenen Ohlsdorfer Friedhofs machten dann und wann Ausflüge zu ihr.

So hatte die Heizung die Tücke, morgens für eine Stunde auszufallen, und wenn Isabel dann ihren alten Elektroheizkörper aktivierte, glühte dieser manchmal so heiß, dass er ihr beinahe die Handtücher versengte. Zudem sirrte ihr Föhn, seit er ihr auf die Fliesen gefallen war, so unheimlich, dass sie fürchtete, er bereite sich darauf vor, ihr überfallartig die Haare abzufackeln. Eigenartig war auch das Verhalten ihres Handys. Einen Tag, nachdem sie eingezogen war, verweigerte es sich seinem Akku. Ob es nun dreißig Minuten oder vier Stunden an der Steckdose hing: Nach einem Ladebalken war Schluss. Sie würde nicht umhinkönnen, sich in den nächsten Tagen ein neues zu kaufen.

Aber das war nicht alles. Auch die Orchideen, die ihr ihre Vormieterin in dunkelblauen Majolikatöpfen überlassen hatte, schienen mit ihr als Nachfolgerin nicht einverstanden zu sein. Auf Isabel wirkten sie, als litten sie unter Liebesentzug, zumindest wellten sich die Blüten an den plötzlich mager gewordenen Stengeln bedenklich.

Natürlich schlief sie auch schlecht. Sie hatte Alpträume von alten Bäumen, in deren Geäst sie irgendwo feststeckte, dann wieder rüttelte etwas undefinierbar Böses am Griff ihrer Tür, sog sie durch Türspalt und Schloss oder zerrte sie durch endlose Korridore.

Noch nicht einmal zum Stricken war sie gekommen, ein Hobby, das sie bei anderen immer belächelt hatte. Großmütter taten das oder Hausfrauen, aber doch nicht sie. Bis ihr eines Tages eine Kollegin mehrere Knäuel Merinowolle und Bambusstricknadeln geschenkt hatte. Stricken hätte ja auch mit Zählen zu tun, hatte sie gemeint, Masche aber beständig an Masche zu setzen, das würde ihr helfen, zur Ruhe zu kommen und Kredite, Zinssätze, Laufzeiten zu vergessen. Isabel hatte es versucht, wieder verworfen, erneut begonnen, einfache Muster ausprobiert, Foren besucht und voller Ungeduld komplizierte Anleitungen studiert. Sie wollte ihre kreisenden Gedanken zur Ruhe zwingen, die überdrehte Betriebsamkeit des Alltags von sich abschütteln. Nicht immer gelang es ihr. Das lag natürlich auch daran, dass sie ans Ganze dachte, nicht immer an den Moment …

Natürlich machte sich Simone über sie lustig, was sie sehr ärgerte. Aber sie würde ihr schon noch beweisen, dass sie keineswegs altbacken war. Im letzten Winter hatte sie nämlich aus dicker Wolle ein kurzes Wollkleid mit Zopfmuster begonnen. Noch fehlte der hohe U-Bootkragen, und die Overknee-Stulpen würde sie wohl im Sommer nachholen müssen, wenn Simone auf Hochzeitsreise war. In dieser Wohnung hatte sie ihre Strickarbeit allerdings erst ein einziges Mal in die Hände genommen. Schon nach einer halben Reihe war sie auf die Idee gekommen, nach dem Ergebnis ihres letzten Vorstellungsgesprächs zu fragen. Sie hatte ein gutes Gefühl gehabt. Umso heftiger erschütterte sie die Absage. Ob Henning seine Beziehungen hatte spielen lassen? Sie hatte jedenfalls ihre Strickarbeit hochgenommen, die Maschen bis zum Nadelende gedrückt und das Wollknäuel aufgespießt. Seitdem staubte die Wolle vor sich hin.

Erschrocken fuhr sie hoch. Eine Stichflamme schoss unter der Eisenpfanne hervor. Warum ausgerechnet jetzt? Hatte die Gasbrennerscheibe auch schon vorher schief aufgelegen?

»Ich zieh aus. Das mach ich nicht mehr mit!« Isabel drehte das Gas ab, angelte sich einen Topflappen und zog die Pfanne von der Gasstelle. Zwei Fetttropfen fielen auf die Bodenfliesen. »Ah, wenigstens eine natürliche Ursache. Und kein Grund, wieder Selbstgespräche zu führen.«

Beruhigt stellte sie die Pfanne auf einen Untersetzer und freute sich über das appetitlich geschmorte Gemüse: grüne und rote Paprika, Möhrchen in feine Streifen geschnitten, zwei Shiitakepilze, Schalotten. Dazu eine Handvoll frische Kräuter, Baguette aus dem Backofen und ein Glas Teroldego.

Dass trotz der eigenwilligen Tücken des Gasherdes wieder alles gut gelungen war, lag, davon war Isabel überzeugt, nicht an ihrer Kochkunst, sondern an dieser einzigartigen Gusseisenpfanne. Sie war ein Erbstück, schon ihre Mutter und deren Mutter hatten sie benutzt. Die Pfanne hatte auf Holzkohleherden und elektrischen Herdplatten funktioniert und nun also auch auf Gas. Zufrieden stellte Isabel fest, dass das Gemüse deswegen so *al dente* geblieben war, weil man mit Gas die Hitze einfach präzise dosieren konnte.

Sie legte sich etwas auf den Teller, schenkte sich ein Glas Wein ein … und verlor genau in diesem Moment ihren Appetit. Dabei hätte sie dringend etwas Warmes gebraucht. Zwar war heute die Heizung nicht ausgefallen, doch die Heizkörper blieben lauwarm. Sie hatte schon überlegt, ihre Mutter zu besuchen, nur um sich in deren gut geheizter Seniorenresidenz ein bisschen aufzuwärmen.

Sie gabelte ein grünes Paprikastück auf. Appetit kommt beim Essen, versuchte sie sich zu überreden, aber im nächsten Moment hörte sie sich mit einem Anflug von Bitterkeit auflachen. Ihre Mutter würde, wenn sie sie jetzt so sähe, die Lippen zusammenpressen und sich dabei räuspern wie ein Rabe. Das tat sie immer, wenn sie der Meinung war, ihre Tochter sei selbst beim Essen zimperlich. Wie oft musste Isabel an diesen Gesichtsausdruck denken – daran, was damit zum Ausdruck gebracht wurde: Ihre Mutter würde es ihr nie ins Gesicht sagen, Isabel aber genügte es, zu wissen, dass ihre Mutter sie für die weibliche Ausgabe eines männlichen Weicheis hielt.

Ohne dass sie es wollte, erinnerte Isabel sich an einen kalten Tag vor den Osterferien, an dem sie ihre Mutter von der Schule abgeholt hatte. Es war die Zeit, als eine Mitschülerin, deren Mutter im Elternbeirat mitarbeitete, ausgeplaudert hatte, dass ihre Mutter, die »Hammer-Bach«, in Wahrheit schon vierundsechzig Jahre alt sei und im nächsten Jahr, 1993, pensioniert werden würde. Sie, Isabel, war damals gerade fünfzehn Jahre alt gewesen und hatte ein Dreivierteljahr zuvor das Gymnasium gewechselt, weil sie es nicht mehr ertragen konnte, wegen ihrer Mutter ständig als Außenseiterin dazustehen. Nie hatte man ihr eine Zigarette angeboten, bewusst ihre Beiträge in der Gruppenarbeit unterdrückt, und beim Sport war sie immer bis zuletzt auf der Bank sitzen geblieben, wenn sich die Volleyballgruppen zusammenfanden.

Dabei hatte sie ihre Mutter immer glühend um ihr gutes Aussehen und dynamisches Wesen beneidet. Für Isabel war sie schlichtweg eine Heldin, die über die magische Energie verfügte, dem Alter und der Einsamkeit Kontra zu bieten.

Allerdings blieb es ihr bis heute ein Rätsel, warum ihre Mutter so lange gewartet hatte, um schwanger zu werden. Noch heute, also fast zwanzig Jahre später, spürte Isabel bei dieser Frage eine eigenartige Beklemmung. Hatte ihre Mutter gewartet, schwanger zu werden? Hatte sie sich überhaupt ein Kind gewünscht? Oder war ihre plötzliche Schwangerschaft mitten in den Wechseljahren ein Unfall gewesen? War sie, Isabel, das Produkt einer wie auch immer gearteten, hormonell fruchtbaren Hitzewallung?

Vielleicht hatte Constanze so verbissen gearbeitet, um sich nicht als älter werdendes Muttertier zu fühlen, sondern als durchsetzungsstarke Lehrerin, die jeder bewunderte.

Der Appetit kam tatsächlich mit dem Essen. Oder lag es am Teroldego? Auf jeden Fall hätte zum Gemüse frisches Ciabatta-Brot besser gepasst als das Nullachtfünfzehn-Baguette aus der Folie. Isabel pflückte den weichen Baguetteig von der braunen Kruste und tunkte ihn gedankenverloren in die Sauce, köstlich … wie ein Trost.

Also, da war der Tag vor den Osterferien.

Schneeflockenwirbel hatten den Siebziger-Jahre-Schulhof wieder einigermaßen verschönt. So jedenfalls waren Rutschstreifen, Kaugummiflecke und Kratzer auf den orange, braun und weiß gestrichenen Betonquadern nicht mehr zu sehen, die im Sommer zuvor zum Sitzen zwischen den eingezäunten Jungplatanen aufgestellt worden waren. Die Krokusse entlang des Maschendrahtzauns waren natürlich wie immer zertreten und hatten ausgesehen wie matschige Tuscheflecken auf schmuddeligem Papier. Mädchen in Leggings und viel zu kurzen Jäckchen waren frierend an ihr vorbeigehuscht, eine Gruppe Jungs ballte sich an der Ecke des Schulhofs um einen Typen mit Piratentuch um den Kopf, der türkischen Tabak verkaufte. Sie hatte zwei Klassenkameradinnen, die die Köpfe zusammensteckten, zugeschaut. Sie wusste, dass sie mit dem Problem kämpften, ob man sich nun rasieren müsse oder nicht. Ein Problem, das sie nicht hatte, denn ihre Mutter hätte es niemals geduldet, weil sie eine geradezu hysterische Abneigung gegenüber Messern, Rasierklingen und Nagelscheren hatte.

Trotzdem wollte sie, Isabel, mit einer der beiden, Isa, am Nachmittag telefonieren. Obwohl sie sich bereits im Unterricht fürs Kino verabredet hatten. Für *Schindlers Liste.*

Plötzlich war ihre Mutter aufgetaucht, ins Gespräch mit zwei sehr viel jüngeren Kolleginnen versunken. Sie war so schnell gelaufen, dass Isabel sich fragte, ob sie sie absichtlich übersehen oder sich nicht hatte ablenken lassen wollen. Dazu kam der Schmerz – oder war es Neid? – über das Äußere ihrer Mutter. Constanze hatte einfach fantastisch ausgesehen und ihr nicht unähnlicher sein können. Schlank und behende in ihren Bewegungen, das graue Haar raspelkurz, mit schwarzen Strähnchen im Nacken, enge Jeans, ein lässiger Trench mit hochgeschlagenem Kragen.

Sie hatten miteinander essen gehen wollen, doch als sie auf ihre Mutter zutrat, hatte diese abgewunken: »Müssen wir verschieben, du, tut mir leid. Vorhin ist uns eine Schülerin zusammengeklappt. Verdacht auf … na, du weißt schon. Wir wollen schnell in die Klinik, nachfragen …« Die jüngeren Kolleginnen mussten Isabel ihre Irritation angesehen haben, denn sie hatten verlegen gelächelt und natürlich gegenüber der »Hammer-Bach« den Mund nicht aufgekriegt. »Ich werde dich aber von der Klinik aus anrufen. Dann überlegen wir, was wir wie, wann und wo essen, okay?«

»Ja.«

»Ist was? Du guckst, als hätte ich dich zum Schneeessen eingeladen.« Ungeduldig zog ihre Mutter den Gürtel ihres Trenchs fester um ihre schmale Taille.

Sollte sie ihr in diesem Moment verraten, dass sie ihren Vater in der großen Pause mit Mo, dieser Schlampe, gesehen hatte? In einem Leihwagen, den er in der Seitenstraße, in der Nähe des neuen türkischen Dönerladens, geparkt hatte? Dass sie die Physikarbeit verhauen hatte? Dass sie jetzt furchtbare Angst hatte, ihre Eltern zu verlieren? Schließlich war es nur noch eine Frage von Stunden, bis diese Affäre (?) herauskommen würde.

»Mir ist nur kalt«, hatte sie geschwindelt, um dann bemüht selbstbewusst hinzuzufügen: »Verrate du mir aber doch mal, wie du es schaffst, auch bei solchem Wetter noch so toll auszusehen.«

Die Kolleginnen hatten wieder unsicher geschwiegen. Ihre Mutter aber hatte gelacht und den Kopf in den Nacken geworfen, als hätte nicht sie, Isabel, sondern der neue Rektor ihr geschmeichelt. Eine Augenweide sei sie für die Schule, ein Vorbild an Fitness für die Jüngeren. Schneeflocken stoben ihr aus dem Haar. Spielerisch drückte sie die Lippen aufeinander, so dass diese danach aussahen, als hätte sie gerade frisch Lipgloss aufgetan.

»Ach, Isy, Schatz, du und deine Komplimente. Sei nicht so kindisch. Versprich mir, dass wir nachher ein unterhaltsameres Thema haben, okay? Bis dahin übe noch ein bisschen. Wing Tsun, meine ich.«

Wing Tsun, chinesische Kampfkunst. Lange Jahre über war das die Leidenschaft ihrer Mutter gewesen. Methode statt Kraft. Noch etwas, wofür Isabel sie bewunderte. Sie hatte dann ebenfalls damit begonnen, aber es hatte ihr keinen Spaß gemacht. Vergeblich hatte sie sich einzureden versucht, wie wichtig es sei, an sich selbst zu arbeiten, damit man später für andere da sein könne, damit man beweglich genug bliebe, um wendig durchs Leben zu kommen.

Mache nie etwas nur mit Kraft. Das war der Grundsatz ihrer Mutter. Kraft ist Verschwendung von kostbarer Lebensenergie.

Verschwendung … War möglicherweise die Ehe ihrer Eltern deshalb gescheitert, weil ihre Mutter sogar die körperliche Liebe als Kraftverschwendung angesehen hatte? Ihren Vater würde sie nicht mehr fragen können, er hatte zwei Jahre nach der Affäre mit Mo Nierenkrebs bekommen und war innerhalb eines halben Jahres gestorben.

Isabel rührte die Gemüsereste in der Pfanne zu einem Häuflein zusammen und aß sie mit Appetit auf. Wenigstens war das Gemüse nicht verschwendet. Nach langer Zeit fühlte sie sich wieder einmal wohl. Sie stand auf, legte ein Cappuccino-Pad in die Maschine und setzte sich im Wohnzimmer an ihren PC. Als sie ihre Mails abrief, glaubte sie, ihren Augen nicht zu trauen. Vor wenigen Minuten, um 0:47 Uhr, hatte Simone ihr per iPad mitten aus einer überfüllten Studentenkneipe heraus geschrieben. Das, was sie ihr mitteilen wollte, war im Stakkatostil verfasst.

Simone war außer sich. Um Mitternacht habe Falks Professor nämlich den Grund für die Feier gelüftet: Die Einladung zu einem internationalen Kongress, bei dem Falk im Juni einen Vortrag über seine Forschungsergebnisse halten dürfe. Was also bedeutete, dass sie ihre Hochzeitsreise nach Namibia opfern oder verschieben müssten.

Ob Isabel Lust hätte, quasi als Ausgleich für Namibia, mit ihr Mitte Juni erst einmal nach Italien in die Berge zu fahren?

Isabel fragte sich verwundert, ob sie Simone nie etwas von ihrer Höhenangst erzählt hatte, und klickte auf den Antwort-Button. Im selben Moment klappte ihr angelehntes Kippfenster durch eine kräftige Regenböe auf. Die fast welken Orchideenblüten erzitterten. Isabel ging zum Fenster und öffnete es weit. Sie beugte sich vor und blickte zur Straße hinunter. Regen, Rinnsale, glänzender Asphalt, auf dem sich Lichter spiegelten. In einer riesigen Wasserlache auf der gegenüberliegenden Straßenseite rutschte soeben ein Roller aus. Ein roter Mini, der ihm gefolgt war, schaltete geräuschvoll einen Gang niedriger und fuhr in weitem Bogen an ihm vorbei, auf die Kreuzung zu. Wasser spritzte auf. Der Gegenverkehr hupte, die Ampel wechselte von Orange auf Rot. Der Rollerfahrer hob wütend seinen Arm und schleuderte seinen Helm gegen den Bordstein.

Isabel kehrte in die Küche zurück, öffnete den Kühlschrank, schob Eisbergsalat, Quarkschälchen und Parmesan beiseite und angelte nach dem letzten Schokoladenpudding. Aus dem Augenwinkel nahm sie etwas Helles wahr. Sie zog den Foliendeckel auf und drehte sich um.

Um eine der Gasbrennerscheiben flackerte eine hellblaue Flamme.

Sie sog die Luft ein. Sie war sich ganz sicher, vor dem Essen den Herd korrekt ausgeschaltet zu haben. Sie trat näher: Es war der falsche Schalter gewesen.

Sie stellte den Becher ab und wäre beinahe vor lauter Hast, den PC zu erreichen, auf dem Laminatboden ausgerutscht.

6

Jönköping, an der Südspitze des Vätternsees, August 1978

»Linnea Svensson ist also sanft entschlafen.« Erik Halland fuhr sich mit den Händen durch das Haar, wippte einen Moment lang auf seinem Ledersessel. »Ich muss sagen, ich bedauere es sehr, dass sie mir nicht alles erzählen konnte, was ihr auf der Seele lag. Sie wissen, dass Sie mich gestern angerufen hat?«

»Ja, natürlich. Styrger, ich meine, mein Schwiegersohn« – Britt wandte diesem ihren Kopf zu und lächelte – »hat ihr sogar ihren Lieblingssessel in den Garten vor das Wohnzimmerfenster gestellt, so dass sie mit Blick auf den See mit Ihnen sprechen konnte. Sie fühlte sich wohler so. Sie müssen wissen, Linnea hasste es, zu telefonieren.«

Styrger Sjöberg lachte auf. »Ja, stellen Sie sich einmal vor, sie verbat mir sogar, im Telefonbuch nachzuschlagen. Sie bestand darauf, nur die Nummer zu wählen, die sie selbst einmal vor langer Zeit aufgeschrieben hatte. Sie wissen schon, damals, als sie bei Ihrem Vater ihr Testament aufsetzen ließ. Natürlich hatte sie ihr Adressbuch verlegt. Es lag in einer uralten schwarzen Seidentasche, die sie in einer leeren Mehldose in der Küche versteckt hatte.« Er lachte gequält. »Verrückt, nicht?«

»Sie war ein bisschen abergläubisch, das ist alles«, warf Britt ein.

»Wahrscheinlich«, stimmte ihr der Anwalt zu und warf Styrger einen strengen Blick zu. »Alte Leute sind nun einmal so.« Er wandte sich Britt zu. »Es interessiert Sie sicher, warum ich Sie gebeten habe zu kommen, nicht?«

»Ja, ich meine, ich habe mich schon gefragt, warum Linnea darauf bestand, mit Ihnen zu sprechen.«

»Was sie mir gesagt hat, unterliegt der Schweigepflicht«, erwiderte der Anwalt und tippte auf die PC-Tastatur. »Für Sie ist anderes wichtig. Also, Linnea Svenssons Testament wurde am sechsten Juni 1973 beurkundet. Für Sie, Frau Björklund, wird sich« – er zögerte – »nichts ändern. Sie brauchen sich jedenfalls keine Sorgen zu machen.«

Britt atmete auf und lächelte. »Ah, das ist schön. Wissen Sie, wir haben uns immer gut verstanden. Linnea war eine besondere Frau, wie aus einer anderen Zeit. Mit anderen Ansichten und Geheimnissen. Aber ich habe sie nie bedrängt, mir von ihrem Leben zu erzählen. Obwohl es mich wirklich interessiert hätte. Zu schade, dass sie so rasch gestorben ist. Vielleicht hätte sie Ihnen ja ihre Lebensgeschichte anvertraut. Ob sie Teil des Testamentes ist?«

»Dazu darf ich Ihnen nichts sagen. Entschuldigen Sie einen Moment.« Der Anwalt drückte eine Taste auf der Gegensprechanlage und wechselte ein paar Worte mit seiner Sekretärin.

Britt öffnete ihre Handtasche, die sie die ganze Zeit über auf ihrem Schoß festgehalten hatte, und begann, nach etwas zu suchen.

Styrger legte unmissverständlich seine Hand auf ihre Finger. »Lass es, Britt. Es hat keinen Wert.«

Der Anwalt lehnte sich zurück. »Sollte Frau Svensson Schriftliches hinterlassen haben, das zu einer Änderung ihres Testaments Anlass gibt, sind Sie vom Gesetz her verpflichtet, mich darüber zu informieren, Frau Björklund.«

»Meine Schwiegermutter hat keine solchen Beweise, Herr Halland.« Styrger schlug die Beine übereinander. »Aber ich denke, sie hätte wohl ein Anrecht darauf, mehr zu erfahren. Schließlich war Frau Svensson für meine Schwiegermutter weit mehr als eine Arbeitgeberin. Das haben Sie ja gerade selbst von ihr gehört. Ich sehe nämlich die Gefahr, dass Sie einer Frau Glauben schenken könnten, die in den letzten Tagen ihres Lebens bereits sehr verwirrt war.«

Der Anwalt runzelte die Stirn, schaute auf die Dächer der Stadt, über den Hafen hinweg zum See. »Das werden wir sehen.«

»Was meinen Sie damit? Linnea Svensson ist tot. Sie war zum Schluss verrückt. Wir sollten sie ruhen lassen.« Styrger stand auf.

Britt warf ihm einen warnenden Blick zu und erhob sich ebenfalls. »Herr Halland?« Dabei trat sie so dicht an den Schreibtisch des Anwalts heran, dass ihre Handtasche gegen den PC-Bildschirm stieß.

Halland fuhr erschrocken herum und berührte den vibrierenden Bildschirm. »Bitte?«

»Es ist doch im Moment alles gesagt, nicht?« Britt schaute ihm in die Augen.

Er erhob sich. »Ja, ich denke schon. Mir lag nur daran, Sie wissen zu lassen, dass Sie sich keine Sorgen zu machen brauchen, Frau Björklund.« Er ging um den Tisch herum und streckte ihr die Hand entgegen.

»Danke.« Sie ergriff seine Hand, hielt sie einen Augenaufschlag länger fest. Überrascht hob er die Augenbrauen.

»Trotzdem«, fuhr Britt mit fester Stimme fort, »ist es furchtbar schade, dass Linnea gestorben ist, bevor sie ihre Lebensgeschichte erzählen konnte.«

»Es ist alles geregelt, Frau Björklund, machen Sie sich keine Sorgen.« Er wirkte ein wenig verunsichert.

»Da bin ich mir nicht so sicher, Herr Halland«, warf Styrger ein. Britt aber nickte dem Anwalt zu. Dieser deutete eine Verbeugung an und ging zur Tür, um sie zu öffnen. Aus dem Vorzimmer hörte man leise Radiomusik.

»Danke, dass Sie gekommen sind, Frau Björklund.«

»Gerne, es war ja wichtig, nicht?« Sie räusperte sich, denn ihre Stimme klang etwas belegt.

»Vielleicht sehen wir uns ja eines Tages wieder.« Styrger tippte gegen seine Stirn. »Glauben Sie mir, die Alte war längst verrückt.«

KAPITEL II

7

Pfelderer Tal,
Südtirol (Italien),
Juni 2012

Dreh dich mal um!«

Schwindelig vor Erschöpfung sah Isabel zu ihrer Freundin hoch. Simone hatte das schartige Joch schon bis knapp unterhalb des Gipfels erreicht und winkte. Isabel befand sich noch gut hundert Meter tiefer auf einem gerade mal fußbreiten Trampelpfad, linker Hand eine steil aufragende Bergwand, rechter Hand auf Armlänge ein schwindelerregender Abhang mit vereinzelten Geröllbrocken und Zirbelkiefern.

Isabel stöhnte, in der Hoffnung, Simone würde endlich einsehen, wie ihr zumute war. Denn sie schwitzte nicht nur, nein, ihr Puls raste, ihr Rücken schmerzte, und sie fragte sich, was sie hier verloren hatte. Zum wohl hundertsten Mal an diesem Morgen rückte sie ihren Rucksack zurecht und zerrte an den Tragriemen.

»Ich kann nicht mehr. Bin fix und fertig.«

Simone legte ihre Hände trichterförmig um ihren Mund: »Nun guck doch mal hinter dich! Es ist wahnsinnig schön!« Sie wischte sich mit dem Unterarm über die Stirn, zog ihre Wasserflasche hervor und wedelte Isabel ein weiteres Mal begeistert zu.

»Du hast es doch gleich geschafft! Nun stell dich nicht so an. Besser als langweiliges Joggen auf Asphalt ist es allemal, oder? Auf! Mach schon!«

Wieder ein Moment, in dem Isabel bereute, Simones Drängen nachgegeben zu haben. Sie hatte die Berge nie geliebt. Immer schon hatte sie geahnt, sie würden mehr von ihr fordern, als sie zu leisten imstande war. Frühes Aufstehen an freien Tagen, stramme Anstiege und frühes Schlafengehen: Welcher Großstadtmensch hatte schon Lust auf solche Quälereien? Sie war ein absolut untrainierter Büromensch, der in einer Situation wie jetzt einen Miniflaschenzug gebraucht hätte – weil sie keine Kraft mehr hatte, auch nur einen Fuß zu heben. Doch ihr war klar, dass sie es tun musste. Schließlich wollte sie hier nicht wie Ötzi vermodern. Mitten im Gebirge, mitten im Urlaub, knapp unterhalb eines Jochs, dem Übergang ins nächste Tal.

Isabel versuchte, sich auf ihren rechten Fuß zu konzentrieren. Die Hürde, die sie nehmen musste, war hoch. Eigentlich zu hoch. Denn sie musste, um weiterzukommen und um den Fuß auf den nächsten Halt zu setzen, ihr Bein hüfthoch anheben und dazu ihr rechtes Knie mit ihrem Körpergewicht belasten.

Hätte sie wenigstens in den letzten Wochen konsequent gejoggt, wenigstens eine Stunde am Abend! Aber sie hatte keine Lust, einfach keine Motivation gehabt. Denn ihren Schmerz über das, was passiert war, hatte sie lieber einem Internetforum anvertraut. Sie hatte sich alles von der Seele geschrieben, und es hatte ihr gutgetan. Allein Simone hatte sie gedrängt, endlich auch etwas für ihre körperliche Fitness zu tun. Mit dem Ergebnis, dass sie ihrer besten Freundin den Wunsch nicht abgeschlagen hatte, mit ihr nach Südtirol zu reisen.

Simone pfiff laut. »Isabel! Ich mach jetzt ein Foto von dir!«

»Bist du verrückt? Kommt gar nicht in Frage!«

»Ich schick's deinem Ex, damit er sieht, wie gut es uns geht!«

»Von wegen. Das ist ihm doch völlig egal!« Isabel fasste nach dem Stahlseil, das neben ihr an Haken im Fels befestigt war. Mit einem Aufschrei schwang sie in einem weiten Bogen nach hinten. Sie sah auf und bemerkte erst jetzt, dass einer der Befestigungshaken aus seiner Verankerung geglitten war. »Verdammt! Hilfe! Simone, ich stürze ab! Mensch, ich kann nicht mehr!«

»Durchatmen. Das ist nur der Schreck. Schön festhalten und, Achtung, jetzt lachen!«

Isabel wandte ihren Kopf und sah, wie Simone, die Beine fest ins Geröll gestemmt, mit wehenden Hemdzipfeln, ihren Camcorder auf sie ausrichtete. »Das ist eine Superszene geworden! Du bist ganz glatt im Gesicht, Isabel! Zwar ein bisschen blass, aber doch schon total erholt!«

»Wer das sagt, ist ein Sadist, keine Freundin.« Isabel zog sich ein Stück weiter hoch. Dabei hatte sie das Gefühl, als hätte sie einen Zementsack auf den Schultern, der sie erbarmungslos nach unten zerrte. »Du, wenn ich das hier überlebe. Warte ab. Meine Rache wird furchtbar sein.« Grimmig schüttelte sie den Kopf, blinzelte zu Simone auf. »Himmel, kannst du nicht mal aufhören zu filmen?«

»Wieso? Eine Superszene mehr. Und dann dein Monolog. Auf dem Display sieht man geradezu, wie du von Sekunde zu Sekunde Kalorien verbrennst. Komm, du hast es gleich. Dann geht es nur noch bergab! Denk an später. Kaiserschmarrn, Apfelschorle, Rotwein, Kaminwurzen, Minestrone.«

»Erst werde ich dich auf diesem verflixten Joch erwürgen!«

»Ja, mehr! Toll, wie deine Augen blitzen! Wie Bergkristalle!«

»Warte!«

»Tu ich doch. Und wie du gerade lächelst … zum Verlieben.«

Isabel mobilisierte ihre letzten Reserven und stemmte sich auf eine zehennagelgroße, feste Gesteinsstelle. Während sie sich weiter am Stahlseil längs der Bergwand entlanghangelte, rann

Schweiß in ihre Augen, und ihr T-Shirt fühlte sich am Rücken an, als sei es mit glühend heißem Sirup am Rucksack festgeklebt.

Simone pfiff anerkennend. »Gratuliere! Meinen herzlichen Glückwunsch. Das erste echte Joch deines Lebens. Aber jetzt dreh dich wirklich mal um! Schau dir dieses Panorama an!«

»Stimmt.«

Völlig außer Atem, aber trotzdem überwältigt von der Aussicht, hielt Isabel die Luft an. Ein Meer hellgrauer und weißer Wolken quoll aus dem Tal hinter ihnen empor. Es sah aus, als würde der blaue Himmel über ihnen riesige flauschige Schafe in die Höhe ziehen. Es war so schön, dass Isabel spontan das Verlangen überfiel, sich in dieses Wolkenbett hineinzustürzen, um endlich, endlich ausruhen zu können. Es würde weich und ein bisschen kühl sein … kühl wie eine leichte Meeresbrise.

Wind strich über ihr erhitztes Gesicht. Für einen kurzen Moment schloss sie die Augen, hörte ihren Herzschlag, spürte, wie er sich beruhigte und sie wieder tief durchatmen konnte. Sie wischte sich übers Gesicht und stellte erstaunt fest, dass die Wolken in diesen wenigen Minuten weiter aufgestiegen waren.

Von irgendwo hörte sie leichten Steinschlag.

Gerne hätte sie jetzt etwas Wasser getrunken, musste aber feststellen, dass sie beim Anstieg bereits zu viel verbraucht hatte. Und so suchte sie nach dem einzigen Kräuterbonbon, den sie am Abend zuvor nachlässig in eine Tasche ihrer Wanderhose geschoben hatte.

Währenddessen frischte der Wind auf, wurde kälter, während die aufsteigenden Wolken sich um sie herum ausbreiteten.

»So, weiter im Takt?«

»Ja, in Ordnung. Von mir aus.«

Simone steckte die Kamera ins Seitennetz ihres Rucksacks und marschierte los. Isabel wartete einen Augenblick, dann trat auch sie auf den Pfad. So schmal und steil er war, irgendwie war jetzt alles anders und die Anstrengungen des Aufstiegs vergessen.

Plötzlich hörte sie ein eigenartiges Rauschen hinter sich, dann ein Poltern von Steinen und lautes Keuchen. Und ehe sie es sich versah, prallte etwas Schweres gegen sie und riss sie ein Stück abwärts. Sie hörte sich schreien, versuchte, ihren Kopf mit einem Arm zu schützen, und prallte gegen Fels. Sie sah auf und entdeckte eine Gruppe Mountainbiker bergabwärts rasen, als seien sie metallene Gemsen auf der Flucht vor motorisierten Hochgebirgsjägern.

Der Typ in kurzen engen Hosen und knallbuntem Oberteil neben ihr rappelte sich auf, kroch auf sie zu, ohne darauf zu achten, dass ihre Jacke sich in seinen Speichen verfangen hatte. Sie sah nur sein Kinn und seine Hände, die vorsichtig ihren Nacken berührten.

»Scusi, signora, scusi, 'tschuldigung. O Mann, tut mir wahnsinnig leid, ehrlich. Können Sie mich verstehen? Sind Sie verletzt?« Sie hielt die Augen geschlossen. Ein Wasserfall kühlender, beruhigender Fürsorge. Dabei brannte ihr Ellbogen höllisch. »Hallo? Signora? Hören Sie mich?« Sie hörte ihn keuchen. Sein Atem strich über ihr schweißnasses Gesicht. Dann knisterte etwas. Sie schlug die Augen auf.

»Endlich, Gott sei Dank.« Er atmete tief auf. Sanfte blaue Augen, markantes Gesicht, dunkle, verstaubte Augenbrauen. Isabel blinzelte. Hätte sie sich vorstellen können, dass es im Hochgebirge solch feine Sandkörnchen gibt?

»Tut verdammt weh.« Sie tastete nach ihrem Ellbogen, der schmerzte, und versuchte zu verdrängen, wie gut dieser verrückte Biker ihr gefiel. »Können Sie denn nicht aufpassen?«

»Liegt an den Wolken« – er suchte nach Worten – »wir … ich hab eine Sekunde falsch geschaut … das Panorama eben. Es tut mir wirklich leid. Eine halbe Sekunde Unaufmerksamkeit … schon waren Sie völlig unsichtbar.« Er rückte seinen Helm zurecht.

Erst jetzt bemerkte Isabel, dass er über der Schläfe blutete. Ohne Helm, fuhr es ihr durch den Kopf, wäre es mindestens auf Bewusstlosigkeit hinausgelaufen. Sie schaute dem Biker über die Schulter. Nur eine Armeslänge hinter dem Felsstück, das ihren Sturz gebremst hatte, fiel der Hang steil in die Tiefe ab. Gewaltige, vom Gipfel abgesprengte Gesteinsblöcke waren darauf verstreut, dazwischen wuchsen verkrüppelte Kiefern und Alpenrosen. Wären sie weiter abgestürzt, hätten sie sich schwerste Verletzungen zuziehen können. Der Biker musste also das Felsstück noch kurz vor dem Zusammenstoß angepeilt haben, er hatte sie ja sofort an sich gepresst. Trotzdem konnte Isabel es kaum fassen, dass er wirklich das Risiko einer eigenen Kopfverletzung eingegangen war, nur um sie zu schützen.

»Darf ich mal?« Vorsichtig berührte er ihren Ellbogen. »Würden Sie mal probieren, ob Sie Ihren Arm strecken können?«

Sie konnte. Er atmete tief durch, lächelte sie an. »Das ist schon mal sehr gut, keine Fraktur. Und die Hand?« Er strich mit dem Finger sanft über ihr Handgelenk. »Es schwillt nicht an.« Er hob die Augenbrauen, nickte ihr auffordernd zu. Sie verstand und bewegte ihre Hand auf und ab.

»Super, kein Speichenbruch, da haben wir beide noch einmal Glück gehabt.« Erleichtert half er ihr auf.

Sie hörte Simone rufen, winkte ihr mit dem unverletzten Arm zu, ärgerte sich aber, dass sie schon wieder filmte. Sie wandte ihren Blick ab und schaute dem Biker in die Augen. »Sie bluten ja«, hörte sie sich sagen und beeilte sich, hinzuzufügen: »Wie verrückt muss man eigentlich sein, da fahren zu wollen, wo andere Leute kaum gehen können?«

Er lächelte, so dass Isabel die Weichheit seiner Lippen zu spüren glaubte.

»Sehr verrückt.« Er besah sich ihren Ellbogen und kroch auf die Satteltasche seines Bikes zu, um ein Erste-Hilfe-Päckchen herauszuziehen. Dabei warf er rasch einen Blick auf seine Uhr. »Mein heutiges Rennen hab ich schon verloren.« Er besprühte ihre Wunde mit Desinfektionsspray und versorgte sie mit einem breiten Pflaster. »Genau gesagt, muss ich jetzt sechsdreiviertel Minuten aufholen.«

Sie setzte sich auf, schaute ihn an, wartete. »Sieben Minuten, nein, sieben fünfzehn, stimmt's? Da haben Sie aber Pech. Und dazu die lauernden Gefahren in den Wolken, das tut mir alles sehr leid.«

Einen Augenblick hatte sie den Eindruck, einen Anflug von Ärger in seinem Gesicht zu erkennen. Lag es an ihrem Spott oder daran, dass er Zeit verloren hatte?

»Sie kommen aus dem Norden, nicht?« Er hob sein Bike hoch und schwang sich mit einem strafenden Blick auf ihre Füße in den Sattel. »Sie tragen die falschen Stiefel. Mit denen da können Sie bei Tauwetter über die Alsterwiese stapfen. Hier brauchen Sie BC.«

Isabel glaubte, ihren Ohren nicht zu trauen, und stemmte sich hoch. »Sie wollen doch wohl nicht mir die Schuld geben?« Sie ignorierte seinen flüchtigen Blick, in dem sie einen Anflug von Besorgnis zu erkennen glaubte.

»Nein, sorry. Aber passen Sie auf sich auf. Ob mit oder ohne Wolken.« Er richtete sich im Sattel auf und rieb rasch hintereinander seine Handgelenke, als seien sie Pleuelstangen, die ihn aus einer peinlich gewordenen Situation hinauskatapultieren sollten.

»Wollen Sie damit andeuten, ich müsse jetzt für den Rest meines Urlaubs ständig mit Leuten wie Ihnen rechnen, die komplett ignorieren, dass Räder für die Straße und nicht fürs Gebirge erfunden wurden?« Sie zog ihre Stirn kraus.

»Wenn Sie so wollen, ja. Aber solange Sie dabei nicht an Idioten wie mich denken, soll es mir recht sein.«

»Das wäre ja noch schöner. Eine Begegnung reicht mir völlig.«

Er räusperte sich. »Mein Rat. Was für uns Biker das Bike, gilt für Ihre Stiefel. Es reicht nicht, den halben Tag tapfer durchs Gebirge zu stapfen, ohne hinzufallen. Hier« – er beugte sich vor und klopfte gegen den Vorderreifen – »das Profil muss stimmen. Sonst reißt Sie eine Handvoll Steine auf die Nase. BC! Hochalpin!«

»Geil. Danke für den Tipp. Soll also heißen, hätte ich das richtige Profil gehabt, hätten Sie mich nicht beinah in den Abgrund gerissen?«

»Sie wären stehen geblieben wie eine Eins.« Er lachte. »Und ich hätte eine elegante Kurve um Sie herumfahren können. Aber nein, natürlich. Sie haben vollkommen recht.« Er räusperte sich und rückte seinen Helm zurecht. Dabei fiel ihr auf, dass er es mit geschickten Bewegungen seiner schlanken Hände vermied, die Wunde an seiner Stirn zu berühren. Entweder war er zu verlegen, höllisch eitel, oder er wollte schlichtweg zeigen, was für ein tapferer Kerl er war.

Isabel fragte sich, wie er sein mochte, wenn er geduscht hatte und über den Spiegel gebeugt seine Wunde betrachtete? Wehleidig? Energisch? Unwillkürlich musste sie kurz auflachen. Sie warf einen Blick auf ihre Armbanduhr. »Rückstand, elfeinhalb Minuten.«

Eigenartigerweise lächelte er eine Spur entspannter als zuvor. Er neigte seinen Kopf zur Seite und musterte Isabel. »Streiten Sie eigentlich gerne?«

»Und Sie? Mir scheint, Sie mögen es, andere Leute auf Tauglichkeit zu testen.«

»Andere Leute«, murmelte er und blinzelte gedankenverloren. Isabel folgte seinem Blick. Das durfte doch nicht wahr sein. Simone filmte noch immer. Diese Aufnahmen, schwor sich Isabel, würde sie am Abend sofort löschen. Komplett. Auf Nimmerwiedersehen.

Zu ihrer Überraschung reichte er ihr die Hand. »Julian Niklas Roth. War mir eine … schmerzliche Freude, Sie kennengelernt zu haben.« Er wartete, hoffte, sie würde sich ihm ebenfalls vorstellen. Isabel erwiderte seinen Händedruck. Ein warmer Schauer kroch über ihren Arm den Rücken hinab und nistete sich lauernd unterhalb ihres Nabels ein. Ein völlig unangebrachtes Gefühl.

Beklommen schwieg sie.

Ruhig, scheinbar gelassen, ließ er ihre Hand los und fügte mit tiefer Stimme hinzu: »Dann alles Gute und noch einen schönen Urlaub.«

»Gleichfalls. Danke.« Ihr war, als hätte sie Staub geschluckt.

Mit geschickten Schlenkern und kraftvollen Sprüngen fegte er auf seinem Mountainbike talwärts davon. Kleinere Steine rollten zu ihr herab. Simone kam auf sie zu.

»Isy, sorry, es tut mir leid. Es ging alles so schnell.« Sie half Isabel auf. »Ich war gerade dabei, die Wolken zu filmen, als ich das Poltern und Rauschen hörte. Ich hab nur noch gezoomt, um genau zu sehen, was los war. Tja, und dann sah ich auch schon, wie er auf dich zukroch und sich über dich beugte.« Sie berührte Isabels Unterarm, warf einen Blick auf das Pflaster. »Nett von ihm. Hat er sich wenigstens entschuldigt?«

»Natürlich, sogar zweisprachig.«

»Ein Südtiroler also.«

»Nein, hochdeutsch wie wir. Sogar sehr hochdeutsch.« Isabel hob bedeutungsvoll die Augenbrauen.

»Ein Hannoveraner? Aus der niedersächsischen Tiefebene?«

»Schlimmer. Ein Hamburger. Er meinte nämlich, mit meinen Stiefeln könne ich besser über die Alsterwiesen laufen als durchs Gebirge.«

»Ach so, einer von denen, die anderen die Schuld geben, wenn was schiefläuft.« Simone schüttelte verärgert den Kopf. »Natürlich, BC-Sohle wäre optimal fürs Hochalpine, aber mit denen da kommst du auch durch. Solange dir nicht ein zweites Mal so ein Bergmacho in die Quere kommt.«

»Das will ich nicht hoffen. Es sei denn …« Die beiden Freundinnen tauschten einen langen Blick.

»Es sei denn«, wiederholte Isabel und stöhnte gespielt auf, »er ist Banker …«

»… und deine Bewerbung liegt bei ihm auf dem Tisch«, vollendete Simone lachend den Satz. Isabel wandte sich zur Seite, um einem Schwarm Dohlen nachzusehen, die unterhalb des Gipfels von einem Felsvorsprung aufstoben. »Ich bin nicht in die Berge gefahren, um an Henning erinnert zu werden.«

»Nein, natürlich nicht.« Mitfühlend legte Simone ihr die Hand um die Schulter. »Komm, vergiss es. Tut's denn sehr weh? Soll ich dir den Rucksack abnehmen?«

Isabel winkelte die Arme an und machte leichte Ruderbewegungen. »Nein, lass nur, es ist alles okay.« Sie lächelte Simone zu.

Erleichtert atmete ihre Freundin auf. »Na dann, auf in den Endspurt. Bis zur Hütte sind's nur noch knapp zwei Stunden.«

In diesem Moment wurde Isabel bewusst, warum sie lieber in die Berge gefahren war, als zu Hause zu bleiben. Sie hatte Angst gehabt, den Sommer über einsam am PC zu sitzen, ihren Liebeskummer mit anonymen Forenmitgliedern zu teilen und nur eine aktive Wahl zu haben: den Kühlschrank abzustellen und sich nur noch von Wasser zu ernähren oder diesem netten indischen Pizzaboten ein Extratrinkgeld zu geben, damit er pünktlich alle zwei Stunden mit Frisch-Food an ihrer Tür klingelte. Das sie mutterseelenallein in sich hineingestopft hätte, solange Simone im Urlaub war. Das hätte sie nicht ertragen. Und wenn sie noch ein zweites Mal stürzen sollte, war das noch immer besser, als ihren Liebesschmerz ohne ihre beste Freundin aushalten zu müssen.

Isabel hob den Kopf. Die Wolken hatten den Gipfel umhüllt. Wie harmlos alles aussah. Sie würde wohl auch noch den Rest der

Wanderung schaffen. Wie schade nur, dass der Biker ihr dabei nicht zusehen konnte, wenn sie ohne BC-Sohle ihr Ziel erreichen würde.

Als die Stettiner Hütte hinter dem letzten Grat in Sichtweite kam, lehnte Isabel sich erschöpft gegen den Fels. Sie war enttäuscht. Die Hütte entpuppte sich als zweigeschossiger Steinbau, mit einer belebten Südterrasse, auf die sie geradewegs blickte.

Sie atmete schwer, jeder Muskel schmerzte, und ihr Puls hämmerte ein warnendes Aus! Aus! Aus! Sie kniff die Augen zusammen, wischte den Schweiß ab. Wohin sie auch sah, nichts als graues Gestein, kein Busch, kein Baum. Kahle Gipfel, schroffe Hänge. Nichts Neues. Nur rechter Hand lugte ein kleiner Bergsee glänzend und dunkel wie ein Auge hervor.

Vom Dreitausender, dessen Namen sie vergessen hatte, sprangen Wanderer in aberwitzigem Tempo die letzten Höhenmeter Richtung Hütte herab. Wie zweibeinige Gemsen, dachte sie, Wesen einer anderen Welt. Das, was sie taten, würde sie nie können. Nein, sie gehörte ans Meer, nicht in die Berge. Selbst die besten Stiefelsohlen hätten sie jetzt nicht wieder auf die Beine gebracht.

Westlich des Dreitausenders brach die Wolkendecke auf. Eine Bahn rötlich goldenen Abendlichts überflutete die Stettiner Hütte. Plötzlich wirkte sie wie vom grauen Fels losgelöst, dem Himmel ein Stück weiter entgegengehoben. Isabel fröstelte. Litt sie bereits an Halluzinationen? War sie höhenkrank? Sie schaute wieder zur Hütte hinüber. Der Anblick war entmutigend. Eine Arche auf dem Berg Ararat hätte nicht unerreichbarer sein können. Isabel konzentrierte sich auf den Pfad vor sich. Erst ging es leicht hangabwärts, dann schlängelte er sich zügig zur Hütte hinauf. Ein Weg von weniger als zehn Minuten.

Sie verspürte eine leichte Übelkeit, versuchte zu schlucken. Ihre Zunge klebte am Gaumen, und ihre Knie zitterten. Sie wäre nicht mal mehr in der Lage, um Hilfe zu schreien. Erschöpft gab sie dem Gewicht ihres Rucksacks nach und rutschte zu Boden. Sie blinzelte, nahm wahr, wie Simone die vollbesetzte Hüttenterrasse überquerte und hinter der Eingangstür verschwand. Simone wäre gern früher am Ziel gewesen. Sie hatte die ganze Zeit Rücksicht auf Isabel genommen. Jetzt würde sie auch noch um die letzten Schlafplätze kämpfen müssen.

Aus den Augenwinkeln nahm Isabel wahr, wie von der Nordseite her Mountainbiker wie krabbelnde Ameisen den Hang zur Terrasse erklommen. Einer von ihnen schwang sogar sein Bike auf die steinerne Mauer und fuhr johlend auf ihr entlang. Ein Mann in Lederhosen, gelber Weste und grüner Schürze kam aus der Hütte auf ihn zugerannt. Der Biker sprang herab, umarmte den Hüttenwirt, den nun auch die anderen überschwenglich begrüßten. Er hob noch einmal den Arm, wuselte zwischen den Bänken umher, sammelte Geschirr ein und kehrte kurz darauf mit einem Tablett voller Getränke zurück. Die Biker waren an der Mauer stehen geblieben, fotografierten, beugten sich über Bikes und Displays, ohne auch nur ihre Helme abzunehmen. Hätten sie nicht Glas an Glas auf der Mauer aneinandergereiht, hätte Isabel sie für bunte zweibeinige Insekten gehalten.

Insekten … Sie lächelte schwach. Mit einem Insekt war sie vorhin zusammengestoßen, und es hatte sich als veritabler Mann entpuppt.

Julian Niklas Roth. Ob er schon den Meraner Höhenweg erreicht hatte? Dann würde er vielleicht im urigen Hochganghaus, gut tausend Meter tiefer, übernachten. Würde sie etwa in Zukunft bei jedem Biker an ihn denken?

Sie quälte sich wieder auf die Beine. In ihren Ohren rauschte es so stark, dass ihr schwarz vor Augen wurde. Sie stützte ihre Hände auf die Knie, atmete tief aus, wartete, bis der Schwindel nachließ. Vorsichtig setzte sie Fuß vor Fuß, gläserne Taubheit in den Gelenken.

Sie hatten Glück und bekamen noch zwei Schlafstellen in der oberen Bettetage im zweiten Stock zugewiesen. Eng würde es werden, hatte die Tochter des Wirts gemeint und auf die unzähligen Rucksäcke gewiesen, die jeden freien Flecken bedeckten. In all den Jahren zuvor seien noch nie dermaßen viele Wanderer und Biker in die Ötztaler Alpen gekommen wie in diesem Sommer. Isabel und Simone waren nur erleichtert. Sie luden ihre Rucksäcke auf den Matratzen ab, klemmten sich Waschbeutel samt Wertsachen, Handtuch und frische Wäsche unter den Arm und suchten die Duschen im Untergeschoss auf.

Der Waschraum war überfüllt, und von den Duschen her erscholl lautes Kreischen. Die Steinfliesen nass und eiskalt. Unter dem Klappfenster föhnte eine Italienerin ihr dichtes Haar, neben ihr rubbelte eine andere mit einem Handtuch ihre Beine ab, das sie hin und wieder unter das laufende Wasser hielt, so dass es spritzte. Verärgert stöhnte eine rundliche Wanderin neben ihr auf, die vollkommen nackt und frierend auf den Zehen auf und ab wippte.

An einem anderen Waschbecken drängten sich zwei ebenfalls nackte Skandinavierinnen. Sie standen auf ihren zerknüllten T-Shirts, bibberten und lachten. »Sometimes it's really hard, but afterwards you'll feel great!«

Isabel warf ihnen einen zweifelnden Blick zu. Unter einer der Duschen wurde ein Platz frei. Simone zog sie mit sich, stellte das Wasser an. Sie schrien auf. Aus der Leitung schoss eiskaltes Wasser. Vom Waschraum war lautes Lachen zu hören. Isabel fragte sich, ob diese Art der Überraschung zum geheimen Wanderwissen gehörte. Nach der körperlichen Tortur die letzte, genussfeindliche Herausforderung. Doch es half nichts. Sie mussten das Beste aus dieser Situation machen. Es war besser, sich frisch wie ein kalter Fisch zu fühlen als wie ein paniertes Murmeltier.

Wie erwartet war die geräumige Wirtsstube proppenvoll. An den Tischen hockten die Touristen eng beieinander. Schenkel an Schenkel, Schulter an Schulter. Deutsche, Italiener, Schweizer, Dänen, Schweden, Briten. Isabel und Simone warteten eine Weile, bis an einem der Tische direkt hinter der Eingangstür ein hochgewachsener Franzose in lila Leggings und schwarzem Blouson eine Runde Schnaps ausgab und zum Bezahlen zur Theke ging. Die Verbleibenden, drei Ehepaare, vermutlich Rheinländer, und eine Gruppe junger Holländer winkten ihm dankend nach. Bereitwillig rückten sie noch enger auf der halbrunden Bank zusammen, damit Isabel und Simone seinen Platz einnehmen konnten.

Es war heiß, stickig, laut. Schnell kamen alle miteinander ins Gespräch. Isabel erfuhr, dass es die jungen Holländer gewesen waren, die sie vorhin beim Abstieg vom Dreitausender, der Hohen Weiße, entdeckt hatte. Sie zeigten ihr Smartphone herum, beschrieben besonders gefährliche Stellen, schwärmten vom Ausblick auf die Ötztaler Alpen. Während sie auf das Essen warteten, erzählten sie in lockerem Englisch-Deutsch-Wechsel, dass einer von ihnen Meeresbiologe, eine andere Übersetzerin für Japanisch wären und drei von ihnen eine Firma für Fertighausbau gegründet hätten, für die sie Hölzer aus Schweden importierten. Isabel entspannte sich. Sie merkte, wie gut ihr die Offenheit der anderen nach der Einsamkeit in den Bergen tat. Auch Simone war begeistert. Nach ihrem ersten Glas Kalterer See flirtete sie mit Cees, dem Marketing-Spezialisten der Fertigbaufirma, als wollte sie ihm ein Blockhaus zum Nulltarif entlocken. Vielleicht machte es ihr ja Spaß, die Gelegenheit zu nutzen, um ihren Ärger über die verschobene Hochzeitsreise zu vergessen. Bei ihr konnte man nie sicher sein. Als sie jetzt aber Cees auf ein Glas Wein einlud, stieß Isabel sie mit dem Ellbogen an.

»Na und? Ich hab Urlaub«, erwiderte Simone.

»Und du bist auf Liebesentzug, merkst du das nicht?« Isabel füllte ihren Wein mit italienischem Mineralwasser auf.

»Du etwa nicht, Isy?« Simone schaute ihr prüfend in die Augen und nahm einen Schluck aus ihrem Glas. »Brrr. Entsetzlich.« Sie strich ihr über den Arm, lächelte und wandte sich wieder Cees zu. »Wirklich keinen Appetit auf vino di Alto Adige?«

Er hob abwehrend die Hände. »Alto Adige, ah, natürlich. Südtirol. Aber, wie sagt ihr? Appel … Apfelschorle. Genau, Apfelschorle ist das Beste. Es … sie … äh, er gibt frische Kraft.« Er grinste und senkte seinen Blick auf Simones Lippen.

Simone tat, als sei sie enttäuscht. »Gesundheitsfreak.« Sie nahm einen Schluck Wein, rollte ihn im Mund hin und her.

Cees war verunsichert. »Sorry?« Er runzelte die Stirn und versuchte, das Wort zu wiederholen.

Die anderen lachten, übersetzten zweisprachig. Simone aber schluckte und flüsterte Isabel zu: »Bin gleich wieder zurück. Und bitte, Isy, sei kein Spielverderber, ja?« Sie grinste und drängte sich mit einer Gruppe deutscher Bergsenioren aus der Wirtsstube.

Typisch Simone. Sie ließ nicht locker. Sie würde es noch schaffen, diesen charmanten Holländer dazu zu bringen, sie bei Mittagshitze huckepack auf einen Viertausender zu schleppen. Irgendwie hatte Isabel das unbestimmte Gefühl, Simone könne etwas anderes im Sinn haben. Sie kannten einander einfach zu gut.

Nach langer Zeit kam ihr wieder der Geburtstag ihrer früheren Lieblingsfeindin Annalena aus Kindertagen in den Sinn. Damals hatte Simone weinend vorgegeben, das Geburtstagsgeschenk vergessen zu haben. Wie ein Tolpatsch hatte sie nach ihm gesucht, war über alles und jeden so lustig gestolpert, dass sie alle Sympathien auf sich zog. Nebenbei aber gelang es ihr, ohne dass es jemand bemerkte, die Sitzkärtchen an der Geburtstagstafel umzutauschen. Und als Simone neben Annalenas lustiger Mutter und sie, Isabel, neben Annalenas Lieblingscousine saßen, kochte das Geburtstagskind vor Wut. Doch da war es schon zu spät, denn längst beugten sich alle begeistert über Zitronenbiskuits, Kalte-Hasen- und Himbeertortenstücke.

Zu Isabels Ärger kehrte Simone mit dem Camcorder zurück. »Du wirst doch wohl nicht meinen Kletteralptraum für deinen Flirt ausnutzen?« Isabel streckte ihren Arm nach der Kamera aus.

»Dass du alles immer nur so negativ siehst, Isy.« Simone schüttelte den Kopf. »Unglaublich. ›Ausnutzen‹. Ja, interessiert es dich gar nicht, zu sehen, wie tapfer du dich vorhin geschlagen hast?« Isabel sah ihr bedeutsam in die Augen. »Wirklich nicht?« Sie blickte in die Runde. »Isabel ist das erste Mal in den Bergen und hat schon am dritten Tag einen Unfall mit einem Biker – und ihn überlebt.«

»Simone, das wirst du jetzt nicht abspielen. Das ist mega-, megapeinlich. Bitte, lass das.«

Alle reckten ihre Köpfe. »Komm schon, wenn es nur lustig ist …«

»Ein Biker? Der *dich* nicht gesehen hat?« Vom benachbarten Tisch wandte sich ein älterer Südtiroler mit kurzem Haar und einzelnen Locken im Nacken zu ihnen um. Die anderen Männer an seinem Tisch unterbrachen ihr Gespräch und guckten neugierig her. Isabel vermutete, sie waren die Biker, die sie vorhin auf der Terrasse gesehen hatte.

»Zeig doch mal«, forderte der Südtiroler sie auf. »Vielleicht kenne ich ihn. Wir haben übermorgen internationales Bikertreffen in Pfelders. Manche von uns sind heute die Tour von Meran übers Passaiertal ins Pfossental über Naturns und zurück gefahren, sechsundneunzig Kilometer, über zweieinhalbtausend Höhenmeter.« Er machte eine Pause. »Hat dich unser Kollege verletzt und … Fahrerflucht begangen?«

»Nein, er hat, ich meine, er ist ziemlich schnell wieder davongerauscht.«

»Stimmt doch nicht, Isy«, wisperte Simone und probierte stirnrunzelnd die Tasten am Camcorder durch.

»Und das, was ist das?« Der Biker deutete auf Isabels Pflaster am Ellbogen.

Sie errötete.

»War er also ein richtiger Kerl. Na also, doch kein so schlimmer, oder?« Er rollte das R und grinste.

Simone erschrak. »Isy, ich glaub es nicht. Es tut mir wahnsinnig leid, aber the worst case ist eingetroffen. Displaybruch.« Sie hielt Isabel den Camcorder vor die Augen. Isabel starrte auf das zersprungene Display. »Ich hatte die Cam vorhin auf der Fensterbank im Duschraum abgelegt. Als ich sie suchte, lag sie mitten zwischen Kulturbeuteln und Handtüchern auf den Fliesen. Ich hätte mir nicht vorstellen können …«

»Das ist vielleicht auch besser so.« Isabel nahm ihr den Camcorder aus der Hand, klappte ihn energisch zu. Sie wollte sich nicht eingestehen, wie enttäuscht sie in Wahrheit war. »Ich hätte dich eh gebeten, diesen megapeinlichen Unfall zu löschen.«

»Mal sehen, ob wenigstens der Ton noch geht.« Simone wollte die Kamera wieder an sich nehmen.

»Nein, lass es bitte, Simone.« Sie verdrehte genervt die Augen zur Decke, schaute in die Runde. »Oder würdest du dich von deinem Ehemann auch filmen lassen, wenn du durch afrikanische Flussbetten strauchelst?« Sie wechselte einen Blick mit Cees, der überrascht die Augenbrauen hob und sich zurücklehnte.

Simone unterdrückte ein Lachen. »Ich möchte doch nur checken, ob der Sturz auch die Speicherkarte zerstört hat.« Sie nahm ihr das Gerät aus der Hand. »Mal sehen, ob die Bewertungen bei Amazon stimmen.«

»Ja, check mal!«, ermutigte der Südtiroler sie und verschränkte seine Arme über die Banklehne, um ihr genau zusehen zu können. Neugierig reckten sich nun auch die anderen Biker vor.

»Achtung, leise!« Isabel hielt die Cam in Höhe ihres Ohres.

Man hörte heftiges Rauschen, das in ein Knattern überging wie von flatterndem Tuch. Es musste das Geräusch wechselnder Bergwinde sein. Plötzlich eine Stimme, undeutlich, in Fetzen, als würden die Wörter durch die Luft gewirbelt:

»*… falsche Stiefel … Tauwetter über die Alsterwiese … brauchen Sie.*«

»*Sie wollen … die Schuld …?*«

»*… passen Sie auf … auf … Wolken.*«

Man hörte Steine rollen, ein Geräusch, als ob das Bike zurechtgerückt würde.

»*… müsse … Rest … ständig mit Leuten … ignorieren … Räder … fürs Gebirge?*«

»*… Sie so wollen … Sie … nicht an Idioten … mir recht …*«

»*… schöner … Begegnung reicht …*«

Die meisten ahnten, was gesagt worden war, und lachten. Simone spulte zurück, grinste Isabel an und ließ leise den Ton weiterlaufen.

»Gar nicht so schlecht, Isy, oder?«

Die Biker trommelten mit den Fäusten auf die Tischplatte.

»Stell lauter, Mädel!«

»Komm, das geht so nicht. Erst machst du uns neugierig, und dann kriegen wir nichts zu hören.«

»Mädel, das ist eine ernste Sache. Schließlich geht's um einen von uns.«

Simone wechselte einen Blick mit Isabel und stellte den Ton eine Spur lauter. Man hörte dumpfes Klatschen.

»*… Steine auf … Nase. BC! Hochalpin!*«

Die lauten Stimmen der Biker verschluckten die nächsten Sätze. »Recht hat er.«

»Guter Tipp, stimmt, Isabel.«

»Beim nächsten Mal dran denken, okay?«

Als es still wurde, hörte man die Stimme des Mannes, als würde er in gebückter Haltung atmen. »*Rückstand, elfeinhalb Minuten.*«

Weiteres Knattern wechselnder Winde, dann die Stimme Isabels. »*… streiten … gerne?*«

»*… mögen es … Leute … testen.*«

Heftiges Rauschen übertönte die nächsten Worte.

»*… Niklas Roth … schmerzliche Freude … kennengelernt …*«

Lautes Knirschen und das Trudeln von Steinen übertönten die nächsten Worte. Es war irritierend, wieder seine Stimme zu hören. Isabels Herz schlug schneller. Sie presste ihre Hände aneinander, rieb sie an den Schenkeln. »Stell aus, Simone, es reicht.«

Die Biker klopften auf die Holztischplatte. »Geil! Ist ein Pfundskerl, der Julian.«

»Sie kennen ihn?« Isabel ignorierte Simones fragendes Gesicht, wandte sich um.

Die Biker grinsten, einer von ihnen zog ein iPad hervor und reichte es über den Tisch. Der Südtiroler nickte, nahm es entgegen und gab es ihr. »Da ist er, der Julian. Die Tagesetappe hat er trotzdem noch gewonnen!«

Isabel betrachtete das Foto. Julian Niklas Roth stand inmitten der Fluten eines Bergbaches auf einem Felsblock, neben ihm zwei weitere Biker. Er war nur mit einer Bikerhose bekleidet und schwenkte einen Pokal. Mit bloßem Oberkörper schien er noch breiter als im engen Trikot …

»Wenn du willst, schick ich dir das Bild aufs Handy.« Der Südtiroler grinste.

Dann würde er erfahren, dass er sie beeindruckt hatte. Das fehlte gerade noch. Isabel holte tief Luft. »Nein danke, auch wenn sein Rat wegen der Stiefel sicher richtig war.« Plötzlich fühlte sie, wie müde sie war, und stand auf. »Ich geh schlafen, wir sehen uns ja morgen wieder. Gute Nacht.«

Simone reichte ihr den Camcorder und tat so, als sei sie zerknirscht vor Ärger. »Nimmst du ihn bitte mit? Leg ihn einfach auf meinen Schlafsack, okay?« Sie zwinkerte ihr zu und streichelte ihre Hand. »Vielleicht lässt sich ja später dein supertoller Aufstieg noch vom Speicher retten.«

Die anderen nickten ihr zu, wünschten ihr gute Träume.

»Schlaf gut, Isabel! Du machst es richtig. Früh aufstehen, früh in die Federn.« Cees fixierte Simone mit seinem Blick. »Ich werd als Nächster in die Falle gehen, schließlich will ich morgen zur Hohen Weiße, dem zweiten Dreitausender in dieser Gegend, aufsteigen.« Er lächelte und wartete. Er schien die Erwähnung ihres Ehemannes erfolgreich verdrängt zu haben.

Simone lächelte zurück. »Wenn ich es schaffe, bin ich morgen früh um sieben hier.«

»Sieben Uhr? Dearest Simone, um diese Uhrzeit sollten wir knapp unterhalb des Gipfels sein.«

»Na, dann lieber nicht.« Simone stützte sich auf. »Es war nett mit euch, vielleicht wachen wir ja früh genug auf. Wer weiß. Wir sehen uns!« Bevor Isabel mit Simone die Wirtsstube verließ, hörte sie, wie jemand auf die Tischplatte schlug. »Glaubst du immer, was du *siehst*? Mal ehrlich, Fotos sind doch digitale Lügen. Guck dir 'ne Frau nach 'nem Facelifting an. Und dann mach die Augen zu. Hör sie sprechen. Ich sag dir, Bilder lügen, Stimmen nicht!«

So ein Unsinn, dachte Isabel. Was nützte ihr der Klang der Stimme eines Mannes, den sie nie wiedersehen würde?

Spät in der Nacht wachte sie auf. Es war kalt und laut. Ganz sicher hatten sie den Schlafsaal mit den meisten Schnarchern erwischt. Isabel zerrte am Reißverschluss, doch er ließ sich nur eine Handbreit aufziehen. Sie musste unruhig geschlafen haben, denn der Schlafsack hatte sich um sie herumgewickelt. Nachdem sie sich befreit hatte, konnte sie über das Fußende die Bettleiter hinuntersteigen.

Durch ein offen stehendes Klappfenster strömte eisige Nachtluft herein. Isabel fror. Sie sollte Hüttenschuhe, zumindest einen Pullover überziehen. Wo hatte sie nur ihren Rucksack abgestellt? Sie blinzelte ins Halbdunkel. Überall lehnten Rucksäcke, verstopften den Gang. Isabel sah ein, ohne Taschenlampe würde sie ihn nicht finden. Denn die kleinen Lichter, die Treppen und Flure markierten, reichten nicht aus.

Aus einem der Betten kroch hustend ein Mann. Aus dem Augenwinkel beobachtete Isabel, wie er einen Bademantel vom Fußende entrollte, überstreifte und mit einem Ledergürtel festzurrte. Als er Isabel gewahr wurde, hob er den Kopf. Im gleichen Moment flammte eine stechende Lampe oberhalb seiner Stirn auf, die der einer Bergarbeiterlampe ähnelte.

»WC?«, fragte er auf Englisch. Ohne abzuwarten, setzte er hinzu: »I'll better go first, okay?«

Panik befiel sie. Denn die Toiletten befanden sich, wie sie sich erinnerte, im Erdgeschoss, neben Stiefelkammer und Gaststube. Auf jeden Fall dort, wo außer gut zweihundert verschwitzter Wanderstiefel niemand ruhte. Doch sie hatte keine Wahl.

Erst als sie wieder die Leiter zurück zur Schlafstelle kroch, wurde ihr bewusst, wie stark die Dämonen ihrer eingebildeten Ängste waren.

Ein freundlicher Bergwanderer, der ihr nachts in der Hütte den Weg gewiesen hatte.

Nichts weiter.

Sie konnte nicht einschlafen. Die Luft, die der Fensterklappe entströmte, lag wie eine Eismanschette um ihre Stirn. Sie hatte Kopfschmerzen. Vielleicht, dachte sie, rührten sie auch von ihrer Wut über die vielen Schnarcher her. Aber wie verrückt musste sie sein, dass sie sich auch noch auf ihren entsetzlichen Lärm konzentrierte? Was war nur mit ihr los? War sie versessen darauf, in all diesem kehligen Röcheln, knarrenden und flötenden Atmen einen Rhythmus zu finden? Sie musste verrückt sein. Denn in Wahrheit hätte sie am liebsten in einem Kingsize-Bett in einem gemütlichen Hotelzimmer gelegen. Durch eine Zwischentür mit Simone verbunden. Wäre sie klug gewesen, hätte sie Ohropax mitgenommen. Doch noch nicht einmal daran hatte sie gedacht. Unruhig rollte sie von einer Seite zur anderen, stieß mit dem Ellbogen gegen etwas Weiches. Sofort hob Simone abwehrend ihre Hand. »Was ist?«

»Nix«, gab Isabel einsilbig zurück.

Schlaftrunken tastete Simone nach dem Ablagebrett an der Wand. »Hier, vielleicht kannst du damit besser träumen.« Sie schob Isabel den Camcorder samt Headset auf den Schlafsack. »Nacht.« Sie drehte sich auf die andere Seite und schlief auf der Stelle wieder ein.

Wusste Simone mal wieder besser über ihre Gefühlswelt Bescheid als sie selbst? Isabel richtete sich wieder auf, setzte das Headset auf, tastete nach den Anschlüssen, lauschte. Sie kam sich wie ein Schulmädchen vor, das auf der Klassenreise heimlich unter der Bettdecke rauchte.

Da! Seine Stimme. Mal näher, mal ferner, verrauscht. Isabel spulte zurück, lauschte, spulte wieder zurück.

Stimmte, was der Biker gesagt hatte? *Bilder lügen, Stimmen nicht?*

Was verbarg sich hinter dem Klang von Julian Roths Stimme?

Konnte sie heraushören, ob sie ihm trotz seiner Kritik gefallen hatte?

Als der Morgen graute und die ersten Wanderer aufstanden, um sich für den Tag zu rüsten, tränten Isabels Augen vor Übermüdung. Alles Suchen hatte keinen Sinn ergeben. Ihr blieb nur ein überzeugendes Zeichen. Das zersprungene Display. Kein Wiedersehen.

Deutlicher konnte kein Omen sein.

8

Schweden, auf der Insel Visingsö, nahe des Vätternsees, Dezember 1999

Britt Björklund fühlte sich unwohl. Styrger, ihr Schwiegersohn, hatte sie vor gut zwei Stunden in Jönköping abgeholt. Dorthin war sie vor drei Jahren in ein freundliches Seniorenheim umgezogen. Sie liebte die Fahrt hinaus zur Insel, zu Linneas Haus, an dem die Erinnerungen ihres langen Arbeitslebens hingen.

So lange wie heute war ihr die Fahrt allerdings selten vorgekommen. Britt schaute auf die meterhohen Schneewälle beidseits des Weges. Linnea hätte sich gewundert. Ein Winter wie dieser hätte sie, die Klarheit und Harmonie geliebt hatte, irritiert. An manchen Tagen war Schnee wie in alten Kindertagen gefallen, an anderen war er dahingeschmolzen wie im Frühling. Und zwischendurch hatte Britt gedacht, der Sommer sei zurückgekehrt. An ihrem dreiundsiebzigsten Geburtstag im Oktober hatte nämlich ihr Zitronenbaum geblüht und einen Duft verströmt, der fast stündlich für Besucher sorgte. Alle wollten sich persönlich vergewissern, ob das stimmte, wovon ihre Zimmernachbarinnen neidvoll sprachen. Damit die Unruhe aufhörte, hatte Britt nach sechs Tagen alle Blüten abgepflückt, in ein leeres Honigglas getan und Kristina, ihrer Lieblingspflegerin, geschenkt. Ein Mädchen, das alle Monate ihr Haar umfärbte, von rosa zu blond, von blond zu schwarz. Man hätte sie für launisch halten können, aber das stimmte nicht. Kristina trug aller Kritik zum Trotz stoisch im linken Nasenflügel einen Goldring und zwischen den Schneidezähnen einen Diamantsplitter. Sie spielte einfach gern mit äußeren Verwandlungen. Aber sie war stets guter Laune, geduldig und hilfsbereit, vor allem aber eine Meisterin im Wegzaubern unspezifischer Rückenschmerzen … Natürlich entrüstete sie sich jedes Mal, wenn Britt ihr einen extra Lohn anbot. Ein feines Mädchen.

Schade, dass sie nicht ihre Enkelin war. Ihre Enkel Björn und Jan hatte sie seit dem Abitur nicht mehr gesehen. Jan war als Zimmermann erst nach Holland, dann in die Schweiz gegangen, Björn nach Australien ausgewandert. Inga hatte beide zu Weihnachten eingeladen, ob sie wohl auch an sie, ihre Mutter, dachte? Nun ja, sie würde es nehmen müssen, wie es kam. Seit Linneas Tod hatte Inga jedenfalls jede Aufforderung zum jährlichen Krebsessen abgewehrt. Sie habe keine Lust, war ihre Antwort. Britt bildete sich ein, schon damals, im letzten Lebenssommer Linneas, gespürt zu haben, dass Inga und Styrger sich langweilten. Sie waren sicher nur gekommen, um ihren beiden Jungen einen Gefallen zu tun. Ob Linnea es ihnen angemerkt hatte? Wohl kaum. Sie war ja schon so alt gewesen, fast neunzig.

Ja, alles hatte sich geändert.

Sie atmete tief durch und ließ ihren Blick schweifen.

Der Himmel war strahlend blau, frische Eiskristalle schimmerten in den schneebedeckten Weiten in der Sonne. Was für eine märchenhafte Landschaft. Der See war zugefroren, hier und da liefen Junge und Alte Schlittschuh, in den Bäumen hing der Frost, als hätte er Äste und Zweige in Zuckerstangen verwandelt. Britt lächelte in sich hinein. An einem Tag wie heute hätte Linnea bestimmt ihren alten Jugendfreund überredet, die Pferde einspannen zu lassen, damit sie sie im Schlitten kreuz und quer über die

Insel zögen … und später hätte sie ihr vorgeschwärmt, wie zauberhaft friedvoll doch ihre Heimat sei …

Styrger trat das Gaspedal durch, riss Britt aus ihren Gedanken.

»Keine gute Idee, heute hierherzufahren. Ich hatte Inga versprochen, ihr beim Einkaufen zu helfen. Ich hatte dir doch erzählt, die Jungs besuchen uns zu Silvester. Jan will uns seine Verlobte aus Bern vorstellen, und Björn bringt sein Mädchen aus Australien mit.« Er warf ihr einen schnellen Blick zu, gab erneut Gas, so dass der Landcruiser malmend den Hang hochzog. Schnee spritzte gegen die Seitenfenster.

»Das kannst du noch am Nachmittag tun, Styrger«, erwiderte Britt. In diesem Moment bedauerte sie ihr Alter. Nur zu gern hätte sie jetzt selbst am Steuer gesessen. »Wenn du mich nachher wieder im Heim abgeliefert hast, hast du noch alle Zeit der Welt. Ich werde mich beeilen, das hatte ich dir doch schon am Telefon gesagt.«

»Du und deine Linnea.« Er stützte den Ellbogen gegen das Fenster, fasste mit einer Hand ins untere Halbrund des Lenkrads. Er wusste genau, wie sehr sie darüber in Angst geriet. »Wie kann man nur so sklavisch an einer Frau hängen, die mehr als zwanzig Jahre tot ist?«

»Einundzwanzigeinhalb Jahre, Styrger!« Britt klammerte sich an Türgriff und Schultergurt. Es war furchtbar, die eigene Stimme zu hören, wenn man Angst hatte. Sie klang wie jene verrückte Zimmernachbarin, die neulich Nacht im gerafften Nachthemd schreiend durch die Flure gelaufen war, weil sie dachte, das Hochwasser spüle ihr um die Beine.

»Weißt du es nicht mehr, Styrger? Linnea starb in der Nacht vom zwanzigsten auf den einundzwanzigsten August 1978. Es ist mehr als einundzwanzig Jahre her.«

»Genau. Und deshalb versteh ich dich nicht. Reicht es nicht, dass du ihr den Wunsch erfüllt hast, ihr Haus in ein Museum zu verwandeln, damit jeder sieht, welch großartiges Talent Linnea

Svensson einmal war? Schwedens berühmteste Glasmalerin! Niemand kennt sie mehr. Sie stammt aus einer Zeit, über die selbst Jan und Björn früher nichts im Geschichtsunterricht gelernt haben.« Styrger lachte trocken auf. »Wen interessiert das noch. Gib zu, im letzten Jahr kamen grade einmal zweiunddreißig Leute. Die meisten aus China.« Er kicherte in sich hinein und wendete den Landcruiser in einer kniehohen Schneewehe, knapp unterhalb der Weggabelung.

»Soll ich mit raufkommen?«

»Nein, bleib nur hier. Ich schaff das schon allein. Wie du siehst, haben die lieben Nachbarn wieder den Weg freigeschaufelt.«

»Die treuen Seelen«, bemerkte Styrger zynisch. »Gut, ich warte. Aber lass dir nicht zu viel Zeit.«

»Ich nehme mir die Zeit, die ich brauche. Ich bin alt, Styrger.« Sie tastete nach dem Gurtschloss. »Und ich will dir noch etwas sagen, mein Schwiegersohn, obwohl du es nicht mehr hören kannst. Linnea und ich, wir mochten uns. Sie war eine besondere Frau, auch wenn sie schweigsam war. Aber das ist unwichtig. Wichtiger ist, dass sie über etwas verfügte, was ihr heute gar nicht mehr kennt. Herzenswärme. Und jetzt möchte ich meine letzte Pflicht tun.«

Styrger stellte den Motor auf Leerlauf, schaltete die Umluft höher.

»Du bist verrückt wie sie, Schwiegermutter. Das ist alles.«

Verwundert drehte sie sich zu ihm um. Wie unverschämt er sein konnte. Er war ihr noch nie sympathisch gewesen, dieser Mann, der die freundlichen Gesichtszüge eines Hemdenverkäufers hatte, im Profil aber, bei Wut, diesem raubvogelähnlichen Priester glich, den sie einmal in einem Bildband über das Mittelalter gesehen hatte. Was fand nur Inga an ihm? Aber hatte Inga ihr je verraten, wie sie mit einem Mann wie diesem auskam? Was wusste sie schon über ihre Tochter …

Britt bemerkte, dass ihre Hände zu zittern begonnen hatten. Vergeblich versuchte sie den Auslöser des Gurtschlosses zu drücken. Styrger schob ihre Hand beiseite. »Dann geh, ich will nicht umsonst hergefahren sein.« Er löste den Gurt, sprang aus dem Wagen, hielt ihr die Tür auf.

So rasch sie es vermochte, stieg Britt aus dem Wagen. Vorsichtig setzte sie Fuß vor Fuß. Hinter sich hörte sie, wie Styrger das Gaspedal durchtrat, und der Motor im Leerlauf aufheulte. Sie tappte den knirschenden Weg zum Haus hinauf, Bassrhythmen schallten ihr nach. Gut, mochte Styrger ruhig seine Beatles hören …

Sie sah ein, dass es falsch gewesen war, ihn ausgerechnet heute, kurz vor Weihnachten, um diesen Gefallen zu bitten. Sie war schuld, sie hätte ihn nicht verärgern sollen. Schließlich hatte sie den ganzen Sommer über Zeit gehabt. Fünf Tage die Woche war sie hier oben gewesen, hatte das Haus gehütet, Besucher empfangen, den Garten gepflegt, Geschichten erzählt. Damals hätte sie das tun sollen, wovor sie jetzt Angst hatte. Sie verstand sich selbst nicht.

Sie schloss die Tür auf, trat ein und blieb, völlig außer Atem, stehen. Sämtliche Türen standen offen. Sie musste vergessen haben, sie im Herbst, als sie das letzte Mal hier oben gewesen war, zu schließen. Sonnenlicht flutete durch Küchen- und Dielenfenster, gaukelte honiggelbe Läufer aus Licht auf den gewachsten Holzböden vor. In Regalen und Vitrinen leuchteten Linneas Gläser, Vasen, Flakons, so dass es aussah, als schwängen ihre farbigen Pinselstriche wie im Wind hin und her.

Britt trat einen Schritt vor. Hinter der Fensterreihe des Wohnzimmers glitzerte der zugefrorene See unter blassblauem Himmel. Ein Gefühl, als sei das Haus selbst dem Herrgott ein Stück näher gerückt, dachte sie ergriffen. Schon lange hatte sie nicht mehr so empfunden.

Plötzlich hatte sie das Gefühl, Linnea sei nah bei ihr.

Schwarze Pünktchen tanzten vor ihren Augen. Ihr war schwindelig, und sie setzte sich auf die Bank mit den hellblau karierten Kissen im Flur. Sollte sie wirklich tun, was sie Erik, Linneas Anwalt, damals versprochen hatte? Britt wartete eine Weile, bis Styrgers ungeduldige Autohupe sie aus ihren Gedanken riss. Sie zwang sich auf die Beine, knöpfte ihren Wollmantel auf und stieg über die knarrende Holztreppe auf den Dachboden hinauf.

Sie würde diese Truhe suchen müssen, von der ihr Linnea einmal erklärt hatte, dass ihr Holz nicht von schwedischen Kiefern, sondern von wertvolleren Bäumen stamme … Britt überlegte, ob ihr der Name einfiel, doch sie hatte ihn nur ein einziges Mal in ihrem Leben gehört und konnte sich jetzt beim besten Willen nicht mehr daran erinnern.

Wo hatte Linnea nur die Truhe hingestellt? Britt spähte im Halbdunkel eine Weile zwischen ausgemusterten Kleiderschränken, Koffern, Säcken mit Heu, alten Gartengeräten und den Resten von Linneas Glaswerkstatt umher. Vergeblich. Als sie fast schon glaubte, sie nicht mehr zu finden, entdeckte Britt die alte Singer-Nähmaschine, auf der Linnea in jungen Jahren Gardinen und Betttücher für Freunde und Nachbarn genäht hatte. Eine schwarz-grüne Fransendecke schützte sie seitdem vor Staub. Sie würde einfach nachsehen, und wäre es auch nur der guten Ordnung halber. Sie hob die Decke an und bückte sich. Tatsächlich ruhte die Truhe auf dem gusseisernen Pedal.

Das Holz war beinahe akazienbraun, die Intarsien mit Staub bedeckt. Britt klappte den Deckel zurück. Nacheinander nahm sie schwarze Holzfiguren, zwei Bündel mottenbefallener Wollkleider, abgestoßene Seidenschuhe, einen mit Gold und Kordeln verzierten Parfumflakon und einen alten Reisekoffer heraus. Von der Anstrengung rauschte ihr das Blut in den Ohren. Ihr war, als hörte sie die Stimme von Erik Halland, Linneas Anwalt. *Die*

Truhe hat einen Doppelboden, Linnea sagte mir, Sie sollten dort nachschauen und die Mappe anschließend verbrennen.

Britt ächzte, der Staub raubte ihr fast den Atem. Nur mit Mühe gelang es ihr, die kleine Aussparung im Truhenboden zu ertasten und ihn hochzuziehen. Darunter ertastete sie verschiedene Sorten von Papier. Sie hörte wieder Styrgers drängendes Hupen und griff blindlings zu. Sie erwischte eine abgegriffene Mappe aus graugrüner Pappe, die von einem roten Gummiband gehalten wurde. Britt starrte überrascht auf das mit Maschinenschrift versehene Etikett: *Agnes Meding.*

Sie war enttäuscht, hatte sie doch angenommen, *Linneas* Lebensgeschichte zu finden, nicht die einer fremden Frau, von der Linnea ihr nie etwas erzählt hatte. Frustriert schlug sie den Truhendeckel zu.

Wer, um Himmels willen, war *Agnes Meding*?

Sollte es ihr nicht gleichgültig sein? Sie hatte die Mappe gefunden und würde jetzt ihre Pflicht tun. *Wenn sich nach einundzwanzig Jahren niemand gemeldet hat, ist die Mappe zu verbrennen.*

Erik Hallands Worte, Linneas letzter Wunsch.

Einundzwanzig Jahre, sie, Britt, hatte ein weiteres halbes Jahr verstreichen lassen. Sie hatte aus Liebe zu Linnea die Frist verlängert, bis heute, kurz vor Ende dieses Jahres. Fast ein Jahr vor der Jahrtausendwende. Es hatte nichts genutzt. Die Zeit war verstrichen, und niemand war gekommen.

Es war Zeit zum Handeln.

Langsam stieg Britt mit der Mappe wieder die Treppe hinunter. Sie ging in die Küche, öffnete die Ofenklappe, schob Sägespäne, Papier, Zündholz hinein, setzte sich auf den Küchenhocker, auf dem sie früher gesessen und für Linnea Obst entkernt und Gemüse geschält hatte. Sie betrachtete die billige Pappe, das verschmutzte Etikett.

Was hatte diese Agnes Meding mit Linnea zu tun gehabt?

Von draußen hörte sie wieder Styrger hupen.

Ungeduldig zerrte sie das Gummiband von der Pappmappe ab. Eine Handvoll dünner Blätter segelte zu Boden. Zurück blieb ein schwarzes Schreibheft, auf das jemand mit Bleistift *Agnes Meding, 23. März 1926 ftld.* notiert hatte. Britt schlug es auf, blätterte es verwundert durch. Jede Zeile enthielt Zeichen, wie sie sie noch nie gesehen hatte. Eine Geheimschrift. Sie schlug das Heft zu. Vielleicht brachten die Blätter mehr Auskunft. Sie griff nach ihnen, erwischte zwei, die, zart wie ein papierner Hauch, sofort zerknitterten. Sie waren eng mit blassgrauer Schreibmaschinenschrift bedruckt. Britt rückte ihre Brille zurecht, hielt sie dicht vor die Augen und versuchte zu lesen. Diese Sprache war nicht Schwedisch, das stand fest. Britt fand kein einziges vertrautes Wort, und das kränkte sie, tat ihr geradezu körperlich weh. Als wäre Linnea bei ihr und plauderte mit dieser Fremden, während Britt ihnen Mokka servierte und Selbstgebackenes anbot.

Ja, sie war eifersüchtig. Sie hatte Linnea, dieser feinen, sensiblen Frau, ihr halbes Leben gedient und verehrte sie noch immer. Und musste ausgerechnet heute erfahren, dass diese zu ihren Lebzeiten mit einer Ausländerin ein Geheimnis geteilt hatte. Britt schämte sich. So etwas sollte sie nicht denken. *Ausländerin.* Was für ein Wort.

Sie erschrak, als von draußen viermaliges Hupen erklang. Britt hob den Kopf, sah Styrger aus dem Wagen steigen, sah, wie er fröstelnd die Schultern hochzog und, die Arme um sich schlagend, den Gartenpfad heraufstapfte. Ihr Herz begann zu flirren. Sollte sie wirklich tun, was sie dem Anwalt versprochen hatte? Oder war es ein Fehler? Sie bückte sich nach den letzten zwei dünnen Blättern, die noch auf dem Boden lagen. Trotz ihrer Eile nahm sie noch wahr, dass die Blätter von eins bis vier durchnumeriert waren …

Sie hörte Styrger die Haustür aufdrücken. Niemals durfte er diese Mappe sehen. Sie musste sie vor ihm schützen. Ein Blick von ihm, alles wäre entweiht … sie musste die Mappe vernichten … aus der Welt schaffen … schnell! Wo war nur der Schürhaken? Was war nur mit ihr los? Verwirrt sah sie ihren Händen zu, als hätten sie längst für ihren Verstand entschieden. Fahrig hangelte sie nach einem Holzscheit aus der Schütte, zerrte am Ofengriff, schob den Scheit in die Glut, drückte einen zweiten nach, griff nach einem dritten … Rauch quoll ihr ätzend in die Brust. Sie hustete.

»Was tust du hier?« Styrger stand unter dem Rahmen der Küchentür und klopfte den Schnee von seinen Stiefeln ab.

»Nichts«, stammelte sie, »mir … mir war kalt.« Ihre Finger umklammerten den Schürhaken. Zittrig stieß sie ihn in die Glut, ruckelte die Holzscheite hin und her, bis sie vor Qualm ihre Knie nicht mehr sah.

»Hör auf! Willst du uns vergiften?«

Sie spürte Styrgers harten Griff unter ihren Achseln. Er riss sie in die Höhe.

Seltsamerweise kam sie wieder zu sich. Sie nickte. »Jaja, es ist Zeit. Lass uns gehen. Inga wartet auf dich.«

»Sie hat dich eingeladen, zum Essen. Hat sie es dir nicht gesagt?«

Hatte Inga das wirklich getan? Sie war sich nicht sicher und stand jetzt vor einem Problem. Sie würde noch Geschenke kaufen müssen. Sie sah zu, wie Styrger das Feuer mit einem Schwall Wasser löschte, hakte sich bei ihm unter und trat mit ihm ins Freie hinaus.

Was für eine Luft, leicht, frisch, hell. Ja, so hell, die Sonne, der Schnee … diese Weite. Ein Gottesgeschenk.

Was für ein Tag. Sie lächelte still in sich hinein. Ja, sie würde noch heute jemandem Besonderen ein Geschenk machen. Das war sie Linnea schuldig. Mochten ihr alle Weihnachtsengel beistehen.

9

Berlin, Potsdamer Platz, März 1926

Über dem Potsdamer Platz schneite es noch immer in feinen Flocken. Agnes blinzelte und versuchte, im Zwielicht von Dämmerung und Straßenlicht die Zeiger der Uhr zu erkennen, die an einer Straßenecke gut zwanzig Meter weiter stand. Erst versperrten ihr zwei aneinander vorbeifahrende Straßenbahnen, dann ein mit Bierfässern beladenes Pferdefuhrwerk die Sicht. Sie warf einen Blick über die Kraftfahrzeuge, Taxen und Droschken und bemerkte, wie der Beiwagen eines Motorrades mitten auf der Fahrbahn eine Greisin mit Schirm und Handtasche erfasste und niederriss. Sofort erscholl hektisches Trillerpfeifen. Ein Verkehrspolizist eilte herbei, doch da scheute das Pferd eines Fuhrwerkes, das mit nur lose bedeckten Strohballen beladen war und nun einen Teil seiner Last verlor. Halme wirbelten im Schneeflockengestöber, Räder zermalmten sie im Matsch, über den Polizist und Motorradfahrer die klagende Greisin hinweghoben.

Passanten stießen Agnes im Vorüberhasten an. Werktätige, die zu den Haltestellen der Omnibusse und Straßenbahnen eilten, die sie in ihr kaltes Zuhause bringen würden. Sie schaute in die müden Gesichter, die von jahrelanger Anstrengung und Entbehrung gezeichnet waren, und wünschte sich, sie könnte mit einem von ihnen tauschen. Sie hatte zwar erst kürzlich erneut Kohlen anliefern lassen, doch das, was diese Menschen um sie herum besaßen, hatte sie längst verloren: Hoffnung.

Jetzt hatte sie sich der Uhr genähert. Es war kurz nach fünf. Es nutzte nichts, schneller zu gehen. Sie kam zu spät. Aber auf Kunden wie sie würde man warten. Denn in Zeiten wie diesen, da die meisten

Menschen ums Überleben kämpften, die anderen zwischen Geschäft und Vergnügen hin- und herwechselten, war sie etwas Besonderes.

Sie wollte sich nur noch einen Wunsch erfüllen. Sie würde auf ihre Weise beichten. Hätte sie nur viel früher diese Entscheidung gefällt. Noch vor einem Jahr wäre es für sie leichter gewesen. Sie verspürte Stiche im Bauch und versuchte, sich einzureden, zu schnell gelaufen zu sein.

Lüge. Alles Lüge. Wie immer schon. Sich selbst zu belügen, das war ihre größte Stärke im Leben gewesen. Und immer wenn sie ehrlich gewesen war, hatte das Schicksal sie gestraft. Gestraft? Oder doch eher geprüft?

Hatte sie damals nicht im festen Glauben gehandelt, das Richtige zu tun? Sie war nie frei gewesen, und die Zeit vor dem Krieg war eine andere als die heutige gewesen. Die jungen Frauen von heute würden sicher anders entscheiden. Wie dem auch sei, es war zu spät. Sie, Agnes Meding, geborene Berger, hatte die Prüfungen ihres Lebens nicht bestanden.

Auf der gegenüberliegenden Straßenseite schrammte ein Omnibus an den Bordstein, Menschen schrien auf. Der Busfahrer legte den Rückwärtsgang ein und setzte zurück. Der dichte Verkehr kam kurz zum Stillstand. Ein dunkelgrünes Automobil holte auf und raste in hohem Tempo an ihr vorbei. Matsch spritzte auf, klatschte auf ihre schwarzen Lederpumps, ihre Waden. Sie blickte an sich herab. Strohhalme klebten an Strümpfen und Mantelsaum. Hinter sich hörte sie etwas, das wie Lachen klang.

Sie drehte sich um.

Da war er wieder. Dieser Alte, der ihr schon seit Tagen aufzulauern schien. Ein Kriegsversehrter in zerrissenen Kleidern. Ein Bettler von vielen. Einer, der für den Krieg seinen Körper geopfert, im Krieg Seele und Verstand verloren hatte.

Ein Krüppel, dachte sie. Wie tief war sie gefallen, dass ein Krüppel sie verfolgte?

Sie hatte sich die Strohhalme abstreifen wollen, nun aber suchte sie nach einem Groschen und streckte ihn dem Mann hin, doch er schüttelte nur den Kopf.

»Nisch, nisch«, nuschelte er und stolperte näher. »Flang flageher.«

Von seinem entstellten Anblick entsetzt, blieb sie stehen und sah ihn genauer an.

Dort, wo vormals die Nase gewesen war, stülpte sich ein Hautlappen mit längsseitigen Nähten hervor. Mund und Wangen waren zerfetzt und wulstig verwachsen. Der rechte Arm dieses erbarmungswürdigen Mannes fehlte, der linke war unterhalb des Ellbogens durch eine metallische Schiene verlängert, an deren Ende ein zangenähnliches Gebilde auf- und zuschnappte. Um die gebeugten Schultern war ein Ledergurt gezurrt, an dem Riemen befestigt waren, mit denen er einen Leiterwagen mit totem Getier hinter sich herzog.

Ein Bild des Grauens. Wie so viele Bilder des Grauens seit Kriegsende. Zu viele, die kaum noch Mitleid erweckten.

Sie zeigte ihm den Groschen, der auf ihrer Handfläche lag.

Er schaukelte, wand sich, als sei die Münze ein erneuter Marschbefehl an die Front.

Sie schloss die Hand und wollte das Geldstück in seinen Leiterwagen werfen.

Da geschah etwas Furchtbares, etwas, das ihr das Blut in den Adern gefrieren ließ.

Der Alte rüttelte an seinem Geschirr, so dass der Leiterwagen vom Bordstein kippte. Sie starrte auf die zahn- und kieferlose Öffnung, die einmal sein Mund gewesen war, unfähig, sich die Ohren zuzuhalten.

Er heulte, ja, ihr fiel kein passenderer Vergleich ein, er heulte … wie ein getretener Hund.

Sie schrie auf und versuchte, so schnell wegzugehen, wie es ihr möglich war, bevor ihre Schmerzen übermächtig wurden.

10

Meran, Südtirol (Italien),
Juni 2012,
in den Gärten von Schloss Trauttmansdorff

Isabel hatte Simone beim Frühstück auf der Stettiner Hütte überreden können, an den letzten drei Urlaubstagen aufs Wandern zu verzichten. Wie erwartet, hatten sie natürlich die jungen Holländer verpasst, auch die Mountainbiker waren längst weitergezogen. Als der Hüttenwirt ihnen deren Grüße ausrichtete, konnte sich Isabel kaum freuen. Nach einer Nacht wie der letzten, schlaflos und voll kreisender Gedanken, fühlte sie sich wie zerschlagen. Lustlos packte sie ihren Rucksack, stopfte die leere Wasserflasche gedankenlos zwischen Schmutzwäsche und feuchte Handtücher und presste den Schlafsack wie ein altes Kissen zusammen.

Müde trottete sie, geplagt von Kopfschmerz und Kniestechen, hinter Simone die Pfunderer Berge talwärts. Nie wieder, schwor sie sich, würde sie zu dieser Hütte aufsteigen, auch wenn sie dort nette Leute kennengelernt hatte und die Sicht auf die Bergwelt rundherum überwältigend war. Für sie würde die Hütte als der Ort in Erinnerung bleiben, an dem das Schicksal sie ein weiteres Mal daran erinnert hatte, wie vergeblich es für sie war, auf die große Liebe zu hoffen.

Von Pfelders aus waren sie mit dem Bus nach Meran gefahren. Dort hatten sie lange nach einer günstigen Unterkunft gesucht und schließlich, am Rande der Altstadt, in einer Villa aus dem Jahr 1909 ein schlichtes, nach Staub und Mandelöl duftendes Doppelzimmer gefunden. Die Pensionswirtin, Signora Marelli, etwa Anfang siebzig, schien über ihr Erscheinen verwundert zu sein. Tatsächlich waren sie die einzigen Gäste in der Villa, deren

Komfort an vergangene Zeiten erinnerte. So durften Isabel und Simone den Holzbalkon ihres Zimmers wegen Einsturzgefahr nicht betreten, auch hatten sie kein Badezimmer, sondern nur ein Waschbecken aus mangofarbigem Porzellan, doch das war ihnen gleichgültig, Hauptsache, sie konnten endlich wieder in einem richtigen Bett schlafen.

Am Abend gingen sie in eine Pizzeria und bestellten aus einer Laune heraus scharfe Chili-Pizze. Das hatte zur Folge, dass brennender Durst sie die ganze Nacht über wach hielt. War eine von ihnen aufgewacht, vom Waschbecken wieder zurück ins Bett gekrochen und eingeschlafen, wachte die andere auf. Wenn sie nicht schliefen, taumelten sie benommen zwischen Bett und Wasserhahn hin und her.

Trotz Müdigkeit und Bauchgrimmen beschlossen sie am nächsten Morgen, sich deswegen den neuen Urlaubstag nicht verderben zu lassen. Schon der Morgen war sehr warm. Sie konnten die Balkontür öffnen, endlich ihrem von der Höhensonne strapazierten Haar eine Repairkur gönnen und es vom morgendlichen Wind trocknen lassen. Am Frühstückstisch auf der Gartenterrasse baten sie ihre Pensionswirtin um dreifache Espressi, teilten sich eine Buscopan-Tablette und studierten Prospekte.

Die Wirtin hatte ein Gespür für nichtitalienische Gewohnheiten. Sie servierte die Espressi mit Keksen, wie zum ersten, sehr frühen italienischen Frühstück, hatte aber Tramezzino- Weißbrot und Cornetti-Hörnchen frisch vom Bäcker geholt und sie neben Schälchen voller Butter, Granatapfelmarmelade, Bergwiesenhonig, Schinken, Obst und Käse auf dem Servierwagen plaziert. Dankbar für ihre Fürsorge, fragten Isabel und Simone sie, woher sie sich so gut darauf verstand, Gäste zu verwöhnen.

Signora Marelli freute sich über ihr Interesse. Sie erzählte ihnen, ihr Großvater habe die Villa im gleichen Jahr errichtet, wie die Dolomitenstraße erbaut worden sei, 1909. »Mein Großvater gehörte zu den Ersten, die ein Auto besaßen«, betonte sie stolz und stellte ein kleines Körbchen mit süßem Gebäck auf den Tisch. »Er nahm sogar an der ersten Fahrt über die Berge teil, von Bozen nach Cortina d'Ampezzo. Damals war das etwas Außerordentliches. Viele haben ihn darum beneidet. Die Straße war schmal und staubig, aber sie war sicher.« Sie ging auf einen kleinen Springbrunnen zu und fischte ein paar rote Blütenblätter aus seinem Becken. »Das Fahren machte ihm Spaß, er kaufte später sogar ein noch schnelleres Auto und nahm an Wettrennen teil.« Sie warf die nassen Blüten in ihre Schürze, schüttelte sie und verstreute sie über das Tischtuch. »Es brach ihm das Herz, als nur wenige Jahre später kaiserlich-königliche Soldaten mit schweren Wagen über die neue Dolomitenstraße rollten, bis hinauf zum Passo Falzarego. Innerhalb kurzer Zeit jagten sie ebenso wild wie ihre Feinde, die italienischen Truppen, ganze Berggipfel mit Granaten und Mörsern in die Luft. Wenn Sie die Berge dort oben genau betrachten oder hinaufwandern, können Sie noch heute die Einschläge, Kerben und losen Geröllmengen sehen. Unfassbar viele junge Soldaten kamen dabei ums Leben. Völlig umsonst. Und weil mein Großvater das wusste und die Teilung Tirols vorausahnte, nahm er sich das Leben.« Sie zeigte zum Dach der Villa hinauf. »Dort oben, unter dem Dach, fand ihn mein Vater Ende Oktober 1917. Er hing an einem Deckenbalken. Ich erzähle es Ihnen, weil ich es wichtig finde, die Erinnerung an diese furchtbare Zeit wachzuhalten. Heute gibt es dort oben am Valparola-Pass ein sehenswertes Museum.«

»Was für eine Tragödie. Für Ihren Vater muss das damals ein furchtbarer Schock gewesen sein.« Isabel hatte den Honiglöffel in das Glas getunkt, von dem der Honig nun in langen Schlieren neben ihren Teller tropfte.

Signora Marelli holte rasch einen neuen Teller, nickte. »Nun, mein Vater wurde Pazifist. Und er erfüllte meinem Großvater den sehnlichsten Berufswunsch. Er studierte ebenfalls Medizin und wurde Lungenfacharzt. Der richtige Beruf für jemanden, der in Meran lebt. Mitten im Zweiten Weltkrieg ließ mein Vater vorsorglich die oberen Stockwerke umbauen. Später nahm er hier Hunderte von Kriegsverwundeten auf. Auch mein Mann war Lungenfacharzt. Bis zu seinem Tod haben wir Zimmer an Patienten vermietet, damit sie sich hier erholen konnten.« Sie trocknete ihre Hände an ihrer schwarzen Schürze ab.

»Diese wunderschöne Villa hat also die meiste Zeit ihres Daseins Kranken gedient.« Simone wechselte einen Blick mit Isabel. »Haben Sie denn keine Kinder?«

»Nein, leider hat mir mein Mann erst ein Jahr nach der Hochzeit verraten, dass er keine Kinder zeugen könne. Ich war damals sehr schockiert. Er war sehr viel älter als ich. Fünfzehn Jahre.« Die Pensionswirtin lächelte bitter.

»Sie hätten sich scheiden lassen können.« Isabel biss in ihr Brötchen.

»Ja, natürlich. Aber ich liebte ihn. Er war so klug, wissen Sie! Einfühlsam und ein guter Heiler. Im spirituellen Sinne, verstehen Sie? Er hat mir viel geholfen und mir immer geraten, hierzubleiben. Ich bin ihm dankbar. Schauen Sie doch nur.« Sie breitete die Arme aus und wies auf den halb verwilderten Garten, die Akazien, das Gartenhaus, die blühenden Bougainvilleen, die von vollen Blüten gebeugten alten Rosenstöcke. »Sollte ich dies alles aufgeben? Nein, mein Vater liebte meinen Mann, als wäre er sein eigener Sohn. Ein paar Jahre haben sie sogar noch zusammen hier ihre Praxis geführt. Ich habe mich um ihr Wohl, das Personal, um Haus und Garten gekümmert. Und so bleibt es bis an mein Lebensende.«

»Ja, Ihre Villa und der Garten sind wirklich wunderschön. Sicher werden Sie darum beneidet? Eine alleinstehende Frau und dann solch ein herrlicher Besitz.«

»Natürlich, heute kämpfe ich gegen Zivilisten in Makleranzügen. In drei Jahren werde ich fünfundsiebzig. Stellen Sie sich vor, seit zehn Jahren bieten mir Immobilienhaie viel Geld, nur damit ich in ein Apartment in einer Seniorenresidenz mit fünf Sternen umziehe. Im letzten Jahr hätte ich mir beinahe eine Strafanzeige eingehandelt, weil ich eine Vase nach einem besonders dreisten Jüngelchen geworfen habe, der meine Villa fotografiert und ins Internet gestellt hatte. Als wäre ich schon tot! Was ist das nur für eine unmenschliche Welt geworden.« Sie nestelte an ihrem Schürzenknoten. »Entschuldigen Sie, so ein herrlicher Morgen, und ich halte Sie mit alten Geschichten auf. Dabei ist die Vergangenheit überall sichtbar, wenn man nur genau hinschaut. Viele junge Leute ahnen nicht, wie engstirnig und überheblich sie sind, wenn sie glauben, neueste Technik mache sie zur ersten Generation auf Erden.« Rasch empfahl sie Isabel und Simone, auf einem romantischen Pfad von Meran aus nach Schloss Trauttmansdorff zu wandern. »Wenn Ihnen mein Garten gefällt, dann werden Sie in den exotischen Gärten dort alles finden, was dem Auge schmeichelt und die Seele berührt. Das hätte Ihnen mein Mann auch geraten.« Sie nickte ihnen noch ein letztes Mal zu und eilte ins Haus zurück.

Isabel warf Simone einen warnenden Blick zu, diese aber stimmte dem Vorschlag begeistert zu. Doch sobald sie aufgebrochen waren, zog Isabel Simone zur nächsten Bushaltestelle.

Sie waren auf Panoramawegen an den Hängen dieses natürlichen Amphitheaters spaziert, hatten Korkeichen und Mammutbaum, exotische Kamelien, prachtvolle Rosen- und Hortensienbüsche, Aloen, Lotosblumen und Seerosen, Kräuter- und Lavendelfelder bewundert, Geisterhöhlen und echo-werfende Bäume bestaunt und Entspannung in den Laubengängen gefunden. Nur als Simone unbedingt von der übers Tal ragenden Aussichtsplattform Fotos schießen wollte, war Isabel allein vom Anblick des stählernen Gitters schwindelig geworden. Sie plauderte mit den seltenen Papageien in der riesigen Volière, während Simone die Schönheit des Etschtals und der Südtiroler Berge fokussierte.

Statt ins Museum zu gehen, hätte Isabel lieber noch eine Weile im Palmencafé gesessen und einen Cappuccino getrunken. Doch Simone drängte zur Eile, weil die Läden in Meran um ein Uhr schlossen und erst gegen vier wieder öffneten. Isabel gab nach. Sie wusste ja, Simone hatte ein noch größeres Faible für Shopping als sie. Und sie konnte es sich auch leisten. Sie, Isabel, hatte zwar Rücklagen, aber man konnte ja nie wissen. Was, wenn Simone sie eines Tages doch noch einlud, sie nach Namibia zu begleiten? Klar war, sie brauchte Geld. Viel Geld. Wenn doch nur ihre Angst nicht so groß wäre. Ihre Sehnsucht nach Sicherheit. Henning, das sah sie heute ein, hatte ihr lustvoll und mit seinem schillernden Charme diese Sicherheit vorgespielt. Und sie? Sie hatte all seine Warnsignale für seine Unabhängigkeit übersehen. Aus purer Angst.

Sie musste sich zusammenreißen. Sie könnte ja, nur um sich zu beruhigen, gleich jetzt ihren Online-Kontostand abfragen. Hier auf dem Panoramaweg, im strahlenden Sonnenschein, mit Blick auf Sonnenblumen, Zypressen, Oliven- und Zitronenbäume. Doch so verrückt war sie nun auch wieder nicht.

Wenn doch endlich eine Einladung zu einem Bewerbungsgespräch einträfe … Der Gedanke daran verdarb ihr die Stimmung. Jeder vernünftige Mensch hatte Arbeit, nur sie nicht. Und das bei ihrer Ausbildung und ihrem guten Zeugnis als Kreditsachbearbeiterin. Henning hatte ihr nicht nur das Herz gebrochen. Er hatte ihr genommen, worauf sie sich immer verlassen konnte: Selbstvertrauen. Sie würde sich anstrengen müssen, um wieder Anschluss an zuversichtliche Powerfrauen wie Simone zu finden.

Sie ging an Vitrinen mit seltenen, informativ aufbereiteten Zeitdokumenten vorbei und vergaß beinahe, dass sie sich in den ehemaligen Wohnräumen eines Schlossherrn, Baron von Deusters, befand, der diese einst Kaiserin Elisabeth zur Erholung zur Verfügung gestellt hatte.

Sie hatten jene Räume erreicht, die Sissi in den Jahren 1870 und 1889 genutzt hatte. Während Simone eilig Sissis düsteren Schlafsaal durchquerte, betrachtete Isabel die bemalte Kassettendecke aus dunklem Holz und setzte sich schließlich auf die hölzerne Bank in Sissis Erker. Was für einen herrlichen Blick man von hier aus hinaus ins Tal hatte! Der richtige Platz, um seinen Gedanken freien Lauf zu lassen, zu träumen.

Plötzlich hörte Isabel ihr Smartphone summen. Sie zuckte zusammen, als sei sie Sissi, die von Kanonendonner überrascht wurde. Isabel griff in ihre Umhängetasche, tastete nach dem Gerät und stellte den Ton ab. Nichts sollte sie hier stören.

Aus dem Nebenzimmer rief ihr Simone zu, sie wolle im Verkaufsraum auf sie warten. Isabel nahm den Rundgang wieder auf, betrachtete im Nebenraum Sissis Kleider und kehrte in die Räume zurück, die sie kurz zuvor allzu unachtsam durchstreift hatten. Aufmerksam betrachtete sie Filme, Fotos und Plakate, auf denen zierliche Frauen in enggeschnürten Schleppenkleidern, mit Hütchen und Schleiern, schnurrbärtigen Herren in enganliegenden Uniformen kecke Blicke zuwarfen. Eine elegante, ältere Frau fing ihren Blick auf. Sie trug eine weiße Leinenhose und hatte die Zipfel ihrer blau-weiß gestreiften Seidenbluse lose vor dem Bauch verknotet. Sie lächelte Isabel zu.

»Enge Konventionen hatten den Vorteil, dass man dezent mit Andeutungen spielen konnte, nicht?«

Isabel erwiderte ihr Lächeln. »Stimmt, damals wusste jeder, was er zu tun hatte.«

Die Frau wedelte mit der Hand, nieste, stellte ihre Ledertasche auf eine Vitrine und holte ein Nasenspray hervor. »Genau, die Mädchen« – sie schniefte, nickte aber belustigt – »die Mädchen brauchten nur unauffällig eine Blume oder ein Taschentuch fallen lassen oder lasziv über den Rand ihres Fächers blicken – und der Mann ihrer Sehnsucht hatte verstanden.« Sie verstaute das Sprayfläschchen wieder in der Handtasche und hängte sich diese schwungvoll über die Schulter. »Nur ein einziges Zeichen, in der Hoffnung, eine gute Partie zu machen – und der Herr der Schöpfung würde handeln. Nur ein Ziel, die Heirat. Spannend ist das nicht, oder?«

Isabel nickte. »Überhaupt nicht, banal und schrecklich zugleich.«

»Das sehe ich auch so. Heute haben wir es gut, nicht? Wir können wählen …«

Bevor Isabel etwas entgegnen konnte, eilte aus dem Nebenraum ein junger Mann in losem Hemd über tiefsitzenden Jeans herbei. »Ich hoffe, du entscheidest dich für mich.« Er grinste und legte seine beringte Hand auf ihren Po. Sie wandte ihm ihr Gesicht zu, lächelte und flüsterte ihm etwas ins Ohr. Er streichelte ihr scheinbar beiläufig übers Kinn, blitzte Isabel an und schob seine Begleiterin sanft weiter.

Neidisch schaute Isabel ihnen nach. Sie erinnerte sich an einen Tag im Hochsommer, kurz nachdem ihre Bankfiliale in den vierten Stock eines Bürohauses eingezogen war. Henning hatte angespannt die Ankunft eines wichtigen Klienten erwartet. Die Anzeige am Aufzug blinkte bereits auf der Zwei. Da hatte er sie am Kopierer erwischt, ihr im Vorbeigehen rasch über die Hüfte gestrichen, zwischen die Pobacken gefasst und ihr mit heißem Atem ins Ohr geflüstert, wie süß sie sei.

Nein, sie würde nie heiraten. Erst ein selbstverliebter Macho wie Henning, dann die Ehe wie die ihrer Eltern. Beides waren beste Gegengifte für Träume dieser Art.

Wieder surrte ihr Smartphone. Isabel holte es hervor und warf einen Blick auf das Display. Der zweite Anruf aus dem Seniorenheim, in dem ihre Mutter Constanze wohnte. Der Zeitpunkt hätte nicht ungünstiger sein können, mitten im Urlaub, im schönsten Teil Südtirols, auf Sissis Spuren … Nein, Constanze würde warten müssen, so wie auch sie früher oft auf ihre Mutter hatte warten müssen. Entschlossen drückte Isabel den Anruf weg.

Die Meraner Geschäfte in der langen Laubengasse hatten ihnen nur eine knappe Stunde Zeit zum Shoppen gegeben. Isabel staunte darüber, wie schnell Simone sich entscheiden konnte, wenn es darauf ankam. Heute jedenfalls schien sie einen Rekord aufstellen zu wollen. Eine hellbraune Umhängetasche von Gucci samt Clutch, drei luftige Blusen, ein Armband aus Halbedelsteinen, seidene Dessous, ein Paar Slingpumps, zwei megateure Südtiroler Weine, eine Flasche Grappa und ein Schweizer Taschenmesser. Nur dass Simone über die Geschäftszeit hinaus Probleme hatte, sich für ein Spaghettiträger-Kleid zu entscheiden, hatte Isabel verärgert. Und jetzt versuchte sie, ihren Neid darüber zu verdrängen, dass Simone gleich drei Kleider gekauft hatte, ein lachsrotes mit hellblau-weißen Tupfen, ein blassgelbes und eines in Meerblau mit gehäkeltem Oberteil. Das hatte ihr auch gefallen und sie hätte mitgefeilscht, wäre es nicht für sie zu groß gewesen. Und in einer kleineren Größe gab es das Kleid leider nicht. Frustriert, wie sie war, hatte sie sich dann auch noch in einen sündhaft teuren Stretchrock mit schokoladenfarbenen Pailletten verguckt, hatte aber mit einer weißen Siebenachtelhose, zwei herabgesetzten Longshirts und einem Ledergürtel vorliebnehmen müssen. Zum Trost war sie in die nächste Apotheke geeilt, um endlich Kopfschmerztabletten zu kaufen.

Sie waren hungrig und erschöpft und hatten mit viel Glück zwei freie Plätze in einem Innenhoflokal entdeckt.

An Draht befestigt, überspannten Weinreben mit grünen Trauben gut zwei Dutzend Tische und Bänke, über die ein angenehmer Windhauch weiches Licht und Schatten flirren ließ.

Da alle Stühle besetzt waren, dauerte es eine Weile, bis Isabel Minzrisotto mit Pfifferlingen, Simone Farfalle mit Gemüse und Lachs bestellen konnten. Dafür aber brachte ihnen ein schlankes Mädchen mit schwarzen Zöpfen Sauvignon aus Terlan und Pellegrino so schnell, dass ihre Tischnachbarn, ein italienisches Ehepaar mit vier Kindern, über ihre überraschten Gesichter lachten und ihnen zuprosteten.

Wie magisch fühlte sich Isabel vom Anblick der beiden Kleinsten angezogen, die auf dem Schoß ihrer Eltern saßen. Das Baby mochte etwa acht Monate, das Mädchen knapp zwei Jahre alt sein. Isabel glaubte, sich auf ihre Hände setzen zu müssen, um nicht aufzuspringen und eines der Kleinen an sich zu pressen, die pulsierende Wärme dieser Körper zu spüren, ihren Duft nach Puder und Babyspeck zu schnuppern. Es war nicht zu leugnen, ihre biologische Uhr tickte und trieb ihren Puls in besorgniserregende Höhe.

Simone legte ihre Hand auf ihren Arm. »Komm, Isy, entspann dich. Du siehst ganz scheckig aus.«

»Das ist der Hunger.«

»Soso.« Simone glaubte ihr nicht, sie gähnte und wandte sich ihrem Shopping-Rucksack zu. Isabel gähnte ebenfalls und wünschte sich, sie hätte ihren Schlafsack dabei und könnte ihn auf der Bank ausrollen, seine Kapuze über ihren Kopf ziehen und …

Wieso dachte sie jetzt an *ihn?*

Simone legte ihren Notizblock neben ihr Gedeck und sah Isabel herausfordernd an. »Isy, gibst du mir mal dein Smartphone?«

Isabel zögerte. »Ist das jetzt so wichtig? Kannst du nicht noch warten? Das Essen kommt sicher gleich.«

»Das dauert noch, schließlich waren wir die Letzten, die bestellt haben.« Simone spähte nach links, nach rechts, runzelte die Stirn. »Wo hast du denn deine Tasche gelassen?«

Isabel hörte nur noch mit halbem Ohr zu. Wie gebannt starrte sie auf das Baby, bewegte stumm die Lippen, öffnete ihren Mund.

Dieses öffnete sein Mündchen weit und wedelte aufgeregt mit den Ärmchen, als wollte es dem Löffel entgegenfliegen, den seine Mutter, abgelenkt von ihrem ältesten Sohn, voller Obstbrei in die Höhe hielt.

»Isy! Huhu!« Simone schwenkte ihre Hände. »Isy? Was ist mit dir?«

»Es gab da vorhin zwei Anrufe«, murmelte Isabel, als hätte man sie aus dem Schlaf gerissen. »Äh, zwei Anrufe von Constanze. Ich möchte jetzt aber nicht mit ihr sprechen.«

Simone nickte. »Klar, verstehe. Ich versprech dir, ich werde den dritten Anruf, sollte er kommen, ebenfalls ignorieren.«

»Okay. Oder nimm ihn an und gib dich als OP-Schwester aus. Sag, ich sei in Narkose.« Isabel zog ihre Handtasche unter der Bank hervor und legte das Smartphone auf den Tisch. »Und du, wozu brauchst du es?«

Simone tippte etwas ein. »Guck mal, vielleicht gibt es ja doch etwas, das sich zu wissen lohnt.«

Isabel schoss das Blut in die Wangen. »Julian Niklas Roth«, las sie im Wikipedia-Artikel, »1978 geboren in Münster, studierte Journalistik in Hamburg, Medizin und Psychologie in Heidelberg mit anschließender Promotion; Facharztausbildung zum Sportmediziner in Hamburg; seit 2010 Mitarbeit am UKE, Institut für Osteologie-Biomechanik. Mitglied bei ›Terre des Hommes‹ und ›Ärzte ohne Grenzen‹. Begeisterter Mountainbiker, Hobbykoch. Von 2005 bis 2009 mit der Berliner Boulevard-Journalistin Elena Moiré liiert.«

Simone räusperte sich. »Spannend, nicht? Erst Mediziner, dann Trennung und Wechsel vom homo sapiens sapiens zum animal! Tja, ich sehe da einen Knacks in der Bio.«

»Und wenn schon, Brüche gibt es viele.« Isabel scrollte nach unten, überflog seine Publikationsliste. »Ich habe auch einen, wie du siehst. Sogar zwei, einen *in* mir *und* einen in meiner Bio. Welchen Grund sollte ich haben, mich um den Knacks eines anderen zu kümmern?« Sie hörte leises Kichern und sah zu der Zweijährigen hinüber, die »Nacks nacks nacks« wiederholte. Auch die anderen lächelten. Isabel lächelte ihr zu, sie hätte die Kleine auf der Stelle durchkitzeln mögen.

Simone beugte sich zu Isabel vor. »Komm, sei ehrlich. Interessiert er dich wirklich nicht?«

»Nein!« Isabel beobachtete, wie die Zweijährige zu ihrem Vater hochsah, etwas fragte, dann von seinem Schoß rutschte und mit einem Papierfähnchen auf sie zukam. Isabels Herz schlug schneller.

»Er interessiert dich nicht? Ach, Isabel Hambach« – sie hörte Simones Stimme wie aus der Ferne – »und warum war gestern Morgen die Batterie meines Camcorders komplett leer? Hm?«

Weil ich Idiot mir die halbe Nacht seine Stimme angehört habe, gab Isabel ihr im Geiste die Antwort. Sie ging vor der Zweijährigen in die Hocke und nahm ihr das Fähnchen aus den Patschhändchen. Die Kleine lächelte und sagte etwas auf Italienisch, das Isabel nicht verstand. Die Mutter war ihrer Tochter gefolgt, lachte und wiederholte die Worte.

Simone hob die Augenbrauen. »Sie fragt dich, ob du auch ein Baby hast.«

Auch das noch. Isabel wurde heiß. Ihr war, als ob eine Flutwelle unternehmungsbereiter Hormone durch ihre Adern schösse. Bestimmt schmeckte ihr Blut jetzt schon süß wie Honig, und ihr Busen spannte im Sport-BH … Gerade noch rechtzeitig konnte sie auf die Bank zurückflüchten und dem Kellner ausweichen, der ihr mit Schwung einen Teller mit dem Minzrisotto und waldfrischen Sommerpfifferlingen servierte.

Sie waren auf der von Bustouristen, Skatern und Familien belebten Promenade entlang der rauschenden Passer spaziert, hatten den exotischen, Sissi gewidmeten Park bewundert und waren wieder in die Altstadt zurückgekehrt. Simone hatte eine neue

Handycam gekauft und wollte sie jetzt unbedingt ausprobieren. Isabel aber schmerzten die Füße, außerdem machte ihr die Hitze zu schaffen. Sie suchte Ruhe und nahm Zuflucht in der Pfarrkirche St. Nikolaus in der Nähe des Bozner Stadttores.

Sie trat vom Licht ins Dunkel.

Vor dem Altar brannten Kerzen.

Im Licht, das das bunte Glas der Fenster und Rosette bündelte, flirrte Staub.

Erschöpft ließ sie sich auf eine Bank sinken.

Sie empfand nichts als eine melancholische Leere.

In den Bankreihen zu ihrer Rechten knieten Nonnen und beteten einstimmig.

Wie leicht sie es doch hatten.

Sie liebten Jesus Christus und waren sich zugleich seiner Liebe gewiss. Bis ans Ende ihrer Tage. War ihr Leben nicht viel reicher als das ihre?

Sie war nur ein Single unter Millionen, ein Sandkorn in der Wüste. Sie aß, sie trank, arbeitete, gab Geld aus. Was war Besonderes an ihrem Leben? Nichts. Gar nichts.

Sie richtete sich nach Trends, Mehrheiten, Stimmungen.

Was aber bestimmte sie selbst?

Nichts. Und wenn sie es glaubte, belog sie sich.

Sie würde aller Wahrscheinlichkeit nach allein bleiben und eines Tages nichts hinterlassen.

Niemand würde sie vermissen.

War ihr Leben wirklich schöner?

Nein, nicht, solange Liebe nicht mit im Spiel war, sagte ihr eine innere Stimme.

Was aber, wenn sie sich einbildete, sich in einen Mann verliebt zu haben, den sie nie wiedersehen würde?

Isabel schaute zur Kirchendecke empor. Sie wirkte düster und kahl. Plötzlich kam ihr der Gedanke, sie müsse einen imaginären Pinsel in Farbe tauchen und sie mit Ornamenten schmücken.

Finde heraus, wer du bist. Finde den Weg.

Jemand zog die Kirchentür weit auf, Sommerluft flutete herein.

Im Halbdunkel erkannte Isabel Simone mit ihrer neuen Handycam in den Händen.

Am Abend, nach einer langen Shoppingtour, standen Isabel und Simone mit vollen Einkaufstaschen vor verschlossener Tür. Sie waren verschwitzt, Arme und Füße schmerzten. Seit ihrem Besuch in der Kirche fühlte Isabel eine unterdrückte Wut auf Simone, die sie sich nicht erklären konnte. Sie setzte die Tüten ab, zog an der Türglocke, klopfte. In der alten Pensionsvilla blieb es totenstill.

»Vielleicht schläft sie, unsere Signora Marelli.« Sie blickte an der Hauswand zu den lose verhakten Fensterläden hoch.

Simone schaute auf ihre Armbanduhr. »Um diese Zeit? Es ist gleich halb acht. Wir könnten sie anrufen.«

»Aber nicht mit meinem Smartphone!« Isabel schob die Tüten ein Stück weiter in den Halbschatten. »Ich hab keine Lust, wieder zu lesen, wer mir alles den Urlaub verderben will. Wo ist eigentlich dein Phone?«

»Keine Ahnung, aber das Ladegerät muss irgendwo im Auto liegen.«

»Soso.« Isabel öffnete ihre schmerzenden Hände und betrachtete die roten Schwielen. »Wieso hat uns eigentlich unsere *donna* keinen Schlüssel gegeben?«

»Weil wir vergessen haben, sie darum zu bitten, Isy.« Simone lehnte ihre Taschen gegen das eiserne Treppengeländer.

»Du hast es vergessen.«

»Ich? Wieso das? Du hättest ebenso gut daran denken können, Isy.«

»Ich? Wieso ich? Du bist doch die Allseits-Tüchtige, die keine Skrupel hat.«

»Was soll das, Isy?«

»Du weißt genau, was ich meine.«

»Weißt du, wie sich im Moment mein Kopf anfühlt? Ich bin so wach wie ein totes Huhn. Los, sag mir, was mit dir los ist.«

»Ich hab einfach keine Lust mehr auf Berge, auf Gärten, auf alles.«

»Ich öde dich also an und bin schuld an deiner miesen Laune. Ist es das, was du mir vorwirfst, Isabel?«

Aufgebracht fassten sie einander ins Auge.

»Ja«, erwiderte Isabel. »Ich will hier weg, nach Hause.«

»Ach, Söckchen stricken, wie? Los, sag, was sollen wir jetzt machen?«

Isabel seufzte. »Warten, was sonst.«

»Toll! Darauf wäre ich nicht gekommen. Klasse, Isy. Manchmal hast du richtig gute Einfälle.«

»Mir würde noch mehr einfallen, wenn ich mein Strickzeug dabeihätte.« Isabel stieß spielerisch mit ihrem Zeigefinger nach Simone. Am liebsten hätte sie sie mit all den Tüten hier sitzenlassen und wäre auf der Stelle nach Hamburg gefahren. Sie gestand sich ein, wie sehr sie ihre Freundin noch immer um die Kleider beneidete und darum, wie sorglos Simone ihren Kaufrausch genossen hatte. Trotzdem fühlte sie sich auf eine seltsame Weise verwirrt. Sie setzten sich auf die oberste Stufe und streckten ihre Beine aus.

Es war windstill. Noch immer flimmerte die Hitze des Tages über dem Asphalt. In der vergilbten Buchsbaumhecke tschilpten Spatzen. Eine schwarze Katze strich lauernd vorbei, duckte sich und beobachtete sie schwanzzuckend.

Isabel zog ihre Sandalen aus. »Hier, guck mal, überall Blasen von den Riemchen, aber du wolltest ja unbedingt Flatterkleider kaufen …«

»Und du hast dir die Füße wund gelaufen, nur weil du nach einem Laden mit Südtiroler Schnitzereien gesucht hast. Einmal vom Pfarrplatz zum Kornplatz und zurück, die Laubengasse hoch und wieder runter. Und als du ihn endlich entdeckt hast, bist du so schnell wieder herausgekommen, dass ich dachte, sie hätten dich mit Erdbienen fortgejagt. Hier, willst du's sehen?« Sie holte ihre neue Handycam hervor.

»Das hast du auch gefilmt? Ich fass es nicht.« Isabel holte einen Pilz aus honiggelber Zirbelkiefer aus ihrer Handtasche. »Ich hab eben gewusst, was ich wollte, einen Schlüsselanhänger. Simone, nun leg doch endlich die Handycam weg. Du hast mich schon die ganze Zeit verfolgt, sogar in der Kirche, obwohl in der Nebenbank Nonnen beteten. Das war echt peinlich. Ich finde, es reicht jetzt.«

Simone erhob sich. »Das Licht ist echt gut, halb golden. Das muss man nutzen.« Sie ging barfuß Richtung Gartentür zurück. »Rede weiter, Isy, sei ganz locker.«

»Ich habe keine Lust, verstehst du das nicht?« Isabel schüttelte ihren Kopf. »Du bist süchtig nach Bildern, ist dir das eigentlich klar?« Sie zog ihren rechten Fuß an sich heran, spreizte die Zehen und betupfte die blutende Stelle mit Spucke.

»Dafür hab ich jetzt eine richtig gute Cam!« Simone näherte sich geduckt Isabel mit der surrenden Kamera. »Ja, super, man kann alles sehen, sogar dein verschwitztes Höschen! Nie wirst du so knackig sein wie jetzt!«

Isabel sprang auf. »Untersteh dich, Simone. Du bringst es noch fertig, die Aufnahmen auf Youtube zu stellen und die Klicks zu zählen!«

»Klar, ich will doch nur deinen Ex ärgern.« Simone schloss belustigt die Kamera. Sie beugte sich über Isabel und hob deren volles Haar unterhalb des Nackens an. Ihre Nase berührte fast Isabels. »Isch liebä disch.« Sie kicherte. »Soll Henning doch denken, du wärst bi. Kann dir doch egal sein, oder?«

Isabel hielt Simone am Ausschnitt fest und sah ihr in die Augen. »Würde es denn deinen Falk heißmachen?«

»Kommt auf einen Versuch an, Isy.« Simone senkte ihre Stimme und grinste noch breiter. »Hast du denn Lust darauf?«

»Ich glaube, du spinnst!«

»Du auch!« Simone ließ abrupt Isabels Haar los, wandte sich ihrer Kamera zu und verstaute sie in der Tasche. »Weißt du, was? Wir leiden unter Sexdefizit. Das nächste Mal reisen wir mit Männern, okay? Vielleicht hast du ja Glück und findest deinen Berg-Mann wieder.«

»So ein Quatsch! Hör doch auf!«

»Warum? Weißt du, was ich glaube, Isy? Könnte es sein, dass du dich ein bisschen in diesen Hamburger verguckt hast?«

»Nein, hab ich nicht!«

»Isy, bitte sei ehrlich. Außerdem, Freundinnen sollten sich nie belügen.«

Isabel zog die Beine an und stützte ihr Kinn auf die Knie. »Selbst wenn … es wäre Selbstbetrug. Du kennst doch das Thema. Stell dir vor, ausgerechnet bei deiner Hochzeit hat Constanze mir gesagt, ich hätte kein Recht auf die große Liebe, genauso wenig wie sie und meine Großmutter. Das ist allerdings auch das Einzige, was ich von ihr weiß.«

»Puh, zwei unglückliche Frauengenerationen, was heißt das schon. Dann wirst du eben die Erste sein, die glücklich wird!«

»Das glaub ich nicht.« Isabel schüttelte den Kopf.

»Hör mal, Isy, du bist vierunddreißig Jahre alt. Willst du immer noch glauben, was dir deine Mutter eingeflüstert hat? Wer ist sie schon, diese Constanze Hammer-Bach? Die Super-Toughe der Nachkriegszeit. Wegen ihrer Achtundsechziger-Pädagogik in den Sechzigern bewundert, wegen ihrer Beliebtheit in den Siebzigern gefeiert, in den Achtzigern kurz vor Schluss dekoriert. Mensch, Isy, deine Mutter ist megamegaalt. Du bist jung, sie könnte deine Großmutter sein. Was weiß sie schon von dir, von unserer Zeit?«

»Stimmt, was weiß sie schon von mir.«

»Eben, also bitte rede dir nicht ein, sie hätte recht. Du willst doch nicht an der Selffulfilling Prophecy festhalten, oder? Du bist in diesem Urlaub eh schon so oft negativ gewesen, Isy. Versuch doch mal, dir bewusst zu machen, wie stark unsere Gedanken auf unsere Gefühle wirken. Wie wir denken, so fühlen wir. Ganz einfach.« Sie reichte Isabel ein Pflaster.

»Jaja, du Kluge, ach, wenn's nur so leicht wäre. Du müsstest mir einen entsprechenden Chip ins Hirn pflanzen, sonst vergess ich's wieder.« Isabel nahm ihr das Pflaster aus der Hand und klebte es zwischen ihre Zehen.

»Erinnere dich einfach nur immer mal wieder daran, wer Herr in deinem Haus ist. Das ist niemand anderer als du.« Simone rutschte zurück und lehnte sich entspannt gegen die Haustür. »Übrigens, dieses Antiquitätengeschäft vorhin war fantastisch, allein diese Gläser, Flakons und Spiegel. Wunderschöner Schliff. Und die Farben – zum Träumen.«

»Stimmt, es ist ein bisschen altmodisch, aber mit Charme.«

»Hast du eigentlich den Armreif gekauft, Isy?«

»Nein, obwohl er wirklich schön war – hellblaue Steine, Chalzedon, in Gold gefasst.«

»Chalzedon, Gold und eine Handvoll Diamantsplitterchen, nicht vergessen.«

»Nun ja, etwas ungewöhnlich und sehr alt. Der Antiquar meinte, er stammte noch aus den Jahren vor dem Ersten Weltkrieg, als die Berge von Briten erobert wurden. Ach, ich liebe Jugendstil, diese Farben, die Ästhetik. Vielleicht interessiert es dich ja, Simone, 1907 hat ein Brite den ersten Film in den Bergen gedreht, und zwar auf dem Drei-Zinnen-Plateau.« Sie zwinkerte ihr zu. »Du bist ja filmversessen, aber könntest du dir vorstellen, mit kiloschweren Kameras und Glasplatten auf Gipfel zu steigen, nur um Fotos für Postkarten und Bücher zu schießen?«

»Na klar, ich würde mir einen gelenkigen Südtiroler mitnehmen.«

»Gelenkig? Ich denk, er soll die Lasten tragen?«

»Das auch, beides soll er haben, geschmeidige Glieder und ein breites Kreuz.« Simone lachte.

»Ach, Simone, du und deine Flirterei.«

»Im Geiste, nur im Geiste.«

»Stimmt ja nicht, hast du Cees schon vergessen, diesen smarten Holländer?«

»Nichts als Unterhaltung. Übrigens, Isy, was ich dir noch sagen wollte: Wenn wir wieder zu Hause sind, werde ich die besten Szenen von dir zusammenschneiden und superschöne Musik dazu aussuchen, Beyoncé würde zu dir passen oder einfach nur guter Soul …«

»Warum denn das?«

»Weil du fotogen bist.«

Isabel drehte sich zu ihr um. »Fotogen … nun übertreib mal nicht. Ich habe eher den Verdacht, du projizierst deinen künstlerischen Ehrgeiz auf mich. Ich glaube, wenn du Kinder hättest, würdest du sie vor lauter Filmerei verhungern lassen.«

»Ich will noch keine Kinder. Aber du warst ja heute Mittag total verschossen in die beiden Kleinen.«

»Mir ist ein guter Job wichtiger.« Isabel drehte sich zu Simone um. »Ein Job, verstehst du, mit der Option auf einen Fünf-Sterne-Wellness-Urlaub in Meran.«

»Was? Nicht in der Karibik?« Simone tat, als nage sie an ihrem Zeigefinger. »Ah, ich versteh schon, das ist wegen ihm, dem radelnden Herrn aus Hamburg.«

»Quatsch! Du verstehst mich nicht.«

»Doch. Tu ich, sogar … sehr gut.«

»Du bist gemein, Simone.«

»Nein, überhaupt nicht.« Simone rutschte zu ihr vor und schlang ihre Arme um sie. »Aber wenn du den Job hast, dann gehen wir Stiefel kaufen, okay? BC. Und ich verspreche dir, ich buche dann keine Hüttenschlafplätze für uns, sondern eine Suite. Hoch über Meran gibt es nämlich ein fantastisches Fünfsternehotel.« Sie drückte Isabel, die sich zu ihr zurücklehnte und vor Behagen die Augen schloss.

»Sag mal, Simone, das mit dir und Falk, ist das wirklich die große Liebe? Ehrlich gesagt, hat es mich überrascht, wie schnell ihr geheiratet habt.«

Simones Blick richtete sich auf die schwarze Katze, die soeben an der Hecke hochsprang. »Okay, das stimmt. Wir haben uns im letzten Sommer im Institut kennengelernt, sind in diese verrückte WG gezogen, weil jeder von uns es leid war, monatelang nach einer preiswerten Wohnung zu suchen. Du weißt das ja. Tja, und im Februar dann die Hochzeit. Also, Falk ist superzuverlässig. Er war der Einzige, der damals in der WG das Klo putzte, verstopfte Abflüsse reinigte, obwohl die Haare der Mädels schuld daran waren, Müll entsorgte und die Getränkekisten austauschte. Er ist praktisch veranlagt, und das imponierte mir sofort. Außerdem kann er gut zuhören und ist, wie soll ich das sagen, nun, er ist berechenbar. Das macht es für mich leicht, ihn zu lieben.«

»Klingt nicht sehr romantisch.«

»Eher nach staubwarmer Beziehungskiste, meinst du? Mag sein, aber da wir die gleichen Interessen haben, kommt nie Langeweile auf. Ob du es glaubst oder nicht, dafür zu sorgen, dass Menschen in Afrika fließendes Wasser haben, ist spannend genug. Uns geht nie der Gesprächsstoff aus, und das ist eine gute Basis. Andere wären vielleicht enttäuscht, ich aber freu mich, dass wir unsere Flitterwochen dort machen können, wo wir auch arbeiten. Übrigens finden auch meine Eltern Falk klasse. Mein Vater hat durch ihn wieder mit dem Rudern angefangen und kann mit ihm über die neuesten Gartenpumpen fachsimpeln. Und meine Mutter freut sich, dass Falk besser Torten backen kann als sie, und hofft, dass er vielleicht eines Tages Professor wird.«

»Nur du bist die Einzige, die mit ihm … schläft, Simone.«

»Du willst wissen, wie das so mit uns ist? Beim Sex? Okay. Schnell, hart und heiß. Mal stirbt Falk noch seinen kleinen Tod, während ich schon unter die Dusche renne. Mal ist es umgekehrt, da bleibe ich im Bett, während er schon in die Küche läuft und kocht.« Simone lachte. »Falk hat auch nichts dagegen, wenn ich ihn mal überrasche. Neulich, zum Beispiel, da saß er am PC, telefonierte über Headset mit seinem Kollegen. Da hab ich ihm den Gürtel aus der Hose gezogen, ihn auf die Couch bugsiert … und die Hände über dem Kopf gebunden. Für ihn war es eine echte Höchstleistung, zugleich mit mir und seinem Kollegen zu … kommunizieren. In einem Wald habe ich ihn auch schon mal ins Unterholz gelockt, während Leute in der Nähe vorbeispazierten. Pilzzeit eignet sich dafür ganz besonders.« Sie lachte.

»So etwas tust du?« Isabel schürzte die Lippen und ließ ihre Fingerspitzen über Simones nackte Schienbeine krabbeln.

»Ja, hätte ich früher auch nicht für möglich gehalten.« Simone schob Isabels Hände fort und fächelte sich Luft zu. »Ich glaube, durch Falk hab ich mich erst richtig kennengelernt.« Sie beugte sich zu Isabel vor. »Isy, du brauchst wieder einen Mann. Und zwar den Richtigen. Und der da aus den Pfunderer Bergen könnte vielleicht sogar der Richtige sein. Sagt mir jedenfalls mein Solarplexus.«

»Aha, vielleicht solltest du Consultant für Herzensangelegenheiten, Schwerpunkt Hellseherei, werden.«

»Gute Idee, warum nicht? Ich fürchte allerdings, du wirst meine einzige Kundin bleiben. Such dir einen guten Job aus, damit du mich bezahlen kannst.« Simone zögerte. »Isy, soll ich dir mal etwas sagen?«

»Heute ist wohl der Tag der Prüfungen. Kein Glück beim Shoppen, Hormonalarm und verschlossene Tür. Ist alles ein bisschen zu viel, nicht?«, erwiderte Isabel genervt.

»Klar, das ist hart.« Simone setzte sich neben sie und lehnte ihren Kopf gegen Isabels Schulter. »Isy, im Ernst, ich glaube einfach, du hast ein bisschen zu viel Angst.«

»Ich und Angst?« Isabel wandte sich ihr zu und schaute ihr forschend in die Augen. »Wovor soll ich Angst haben?«

»Auf jeden Fall vor Constanzes Fluch, oder etwa nicht?«

Isabel verzog das Gesicht. »Unsinn«, erwiderte sie, »ich will endlich wieder einen guten Job. Ich will wieder Geld verdienen, aber nicht für herabgesetzte Longshirts.«

Simone schwieg eine Weile. »Isy«, seufzte sie schließlich, »ich versteh dich ja. Du willst, was wir alle wollen: Geld, Anerkennung, Freunde. Das, was man in Zahlen messen kann. Aber das ist nicht alles. Pass auf, in Hamburg werde ich meinen alten Camcorder zur Reparatur geben und die Speicherkarte überprüfen lassen. Ich würde dir so gern die Szenen zeigen. Sie würden dir helfen, dich zu erkennen. Ich hab euch nämlich ganz genau gefilmt, mit dem größtmöglichen Zoom. Sein Gesicht konnte ich nicht vollständig erkennen, als er dir nach dem Sturz aufhalf. Aber deines. Und ob du's hören willst oder nicht, deine Augen haben alles gesagt. Ihm und mir. Und ich könnte mir gut vorstellen, ihm ist es genauso ergangen.« Simone legte ihren Arm um Isabels Schultern. »Kopf hoch, das wird schon. Pass auf, wir werden deiner Mutter noch beweisen, dass sie unrecht hat.«

Isabel sprang auf. »Meine Mutter! Simone, das ist das Stichwort. Ich muss sie anrufen.« Sie bückte sich nach ihrer Umhängetasche und holte ihr Smartphone hervor.

Wenige Sekunden später bestätigte ihr eine Schwester, dass die Stationsschwester im Verlauf des Tages zweimal vergeblich versucht hatte, sie zu erreichen. Isabel lauschte, und als sie das Gespräch beendete, war ihr innerlich kalt.

»Simone, meine Mutter ist heute früh gestürzt. Sie hat sich die unteren Wirbel angebrochen und ist gerade aus dem Krankenhaus gekommen. Aber das ist nicht das Schlimmste. Bei der CT haben die Ärzte festgestellt, dass sie Krebs hat. Es tut mir leid, aber ich muss so schnell wie möglich zurückfahren. Bleib ruhig noch hier, wenn du magst.«

»Mach ich, Isy. Ich verstehe, du willst die Sache jetzt allein durchstehen, stimmt's?«

»Ja, sonst erfahre ich vielleicht nie mehr, warum sie erst neunundvierzig Jahre alt werden musste, um schwanger zu werden.«

Um die Hausecke kam ihnen Signora Marelli entgegen. Sie trug ein grau-blau gestreiftes Kleid mit schwarzer Schürze und hielt eine Holzkiste mit Zitronen in den Armen. Ihr Haar über der Stirn war feucht. »Ach, du liebe Güte. Sie sind ja schon zurück. Wären Sie doch nur zu mir in den Garten gekommen. Ich hätte mich gefreut und Ihre Hilfe gut gebrauchen können.«

11

Hamburg,
Seniorenresidenz »Alsterquelle«,
Juni 2012

Isabel hielt den Eimer mit Wasser hoch über das Bett und beobachtete, wie die Stationsschwester einen Schlauch in ihre Mutter einführte und das Wasser laufen ließ. Die Schwester war in Eile, hätte, wie sie Isabel atemlos erzählte, längst schon mit ihrem Mann auf dem Campingplatz Rosenfelde in Ostholstein sein sollen. Seit über zwei Stunden warte er auf sie. Und jetzt noch Frau Hambach. Da eines der Spülgeräte defekt, ein anderes bei einem anderen Bewohner eingesetzt sei und fast alle Pflegekräfte mit der abendlichen Versorgung der Senioren beschäftigt seien, habe sie nur eine Auszubildende bei sich, die für den Abführschlauch zuständig sei. Ob es Isabel etwas ausmachen würde, den Eimer mit Wasser zu halten? Es sei nicht schwer.

Doch jetzt bereute es Isabel fast. Sie war erschöpft und konnte den Anblick kaum ertragen. Ihre Mutter war bis auf die Knochen abgemagert. Sie lag auf der Seite, unter sich eine weiße Gummimatte, und hätte von den drei Litern Wasser im Eimer über ihr besser nichts ahnen sollen.

Immer wieder wandte Isabel den Blick ab.

Sie war um sechs Uhr in Meran aufgebrochen, war dreimal – am Brenner, in Innsbruck und München – umgestiegen, hatte unterwegs nur eine Brezel gegessen und war nach fast vierzehn Stunden Reise verschwitzt und hungrig. Sie hätte Ruhe gebraucht und ein Bad. Doch als sie im zweiten Stock der Seniorenresidenz aus dem Fahrstuhl gestiegen war, war sie mit einer hektisch telefonierenden Stationsschwester zusammengeprallt, die ihr nur »Spülung!« zugerufen und in Begleitung einer übergewichtigen Auszubildenden über den Flur gerannt war. Isabel war ihr ebenso schnell gefolgt und hatte dabei Rucksack und Trolley im Fahrstuhl vergessen.

Obstipation also, dazu mögliche Gefahr eines späteren Darmverschlusses. Da das Wochenende bevorstünde, müsse man Vorsorge treffen. Leider sei gerade die Kollegin, die dafür vorgesehen war, wegen eines Handgemenges zweier Seniorinnen abgerufen worden. Ob Isabel helfen wolle? Isabel war mit dem Eimer ins Badezimmer gestürzt, hatte sich neben das Bett gestellt und ihrer Mutter zugerufen, wie leid es ihr täte, sie so leiden sehen zu müssen.

Es war falsch gewesen.

Noch jetzt klang ihr Constanzes Antwort im Ohr: »So komm ich wenigstens sauber in den Himmel.«

Isabel hatte Fenster und Balkontür weit geöffnet und die Gardinen vorgezogen. Das Zimmer war in ein bleiches Hellgrau getaucht. In der Ferne nahm das Rauschen des Verkehrs langsam ab. Auf dem Flur war es still geworden. Nur im Garten waren fröhliche Stimmen und Akkordeonmusik zu hören. Feierabend. Wochenende. Constanze schlief.

Isabel betrachtete das Gesicht ihrer Mutter. Die Haut spannte sich faltenlos über Stirn und Wangen. Ihr Mund stand offen. Unter den Lidern rollten die Augäpfel hin und her, als würde sie eine fremde Landschaft betrachten. Jedes Mal, wenn Constanze ausatmete, zählte Isabel die Sekunden. Und je länger sie bei ihr saß, desto länger erschien ihr die Zeitspanne bis zum nächsten Einatmen. Hörte sie Constanze röcheln, warf Isabel sich vor, der Darmspülung nicht sofort Einhalt geboten zu haben. Sie bildete sich ein, dass das viele Wasser in Constanzes Körper bis zur Lunge aufgestiegen sein könnte und ihre Lungenbläschen gefüllt hätte. Ein unsinniger Gedanke, aber Isabel fühlte sich schuldig.

Ihre Hand strich über die flache Bettdecke, spürte keine Bewegung, nur schwache Wärme. Würden die Hände ihrer Mutter nicht unter der Bettdecke hervorragen, hätte sie geglaubt, bei einer Fremden zu sitzen.

Denn Constanze trug einen Ring. Ihren Ehering.

Isabel erinnerte sich an den Tag, an dem ihre Mutter ihn abgelegt hatte. Es war am Ostersonntag 1995 gewesen. Sie hatten den Gottesdienst in der St.-Michaelis-Kirche besucht und waren beim Verlassen der Kirche im Strom der Menschen dicht hintereinander gegangen. Erst ihr Vater, dann sie, Isabel, gefolgt von Constanze. Mitten im Gedränge, kurz vor der großen Tür, hatte

Isabel Mo, ihre Klassenkameradin, entdeckt, mit Bruder und Schwester und Eltern … und bemerkt, wie ihr Vater seine Hand an Mos Hüfte gelegt hatte. Panisch hatte Isabel sich zu ihrer Mutter umgedreht, ihr einen erschrockenen Blick zugeworfen. Im gleichen Moment hatte Mo verliebt in die Augen von Isabels Vater gesehen.

Constanze hatte beides gleichzeitig wahrgenommen und geschwiegen, bis zum Dessert im Steigenberger Hotel, in das Isabels Vater sie zum Essen eingeladen hatte. Erst da war sie vom Tisch aufgestanden, die Treppe hinaufgegangen und hatte einen Moment lang ihrem Ehering zugesehen, wie er die glatten Stufen hinuntersprang. Isabel erinnerte sich noch gut an das eingefallene Gesicht ihres Vaters. Sie war völlig schockiert gewesen und hatte das Geständnis ihres Vaters, Mo zu lieben, zurückgewiesen, später aber wahrgenommen, dass er den Ring aufhob.

Isabel blickte auf. Ihre Mutter röchelte, schluckte angestrengt, während ihre rechte Hand unruhig über die Bettdecke wischte, als hielte sie einen Schwamm und putzte Kreide von der Schultafel. Wie alt sie doch war, dachte Isabel, und wie wenig Zeit ihnen in Wahrheit nur noch blieb. Sie hatte Angst und wünschte sich nichts sehnlicher, als endlich eine Antwort auf ihre einzige Frage zu finden. Nichts wäre so furchtbar, als wenn der letzte Satz ihrer Mutter endgültig der letzte wäre. Dieses »So komm ich wenigstens sauber in den Himmel« würde sie für immer daran erinnern, wie selbstsüchtig ihre Mutter gewesen war.

Sie stand auf und beugte sich zu ihr hinab. »Mama, bitte wach auf«, flüsterte sie und streichelte ihr die Wange. »Geh noch nicht. Ich möchte mit dir sprechen. Bitte wach auf.«

Abrupt öffnete Constanze ihre Augen. Sie hustete und verlangte nach Pfefferminztee. Isabel holte ihr eine Schnabeltasse und setzte sie ihr vorsichtig an die Lippen. Ihre Mutter trank in kleinen Schlucken, ihren Blick prüfend auf Isabel gerichtet.

»Danke,« sagte sie schließlich und sah plötzlich stirnrunzelnd zur Decke, als stünde dort ein Text in einer fremden Sprache, den sie zu übersetzen versuchte.

Isabel nahm Constanzes Hand. »Hast du … ich meine, hast du Schmerzen?«

»Nein, sie haben mir gute Mittel gegeben.« Constanze hob ihren Kopf an und blinzelte zur offenen Balkontür. »Wie spät ist es?«

Isabel schaute auf ihre Armbanduhr. »Viertel nach acht.«

»Ist es Morgen oder Abend?«

»Abend, Mama. Ich bin heute früh um sechs Uhr in Meran …«

»Du warst in Meran?«

»Ja, Simone hatte mich zum Wandern überredet. Es war sehr … schön.«

»Schön? Seltsam. Früher mochtest du immer nur das Meer.« Constanze wandte ihren Kopf. Schmal ragte ihre Nase aus dem fahlen Gesicht. Ihre Augen waren eingesunken. »Ich verstehe nicht, warum mich dieser verdammte Krebs erwischt hat. Früher war ich so stark. Jetzt sagen diese Ärzte, er sei schon im Kopf, im Darm und in der Lunge. Es geht zu Ende, Isabel.«

»Ich möchte dich etwas fragen, Mama …«

»Nein, nein, frag nicht mehr. Was vergangen ist, ist vorbei.« Sie hustete, dabei schlugen ihre Hände unkontrolliert auf das Bett.

Isabel kämpfte mit sich. Ohne Antwort würde sie nicht frei weiterleben können. Sie würde zu einer Lüge greifen müssen, um ihrer Mutter endlich die ersehnte Antwort zu entlocken. »Ich bin müde, Mama, und ich habe Angst.«

»Wovor?« Constanze fixierte sie angestrengt. »Angst wovor?«

»Vor einem großen Gefühl. Ich fürchte, ich habe Angst davor, jemandem noch einmal zu zeigen, dass ich ihn liebe. So wie du.«

»Ich soll dir nie gezeigt haben … ja, hast du nie gemerkt, dass …« Verlegen wich Constanze Isabels Blick aus.

»Nein«, fuhr Isabel so sanft wie möglich fort. »Du hast dich früher mehr mit deinen Schülern beschäftigt als mit mir. Du warst so tough, so beliebt bei allen. Und ich … ich kam mir oft so klein und minderwertig neben dir vor.«

»Jaja, ich habe viel falsch gemacht. Verzeih mir einfach.«

»Aber warum?«

Constanze bewegte ihre Kiefer, als würde sie Kerne zerbeißen. Doch sie schwieg.

Sie würde ihr also nicht die Wahrheit sagen. Enttäuscht stand Isabel auf.

»Geh nicht«, bat Constanze.

»Ich wollte nicht gehen, nur dein Kopfende vielleicht etwas höher stellen.«

»Es ist gut so. Isy, schau nicht mehr in die Vergangenheit zurück. Was vorbei ist, ist vorbei. Nur noch eines …«

»Ja?«

»Ein Rat an dich. Vergiss nie, dass wir Frauen es sind, die den Mann aussuchen.« Sie tippte gegen ihre Brust. »Wir. Guck also genau hin.« Sie stockte, betrachtete ihre rechte Hand. »Woher kommt dieser Ring?«

Jetzt fiel es auch Isabel wieder ein, dass ihre Mutter ihn bei ihrem letzten Besuch nicht getragen hatte. »Vielleicht wollte dir eine Schwester eine Freude machen, sie wird ihn wohl in deiner Schmuckkassette gefunden haben.«

»Freude? O nein, bitte nimm ihn ab, Isabel.« Constanze streckte ihr die Finger entgegen. »Und hör bitte zu, ich möchte nicht ins Grab zu deinem Vater. Ich möchte verbrannt werden, und dann … streu mich ins Meer.«

»Aber wieso? Ich verstehe dich nicht.«

»Musst du auch nicht. Es ist mein Wille.«

»Magst du mir nicht die … die ganze Wahrheit sagen?« Isabel kämpfte mit den Tränen.

»Sie ist nicht mehr wichtig, es sei denn, du würdest sie finden wollen.« Constanze hustete noch heftiger, griff unter ihr Kissen und zog ein Taschentuch hervor, mit dem sie sich zitternd den Mund abtupfte. Sie rang nach Luft und brauchte eine Weile, um wieder ruhig atmen zu können. »Das Beste ist, wenn du alles so lässt, wie es ist. Lebe dein Leben, Isabel. Nur …«

»Ja? Was meinst du?«

»Wirf das Kleid nicht fort …«

»Welches Kleid?«

»Ihr Kleid, du findest es schon, ich habe es nie getragen.«

»Mutter, bitte sag mir …«

»Kind, meine Kraft …« Constanze schloss vor Anstrengung kurz die Augen und schob ihre Hand über die Bettdecke. »Versprich mir nur, dass du mir meinen letzten Wunsch erfüllst. Zu Hause liegt ein Brief.«

Zu Hause? Es gab kein Zuhause mehr. Sie ergriff die Hand ihrer Mutter und streichelte sie. »Ja, natürlich, ich werde alles so erledigen, wie du es möchtest.«

»Gut.« Erleichtert ließ Constanze ihren Atem ausströmen. »Vergiss nicht. Wir Frauen wählen den Mann, nicht umgekehrt.« Sie schloss die Augen und schlief ein.

Die Sonne war längst untergegangen, das Zimmer lag in einem samtigen Halbdunkel.

Die Zeit verging.

Plötzlich hatte Isabel das Gefühl, als verändere sich etwas im Raum, als seien die Wände mit einem Mal durchlässig und dem Himmel nah. Schlagartig war sie hellwach, schaute auf die Uhr. Es war kurz nach halb vier.

»Isabel?« Constanzes schwache Stimme.

»Ja, ich bin bei dir.« Isabel stand auf und beugte sich zu ihr vor.

Constanze konnte kaum mehr sprechen. »Wo du bist, werde ich … sein. Mach es … besser. Ich … dich … geliebt.« Die Worte waren kaum mehr als ein Hauch.

Ich habe dich immer geliebt. Isabel konnte es nicht glauben. Wiederholte im Geiste die Worte. Zweimal. Dreimal. Ließ ihren Tränen freien Lauf. Und nahm endlich ihre sterbende Mutter, fassungslos vor Glück und Trauer, sanft in die Arme.

Isabel hatte das Gefühl, als löse sich mit diesem so lange ersehnten Zeichen mütterlicher Liebe ein Knoten in ihr. Für den Moment fiel eine quälende Bürde von ihr ab, ihr Herz wurde leicht. Sie hätte beinah lachen können, wäre der Schmerz nicht zu groß, ihre Mutter erst dann umarmen zu können, wenn sie sie nicht mehr halten konnte. Nie war die Zeit so kostbar wie in diesem Augenblick. Isabel küsste ihr die Wangen. Sie würde ihr all ihre Liebe auf dem letzten Weg mitgeben, die sie ihr früher aus Angst nie hatte zeigen können.

Langsam wich das graue Licht dem orangegoldenen Leuchten der Morgensonne. Nachdem ihre Mutter gestorben war, hatte eine ungewohnte ruhige Wachheit von Isabel Besitz ergriffen. Nie zuvor war sie sich so sehr bewusst, dass sie allein und einzigartig war. Bis kurz vor ihrem Tod hatte sie mit ihrer Mutter um Offenheit, um Wahrheit gerungen. Doch ihre Mutter war sich bis in den Tod treu geblieben, in der Erwartung, dass auch sie, Isabel, endlich in der Lage sein würde, Verantwortung für Entscheidungen zu übernehmen. Sie war nicht länger eine Tochter, die ihren Sinn im Leben darin sehen würde, von der Mutter Anerkennung zu erzwingen. Nein, Constanze hatte ihr ein geheimes Erbe mit auf den Weg gegeben. *Du könntest versuchen, die Wahrheit zu finden. Du könntest aber auch alles so lassen, wie es ist.* Die Worte ihrer Mutter.

Ihre Mutter hinterließ ihr die Aufforderung, sich zu entscheiden.

Doch wenn sie die Wahrheit fände, würde nichts mehr so sein wie bisher. Was bedeutete das? Und um welche Wahrheit ging es dabei? Warum sie Isabel erst so spät geboren hatte? Warum es keine große Liebe in ihrer Familiengeschichte gab? Warum sie Constanzes Asche der Ostsee übergeben sollte?

Die Ostsee. Isabel erinnerte sich an Sommerurlaube in der Lübecker Bucht, am Timmendorfer Strand; an Segeltörns die dänische Küste hinauf, an die Insel Ærø; an frühmorgendliches Nacktbaden in einsamen Seglerhäfen; an Muschelburgen und Möwenschreie. Nichts Außergewöhnliches.

Nur diese besondere Anziehung, die das Meer auf sie ausübte, war ihr geblieben. Diese Freiheit, die die blaue Unendlichkeit ihr schenkte, sehnsuchtsvoll und träumerisch.

Nein, sie mochte die Berge nicht, da sie dort Angst hatte, sie könne den Halt verlieren, weil sie sie bis an ihre Grenzen forderten.

Isabel zuckte zusammen, als eine Ambulanz mit heulender Sirene näher kam. Sie stand auf, schob die Gardinen beiseite und öffnete die Fenster weit. In der Ferne rauschte der erste Morgenverkehr. Wenn sie die Augen schloss, hätte sie sich einbilden können, in Meran zu sein und das schnelle Fließen der Passer zu hören. Sie schaute über die flachen Dächer der Wohnhaussiedlungen hinweg, die jenseits der jungen Alleebäume matt im Morgenlicht glänzten. Es musste in der Nacht geregnet haben. Sie hatte es nicht bemerkt. Auch jetzt überdeckte der Geruch feuchten Asphalts und säuerlicher Gulliausdünstungen die kühle Frische, die von dem Rasen neben der Auffahrt aufstieg. Plötzlich fiel es ihr wieder ein. Ihre Mutter hatte von ihrem früheren *Zuhause* gesprochen, wo sie einen Brief hinterlegt zu haben glaubte.

Was stand in diesem Brief? Und wo war er jetzt? Hoffentlich war er nicht beim Umzug hierher verlorengegangen. Isabel ahnte, dass ihr der Brief einen Anstoß geben könnte, ihren eigenen Weg zu gehen. Doch im selben Moment vertrieb sie diesen Gedanken. Constanze hatte ihn im Zusammenhang mit ihrer Art der Bestattung erwähnt. Isabel versuchte, sich zu beruhigen. Bestimmt hatte ihre Mutter in dem Brief nur Angaben zu Ort und Umständen festgehalten. Trotzdem wurde Isabel bei dem Gedanken, nach ihm suchen zu müssen, flau im Magen. Es war, als müsste sie ein weiteres Mal Abschied nehmen.

Sie schaute zu, wie die Konturen der Stadt in diffusen Schlieren vor ihren Augen verschwammen. Nur ihr Blick drang, als hätte er einen eigenen Willen, wieder ins Halbdunkel des Zimmers ein.

Constanze war tot.

Mühsam versuchte Isabel, sich zu konzentrieren. Sie hatte eine Aufgabe. Und sie würde noch eine Entscheidung fällen müssen. Sie ging ins Zimmer zurück und sank neben dem Bett der Toten nieder. Eine Weile saß sie da, während ihr das Lebensmotto ihrer Mutter durch den Kopf ging, Methode statt Kraft … Methode statt Kraft …

Sie fühlte sich unschlüssig, hin- und hergerissen. Sie war nicht wie ihre Mutter. Sie hatte keine Methode. Und ihr fehlte Kraft.

Als die Tagesschwester gegen sieben Uhr ins Zimmer trat, hatte Isabel ihre Mutter mit Lavendelseife gewaschen und ihr ein frisches Nachthemd angezogen. Die Fensterflügel standen weit offen, und die Morgensonne warf eine schräge helle Lichtbahn ins Zimmer. Isabel saß auf einem Stuhl neben dem Bett, den Blick versonnen auf das Gesicht ihrer Mutter gerichtet. Als sie die Schwester bemerkte, sah sie auf. Warum störte diese fremde Frau sie?

Später, als sie am Schwesternzimmer vorbeiging, hörte sie, wie die Schwester ihren Kolleginnen berichtete, die Tochter der Toten habe wie verklärt ausgesehen. Verklärt und zugleich voller Fragen. Es sei doch immer das Gleiche. Solange sie lebten, redeten die meisten Menschen immer das Falsche. Und mit dem Tod erst kämen dann die Probleme.

KAPITEL III

12

Berlin,
in der Nähe des Potsdamer Platzes,
März 1926

Sie hatte sich getäuscht. Sie war zu spät gekommen, und man hatte nicht auf sie gewartet.

Sie war wohl doch keine Kundin, auf die die neue Geschäftswelt wartete. Die moderne Zeit bestimmte die Regeln. Wer zu spät kam, hatte verloren. Sie hatte verloren. Wieder einmal. Das Schicksal, ihr Schicksal, bestimmten andere, nicht sie, sosehr sie sich auch bemühte. Agnes hielt inne, lauschte in sich hinein. War es wahr, was diese Stimme ihr zuflüsterte?

Sie hustete. Nein, sie hatte gewusst, was sie wollte. Allerdings hätte sie manches Mal in ihrem Leben einen guten Rat gebraucht, so wie in diesem Augenblick. Sie blinzelte in das stärker gewordene Schneegestöber. Sie sollte ruhiger werden. Was war denn schon geschehen? Ein verpasster Termin. Dazu ein eiskalter Winternachmittag, falsche Schuhe. Aber kein Krieg. Endlich Frieden, Aufbruch in eine neue Zeit mit vielen neuen Möglichkeiten. Hatte sie sich nicht selbst für eine dieser Chancen entschieden? Was war schon ein verpasster Termin. Sie würde gleich morgen wieder zum Telefonhörer greifen, eine Zahlenfolge wählen und einen neuen Termin vereinbaren.

Kein Weltuntergang also.

Kein existenzieller Zusammenbruch, Agnes.

Also, was war nur mit ihr los?

Sie war auf dem Nachhauseweg, eilte an einer Lederwarenhandlung vorbei und suchte nach einer Antwort. Schneeflocken trieben ihr ins Gesicht, vereisten ihre dünnen Strümpfe im Nu. Sie fror und versuchte, die Angst vor einer Blasenentzündung zu verdrängen. Doch ihre Gedanken kamen nicht zur Ruhe.

Ja, sie war länger gelaufen, als sie es wegen ihrer Schmerzen zunächst für möglich gehalten hatte. Sie kannte sich in Berlin-Mitte, rund um den Potsdamer Platz gut aus, das war ihr Glück gewesen. Sie war an altvertrauten Cafés, Mode- und Hutmachergeschäften vorbeigeeilt, war atemlos in die Seitenstraße eingebogen, in der sich ihr Ziel befand, war vor dunklen Fenstern und verschlossener Tür zurückgeprallt und hatte auf dem Rückweg in diesem Hauseingang Zuflucht gesucht, um sich zu beruhigen.

Ihre Enttäuschung war groß, auch hatte sie das Laufen angestrengt, doch noch immer wog die Erschütterung, die die Begegnung mit dem Kriegsversehrten in ihr ausgelöst hatte, schwerer. Sie konnte es sich nicht erklären. Dieser Verrückte war doch nur einer von Tausenden – von Tausenden! –, die aufs grauenvollste verunstaltet, mit fehlenden Gliedmaßen, verwirrtem Geist, wie Lebendtote überall herumlungerten und die Erinnerung an einen Krieg wachhielten, der ebenso verloren wie unsinnig gewesen war. Eine Erinnerung, für die viele Männer wie Frauen einen faustischen Pakt abschließen würden, nur um sie auszulöschen. Das Leben musste ja schließlich weitergehen. Und weil ein winziger Rest Verstand auch sie daran gemahnt hatte, hatte sie sich an diesem eiskalten Nachmittag trotz des Schneegestöbers auf den Weg gemacht.

Es war das eine Fünkchen Hoffnung, das auch das ernüchternde Gespräch mit Professor Kühn von der Charité nicht würde auslöschen können. Das war ihr in der kurzen Zeit im Krankenhaus bewusst geworden. Ja, sie würde die Zeit, die ihr noch blieb, nutzen, um ihr Herz zu erleichtern.

Die Vergangenheit. Und wieder musste sie an diesen Bettler denken. Sie zitterte, suchte Schutz in dem Hauseingang und schlug die Füße gegeneinander. Vergeblich. So wenig, wie sie etwas Wärme in ihre Beine bekommen konnte, so wenig konnte sie die Erinnerung an diesen seltsamen Alten abschütteln. Etwas an ihm hatte ihr Angst eingeflößt, etwas, das den Grad seiner schauerlichen Erscheinung noch überstieg. Sie fragte sich, ob es allein an seinem markerschütternden Heulen gelegen hatte, das ihr noch immer in den Ohren klang. Es war unerklärlich. Das Schlimmste aber war, er hatte sie aus dem Konzept gebracht. Denn selbst wenn sie rechtzeitig zu dem vereinbarten Termin gekommen wäre, hätte sie im Schreib*bureau* Mühe gehabt, sich auf das zu konzentrieren, was sie hatte erzählen wollen. Sie nahm ihren Weg wieder auf. Bis zur Haltestelle der Straßenbahn waren es nur noch gut zehn Minuten.

Starke Böen wirbelten Schnee durch die Straßenfluchten, raubten Passanten und Fahrern die Sicht. Agnes hob die Hand vor die Augen, tastete sich an der verzierten Steinfassade eines Eckladens entlang, in dessen Schaufenstern Pampelmusen, Ananas und Feigen, Dosen mit Kaviar, Gans- und Fasanenpasteten zu Pyramiden aufgestapelt waren. Schreie und lautes Hupen schreckten Agnes auf. Gerade noch konnte sie einen Fuß auf die unterste Eingangsstufe setzen und nach dem vereisten Treppengeländer fassen, bevor rasch hintereinander harte Schneebälle sie an Rücken und Schulter trafen. Heiser schreiend jagte eine Horde Jungen in zu kurzen Hosen und flatternden Jacken an ihr vorbei über die Straße.

Ein Glöckchen erklang. Agnes wandte ihren Kopf. Ein junger Bursche in langer Schürze und polierten Lederschuhen hatte die

Ladentür geöffnet, und eine Frau in Pelzmantel und bestickten weißen Stiefeln trat die Stufen herab. Agnes glaubte, ihren Augen nicht zu trauen, streckte aber einen Arm nach ihr aus. »Linnea!« Sie zog sich am Geländer hoch. »Linnea, dich hat der Himmel geschickt.«

Linneas Gesicht leuchtete auf. Sie eilte auf Agnes zu, nahm sie in die Arme und küsste sie auf die Wangen. »Mein Gott, Agnes, bin ich froh, dich zu sehen. Ich war schon bei dir zu Hause. Martha sagte mir, wo ich dich finden könnte.«

Ihre Stimme tauchte Agnes in wärmendes Licht. Sie genoss Linneas feste, vertraute Umarmung, die ihr in diesem Schneetreiben so vorkam, als hüllte ihre Freundin sie in leuchtende Sommerfarben … so wie früher, warm und tröstend.

»Hast du denn mein Telegramm nicht bekommen, Agnes?«

»Ein Telegramm?« Agnes war überrascht. »Nein, ich war einige Tage im Krankenhaus, Linnea. Es muss wohl verlorengegangen sein, das passiert in diesen Zeiten schon einmal. Aber ich freue mich, dass wir uns gefunden haben, und das bei diesem Wetter.«

Linnea lächelte ihr zu. »Ja, es ist fast ein Wunder, nicht?«

»Ja, ich bin sehr froh. Seit wann bist du hier?«

»Erst seit gestern, ich bin im Adlon untergekommen.«

»Komm zu uns, dann können wir in Ruhe zusammen sein.«

»Ja, das werde ich tun, gerne.«

Erfreut hakte Agnes sich bei Linnea unter und schritt die letzten beiden Stufen mit ihr hinab. Sie zogen ihre Köpfe gegen die eisigen Schneeböen ein und tappten durch den knöcheltiefen Schnee.

»Gibt es einen besonderen Grund, warum du mich besuchen wolltest? Ich meine, ein Telegramm klingt etwas geheimnisvoll.« Agnes lächelte.

Linnea erwiderte ihr Lächeln, ließ sich aber mit der Antwort etwas Zeit. »Ja, ich wollte bei dir sein, schauen, wie es dir geht. Dein letzter Brief klang nicht so gut.«

»Lass uns im Moment nicht darüber sprechen, ja? Also, warum das Telegramm?«

Linnea legte ihren Kopf in den Nacken und tat so, als sähe sie zum ersten Mal in ihrem Leben Schneeflocken im Licht von Straßenlaternen. »Sie sind anders als bei uns.« Sie wandte Agnes ihr Gesicht zu. »Sie sehen so gelblich aus, wie tanzende Streusel.«

Agnes verstand nicht. »Tanzende Streusel?« Sie schaute Linnea in die Augen. »Tanzende Streusel?«, wiederholte sie noch einmal. Vage nahm sie wahr, wie etwas Schweres in ihr in Bewegung geriet und immer schneller Fahrt aufnahm. Ihr Herz schlug hart gegen ihre Brust. »Linnea, warum bist du hier?«

»Paul war bei mir.«

»Paul?« Agnes schrie auf, schlug ihre Hände vor ihr Gesicht. »Oh, mein Gott! Wo ist er? Ist er auch hier?« Sie zerrte sich die Handschuhe von den Fingern und fasste Linnea am Arm. »Hast du ihn mitgebracht? Oder hat er … hat er vielleicht dich vorgeschickt? Zu mir vorgeschickt?«

»Warte, Agnes. Nein, Paul ist nicht in Berlin. Und er hat mich auch um nichts gebeten. Bitte, beruhige dich.«

Agnes schnappte nach Luft. »Er … er hat dich um *nichts* gebeten? Um gar *nichts?* Und warum dann dieses Telegramm?«

Linnea machte eilig ein paar Schritte, um Agnes' Handschuhe aufzusammeln, die der Schneesturm mit sich riss. Sie reichte sie ihr und versuchte zu lächeln. »Paul lässt dich grüßen, Agnes. Er war auf der Durchreise von Leningrad über Stockholm nach Paris. Du kennst ihn ja. Er ist noch immer ein erfolgreicher Pelzhändler.«

»Aber er hat dich besucht.« Agnes' Stimme hatte jeglichen Klang verloren. »Wann?«

»Es war Anfang September.«

»Also nach dem Krebsfest.«

»Ja, nach *Kräftskiva.*«

»Ist er … ist er …?«

»Nein, er lebt allein. Er ist nicht mehr so wie früher, Agnes. Er raucht.«

»Er raucht? Paul raucht?«

»Ja, Zigarillos, sehr exquisit. Ihr Duft erinnert mich an früher, erinnerst du dich? An die Nächte auf der Farm? Ach, Agnes, Paul tut mir so leid. Er ist hager geworden. Selbst im Winter trägt er keinen Pelz mehr, sondern nur noch Stoffmäntel. Er meinte, er würde in einem Pelz aussehen wie sein eigener Kleiderständer.«

Agnes stöhnte auf. »An alldem bin ich schuld. Nur ich. Das weiß ich jetzt. Aber damals dachte ich, ich würde das einzig Richtige tun.«

»Ja, ich weiß, Agnes. Gräme dich nicht. Vielleicht seht ihr euch ja noch einmal wieder. Paul sagte mir, er würde irgendwann nach Berlin kommen.«

»Ist das wahr, Linnea?«

»Ja, oder glaubst du, ich würde dich belügen?«

»Ja«, wisperte Agnes. Schnee stob auf, als ein Lieferwagen vorbeifuhr, und sie nestelte fröstelnd an ihrem Pelzkragen, an dem der oberste Haken aufgegangen war.

Linnea schüttelte schweigend den Kopf. Den Blick auf Agnes' Augen konzentriert, tastete sie nach deren Mantelkragen und ließ den Metallhaken einschnappen. »Weißt du eigentlich, wie sehr ich dich in den letzten Jahren vermisst habe? Dieser Krieg, er hat alles verändert. Ich glaube, es wäre besser gewesen, du wärst bei mir geblieben.«

Fieberte sie, oder strömte Eis durch ihre Adern? Agnes bewegte ihre Lippen. »Was ist mit Paul, Linnea? Warum hat er nicht nach mir gefragt?«

Linnea trat zurück. Verwirrt nahm Agnes wahr, dass Linnea mit den Tränen rang.

»Ach, Linnea, natürlich hat er das, es ist nur alles so schmerzlich.« Sie zog ein Taschentuch hervor.

Agnes hatte das Gefühl, sie könnte auf der Stelle zusammenbrechen. Unvorstellbar, wie sie den Potsdamer Platz erreichen und wieder eintauchen sollte in das Gewühl der Automobile, in Gestank und Menschenmassen. »Er war also bei dir«, flüsterte sie. »In deinem Haus.«

»Wo du einmal in Sicherheit gewesen bist.« Linnea zögerte. »Du und Paul, ihr habt euch damals so sehr geliebt.«

»Ihr habt?« Agnes war sich nicht sicher, ob es noch ihre eigene Stimme war. »Ihr habt?« Sie zitterte, hielt sich an Linneas Ärmel fest. »Warum bist du gekommen? Und was steht in dem Telegramm?«

»Dass ich dich wiedersehen möchte, Agnes. Und dass ich …«

»Warum?«

Linnea zog sie an sich. »Weißt du es denn nicht? Hast du es nie bemerkt?« Eine starke Böe brachte sie beide fast zu Fall. Linnea schlang ihre Arme um Agnes und flüsterte ihr etwas ins Ohr. Fassungslos schnappte Agnes nach Luft. Sie konnte und wollte dieses Geständnis nicht zulassen. Es fand in ihr keinen Raum.

Linnea schlug die Augen nieder, lächelte, als schaue sie einer Blüte nach, die im Strudel davontrieb. »Ich hatte deinen Brief bekommen, und er hatte mir Angst gemacht. Ich dachte, du solltest es einfach nur wissen, bevor alles möglicherweise zu spät ist.« Sie legte ihren Arm um sie, um sie von einem Mann in schwarzem Mantel wegzuschieben, der soeben mit zwei kalbsgroßen Hunden durch ein Hoftor kam. Die Hunde zogen ein Gestell auf Rädern, auf dem ein gusseiserner Ofen mit glühenden Kohlen befestigt war. Der Mann zerrte schimpfend an der Leine, spie säuerlichen Tabak aus und zog die Nase hoch. Er murmelte etwas, das wie »faules Pack« klang. Agnes zuckte zusammen. Meinte er die Hunde oder die Kriegsveteranen? Sie würde noch die Nerven verlieren …

»Ich … ich war im Krankenhaus, Linnea. In der Charité. Die Ärzte dort sind der Auffassung, dass, wenn sie nichts unternehmen, das Geschwür mit Sicherheit eines Tages die Bauchhöhle erobern wird.« Sie zitterte. »Wortwörtlich haben sie mir das gesagt.«

»Erobern?« Linnea blieb schockiert stehen. »Erobern?« Sie schüttelte den Kopf. »Militärjargon. Sie haben im Militärjargon mit dir gesprochen. Unfassbar. Und was wollen sie dagegen tun?«

»Sie überlassen mir die Entscheidung.«

»Was soll das heißen?«

»Alles oder nichts.« Agnes suchte Linneas Blick. »Ich soll …«

»Du sollst …?« Linnea nickte. »Dich operieren lassen. Ich verstehe.«

Verzweifelte Wut stieg in Agnes auf. »Nein, nein, das verstehst du nicht. Nicht du. Linnea, nicht du!« Sie riss sich von ihr los und lief ein Stück, blieb stehen und holte Luft. Schneeflocken trieben ihr in den Mund, während sie schrie: »Ich soll das Schicksal hinnehmen. So oder so. Schlimmstenfalls krepieren. Verstehst du? Krepieren! Als hätte ich nicht schon längst verloren.«

Sie brach zusammen, Passanten eilten herbei, Linnea kniete im Schnee nieder, griff Agnes unter die Arme und bettete ihren Kopf auf ihren Schoß. »Ruhig, ruhig. Ich bin ja da. Ich bleibe bei dir. Hab keine Angst.«

13

Ostsee, Juli 2012, kurz vor Trelleborg, Schweden

Isabel hatte sich auf den Weg gemacht, den letzten Wunsch ihrer Mutter Constanze zu erfüllen. Die Formalitäten für eine Seebestattung vor der schwedischen Küste waren zeitaufwendig gewesen. Jetzt war alles geregelt, Isabel wusste, was auf sie zukommen würde. Es war ein Trost, dass zwei frühere Freundinnen ihrer Mutter sowie drei rüstige Witwen aus der Seniorenresidenz sie auf diesem letzten Weg begleiten wollten. Sie waren zusammen am frühen Morgen mit dem Zug von Hamburg nach Lübeck gefahren und auf die große Skandinavienfähre umgestiegen. Natürlich bedauerten die älteren Damen Constanzes Tod. Aber sie waren viel zu gelöst und heiter, weil sie nicht verbergen konnten, dass dieses traurige Ereignis ihnen zugleich die Möglichkeit zu einer kleinen Reise bot. Isabel jedenfalls freute sich, nicht allein reisen zu müssen. Sie hatte während des ersten Teils der Fahrt ihre Lebensgeschichten angehört, hatte erfahren, dass ihre Mutter mit ihrem Ratschlag, Methode statt Kraft anzuwenden, die jungen Helferinnen amüsiert, die wenigen rüstigen Senioren jedoch immer wieder zu lebhaftem Widerspruch gereizt hatte.

Es war alles vorbei. Belanglos. Nichtig.

Jetzt, da die schwedische Küste in Sichtweite kam, fragte Isabel sich allerdings, mit welcher Methode sie ihre aufsteigende Angst bekämpfen sollte. Sie hatte ein genaues Bild davon, wie die Seebestattung ablaufen sollte, doch was danach kommen würde, war weder mit Kraft noch Methode vorstellbar. Denn sie hatte den Brief gelesen, von dem ihre Mutter ihr auf dem Sterbebett erzählt hatte. Constanze hatte ihn schon am Tag ihres Einzugs der Leiterin der Seniorenresidenz übergeben, mit der Bitte, ihn bis zu ihrem Tod im Safe aufzubewahren.

Isabel erinnerte sich, wie sie sich tagelang in ihrer Wohnung eingeschlossen hatte, um ihre Situation zu begreifen. Es hatte sie zwar verwundert, dass ihre Mutter für sie ein ungetragenes, taubenblaues Kleid aus den vierziger Jahren und einen Parfumflakon aufbewahrt hatte, aber verwirrt hatte sie etwas anderes. Constanze hatte ihr nämlich die Frage hinterlassen, ob Isabel gewillt war, ein außergewöhnliches Erbe anzutreten.

Das Erbe bestand aus einem Haus mit Seegrundstück auf einer kleinen Insel im zweitgrößten See Schwedens, dem Vätternsee. Die Frau, die ihr diesen Besitz anvertraut hatte, war eine Isabel unbekannte schwedische Glasmalerin, Linnea Svensson. Sie war zwei Tage nach Isabels Geburt in der Nacht vom 20. auf den 21. August 1978 gestorben. Linnea Svensson hatte ihr ursprüngliches Testament am 6. Juni 1973 verfasst, es aber wenige Stunden vor ihrem Tod mündlich ändern lassen. Seltsam war, dass Isabel aufgrund eines vom Notar beeidigten Beweisstückes am 22. August 1978, also nach Linnea Svenssons Tod, mit vollem Namen als alleinige Erbin eingesetzt wurde.

Woher kam das Beweisstück? Und wer anders als ihre Mutter hätte dem Notar ihren Namen nennen können?

Aber warum hatte ihre Mutter ihr nie erzählt, dass sie diese Glasmalerin in Schweden gekannt hatte?

Und welche Beweggründe hatte diese gehabt, sie, Isabel Hambach, mit einem Erbe zu begünstigen – und nicht ihre Mutter zu deren Lebzeiten?

Isabel jedenfalls hatte ihre erste Entscheidung gefällt. Sie wollte zunächst das Seegrundstück in Augenschein nehmen, eventuell danach zum Anwalt in Jönköping fahren und später eine Wahl treffen. Obwohl sie den Eindruck hatte, mit der Lösung des einen Rätsels nur weiteren Rätseln auf die Spur zu kommen.

Vielleicht war sie ja auch dabei, einen Fehler zu machen, wenn sie das Erbe annähme. Konnte sie sicher sein, dass sie nicht versuchte, ihrer Mutter noch posthum beweisen zu wollen, dass sie kein Weichei war? Wer wusste schon, was richtig war.

Wäre nur Simone bei ihr. Mit ihr hätte sie über alles sprechen können. Denn es gab noch etwas, das sie nervös machte, etwas Unheimliches, Irrationales. Es war an jenem Tag, an dem sie das Büro des Bestattungsinstituts betreten hatte, um Formalitäten zu erledigen … drei Tage nach der Kremation.

Isabel kam plötzlich der große Speisesaal beengend vor. Sie entschuldigte sich bei den älteren Damen, nahm Jacke und Umhängetasche und hielt auf dem Deck nach einem freien Liegestuhl Ausschau. Um sie herum genossen zahlreiche Passagiere, eingehüllt in Decken, die klare Luft. Ein hellgraues Wolkenband bedeckte seit Stunden die Sonne. Selbst der starke Nordostwind schien es nicht auflösen zu können. Isabel angelte nach ihrer Umhängetasche, holte ihr Smartphone hervor. Noch immer war keine Einladung zu einem Vorstellungsgespräch eingegangen. Sie beschloss, die Zeit zu nutzen und bei den großen Bankhäusern nachzufragen, ob ihre Bewerbung Aussicht darauf hätte, in die engere Wahl zu kommen. Anschließend wandte sie sich den eingegangenen Mails aus dem Liebesschmerz-Forum zu.

In den letzten beiden Wochen waren dreizehn weitere Mitglieder hinzugekommen, darunter auch eine geschiedene Ärztin, die sich in einen Patienten verliebt hatte, einen bekannten Kabarettisten, dem sie, sooft es ihr Beruf zuließ, hinterherreise. Nach einem seiner Auftritte hätte sie ihn in seiner Künstlergarderobe aufgesucht und ihm ihre Liebe gestanden. Und obwohl er sie kannte, hätte er sie kühl und mit kargen Worten zurückgewiesen. Viereinhalb Monate sei das her, doch noch immer halte ihr Schock über die brüske Zurückweisung an. Ihr käme es vor, als laufe sie mit durchbohrtem Brustkorb durch die Welt und ihr zerrissenes Herz blute sich leer. Am meisten aber belaste sie die Scham, Medikamente nehmen zu müssen, die sie keinem einzigen Forenmitglied empfehlen würde.

Die Community reagierte bestürzt, verunsichert. Wenn schon eine Ärztin mit dem Liebesschmerz nicht fertig wurde, wie dann die anderen? Trotzdem mangelte es in den Postings nicht an gutgemeinten Ratschlägen. Aus dem Wege gehen. Sich Gutes tun. Ablenken. Loslassen. Wunderbare Ratschläge, dachte Isabel, und ebenso schwer durchzuhalten, wie jemandem zu vertrauen, der möglicherweise in die Asche des Schmerzes feine Glut gesetzt hatte …

Vier neue Mails von einem unbekannten Absender. Wer war »Zara«? Isabel runzelte die Stirn. Hatte ihr Spamfilter versagt? Egal. Sie würde sie später lesen. Wenn die Seebestattung überstanden wäre, sie ihre endgültige Entscheidung gefällt hätte …

Lange schaute sie in den Himmel und versuchte, sich vorzustellen, dass Simone neben ihr säße. Dann begann sie zu schreiben.

Die Urne war warm.

Der Bestatter hatte sie aus seinem Safe geholt und auf dem Schreibtisch vor mir abgestellt. Jetzt telefonierte er, zerrte unruhig an seinem Krawattenknoten, wandte mir den Rücken zu. Ohne dass ich es beabsichtigt hätte, hatten sich meine Hände nach der Urne ausgestreckt. Trotzdem kam es mir vor, als hätte ich gerade einen Ball aufgefangen, der mir plötzlich von irgendwoher zugeworfen worden war.

Aber woher kam die Wärme, die die Urne verströmte? Verfügte der Safe etwa über eine Innenheizung? Ich blinzelte zur Wand, wo der Bestatter die Safetür hatte offen stehen lassen. Irrwitzigerweise überlegte ich kurz, ob es einen Grund geben konnte, loses Papier, Plastikmappen, Urkunden, Schlüsselbunde und ein schwarzes Lederkästchen warm zu halten. Mein Daumen strich über das Metallsiegel, über Buchstaben und Zahlen. Namenszug, Lebensdaten.

Constanze Hambach, 8. 2. 1928–29. 6. 2012.

Lag es am bleichen Licht, an meinen Tränen? Die eingravierten Lebensdaten schlingerten vor meinem Blick wie Quecksilberkügelchen hin und her.

Aber was mich erschrecken ließ, war, dass auch das Urnensiegel warm war. Ich bemühte mich, mir vorzustellen, wie die Urne am frühen Morgen über fast dreißig Kilometer weit hierhertransportiert und im Safe dieses Bestatters aufbewahrt worden war. Ich starrte auf seinen gebeugten Rücken. Er telefonierte immer noch, lauter, mit routiniert beherrschter Wut. Mein Blick schweifte über seinen Kopf hinweg zu den Lärchen, die jenseits der trüben Fenster zu sehen waren. Nebelschwaden hingen in ihren Ästen, umflorten ihre Zweige.

Natürlich hatte ich keinen Ball aufgefangen. Doch woher kam dieser Eindruck? Ich überlegte und kam schließlich auf eine Antwort, die so makaber wie verrückt sein mochte. Es war, als hätte mir das Schicksal einen verschlossenen Krug voller unsichtbarer Rätsel überreicht. Ich hielt die Seelenglut meiner Vorfahren in den Händen. Das Schlimme war nur, dass ich nichts über unsere Vergangenheit wusste.

14

Jönköping (Schweden), August 1914

Agnes hatte Paul vertraut. Er hatte vor seiner Abreise aus Bessarabien eine Wahrsagerin am Schwarzen Meer befragt und sah nun seine Ahnung bestätigt. Das Attentat in Sarajewo hatte einen Krieg ausgelöst, der die Welt für immer in ihren Grundfesten zerstören würde. Er hatte ihr ein Telegramm geschickt, in dem er ihr versprach, sie auf Linneas Insel in Sicherheit zu bringen. Vor feindlichen Soldaten und Artilleriefeuer, vor Hungersnot und Angst.

Agnes indes hatte Arthur, ihrem Ehemann, am Tag seines Marschbefehls am ersten August, ein Nelkensträußchen ans Revers geheftet und ihm mitgeteilt, sie würde, solange der Krieg andauerte, wieder zu ihrer Schwester Martha nach Spandau ziehen und das Handarbeitsgeschäft weiterführen.

Er hatte ihr an diesem Morgen kaum zugehört, sondern wie besessen den Lauf seines Gewehres poliert, wie auch Ernst, sein jüngerer Bruder, und Werner, ein entfernter Cousin, es an diesem Morgen taten. Er hatte sie am Vortag zum Aufbruchsfrühstück eingeladen, und ihr war es nur recht gewesen. Wenig später begleitete sie die Männer, zusammen mit anderen jubelnden Soldaten, zum Bahnhof. Wie sie alle fieberte auch Arthur vor Begeisterung, endlich in einen Krieg ziehen zu können, der der Welt Deutschlands Überlegenheit beweisen würde. Auch er sah in ihm die große Chance seines Lebens. Agnes kannte ihn zu gut, um zu ahnen, dass er von der Vorstellung beseelt sein könnte, sich selbst, vor allem aber Hauptmann Höchst, seinem früheren Vorgesetzten, zeigen zu können, dass er zu mehr fähig war, als in Afrika deutsche Kolonisten gegen halbnackte Nama und Herero zu verteidigen.

Agnes jedenfalls war erleichtert. Und als die Lokomotive schnaufend anfuhr, freute sie sich geradezu. Denn das erste Mal in ihrer Ehe hatte Arthur ihr gegenüber völlige Gleichgültigkeit bewiesen. Doch als sie wenig später einen seiner zurückgelassenen Hosengürtel zu Hilfe nehmen musste, um ihren vollgepackten Koffer zusammenzuzurren, befiel sie Angst.

Paul hatte ihr versprochen, Jönköping, die kleine Hafenstadt an der Südspitze des Vätternsees, zu einem späteren Zeitpunkt zu besichtigen. Er war mit dem Direktor der namhaften Streichholzfabrik bekannt und würde ihr nur zu gerne den Ort zeigen, an dem die berühmten »Swedish Matches« erfunden worden waren, Zündhölzer, die sich nicht selbst entzündeten. Sie hatten die Welt revolutioniert und waren in einer Zeit wie dieser so unentbehrlich wie kaum je zuvor. Dann hatte er ihre Reisetasche über die Schulter geworfen, ihr den Koffer abgenommen und war zur Anlegestelle im Hafen vorausgeeilt. Sie war ihm gefolgt und dann, überwältigt vom Anblick des Sees, auf der Stelle stehen geblieben. Sie hatte ihn sich anders vorgestellt, dem Wannsee ähnlich … dieser See aber überraschte sie. Er war nicht nur groß, nein, er erschien ihr geradezu grenzenlos, weit wie das Meer, und über ihm schwebte ein wolkenloses, sehr helles Blau. Sie fühlte sich auf der Stelle von ihm angezogen, ja, geradezu hinübergezogen. Magisch kam er ihr vor, und sie konnte ihren Blick nicht von ihm lösen.

Agnes beachtete die Droschken, Radfahrer und Automobile nicht, die vom nahe gelegenen Stora-Hotel aufbrachen und einen Bogen um sie fahren mussten. Für sie waren es hupende und lachende Schemen. Sie aber verspürte eine leise Vorfreude, ganz so, als könne dieser See ihr neues Leben einhauchen …

Dank des ruhigen sommerlichen Wetters erreichten sie nach nur knapp anderthalb Stunden mit dem Dampfboot den Landeplatz an der Ostseite der Insel, Visingsöhamn.

Sie wateten barfuß und Hand in Hand am seichten Ufer entlang. Es war heiß, und auf dem Wasser schaukelten die Schatten der Eichen und Maulbeerbäume. Neben ihnen tauchte ein Fisch auf und schnappte nach einer herabgefallenen roten Maulbeere. In einem der Fischerhäuser hörten sie eine alte Frau ein Volkslied singen, in das die Stimmen junger Mädchen einfielen. Aus Richtung der Berge im Westen kommend, segelte ein Frachtschiff mit Baumstämmen südwärts Richtung Jönköping.

Agnes fasste Pauls Hand fester. »Ich bin so froh, dass du mich hierhergebracht hast. Ich hätte mir nie vorstellen können, wie schön es hier ist. Hell und so friedlich.«

Er wandte ihr sein Gesicht zu. »Ich bin sehr froh, dich hier in Sicherheit zu wissen, Agnes.«

»Ja«, erwiderte sie, »ja, das weiß ich, Paul.« Sie blieb stehen, schaute ihm in die Augen. Sie liebte ihn mehr als alles auf der Welt. Sie, nur sie allein wusste, wie groß und wie erschütternd die Wahrheit hinter diesem *alles* war. Oh, sie hätte ihm so vieles sagen können. So vieles, das wie eine Naturgewalt gegen ihre Kehle drückte, ihr den Hals zuschnürte. Wie ein Reflex sprang ihre Erinnerung zurück an den Tag, an dem Paul sie damals heimlich in Berlin aufgesucht hatte. Sie war völlig überrascht gewesen, denn sie hatte angenommen, sie würden sich nach ihrer unglückseligen Trennung am 17. Januar 1904 im Hafen von Swakopmund nie mehr wiedersehen. Doch das Gegenteil war eingetroffen. Paul war nur knapp drei Wochen später nach Deutschland zurückgekehrt und innerhalb weniger Tage zu ihr gefahren. Das an sich war schon wunderbar, aber wichtig für sie war, dass er sie von ihrem Schuldgefühl befreien konnte, nicht nach ihm gesucht zu haben. Er hatte ihr beteuert, wie richtig ihr Verhalten gewesen sei, auf dem Schiff zu bleiben und nicht an Land zu gehen. Sie hätte höchstwahrscheinlich in große Gefahr geraten können. Ihn selbst hatte ein unangenehmer Vorfall im Zuge der damaligen politischen Unruhen daran gehindert, rechtzeitig zum Schiff zurückzukehren. Mehr hatte er ihr nicht erzählt, doch es war genug, um sie zu beruhigen. Und dann hatte ihre Liebesgeschichte ein weiteres Mal begonnen …

Noch immer ruhte ihr Blick auf ihm, und sie hörte sich ein einziges Wort sagen. »Danke.«

Er ergriff ihre andere Hand, zog sie an sich und küsste sie. »Versprich mir, dass du mir treu bleibst, Agnes.«

Sie war überrascht. Sie hatte Paul nie Anlass zur Eifersucht gegeben. Kein einziges Mal. Selbst Arthur war nie ein Grund gewesen, obwohl er noch immer ihr Ehemann war. Paul wollte anscheinend Gewissheit, denn er hatte Angst, sie hier allein bei Linnea und Magnus zurückzulassen. Er fürchtete wohl, sie könnte zu viel an Arthur denken, der bald an der Somme kämpfen würde. Wie so oft, wenn sie zusammen waren, rührte sie Pauls ehrliche Liebe, seine Sorge um sie. Umso heftiger brannte der Schmerz in ihr, ihm etwas verheimlichen zu müssen.

Sie stellte sich auf die Zehenspitzen und erwiderte seinen Kuss mit geschlossenen Augen. Sie raffte ihr Kleid und lief durch die flachen Wellen auf Linneas Boot zu, das vor ihnen an einem Steg im Wasser schaukelte. Paul holte sie sofort ein und hob sie mit Schwung in die Höhe. Dabei lösten sich ihre Kämme, und ihr volles Haar fiel wie Seide über seine Schultern.

»Ein Versprechen, Agnes! Bitte.« Er blickte so flehend zu ihr auf, dass sie lachen musste.

»Ja! Ja! Alles, Paul, nur lass mich bitte hinunter!«

»Das ist keine echte Antwort«, erwiderte er. »Versprich mir, treu zu bleiben.«

Es machte ihr Angst, herauszuhören, wie ernst es ihm war. »Aber hier wird doch niemand mit mir Rumba tanzen, hier doch nicht!«

»Nicht spotten, Agnes, bitte.«

»Ach, Paul«, rief sie atemlos.

Er ließ sie wieder herab. Sie atmete auf. »Ich liebe dich. Und wenn mich jemand dir fortnehmen will, werde ich ihn töten.«

»Das würdest du tun?«

»Ja« – sie lehnte ihren Kopf gegen seine Schulter – »ja, vielleicht. Lieben aber werde ich nur dich, bis ich sterbe.«

Seine Finger schoben sich in ihrem Nacken in ihr Haar. Er küsste ihre Stirn, ihre Lider. »Meine wundervolle Agnes, wie sehr ich dich liebe. Du bist die Frau, die ich schon erahnte, als ich noch jung war. Jeden Abend habe ich den Herrgott um eine Frau wie dich gebeten. Wie du sein würdest, wusste ich, bevor ich die Schule verließ. Zu erfahren, wie du ausschaust und sprichst, dafür musste ich einen langen, sehr langen Weg gehen. Und jetzt wird uns keine Macht der Welt mehr trennen.«

»Kein Krieg«, ergänzte sie leise.

»Nein, auch kein Krieg. Dafür ist jetzt gesorgt. Hier bei Linnea bist du in Sicherheit.«

Die Wellen schwappten an ihren Waden hoch. Agnes schaute über Pauls Schulter. Der See glitzerte im Sonnenlicht. Doch ihr kam es vor, als flirre unweit des westlichen Ufers eine Gestalt über seine tiefblaue Oberfläche. Schwenkte sie die Arme? Oder hüpfte sie auf und nieder? Plötzlich war es ihr, als kröche ihr die Kälte des Wassers in die Brust. Sie suchte Pauls Blick. »Ich habe es dir noch nicht gesagt, aber Arthur glaubt, du seiest auch als Soldat eingezogen worden.«

»Wenn er das annimmt, ist das nicht das Schlechteste. Er wird bei jedem Schuss hoffen, eine Kugel könnte mich treffen. Die Vorstellung wird ihn beflügeln.« Er versuchte zu lächeln und hob ihr Kinn an. »Agnes, bitte denk nicht an ihn. Er liebt dich nicht. Und er kämpft für sein Land, nicht für dich.«

Arthur liebt mich auf seine Art, Paul, erwiderte sie ihm im Stillen. Und durch meine eigene Schuld werde ich ihm bis ans Ende meines Lebens verpflichtet sein.

Laut sagte sie: »Ja, natürlich«, und versuchte, sich abzulenken, indem sie nach der seltsamen Erscheinung über dem Wasser Ausschau hielt. Mit Erleichterung stellte sie fest, dass diese noch immer über dem Wasserspiegel flirrte. Jetzt sah es aus, als ob sie mit ausgebreiteten Armen farbige Bänder schwenkte.

»Paul? Siehst du das dort auch? Was ist das?«

Er wandte sich um. »Das ist eine Luftspiegelung, Agnes. Sie hat nichts zu bedeuten. Obwohl man sagt, dieser See sei mystisch. Linnea erzählte mir, dass sich sein Wasserspiegel manchmal ohne Vorzeichen hebt und senkt. Dann wieder wechseln seine Strömungen, ohne dass man es ahnt.« Er lächelte ihr zu. »Und heute erleben wir eines seiner Luftbilder, so wie damals die Fata Morgana in der Namib. Erinnerst du dich noch? Wir hatten uns an der Skelettküste getroffen, wo uns Martin abholte. Er wollte uns die Wüste zeigen, wo Wüstenelefanten und Oryx-Antilopen leben.«

»Ja, es war wirklich sonderbar, sich zwischen zwei Meeren zu bewegen, hinter uns der Atlantik und vor uns die Namib. Und dann dachten wir doch tatsächlich, eine Lokomotive käme auf uns zu. Aber hier ist alles so anders, so zart. Vielleicht tanzen dort ja Wassergeister« – Agnes legte ihre Hand über die Augen – »oder Elfen …«

»Na, dann komm« – Paul deutete mit dem Kopf zum Boot – »ich könnte uns hinausrudern, hast du Lust?«

Agnes folgte seinem Blick und entdeckte die blau-rot-gelbe Webdecke, die Linnea am Abend zuvor im Haus gesucht hatte. Noch bevor sie etwas erwidern konnte, wandten sich ihre Augen dem See zu. Paul lächelte, trat neben sie und legte seinen Arm um ihre Schultern. Still betrachteten sie das Wasser, das klare, schwebende Blau. Ja, sie hatte es schon am ersten Tag, im Hafen gespürt, dass dieser See eine magische Ausstrahlung hatte. In seiner Tiefe mussten verborgene Kräfte ruhen, auch wenn sein Wasser so klar wie ein Alpensee war. Und er … atmete. Er würde ihr neues Leben einhauchen.

»Nun? Wollen wir hinaus?«

Sie lehnte ihren Kopf an Pauls Schulter. »Ja, Paul. Ich glaube, ich habe mich schon jetzt in diesen See verliebt.«

15

Schweden,
auf der Fahrt zum Vätternsee,
Juli 2012

Isabel hatte eine schlaflose Nacht in Norrköping, an der Mündung des Motala-Flusses verbracht. Doch die heutige Seebestattung auf Höhe des Göta-Kanals, nordwestlich von Gotland, hatte sie stärker erschüttert, als sie befürchtet hatte. Hier, umgeben von der Unendlichkeit des Meeres, traf sie die Wahrheit des Unabänderlichen heftig. Sie fühlte sich einsam und endgültig mit all ihren Fragen im Stich gelassen. Natürlich hatten ihre Begleiterinnen sie zu trösten versucht, so gut sie es vermochten. Aber angesichts des hohen Alters der Seniorinnen war es Isabel dann doch peinlich gewesen, und so hatte sie ihre ganze Kraft zusammengenommen und die alten Damen beruhigt. Schließlich sollten sie ihre Reise ja fortsetzen, morgen gut gelaunt in Norrköping in einen Bus steigen und nach Stockholm fahren.

Jetzt war es später Abend. So weit Isabel auch sah, färbte rosaviolett-weißes Licht den Himmel. Sie war völlig erschöpft von der Anreise tags zuvor, der schlaflosen Nacht, der Bestattung. Die ungewohnte Helligkeit der Mitternachtssonne jedoch putschte sie nun auch noch auf, raubte ihre letzten Kraftreserven. Ärgerlicherweise hatte sich ein bohrendes Hungergefühl eingestellt, denn sie hatte seit dem Frühstück vor Anspannung nichts mehr gegessen. Und sie hatte es versäumt, Kekse, Sandwiches und Wasser für den Rest des Tages mitzunehmen. Natürlich hätte sie hier in ein Hotel gehen, hätte duschen, essen und in ein gemütliches Bett schlüpfen können. Doch sie hatte sich entschieden, die Ostküste so schnell wie möglich zu verlassen und einen Wagen zu mieten.

Als sie den Parkplatz vor dem Autoverleih betrat, hatte gerade ein junges Pärchen seinen Wagen zurückgegeben. Sie hatte ihre Schritte beschleunigt, dem Verleiher mit ADAC-Ausweis und Kreditkarte zugewunken, hastig die nötigen Formalitäten erledigt, das unbeholfene Englisch überhört und war losgefahren. Jetzt hatte sie den Verdacht, einen Fehler gemacht zu haben. Seit gut einer Stunde nämlich zeigte das Display einen Warnhinweis an, den sie nicht deuten konnte. Sie hoffte, der Wagen würde noch bis zum Ziel durchhalten, Gränna, das Zuckerstangen-

Städtchen am östlichen Ufer des Vätternsees, mit Blick auf die Insel Visingsö. Mit dem Gedanken an diese Süßigkeit versuchte sie, sich von ihren Sorgen abzulenken.

Rot-weiße Zuckerstangen. Ihr fiel wieder die Seniorin mit dem silbrig-lila gefärbten Haar ein, die von ihren Reisen mit ihrem ehemaligen Ehemann, einem Studienrat für Physik und Erdkunde, geschwärmt hatte. Er hatte sie gleich nach seiner Pensionierung verlassen und lebte mit einer wohlhabenden Architektin auf Norderney. Doch er blieb ihre große Liebe, und sobald sie in Schweden war, fühlte sie sich verjüngt, weil er ihr im Geiste wieder nah war. Sie hatte Isabel erzählt, dass die Zuckerstangen in Schweden *polkagrisar*, Polkaschweinchen, hießen und im 19. Jahrhundert von einer alleinerziehenden Mutter aus Geldnot erfunden worden waren. Sie selbst hätte sie in ihrer Kindheit geliebt, und glücklicherweise gäbe es sie heute immer noch.

Isabel blinzelte durch die verschmutzte Frontscheibe, geblendet vom orange-roséfarbenen Licht der roten Rücklichter der Fahrzeuge vor ihr. Zuckerstangen, *polkagrisar*. Sie erinnerten sie an den Hamburger Dom, im Frühling, im Winter. Und an Constanzes Verbot, sie zu essen. Isabel beschloss, sie noch heute, gleich nach der Ankunft, zu kaufen.

Als Trost. Aus Trotz.

Wenn das Auto denn durchhielte. Wieder leuchtete das Display mit einem neuen Hinweis auf. Dieses Mal verstand Isabel. Sie würde bald eine Tankstelle anfahren müssen. Nach einer Viertelstunde entdeckte sie ein Hinweisschild.

Als sie Minuten später zum Zapfhahn griff, sprang ein Hirtenhund mit grün-blau getupftem Halstuch an ihr hoch. Schimpfend folgten ihm zwei junge Spanierinnen. Sie entschuldigten sich sofort bei ihr auf Englisch. Sie waren völlig verschwitzt und trugen große Trekking-Rucksäcke mit Isomatten und Zelt, Wanderstöcke mit bunt geflochtenen Schnüren, kurze Jeans und erdverkrustete Wanderstiefel. Das Einzige, das Isabel verstand, war, dass sie in Lappland gewandert waren und nun nach Gränna wollten, wo sie mit Freunden auf einem Musikfestival verabredet waren. Also nahm sie sie mit. Da der Hund sich aber weigerte, hinten zu sitzen, nahm ihn das jüngere Mädchen vorn zwischen ihre Beine. Während diese ihr iPod hervorholte und laut *Usher* einstellte, ruckte der Hund mit seinem Kopf hin und her. Er hechelte und schleckte jedes Mal über Isabels Hand, wenn sie den fünften oder sechsten Gang einlegte. Ein einziges Mal schaffte sie es, ihm dabei in die Augen zu sehen. Sie war sich sofort sicher: Er hatte gelacht.

So gut es ging, plauderte sie mit dem älteren Mädchen auf der Rücksitzbank. Isabel verstand, dass diese als *nurse* in einem Krankenhaus in Barcelona arbeitete, ihre Freundin Sport und Informatik studierte und sie beide die *mountains* in Skandinavien liebten. Isabel erzählte ihr von ihrem Urlaub in den Südtiroler Bergen und genoss es, jemanden zu haben, mit dem sie über körperliche und seelische Hochs und Tiefs in den Bergen plaudern konnte.

Auch wenn sie sich nur radebrechend unterhalten konnten, überwog doch das gegenseitige Verständnis. Und das tat ihr gut.

Doch gut eine Stunde nach dem Tanken leuchtete der mysteriöse Warnhinweis erneut im Frontdisplay auf. Das Mädchen beugte sich zu Isabel vor und schüttelte den Kopf. Auch sie verstand das Warnsymbol nicht. Nur eine knappe Viertelstunde später setzte der Motor abrupt aus. Isabel erschrak fast zu Tode, steuerte so vorsichtig wie möglich den Seitenstreifen an und startete erneut. Vergeblich. Ihr brach der Schweiß aus. Es war tiefe Nacht, und nur wenige Fahrer waren unterwegs. Noch hatte sie keine Lust, jemanden herbeizuwinken. Also versuchte sie es erneut. Und tatsächlich, endlich sprang der Motor wieder an. Der Hund war ebenso erschrocken wie sie alle und hatte seine Ohren angelegt. Aus Angst, der Motor könne gleich wieder ausfallen, fuhr Isabel in gedrosseltem Tempo weiter.

Doch gut fünfzig Kilometer vor Gränna blieb der Wagen endgültig stehen. Der Motor war wie tot. Die wenigen Autofahrer, die anhielten, wussten auch keinen Rat. Weder lag es an fehlendem Benzin noch an der Batterie. Es war fast elf Uhr, und Isabel war zu müde, auf einen Abschleppdienst zu warten. Ihr blieb nur eines übrig. Sie musste Koffer und Reisetasche nehmen und mit den Mädchen durch die Nacht marschieren.

Während sie ihren Koffer über den Asphalt zog, sprang der Hund begeistert um sie herum, rannte kreuz und quer und jagte sogar einmal eine Maus. Die Mädchen versuchten derweil, per Handy irgendwelche Freunde zu erreichen. Und tatsächlich, nach einer Dreiviertelstunde kam ihnen langsam ein altes Saab-Cabriolet entgegen, aus dem lautstark basslastiger Techno-Sound scholl. Der Saab vibrierte geradezu, als powerten Subwoofer unter seiner Motorhaube. Der Fahrer wendete und hielt wenige Meter vor ihnen am Straßenrand. Zwei junge Männer in Turnschuhen und hellen Chinos stiegen aus. Die Mädchen rannten auf sie zu und fielen ihnen jubelnd in die Arme. Sie stellten Isabel Alex aus Köln und Gunnar aus Malmö vor. Die Männer verstauten rasch Rucksäcke und Gepäck und ließen sich Isabels Problem mit dem Wagen erklären.

»Tja, da gibt es nur eine Erklärung«, meinte Alex und guckte Gunnar grinsend an. »Kurbelwellensensor.«

Gunnar lachte und ergänzte auf Englisch. »Genau. Wie in Barcelona im letzten Herbst. Genau das Gleiche.«

Alex versuchte Isabel die Zusammenhänge zu erklären, doch sie verstand kaum noch etwas. Begriffe wie Motorsteuerung, Drehzahlerfassung, Zündzeitpunkt und Steuerung der Einspritzzeit rauschten an ihr vorüber wie die Rücklichter vorbeifahrender Autos. Sie war nur unendlich erleichtert. Sie hatte nichts falsch gemacht, außer dem Verleiher nicht zugehört zu haben. Todmüde sank sie auf den Rücksitz zwischen die Mädchen. Ihre Arme schmerzten und ihre Füße brannten, als wäre sie die ganze Zeit auf Holzsohlen gelaufen. Lustig war nur der Hund. Er hockte zwischen Alex' Beinen, die Nase hochgereckt, die Ohren im Fahrtwind flatternd. Und er bellte die Subwoofer in den Innenseiten der Türen an.

»He's a bit crazy, Isy«, rief ihr eines der Mädchen zu.

»Exakt!«, stimmte ihr Alex mit einem belustigten Blick auf Isabel zu. »Völlig durchgeknallt, der Hund.«

Blitzschnell reckte sich dieser und schleckte Alex über den Hals.

»Igittigitt!«, schrie Alex, woraufhin alle lachten.

Isabel atmete tief durch. Was für ein seltsamer Tag. Schwierig und komisch zugleich.

Doch sie hatte kurz vor Mitternacht, kurz vor ihrem Ziel, noch einmal Glück gehabt.

Man sollte die Hoffnung also doch nicht aufgeben.

Und die Zuckerstangen würde sie sich morgen, ausgeschlafen und nach einem guten Frühstück, gönnen.

Bestärkt von dieser Vorstellung, holte sie ihr Smartphone hervor. Eine Mail von Simone, zwei Mails von Banken, vier von dieser ominösen Zara …

Hastig überflog sie die Mails. Die Filiale einer großen Bank in Harburg und eine weitere in Stadtmitte hatten Interesse an ihrer persönlichen Vorstellung, Donnerstag, 19., und Montag, 23. Juli …

Simone hatte endlich die Genehmigung für die Teilnahme am neuen Wasserprojekt in Namibia bekommen …

Und die unbekannte Zara wollte ihr nun schon seit Tagen mitteilen, dass irgendein Forumsmitglied ein Buch geschrieben habe, das sie zum Downloaden ins Netz gestellt hätte …

Interessante Idee, über Liebesschmerz zu schreiben, dachte Isabel, aber hätte nicht eine einzige Benachrichtigungsmail gereicht?

Na ja, sie würde ihr schon noch schreiben, und sobald sie Zeit hätte, würde sie sich das Buch auch anschauen. Aber im Moment hatte sie andere Sorgen. Gleich morgen früh würde sie die Mails beantworten.

Sie schob Zaras Mails ins Archiv, schloss ihr Smartphone und schaute auf die Holzhäuser. Es roch nach Rauch, Fisch, feuchtem Schilf.

Und dort … sie setzte sich wie elektrisiert auf … dort lag der See. Der berühmte Vätternsee.

Ein Meer. Grenzenlos und verwunschen wie Glas, über das die farbigen Strahlen der Mitternachtssonne hinwegstrichen …

Plötzlich war sie hellwach.

Sie würde nicht viel Zeit für diesen Zauber haben.

Und noch weniger, um sich ihr Erbe anzusehen.

Sie würde sich schnell entscheiden müssen.

Die wenigen Hotels, die noch geöffnet hatten, waren belegt. Es blieb ihr nichts anderes übrig, als die Einladung der Mädchen anzunehmen, in ihrem Zelt zu schlafen. Hoffentlich würde es ihr nichts ausmachen, dass der Hund ebenfalls mit im Zelt sei, er sei es gewohnt, zu ihren Füßen zu liegen. Isabel seufzte im Stillen. Es würde keinen Zweck haben, den Hund dazu zu bringen, auf seine Gewohnheit zu verzichten. Er schien unbestechlich. Aber da sie keine andere Wahl hatte, nahm sie das Angebot an.

Obwohl der Hund schnarchte, schien er einen leichten Schlaf zu haben. Denn er schlüpfte mehrmals durch die Zeltöffnung, um draußen nach dem Rechten zu sehen. Und obwohl er sich vorsichtig bewegte, wachte Isabel jedes Mal auf. Und als sie endlich in eine tiefere Schlafphase fiel, weckten sie wenig später die ersten Sonnenstrahlen. Verwirrt sah sie blinzelnd auf ihre Armbanduhr. Drei Uhr morgens. Weniger als drei Stunden Schlaf. Und die nordische Nacht war bereits vorbei.

Sie hatte die erste Fähre hinüber auf die Insel genommen. Gränna mit seinen farbigen Holzhäusern lag hinter ihr, und in ihrer Tasche ruhte ein Bündel Zuckerstangen. Jetzt saß sie, gemeinsam mit zwei Dutzend Touristen, auf einem *remmalag*, einem Pferdewagen. Sie faltete den Prospekt zusammen, den sie am Hafen gekauft hatte. Der Sage nach hatte ein Riese ein Grasbüschel in den See geworfen, damit seine Gattin diesen unbeschwert durchschreiten könne. Isabel ließ ihren Blick über blumenbetupfte Weiden, schattige Eichen- und lichte Buchenwälder, rot gestrichene Gehöfte und den geschwungenen Sandweg vor ihnen schweifen. Über ihnen zog ein Schwarm Reiher dahin. Ein wahrhaft flaches Grasbüschel, doch ein wunderschönes Kleinod, friedlich, still. Ihre Augen brannten vor Übermüdung, ihre Nerven fieberten vor Anspannung. Wo mochte das Grundstück der Glasmalerin Linnea Svensson liegen? Ihr Erbe? Sie hatte dem Kutscher Linneas Namen genannt, und er hatte nur verständig genickt. Kurz darauf hielt er an einer Wegkreuzung und wies auf ein Wäldchen, das sich zur Westseite der Insel hin erstreckte. Sie machte sich auf den Weg durch lichte Schattenflecken, über sich die Kronen uralter Eichen und Buchen. Schon bald schimmerte das Blau des Sees zwischen den Stämmen hervor. Und plötzlich hörte sie einen Motor, so als ob ein Wagen rückwärtsfuhr. Von einer eigenartigen Unruhe gepackt, begann sie zu laufen.

Als Isabel aus dem Wald heraustrat, blendete im ersten Moment das Licht der Morgensonne sie, das sich im See widerspiegelte. Sie nahm ein blaues Holzhaus mit weißen Fenster- und Türrahmen wahr, einen Weg aus alten Granitplatten, der, vorbei an Rosenstöcken mit gelben, roten und weißen Blüten, Goldlack und Orchideen, auf die Tür und den Strand zuführte ... drei hohe Birken, eingefasst von einer weißen Bank aus Holz, standen dicht am Ufer ... linker Hand dehnte sich eine Wiese mit Klatschmohn und Margeriten aus ... Gemüsebeete folgten, dazwischen ein von

Weidenruten befestigter Komposthaufen … und genau dort schillerte himmelwärts eine rot-grüne Wolke, wie von einem Maler in das Blau des Sees hineingetupft.

Isabel lief an dem umgestürzten Zaun entlang. Immer wieder fokussierte sie Tausende von roten Punkten inmitten von flackerndem Blattgrün. Als sie nah genug herangekommen war, entdeckte sie einen Jeep mit geöffneter Tür. Sie verspürte eine eigenartige Anspannung und stieg über die eingebrochenen Schwartenbretter. Und dann sah sie einen Mann in engen Bluejeans und weiß-blau kariertem Hemd, der sich zwischen den knorrigen Stämmen alter Kirschbäume bewegte. Ihr Herz schlug schneller. Sie schaute zu den Baumkronen auf, in denen große schwarzrote Herzkirschen dicht an dicht hingen. Im nächsten Moment heulte eine Motorsäge auf.

»Stop!«, rief sie. »Stop it immediately!« Sie lief auf ihn zu und packte ihn am Arm. »Die Bäume hängen voller Früchte, Sie können sie doch nicht einfach fällen!«

Er drehte sich zu ihr um und starrte sie aus hellen Augen an. Er mochte um die sechzig sein, war trotz eines kleinen Bauches schlank und trug eine silberne Kette mit Gitarrenanhänger um den Hals. Er schaute sie an, als müsse er überlegen, ob er sie schon einmal gesehen hätte.

»Hören Sie«, begann sie ein weiteres Mal und sah zu den Kirschen hoch, »warum wollen Sie diese schönen Bäume abholzen? Sie sind alt, aber gesund. Schmecken Ihnen die Kirschen nicht?«

»Nein«, erwiderte er langsam, »nein, sie schmecken mir nicht.« Er stellte die Motorsäge aus, ohne seinen Blick von ihr zu wenden. »Hast du denn Appetit? Dann, bitte, bedien dich.« Er machte eine einladende Handbewegung.

»Gerne, ja, sie sehen großartig aus.« Sie musterte die Zweige mit den vollen Früchten, zögerte und ließ ihren Blick über das blaue Haus inmitten des blühenden Gartens schweifen. »Sie sind zu beneiden, Sie haben ein wunderschönes Grundstück.«

»Es gehört mir nicht.« Er stellte die Motorsäge zu Boden und kreuzte die Arme vor der Brust. »Leider.«

Sie fühlte einen Schauer über ihren Rücken rieseln. »Ah, ich verstehe, Sie hüten ein Ferienhaus. Ich habe gelesen, dass viele Schweden solche Sommerhäuschen besitzen. Aber dieses ist wirklich …«

Er unterbrach sie. »Du bist Deutsche?«

Sie nickte, griff nach einem Ast und bog einen Zweig voller Früchte zu sich herab. »Da kann man wirklich nicht widerstehen.«

»Nur zu, nimm dir.« Er holte aus seiner Brusttasche ein Päckchen Gauloises hervor. Langsam, als brauchte er Zeit, zündete er eine Zigarette an. Isabel hatte ein Kirschpärchen erwischt. Sie wandte sich zur Seite, schaute hinüber auf den See und schob eine dicke Herzkirsche in ihren Mund. Kurz strich ihre Zungenspitze über die feste glatte Haut. Genussvoll biss sie zu, meinte, das Aufplatzen zu hören, und erschrak fast vor der Flut saftiger Süße und dem sonnengereiften Fruchtfleisch. Sie schloss kurz die Augen. Nein, wirklich. Eine Kirsche wie diese hatte sie noch nie gegessen. Sie tupfte einen Tropfen Saft aus dem Mundwinkel und verrieb ihn über ihren Handrücken. Dann sah sie auf.

Enten watschelten ans Ufer. Irgendwo quakte ein Frosch, und über den Blumen summten Insekten. Hier und da flatterten Schmetterlinge. In einem Kirschbaum stritten Amseln, gleich darauf stob eine von ihnen mit einer Kirsche auf und ließ sich auf dem Rand eines Steinbeckens im Garten nieder.

»Sie wohnen hier also nicht«, wiederholte Isabel, als wollte sie sich selbst beruhigen.

Er sah sie an. »Hier wohnt niemand mehr. Das Haus ist alt, es gehörte einmal einer Glasmalerin, Linnea Svensson, aber das ist lange her.«

»Wann starb sie?« Isabel hatte das Gefühl, als müsse sie Zeit gewinnen, Zeit, um herauszufinden, was er über Linnea Svensson und über dieses Haus wusste.

»Sie starb im Sommer 1978, also vor vierunddreißig Jahren.« Er inhalierte tief. »Es ist nicht mehr viel von ihrem Nachlass übrig, ich meine, von ihren bemalten Gläsern, ihren Brennöfen, ihrer Werkstatt. Bis zum letzten Jahr war das Haus ein Museum. In diesem Frühling habe ich aber alles ausgeräumt. Irgendwann muss Schluss sein mit der Vergangenheit.«

Sie verschluckte sich, spuckte die Kerne in ihre Hand. »Das Haus gehört Ihnen nicht, aber Sie können bestimmen, was mit ihm geschieht?«

Ohne ihr eine Antwort zu geben, drückte er seine halb gerauchte Zigarette am Stamm aus, an dem seine Motorsäge lehnte. »Hast du Lust, dir das Haus anzusehen? Es ist wirklich … hübsch.«

Sie hätte am liebsten sofort ja gesagt, aber konnte sie ihm vertrauen? Sie waren allein, und wer wusste, was wirklich in ihm vorging. Sie traute ihm nicht, denn ihr war aufgefallen, wie schnell seine Miene wechselte – wie Wasser, über das der Wind strich. Mal glatt und hell, mal grau und düster.

Als hätte er ihre Bedenken erspürt, streckte er seine Hand aus. »Entschuldige, ich habe mich noch nicht vorgestellt. Styrger, Styrger Sjöberg. Meine Schwiegermutter hat hier ihr halbes Leben als Linneas Haushälterin gearbeitet.«

Überrascht ergriff sie seine Hand, doch außer »Hambach« kam ihr kein weiteres Wort über die Lippen. Vor ihr stand ein Mann, den Linnea als Kind gekannt hatte. War es nicht verständlich, dass er dieses idyllische Grundstück für sein Zuhause, seinen Besitz hielt? Der Gedanke nistete sich wie Gift in ihr ein. Ihre Augen glitten zum blau gestrichenen Haus mit seinen weißen Rahmen hinüber, den blühenden Sträuchern, dem See … Alles sah heimelig aus und voller Unschuld. Und so kam es ihr auch im ersten Moment nur selbstverständlich vor, als sie sich sagen hörte: »Das Haus ansehen? Ja, ja, natürlich, warum nicht?«

Doch als sie die Wiese überquert hatten und über die glatt getretenen Granitplatten auf die dem Wald zugewandte Tür zugingen, befiel sie die Angst, einen Fehler gemacht zu haben.

16

Berlin, Spandau, März 1926

Die halbe Nacht hatten Agnes und Linnea allein miteinander verbracht, über Vergangenes und das, was noch wichtig war, gesprochen. Auch wenn sie über die alte Vertrautheit glücklich waren, hatten sie doch in einem Punkt lange gebraucht, um einander zu verstehen. Worum es ging, lag lange zurück, doch was damals geschehen war, hatte einst Agnes' und Pauls Beziehung zerstört. Jetzt aber war Agnes klar, dass die Geschichte ihrer Beziehungen zueinander längst noch nicht beendet war. Sie musste nur endlich handeln, das Begonnene mit dem anbrechenden Tag aufarbeiten. Mit Glück und guter Schicksalsfügung würde es ihr vielleicht noch möglich sein, den Faden, der sie, Linnea und Paul verband, eines Tages weiterzuspinnen.

Neben dem Vergangenen hatte sie mit Linnea auch die Gegenwart besprochen und das Für und Wider einer Operation abgewogen. Erst im Morgengrauen hatte Agnes sich zu dem Entschluss durchgerungen, Linneas Rat anzunehmen und das Wagnis einzugehen. Und so hatte sie am frühen Morgen, übermüdet und angespannt, sofort zwei wichtige Telefonate geführt. Als Erstes hatte sie in der Charité um einen Gesprächstermin gebeten, auf dessen Bestätigung sie noch wartete, und als Zweites hatte sie im Schreib*bureau* Gutzke & Pamier angefragt, ob es möglich sei, ein Schreibfräulein privat zu buchen. Man hatte ihr zugesichert, dass man ihr sofort ein junges Mädchen schicken würde.

Agnes war jetzt zwar erleichtert, doch sie fühlte sich matter als zuvor und hatte sich wieder ins Bett gelegt. Sie wies Linnea und Martha an, sie sollten das junge Fräulein bitten, in ihrem Schlafzimmer hinter dem Paravent Platz zu nehmen. Sie brauchte unbedingt Ruhe, um sich zu konzentrieren. Nichts sollte sie ablenken, kein fremdes Gesicht, schon gar nicht der Anblick von Neugierde oder Langeweile. Die beiden Frauen versprachen es ihr. Martha hatte noch in der Küche zu tun, und Linnea nahm auf dem Sessel am Fenster Platz und schaute in das leichte Schneetreiben hinaus.

Noch immer stand eine halbe Tasse Kaffee neben ihrem Bett, ein Teller mit liebevoll angerichteten Schnittchen, aber Agnes wusste, sie würde keinen Bissen hinunterbekommen, solange sie nicht das getan hatte, was ihr auf dem Herzen lag. Sie beobachtete den Sekundenzeiger des weißen Weckers neben ihr und atmete auf, als es endlich an der Tür schellte. Als das Fräulein atemlos und im Mantel hereintrat, sah Agnes nur kurz auf und wartete, bis das Rascheln feuchtkalter Kleider, das Aufschnappen eines Metallverschlusses und Knistern von Papier verebbt war. »Ich möchte«, begann sie mit leiser Stimme, »endlich meine Lebensgeschichte diktieren, und zwar so unkompliziert wie möglich. Wenn es Ihnen zu schnell ist, sagen Sie mir bitte Bescheid. Ich habe keine Übung darin, zu diktieren, und tue dies zum ersten Mal. Und da ich nicht abschätzen kann, wie lange ich noch Kraft habe, mich an alles so zu erinnern, wie es war, bitte ich Sie, jedes Wort, wirklich jedes, zu notieren, und sei es noch so banal. Meinen Sie, Sie können das?«

Agnes wandte ihren Kopf Richtung Paravent, hinter dem ihr unverzüglich die junge Stenotypistin antwortete.

»Selbstverständlich, Frau Meding, ich beherrsche sogar perfekt Eilschrift. Erzählen Sie nur, ich werde jedes Ihrer Worte festhalten.«

War da ein Anflug von Belustigung zu hören? Irritiert wechselte Agnes einen Blick mit Linnea. Diese aber lächelte zuversichtlich, woraufhin Agnes tief durchatmete. »Also gut, Sie werden alles festhalten.«

»Ja, Frau Meding, alles.« Hinter dem Paravent raschelte es, als rieb Seide an Wolle.

Linnea stand auf und richtete Agnes das Kopfkissen. »Lass dich nicht ablenken, Agnes.« Sie strich ihr über die Stirn, beugte sich über sie und flüsterte: »Fang einfach an, aber überanstrenge dich nicht.«

»Natürlich, du musst mir nur versprechen, mich auf der Stelle zu unterbrechen, wenn ich jetzt etwas anderes erzähle als dir gestern Nacht.«

»Ja, ich brauche nur noch frischen Kaffee, ich fürchte nämlich, ich bin genauso übermüdet wie du.«

Agnes erwiderte Linneas Lächeln, beobachtete, wie diese den kalt gewordenen Kaffee auswechselte, dem Mädchen hinter dem Paravent eine Tasse reichte und sich mit frischem Kaffee wieder in den Sessel am Fenster zurückzog. Agnes schaute einen Moment lang an ihr vorbei auf das Schneetreiben, dann räusperte sie sich und begann zu diktieren.

Es geht mir nicht gut. Ich habe Schmerzen und kaum geschlafen. Linnea kennt nun das Wunderbare und Tragische meines Lebens, sie ist meine einzige Freundin, meine Seelenverwandte. Jetzt hoffe ich, es gelingt mir, das, was ich ihr letzte Nacht erzählt habe, ab heute in ruhigerem Gedankenfluss zu wiederholen.

Ich möchte die Geschichte meiner Liebe erzählen, einer Liebe, für die ich eine große Schuld auf mich genommen habe.

Vielleicht hilft mir diese Beichte, vielleicht wachsen mir, wenn alle Last von mir abgefallen ist, neue Kräfte zu. Vielleicht ist bis dahin alles besser und ich überstehe die Operation, zu der ich mich letzte Nacht entschlossen habe. Linnea hat mich überzeugt, dass sie wichtig für mich ist. Doch ich habe Angst, sie nicht zu überleben. Auch wenn ein solcher Tod vielleicht die gerechte Strafe für mich, für das wäre, was ich getan habe. Aber ich will mich jetzt zusammenreißen.

Denn die Wahrheit ist, ich möchte Paul noch einmal wiedersehen. Paul Henrik Söder.

Paul, die Liebe meines Lebens. Wäre er nur jetzt bei mir. Ich würde ihn bitten, mir aufzuhelfen, damit wir wieder tanzen könnten, so wie damals vor zwanzig Jahren auf Martin Grevensteins Farm in Afrika. Wir hatten es heimlich getan, selbst Arthur, dem ich irgendwann von Paul erzählt hatte, hat nie von unseren Rumba-Stunden erfahren. Für mich ist der ruhige, sinnliche Rhythmus der Musik die eigentliche Hülle um die Verbindung zwischen Paul und mir. Schon damals hat uns die Musik zusammengehalten. Sie wusste von unserer Sehnsucht, unserer nie enden wollenden Sehnsucht nacheinander. Immer wenn wir tanzten, löste sich etwas in uns und verströmte im anderen wie Licht.

Keine andere Musik hat uns jemals so glücklich gemacht. Mit dem ersten Schlag der Maracas veränderte uns der Takt, dieses lockende Schwingen. Wir wurden frei. Und niemand konnte unsere Geschichten hören, die unsere Herzen erfanden. Ja, es war ein Zauber, der uns auf dem Stern unserer Liebe tanzen ließ.

Agnes unterbrach sich und blickte Richtung Paravent, als hätte sie jemanden erschreckt. »Warum husten Sie? Sie haben mich unterbrochen. Wissen Sie nicht, dass es mir nicht gutgeht? Es kostet mich sehr viel Kraft, mich zu konzentrieren. Sind Sie erkältet?«

»Nein, Frau Meding, entschuldigen Sie bitte.« Agnes hörte Papier rascheln, als wolle jemand ein unterdrücktes Lachen übertönen.

»Vielleicht sollten Sie sich etwas wärmer anziehen. Wollleibchen zum Beispiel.«

»Woll-leib-chen«, wiederholte gedehnt die junge Stenotypistin.

Irritiert blickte Agnes zum Fenster hinaus. »Was wollte ich noch gleich erzählen? Ich fürchte, ich bin durcheinander. Hatte ich nicht insgeheim an Visingsö gedacht? Ja, deine friedvolle Insel, Linnea. Ist dein Haus noch so gemütlich wie früher? Ja? Weißt du noch, wie oft wir in deiner Küche standen und du mir *pytt i panna* und *köttbullar* beibrachtest? Resteessen mit Kartoffeln und Fleischbällchen. Immer wenn ich Trost brauchte, habe ich mir beides zubereitet. Und der gebeizte Lachs, ach, Linnea, ich vermisse das alles so sehr. Das Essen und die Zeit. Ich glaube, wir sollten heute Martha bitten, Fisch zu kaufen. Mit dem neuen Geld sollte es wohl möglich sein. Rentenmark. Wie gut, dass die Zeit der Milliarden und Billionen für ein einziges Brot vorbei ist.«

»Ja, das ist wahr, Agnes.« Linnea lächelte. »Wir sollten bald zusammen etwas Gutes kochen.«

»Kochen! Ich habe schon wieder den Faden verloren. Liegt es daran, dass Martha vorhin Hühnersuppe aufgesetzt hat? Nein, ich glaube, es hat damit zu tun, dass ich heute Nacht von Visingsö geträumt habe.«

»Du sehnst dich nach Visingsö und hoffst, Paul noch einmal wiederzusehen.«

»Ja, das war es, jetzt muss ich nachdenken.«

Aus der Küche rief Martha nach Linnea. Sie war an diesem Morgen besonders früh aufgestanden, um für Agnes eine Hühnerbrühe nach altem Rezept aufzusetzen. Als Martha die Küchentür einen Spalt öffnete und ein weiteres Mal nach Linnea rief, strömte der appetitliche Duft der Brühe über den Flur zu ihr herüber.

Linnea stand auf. »Stört es dich, wenn ich kurz hinübergehe?«

»Nein, geh nur, ich muss eh noch nachdenken«, entgegnete Agnes. »Außerdem kann ich nicht erzählen, wenn du nicht bei mir bist.«

Kurz darauf hörte sie, wie Martha in der Küche zu Linnea sagte, dass die Brühe fertig sei, nur der Eierstich noch ein wenig durchziehen müsse. Daraufhin meinte Linnea, sie würde ganz bestimmt darauf achten, dass sie, Agnes, genügend äße, woraufhin Martha entgegnete, das wolle sie auch hoffen, schließlich sei sie extra für ihre Schwester früher als sonst aufgestanden und würde sogar Dora warten lassen, die heute endlich mit ihr die neuen Strickmuster ausprobieren wollte.

Ein lautes Scheppern war zu hören, anscheinend setzte Martha noch einen neuen Wasserkessel für den Kaffee auf. Wenige Minuten später kam Linnea mit einem Tablett zurück, auf dem sich ein Suppenteller und eine Scheibe Brot befanden. Sie setzte sich an Agnes' Bett.

»Du wirst besser diktieren können, Agnes, wenn du dich jetzt ein wenig stärkst.«

Agnes nickte, Linnea hatte recht. Es irritierte sie, dass sie, kaum dass sie ihren Wunsch ausgesprochen hatte, erschöpft war. Und so ließ sie es eine Weile zu, dass Linnea ihr Löffel für Löffel Brühe einflößte. Dabei schmeckte Marthas Hühnerbrühe wirklich großartig nach frischem Lauch, Karotten, Petersilie, und die Fleischhappen waren goldgelb, fest und aromatisch. Nach einer Weile hielt Agnes inne und betrachtete nachdenklich den Eierstich auf dem Löffel.

Ich erinnere mich an einen Abend vor Weihnachten,

fuhr sie langsam fort.

Ich konnte bereits bis zwanzig zählen und wusste, dass ich vor zwanzig und noch mal zwanzig und einem Tag fünf Jahre alt geworden war. Mein Vater hatte es mir auf dem Kalender gezeigt. Nur noch dreizehn Jahre, und ich würde die Jahrhundertwende erleben. Aus einem dampfenden Kochtopf hob gerade meine Mutter einen Block Eierstich heraus und tischte ihn vor uns auf einem Teller auf. Im selben Moment klingelte es an der Tür, meine Mutter wischte ihre Hände an ihrer Schürze trocken und eilte hinaus. Um ihr zu beweisen, wie gut ich zählen konnte, fasste ich nach der Zwirnrolle, die sie bereits auf den Tisch gelegt hatte, zwirbelte sie um meine Zeigefinger und zersäbelte den heißen Eierstichblock, erst von oben nach unten, dann waagerecht. Mein Vater lachte, als erst die Scheiben, dann die Riegel immer mehr ins Rutschen gerieten. Ich erhöhte meinen Eifer natürlich, wurde wilder, säbelte und säbelte, bis die kleinen Stückchen aussahen wie heiße gelbe Salmiakpastillen. Endlich konnte ich sie zählen. Ich zählte laut und deutlich und verstummte abrupt, als meine Mutter vor mir stand und zum Schlag ausholte. Das war meine erste lebhafte Erinnerung an sie.

Agnes griff nach der Kaffeetasse und nahm einen Schluck. »Der Kaffee schmeckt wunderbar. Wie gut, dass du uns mit den Bohnen aushelfen konntest, Linnea, diesen Kolonialwarenladen werde ich Martha empfehlen. Hätte sie nicht so viel zu tun, hätte sie bestimmt nicht vergessen, den Kaffeevorrat aufzufüllen.«

Linnea beugte sich vor und nahm Agnes die Kaffeetasse ab. »Sie hat sogar eine Kanne in die Werkstatt für Dora mitgenommen.«

Agnes runzelte die Stirn. Warum sprach sie jetzt über Kaffee? Über Marthas Vorräte? Hatte sie nicht an Paul, an Visingsö gedacht? Wie war sie nur auf dieses längst verdrängte Erlebnis mit ihrer Mutter gekommen? Selbst Linnea hatte sie nie etwas davon erzählt. Ah, der Eierstich … er hatte sie abgelenkt. War es wirklich so? Sie sah zum Fenster, hinter dem feine Schneeflocken umeinanderwirbelten, nahm kaum wahr, wie ihre Finger die Kante der Bettdecke falteten. Erst als Linnea sie berührte, schob sie die Decke nach unten.

»Ich kann mich nicht mehr richtig konzentrieren. Irgendetwas stimmt nicht.« Sie warf einen nervösen Blick zum Paravent. »Ich fürchte, es hat etwas mit Ihnen zu tun.«

»Meinen Sie mich?« Die überraschte Stimme der jungen Stenotypistin.

»Ja, mit Ihnen, Ihren Namen habe ich vergessen.«

»Schmidt, ich heiße Schmidt, Frau Meding, mit dt.« Agnes glaubte, wieder ein Lachen aus der Stimme der jungen Frau herauszuhören.

»Also gut, Fräulein Schmidt, dann seien Sie so gut und legen Sie bitte Ihren Schmuck ab, er klickert so schrecklich.«

»Entschuldigung, ich trage eine lange Perlenkette, Frau Meding. Wenn ich mich zu tief über den Block beuge, schlägt sie ab und zu gegen die Armbänder. Das ist alles.«

Agnes lehnte sich aufseufzend in ihr Kissen zurück. Du liebe Güte, dachte sie, was für eine Zeit. Junge Frauen, die berufstätig sind, die Bubikopf, dünne Strümpfe und Modeschmuck tragen, als würden sie dafür bezahlt. Aber über dem Busen nichts Haltbares haben … nackt unter Blusen …

»Was tragen Sie denn noch, was da so raschelt? Einen kurzen Rock?«

»Dem Wetter angemessen eine lange Tweedhose, Frau Meding, den Stil habe ich in einem Modemagazin entdeckt, schmaler Bund und messerscharfe Falten.«

Agnes überhörte den geradezu provozierenden Stolz in der Stimme der jungen Frau. Eine Hose! Wie ein Mann. Na bitte. Sie hatte Hunderte solcher Schnittmuster gesehen, Martha und Dora verfügten schließlich über ein umfangreiches Archiv mit den Ausgaben internationaler Modemagazine. Sie wusste, dass heute alle Frauen wie Französinnen aussehen wollten, extrem schlank, sportlich. Männlich und feminin zugleich. Wie *garçons*, wie ewig weibliche Jünglinge …

»Eine solche Mode ist teuer«, meinte Agnes, »verdienen denn Stenotypistinnen so gut?«

Statt einer Antwort war nur ein Kichern zu hören. Sie trägt teure Kleidung, dachte Agnes, aber sie hat kein damenhaftes Benehmen. Laut sagte sie: »Nun gut. Weiter. Linnea, wo war ich stehengeblieben?«

Im Flur läutete das Telefon, Linnea eilte hinaus. Hinter dem Paravent fiel Papier zu Boden, ein Absatz ratschte über das Parkett. Agnes ließ ihre Hand auf die Bettdecke sinken und setzte sich auf.

»Also gut. Machen wir Schluss für heute. Ich habe heute Nachmittag einen wichtigen Termin in der Charité und muss mich noch darauf vorbereiten. Kommen Sie morgen um die gleiche Zeit wieder. Nur rauchen Sie bitte vorher nicht. Trotz Paravent kann ich nämlich den Tabak riechen. Er muss sich in Ihrem Tweed festgesetzt haben, Fräulein Schmidt. Und Zigaretten verabscheue ich.«

»Ich werde daran denken, Frau Meding. Sie wollten noch etwas über dieses Visin … Viso …«

»Visingsö! Richtig, ich hatte letzte Nacht von Visingsö geträumt.«

Agnes stand auf, warf sich ihren Morgenmantel über und schlüpfte in ihre Pantoffeln. Sie ging zum Fenster und sah hinaus. Sie brauchte eine Weile, um die richtigen Worte zu finden, Worte, die ihre tiefe Erschütterung bannen sollten. Schließlich sagte sie: »Schreiben Sie.«

Es war eine grauschwarze Nacht, und der Vollmond leuchtete schmierig gelb in einem Meer von Sternen. Ich musste tief geschlafen haben, denn ich taumelte regelrecht durch den Garten. Aus dem Dunkel strahlte mir das Weiß der Kirschblüten entgegen, und mich befiel die Sehnsucht nach ihrem Duft. Ich begann zu laufen und stolperte über etwas Helles. Ich bückte mich und hielt eine Scheibe in den Händen, es war aber keine Scheibe, sondern ein Gesicht mit geschlossenen Augen. Plötzlich packte mich eine Hand im Nacken, riss mich zurück und schleuderte die Scheibe über den See. Ich versuchte, ihr nachzulaufen. Mein Kleid spannte, als hielte mich etwas zurück. Ich blieb stehen und drehte mich um. Das Böse, das die Scheibe über den See geworfen hatte, grinste. Es hielt etwas in den Händen, das wie ein Stock aussah. Ich schrie, als ich es erkannte. Es war meine Wirbelsäule.

Ich wachte schweißgebadet auf.

17

Auf Visingsö (Schweden), Juli 2012

Isabel hörte Styrger hinter sich fluchen. Er hatte die hintere Tür zu Linneas Haus aufgeschlossen und ihr den Vortritt gelassen. Das aber, was sie nun hörte, überraschte sie ebenso wie ihn. Es war das Gurgeln einer Espressokanne. Denn dass es keine Maschine war, erkannte sie sofort. Styrger fluchte ein weiteres Mal. Isabel drehte sich nicht zu ihm um. Sie war erleichtert, zu wissen, dass sie nicht mehr allein mit ihm war. Sie überlegte schnell. Irgendwer musste also in diesem leeren Holzhaus übernachtet haben. Ob junge Leute, die das Musikfestival in Gränna besuchen wollten, hierhergekommen waren? Es wäre keineswegs ungewöhnlich für einen *global village inhabitant,* ohne Erlaubnis eine fremde Unterkunft zu nutzen. Das Haus als Symbol einer demokratischen Schutzhöhle. Allerdings hätte derjenige dafür eine

Fensterscheibe einschlagen müssen ... Isabel schaute sich um. Doch wie es schien, strömte keine frische Luft herein. Es konnte also nur jemand sein, der einen Schlüssel besaß und in der Lage war, sich auch ohne Herd zu versorgen.

Sie durchquerte die Diele, warf einen Blick durch die offene Tür zum früheren Salon. Honigfarbenes Kiefernholz, staubige Dielen, leere Wände mit leeren Regalen, eine Reihe halb erblindeter Fenster zum See ... schimmerndes Blau ... eine andächtige Leere und das Gefühl, wie auf Moos zu gehen. Irgendetwas lag in dieser stillen Atmosphäre, das noch immer Leben atmete.

Sie wandte sich um und folgte, ohne auf Styrger zu achten, dem Duft des Espressos.

Auf den weiß-blau gemusterten Fliesen der ehemaligen Küche war eine Elektroplatte zu sehen, auf der eine Espressokanne dampfte. Ein Stück davon entfernt, dem Fenster zugewandt, stand eine junge Frau mit kurzem rötlichem Haar. Sie trug weiße Leggings und ein enges gelbes Shirt, hatte die Fäuste gehoben und holte lautstark Luft. Dann stieß sie die Fäuste nach vorn, spreizte dabei die Finger und atmete durch die Nase aus. Dabei zog sie ihren Bauch mit einem kräftigen Ruck ein. Es musste eine besondere Form der Meditation sein. Isabel bemerkte, wie Styrger neben sie trat. Sie spürte seine Anspannung, als müsse er sich beherrschen. Sie beschloss, sich zurückzuhalten und abzuwarten, was diese beiden Fremden auf ihrem Grundstück zu tun hatten. Da Styrger mit ihr englisch gesprochen hatte, hoffte sie, er und die junge Frau würden der Höflichkeit halber dabei bleiben. Vorsichtig klopfte sie gegen den Türrahmen.

Die junge Frau drehte sich um. Sie hatte ein freundliches Gesicht und ein glitzerndes Piercing im linken Nasenflügel. Als sie Isabels Blick begegnete, lächelte sie. Im gleichen Moment schob Styrger Isabel zur Seite und trat auf sie zu. »Kristina! Was hast du hier zu suchen?«

Kristina atmete langsam durch den Mund aus. »Das frage ich dich, Styrger.«

»Das Haus gehört dir nicht. Du kannst hier nicht mehr einfach herkommen.« Er kam noch ein Stück näher an sie heran.

Sie fuhr mit den Fingern durch ihr kurzes Haar, wippte auf den Fersen. »Dir gehört es ebenfalls nicht.«

»Ich kenne es länger«, erwiderte er in hartem Ton. »Was willst du hier?«

Sie lächelte. »Was wohl? Kirschen pflücken, natürlich. Hast du es etwa vergessen? Ich musste es deiner Schwiegermutter doch versprechen. Es waren ihre Lieblingskirschen.«

»Unsinn, es waren Linneas Kirschen«, erwiderte er knapp.

»Aber deine Schwiegermutter hat sie hier, in dieser Küche, gewaschen und eingeweckt. Jahrzehntelang.« Sie hob die Augenbrauen. »Du hast doch wohl nicht ihre Kirschkuchen vergessen, Styrger?«

Er drehte sich zu Isabel um. »Sie will mir einen Kirschkuchen backen.« In seiner Stimme klang Wut mit. »Manchmal können hübsche junge Frauen einen doch tatsächlich überraschen.«

Kristina verzog das Gesicht. »Du bist immer noch so eitel wie ein Pfau, Styrger.« Sie wechselte einen Blick mit Isabel. »Ich wollte die Kirschen einfach nur drüben in Gränna bei dem Musikfestival verkaufen. Freunde von mir kommen heute.«

Isabel lächelte. »Gute Idee.«

Erfreut erwiderte Kristina ihr Lächeln. »Ja? Finden Sie das auch? Na prima. Also, Styrger, ich glaube, es ist besser, du gehst wieder. Außerdem reicht der Espresso nur für zwei. Und wie ich sehe, hast du einen Engel mitgebracht.«

Er schüttelte den Kopf. »Einen Engel … ihr Frauen seid ja alle verrückt. Und du, du hast mir anscheinend hier tatsächlich aufgelauert. Ich fasse es nicht.«

Kristina stemmte die Hände in die Seiten. »Hör zu, Styrger. Ich hätte es dir nicht zugetraut, aber gestern hat mir Knut erzählt, dass du deine Motorsäge bei ihm hast reparieren lassen. Du hast ihm gesagt, dass die Bäume endlich weg müssten. Sie nähmen zu viel Platz ein und würden dich immer an früher erinnern. Als du noch ein Kind warst. Aber heute bist du selbst alt, und sie sind noch viel älter als du. Faltiger, knorriger, krummer …« Sie tat, als müsse sie ein Lachen unterdrücken.

Er straffte sich, zog am Hosenbund. »Ich bin nicht krumm.«

»Nein, nein, wie kommst du nur darauf? Ich wollte dir nur erzählen, was ich von Knut erfahren habe. Du hast es ihm ja selbst alles erzählt. Das ist alles.« Sie kniete sich neben die Elektroplatte und schaltete sie aus.

Styrger beugte sich vor, stützte seine Hände auf die Knie und schaute ihr fest in die Augen. »Aber du willst die Kirschen verkaufen. Das Geld hättest du nicht mit mir geteilt, oder?«

Isabel fühlte sich unwohl. Irgendetwas an diesem Streit stimmte nicht. Kristina und Styrger sprachen über Kirschen, aber es schien, als ob sie einander verletzen wollten, ganz so, wie man es tat, wenn man einander zu gut kannte. Sie holte schon Luft, um etwas Beruhigendes einzuwenden, als Kristina abrupt aufstand, so dass sie gegen Styrgers Schulter stieß.

»Hör zu, Styrger, ich habe dich gewarnt. Ich werde es nicht zulassen, dass du noch mehr zerstörst. Du hast das Haus leer geräumt. Du hast Linneas Möbel zerhackt, du willst sogar ihr Glas zerschlagen. Was bildest du dir nur ein? Bist du besser als sie? Besser als eine Künstlerin? Du weißt nichts. Gar nichts. Und dabei hättest du nur auf deine Schwiegermutter hören sollen.«

Styrger erhob sich, warf einen Blick auf die frühere Herdstelle. »Lass Britt aus dem Spiel.«

»Nein. Ich denke gar nicht daran«, erwiderte Kristina aufgebracht. »Linnea ist tot. Britt ist tot. Ich bin die Einzige, die das, was beide geliebt haben, schützen muss.«

Wortlos drehte Styrger sich um und verließ die Küche.

Isabel atmete auf und reichte Kristina die Hand. »Das haben Sie sehr schön gesagt. Ich freue mich, dass Sie hier sind. Ich bin Isabel Hambach.«

Kristina nickte. »Endlich. Das wurde ja auch Zeit.«

Sie waren mit ihrem Espresso in den Garten hinausgegangen und hatten sich auf die Lärchenbank am Ufer gesetzt. Isabel war erleichtert, als sie Styrger endlich fortfahren hörte. Sie war jetzt hellwach und hörte Kristina aufmerksam zu.

Kristina war Altenpflegerin und hatte Britt, Styrgers Schwiegermutter, hier auf dem ehemaligen Grundstück der Glasmalerin Linnea Svensson bis zum Schluss betreut. Britt, erzählte Kristina, hatte eine kurze Zeit in einem Altersheim in Jönköping gelebt und sie, Kristina, im Januar 2000 gefragt, ob sie sich vorstellen könnte, sie hier alleinverantwortlich zu versorgen. Britt hatte sie immer schon sehr gemocht, und kurz darauf waren sie hierhergezogen. Damals war Britt vierundsiebzig Jahre alt gewesen, noch rüstig genug, um im Garten zu arbeiten und die Natur zu genießen. Sie hatte Linneas Haus nicht vergessen können. Ihr Entschluss war richtig gewesen. Einen alten Baum verpflanzt man nicht, hatte Britt immer gesagt. Nur junge Bäume könnten überall wurzeln. Britt war im letzten Herbst kurz nach ihrem fünfundachtzigsten Geburtstag gestorben.

Isabel ließ ihre Blicke über die leuchtend blaue Weite des Vätternsees schweifen. Irgendwo quakten Frösche, Reiher zogen über das Blau. In der Ferne schimmerte das Weiß eines Segelbootes. Es sah aus, als sei es ein Wimpel, der über den See schwebte. Sie drehte sich zu Kristina um.

»Woher kennen Sie eigentlich meinen Namen?«

Kristina legte ihre Hände auf ihre Oberschenkel und trommelte mit den Fingern. »Es ist alles ein bisschen kompliziert, glaube ich. Also, ganz ehrlich, eigentlich interessiert mich nicht wirklich, was Britt einmal erlebt hat. Und von dieser Linnea weiß ich so gut wie nichts. Aber Britt hat mir verraten, dass sie wusste, wer dieses Grundstück einmal erben würde. Und zwar ein Mädchen, das 1978 geboren worden war. Und sie nannte mir dann Ihren Namen. Da war es Gott sei Dank mit Björn schon vorbei.«

»Björn?«

»Styrgers ältestem Sohn. Er lebt in Australien, kam im letzten Sommer zu Besuch.« Sie hob die Augenbrauen und schürzte die Lippen. »Ich hab mit ihm geschlafen.« Sie lachte. »Ein One-Night-Stand. Kurz, aber sehr intensiv.«

Sie hatte sich also doch nicht getäuscht. Im Streit zwischen Kristina und Styrger war es um mehr als nur um Herzkirschen gegangen. »Und Styrger war eifersüchtig, oder?«

»Ja, das kann man wohl sagen. Björn ist nämlich verheiratet, aber er ist wahnsinnig attraktiv. Groß, breitschultrig, ein Kerl, der Armani-Anzüge trägt. Es war alles irgendwie verrückt. Es war eine Laune, gut, vielleicht wollte ich auch Styrger ärgern. Wer weiß das schon so genau. Tja, und dann habe ich Britt zum ersten Mal wütend erlebt. Sie war furchtbar enttäuscht von mir. Aber wir haben uns wieder versöhnt, weil sie einsah, dass die Schuld bei ihrem Enkelsohn lag. Er ist ja schließlich verheiratet, nicht ich. Jedenfalls hat sie mir damals dann die Wahrheit wegen des Erbes verraten.« Sie bohrte ihre nackten Füße in den Sand. »Wir sind fast gleich alt, nicht?«

Isabel stand auf und kletterte auf die Bank, die die drei Birken umschloss. »Kann schon möglich sein, Kristina. Aber seien Sie ehrlich, könnten Sie sich vorstellen, hier in Linneas Haus zu leben?«

Kristina sah zu ihr hoch. Ein gelber Schmetterling kreiste um ihr rötliches Haar, sie wedelte ihn fort. »Nein, hier ist es mir zu langweilig. Ich habe mich in einen Musiker verliebt, er kommt aus Malmö und ist sehr sexy. Wir wollen, sobald es geht, zusammenziehen. Er hat zwar gerade seinen Job verloren, aber er kann toll komponieren. Und eine Wohnung finden wir schon, es muss ja nicht gleich Stockholm sein. Eine Stadt wäre aber das Beste für unsere Kinder. Schwanger bin ich schon.« Sie legte ihre Hände auf ihren Bauch und grinste. »Siebte Woche.«

Isabel fühlte einen leichten Schwindel, lehnte ihren Kopf gegen den Birkenstamm und versuchte, ruhig zu werden.

»Geht es Ihnen nicht gut?« Kristinas Stimme klang wie von fern.

Isabel hielt sich am Stamm fest und ließ sich auf die Bank sinken. Sie nahm Kristinas Hände. »Es ist … alles in Ordnung, jaja. Herzlichen Glückwunsch, Kristina, ich freue mich für Sie.«

Kristina neigte den Kopf zur Seite und musterte Isabel. »Da ist noch etwas. Britt hat mich damals gebeten, Ihrer Mutter ein Päckchen mit dem Brief, dem Kleid und Parfumflakon zu schicken. Das lag in einem alten Koffer auf dem Dachboden. Der Koffer, glaubte Britt, muss der guten Linnea viel bedeutet haben.« Sie hielt die Luft an, schluckte mehrmals. »'tschuldigung, mir ist grad ein bisschen übel.« Sie ging bis zu den Waden ins Wasser und betupfte ihr Gesicht.

Isabel sah ihr zu. Ja, sie erinnerte sich. Nach dem Tod ihrer Mutter war alles so übereilt geschehen. Sie hatte den Brief gelesen und sich dann tagelang in ihrer Trauer eingeschlossen. Nur das taubenblaue Kleid, das Constanze nie getragen hatte, hatte sie für einen Augenblick völlig irritiert. In ihrer Verwirrung musste sie wohl den Flakon beiseitegestellt und vergessen haben.

»Ja, natürlich«, erwiderte sie unsicher. »Ich habe mich nur gefragt, was ich damit tun soll. Er ist alt, und das Parfum ist längst bis auf einen winzigen Rest verdunstet.«

Kristina kam zu ihr zurück, sie sah etwas blass aus. »Ja, ich fand ihn auch hübsch, aber, kommen Sie, ich will Ihnen etwas zeigen.« Sie ging über die alten Granitplatten durch den Garten. Ein Stück nördlich vom Haus standen hohe Maulbeerbäume, und dahinter kam ein kleines Holzhaus mit bemoosten Schindeln und rostrotem Anstrich zum Vorschein. »Nachdem wir hierhergezogen waren«, fuhr Kristina fort, »erzählte mir Britt, dass Linnea dort früher ihre Werkstatt hatte. Jahrzehntelang lagerten dort auch Kisten mit ihren Gläsern. Und jetzt werden sie einfach auf dem Flohmarkt verschleudert. Schade, nicht?«

»Ja, jedenfalls ist diese Geschichte mit Britt und Linnea wirklich seltsam.«

Sie gingen durch das hohe Gras um den Schuppen herum. Die Fenster waren vernagelt, die Tür abgeschlossen. Auf den beiden breiten Steinstufen wuchsen Flechten. Eine Amsel landete, eine Kirsche im Schnabel, auf dem Giebel. Isabel beobachtete, wie der Saft aufspritzte, als sie auf sie einhackte. Leise schwappten die Wellen ans Ufer, und im Schilf raschelten Enten. Alles wirkte so natürlich, so schlicht, ursprünglich. Aber irgendwo pulsierte ein Geheimnis. Es verwirrte Isabel. Sollte sie sich mit der Vergangenheit der Frauen beschäftigen, die hier einmal gelebt hatten? Was hatte deren Geheimnis mit ihrem Leben zu tun? Sie schaute über den See. Die Ruhe und Schönheit dieser Landschaft hatten beinahe etwas Unwirkliches an sich. Es war fast wie im Märchen, wenn das arme Waisenkind aus der Vertrautheit des Waldes tritt und in der Ferne ein von Nebel umhülltes Schloss entdeckt. Isabel musste sich eingestehen, hin- und hergerissen zu sein zwischen der Anziehung dieses Grundstückes und der Befürchtung, durch die Geschichte seiner Vorbesitzer in etwas hineingezogen zu werden, was sie überfordern könnte. Sie versuchte zu überlegen, ob ihre Verunsicherung etwas mit diesem ominösen Koffer zu tun hatte.

Sie drehte sich zu Kristina um, die im Gras kniete und Wildblumen pflückte.

»Kristina, Sie haben den Koffer erwähnt. Wissen Sie, wo der jetzt ist?«

Kristina stand auf, die Blumen in ihrer Hand. »Ja, natürlich, ach du liebe Güte, ich vergesse in letzter Zeit so vieles. Knut hat mir gestern erzählt, dass Styrger einiges nach Jönköping gebracht hat, Linneas Herd, ihre Möbel, Nähmaschine, einige Gläser und natürlich auch diesen Koffer.«

»Warum denn das?«

»Um das zu verkaufen, was kein Museum mehr aufnehmen möchte. Irgendwann kamen nämlich keine Besucher mehr hierher, und da wurde beschlossen, ihr kleines Privatmuseum aufzulösen. Eine Kunsthistorikerin vom Museum in Jönköping kam extra hierher und suchte die schönsten Glaswerke aus. Tja, und der Rest wird dort heute auf dem Flohmarkt verramscht. Nur eine alte Truhe steht noch auf dem Dach. Wollen Sie hinaufgehen und sie sich ansehen?«

»Eine alte Truhe? Nein, also ich weiß nicht ...«

Kristina nickte verständnisvoll. »Ja, so ging es mir auch zuerst. Ich habe hineingeguckt und nur alte Kleider gesehen. Sie interessieren mich nun wirklich nicht, außerdem wollte ich nichts tun, was mir nicht zusteht. Bei Ihnen ist das ja anders. Und auch wenn Sie alles entrümpeln, könnten Sie ja immer noch die Truhe behalten. Sie muss früher sehr schön ausgesehen haben. Honiggelbes Holz mit feinen Maserungen, soviel ich weiß, stammt es leider nicht aus unseren Wäldern. Na ja.« Sie wischte sich über die Stirn und warf schnell einen Blick auf ihre malvenfarbene Plastikarmbanduhr. »Der Markt öffnet um neun. Wir werden nicht vor halb elf dort sein. Wir sollten uns trotzdem beeilen. Vielleicht haben wir ja Glück, und die Touristen lassen sich noch Zeit mit dem Aufstehen.«

»Ja, das müssen wir tun.« Isabel legte ihre Hand auf Kristinas Arm. »Und danke fürs Aufpassen. Sie haben mir meine Obstbäume gerettet.«

Kristina lächelte. »Gern geschehen. Und schön, dass sie Ihnen überhaupt gefallen.«

Isabel verspürte einen Anflug von Freude und fasste Kristina am Ellbogen. »Wissen Sie, was? Sie wollten doch Kirschen für das Musikfestival pflücken. Lassen Sie es uns nachher zusammen machen, okay?«

»Wenn Sie Lust haben … und, na ja, es sind ja Ihre Kirschen. Aber toll wäre es schon.« Kristina strahlte Isabel an. »Kommen Sie, ich kenne einen netten Nachbarn. Vielleicht hat er Zeit, uns mit dem Motorboot nach Jönköping zu fahren.«

Die Luft im Hafen roch nach Zuckerwatte und Diesel. Wohin sie auch sah – überall Touristen. Sie strömten aus Bussen, kletterten in Scharen aus den Ausflugsdampfern. Hier und dort spielten Musiker, an anderen Stellen wummerten Bässe aus mitgebrachten Anlagen. Der Flohmarkt dehnte sich über den Hafen aus, mit Hunderten von Besuchern, Touristen, Einheimischen, jungen Leuten vom Musikfestival in Gränna. Immer wieder lief Kristina auf Leute zu oder wurde von ihnen angesprochen. Stille empfand Isabel nur, wenn sie zum See schaute, über dem die heiße Luft flirrte. Sie hatte Kopfschmerzen, und in ihrer Wirbelsäule mussten sich Dornen eingenistet haben. Sie war mit Kristina an jedem Stand stehen geblieben und hatte nach Linneas früherem Eigentum Ausschau gehalten. Sie hatten sogar Knut getroffen, und erst mit seiner Hilfe hatten sie einen jungen Händler gefunden, der etwas abseits, eine Shisha neben sich, in einem grünen Plastikzelt saß und eine Stoffpuppe aus grauem Leinen mit Glasperlen bestickte. Er hatte ihr Linneas Ofen, Malwerkzeuge, Gläser, Küchenherd und alte Gartengeräte gezeigt. Sie hatte sich sofort in ein Dutzend wunderschöner Gläser mit aufgemalten Moosglöckchen-Blüten verliebt. Sie suchte sich die schönsten Vasen, Karaffen und Becher aus und ließ sie einpacken.

Doch als sie nach dem Koffer fragte, wurde sie enttäuscht. Er war schon am frühen Morgen von einem amerikanischen Touristen gekauft worden. Diesen habe der Koffer an den seines Vorfahren erinnert, mit dem dieser im Zweiten Weltkrieg über die Pyrenäen geflüchtet sei.

Erschöpft hatte Isabel sich daraufhin gegen Linneas alten Herd gelehnt. Sein Griff schmerzte sie im Rücken. Sie drehte sich um, zog an ihm. Das Aschefach öffnete sich. Es war leer.

Isabel seufzte. Es war alles vergebens. Sie sollte etwas trinken und zu diesem Rechtsanwalt namens Halland gehen.

Müde und mit brennenden Augen schaute sie den Touristen zu, die vorbeiflanierten oder stehen blieben und Holzfiguren, Gewebtes, Spielzeug, Möbel und alte Bücher begutachteten und wieder weiterschlenderten. Kristina hatte sich ins Zelt zurückgezogen. Ihr war wieder übel geworden. Sie saß auf einem orientalischen Sitzsack und meditierte.

Isabel schloss die Augen. In ihren Schläfen pochte es schmerzhaft. Wäre sie doch nur auf der Insel geblieben. Sie hätte Kirschen essen, in Ruhe ihre Mails beantworten, Simone anrufen und dem Anwalt eine Nachricht schicken können. Sie hatte sich in die Vorstellung hineingesteigert, einen Koffer finden zu müssen, der ihr ein Geheimnis enthüllen würde. Sie hatte sich geirrt. Der Koffer war fort.

Sie beschloss, aufzustehen und den Anwalt aufzusuchen, um sich ihm vorzustellen. Damit sie nicht umsonst gekommen wäre, würde sie ihn bitten, formal einen Vertrag aufzusetzen, der sie als zukünftige Eigentümerin des Grundstücks auswiese. Sie würde ihn sich nach Hamburg zuschicken lassen und in Ruhe überlegen, ob sie ihn unterzeichnen würde. Dieser Aufschub tat ihr gut. Zuerst einmal nur an das Formale denken.

Danach, stellte Isabel sich vor, würde sie Kristina abholen, mit ihr essen gehen und ihr Versprechen einlösen. Sie würden zur Insel zurückfahren und Kirschen pflücken. Isabel erhob sich und klopfte sich den Staub vom Hosenboden. Sie hatte keine Zeit zu verlieren.

Erst als sie die Treppe zum Büro von Sven Halland, dem Sohn und Nachfolger Erik Hallands, hochstieg, wurde ihr bewusst, wie schwer es ihr als überzeugtem Großstadtmenschen fiel, eine endgültige Entscheidung zu treffen.

Möglicherweise, überlegte sie, als sie an der Bürotür klingelte, würde sie ihr Erbe annehmen, zumindest die materielle Seite ihres Erbes. Aber sie mochte nicht an die Konsequenzen denken.

Es war am späten Abend. Isabel ging am kleinen Strand auf und ab und betrachtete den See. Sie war nervös und hatte das Gefühl, als spiegele die gekräuselte Oberfläche des Sees ihre eigene Unruhe wider. Von Gränna her meinte sie verschwommen Bassrhythmen und Musikfetzen zu hören. Sie stellte sich vor, wie Kristina dort tanzte. Hätte sie vielleicht mitgehen sollen?

Im gleichen Moment gab sie sich die Antwort. Nein. Sie fühlte sich hier, am Ufer des Sees, im Schutz des alten Holzhauses, wohl. Ihr Blick glitt über das Wasser. Über ihr der rosé-violett-weiße Himmel, hell, beinahe schon vertraut hell.

Sie hatte den kleinen Schilfgürtel erreicht und entdeckte etwas Dunkles. Sie trat näher, bog das Schilf beiseite. Es war ein altes Boot. Plötzlich stoben ein paar Enten erschrocken auf. Hektisch und unter aufgeregtem Geschnatter schwammen sie auf den See hinaus. Bis auf den eigenartig heiteren Gesang eines Nachtvogels in der Nähe war es nun still.

Neugierig betrachtete Isabel das alte Boot. Ob es der Frau gehört hatte, der sie ihr Erbe verdankte? Vorsichtig kletterte sie auf den Bug. Das Holz war morsch und feucht, und im Boot hatte sich Wasser gesammelt. Es musste wirklich sehr alt sein. Niemand schien es mehr genutzt zu haben. Das Schilf hielt es vor der Welt verborgen.

Isabel ging zur Bank zurück. Sie war todmüde, befürchtete aber, nicht schlafen zu können. Lange schaute sie über den See, während langsam eine Frage in ihr Gestalt annahm. Hatte ihre Mutter jemals hier gesessen? Hatte sie hier ihren Gedanken über ihr Leben nachgehangen? Isabel überlegte eine Weile, bis sie zum Schluss kam, dass ihre Mutter Visingsö gekannt haben musste. Wie sonst hätte sie 1978 Linnea Svensson ein Telegramm schicken können, in dem sie ihr Isabels Geburt mitteilte? Sie hatte heute das mit Bleistift beschriebene Stück Papier gesehen, der Sohn des damaligen Anwalts Halland hatte es ihr als Beweis vorgelegt. Linneas frühere Haushälterin Britt hatte es seinem Vater gleich nach Linneas Tod zugesteckt. Aber welchen Grund hatte ihre Mutter gehabt, ihr die Insel und Linnea Svensson ein Leben lang zu verschweigen?

Isabel sah sie noch einmal vor sich, als engagierte Lehrerin und schwierige Mutter, distanziert und überlegen. Nie hatte sie ihr die Frage beantwortet, warum sie sie erst mit fünfzig Jahren geboren hatte. Jede normale Mutter, dachte Isabel, hätte irgendwann ihrem erwachsenen Kind die Wahrheit gesagt. Es war rätselhaft. Sie erinnerte sich an Constanzes letzte Worte. *Das Beste ist, wenn du alles so lässt, wie es ist. Lebe dein Leben. Schau nicht mehr in die Vergangenheit zurück.*

Doch ausgerechnet hier auf dieser Bank hatte Isabel den Eindruck, als lägen Vergangenheit und Gegenwart so nah beieinander wie Wellen und Strand. Ihr Blick verlor sich in der spiegelnden Weite des Sees. Bildfetzen tauchten auf seiner Oberfläche auf, Felsbrocken, ein Fahrradhelm, staubige Augenbrauen, blaue, besorgt blickende Augen, ihr blutender Ellbogen … Isabels Herz schlug schneller. Julian Roth. Sie hatte eine Nacht lang dem Klang seiner Stimme gelauscht. Es wäre beruhigend gewesen, hätte er jetzt neben ihr gesessen. Sie hätte ihn gefragt, ob es für sie eine Zukunft geben könnte.

Unsinn. Sie richtete sich auf. Constanze hätte sie für ihre Sentimentalität ausgelacht. *Schau nicht mehr in die Vergangenheit zurück* … und male dir nicht die Zukunft aus, fügte Isabel in Gedanken hinzu. Was war richtig, was falsch?

Ein Windzug ließ das Schilf rascheln. Das Wasser kräuselte sich, die Lichtflecken auf ihm erzitterten.

Alles blieb rätselhaft.

Isabel hatte zu lange über das Rätsel nachgedacht, das Constanze ihr hinterlassen hatte. Sie fühlte sich unwohl und nahm sich vor, sich abzulenken. Das Nächstliegende wäre, die wichtigsten Mails zu beantworten. Sie lief ins Haus zurück, holte ihr Smartphone und setzte sich wieder auf die Bank. Sie bestätigte die Vorstellungsgespräche, schrieb eine lange Mail an Simone und öffnete schließlich Zaras fünf Mails. Sie wunderte sich über die ersten drei, die nur Gefällt-mir-Zahlen zeigten: 246. 1757. 4039. Sie überflog noch einmal die vierte Mail und las unter atemloser Anspannung ihre letzte vom 13. Juli.

> Hallo, Isabel,
> ich weiß, wir haben ja alle so unseren Stress. Daher: Sorry, dass ich Dich noch mal so belagere. Aber ich finde, es gibt wirklich etwas absolut Wichtiges.

Machte sich da nicht jemand selbst wichtig? Und aus welchem Grund wandte sich dieses Forenmitglied so nachdrücklich an sie? Leicht verärgert las Isabel weiter.

> Es geht um das Buch »Heartbreak« von einer gewissen Clarissa Boss, es ist ja DER Topseller unter den Downloads geworden. Es ist total gut. Wir haben schon gerätselt, ob Du es heimlich geschrieben hast, es wirkt nämlich so authentisch, ich meine, es klingt, als ob es um Deine Ge-

schichte mit diesem H. geht. Kannst es mir ruhig sagen, ich verrat es auch nicht. Wenn ja, dann großes Kompliment und dicken Glückwunsch! Alle sind jedenfalls total aus dem Häuschen und posten, was das Zeug hält :-).
Wenn Du's nicht geschrieben hast, dann lies es mal und schreib mir. Ich würde mich echt freuen, Deine Meinung ist mir wirklich wichtig.
Ich schick Dir jetzt einen Auszug. Viel Spaß!
Und bis bald,
LG
Zara

Isabel begann zu lesen. Das konnte nicht wahr sein. Das durfte nicht wahr sein. In ihrem Forum musste ein Mitglied sein, das ihre vertraulichen Geständnisse, die sie vor dem Südtirol-Urlaub preisgegeben hatte, für sein Romanmanuskript benutzt hatte. Wer immer Clarissa Boss war, hatte Isabels intime Details aus ihrer früheren Beziehung mit Henning direkt ins Buch übernommen.

Isabel hätte schreien können. Wer hasste sie so sehr, dass er sie auf diese Art angriff? Wer war so gemein, geradezu bösartig? Die Vorstellung, Henning könnte davon erfahren, trieb ihren Blutdruck in die Höhe. Er würde sie sicher beschuldigen, ihre frühere Beziehung zur Schau gestellt, ihn entblößt zu haben, ihn, den erfolgreichen Investmentbanker. Er würde seine Karriere gefährdet sehen und sich mit aller Dominanz zur Wehr setzen. Sie kannte ihn zu gut.

Dabei hatte sie doch nichts anderes getan, als ihren Schmerz mit anderen zu teilen. Mit Menschen, denen es ähnlich ging wie ihr. War sie etwa zu gutgläubig gewesen? Hatte sich das Netz doch als Falle erwiesen, voll schwarzer Spinnen, die auf Opfer lauerten?

Isabel schreckte auf. Hoch über ihr in der Birke landete flatternd ein Nachtvogel und begann laut und von geradezu kecker

Fröhlichkeit zu singen. Er schien sich über sie lustig zu machen. Genervt klickte sie den Antwort-Button an.

Zara, wer ist Clarissa Boss?

Nur wenige Sekunden später kam die Antwort.

Ooops, da hab ich wohl was falsch gemacht. 'tschuldige. Ich weiß es nicht, sorry.

Wer war Clarissa Boss?

18

Visingsö (Schweden), Juli 2012

Isabel wachte früh auf und ging in den Garten hinaus. Vor ihr glänzte der See im hellgoldenen Morgenlicht. Die Luft war erfüllt von Frische und dem Gesang der Vögel. Hummeln schaukelten auf den Blüten, und Tautropfen glitzerten im Gras. Sie ging barfuß an Rosen und Sträuchern vorbei über die Wiese zum Obstgarten, suchte sich einen verwachsenen Kirschbaum aus, dessen mittlerer Ast waagerecht Richtung Haus gewachsen war, zog sich am Stamm empor, nahm auf dem Ast Platz und aß Kirschen. Vor ihr lag der See. Eine stille Unendlichkeit. Ein Fischerboot trieb auf seine Mitte zu, fast ohne Wellen zu schlagen. Sie nahm den Geruch des Sees in sich auf, genoss seine Frische. Sie verspürte das Bedürfnis, so weit zu schauen, wie es aus der Krone dieses alten Kirschbaumes möglich war, über Linneas Haus, den Blumengarten, das Schilf, die Birken und Maulbeerbäume, den

Eichenwald, über Wiesen und Weiden und Gehöfte. Sie tastete nach Ästen und Zweigen. Einige waren bereits tot und brachen ab. Borke zerbröselte. Sie pflückte eine weitere Handvoll Kirschen und zog sich hoch, bis sie nach allen Seiten weit über den von der Morgensonne erleuchteten See schauen konnte.

Ob wohl die schwarze Netzspinne in der Lage wäre, das Starren auf ein Display gegen diese wundervolle, duftende Weite einzutauschen? Ob sie sie genießen könnte? Eines war sicher. Hier wäre sie jedenfalls nie auf gehässige Gedanken gekommen.

Es sei denn, sie wäre besessen davon, jemandem Schaden zuzufügen. Vielleicht, dachte Isabel, wäre es besser gewesen, sie hätte Zaras Mail nicht geöffnet. Was für ein Fluch, überall erreichbar zu sein. Selbst in einem Paradies wie diesem.

Isabel hatte mit Kristina vereinbart, dass diese sich während der nächsten Wochen um Haus und Garten kümmern würde. So lange jedenfalls, bis ihr Freund eine Wohnung für sie gefunden hätte. Isabel waren noch einige Kleinigkeiten zur Renovierung des Hauses eingefallen. Sie rief Kristina an, erreichte sie jedoch nicht. Wahrscheinlich schlief sie nach der langen Trance-Nacht noch. Als sie das Handy ausschaltete, hörte sie ein sich näherndes Motorengeräusch. Ihr Puls beschleunigte sich, und sie lief zum Obstgarten. Wie erwartet, war es Styrger. Er ließ seinen Jeep ausrollen, bis dieser an der gleichen Stelle wie am Tag zuvor stand, stieg aus und warf ihr einen verwunderten Blick zu.

»Morgen«, grüßte er knapp und tippte gegen die Krempe seines blauen Anglerhutes. Wieder trug er Jeans und dazu an diesem Morgen ein weites Hawaii-Hemd.

»Hallo«, erwiderte Isabel und merkte, wie trocken ihre Stimme klang. Sie musste jetzt handeln. In wenigen Minuten würde ihre Fähre abfahren, und bis dahin musste sie hier Tatsachen schaffen. Sie ging auf ihn zu. »Ich möchte Sie bitten, die Motorsäge im

Wagen zu lassen ...« Sie stolperte über eine Grasmulde, kam ins Straucheln, hielt sich an einem Ast fest und sah, wie Styrger nur den Kopf schüttelte und die Motorsäge von der Rücksitzbank hob.

»Verdammt noch mal!«, schrie sie ärgerlich, verzweifelt. »Das Grundstück gehört mir! Und ich möchte, dass Sie gehen!«

Verblüfft drehte er sich zu ihr um. »Das ist wohl ein Witz. Linnea soll dir ihr Haus vererbt haben? Einer Deutschen?«

Sie tat einen Schritt auf ihn zu, ihr rechtes Fußgelenk pochte schmerzhaft. »Isabel Hambach, und Sie wissen genau, was Ihre Schwiegermutter Britt Sjöberg damals Erik Halland heimlich gegeben hat. Es war das Telegramm, das Linnea Svensson im August 1978 bekommen hatte und auf dem sie ...«

Er schob seinen Hut in den Nacken, reckte sein Kinn vor. »Ich verstehe. Gut.« Er musterte sie mit einem harten Ausdruck in seinen Augen. »Mein Glückwunsch. Und nur für alle Fälle, solltest du mal Hilfe brauchen, ruf mich ruhig an. Ich komme sofort und nehme als Lohn nur ein wenig mehr als einen Espresso.« Er tat, als lächelte er.

Sie ignorierte ihn und warf einen nervösen Blick auf ihre Armbanduhr. Sie musste endlich gehen, sonst würde sie noch die Fähre verpassen. »Sobald es geht, komme ich wieder. Bis dahin wird sich Kristina um das Haus kümmern. Den Garten lassen Sie in Frieden. Aber wenn Sie mir einen Gefallen tun wollen, dann holen Sie bitte das alte Boot aus dem Schilf. Ich möchte es in gutem Zustand wissen.«

Er schien überrascht. »Ein Boot? Hab ich dort noch nie gesehen.«

Sie wandte sich zum Gehen. »Sie finden es ganz sicher. Ziehen Sie es an den Strand, richten Sie es wieder her, wenn Sie können. Beim nächsten Mal werde ich bestimmt Lust haben, auf den See hinauszurudern.«

»Klar, warum nicht?« Er starrte sie an.

Irgendetwas ging in ihm vor. Wahrscheinlich quälten ihn einfach nur Neid oder Missgunst. Aber vielleicht hatte er auch andere Gründe. Sie sollte sich jetzt nicht fragen, ob er wohl in der Lage wäre, ihr etwas anzutun.

Plötzlich legte er die Hand auf die Fahrertür und schwang sich, ohne ein weiteres Wort, in den Jeep, legte den Rückwärtsgang ein und wendete. Im Fahren streckte er die Hand aus dem Fenster. War es ein Gruß? Oder eine Drohung? Egal, Isabel war erleichtert. Sie drehte sich um und humpelte zum Haus zurück. Vor der Tür kniete sie auf der Stufe nieder, zog ihren Notizblock hervor und gab Kristina Anweisungen für das Haus. Sie legte ihre Visitenkarte mit ihren privaten Kontaktdaten hinzu und schob den Zettel unter den Blumenkübel. Sie musste sich jetzt wirklich beeilen, sonst würde sie womöglich morgen Vormittag ihr erstes Vorstellungsgespräch in Hamburg verpassen.

Erst als sie auf der Fähre Richtung Jönköping saß, wunderte sie sich, wie schnell sie Styrger Sjöberg hatte belügen können. Noch hatte sie den Übereignungsvertrag ja nicht unterschrieben. Am meisten aber verunsicherte sie das Gefühl, etwas auf Visingsö vergessen zu haben. Sie hatte Kirschen mitgenommen, aber es musste sich um etwas Wichtigeres als Kirschen handeln. Sie sah in ihrer Umhängetasche nach. Ihre Schlüssel lagen wie immer im Seitenfach. Nur die *polkagrisar*, die Polkaschweinchen, die sie am Morgen ihrer Ankunft gekauft hatte, waren noch unberührt. Sie wickelte eine rot-weiße Zuckerstange aus der Folie und probierte sie. Sie dachte an ihre Mutter, deren Asche sie erst vor zwei Tagen in der Ostsee verstreut hatte. Constanze hatte sie mit der Aufforderung zurückgelassen, eine Entscheidung zu treffen. Sie war sich wirklich nicht sicher, ob sie das Erbe annehmen sollte. Schließlich wollte sie ihre beruflichen Chancen nutzen. Und wenn sie ehrlich war, fühlte sie sich in ihrer Lieblingsstadt Hamburg wohl, trotz des Verkehrs, trotz der Unruhe und komplizierten Beziehungen. Die Großstadt war ihre vertraute Hülle, mal eng und erstickend, dann wieder belebend.

Was, fragte sie sich, sollte sie mit einem Seegrundstück in Schweden anfangen, wenn sie beruflichen Erfolg hätte? Sie würde nur selten hierherfahren können ... ihr Leben wäre von Terminen, Finanzierungsplänen und individuellen Kreditvergaben geprägt, und es würde ihr Spaß machen, anderen Menschen zu einer langfristigen, sicheren Anlage zu verhelfen. Anderen ... und was war mit ihr?

Würde sie jemals in der Lage sein, ihr eigenes Leben abzusichern? Ihre Mutter war Beamtin gewesen, aber was würde aus ihr werden? Plötzlich sah sie ein Bild aus Kindertagen vor sich. Ihre Mutter hatte Gäste erwartet. Und als diese vor der Wohnung aus den Autos stiegen, hatte ihre Mutter sie angefaucht, sie solle in die Küche verschwinden und unter den Tisch kriechen.

Sie hatte sich vor anderen verstecken müssen.

Es war demütigend gewesen.

Ihre Mutter war der Überzeugung gewesen, sie müsse sich für eine Tochter schämen, die nicht so war wie sie. Weder tough noch klug noch mutig.

Noch heute wusste sie, wie es sich anfühlte, nichts wert zu sein. Und dummerweise holte sie dieses Gefühl ausgerechnet jetzt wieder ein. Sie glaubte, sie wäre es nicht wert, eine solch schöne, große Immobilie wie die von Linnea Svensson zu besitzen.

Allerdings war ihr bewusst, dass sie sich in Wahrheit noch nicht von ihrer Mutter befreit hatte.

Sie dachte an ihre Wohnung, in die sie nach der Trennung von Henning gezogen war. In letzter Zeit hatte es dort mehrere seltsame Vorkommnisse gegeben. Und sie fragte sich, ob sie wohl dort eines Tages Visingsö vermissen würde.

Grännas Hafen kam in Sicht.

Wie verrückt doch alles war.

Wäre ihre Beziehung zu Henning nicht gescheitert, hätte sie in Ruhe mit ihm in Hamburgs grünen Außenbezirken ein schickes Haus bauen können. Er hätte den Architekten ausgesucht, sie die beste Finanzierung. Was für ein Pech sie doch ausgerechnet mit den Menschen hatte, die ihr nahestanden.

Warum hatte ihr Constanze nur eine solche Belastung hinterlassen?

Sie stand auf und klemmte ihre Tasche unter den Arm.

Sie stellte fest, dass ihre eigenen Fragen sie nervös gemacht hatten, Fragen, die für sie ein größeres Problem darstellten als ein undurchschaubarer Motorsägenfreak oder Clarissa Boss' Roman »Heartbreak«.

Vielleicht hatte ihre Mutter recht damit, die Vergangenheit ruhen zu lassen. Die Gegenwart forderte sie genügend heraus.

19

Hamburg,
Juli 2012

Isabel war wütend. Zwei Vorstellungsgespräche innerhalb von vier Tagen, ein Wochenende unter einem renovierungsbeflissenen Nachbarn und nun das. Stau von Harburg bis zur City. Sie hatte noch nicht einmal die Elbbrücken erreicht. Achtzig Minuten für dreizehn Kilometer. Und es war erst halb zwölf Uhr, keine Hauptverkehrszeit, und hinter ihr hupten Dutzende von Autos. Wenn es so weiterginge, würde sie erst gegen Abend zu Hause sein. Außerdem schwitzte sie. Ihr Kleid klebte an der Haut, und in den Pumps glühten ihre Füße. Das Thermometer zeigte vierunddreißig Grad, und der Sensor für die Klimaanlage ihres kleinen Alfa Romeos schien davon mal wieder nichts mitzubekommen. Kein Job, aber Autoreparatur. Super. Das passte.

Sie zog ihr Kleid hoch und zerrte am Bündchen ihrer Strumpfhose. Irgendwie musste sie es schaffen, sie auszuziehen, sonst würden gleich Nerven und Kreislauf fein aufeinander abgestimmt zusammenbrechen. Die roten Bremsleuchten ihres Vordermannes im Blick, löste sie den Sicherheitsgurt, stieß einen Pumps ab und schob die Strumpfhose über Po und Oberschenkel. Schon das war eine Erleichterung. So erleichternd, dass ihr Kopf klarer wurde.

Zuerst fiel ihr das Schönste ein. Am Sonntagmorgen hatte Simone ihren Falk allein gelassen und sie besucht. Sie hatte backwarme Brötchen, Lachs, Feigen und ihren endlich reparierten Camcorder mitgebracht. Isabel seufzte laut. Ein solch ausgelassenes Frühstück gab es nur mit der besten Freundin. Sie hatten wieder und wieder ihren Zusammenprall mit dem Mountainbiker Julian Roth interpretiert, über seinen Charakter spekuliert und dabei Herzkirschengelee gekocht. Sieben kleine Gläser, drei davon hatte sie Simone geschenkt. Eine Ewigkeit schien das jetzt her zu sein.

Sie starrte auf die roten Rücklichter vor ihr. Nichts tat sich. Stillstand. Und jetzt holten sie von einem Moment auf den anderen die letzten Eindrücke umso deutlicher ein.

Am Donnerstag hatte sie eine Bankfiliale in der City besucht. Zwanzig Minuten hatte man sie warten lassen, zwanzig Minuten, in denen sie überlegt hatte, ob der Kaffeeautomat außer Kaffee noch mit einem Schlafmittel für die Angestellten versehen war. Wer so herumschlich und wisperte, war bestimmt nicht mit Spaß bei der Arbeit. Der Filialleiter hatte sich zwar für die Verspätung entschuldigt, war sofort in seinen Sessel gesunken und hatte eine Viertelstunde lang, ihre Mappe auf den Knien, gewippt. Er hatte sie fünfzehn Minuten lang reden lassen und fünfzehn Minuten lang mit dem Chefsessel gewippt. Und dann hatte er ausgeholt: Umstrukturierungen, verbesserte Teamarbeit, verstärkte Kontakte zur privaten Bauwirtschaft. Der Begriff Team schien sein Mantra. Er malte ihr aus, wie er es steuern, wie es agieren würde, und sie hatte den Eindruck, einem Egozentriker gegenüberzusitzen, dem nur sein eigener Chefsessel wichtig war. Persönlichkeit und individuelle Förderung seiner Untergebenen interessierten ihn genauso wenig wie Taktgefühl.

Sie hatte gerade ihre Strumpfhose abgestreift, als der schwarze Mercedes hinter ihr aufblendete. Mit nackten Füßen trat sie die Pedale durch und ließ ihren Alfa Romeo vorrollen. Nach einem gefühlten Meter musste sie wieder stoppen. Es war wie verhext, als sei sie in einen Verkehrsstau geraten, nur damit sie in einer aufgeheizten Blechzelle in einem Gefühlsstau von Scham und Demütigung schmorte. Das heutige Vorstellungsgespräch war schlimmer als das erste gewesen, denn sie selbst hatte sich ihre Chance verpatzt.

Der Banker war kaum älter als sie gewesen und hätte in seinem silbriggrauen Anzug ebenso gut über einen Laufsteg stolzieren können. Durchtrainiert, geschmeidig, lässig. Sie wusste, sie hatte ihm gefallen. Mitten im Gespräch hatte er allerdings mit seinem Kollegen über die zukünftigen Auswirkungen von Anleihen diskutiert, ohne sie miteinzubeziehen. Dann war sein Kollege in verärgertes Schweigen verfallen, hatte sich entschuldigt und das Büro verlassen. Da hatte er entspannt seine muskulösen Beine übereinandergeschlagen und beiläufig an der Bügelfalte gezupft, so dass ein Stück nackte behaarte Haut sichtbar wurde. Und hatte ihr bedeutungsvoll in die Augen gesehen. »Unsere Bank bietet Ihnen gute Entwicklungsmöglichkeiten«, hatte er gesagt, »sehr gute sogar. Nur ich« – er hatte seine Stimme gesenkt – »bestimme.« Sie hatte ihn angestarrt und nicht gelächelt. Und damit den entscheidenden Fehler gemacht. Sie hatte seiner Meinung nach – im doppelten Sinne – mangelndes Engagement bewiesen. Noch beim kühlen Abschied hatte seine Miene Verachtung verraten. So ein eingebildeter Fuzzi, dachte sie, schlimmer noch als Henning.

Die Ampel auf der anderen Seite der Elbbrücken musste auf Grün geschaltet haben, nur die junge Fahrerin im Beagle-Cabrio vor ihr suchte noch nach irgendetwas im Fußraum. Aus Wut drückte Isabel auf die Hupe. Die junge Fahrerin winkte ihr entschuldigend zu, Isabel verzog ihr Gesicht und schaute in den Rückspiegel. Auch das noch. Hinter ihr hatte der schwarze Mercedes die Spur gewechselt, und das, was sie jetzt sah, ließ ihren Puls noch höher schlagen vor Wut. Es sah aus, als schöbe sich eine weiße Metallwand immer dichter an ihre Stoßstange. Konnten diese blöden Trucker nicht mal Rücksicht nehmen? Mussten sie so dicht auffahren, dass man Angst hatte, sie würden einen gar nicht sehen und über einen hinwegrollen? Isabel hupte aufgebracht, öffnete das Schiebedach und winkte. Hoffentlich merkte dieser Idiot, dass sie dabei war, in Panik auszubrechen. Ihr war klar, dass das Vorstellungsgespräch diese Angst in ihr ausgelöst hatte, Angst, zermalmt zu werden, ohne eine Chance zur Flucht.

Sie beugte sich zum Handschuhfach hinüber und suchte nach der Packung mit Erfrischungstüchern. Vergeblich. Die letzte musste sie bereits aufgerissen haben, denn die Tücher waren trocken wie Mumientuch. Dafür fuhr ihr Vordermann langsam an, und es ging im Schneckentempo weiter. Doch als sie nach einer weiteren halben Stunde in der Nähe des Hauptbahnhofs einen grünen Lancia-Fahrer aus einer der seltenen Parklücken biegen sah, beschloss sie, wenigstens diese Chance zu nutzen.

Die City war überfüllt von Menschen. Straßenmusiker spielten vor den Eingängen der alten Kaufmannshäuser. An anderen Tagen hätte Isabel ihnen gern zugehört, doch heute hastete sie an ihnen vorbei, vorbei an den Schaufenstern, der Mode, ihrer geliebten Kaffeerösterei, den eleganten Schuhgeschäften. Nichts konnte ihren Blick fesseln. Ziellos lief sie weiter, selbst die St.-Petri-Kirche würde ihr heute keine Ruhe schenken. Sie stolperte über einen aufgeplatzten Karton und stieß gegen einen Motorradfahrer, der, den Helm am Handgelenk, umständlich einen Prospekt auf dem Rücken seines Begleiters auffaltete. Sie hörte ihn fluchen, drehte sich aber nicht zu ihm um. Noch ein weiterer Mann des Ärgers, dachte sie, und sie wäre imstande loszuschreien. Der Banker hatte ihr gründlich den Tag verdorben.

Und plötzlich kam ihr in den Sinn, wie einfach es gewesen wäre, hätte sie mit Henning noch Kontakt gehabt. Er hätte ihr sicher Interna über die beiden Bankhäuser verraten können. Männer in dieser Branche pflegten in Wahrheit ein viel engeres Netzwerk, als ihre Kolleginnen sich vorstellen konnten. Isabel wusste das nur zu gut. Sie beschleunigte ihre Schritte und schlängelte sich atemlos durch die Menschenmassen Richtung Rathaus. Sie blickte über den großen Platz. Bis vor kurzem standen hier die Lauben des Stuttgarter Weindorfes. Nun war das Fest vorbei. Eine weitere Enttäuschung.

Ein kühler Riesling wäre jetzt nämlich genau das Richtige gewesen.

Sie fand einen Platz in den Alsterarkaden und bestellte einen Cappuccino. Von der Schleusenbrücke her wehten Tangoklänge herüber, gespielt von einer Geige. Warmer Wind umschmeichelte ihre Schultern. Es roch nach Brackwasser, Kaffee und frischen Croissants. Sie schaute über das Geländer hinüber zur Alstertreppe. Auf den weit geschwungenen Stufen war kaum noch ein freies Plätzchen zu sehen. Entspannt hockten dort Leute, aßen Eis und plauderten. Nur eine Gruppe fiel ihr auf, die das herrliche Sommerwetter zu ignorieren schien. Mehrere Männer in Anzügen umringten eine hellblonde Frau mit schwarzer Brille, die gerade versuchte, ihr Tablet so zu drehen, dass jeder es einsehen konnte. Offensichtlich war das, was sie zeigte, so aufregend, dass alle anderen respektvoll nickten. Eine, die erfolgreicher war als sie, dachte Isabel. Sie sollte sich doch wohl gleich in das Fleet stürzen.

War es Einbildung? Sie beugte sich vor und starrte zur Treppe hinüber, wo sich jetzt ein breitschultriger Mann mit dunklem Haar, Jackett quer über der Schulter, so vor das Tablet stellte, dass sie sein Gesicht sehen konnte. Im gleichen Moment blickte er zu ihr herüber. Es war unzweifelhaft Dr. Julian Niklas Roth.

Isabel winkte ihm zu. Er winkte zurück, drehte sich um und nahm mit großen Schritten die Stufen hoch zum Rathausplatz. Wenige Sekunden später stand er vor ihr. Sie wäre am liebsten aufgesprungen, hätte sie sich trotz der Freude nicht so mies gefühlt. Er sah gut aus ohne Bikerhelm, in sich ruhend, sensibel, männlich. Und er atmete trotz des Spurtes ruhig. Ein Sportler eben.

Er lächelte sie an. »Hallo, das ist ja eine schöne Überraschung. Wie geht es Ihnen? Was macht der Ellbogen?«

»Danke, alles in Ordnung. Entschuldigen Sie, ich hätte Ihnen gerne einen Platz angeboten …«

Er machte eine Kopfbewegung zu seinen Kollegen auf der anderen Seite des Fleets. »Leider bin ich heute im Dienst. Wir sind sozusagen auf dem Sprung zum Kongresszentrum.«

»Bei diesem schönen Wetter?« Sie lächelte ihn an, um ihre Enttäuschung zu verbergen.

»Ja, wir sind bei einem Kongress zu den neuesten Entwicklungen sportmedizinischer Technologie. Und unsere schwedische Kollegin stellt uns gerade die neueste Erfindung aus ihrem Institut vor. Bis vor wenigen Minuten war mir das Ganze auch wichtig. Aber wie Sie sehen, bin ich der Einzige, dem aufgefallen ist, dass es noch Schöneres gibt als Sonne und Technik.«

Er mochte sie also. Obwohl ihre Ausstrahlung sicher nicht mit der seiner blonden Kollegin konkurrieren konnte. Sie musste ihn unbedingt halten, so lange wie möglich …

»Sie sind also Sportmediziner, das hätte ich ja eigentlich gleich in den Bergen merken müssen, nicht? Sie haben damals so professionell reagiert.«

»Nun, ich wollte mich nur sofort davon überzeugen, dass Ihre Knochen heil waren.« Er neigte seinen Kopf. »Ehrlich gesagt, hatte ich noch lange nach unserem Sturz ein furchtbar schlechtes Gewissen.«

Sie lächelte ihn an. »Kein Problem, es hatte ja an den Wolken gelegen, oder?«

»Ja, die Wolken hatten mir die Sicht genommen. So ein Pech.« Er hob die Augenbrauen. »Oder Glück.«

»Und heute sehen wir uns wieder, ohne dass einer von uns beiden Schuld hat«, ergänzte Isabel.

»Einen zweiten Fehler hätte ich mir auch nicht verziehen.«

Charmant, charmant, und er sieht zum Anbeißen aus, dachte sie, selbstbewusst, attraktiv und schuldbewusst … ein seltenes Exemplar.

»Wollen wir den Zufall Zufall sein lassen? Ich würde Sie sehr gerne wiedersehen, wenn Sie möchten.« Er griff in seine Innentasche. Isabel stand auf und nahm seine Visitenkarte entgegen. Sie warf schnell einen Blick darauf und erwiderte: »Ja, natürlich, gerne, Dr. Roth.« Sie streckte ihm ihre Hand entgegen. »Isabel …«

»Isabel«, wiederholte er, »Isabel Hambach, ich hab Ihren Namen damals von meinen Freunden gehört und natürlich nicht vergessen.« Er zögerte kurz. »Wollen wir es uns nicht gleich etwas einfacher machen? Also, ich bin Julian.«

Sie lachte. »Jetzt hast du mich zum zweiten Mal überrumpelt, Julian. Tempo ist wohl deine Stärke, oder?«

»Wenn's brennt, auf jeden Fall. Aber nicht nur«, erwiderte er belustigt. »Eigentlich bin ich eher ein nachdenklicher Typ. Aber bitte, schreib mir, ja? Ich würde mich sehr freuen. Tut mir wirklich leid, dass ich heute keine Zeit habe.« Er drückte ihr noch einmal die Hand. »Genieß noch den schönen Tag, Isabel! Ciao!«

Sie sah ihm nach, wie er im lockeren Laufschritt zur Alstertreppe zurückkehrte.

Er war rasend schnell zum Du gewechselt, sympathisch und selbstbewusst. Wie schade, dass er nicht länger bei ihr hatte bleiben können. Es wäre interessant gewesen, seine nachdenkliche Seite kennenzulernen. Sie blinzelte zu ihm hinüber, in der Hoffnung, er würde ihr noch einmal zuwinken. Doch er eilte gestikulierend neben seiner schwedischen Kollegin zu den Taxen. Dabei ließ er es zu, dass sie mit ausgestrecktem Arm seinen Rücken berührte.

War sie doch nicht so wichtig? Konnte sie ihm trauen?

Unwillkürlich kamen ihr die letzten Worte ihrer Mutter in den Sinn. *Vergiss nicht. Wir Frauen wählen den Mann, nicht umgekehrt.*

Verunsichert fuhr sie nach Hause.

20

Berlin,
April 1926

Sie hatte sich ein einziges Mal in ihrem Leben für die große Liebe entschieden. Sie hatte den Mann ihres Herzens gewählt. Und war nicht glücklich geworden.

Seit Agnes auf die fertigen Seiten wartete, die man ihr versprochen hatte, kreisten ihre Gedanken, als wollten sie sie auf dem Küchenstuhl festbinden, auf dem sie seit Stunden ausharrte. Heute Vormittag hatte sie noch diktiert. Und jetzt war früher Abend.

Noch immer regnete es. Martha war mit Linnea einkaufen gewesen, während Dora noch in der Strickwerkstatt zu tun hatte. Linnea musste Unsummen ausgegeben haben für gebeizten schwedischen Lachs, süße Senfsoße, Salate und mit Wacholderbeeren marinierten, nordischen Wildhasen. Bis auf den Braten, der noch in der Terrine im Ofen ruhte, stand alles auf dem Tisch. Agnes schaute Schwester und Freundinnen zu, die Gerätschaften, Abfalleimer und Arbeitsfläche säuberten, damit sie in einer aufgeräumten Küche zusammen gemütlich essen konnten. Doch Agnes hatte den Verdacht, dass alle drei ohne Eile, fast müßig, putzten und polierten. Ihr war klar, Linnea, Martha und Dora ließen ihr Zeit. Sie wollten ihr die Hoffnung nicht nehmen, die Stenotypistin würde ihr Versprechen doch noch einlösen und die letzten maschinengeschriebenen Seiten vorbeibringen.

Agnes' Blick heftete sich auf das Dunkel hinter dem Fenster, und eine ihr fremde Frau mit eingefallenem Gesicht und hochgezogenen Schultern starrte zurück. Was war aus ihr geworden?, fragte sie sich. Und wie konnte sie verlangen, eine junge Frau von heute könnte sie verstehen? Ihre Geschichte, ihre Fehler.

»Agnes, es geht auf halb sieben zu. Sie wird nicht mehr kommen«, hörte sie Martha sagen. »Ich glaube, wir sollten das Schreib*bureau* anrufen und fragen, was mit ihr los ist.«

»Nein, nein, lass nur«, wehrte Agnes ab, »ich möchte nicht, dass wir sie in Schwierigkeiten bringen.«

»Wieso?«

»Sie könnte ihre Arbeit verlieren, wenn ihr Arbeitgeber von ihrer Nachlässigkeit erführe, oder? Vielleicht hat sie auch einen anderen Grund und muss länger arbeiten.«

»Oder sie hat letzte Nacht zu lange getanzt, sich verausgabt und ist früher nach Hause gegangen«, wandte Linnea ein.

Dora lachte auf und rieb sich ihren Ellbogen. »Du meinst, tagsüber tippt und nachts tanzt sie? In der Arbeitswoche? Natürlich, wenn du an die Herren denkst, die sie dafür bezahlen. Irgendwer muss ihr ja den Modeschmuck und die Seidenstrümpfe spendieren, nicht?« Sie lachte. »Und wer weiß, vielleicht trägt sie ja sogar sündhaft teure Miederhöschen aus Tussorseide.«

Martha gab ihr einen Klaps. »Du wirst ihr keine schenken, oder?«

»Natürlich nicht, meine Liebe. Aber vielleicht können wir sie als Kundin gewinnen? Ihr habt heute ja unsere neuen Modelle gesehen, also, die schmalen Kleider mit den Schals würden ihr, finde ich, großartig stehen.« Dora strich mit ihren Händen über Taille und Schenkel und drehte sich um die Achse. Agnes nickte ihr zu. Dora war eine patente Frau mit einem offenen Gesicht, aber eine schlanke Kundin wie die junge Stenografin wäre bestimmt gute Werbung für ihre Strickwaren. Obwohl …

»Verratet mir mal, warum heute die jungen Frauen so viel Wert darauf legen, schlank zu sein? Sie sind dünn wie Knaben und ihre Brüste klein wie halbierte Apfelsinen. Sie sind doch keine Opfer der Nachkriegsjahre und des Hungers mehr. Wie kann das zusammengehen?«

Martha setzte sich neben sie und rückte ihr die Wolldecke zurecht. »Ja, so ist es, Agnes. Doch die jungen Frauen denken nicht mehr an den Krieg. Sie leben in der Gegenwart und wollen alles: einen Beruf, freie Liebe, Sport, bequeme Kleidung, tanzen. Sie wollen frei sein, auch von überflüssigen Pfunden, um tun zu können, was sie wollen.«

»Wenn sie es sich denn leisten können«, warf Linnea ein.

Dora stützte sich an der Küchenkommode ab. »Ja, Geld spielt schon eine Rolle. Alle lesen diese Modemagazine und eifern den Modellen aus Frankreich oder Amerika nach.«

»Wie die Männer wollen sie rauchen, und wer es sich leisten kann, fährt ein Automobil.« Martha stand wieder auf und öffnete die Backofentür. Heißer Dampf und der appetitliche Duft von Hasenfleisch und Wacholder strömte in den Raum.

Dora nickte Agnes zu. »Üppige Busen, liebe Agnes, gab's nur zur Kaiserzeit. Heute …«

»Jaja«, unterbrach Agnes ungeduldig, »ich weiß, ich bin altmodisch, aber eine Tochter als Typ Garçonne, ich … ich könnte das nicht ertragen.« Sie verstummte und begegnete Linneas erschrockenem Blick. Ein leichter Schwindel ergriff sie, und sie schloss die Augen. »Martha«, flüsterte sie, »bitte tu mir den Gefallen. Ruf an, und dann lass uns essen.«

Sie hörte Martha im Hausflur telefonieren. Es war ihr unangenehm, sie wollte dem Mädchen wirklich keine Schwierigkeiten machen. Aber sie wollte Klarheit, sonst würden sie in der Nacht nur wieder die gleichen Gedanken quälen. Sie atmete flach, um zu lauschen, doch außer »Ja, ja, natürlich« und einem überraschten »Oh!« war von Martha kaum etwas zu hören. Agnes wippte mit ihren Füßen auf dem Schemel, während Linnea ihr den Rücken zudrehte und auf der Küchenkonsole Kerzen aus knisterndem Papier auswickelte. Nach einer Weile hörten sie, wie Martha den Hörer auf die Gabel legte und mit schnellem Schritt zurückkehrte. Sie rieb sich aufgeregt ihre Hände an der Schürze ab. »Du liebe Güte, das arme Ding.«

»Was ist mit ihr?« Agnes stützte sich auf die Tischkante und beugte sich vor.

»Ihr Chef hatte ihr heute Mittag freigegeben, damit sie an einem Schnellschreibwettbewerb teilnehmen konnte.« Martha wischte sich über die Stirn und setzte sich neben Agnes auf die Bank. »Stellt euch vor. Sie hat den Wettbewerb gewonnen.« Sie stieß ihren Atem aus, als wäre sie gelaufen.

»Und wo ist sie jetzt?«

»Ja, Agnes, das ist ja das Problem. Nach dem Wettbewerb musste sie sofort wieder ins Schreib*bureau* zurück. Sie sollte bis zum Abend die Arbeit beenden, die ihre Kollegin morgens angefangen hatte. Fünfzigmal einen Werbebrief abtippen, im Akkord und natürlich fehlerfrei.«

»O Gott, das arme Mädchen«, entfuhr es Agnes. Sie fühlte sich, als sei das alles ihre Schuld.

Linnea stellte einen Kerzenständer mit weißen Kerzen auf den Tisch. Sie entflammte ein Zündhölzchen und schaute in die Runde. »Was für eine Schinderei, das kann doch kein normaler Mensch durchstehen, und dann solch ein Mädchen?« Das Flämmchen flackerte in ihrer Hand.

Martha richtete hastig die Dochte in die Höhe. »Ja, das ist es, eine Schinderei, diese moderne Welt. Der Maschinentakt diktiert das Leben. Aber ob ihr's nun glaubt oder nicht, unser Fräulein hat es so gewollt. Ihr Chef sagte mir, sie sei nach dem Wettbewerb stolz wie ein Pfau ins Bureau zurückgekommen. Die anderen seien geplatzt vor Neid. Natürlich hat sie die fünfzig Werbebriefe auch noch geschafft und ist jetzt mit deinen Seiten unterwegs.«

Agnes schlug die Decke zurück und faltete sie zusammen. »Ich frage mich nur, wie lange ihr Stolz anhalten wird. Ihr Chef, fürchte ich, wird sie doch jetzt erst recht ausnutzen. Und ob sie eines Tages mit blutigen Fingern tippen will? Nur für Modeschmuck und Unterröcke aus Satin? Was für eine Zeit.«

»Sie wird wissen, was sie tut, Agnes.« Linnea hatte alle drei Kerzen angezündet und blies das Streichholz aus. »Vielleicht macht sie sich eines Tages selbständig.«

Hinter dem Fenster blitzten Scheinwerfer auf. Mit laufendem Motor hielt ein langgestrecktes Automobil vor dem Haus.

»Sie ist es!«, rief Linnea. »Agnes, sie bringt deine Aufzeichnungen doch noch! Was für eine tüchtige junge Frau. Ich glaube, wir sollten die jungen Leute so leben lassen, wie es ihnen gefällt, meinst du nicht?«

Agnes wollte etwas entgegnen, doch da Linnea, Martha und Dora gleichzeitig zur Haustür liefen, lauschte sie nur. Sie hörte die atemlose Stimme der Stenotypistin, ihre fast jubelnde Entschuldigung für die Verspätung, ihren Stolz, als sie vom ersten Preis im Schreibwettbewerb und der gewonnenen Reise nach Italien berichtete.

Ja, sie klang glücklich.

Agnes beschloss, die morgigen Diktierstunden auszusetzen, damit die junge Frau ihren Erfolg genießen konnte. Sie stand auf und rief ihr ihre Entscheidung von der Küchentür aus zu. Die Stenotypistin hatte sich gerade verabschiedet und winkte ihr dankend zu. Agnes sah ihr nach, wie sie ins hell erleuchtete Schneetreiben hinauslief. Einen Augenblick später war sie im Dunkel des wartenden Automobils verschwunden.

Die Zeitungen hatten dem ersten Platz der jungen Stenotypistin im Maschinenschnellschreiben eine Handvoll Zeilen gewidmet. Agnes wusste nun, dass Fräulein Schmidt mit Vornamen Irene hieß. Irene, Irene, die Friedvolle. Ein Name, der ihr nur allzu vertraut war … Zuvor war es Agnes gleichgültig gewesen, wer in den letzten beiden Wochen hinter dem Paravent im Wohnzimmer gesessen und jedes ihrer Worte stenografiert hatte. Jetzt aber war sie neugierig geworden und wollte sich den Arbeitsplatz dieser jungen Frau einmal anschauen. Eigentlich jedoch war es ihr Wunsch, persönlich die neuen, sauber abgeschriebenen Seiten abzuholen, um sie noch vor ihrer Operation lesen zu können. Doch zunächst wollte sie noch ein wenig Kraft schöpfen.

Fünf Tage später, am vierzehnten April, bestellte Agnes ein Taxi, um zum Schreib*bureau* Gutzke & Pamier in der Vox-Straße zu fahren. Sie hatte Linnea, Martha und Dora versichert, sie würde bald wieder zurück sein. Es musste an der guten Pflege der letzten Tage gelegen haben, jedenfalls fühlte sie sich gekräftigt genug, trotz eines plötzlichen Kälteeinbruchs allein zu fahren.

Auf dem Weg durch das verschneite Berlin hielt sie nach dem unheimlichen Kriegsversehrten Ausschau, glücklicherweise war er nirgends zu sehen. Vielleicht, dachte sie, hatte er endlich in einem Obdachlosenasyl Schutz gefunden, oder er war inzwischen auf der Straße erfroren. Es schneite zwar nicht mehr, aber über Nacht waren die Temperaturen auf minus zehn Grad gefallen. In zahlreichen Häusern waren die Wasserleitungen eingefroren, und die Fenster waren wieder blind vor Eis. Vor einer Eisenwarenhandlung drängten sich mehrere Jungen um einen Kohlenofen. Sie trugen zu große Schiebermützen und aufgeplatzte Lederstiefel und sogen gierig an Zigarettenstummeln. Das Taxi überholte ein abgemagertes Pferd, das mit hängendem Kopf ein Fuhrwerk durch die verschneite Straße zog. Agnes schaute ihm aus dem Rückfenster nach. Eiszottel baumelten in seinem Fell, aber als der Fuhrmann es schlug, damit es vor dem Ampelrot rascher über die Kreuzung liefe, zuckte es nicht einmal mehr zusammen, als wollte es lieber zusammenbrechen, als weiterhin entseelter Teil dieser Großstadtwelt zu sein.

Berlin, dachte Agnes, war eine Reichsstadt voll abstoßender Kontraste geworden. Geschäft und Glamour auf der einen, tiefste Armut und bitterstes Elend auf der anderen Seite. Eine verlogene Welt. Ein trügerischer Frieden.

Eine Viertelstunde später schob sie die gläserne Drehtür eines fünfstöckigen Geschäftshauses auf, durchquerte die marmorne Eingangshalle, fuhr mit dem Paternoster in den dritten Stock und trat in den überheizten, holzgetäfelten Vorraum des Schreib*bureaus* Gutzke & Pamier. Linker Hand eine Tür mit der goldenen Aufschrift *Garderobe*, rechter Hand ein langer Tresen mit Messingbeschlägen, ihr gegenüber eine verzierte Milchglastür mit der Aufschrift *Kontor*. Hinter dem Tresen arbeiteten zwei junge

Sekretärinnen an schmalen Schreibtischen. Beide trugen zu ihren Schleifenblusen elegante Wollkostüme, grauschwarz meliert die eine, dunkelgrün mit schwarzen Paspeln die andere. Ihr Haar war der Mode entsprechend kurz und in Wasserwellen gelegt. Neben der Jüngeren ging ein Mann in kariertem Tweedmantel nervös auf und ab und diktierte auf Englisch. Die ältere Sekretärin telefonierte auf Böhmisch, unterbrach sich aber, als sie Agnes sah. Agnes fragte nach Irene Schmidt und wurde mit einem höflichen, aber kühlen Lächeln auf die gegenüberliegende Milchglastür zum Kontor verwiesen.

Agnes trat in einen Glaskasten, umbraust von unvorstellbarem Schreibmaschinenlärm. Der Bürovorsteher stand, die Hände auf dem Rücken verschränkt, auf einem hölzernen Podest und blickte in einen riesigen, im Dämmerlicht liegenden Saal. Agnes erkannte lange Reihen kleiner Tische, an denen dicht an dicht Stenotypistinnen hockten und sich konzentriert über ihre Schreibmaschinen beugten. Sie war erschüttert. Wie konnte man nur bei einem solchen Lärm monoton-mechanische Arbeit leisten, die dazu noch absolut fehlerfreie Perfektion erforderte? Ganz sicher musste, wer hier länger arbeitete, unter ständigen Kopf- und Rückenschmerzen leiden.

Vor ihr rannten Botenjungen mit Paketen und Packrollen hin und her. Der Bürovorsteher jedoch, ein Mann in staubigem schwarzen Anzug mit Fliege, stieg plötzlich, noch bevor er ihrer gewahr wurde, von seinem Podest, trat auf ein Grammophon zu und legte zu Agnes' Verwunderung eine Schallplatte auf. Dann öffnete er mit maliziösem Lächeln eine schmale Glastür. Im selben Moment erscholl laute Marschmusik, die den Maschinenlärm noch weit übertönte. Agnes zuckte zusammen und ließ ihren Blick über die gebeugten Köpfe der jungen Frauen schweifen, die nun schneller, noch sehr viel schneller, im Takt des Marsches auf die Tasten einhämmerten.

Sie fragte mit überlauter Stimme nach Irene Schmidt, woraufhin der Bürovorsteher verärgert das Gesicht verzog und einen Rollladenschrank aufzog. Er entnahm ihm eine Mappe aus graugrüner Pappe und warf einen Blick auf das maschinenbeschriebene Etikett. »Sind Sie Frau Agnes Meding?«

Sie nickte. »Ja, ist denn Fräulein Schmidt heute nicht hier? Sie hatte mir versprochen …«

»Die Schmidt hat gekündigt«, erwiderte er und fügte hinzu, »dem Himmel sei Dank.«

»Sie sind erleichtert, eine so gute Kraft verloren zu haben? Sie hatte doch sogar den ersten Preis im Maschinenschnellschreiben gewonnen.«

Er schüttelte den Kopf. »So sind sie eben, die jungen Frauen. Erst gehen sie zur Handelsschule, lernen Sprache, Stenografie und Maschineschreiben. Sind ehrgeizig, können gar nicht genug arbeiten, und dann kommt ein Herr in Frack und mit Limousine. Manchmal ist es sogar der Richtige.« Das letzte Wort musste er beinahe schreien, so laut schepperte das Blech, wirbelten die Trommeln des Marsches. Er lachte. »War nur ein Scherz. Ach, vergessen Sie es. Aber unsere Mädchen, die Sie da unten sehen, sind unser Schatz. Auf sie können wir uns verlassen. Möchten Sie es vielleicht mit Fräulein Bäumler probieren? Sie ist erstklassig. Schafft hundertzwanzig statt neunzig Wörter pro Minute im Stenogramm, hält sieben Stunden durch und hat die sauberste Kurrentschrift.«

Plötzlich fühlte sich Agnes matt. Sie lehnte dankend ab, nahm die graugrüne Pappmappe entgegen und verließ das Kontor.

Sie war enttäuscht, hätte sie doch die Diktatstunden zu Hause gerne fortgesetzt. Zwar hatte sie der Geruch von Tabak und das Klimpern des Modeschmucks der Stenotypistin gestört, aber ein abruptes Ende wie dieses brachte sie aus dem Gleichgewicht. Sie ging an den Vorzimmersekretärinnen vorbei, die noch immer eifrig mit Diktat und Telefon beschäftigt waren. Sie waren privilegiert im Vergleich zu den anderen dort drinnen im Saal. Es wäre nur allzu verständlich, hätte Irene Schmidt die erstbeste Gelegenheit wahrgenommen, um dem Schreibsaal zu entkommen. Vielleicht hatte sie ja eine Stelle als Sekretärin gefunden. Agnes blieb stehen. Es war unsinnig. Sie selbst hatte doch das Automobil gesehen. Natürlich würde ein so hübsches Mädchen heiraten wollen.

Agnes warf einen Blick auf die Mappe und las ihren Namen. *Agnes Meding.* Die Eheschließung mit Arthur Meding hatte auch ihr einmal vor langer Zeit Sicherheit versprochen. Sie konnte das Mädchen nur zu gut verstehen. Hoffentlich hatte sie sich nicht in den falschen Mann verliebt. Im gleichen Moment, als sie aus dem Paternoster in die Eingangshalle trat, fiel ihr ein Geschäftsmann in dunkelbraunem Wollmantel mit Pelzkragen auf, der soeben auf die vordere Drehtür zueilte. Als er mit einer abrupten Bewegung auf seine Armbanduhr am linken Handgelenk schaute, schlug ihr Herz schneller. Nie hatte sie einen Mann gesehen, der dies so elegant tat …

»Paul!«, rief sie. »Paul, warte!«

Menschen sahen ihr nach, wie sie über den glatten Marmorboden auf die Drehtür zurannte, die im gleichen Moment Paul Söder auf den Bürgersteig entließ. Agnes umklammerte die Mappe, rannte auf die Tür zu und musste zusehen, wie Paul rasch im Dunst von Abgasen zwischen Bussen und Automobilen verschwand.

Paul war hier.

Aber er hatte ihre Nähe nicht gespürt. Nichts war mehr so wie zuvor. Sie merkte, wie ihr die Mappe entglitt, und tastete nach dem Glas. Es verwirrte sie, als sie auf Halt stieß, bis sie merkte, dass die Drehtür stehen geblieben war. Sie schaute zu Boden. Ihre Mappe hatte den Türflügel hinter ihr gebremst. Sie fühlte Übelkeit aufsteigen, bückte sich und verlor das Bewusstsein.

21

Hamburg, Juli 2012

Am Tag zuvor war der Vertrag aus Jönköping eingetroffen. Isabel hatte ihn ihrem Anwalt vorgelegt, der mit ihr die Einzelheiten durchgegangen war. Es sei alles in Ordnung, hatte er ihr versichert, jetzt müsse sie nur noch unterzeichnen. Daraufhin hatte sie ihn um eine kleine Bedenkzeit gebeten. Den wahren Grund verriet sie ihm natürlich nicht. Sie hatte Julian geschrieben und mit ihm in den letzten Tagen telefoniert. Und sie wollte ihre Unterschrift so lange hinauszögern, bis sie ihn wiedergesehen hatte. Denn sie wollte dieses besondere Erbe mit freiem Herzen annehmen.

Trotz ihrer Vorfreude befielen sie immer wieder Selbstzweifel. Julian konnte gut zuhören, war charmant und souverän. Doch die gescheiterte Beziehung zu Henning hatte sie verunsichert, und sie hoffte, sich nicht in Julian zu täuschen. Sie glaubte nämlich, an ihm etwas Besonderes zu spüren, etwas, das seinem Charme zu widersprechen schien. Sie hätte es gerne mit Herzenswärme beschrieben, war sich aber nicht sicher.

Ihre Telefonate waren zu kurz gewesen, um sich ein Bild voneinander zu machen. Sie hoffte nur, dass er sie nicht mit seiner erfolgreichen schwedischen Kollegin verglich. Ein einziges Mal hatte er von ihrem Vortrag auf dem Kongress erzählt, davon, wie selbstverständlich junge Kolleginnen in medizintechnischen Bereichen bestehen würden. Es hatte ihr einen kleinen Stich gegeben. Wie sollte sein Interesse an ihr, einer einfachen Sachbearbeiterin, echt sein, wenn er täglich Umgang mit Akademikerinnen hatte?

Sie nippte an ihrem Orangensaft mit Minze und loggte sich in das Liebesschmerz-Forum ein. Das Erste, was sie las, waren die hohen Download-Klicks und jubelnden Dankesrufe von Clarissa an ihre Freundinnen. 4579 Fans! Hatte Clarissa also nur liebeskranke Freundinnen? Seltsam. Isabel musste unbedingt lesen, was Clarissa Boss in ihrem Roman »Heartbreak« aus ihrer Beziehung mit Henning gesponnen hatte. Vielleicht war diese Clarissa ja schlauer als sie und würde ihr und all den anderen von Liebesschmerz Geplagten einen Rat geben.

Isabel öffnete die Datei und begann zu lesen.

Ich heiße Boss, daher hab ich ihn in seinem Anzug gleich wiedererkannt. Typisch Boss. Und supergeil. Er stand an der Bar. Klar, die Tussi dahinter bekam die Schampusflasche nicht auf. Er strahlte sie an und reckte sich zu ihr hinüber. Ein fantastischer Anzugschnitt, dachte ich. Besser konnte ein breiter Rücken nicht zur Geltung kommen. Ich stellte mir vor, wie er nackt vor mir auf dem Rücken lag. Ich zwischen seinen Schenkeln und meine Hände auf seinen Muskelpaketen. Und er voll im Chat mit seinem Boss. Und dann dachte ich, wie es wäre, wenn wir nachts an einem belebten Strand unter ein umgekipptes Boot kriechen würden, er sein Armani-Jackett auszöge und unter meinen nackten Po schöbe. Ich würde es später als Kopfkissen nehmen, mit all den Flecken, die er darauf im Innenfutter hinterließe …

Der Knall zerstörte meine Träumerei. Er hatte den Champagnerkorken gegen die Decke geschossen. Ich musste laut auflachen. Er drehte sich zu mir um. Glatte Haut, blitzende Augen. Er hätte jede haben können. Doch er kam mit zwei vollen Gläsern auf MICH zu. »Hab ich Ihnen eigentlich schon verraten, warum ich Sie eingestellt habe?«

Mir wurde echt heiß. »Na, meine Bewerbung hat Sie doch wohl überzeugt, oder?«

Da guckte er auf meinen Bauchnabel, als blinkte da ein Button mit »Enter«. Dann schob sich sein Blick aufwärts, als würde er einen Zipper in umgekehrter Richtung aufziehen. In meiner Halsgrube machte er kurz halt, schielte schnell nach links und rechts unten auf meine Boobs und meinte grinsend: » …«

Ich bin überzeugt, Sie werden aufsteigen. Isabel schlug auf die Tischkante. Das konnte doch nicht wahr sein! Das war Hennings Satz! Im Original. Sie erinnerte sich, sie hatte dem Forum einmal erzählt, wie er sie damals freundlich angesehen hatte, ohne Grinsen, ohne irgendeine Auffälligkeit. Sie hatte ihn einfach nur nett gefunden und sich über ihre beruflichen Aufstiegschancen gefreut. Erst nach Simones Hochzeitsdebakel war ihr klargeworden, dass er schon früh mit dreisten Doppeldeutigkeiten gespielt und ihr Vertrauen missbraucht hatte.

Die Sexszene parallel zum beruflichen Chat hatte Simone mit Falk erlebt. Wie blöd war sie, Isabel, nur gewesen, sie einmal nebenbei im Forum als Belustigung zum Besten gegeben zu haben. Hoffentlich nahm Simone es ihr nicht übel, wenn sie es erführe. Aber die Strandszene hatte sie zu Beginn ihrer Beziehung mit Henning genau so erlebt und wirklich später sein Jackett in ihr Bett genommen. Wie verrückt man sein konnte, wenn man verliebt war …

Clarissa Boss jedenfalls hatte ihre Postings genau gelesen. Die Frage war nur, ob sie sie, Isabel, persönlich attackieren wollte. Oder hatte sie, ohne nachzudenken, Isabels Geständnisse im Forum genutzt, um ihren Ehrgeiz als angehende Autorin zu befriedigen?

Nervös scrollte Isabel den Text durch und entdeckte noch weitere persönliche Erinnerungen. Sie überlegte fieberhaft. Hatte sie dem Forum wirklich alle diese Details verraten? Oder waren auch andere Sachen dabei, die nur jemand wissen konnte, der sie und Henning persönlich kannte? Am besten, sie würde diesen Download Seite für Seite durchgehen. 218 Seiten. Aber wäre es nicht Zeitverschwendung? Sie überflog den Text, fand immer wieder Ähnlichkeiten mit ihren Postings.

Sie hob den Blick und schaute zum Fenster hinaus. Wer, fragte sie sich zum hundertsten Mal, kannte sie so gut? Wer war Clarissa Boss?

Sie stand auf, nahm ihr leeres Glas und ging in die Küche. Sie schenkte sich Orangensaft nach, warf wahllos Minze, Aniskörner und Zitronengras in den Mörser und griff nach dem Stößel. Während sie alles zermahlte, ließ sie digitale und reale Freunde vor ihrem geistigen Auge Revue passieren. Doch niemand fiel ihr ein, dem sie eine solche Gemeinheit zutraute. Obwohl man bei digitalen Maskenträgern ja nie wusste … Dann suchte sie in ihrer Vergangenheit. Hatte es jemals jemanden gegeben, der sie gehasst hatte?

Isabel hielt inne.

Ja, es gab jemanden.

Mo. Mo war auf Simones Hochzeit gewesen, rundlich, stoisch, selbstbewusst. Mo hatte ihren Vater verführt, und er hatte Mo geliebt. Mo hatte sie gehasst. Wobei Isabel sich beim besten Willen nicht vorstellen konnte, warum. Mo war nur ein Verdacht. Mehr nicht. Schnell tippte sie Mos Namen in die Suchmaske ein.

Keine Website. Aber Mitglied zahlreicher sozialer Netzwerke.

Also musste sie viel Zeit haben, wahrscheinlich war sie Single. Arbeitete sie überhaupt? Suchte sie Erfolg über die Communitys? Auf Kosten ihrer, Isabels, Integrität?

Ob Mo es wohl im umgekehrten Fall ertragen könnte, würde jemand anders ihr Vertrauen missbrauchen? Nein, ganz sicher nicht. Nicht Mo, die so eitel war.

Am Abend traf Isabel sich mit Simone und Falk auf der überfüllten Terrasse einer Studentenkneipe am Grindel. Es war warm, und alle genossen die heitere Stimmung. Isabel verdrängte alles Belastende. Sie wollte diese Zeit mit ihren Freunden genießen und beschloss, Simone nichts von ihrem Verdacht gegen Mo zu erzählen. Das schien auch völlig unnötig, denn Falk lenkte sie sofort ab. Sie hatte ihn noch nie so aufgekratzt erlebt wie an diesem Abend. Normalerweise war er ruhig, bedächtig, doch heute hielt er sich mit seiner Begeisterung nicht zurück. Sein wissenschaftlicher Vertrag würde aller Voraussicht nach verlängert werden, und er würde in einer Woche mit Simone nach Namibia fliegen und erst Ende September zurückkehren.

Isabel beglückwünschte beide zu ihrem Erfolg, aber sie fühlte sich wie eine Motte unter Schmetterlingen. Irgendwie flügellahm, blass und ungeliebt.

Als wenig später noch Freunde vom GIGA, des German Institute of Global and Area Studies, hinzukamen, tat Isabel es ihnen gleich und hörte Falk einfach nur zu. Er war von Namibia schlichtweg verzaubert. Er beschrieb die Wüsten, die versandeten Diamantensiedlungen, die Skelettküste, Köcherbäume, Streifengnus und Springböcke so plastisch, dass sie hätte glauben können, er sei dort geboren worden. Natürlich wusste sie von Simone, dass dem nicht so war. Als jedoch Shackey John Lewala, ein gutaussehender Namibier, ihren Gedanken laut aussprach, sah sie ihn überrascht an. Er lächelte.

»Ja, wenn man Falk so erzählen hört, denkt man wirklich, er sei einer von uns. Ich kenne Falks Geschichte. Er hat bei uns schon viele Antworten auf Fragen gefunden, die er hier im scheinbar aufgeklärten Europa vergeblich gesucht hat. Es gibt bei uns viele Mythen und ein von Generation zu Generation übertragenes magisches Wissen. Diejenigen, die es weitergeben, nennen wir Sangoma, Heiler.« Er sah Isabel an. »Falk gehört zu denen, die unsere Kultur ernst nehmen. Ich bin stolz darauf, mit ihm befreundet zu sein.« Er griff zum Glas und prostete Falk und ihr zu.

Über den Glasrand hinweg sah sie in Shackeys Augen. Er sah gut aus, hatte eine elegante Ausstrahlung, doch sie hätte schwören können, er könne Schicht für Schicht in die Tiefe ihres Ichs blicken. Er nickte nachsichtig. »Bei uns glaubt man, die inneren Stimmen unserer Ahnen führen uns zu unserem Ziel.«

»Was heißt das?« War er hellsichtig? Hatte er etwa ihre Kernfrage auf dem Grund ihrer Seele erkannt?

Er stellte sein Glas ab und beugte sich vor. »Stell dir vor, deine Seele ist ein Krug, in dem alle Erfahrungen deiner Vorfahren gesammelt sind. Ihr Wissen speichert eine hochfrequente Energie, die jeder für sich nutzen kann. Auch du.«

»Ach, Shackey« – sie winkte belustigt ab – »wenn ich etwas in mir höre, pfeift höchstens mal ein Tinnitus. Und diese fiesen, hässlichen Dämonen, die mir einreden, ich sei zu dick, zu dumm, zu feige, die hat doch wohl jeder, oder?«

Shackey lachte. »Genau das dachte ich mir. Du denkst nicht an deine Vorfahren, sondern glaubst an einen Dämon.«

»Und, ist doch so, oder? Immer ist da jemand, der einem den Holzhammer aufs Haupt schlägt.«

Er lachte noch lauter. »Keine Trommel? Hey, genau das dachte ich mir.«

»Wie? Das dachtest du dir?«

»Du hast sehr wohl eine Stimme deiner Ahnen in dir, und es muss einen Grund dafür geben, dass sie dich belästigt.« Er wurde ernst und fixierte sie. »Pass auf, Isabel, immer, wenn du dich fragst, ist das richtig, was ich tue, dann bitte all deine Ahnen um Antwort.«

»Ich komme aus einer modernen Single-Familie, Shackey«, erwiderte Isabel. »Nicht aus einer Großfamilie wie bei euch, wo die Geschichten über die Vorfahren von Generation zu Generation weitergegeben werden. Meine Eltern sind Einzelkinder gewesen, genauso wie ich eines bin. Meine Großmutter mütterlicherseits starb vor meiner Geburt, sie hatte, glaube ich, Krebs, und von der Familie meines Vaters weiß ich überhaupt nichts. Diese Vereinzelung ist typisch für die heutige Zeit. Leider«, setzte sie hinzu.

Er rutschte bis zur Stuhlkante vor und sah ihr eindringlich in die Augen. »Trotzdem, deine Vorfahren leben in dir weiter, auch wenn du sie nie kennengelernt hast. Sie haben ihre Weisheit an dich weitergegeben. Am besten wäre es, du würdest mal mit einem Sangoma sprechen. Er hat die spirituelle Fähigkeit, sich in Trance zu versetzen und so mit deinen Vorfahren in Kontakt zu treten. Er weiß mehr über Seele, Körper und Geist, als manch ein Nichtafrikaner sich vorstellen kann. Du könntest ihm alle Fragen stellen, die dir auf dem Herzen liegen.«

»Ach ja, Fragen habe ich wirklich sehr viele.« Sie seufzte und lächelte ihn an. »Schade, du bist nicht zufälligerweise ein solcher Heiler, Shackey?«

»Nein, leider nicht. Die Götter sind wählerisch beim Verschenken dieser Gabe. Als Buchmensch bin ich ihnen sicher viel zu langweilig.« Er setzte ein strahlendes Lächeln auf, wie um sich selbst zu widersprechen. »Ich habe eine viel bessere Idee, Isabel.« Er hob einladend die Hände. »Komm mit nach Afrika. Ich könnte dich mit einem der besten Sangoma bekannt machen.«

»Oh, danke für die Einladung«, erwiderte sie, »ich muss nur noch einen Job finden.«

»Ich wünsch dir viel Glück. Aber vergiss nicht, es würde sich für dich lohnen.« Er nickte Falk zu. »Falk hat jedenfalls bei uns schon so seine speziellen Erfahrungen gemacht. Stimmt's, mein Freund?«

Falk nahm einen Schluck Weizenbier. »Ja, so ist es. Meine Familiengeschichte ist nämlich tatsächlich mit Namibias Kolonialzeit verbunden. Wenn auch auf eine unrühmliche Weise. Niemand hat in unserer Familie je darüber gesprochen. Und dann habe ich, ohne es zu ahnen, ein Fach studiert, das mich dorthin zurückführte.«

»Seine Ahnen haben ihn gerufen«, ergänzte Shackey mit sanftem Nachdruck.

»Ja, meine Ahnen«, wiederholte Falk und tätschelte gedankenverloren Simones Oberschenkel.

Dann begann er von einem Vorfahren zu erzählen. Dieser war 1884 mit seiner rheinländischen Ehefrau und einem Bruder, der

Bäckermeister war, eingewandert. Dank der Mitgift seiner Frau und der Unterstützung seines Bruders hatten sie recht schnell eine ertragreiche Tabakfarm aufgebaut. Seine Frau lernte von seinem Bruder Backen und hielt strikt die deutschen Festtage ein, zu denen sie jedes Jahr alle Nachbarn im Umkreis von dreißig Kilometern einlud. Leider hatte ihr Mann über die Großwildjagd hinaus Interesse an Waffen entwickelt und sich eines Tages überreden lassen, einen Schuppen zur Lagerung von Waffen zur Verfügung zu stellen. Es war, als hätten bereits damals einige Kolonisten nur auf den richtigen Moment gewartet, um sich gegen die Proteste der Einheimischen zu wehren, denen die Deutschen das fruchtbarste Land und somit ihre Lebensgrundlage genommen hatten. Im Sommer 1904 schlugen deutsche Schutztruppen die Aufstände der Herero grausam nieder. Zwischen 1904 und 1906 wurde die Hälfte der Einheimischen getötet. Es war und blieb Völkermord, und es war eine Schande. Shackey pflichtete Falk mit ernstem Gesicht bei.

Falk ergänzte, er fühle sich heute verpflichtet, auf seine Weise diese Schuld wiedergutzumachen. Und er sei besonders stolz darauf, eine Frau gefunden zu haben, die ihn dabei unterstützte. Simone neckte ihn. Vielleicht, meinte sie, würde sie ihre Mitarbeit am neuen Wasserprojekt zu einer Dissertation nutzen. Und dann wolle man einmal sehen, wer von ihnen schneller eine Professur ergattere … Falk legte seinen Arm um sie, hob sein Glas und prostete allen zu. »Dann überlass ich ihr die Wasserversorgung und leg mir eine Farm mit Brauereianschluss zu! Mensch, hab ich ein Glück. Auf Simone!« Er meinte es ehrlich, er war wirklich stolz auf sie.

Eine gelungene Partnerschaft, dachte Isabel. Ja, verdammt noch mal, sie war neidisch. Und sie schämte sich dafür.

Schlimmer noch, sie glaubte dem sympathischen Shackey nicht. Sie glaubte nicht an die Stimmen ihrer Vorfahren.

Sie verbrachte eine schlaflose Nacht, vermisste die Telefonate mit Julian und ärgerte sich über das »Heartbreak«-Manuskript und ihre beruflichen Absagen. Erst als ihr am nächsten Morgen der Postbote das Päckchen aus Schweden übergab und sie das erste Mal Kristinas Absender las, glitt alles Belastende von ihr ab. Und endlich fiel ihr wieder ein, was sie auf Visingsö vergessen hatte. Sie hatte Linnea Svenssons schöne Trinkgläser, die sie auf dem Flohmarkt gekauft hatte, in der Diele stehenlassen. Die schlichten Gläser, die aussahen, als ob auf ihnen Moosglöckchenblüten schwammen.

Ungeduldig riss sie Kristinas Brief auf.

Kristina entschuldigte sich mit einem halben Dutzend Ausrufezeichen. Sie habe nämlich vergessen, ihr die Mappe zu geben, die sie kurz vor Britts Tod aus dem Aschefach des Küchenofens hatte holen müssen. Britt hätte sie eigentlich auf Linneas Wunsch hin vernichten sollen. Aber sie hätte es einfach nicht übers Herz gebracht und sie, Kristina, angefleht, gut auf sie aufzupassen. Allerdings hätte sie, Kristina, den Eindruck gehabt, Britt sei eifersüchtig auf diese Agnes Meding gewesen. Schließlich habe sie Linnea sehr gemocht und nicht verstanden, warum Linnea ihr nie etwas von dieser Meding erzählt hatte, mit der sie ja wohl ein Geheimnis geteilt habe. Vielleicht könne Isabel ja etwas mit dem Ganzen anfangen. Ansonsten habe sie das Haus geputzt und die restlichen Kirschen eingeweckt. So wie früher. Und sie hätten jetzt eine Wohnung in Gränna in Aussicht, ein Typ namens Gunnar aus Malmö hätte sie ihr über eine Verwandte in Aussicht gestellt. Ob Isabel sich noch an ihn und Alex aus Köln erinnere? Stichwort: Autopanne. Styrger habe übrigens mit einem Nachbarn das alte Boot zum Trocknen auf dem Strand aufgebockt. Und ihr ginge es ansonsten prima.

Isabel freute sich für Kristina, doch für sie ging es um Wichtigeres. Möglicherweise hielt sie nämlich die Antwort auf ihre Fragen in den Händen.

Aufgeregt ging sie zum Balkon hinaus, setzte sich unter den Sonnenschirm und zog die verblasste graugrüne Pappmappe hervor. Sie musste sehr alt sein, daher war Isabel auch nicht allzu sehr überrascht, dass sie mehrere Seiten maschinenbeschriebenes Papier enthielt, noch dazu hauchdünne Durchschlagseiten aus einer Zeit, in der mechanische Schreibmaschinen mit schwerem Anschlag in Gebrauch gewesen waren.

Die Seiten begannen mit *Berlin, Spandau, 24. März 1926* und endeten im Mai 1926. Was Isabel aber verwunderte, war ein schwarzes Schreibheft, dessen obere Ecke zerdrückt war, so als hätte jemand sie immer wieder umgebogen. In der Mitte des Heftumschlags stand mit Bleistift und in altdeutscher Schrift *Agnes Meding, 23. März 1926 ftld.* Isabel schlug das Heft auf. Dem ersten Stenogramm folgten weitere bis zum 21. Mai 1926, präzise, enggesetzte Zeichen.

Nach einem Viertel des Heftes war ein roter Strich gezogen. Danach sahen die Stenogramme aus, als hätte jemand anders geschrieben. Knappere Zeichen, flüchtig aufs Papier gejagt, selbst Zwischenräume und Ränder der Heftseiten waren beschrieben. Als sei kaum Zeit gewesen, schnell genug zu notieren. Sie begannen am 12. September 1929 und endeten mit immer größeren zeitlichen Unterbrechungen im Januar 1958.

Neunundzwanzig Jahre stenografische Aufzeichnungen konnten nur auf ein Tagebuch hinweisen, nicht auf Diktate.

Doch warum hatte jemand in den zwanziger Jahren nur die Aufzeichnungen im Frühjahr 1926 in Reinschrift übertragen? Was war danach geschehen? Warum fehlte der Rest bis 1958? Und warum hatten anscheinend zwei Stenotypistinnen das Heft geführt?

Was hatte das alles zu bedeuten?

Isabel hatte keinerlei Vorstellung. Nur die Ahnung, dass die Vergangenheit eines fremden Menschen sie einholte.

Sie nahm sich die maschinengeschriebenen Seiten vor und begann zu lesen. Sie erfuhr, dass Linnea Svensson ihre Freundin Agnes Meding 1926 in Berlin besucht hatte. In dieser Zeit hatte Agnes Meding einer jungen Stenografin ihr Leben diktiert, das jedoch nur in Auszügen überliefert war. Entscheidend war, dass Agnes Meding ihre große Liebe, Paul Henrik Söder, im April 1926 noch einmal gesehen hatte. Ab da fehlten Seiten im Stenogrammheft.

Sie blätterte erneut die Seiten durch und nahm sich ein zweites Mal die vorletzte Eintragung vor, die sie nachdenklich gemacht hatte.

Berlin, 16. April 1926

Mir geht es etwas besser. Ich hatte mir vorgestern ein Taxi bestellt, um persönlich die Reinschrift der letzten Diktate vom Schreibbureau abzuholen. Ich war sehr überrascht, dass Sie gekündigt hatten, Fräulein Schmidt. Wie gut nur, dass Sie doch noch Zeit für mich haben. Jedenfalls habe ich Paul gesehen, als er durch die Drehtür verschwand. Ich gebe die Hoffnung nicht auf, ihn wiederzufinden.

Ich denke Tag und Nacht an ihn, obwohl wir uns seit Ende des Krieges nicht mehr getroffen haben.

Allerdings merke ich, wie unkonzentriert ich jetzt bin.

Noch ist Linnea bei mir, sie wird so lange bleiben, bis sie weiß, wie die Operation verlaufen ist.

Täglich sprechen wir über die Zeit, die wir, Paul und ich, bei ihr auf Visingsö verbracht haben. Und wäre Paul jetzt bei mir, würde ich ihm sagen, wie dankbar ich ihm noch heute dafür bin, dass er mich damals auf diesem wunderschönen Fleckchen Erde vor dem Krieg in Sicherheit gebracht hat. Dafür, dass er Linnea und Knut unterstützte, damit ich bei ihnen gut versorgt war. Dafür, dass er mich ermutigte, offen mit Martha zu reden. Als meine Schwester müsse sie mich doch verstehen und mir helfen wollen. Ich war mir anfangs nicht so sicher, ob es Sinn hatte, ein weiteres Mal auf sie zuzugehen.

Es ist mir damals nicht leichtgefallen, mein Schicksal in ihre Hände zu legen.
Jetzt, da ich wieder auf Marthas Unterstützung angewiesen bin, möchte ich noch einmal über uns beide sprechen. Es wird mich etwas von meiner Anspannung ablenken.
Also, Martha ist fünf Jahre jünger als ich und leidet seit einem Sturz in frühester Kindheit an einer verkrümmten Wirbelsäule. Wir sind sehr unterschiedlich, sie ist penibel, eifersüchtig und ist doch mit Dora sehr glücklich. Noch immer ist sie aschblond, wie sie es als Kind schon war. Ich hingegen bin längst ergraut. Früher war ich kastanienbraun und von lebhaftem Temperament. Ich habe schon früh die Musik geliebt und wäre am liebsten Tänzerin geworden. Doch sobald ich einen Straßenmusikanten hörte, packte mich unsere Mutter sofort an den Schultern und sperrte mich in den vollgestopften elterlichen Kleiderschrank. Überhaupt hat sie mich und Martha völlig unterschiedlich behandelt. Martha wurde verzärtelt, ich hingegen wurde beim kleinsten Anlass geschlagen. Bis heute verstehe ich es nicht. Und das schlimmste Erlebnis, das mich mit meiner Mutter verbindet, habe ich noch nie jemandem erzählt.
Ich hoffe nur, dass Martha damals, als es geschah, noch zu klein war, um es zu verstehen.
Nachdem unsere Eltern verstorben waren, mussten Martha und ich uns auf unsere einzige Gemeinsamkeit besinnen. Es ging darum, die Strickmaschinenwerkstatt und das angeschlossene Handarbeitsgeschäft weiterzuführen, das unser Vater nach der Reichsgründung 1871 aufgebaut hatte. Doch dann verliebte sich Martha. Gut achtzehn Jahre lebt sie jetzt schon mit Dora zusammen. Sie ist die Tochter eines zugereisten Hamburger Arbeiters, der in den Borsig-Werken in Berlin-Tegel Achsen für Lokomotiven baut. Ich vermute, dass er wohl über die besondere Zuneigung der beiden hinwegsieht. Wann immer sie nach ihm rufen, eilt er mit der Straßenbahn herbei, verzichtet sogar klaglos auf seine geliebten Kegelrunden, nur um die wertvollen Strickmaschinen zu reparieren oder zu warten. Sie garantieren ihm schließlich das gute

Auskommen seiner Dora. Aber auch für Martha hätte es nicht besser kommen können.

Ich habe lange Zeit verdrängt, was vor fast zwanzig Jahren geschah. Damals habe ich Martha um Hilfe in einer schwierigen Lage gebeten. Doch Martha verwehrte sie mir, sie wollte ihre Beziehung zu Dora nicht gefährden. Nach einer aufwühlenden Aussprache schworen wir uns schließlich gegenseitig, unsere Geheimnisse zu schützen. Und so hüte ich auch heute noch Marthas intimes Geheimnis und hoffte damals, bei Ausbruch des Krieges im Sommer 1914, mich auch auf ihr und Doras Stillschweigen verlassen zu können. Ich hatte mit ihnen vereinbart, sie sollten Arthurs Briefe, wenn er denn von der Front schriebe, erst selbst lesen und mir dann nach Schweden nachschicken und umgekehrt meine Briefe an ihn annehmen, umkuvertieren und ihm an die Front senden.

Es ist merkwürdig, aber das, wovor ich die meiste Angst hatte, ging gut. Martha und Dora hielten ihr Versprechen ein.

Und das, was mir sicher schien, zerbrach.

Ich fürchte, ich habe meine Kräfte überschätzt. Ich wollte noch so vieles erzählen. Ach, es ist ein Elend.

Ich denke, es ist besser, wenn ich mich jetzt etwas erhole. Vielleicht mache ich morgen eine kleine Ausfahrt, bevor ich ins Krankenhaus gehe. Wenn alles gut verläuft, werde ich diese Diktate fortführen, auch wenn es nur noch bruchstückhaft sein wird.

Ich muss nur endlich meine Geschichte zu Ende erzählen und mich von einer Last befreien.

Die Tatsache, dass vor fast hundert Jahren die Vorbesitzerin ihres Seegrundstückes auf Visingsö mit einer solch leidgeprüften Frau befreundet gewesen war, berührte Isabel. Diese Fremde, Agnes Meding, hatte unter einer zerbrochenen Liebe und ablehnenden Mutter gelitten, fast so wie sie. Allerdings musste das Leben dieser Agnes Meding viel schwieriger gewesen sein als ihres in der heutigen Zeit. Sie war verheiratet gewesen und liebte doch einen anderen Mann. Und ihre Schwester lebte heimlich mit einer Frau zusammen, ein Verhältnis, das damals ganz sicher verboten war. Doch was hatte diese fremde Lebensgeschichte mit ihrem Leben und der Beziehung zu ihrer eigenen Mutter zu tun?

Es wäre sicher spannend, herauszufinden, ob Agnes Meding Paul Söder wirklich noch einmal getroffen hatte und was aus der jungen Stenotypistin geworden war. Als Erstes aber sollte sie herausfinden, weshalb Linnea Svensson ihre Mutter gekannt und diese ihr das Grundstück vererbt hatte.

Isabel legte die Papiere beiseite. Zu viele Rätsel, zu viele Geheimnisse. Es wäre besser, sie würde jetzt eine Weile meditieren, um ihre eigene Mitte wiederzufinden. Später, irgendwann, würde sie einen Experten aufsuchen, damit dieser die noch nicht übertragenen stenografierten Aufzeichnungen übersetzte.

22

Hamburg,
Juli 2012

Lange würde sie hier nicht mehr wohnen bleiben. Der renovierungseifrige Nachbar über ihr wollte nach der Neuverfliesung von Bad und Küche nun sein Wohnzimmer auffrischen. Da er mit dem Streichen der Decke beginnen wollte, hatte Isabel mit einem ruhigen Wochenende gerechnet. Farbe auf eine Fläche aufzutragen war schließlich eine ruhige Arbeit, beinahe meditativ. Doch dann waren ihr Zweifel gekommen.

Über Stunden hatte er seine Trittleiter hin- und hergeschoben, als hätte er plötzlich ein großes künstlerisches Talent in sich entdeckt. Irgendwann hatte sie es nicht mehr ausgehalten und bei ihm geläutet. An seiner Tür klebte ein graues Stück Pappe mit seinem Namen, Jens-Peter Strumpf. Sie überlegte noch, ob er untersetzt war und nach Fußschweiß roch, als er die Tür ruckartig öffnete. Sie sah einen mittelgroßen blassen Mann mit Vollbart. Er trug ein blaues Hemd unter einem farbverschmierten, orangefarbenen Overall und schien verärgert. Sie bereute sofort, geläutet zu haben, und spähte an ihm vorbei in die Wohnung. Er musste düstere Seiten haben. Die Decke seines Wohnzimmers fokussierte in psychedelischem Schwarz-Weiß. Er begann schnell zu erklären, und sie hatte den Eindruck, als erwarte er Beifall für sein handwerkliches Debüt als Maler. Sobald alles fertig sei, versprach er ihr, würde er sie zum Essen in seiner Küche einladen. Er müsse nur noch das Wohnzimmer tapezieren. In ihren Ohren klang das, als könne er es gar nicht abwarten, sie dann scheibchenweise zu dünsten.

Isabel beschloss, sofort auszuziehen, sobald sie einen neuen Job hatte.

Nur ein seltsames Erlebnis in der letzten Nacht hatte sie nachdenklich gemacht. Sie hatte unruhig geträumt und war in einer verdrehten Haltung aufgewacht. Ihr Fuß war eingeschlafen, und ihr Nacken schmerzte. Sie war aufgestanden, um ein Glas Wasser zu trinken. Dabei war ihr aufgefallen, dass sie ihren Bildschirm nicht ausgeschaltet hatte. Da sie nicht gleich wieder einschlafen konnte, fuhr sie ihren PC hoch und öffnete ihr Postfach. Als Erstes las sie Zaras Mail.

Sie habe von Clarissa gehört, dass »Heartbreak« zu Weihnachten in einem Publikumsverlag erscheinen werde. Clarissa würde der Community sogar eine Vorableserunde und ein Preisausschreiben anbieten. Isabel war empört und fragte sich, warum keinem Mitglied aufgefallen war, dass diese ominöse Clarissa Vertrauliches aus dem Forum genutzt hatte. Oder nahmen alle an, Isabel sei heimlich die Autorin? Oder gar Clarissas beste

Freundin, der sie stillschweigend ihr Einverständnis gegeben hatte? Da sie sich seit Juni nicht mehr im Forum gemeldet hatte, könnte ihr Schweigen den anderen Mitgliedern ein falsches Signal gegeben haben. Oder war es doch ganz anders? Waren die meisten so sehr mit sich selbst beschäftigt, dass es noch niemandem aufgefallen war?

Egal. Sie jedenfalls hatte nicht schnell genug reagiert. Aber der Urlaub mit Simone in Südtirol, Constanzes Tod und ihr überraschendes Erbe auf Visingsö hatten sie in Anspruch genommen. Und noch immer irritierten sie die rätselhaften Aufzeichnungen dieser fremden Frau, Agnes Meding. Ja, seit Simones Hochzeit hatte sich viel ereignet, das sie von ihrem Liebeskummer abgelenkt hatte. Trotzdem. Es wäre besser gewesen, sie hätte gleich bei ihrem ersten Verdacht reagiert. Möglicherweise war die Verfasserin des Manuskriptes wirklich Mo. Es wäre ihr bestimmt gelungen, Mo unter Druck zu setzen und sie an einer weiteren Vermarktung des Manuskriptes zu hindern. Aber, überlegte Isabel, vielleicht war es noch nicht zu spät. Sie würde gleich morgen Mo anrufen und im Notfall einen Anwalt einschalten. Sie loggte sich aus dem Forum aus und wandte sich Simones Mail zu.

Simone hatte den sympathischen Namibier Shackey John Lewala wegen Isabels Jobsuche um Rat gebeten, und Shackey hatte Isabel gleich darauf geschrieben, er habe gute Beziehungen zur Hamburger Dependance einer südafrikanischen Handelsbank und könne ihr vielleicht behilflich sein. Isabel antwortete ihm sofort. Sie sei zwar Kreditsachbearbeiterin, aber im Moment wäre ihr jede neue Herausforderung willkommen. Wenn Shackey wolle, würde sie ihm eine Übersicht ihres beruflichen Werdegangs als Vorabinformation zuschicken. Sie klickte auf »Senden«, öffnete kurz noch den Spam-Ordner – und hielt die Luft an.

Julian hatte ihr geantwortet.

Er entschuldigte sich für die verspätete Antwort. Ein Kollege sei im Urlaub beim Paragleiten verunglückt, und man habe ihn, Julian, gebeten, ihn in der Heidelberger Spezialklinik zu vertreten. Er sei sehr eingespannt und hätte so gut wie kein freies Wochenende. Er wäre glücklich, wenn sie ihm trotz der späten Mail nicht gram sei und ihn wiedersehen wolle. Ob er sie an den Neckar einladen dürfe? Ansonsten hätte er erst am 1./2. September frei und würde dann nach Hamburg fahren.

Sie starrte auf die Ziffern – 1:04 Uhr.

Er hatte seine Mail fast zeitgleich mit ihrer Mail an Shackey abgeschickt. Ihr Herz schlug so heftig, dass sie die Nachtstille vergaß. Sie stellte den CD-Player an. Whitney Houston. Sie sang mit, tanzte und drehte die Lautstärke hoch. Wie eng es in ihrer Wohnung doch war. Sie wäre am liebsten hinaus in die helle Nacht gewirbelt, in rasendem Tempo gen Süden …

Plötzlich hielt sie inne. Warum sah es aus, als leuchte der alte Parfumflakon, den sie vor Tagen auf dem Plexiglastisch am Fenster vergessen hatte? Lag es am Mondlicht? Am Schein des PC-Monitors? Isabel ging auf ihn zu und beäugte den rostbraunen Bodensatz. Sie musste sich den leuchtenden Nebel in seinem Inneren eingebildet haben. Vielleicht hatte es nur daran gelegen, dass ihr vom Tanzen mit geschlossenen Augen schwindelig geworden war. Sie nahm den Flakon und setzte sich wieder an ihren PC.

Sie las noch einmal Julians Mail, lauschte Whitney Houstons Song und drehte den Flakon in ihren Händen hin und her. Er war aus geschliffenem Kristallglas, mit einem roten Diamanten in der vergoldeten Kappe des Zerstäubers. Sie war sich bewusst, dass dieser Flakon nicht nur sehr wertvoll, sondern eine Einzelanfertigung sein musste. Sie hätte sich einbilden können, dass er von einer geheimnisvollen Aura umgeben war. Hielt sie etwa einen persönlichen Gegenstand von Agnes Meding in den Händen? Ihr

Geschenk von Paul Söder? Von wem aber hatte ihre Mutter diesen Flakon bekommen? Von Agnes Meding selbst oder von Linnea Svensson?

Es war rätselhaft, aber vielleicht hatte dieser Flakon gar nichts mit ihnen allen zu tun. Ihr war eingefallen, dass ihre Mutter in den Schulferien gerne Flohmärkte besucht hatte. Doch wo immer sie auch gewesen war, sie hatte selten etwas gekauft. Fremdes fasziniert immer, hatte sie gemeint, es hilft einem, die eigenen Grenzen zu erkennen. Und ein Gegenstand, der aus einem anderen Leben kam, hätte ihre persönlichen Grenzen ganz sicher eingerissen. So war Constanze gewesen. Bei diesem Flakon aber hätte sie bestimmt eine Ausnahme gemacht. Er hätte ihr gefallen, weil er auf eine besondere Weise zeitlos war.

Isabel schraubte ihn auf. Sie nahm einen Hauch von Orangenblüten und Jasmin wahr, dann verblasste der Eindruck, und ein dunklerer Geruch schob sich in den Vordergrund. Vor ihrem inneren Auge sah sie einen Sandstein, auf dem zersplitterte Bittermandeln und Nelken in sengender Hitze vertrockneten. Ein merkwürdiges Bild, wie kam sie nur darauf?

Sie war sich sicher, dass das imaginierte Leuchten des Flakons zu den seltsamen Begebenheiten in dieser Wohnung passte. Erst die Heizung, die im Winter morgens zu früh ausgefallen war, dann der heiße Radiator, der sirrende Fön, ihr letztes akkuresistentes Handy, die aufflackernde Gasflamme. Und jetzt der Flakon.

Irgendetwas ging in dieser Wohnung nicht mit rechten Dingen zu. Isabel stützte ihre Hände auf und starrte auf Julians Mail, während sie Whitney Houstons Lovesong mitsummte. Schließlich begann sie zu schreiben.

Nur wenige Minuten später antwortete er ihr. Er klang erfreut, wenn auch enttäuscht darüber, vielleicht bis Anfang September auf sie warten zu müssen. Er zeigte Verständnis für ihre Jobsituation, und Isabel hatte den Eindruck, dass er sogar ihre Zweifel an den seltsamen Zufällen in ihrer Wohnung ernst nahm. Er schlug ihr vor, den Parfumflakon wissenschaftlich untersuchen zu lassen. Ein früherer Studienkollege arbeite in einem namhaften Analyselabor, und wenn sie einverstanden sei, würde er ihn schon einmal vorab auf ihre Anfrage vorbereiten.

Sie begann seine Mail ein weiteres Mal zu lesen und schloss die Augen. Als sie seine Stimme weitersprechen hörte, durchströmte sie ein tiefes Glücksgefühl. Sie dachte an ihre erste Begegnung in den Pfunderer Bergen. In der Nacht darauf hatte sie in der Stettiner Hütte wach gelegen, Simones Camcorder eingeschaltet und versucht, aus seiner Stimme etwas Bedeutsames herauszuhören. Damals war sie überreizt und verwirrt gewesen. Jetzt aber war sie sich sicher, dass etwas passiert war, was ihr Angst machte. Julian hatte ihr Herz berührt.

Sie öffnete den Ordner mit den Urlaubsvideos und stellte den Mitschnitt ihres kleinen Unfalls auf vergrößerten Wiederholmodus ein. Julian so nah vor Augen, begann sie ihm schließlich zu schreiben. Sie dankte ihm und versicherte ihm, wie sehr sie sich auf ein Wiedersehen freue. Dann starrte sie auf den »Versenden«-Button.

Wie unpersönlich, wie kalt ihr dieser banale Klick plötzlich vorkam. Tausendmal getan, doch tausendmal ohne Herzklopfen. Am liebsten hätte sie Julian jetzt einfach angerufen. Sie hätte ihm gesagt, wie liebenswert er sei und wie dankbar sie ihm für seine Aufmerksamkeit war. Wie sehr sie ihn vermisste. Sie hätte auf das Timbre seiner Stimme gelauscht, in der Hoffnung, er könne ihr die Sicherheit geben, die sie so dringend brauchte.

In unserer Familie gibt es die große Liebe nicht.

Nicht an Constanze denken.

In unserer Familie gibt es die große Liebe nicht.

Höre nicht auf sie.

Isabel atmete durch und schickte die Mail ab.

Es war still.

Whitney Houston war verstummt.

Sie zögerte, unfähig, den PC auszuschalten. Sie saß da und las seine Mails wieder und wieder, bis sie in die Melodie seiner Stimme eingetaucht war und glaubte, ihr Herz mitschwingen zu hören.

23

Toblach,
Pustertal, Tirol,
Juli 1906

Agnes wollte alles vergessen. Alles, was sie in den letzten Monaten in der Brandenburger Provinz erlitten hatte. Sie wollte nur diesen Moment genießen, ihren ersten Urlaub mit Paul. Sie hatte Martha gebeten, Arthur, wenn er aus seiner Garnison in Südwestafrika schriebe, in dem Glauben zu lassen, dass sie mit einer Lungenentzündung im Krankenhaus läge. Er duldete weiterhin, wenn auch widerwillig, ihre Liebe zu Paul, aber er durfte weder erfahren, was sie getan hatte, noch, dass sie mit Paul nach Meran fahren würde.

Hotelbedienstete löschten das gleißende Licht der Kristalllüster, stattdessen leuchteten nun kleine Lampen auf, die den Festsaal des Grand Hotels mit seidigem Licht füllten. Die Herren führten ihre Damen an die Tische, blieben in ihrer Nähe und beobachteten erwartungsvoll die Musiker, die neue Instrumente hervorholten und leise stimmten. Agnes lauschte auf, lachte und schob ihre Finger in Pauls Hosentasche …

Sie wechselten einen Blick und standen auf.

Die Rumba zog sie wie unter einem Bann aufs Parkett …

Sie waren die Ersten. Diese ihre Welt hätte nicht vollkommener sein können. Überglücklich schloss Agnes die Augen. Sie wollte den sanften Druck von Pauls Hand auf ihrem Rücken spüren, die sanfte Bestimmtheit, mit dem er sie im Rhythmus der Rumba zärtlich lenkte. Sie wollte spüren, wie Pauls Fingerkuppen magische Punkte auf ihren Rücken setzten, spüren, wie diese Wellen aussandten, die ihren Körper in vibrierende Sinnlichkeit versetzten. Sie wollte mit Paul verschmelzen, sich mit ihm als ein Ganzes spüren. Sie glaubte sogar, zu hören, wie ihr Herz im Takt mit seinem tanzte und das rhythmische Schlagen der Trommeln und Rumbarasseln ihrer beider Sehnsucht Koseworte zuwarf …

Mit wiegenden Hüftschwüngen drehte Agnes sich von Paul fort, erfüllt von süßer Erwartung auf den Moment, an dem Paul seinem Begehren nach ihr nachgeben und sie wieder zurückwirbeln würde. Ihr wurde bewusst, dass längst schon Dutzende von kundigen Hotelgästen ihnen gefolgt waren und im Kaisersaal des Grand Hotels tanzten, doch für Agnes war es, als tanzte sie mit Paul allein. Jede ihrer Bewegungen bestärkte sie in dieser Vorstellung, denn bei jeder Drehung umwehte sie ein Hauch jenes Parfums, das Paul ihr heute geschenkt hatte. Wenn sie die Augen schloss, bildete sie sich ein, wie der Duft, einem Schleier gleich, liebkosend um Pauls Kinn und Nacken floss und ihn unverbrüchlich, für aller Augen unsichtbar, im Rhythmus der Musik mit ihr verband. Nur mit ihr allein …

Während sie so mit Paul tanzte, befreiten sich ihre Gedanken von ihrer sinnlichen Hingabe und erinnerten sie an das aufwühlendste Ereignis der letzten beiden Tage.

Zwei Tage zuvor war sie erschöpft, und noch belastet von den letzten Ereignissen, aus Berlin in Innsbruck eingetroffen. Doch als Paul sie in die Arme genommen und ihr versichert hatte, dass er das Geschenk nicht vergessen hätte, das er ihr im Winter 1904 in Swakopmund versprochen hatte, fiel alles von ihr ab. Zu ihrer großen Freude hatte Paul noch eine weitere Überraschung geplant. Und tatsächlich hatte ihr der gestrige Tag die Ablenkung geboten, die sie so dringend benötigte. Paul war mit ihr von Innsbruck nach Meran gefahren, damit sie die Einweihung der Vinschgerbahn, die Meran und Mals verbinden sollte, miterleben konnten. Paul, so erfuhr sie, gehörte zu den wenigen Privatiers, die frühzeitig Vertrauen in dieses Projekt und den Mut bewiesen hatten, Aktien der Vinschgerbahn AG zu erwerben. Damit gehörte nun auch Agnes zu den Privilegierten, die an diesem Festtag mitfahren durften.

Zu schmetternder Kaiserjägermusik waren sie morgens, inmitten Dutzender Herren in Galaanzügen und eleganter Damen hinter dem Gefolge des Erzherzogs Eugen, durch die hohe, festlich geschmückte Empfangshalle des neuen Meraner Jugendstilbahnhofs auf die mit Tannengrün und Blumen verzierten Lokomotiven zugeschritten. Hunderte von Schaulustigen hatten ihnen zugewunken, als sie in die Personenwagen stiegen, Musikkapellen und Vereine folgten ihnen, und der Zug rollte unter Jubelrufen langsam aus dem Bahnhof. Angesteckt von der allgemeinen Begeisterung, hatte Paul sogar mit einem der leitenden Tunnelbauingenieure eine Wette abgeschlossen. Vielleicht würde doch noch eines Tages der ursprüngliche Traum wahr werden, England mit Indien über ein durchgehendes Streckennetz zu verbinden. Und wenn auch nur halbwegs, so würden sie wenigstens von Bregenz über Konstantinopel und Bagdad nach Bombay reisen können. Fürs Erste reiche aber auch die kleine Strecke, jene von Meran nach Mals, Richtung Schweiz, woraufhin Paul einen der livrierten Diener herbeigewunken hatte, damit er ihnen eine Flasche Champagner öffnete.

Agnes genoss die Fahrt durch Tirol, ergriffen von der Schönheit der hohen Dreitausender nördlich und südlich des Vinschgau-Tales, staunte über die massiven Burgen hoch über den Ufern der Etsch, die Gehöfte, die am Berg zu kleben schienen, die beschaulichen Dörfer, die nun von modernen Bahnhofsgebäuden mit gewalmten Dächern, Fachwerkgiebeln und hölzernen Verandavorbauten geschmückt wurden. Um sie herum vernahm sie die lebhaften Erzählungen über technische und menschliche Begebenheiten während der Bauphase. Diese hatte zwar nur zweieinhalb Jahre gedauert, doch die Notwendigkeit, genügend Arbeiter aus allen Kronländern der kaiserlich-königlichen Monarchie herbeizuholen, hatte nicht nur für ein babylonisches Sprachgewirr gesorgt, sondern für manch einen Unfall, manch eine Schlägerei. So lachte man noch immer darüber, dass am Tag des Anstechens des zweiten Tölltunnels im Mai 1904 nur drei Arbeiter erschienen waren. Nur drei …

Neben der Verständigung und peniblen Organisation war es eine tägliche Herausforderung gewesen, die immer wieder auf flammenden ethnischen Spannungen unter Kontrolle zu halten und unter das große Ziel des Streckenbaus zu zwingen. Das Beste am Projekt, fügte der Bauingenieur begeistert hinzu, sei der Rückhalt in der Tiroler Bevölkerung gewesen, die den Anschluss an die Welt und verbesserte Handelswege wünschte und zu einem großen Teil dem beginnenden Tourismus hoffnungsfroh entgegensah. Man hatte sich ein Ziel gesetzt und wollte es so schnell wie möglich erreichen. Und den Wienern beweisen, dass man in Tirol sein Wort hielt, ohne zu *wurschteln,* bis das eigentliche Ziel in der *Wurschtelei* verlorenging.

Agnes war mit Paul nach der feierlichen Eröffnung in Mals und der Stärkung an einem kalten Büfett mit dem Festzug wieder nach Meran zurückgekehrt und gleich darauf ins Pustertal, nach Toblach, gefahren. Der Ort lag direkt an der Südbahn und galt als berühmte Sommerfrische für Aristokraten, Künstler und Unternehmer und war wegen seiner würzigen Hochgebirgsluft und der

Heilquellen als Erholungsort für Herzkranke und Nervenleidende geschätzt. Paul hatte Agnes erzählt, dass Toblach seine Berühmtheit auch dem früheren deutschen Kronprinzen Friedrich III. verdankte. Noch im Jahr vor seinem Tod, im September 1887, hatte er hier drei Wochen lang Erholung von seiner Kehlkopferkrankung gesucht. Paul jedenfalls freute sich darauf, mit ihr in den Bergen wandern zu können. Er hatte sie in das berühmte *Grand Hotel Toblach* eingeladen, auch weil er hoffte, hier alte Freunde und Geschäftspartner wiederzusehen.

Agnes erinnerte sich an den Moment, an dem Paul ihr am Nachmittag das in Seidenpapier eingeschlagene Päckchen in die Hände gelegt hatte. Sie hatte sich bemüht, ihre Erleichterung zu verbergen, schließlich hatte sie lange darauf gewartet. Sie hatte die seidenen Blätter der Jasminblüten, die an der Schleife befestigt waren, berührt, in stillem Glück, dass Paul sein Versprechen gehalten hatte. Gleich würde sie das Geschenk in den Händen halten, das sie beide über den Tod hinaus miteinander verbinden sollte.

Sie hatte die Schleife aufgezogen, das Seidenpapier zur Seite gefaltet, das Samtetui geöffnet und vor Erstaunen die Fingerspitzen auf ihre Lippen gelegt. Inmitten sternförmig gefalteter Seide ruhte ein Parfumflakon aus Kristallglas, gekrönt von einem in Gold gefassten, roten Diamanten. Sie hatte den Flakon geöffnet, doch Paul kam ihr zuvor, strich ihr einen Tropfen über die Kehle und sanft zu ihren Brüsten hinab und küsste sie zärtlich, immer leidenschaftlicher …

Erst sehr viel später hatte er ihr ein Geständnis gemacht.

»Das Geschenk, das ich wirklich meine, das uns über den Tod miteinander verbinden soll«, hatte er ihr ins Ohr geflüstert, »wartet noch auf dich. Aber eines Tages wirst du es bekommen.«

Sie hatte ihn bedrängt, versucht, ihn sogar ein weiteres Mal zu verführen, damit er ihr verriete, was denn noch kostbarer wäre als dieser Flakon mit seinem roten Diamanten, kostbarer als das Parfum, das Paul bei einem berühmten Florentiner Parfümeur eigens für sie hatte kreieren lassen, kostbarer als das Kristallglas … Vergeblich. Paul hatte nur gelächelt. »Weißt du, Agnes, die Schönheit unverbrüchlicher Liebe beruht auf Geduld.«

Vor dem Abendsouper waren sie am Hotel Germania vorbei, entlang fruchtbarer Felder und satter Wiesen, durch lichten Lärchenwald zum Toblacher See gegangen. Agnes war wie berauscht von der klaren Gebirgsluft. Immer wieder zogen die hohen grauen Felswände ihre Blicke auf sich. Die Gipfel leuchteten im rötlichen Licht der Abendsonne, geheimnisvoll und stark. Zu ihren Füßen lag der See, still, als habe eine Fee hier eine einzelne Träne fallen lassen. Auf seiner gläsern wirkenden Oberfläche spiegelten sich die Lichter des Seehotels. Nah am Ufer war das Wasser so kristallklar, dass man das Schuppenkleid der Forellen glitzern sah. Am westlichen, bewaldeten Ufer versuchten zwei ältere Jungen, eine versprengte Herde Kühe zusammenzutreiben. Ein gutes Stück vom Seehotel entfernt ragte ein schmaler Steg in den See, dort lag ein Fischerboot, in dessen Nähe Kinder mit einer Ziege spielten. Eher aus Spaß fragte Paul die Kinder, ob der See wohl noch zu kalt zum Baden sei. Da wandte sich ihnen eines der größeren Mädchen zu und wies ihn ernst darauf hin, dass der See immer zu kalt sei, sommers wie winters, doch im letzten Jahr habe es hier trotz alledem schwimmen lernen wollen. Da sei ein Sturm aufgekommen, der den sonst stillen See aufgewühlt habe. Zu seinem Glück sei eine *Salige*, eine *Wilde Frau*, schön und in leuchtend weißem Kleid, erschienen und habe es gerade noch vor dem Ertrinken gerettet. Paul glaubte dem Mädchen nicht und fragte es nach den Namen der hohen Berggipfel. Das Mädchen aber beharrte darauf, dass die Saligen hoch in den Bergen lebten, und gab nur widerwillig die Namen des Sarlkofels und des gezackten Neunerkofels preis.

Agnes hatte, von einer plötzlichen Melancholie ergriffen, auf den See geschaut. Vor ihrem Auge erhoben sich Wellen, peitschend wie die kalten Atlantikbrecher vor der Küste Südwestafrikas ... Seltsamerweise war ihr die fremde Schwedin in den Sinn gekommen, groß, blond, in weiß besticktem Faltenkleid. Sie war ihr nicht unsympathisch, aber ob sie ihr bei einem solchen Unglück geholfen hätte?

Agnes hatte, mehr aus Verlegenheit, ihre Hand gehoben, um ihren Haarkamm festzustecken. Da hatte sie dieser Duft, der ihr Handgelenk wie eine Goldmanschette umschloss, abgelenkt. Sie hatte dem Kind ein kurzes Lächeln geschenkt und war in Gedanken versunken weitergegangen.

Wer immer die Saligen waren, sie würde es in den nächsten Tagen sicher herausfinden. Doch eigentlich, hatte sie gedacht, hätte sie jetzt auch den Rat einer weisen Wilden Frau gebraucht. Denn der Anblick des stillen Sees und der hohen Gipfel ringsumher hätten sie beruhigen sollen. Aber das Gegenteil war der Fall. Und das, nahm Agnes an, hatte mit Pauls Geschenk zu tun.

Paul hatte ihr erzählt, der Florentiner Parfümeur hätte Duftnoten zusammengestellt, die ihr Wesen spiegeln sollten. Da ihr sowohl die Kopf- wie auch die Basisnote gefallen hatten, war sie stolz darauf, wie gut Paul sie wirklich kannte, zart und verletzlich wie ein Blütenblatt, schwermütig wie dunkle Tropfen, sinnlich wie eine süße Frucht. Doch was, fragte sie sich zum wiederholten Mal, hatte Paul dazu bewogen, das Glas für diesen Flakon in einer schwedischen Glashütte herstellen zu lassen? Als gefragter Pelzhändler war Paul viel unterwegs, er hätte ihn also ebenso gut in Prag oder Paris, in Berlin oder Rom entwerfen lassen können.

Hatte Linnea Bürgler, die sie in der Kolonie Deutsch-Südwestafrika kennengelernt hatte, etwas damit zu tun? Die sanftmütige Schwedin aus Småland, die mit ihrem deutschen Mann Knut, einem reich gewordenen Erfinder, auf ihrer Hochzeitsreise nach

Südafrika einen mehrwöchigen Zwischenstopp auf der Farm ihres Freundes Martin Grevenstein gemacht hatte?

Sie waren einander gelegentlich bei offiziellen Tanzabenden auf seiner Farm begegnet. Agnes wusste nicht viel über sie, zumal sie kein Englisch sprach und Linnea Bürgler erst dabei war, sich mit der deutschen Sprache anzufreunden. Agnes erinnerte sich nur daran, dass Linnea ihr erzählt hatte, dass sie die Einzige sei, die in Schweden von ihrer Familie übrig geblieben sei. Ihre Mutter sei früh tödlich verunglückt, und ihr Vater hätte sie, nachdem er seine Arbeit in einer Erzgrube verloren hatte, der Familie eines Glasbläsers in Vastergotland anvertraut. Dann war er in den neunziger Jahren, wie schon Hunderttausende Landsleute vor ihm, infolge der großen wirtschaftlichen Depression mit ihren Brüdern und dem Rest der Verwandtschaft nach Amerika ausgewandert. Was er ihr vererbt hatte, war einzig das Grundstück seiner Vorfahren, allesamt Fischer, das auf einer Insel mitten in einem See lag. Ihr größter Wunsch war es, eines Tages dort einmal von ihrer Glasmalerkunst leben zu können.

Hatte Linnea Bürgler etwas mit dem Kristallflakon ihres Parfums zu tun?

Agnes blickte über den See. Auf dem gegenüberliegenden Ufer stand eine Kuh im seichten Wasser und reckte brüllend ihren Kopf. Einer der Jungen schleuderte einen Ast nach ihr, woraufhin sie in raschem Tempo durch einen Schilfgürtel trabte.

War sie, fragte sich Agnes, eifersüchtig, dass Paul Linnea Bürgler um Rat gebeten hatte? War sie eifersüchtig, weil Paul Linnea einen Diamanten für den Flakon anvertraut hatte, der Agnes als Zeichen *seiner* unverbrüchlichen Liebe dienen sollte?

Sie hatte seine heraneilenden Schritte hinter sich gehört und sich umgedreht.

Von irgendwoher vernahm sie das verebbende Rasseln einer Conga.

»Wo bist du mit deinen Gedanken?« Seine Lippen an ihrem Ohr.

Sie schreckte auf und öffnete benommen die Augen. Im Leuchten der Lampen sah sie sich und Paul allein auf der Tanzfläche, umringt von Hunderten eleganter Hotelgäste und Musikern, die aufgestanden waren, um ihnen zu applaudieren.

Paul lächelte sie an. »Die Rumba ist vorbei. Wollen wir noch etwas essen?«

KAPITEL IV

24

Hamburg,
August 2012

Sie fuhren mit dem Schiff zum Falkensteiner Ufer hinaus und wanderten barfuß am Elbstrand entlang. Es war sehr warm, und die Wellen umspülten ihre Füße. Immer wieder tobten Hunde um sie herum, jagten Bällen und Holz im Wasser nach und stoben, Wasser verspritzend, über den Strand. Mehrmals schon hatte Julian Isabels Hand genommen und war mit ihr den Hunden lachend aus dem Weg gelaufen.

Julian liebte Bewegung, er hatte Kraft und war erfrischend unkompliziert. Es war leicht, sich mit ihm zu unterhalten. Und so erzählte sie ihm von sich und ihrem mysteriösen Erbe. Er hörte ihr konzentriert und ernst zu. Daraufhin schwieg er eine Weile, doch es war ein Schweigen, das sie mit einschloss. Er ahnte vermutlich, welche Probleme mit einem Grundstück verbunden waren, das weit außerhalb ihres gewohnten Lebenskreises lag. Vielleicht aber ahnte er auch ihre tiefere Verunsicherung.

»Lass dir mit der Entscheidung Zeit, Isabel«, sagte er schließlich und half ihr über einen Buhnenkopf, auf dem Kinder gespielt und Kiesel im frischen Matsch hinterlassen hatten. »Ein Ziel anzuvisieren wie beim Mountainbiken, ist nicht immer einfach im Leben. Übrigens, hättest du eigentlich mal Lust, es auszuprobieren?«

Sie ließ seine Hand los, strich ihr Haar aus dem Gesicht. »O nein, niemals. Ich fand das Wandern damals, als ich mit meiner Freundin im Pfunderer Tal war, schon anstrengend genug.«

»Du hattest noch keine Kondition, Isabel, das ließe sich ändern.«

»Läufst du deshalb mit mir vor den Hunden davon, um mich zu trainieren?«

Er lachte. »Exakt! Übrigens, man muss das Mountainbiken nicht übertreiben. Wichtig ist nur Ausdauer und der Wille, ein Ziel zu erreichen. Dabei muss man nicht so supertough sein, dass ein Sponsor wie Red Bull auf einen aufmerksam wird. Es kann auch gemütlicher zugehen.«

»Aber in den Bergen wird es ja wohl kaum Strecken geben, auf denen man gemütlich vor sich hin radeln kann, oder?«

»Doch, auf jeden Fall. Man kann zum Beispiel im Etschtal durch die Apfelplantagen oder an den Hängen zwischen den Weinreben hindurchfahren. Die Aussicht von dort auf das Tal ist großartig. Oder wir könnten am ersten Mai in Andrian am allgemeinen Radltag teilnehmen. Er endet mit einem großen Fest, dem Frühlingsfest. Überhaupt ist die Weinstraße sehr verlockend, man kann in den ältesten Kellereien einkehren, Weine probieren und im Notfall …«

»Sein Rad …«

»… allein im Freien übernachten lassen.« Julian sah sie von der Seite an. »Ja, ob in der Hütte oder im Fünf-Sterne-Alpinsport-Hotel. Ich liebe einfach diese Mischung aus Bergwelt, bodenständiger Kultur und mediterranem Flair. Könntest du dir vorstellen, nach dem ersten Urlaub mit deiner Freundin einen zweiten Versuch mit mir zu wagen?«

Isabel war auf einen Stein getreten, hob ihn auf und warf ihn über das Wasser. Ein Dackel jagte ihm nach und paddelte suchend im Kreis. Sie wandte sich zu Julian um.

»Herr Dr. Roth, was wollen Sie mir damit sagen?«

Er sah ihr in die Augen und umfasste ihre Taille. »Ahnst du es nicht? Ich habe Angst.«

»Angst wovor? Oder Angst um mich?« Sie legte ihre Hände auf seine Oberarme. Das leichte Vibrieren seiner Muskeln löste in ihr eine kleine Hitzewelle aus. Sie benetzte ihre Lippen, sah, dass sein Blick ihrer Bewegung folgte, und fühlte, wie seine kraftvollen Hände sie sanft, aber bestimmt zu ihm heranzogen.

»Ich habe Angst, Isabel, du könntest mir in Schweden eines Tages als nordische Elfe entschwinden.«

Sie zögerte, sah auf seinen Mund. »Und … was würdest du dagegen tun?«

»Berge haben eine magische Kraft, und ich würde dich gern ein wenig im Süden erden …«

»Aber doch nicht auf einem Sattel, Herr Doktor. Niemals, Mountainbiken ist etwas für hypervirile Kampfsportler.«

Er lächelte sie an. »So also siehst du mich? Ich bin in deinen Augen hyperviril?« Er machte eine bedeutungsvolle Pause, wobei seine blauen Augen aufblitzten. »Ehrlich, Isabel, so gut kannst du mich doch noch gar nicht kennen.«

Isabel lachte. Sie musste sich aus seinem Griff befreien, wenn sie nicht vor Lust alle Hemmungen verlieren wollte. Doch in dem Moment zog er sie an sich. Ohne zu zögern, schlang sie ihre Arme um seinen Nacken. »Ich glaube, ich habe mich in dich verliebt, Julian.«

»Endlich.« Er berührte ihre Lippen. »Genau das denke ich seit dem Moment, als mir klarwurde, dass ich sechsdreiviertel Minuten aufholen musste. Seit genau vierzig zerquälten Nächten.« Er hob ihr Kinn sanft an und küsste sie.

Später fuhren sie zum City-Sporthafen am Vorsetzen und fanden noch einen freien Tisch auf dem alten Feuerschiff. Laternen und bunte Lichterketten tauchten die Nacht in ein romantisches Licht. Überall waren Menschen unterwegs, und jene, die einen Platz gefunden hatten, hielten ihn besetzt, um entspannt die Nacht zu genießen, das Plätschern des Wassers, das Klackern der Wanten, den Anblick der Elbphilharmonie, die wie ein Schiffsbug aus Bergkristall in den Nachthimmel aufragte. Julian erzählte von seiner Kindheit. Sein Vater war ein bekannter Cellist gewesen, seine Mutter Ärztin. Nach der Scheidung seiner Eltern war er bei seiner Mutter aufgewachsen. Von ihr habe er früh gelernt, eigene Grenzen zu überschreiten, Mut zum Risiko zu haben. »Was ich dir noch sagen wollte …«

»Ja?« Sie setzte sich neben ihn und schmiegte sich in seinen Arm. Daraufhin schlug er den Feuerschiff-Prospekt auf und tat so, als würde er die Übernachtungspreise studieren.

»An deiner Stelle würde ich das Wagnis eingehen und das Erbe annehmen. Es ist ein besonderes Glück, Isabel, und wer weiß, wozu es dir eines Tages nützt.«

»Ich denke, du liebst mich nur, wenn ich mit dir in die Berge gehe?« Irritiert sah sie zu ihm auf. Spielte er etwa doch mit ihr?

»Lass dich von mir nicht verunsichern, Isy. Ich sehe nur das, was uns das Leben bietet.« Er küsste sie erst zärtlich, dann so aufregend sinnlich, dass sie sich wünschte, Julians Kuss würde bald einlösen, was er ihr versprach.

25

Hamburg,
August 2012

Shackey hatte es gut gemeint und ihr den Kontakt zum Bankhaus in der Innenstadt vermittelt. Sie hatte sich geehrt gefühlt, so rasch eine Einladung zum Vorstellungsgespräch zu bekommen. Aber sie war nicht darauf gefasst gewesen, drei englisch sprechenden Südafrikanern gegenüberzusitzen und in einwandfreiem Parlando Fragen zu beantworten. Ihre Entschuldigung, fünfzehn Jahre in einem deutschen Kreditinstitut hätten ihre Kenntnisse in Wirtschaftsenglisch verkümmern lassen, wurde mit einem bedauernden Lächeln quittiert. Diese Stelle könne nur von einem kompetenten Mitarbeiter besetzt werden. Und das hieß, perfekte Repräsentation eines südafrikanischen Bankhauses.

Man versicherte ihr zwar, sie könne Kurse belegen, um ihre Kenntnisse aufzufrischen, aber sie hatte den Eindruck, man wollte sie aus reiner Höflichkeit beruhigen. Es gab nur die Erklärung, Zeit für eine endgültige Entscheidung zu benötigen.

Isabel hatte das Gefühl, gescheitert zu sein. Am meisten bedauerte sie es, Shackey enttäuscht zu haben. Er mochte zwar etwas von der Sprache der Ahnen verstehen, nicht aber sie. Sie war sich sicher, er hatte sie aus Sympathie schlichtweg überschätzt.

Es blieb ihr nur noch ein Ausweg.

Sie musste sich einen Zeitarbeitsjob suchen, und zwar am besten sofort. Sonst würde sie trotz ihrer Verliebtheit in eine depressive Phase verfallen.

Das Gefühl der Demütigung zerrte an ihren Nerven. Statt den Bus zu nehmen, lief sie trotz der brütenden Sommerhitze durch die belebten Straßen der Innenstadt. Sie erinnerte sich vage daran, irgendwo zwischen Gänsemarkt und Jungfernstieg das Schild einer privaten Arbeitsvermittlung gesehen zu haben. Sie fand die Adresse in ihrem Smartphone und schlug den Weg Richtung Binnenalster ein.

Sie schwitzte, und ihr Puls hämmerte schmerzhaft in ihren Schläfen. Außerdem hatte sie entsetzlichen Durst. Wegen des Gedränges um sie herum umklammerte sie ihre Umhängetasche und lief auf einen Kiosk am Rathausmarkt zu, wo sie sich eine gekühlte Dose Coca-Cola kaufte. Während sie im Gehen trank, vermied sie es, auf die gegenüberliegende Seite des Jungfernstiegs zu schauen, wo viele Leute entspannt am Alsterpavillon saßen und ihre Drinks genossen.

Plötzlich übertönte in der Nähe ein begeisterter Schrei das Stimmengewirr um sie herum. Isabel hielt den Atem an und blinzelte zu den dicht belagerten Schaufenstern eines Schuhgeschäftes, das um diese Zeit immer die extremen Preise seiner luxuriösen Schuhe herabsetzte. Plötzlich schoss inmitten der Menschentrauben eine Hand mit blauen Fingernägeln empor.

»Die zieh ich zur Premiere an! Guck doch, die da oben, die hellblauen Slingpumps!«

Im nächsten Moment verschwand die Hand, und zwei junge Frauen zwängten sich an einigen älteren Frauen in weiten Batikkleidern und Sommerhüten vorbei. Die Erste von ihnen war eine extrem magere Rothaarige in rosa Etuikleid und hohen Wedges, die Zweite war rundlich, hatte eine schwarze Pixie-Frisur, und über ihren kurzen weißen Hosenbeinen flatterte eine großgemusterte Kreppbluse. Es war Mo.

Und zu Isabels Erleichterung geschah etwas, was sie nie zuvor erlebt hatte.

Mo errötete.

Isabels Puls beschleunigte sich. Wie im Zeitraffer sah sie Zaras Mails vor sich, Mos feindseligen Gesichtsausdruck, dazu den

»Heartbreak«-Download, die in die Höhe jagenden Klickzahlen, die angekündigte Veröffentlichung … Sie ging auf Mo zu. »Hi, Mo, schön, dich zu sehen. Kann es sein, dass du dir gerade tolle Slingpumps für deine Buchpremiere ausgesucht hast?«

»Wow! Richtig erkannt, Isy. Wenn du magst, bist du herzlich dazu eingeladen.«

Sie hatte sich also doch nicht geirrt. »Nett von dir, Mo, danke. Vielleicht komm ich sogar. Aber warum musstest du ausgerechnet meine Postings verwerten? Ich hätte es besser gefunden, wenn du mich vorher darauf angesprochen hättest.«

Mo wiegte ihren Kopf und hakte sich bei ihrer Freundin unter. »Komm du mir jetzt bitte nicht mit Klagen in der Form, ich hätte dein Persönlichkeitsrecht verletzt. Unser Forum ist frei und steht allen offen, die nicht allein mit ihrem Liebeskummer klarkommen. So etwas geht alle etwas an. Was du erlebt hast, ist total austauschbar, Isy.«

»So? Meinst du?«

»Ja«, erwiderte Mo mit einem breiten Grinsen, »übrigens, Henning ist wieder frisch verliebt. Er ist echt nett.«

Warum war Mo nur so aggressiv? Isabel zwang sich, ruhig zu bleiben. Sie trat beiseite, um einem Mädchen im Rollstuhl Platz zu machen, das mit einem spitzohrigen Hund auf dem Schoß auf die Eingangstür zurollte. »Freut mich für ihn, Mo, aber das ist nicht das, worüber ich gern mit dir gesprochen hätte.«

»Sei nicht so empfindlich, Isy. Was glaubst du wohl, wie groß mein Liebeskummer damals war, als deine Mutter den einzigen Mann, den ich jemals geliebt habe, unter Druck gesetzt hat, damit er mich verließ? Ich wollte es dir nämlich schon immer sagen, dein Vater hat es wirklich ernst mit mir gemeint.«

»Das glaube ich dir gern«, erwiderte Isabel. »Allerdings hätte ich mir für dich gewünscht, du würdest im Laufe der Jahre über diese doch ziemlich frühe Affäre hinwegkommen.«

»Affäre? Es war Liebe, begreifst du das nicht?« Mos Augen funkelten vor Wut. »Die erste große Liebe vergesse ich doch nicht.« Sie schüttelte vehement den Kopf. »Hast du dir überhaupt mal überlegt, warum dein Vater sich damals in mich verliebte? Na?« Sie ließ ihren blau lackierten Zeigefinger wie einen Kobrakopf gegen Isabels Brust vorschnellen. »Er war einsam. Kein Wunder, bei einer labilen Tochter, die ihrer kaltherzigen Mutter nachlief, dieser stolzen, ach so beliebten Hammerbach. Die hat ihren Ruf genossen, nichts weiter.«

»Sie ist vor kurzem gestorben, Mo.«

»Oh, okay … mein Beileid.« Mo holte tief Luft. »Dann hast du ja jetzt genug Zeit, dich mal zu fragen, ob du so werden willst wie sie. Ich meine, ich an deiner Stelle würde es tun.«

»Mo, was soll das? Fühlt sich das für dich so gut an, andere zu verletzen?« Isabel hätte Mo am liebsten vor Empörung geschüttelt.

»Shit!«, rief Mo. »Begreifst du überhaupt nicht, wie sehr ich darunter gelitten habe, dass du seine Tochter bist und er immer an dich dachte, obwohl ich ihm genauso wichtig war?«

Isabel konnte es kaum glauben. Mo war nicht nur eifersüchtig, sondern neidisch auf sie als seine Tochter … »Hör zu, Mo, ich habe dir nie etwas getan. Wenn du allerdings auf solch eine Weise deinen Frust an mir abreagieren wolltest, ist es dir wohl gelungen. Aber stell dir vor, ich hätte dein ›Heartbreak‹-Manuskript geschrieben, ich bin mir sicher, du hättest mir sofort mit einem Anwalt gedroht, stimmt's?«

Mo wechselte einen bedeutsamen Blick mit ihrer Freundin, die ihre Hand auf Mos Schulter gelegt hatte. »Darauf gebe ich dir keine Antwort, Isy. Mir ist nur wichtig, dass du weißt, dass du deinem Henning völlig gleichgültig geworden bist.«

»Wie kommst du denn darauf?« Hatte Mo mit ihm gesprochen? Henning wusste alles und protestierte nicht? War das Mos

Trumpfkarte? Isabel konnte es sich beim besten Willen nicht vorstellen.

Mos rothaarige Freundin lachte. »Natürlich hat Mo mit Henning gesprochen, er ist ja frisch verliebt. So einen Zustand muss frau ausnutzen. Da siehst du's, du bist wirklich nicht die Richtige für ihn gewesen.«

»Mag sein.« Isabel musterte ihr Gegenüber. Eine Dörrobstpuppe wie dieses Mädchen würde es schwer haben, den Richtigen zu finden, zumal auch sie anscheinend gern provozierte.

»Na ja, jedenfalls geht es Henning sehr gut«, fuhr Mos Freundin fort. »Er macht Karriere, und ihm ist es völlig egal, dass du dich im Forum ausgeheult hast.« Sie beugte sich etwas vor. »Soll ich dir etwas verraten?« Sie blinzelte.

»Genau, verrat es ihr«, feuerte Mo sie an.

»Henning bewundert Frauen, die Mut und gute Ideen haben.«

Isabel kochte allmählich vor Empörung. Musste sie sich denn alles gefallen lassen? »Klar, solche wie euch, die rücksichtslos sind und andere ausnutzen. Etwas mehr eigene Fantasie hätte es doch auch getan, oder?«

»Ach Gottchen, sie spielt die Eingeschnappte.« Die Rothaarige stieß Mo in die Seite. »Ich glaube, wir sollten sie allein lassen. Komm.«

Mo machte einen Schritt auf Isabel zu. »Du bist wie deine Mutter. Genauso moralisch und nur von der eigenen Meinung überzeugt. Klar, dass du mit deinem hübschen Gesichtchen armen Leuten fette Kreditzinsen verkaufen kannst, als wären sie Pommes mit Mayo. Du verstehst aber nichts von Kreativität. Du nicht, Isy. Hast du das Buch überhaupt gelesen? Wie ich schon gesagt habe, bilde dir nicht so viel auf deine Broken-Heart-Details ein. Ich weiß, was meine Freundinnen hören wollen.«

Isabel überlegte schnell. Mo hatte sich anscheinend aus Neid und Wut an ihr rächen wollen. Früher hatte sie nur einen Menschen für sich gewinnen können, nämlich ihren, Isabels, Vater. Heute sehnte Mo sich danach, von allen geliebt zu werden. Isabel unterdrückte den Wunsch, ihr die Wahrheit zu sagen. Schließlich kannte sie Mos Vergangenheit. Sie sah Mo so ruhig wie möglich ins Gesicht. »Ich weiß zwar, was mit dir los ist, Mo, aber möglicherweise hast du jetzt wirklich zwei große Fehler gemacht, mir *und* Henning gegenüber. Unsere Beziehung ist zwar vorbei, aber wir würden uns niemals so hassen wie du mich. Ich bin echt total enttäuscht von dir. Ciao, Mo.«

Es half alles nichts. Sie musste es tun. Sie wollte keine Sekunde länger im Unklaren sein. Isabel holte ihr Handy aus der Tasche, überquerte mit halsbrecherischen Sprüngen den vielbefahrenen Jungfernstieg und wählte Hennings Nummer. Während das Rufzeichen ertönte, lief sie auf den Alsterpavillon zu. Ein Stück unterhalb legte gerade ein mit johlenden Fußballfans besetztes Alsterschiff ab.

»Stark«, meldete Henning sich schließlich nach mehrmaligem Klingeln. »Ja?«

»Ich bin's, hör mal …« Sie vernahm einen langen Atemzug. Anscheinend zog er an einer Zigarette. »Ich habe grad Mo getroffen, sie sagt, sie …«

»Wo bist du? Immer noch vor dem Schuhgeschäft?«

Sie zuckte zusammen und ließ ihre Blicke über die Menschenmassen um sich herum gleiten. Er war hier? Hatte er sie etwa beobachtet? »Henning, bist du etwa hier? Am Alsterpavillon?«

»Wink mal!«, rief er ins Handy.

Sie drehte sich um die eigene Achse und winkte ziellos. »Ey, wo bist du denn?«

»Hier oben, nun guck doch mal hoch!«

Sie beschattete ihre Augen und richtete ihren Blick auf die Menschen, die plaudernd unter den Sonnenschirmen saßen. Einen Moment später trat Henning aus dem Restaurant und schlenderte die Treppenstufen herab. Er lächelte gezwungen und nahm sie in die Arme, als sei sie aus Glas.

»Isy, gut, dass wir uns mal sehen. Ich hab nicht viel Zeit, hab gleich einen Termin. Aber ganz wichtig: Diese Sache mit dem Forum, also, es tut mir sehr leid für dich.«

Sie sah ihm verwundert in die olivbraunen Augen, die sie früher so oft ganz kribbelig gemacht hatten. »Es tut dir leid um *mich?* Dir macht es nichts aus, was Mo über *dich* in dem Text verraten hat?«

Er berührte sie vorsichtig am Rücken, dirigierte sie an einer Gruppe japanischer Touristen vorbei und eilte am Ende der Treppe auf einen Standplatz für City-Bikes zu. Er zog einen Schlüssel hervor und sah Isabel freundlich an. »Für *dich* muss es hart sein, Isy. Aber diese doch sehr fiktive Geschichte ist mir eigentlich egal. Ich hab sie zwar nicht gelesen, aber lass Mo doch schreiben, was ihr gefällt. So sind Frauen eben.«

Ein Windzug wirbelte ihr durch das Haar. Sie schob sich die Strähnen aus dem Gesicht. »Henning«, erwiderte sie fassungslos, »weißt du nicht, was du auf Simones Hochzeit getan hast? Du hast vor meiner Nase den Brautstrauß weggekickt und einfach so mit mir Schluss gemacht. Vor allen Leuten. Und jetzt ist es dir egal, dass Mo mein Vertrauen missbraucht hat?«

Er beugte sich über sein Fahrrad und steckte schweigend den Schlüssel ins Sicherheitsschloss.

Sie rüttelte ihn an der Schulter. »Hal-lo?«

»Es tut mir leid, Isy«, sagte er leise und sah zu ihr hoch. »Wirklich. Damals, auf Simones Hochzeit …«

»Ja? Was war da?«

»Sorry, ich weiß, ich habe mich damals blöd benommen.«

»Allerdings, ohne Vorwarnung, von einer Minute, nein, einer Sekunde auf die andere hast du mich abgeschüttelt wie eine Haarschuppe.«

»Ja, ich weiß. Mist.« Er legte seine manikürten Hände auf den Sattel und betrachtete sie, als wären sie ihm fremd.

»Wie? Mist?«

Er ließ die Arme hängen und sah sie an. »Isy, ich wollte es dir nie sagen, aber ich war an dem Abend davor mit Nadja zusammen. Es war sehr schön ... ich meine, mir wurde bewusst, was mir immer gefehlt hat. Und sie ...«

O nein, das durfte doch nicht wahr sein. Sie hatte es geahnt, Hennings verbiesterte Rückzugssignale in den Monaten vor Simones Hochzeit. Sie hatte sie übersehen. Hastig sagte sie: »Nadja gibt dir also das, was ich dir nicht geben konnte?«

»Ja, es ist so einfach mit ihr. Sie ruht in sich selbst, das entspannt mich, und ich kann endlich einmal dieses Machogetue ablegen. Es tut mir leid, Isy.«

Sie war fassungslos. Sie wollte sich nicht noch weiter demütigen lassen und fragte sich, ob diese Nadja womöglich engelgleich war. Stattdessen fragte sie: »Und wer ist ... diese Nadja?«

Er zog sein Jackett aus, faltete es penibel und legte es über den Lenker. »Ehrlich gesagt, kannten wir uns schon lange. Kurz vor dem Bachelor hatte ich eine Sprachreise nach Devon gebucht, sie auch. Per Zufall lagen unsere Hotelzimmer in Torquay auf dem gleichen Flur. Danach haben wir uns immer mal wieder geschrieben, und sie legte jedes Mal einen Zwischenstopp in Hamburg ein, wenn sie ihre Eltern in Nürnberg besuchen wollte. Und dann ...«

»Was, und dann?«

»Tja, sie entdeckte mich ein gutes Jahr vor Simones Hochzeit bei Facebook wieder.« Er wich ihrem Blick aus und sah einem Jungen auf einem Einrad nach, der im Slalom um die Bäume entlang des Neuen Jungfernstieges schlenkerte. »Nadja ist nett, und ich glaube, sie versteht mich wirklich. Es tut …«

»Lass das Leidtun, Henning«, erwiderte Isabel schnell. »Es ist okay.«

Überrascht hob er die Augenbrauen. »So?«, fragte er plötzlich gedehnt.

»Ach, Henning«, sagte sie, »du bist so eitel, dass es dir nichts ausmacht, dass Mo meinen Liebeskummer ausgeschlachtet hat. Hauptsache, du bist Gegenstand eines zukünftigen Bestsellers. Und jetzt tust du auch noch so, als wärst du eingeschnappt, weil ich wegen deiner neuen Flamme nicht schon wieder heule. Du bist einfach unmöglich.«

Er erwiderte nichts, sondern schwang sich aufs Fahrrad. »Und du? Bist du noch allein?«

Sie beobachtete, wie ein Mops in einen Schwarm Möwen rannte, die ein Penner auf einer Bank mit Brotkrumen fütterte. Die Möwen stoben kreischend auf, und der Penner trat nach dem Hund. Isabel drehte sich zu Henning um. »Ob ich allein bin? Das möchtest du wohl wissen. Nein, mein Lieber, jetzt ist wirklich Schluss. Du hast dein Leben. Und ich … ich mache jetzt das, was mir guttut.« Sie registrierte, wie die Fußgängerampel vor den Colonnaden auf Grün schaltete, und rannte darauf zu.

Henning fuhr ihr eilig hinterher. »Ey, was heißt das? Dich schnell mit einem Neuen trösten?« Er hatte sie eingeholt und radelte dicht neben ihr her. »Ich hab gehört, du hättest dich mit Shackey getroffen?«

»Wie bitte? Lässt du mich etwa beobachten?«

»Natürlich nicht, was denkst du von mir? Ich war nur neulich mit Nadja am Grindel, da haben wir euch gesehen, dich, Falk, Simone und Shackey. Magst du ihn? Ich meine, ihr Frauen steht doch auf, sagen wir, exotischen Sex, oder?«

»Ich fass es nicht. Henning, du bist eifersüchtig! Hör mal, du bist mit deiner Ex zusammen.« Sie tippte auf ihre Brust. »Ich. Bin. Deine. Ex. Wie kannst du da an Sex denken? Nur weil du mich mit Shackey, einem Schwarzafrikaner, gesehen hast.« Sie hob die Augenbrauen und grinste ihn an. »Oder bist du neidisch auf etwas, was er dir voraushat?«

Er reagierte prompt. »Also doch. Du warst mit ihm im Bett.«

Sie schürzte die Lippen und warf ihm einen belustigten Blick zu. »Klar, ich kann jetzt vergleichen. Prima, dass du es mir ansiehst.«

»War er etwa härter als ich?«, hakte er atemlos nach.

Sie lachte und ging auf die Stopptaste an der Fußgängerampel zu, die schon wieder auf Rot umgeschaltet hatte. »Shackey ist fantastisch«, erwiderte sie laut, »richtig, richtig gut.« Sollte doch Henning zusehen, wie er mit seiner gekränkten Mannesehre zurechtkam.

Er rollte näher heran, und sie zuckte zusammen, als er sich über ihrem Kopf an der Ampel abstützte. Sie registrierte, dass ihre Haare ziepten, und griff nach seinem Handgelenk. Doch bevor sie etwas sagen konnte, näherte er sich ihrem Gesicht.

»Hey, Isy, ganz ehrlich, ich hab nichts dagegen, wenn du und Shackey, also, wenn ihr zusammen poppt« – er räusperte sich – »aber seine Frau vielleicht. Shackey ist nämlich verheiratet.«

Es war nicht zu fassen, Henning, dieser gewissenlose Charmeur, war wirklich eifersüchtig. Sie musste sich beherrschen, um ihn nicht auszulachen, und tat stattdessen, als sei sie überrascht. »Du kennst Shackeys Frau?«

»Na klar, er hat Marian neulich zu einem Empfang im Rathaus mitgebracht. Sie ist Kinderärztin und wahnsinnig schön.«

Isy bemerkte, dass die Ampel auf Grün umschaltete, und lief los. Im gleichen Moment schossen drei Skater aus Richtung der Colonnaden über den Zebrastreifen und sprangen in hohem Bogen über die Bordsteinkante. Sie fegten an ihnen vorbei, und einer von ihnen erwischte Hennings sorgfältig zusammengefaltetes Jackett, das vom Lenkrad zu Boden rutschte. Er fluchte, hob es auf und holte Isabel auf der anderen Straßenseite ein. »Sehen wir uns mal? Ich meine, vielleicht kann ich dir helfen. Falk sagte mir, du wärst auf Jobsuche.«

Das fehlte noch. Erst beendete Henning rücksichtslos ihre Beziehung, und jetzt lief er ihr hinterher. »Nein danke«, erwiderte sie, »ich hab dir doch gesagt, ich mache jetzt, was mir guttut.«

»Und, was ist das?«

»Die Flügel ausbreiten und fliegen!«, rief sie ihm zu. »Ciao! Mach's gut!« Sollte er denken, was er wollte. Sie würde sich jetzt einen neuen Job suchen und auf das erste Wochenende im September freuen. Wie gut nur, dass er nichts von Julian wusste.

Zu ihrer Überraschung fand sie sich knapp eine Stunde später in der U-Bahn Richtung Rahlstedt wieder.

Die Arbeitsvermittlerin der Zeitarbeitsfirma, eine junge Blondine in grau-rosa Pepitarock und weißer Rüschenbluse, war sofort von ihr begeistert gewesen. Kaum hatte Isabel sich vorgestellt, hatte sie sie unter ihrem schwarzlila Lidstrich hervor angestrahlt, als sei Isabel ihr höchstpersönlicher Lottogewinn. Sie erklärte Isabel, dass am frühen Morgen der Filialleiter einer Sparkasse aus Rahlstedt völlig aufgelöst angerufen habe. Sein Kreditsachbearbeiter sei am Wochenende bei einem Badeunfall tödlich verunglückt. Nun brauche er dringend jemanden, der die aktuelle Kreditvergabe für ein neues Wohngebiet durchführen könne. Die Termine für die ersten drei potenziellen Kunden wären bereits am heutigen Nachmittag. Sie wechselte einen Blick mit Isabel, begriff, dass diese keinen Einwand hatte, und tippte mit ihren french-manikürten Fingernägeln auf der Tastatur. Sie ignorierte das Zischeln der Kaffeemaschine, druckte den Arbeitsvertrag aus und lächelte Isabel an. »Es ist ja schon halb zwölf. Es macht Ihnen bestimmt nichts aus, wenn Sie sich gleich auf den Weg machen?« Isabel überlegte sich, ob sie sie fragen sollte, ob ihre Firma auch Weiterbildungskurse zum Thema »Magisches Lächeln« anbot. Eines schien ihr sicher. Wenn diese Blondine ihren Chef auch so anstrahlte, war seine Ehe garantiert in Gefahr.

Sie lief in die Mittagshitze hinaus, erwischte gerade noch den Bus und saß wenige Minuten später in einer nach ausgelaufener Milch und Schweiß riechenden U-Bahn. Sie fischte ein Taschentuch aus ihrer Handtasche und hielt es sich vor die Nase. Es nützte nicht viel, obwohl alle Fenster geöffnet waren. Ein paar Rentnerinnen unterhielten sich leise, und die Schulkinder, die auf dem Heimweg waren, dösten unter ihren iPods vor sich hin.

Isabel nahm sich vor, tief durchzuatmen. Was für ein Tag. Er hatte mit einem beschämenden Vorstellungsgespräch begonnen, hatte ihr keine Ruhe gelassen, sondern sie in aggressivem Tempo mit Mo, deren rothaariger Freundin und mit Henning konfrontiert, und jetzt trieb dieser Tag sie weiter auf die Kunden eines tödlich verunglückten Kreditsachbearbeiters zu, die sie zu Vertragsabschlüssen würde überzeugen müssen.

Für einen kurzen Moment blieben ihre Gedanken bei Henning. Er war ihre große Liebe gewesen. Er war aus Münster nach Hamburg gezogen, wo sein Vater als erfolgreicher Anlageberater arbeitete. Später war Henning über den Segelclub zu ihrer Clique gestoßen. Erst als sie festgestellt hatten, dass sie im gleichen Bankhaus arbeiteten, waren sie einander nähergekommen. Sie hatte ihn geliebt, aber immer gehofft, er würde eines Tages sein teures Loft in der Speicherstadt aufgeben und mit ihr in ein Haus in den grünen Außenbezirken Hamburgs ziehen. Henning hatte auch von Kindern gesprochen, aber er hätte irgendwann offen sagen sollen, dass sie nicht die Richtige für ihn war. Stattdessen hatte er geschwiegen und sich heimlich nach einer anderen umgeschaut. Er hatte ihr auf Simones Hochzeit eine Szene gemacht, ihr wutentbrannt vorgeworfen, sie habe zu lange seine Signale überhört. Auch wenn es stimmte, auch wenn sie ihre innere Stimme ignoriert und weiter auf Henning gehofft hatte, hätte er rechtzeitig in Ruhe mit ihr sprechen sollen.

Eigentlich hätte sie es besser wissen müssen.

Hennings Aura aus Charme und virilem Selbstbewusstsein war ihre Droge, ihr Pflaster für ihr verunsichertes Ego gewesen. Wie gut, dass das vorbei war.

Und wie schön, dass sie ihm trotz Nadja anscheinend doch nicht ganz gleichgültig war. Einfach nett, seine Eifersucht. Sie musste grinsen und trank den Rest Cola. Die warme Flüssigkeit schmeckte wie eine Mischung aus zerlaufenem Rübensirup mit fader Brause. Ekelig, so ekelig wie das Gespräch mit Mo.

Mo wäre vor Schadenfreude sicher begeistert, könnte sie ihre Gedanken lesen. Was machte Mo eigentlich beruflich? Was, wenn Mo in ihrem neuen Beruf als Autorin wirklich Erfolg hätte? Isabel stellte sich vor, wie Mo mit schwarzer Designerbrille und in hellblauen Slingpumps neben einem sechs Meter hohen Weihnachtsbaum saß und Autogramme an ihre Fans verteilte. Bestimmt wäre sie glücklich bis zum Umfallen und würde ihre Fotos bündelweise ins Netz stellen.

Aber dann kehrte Isabels Erinnerung an den Moment zurück, als sie Mos Mail unter ihrem Decknamen Zara das erste Mal gelesen hatte. Es war am Abend vor ihrer Abreise aus Schweden gewesen, am achtzehnten Juli. Sie hatte auf der Bank ihres Grundstückes am See gesessen und die friedvolle Atmosphäre genossen. Und dann hatte sie überflüssigerweise ihre Mails abgerufen. Zaras Mail und der Download hatten sie entsetzt. Warum hatte sie nicht gleich an Mo gedacht? Sie hatte keine Feinde, schon gar keine Feindinnen, außer ihr.

Gut, sie hatte den Text noch nicht zu Ende gelesen. Und wenn sie die Auseinandersetzung mit Mo weiterführen wollte, musste sie es tun. Aber wie sehr interessierte Mos Geschichte sie wirklich? Sie dachte an ihr Gespräch mit Henning und überlegte. Er hatte zugegeben, dass es ihn schmeichelte, klammheimlich zum Romanhelden erkoren worden zu sein. Aber was hatte sie, Isabel, davon? Mo und Henning waren es jedenfalls nicht wert, dass sie diesen Teil ihrer Vergangenheit auffrischte. Auch wenn es außer einer Handvoll von Leuten niemanden interessieren würde, wessen Vertrauen Mo missbraucht hatte, würde sie eines Tages mit Mo ein offenes Wort reden und sie fragen müssen, warum sie sie seit der Schulzeit so heftig ablehnte.

Es hatte ihr gutgetan, sich bewusst zu machen, welche Wirkung die heutigen Begegnungen mit Mo und Henning gehabt hatten. Und sie bildete sich ein, keinen Ärger mehr zu empfinden. Früher wäre das nicht der Fall gewesen. Es war, als hätte der Tod ihrer Mutter sie bereits verändert. War es wirklich nur ihr Tod gewesen? Oder doch das, was sie ihr in ihrer Sterbestunde mitgeteilt hatte?

Das Beste ist, wenn du alles so lässt, wie es ist. Lebe dein Leben. Schau nicht mehr in die Vergangenheit zurück.

Doch kurz vor ihrem Tod hatte sie ihr noch die Wahl überlassen, entweder in der Gegenwart zu leben oder zu versuchen, die Vergangenheit zu verstehen.

Du könntest versuchen, die Wahrheit zu finden. Du könntest aber auch alles so lassen, wie es ist.

Isabel stellte sich vor, ihre Mutter säße jetzt neben ihr. Sie würde ihr sagen, wie sehr ihre rätselhaften Äußerungen sie zunächst überrascht und in eine eigenartige Spannung versetzt hatten. Sie trug Constanzes Worte mit sich wie schöne, wenn auch altmodische Schmucksteine und wollte verstehen, wie und warum sie in ihre Hände gelangt waren.

Natürlich, fuhr sie in Gedanken an ihre Mutter fort, konzentrierte sie sich bewusst auf die Gegenwart. Aber wenn sie ihr Erbe auf der Insel Visingsö annähme, würde sie ihrem Leben eine entscheidende Wende geben. Sie hatte allerdings noch keinerlei Vorstellung davon, wie sie dieses Erbe eines Tages mit Leben füllen würde. Nur eines war sicher, im Moment beflügelte sie das Ziel, neben den Ersparnissen, die ihre Mutter ihr hinterlassen hatte, finanziell unabhängig zu sein. Das war auch der Grund, warum sie hier in der U-Bahn saß und Hitze und üble Gerüche aushielt. Sie brauchte einen Job.

Was allerdings die Vergangenheit anging, so war sie sich nicht ganz sicher, ob es Sinn hatte, das Geheimnis eines fremden Schicksals aufzuspüren.

Kristina hatte ihr alte Aufzeichnungen und eine Stenogrammmappe einer fremden Frau namens Agnes Meding geschickt. Diese war vor fast einhundert Jahren mit der Vorbesitzerin ihres Grundstückes auf Visingsö befreundet gewesen. Natürlich wäre es interessant, zu wissen, was beide mit ihrem Erbe zu tun hatten. Aber es hatte nichts mit ihrem Leben, nichts mit ihrem Schicksal zu tun. Isabel gab ihrer Mutter im Stillen die Antwort, dass sie dabei war, Wahrheiten in Gegenwart und Vergangenheit zu finden.

Unwillkürlich kamen Isabel Shackeys Worte in Erinnerung. *Bei uns glaubt man, die inneren Stimmen unserer Ahnen führen uns zu unserem Ziel.*

Aber wer, außer ihren Eltern, waren ihre Vorfahren?

Sie konnte sich beim besten Willen an niemanden erinnern. Ihre Eltern waren beide Einzelkinder gewesen, und sie hatte ihre Großeltern nie kennengelernt. Außerdem hatten ihr Vater als Handelsvertreter und ihre Mutter als Lehrerin mit Leib und Seele in der Gegenwart gelebt, als hätten sie keinerlei Verlangen gehabt, einen Blick zurück in die Vergangenheit zu werfen. Sie hatte ihre Eltern nie anders als moderne, in der Gegenwart lebende

Erwachsene wahrgenommen, aber sie war sich bewusst gewesen, dass ihre Mutter immer anders als die Mütter anderer Klassenkameradinnen gewesen war. Der Hauptgrund lag natürlich darin, dass sie bereits fünfzig Jahre alt gewesen war, als sie Isabel in die Welt gesetzt hatte. Fünfzig Jahre. Du liebe Güte. Isabel graute bei dieser Vorstellung. Trotzdem, heute musste sie erkennen, dass ihre Mutter über all die Jahre erfolgreich ihr eigenes Alter ignoriert hatte, um nur eines zu tun, nämlich nach ihrer Façon zu leben.

Sie hatte ihren Job als Lehrerin aus Leidenschaft und mit großer Disziplin ausgefüllt, sie hatte jeden – Schüler, Kollegen, Eltern – mit ihrer Frische und Zähigkeit beeindruckt. Wenn Isabel es recht bedachte, hatte Constanze tatsächlich in den wilden Sechzigern als Vierzigjährige Minikleider und weiße Lackstiefel getragen, war in den Siebzigern und Achtzigern unbekümmert in die Discos gegangen, um zu den Songs von Abba und den Bee Gees zu tanzen. Wahnsinn.

Aber Constanzes Ausstrahlung war auch der Grund für ihre, Isabels, Scham und Kränkungen gewesen. Constanze hatte ihr kein Selbstbewusstsein vermittelt, im Gegenteil. Sie hatte sie vor anderen kleingemacht, sie durch Vergleiche mit sich selbst gedemütigt, sie aus dem Zimmer oder unter Küchentische verwiesen, damit niemand sie sah. Kein Wunder, dass Isabel sich neben ihr immer farblos gefühlt hatte.

Isabel verspürte einen Schmerz in ihrer Brust. Vielleicht, dachte sie, wäre es besser gewesen, ihre Mutter hätte keine Familie gegründet. Vielleicht hatte das Schicksal Constanze ausschließlich für die Fürsorge anderer vorgesehen, nicht für ein Kind, einen Ehemann. Und vielleicht hatte sie deshalb, ohne Rücksichten zu nehmen, alles getan, was sie für richtig gehalten hatte: nämlich tough zu sein und unabhängig von der Meinung anderer zu leben.

Isabel versuchte, den aufkeimenden Neid auf ihre Mutter zu verdrängen. Sie selbst würde niemals dieses Maß an innerer Unabhängigkeit erreichen. Im Gegenteil, sie würde ihr spirituelles Nest aus lieben Gewohnheiten in ihrer Lieblingsstadt nie aufgeben. Sie würde nur ihr Leben anders ausrichten als ihre Mutter.

Plötzlich fiel ihr ein, wie Constanze wohl reagiert hätte, hätte sie Julian noch kennengelernt. Isabel stellte sich vor, wie sie sie miteinander bekannt machte, und hörte in ihrem inneren Ohr deutlich Constanzes Stimme. »Oh, Herr Dr. Roth, schön, dass Sie uns besuchen. Isabel hat mir erzählt, Sie seien Sportmediziner? Wie interessant, kommen Sie, bitte sagen Sie mir, ob ich es mir noch leisten kann, im nächsten Winter Schlittschuh zu laufen.« Mit vierundachtzig Jahren! Klar, Constanze hätte über ihren eigenen Witz gelacht. Trotzdem. Ob Julian ihr wirklich gefallen hätte? Als Mann bestimmt, gab Isabel sich die Antwort, aber nicht als Schwiegersohn. Sie hätte ihrer Mutter noch im hohen Alter Neid zugetraut.

Isabel fielen wieder ihre letzten Worte ein.

Vergiss nicht. Wir Frauen wählen den Mann, nicht umgekehrt.

Constanze hatte in ihrer Sterbestunde also zugegeben, den falschen Mann gewählt zu haben. Warum?

Hatte Mo vielleicht doch die Wahrheit gesagt? Ihr Vater hätte sie geliebt? Was mochte ihn an Mo fasziniert haben? Ihre unerschütterliche Hingabe? Ihre charmante Sturheit? Und warum hatte ihre Mutter sich für ihn, einen depressiven Handelsvertreter, entschieden?

Heute war sie ihrem Ex begegnet. Hätte sie Henning vor zwei Jahren mit ihrer heutigen Klarsicht betrachtet, hätte sie ihn genommen, zusammengefaltet und weggekickt.

Gerade noch erhaschte sie einen Blick auf die Haltestelle. Rahlstedt.

Sie musste aussteigen.

Sie stand noch unter der Dusche, als Simone mit Jessy, ihrer alten Freundin, abends an der Tür läutete. Sie hatte sie gegen sechs Uhr auf dem Heimweg angerufen, völlig geschafft von dem übereilten Sprung auf einen fremden Arbeitsplatz. Ein überhastetes Gespräch mit einem noch immer erschütterten Filialleiter, einer knappen Einführung in die laufenden Projekte, und schon hatte der erste Kunde nach ihrem Vorgänger gefragt. Er kam in Begleitung einer jungen Thailänderin, die ihren hochgewölbten Bauch stolz in einem kurzen violetten Kleid präsentierte. Er war frühverrentet und wollte einen Teil seines Erbes in den Kauf einer Eigentumswohnung investieren. Für Isabel ein leichter Fall, hier wollte man nicht länger mit dem Nestbau warten.

Das Ehepaar, das ihnen folgte, hatte zusätzlich zu ihren beiden Kindern drei Pflegekinder aufgenommen und suchte verzweifelt eine großräumige Eigentumswohnung. Sie hatten nur ein geringes Eigenkapital zur Verfügung und hofften wohl insgeheim auf eine langfristige staatliche Unterstützung. Das Gespräch war anstrengend, zumal zwei der Pflegekinder ihre Spielzeugautos mitgebracht hatten und sie aufpassen musste, dass diese ihr nicht ständig zwischen den Füßen herumsausten.

Der letzte Kunde war ein dunkelhaariger Mann mit Pferdeschwanz und Siegelring am Daumen. Er trug schwarze Lederslipper und eine Lederkrawatte zur Armani-Jeans. Er wartete ihre Einleitung nicht ab, sondern legte ihr seine Visitenkarte auf den Schreibtisch und begann mit ihr über Zinsnachlass zu verhandeln, als müssten sie um den letzten großen Atemzug in dieser stickigen Luft feilschen.

Das Gespräch raubte ihr die letzte Kraft an diesem Tag. Und als es vorbei war, hoffte sie, nie auf die Hilfe dieses Mannes angewiesen zu sein. Sie sah ihm nach, als er seinen nachtblauen Maserati auf dem Kundenparkplatz der Bank wendete.

Kein Mann, der mit Charme täuschte, so wie Henning.

Aber ein Mann mit zwei Gesichtern.

Siegelring und Maserati. Sie hätte ihn für sonst was halten können, nicht aber für einen Handchirurg mit eigener Praxis am Rotherbaum.

Simone hatte einen Nudelsalat mit Parmesan, Cherrytomaten und Rucolasalat, dazu Meeresfrüchte und zwei Baguettes mitgebracht, Jessy selbstgemachtes Tiramisu und einen eiskalten Chardonnay. Es war mehr, als Isabel nach diesem Tag genießen konnte. Was sie brauchte, war eine Dusche, ihr bequemes Wickelkleid und ihre Freundinnen um sich.

Noch immer war es sehr warm, beinahe windstill. Sie hatten sich auf den Balkon gesetzt, Duftkerzen angezündet, gegessen und geplaudert. Nach und nach hatte Isabel ihnen ausführlich von dem verpatzten Vorstellungsgespräch am frühen Morgen, ihrer Begegnung mit Mo und Henning am Jungfernstieg und ihrem ersten Arbeitseinsatz in Rahlstedt erzählt. Simone und Jessy hatten aufmerksam zugehört und ihre Mutmaßungen darüber angestellt, ob Mo möglicherweise mit ihrem angeblichen Buchvertrag nur zu bluffen versuchte und ob Henning wirklich in Nadja die große Liebe gefunden hatte.

Sie waren so in ihr Gespräch vertieft, dass sie das akustische Flirren aus Volksmusik, Quizshowfanfaren und Technobeats aus den weit geöffneten Fenstern um sie herum kaum noch hörten. Nur vage nahmen sie irgendwann wahr, dass jemand auf dem Balkon über ihnen einen Wäscheständer aufklappte. Wenige Sekunden später waberte bitterscharfer Waschmittelgeruch zu ihnen herab und vertrieb den Rosenduft ihrer Kerzen.

Isabel warf einen Blick zur Uhr. Es war kurz vor halb elf. Soweit sie sich erinnern konnte, hatte Jens-Peter Strumpf noch nie nachts gewaschen.

Simone beugte sich zu ihr vor. »Macht er das öfter?«

»Ich hab nie darauf geachtet, aber ich glaube, heute ist es das erste Mal«, erwiderte sie.

Jessy grinste. Leise sagte sie: »Ist ganz bestimmt keiner, der Frauen liebt, oder?«

»Oder nichts von ihnen versteht«, ergänzte Isabel leise und fuhr mit leicht erhöhter Stimme fort: »Ich hab mir übrigens auf der Rückfahrt heute überlegt, ob ich nicht doch die günstigen Zinsen nutzen sollte, so eine Eigentumswohnung lohnt sich langfristig, auch für …«

»Nein, nicht nur für Singles, Isabel«, unterbrach Simone sie schnell. »Kauf noch nichts, vielleicht bist du bald mit ihm, na, du weißt ja, mit diesem tollen Typen verheiratet. Er wird dir auf jeden Fall etwas Besseres bieten können als dieses Mauseloch.«

Jessy angelte sich mit ihrem nackten Zeh ihre Sandalen, die sie ausgezogen hatte. »Ich glaub, ich fahr mal lieber nach Hause.« Sie stand auf und stellte das Geschirr aufs Tablett. »Und ruf mich nachher mal an, Isy, okay? Ich mein, gemütlich ist es hier nicht mehr.« Sie legte ihren Kopf in den Nacken und bewegte stumm die Lippen. »Blöder Wichser.«

Isabel und Simone lachten.

Eine halbe Stunde später fuhr Isabel ihren PC hoch. Julian hatte ihr geschrieben und eine Videodatei beigefügt. Ihr Puls schlug schneller, doch zuvor würde sie Kristinas als »Urgent« markierte Mail lesen müssen. Kristina schrieb ihr, dass sie gerade dabei sei, mit ihrem Freund die neue Wohnung in Gränna einzurichten. Heute seien sie zu einem Baumarkt gefahren, um Duschkabine und Badgarnituren auszusuchen. Dabei hätten sie Styrger getroffen. Er hatte wissen wollen, wann Isabel wieder nach Visingsö kommen würde. Er sei ziemlich frustriert darüber, dass ein so wertvolles Grundstück, das seit Generationen einer schwedischen

Fischerfamilie und deren berühmter Nachfahrin Linnea Svensson gehört habe, nun nur noch als Ferienhaus dienen solle. Er habe offen zugegeben, dass er gehofft hatte, nach Linneas Tod das Grundstück übernehmen und dort seinen Lebensabend verbringen zu können. Sie, Isabel, müsse damit rechnen, dass Styrger versuchen könnte, Kontakt mit ihr aufzunehmen, um mit ihr zu verhandeln …

Isabel war entsetzt. Styrger Sjöberg war ihr zwar auf den ersten Blick unsympathisch gewesen, weil er ihr sofort das Gefühl gegeben hatte, unerwünscht zu sein. Doch dass seine Missgunst ihn auf die Idee bringen würde, sie zum Verkauf zu überreden, kam einer Frechheit gleich. Was bildete er sich nur ein? Nahm er sie nicht ernst, weil sie Single war? War er traditionsblind? Oder nur davon besessen, um ein eingebildetes Vorrecht kämpfen zu müssen? Isabel sah Styrger vor sich, wie er im alten Kirschbaumhain seine Motorsäge angeworfen hatte. Hätte er damals die tragenden Bäume abgeholzt, sie hätte nicht aufgebrachter sein können.

Ihr wurde klar, dass sie so schnell wie möglich nach Visingsö zurückfahren und Klarheit schaffen musste. Sie musste ihre Präsenz zeigen und Styrger Sjöberg ein für alle Mal in die Schranken verweisen. Hastig suchte sie die nächstbesten Flugverbindungen heraus. Zu ihrer Überraschung entdeckte sie, dass jeden Samstag, bis zum achtzehnten August, günstige Charterflüge nach Jönköping führten. Sie notierte sich die Daten und wandte sich endlich Julians Mail zu. Sie war so aufgeregt, dass sie versehentlich zuerst seine Videodatei anklickte. Sie stützte den Kopf in ihre Hände und lächelte.

Sie sah Julian in einem weißen Arztkittel, mit Mundschutz, ein Labor betreten, in dem eine Gruppe Mediziner arbeitete. Er blinzelte ihr zu und setzte sich an ein riesiges Mikroskop. Als Nächstes sah sie ein Trickfilmmännchen mit Bikerhelm, das an hüpfenden, jagenden und springenden Murmeltieren vorbeiraste und bergauf und bergab sauste. Man sah ihm die Kraft in Armen und Beinen an, als es geschickt über Gesteinsbrocken schoss, um Kurven flitzte, durch Scharten fegte. Doch bei jedem Stoß, jedem Schlenker, jedem Dämpfer flogen ihm nacheinander Wasserflasche, Kompass, Handy, Rucksack, Helm und Schuhe davon. Plötzlich hangelte es in den Wolken nach etwas und schob es geschwind unter sein Shirt. Dann wechselte das Bild.

Zunächst sah man Loriots Steinlaus, die einen Moment später von einer Sanduhr beiseitegeschoben wurde. Dann erschien ein riesiger Hohlknochen. Auf einer Seite hockte eine einzelne schwabbelige Zelle mit acht schwarzen Zellkernen. Auf der anderen Seite des Knochens tummelten sich in einer deutlich sichtbaren Ausbuchtung mit der Zahl »100« markierte Zellen. Sie waren relativ klein. Es ertönte ein Signal, die Sanduhr drehte sich um, und die Zellen begannen, in rasendem Tempo am Knochen zu werkeln.

Nach kurzer Zeit reckte die dicke mehrkernige Zelle triumphierend ihren Arm.

Sie hatte den Knochen in gleicher Zeit so stark angefräst, wie einhundert Zellen anderer Art ihn zu reparieren versucht hatten.

Isabel wunderte sich. Was wollte Julian ihr damit sagen? Da endete der Trickfilm, und Julian erschien vor der Kamera. Er zog seinen Mundschutz herunter und lächelte.

»Liebe Isabel, was du eben gesehen hast, ist ein kleiner Einblick in meinen Job, die molekulare Osteologie, die Skelettbiologie. Es ist nun einmal mein Steckenpferd, herauszufinden, was genau die Ursachen von Knochenerkrankungen wie Osteoporose, Arthrose und anderem sind. Im Film hast du gesehen, dass die schädlichen Osteoklasten in der gleichen Zeit Knochensubstanz abbauen wie Osteoblasten den Knochen aufbauen können. Was, wirst du dich jetzt fragen, hat der Biker davor damit zu tun? Ganz einfach. Damit die einen Zellen uns fit halten, brauchen wir Bewegung. Und jetzt möchte ich dich etwas fragen.« Er griff in die Innentasche seines Kittels und holte einen Zettel heraus. Er war blank wie Schnee. »Ich habe ihn, wie du gesehen hast, aus den Wolken gezogen. Ich würde es gerne dir überlassen, ihn zu beschriften und mir zu sagen, wo wir im September« – er machte eine bedeutungsvolle Pause – »wandern wollen. Bis dahin, viel Spaß! Ciao!«

O Gott, dachte Isabel, was für ein Mann. Viel zu sehr ein Traum. Hoffentlich spielte er wirklich nicht mit ihr.

Plötzlich musste sie an Styrger Sjöberg denken. Und wenn sie Julian vorschlüge, mit ihr nach Visingsö zu fahren? Sie könnten die Berge beidseitig des Vätternsees kennenlernen, sich mit ihm treffen und ihm klarmachen, dass er Linnea Svenssons Entscheidung akzeptieren müsse. Schließlich habe diese Isabel ja bereits 1978 als Erbin eingesetzt. Und wenn er Linnea wertschätzte, sollte es ihm wohl doch nicht allzu schwerfallen, sie in Ruhe zu lassen. Es würde ihr leichterfallen, wenn Julian bei ihr wäre. Wie schade, dass sie jetzt nicht mit ihm am Seeufer auf der weißen Bank unter den Birken sitzen und plaudern konnte …

Sie betrachtete ein weiteres Mal sein Video. Er wirkte überzeugend und in seiner Begeisterung ehrlich. Und plötzlich empfand sie Unbehagen bei der Vorstellung, Julian würde sie nach Visingsö begleiten und gezwungen sein, einem Mann wie Styrger Sjöberg die Hand zu reichen, Styrger, von dem sie annahm, er hätte sie schon am ersten Tag am liebsten mit der Motorsäge vertrieben.

Nein, das wäre Julian gegenüber unfair. Sie musste mit Styrger allein fertig werden, das war ihre eigene Angelegenheit. Die Beziehung mit Julian stand erst am Anfang und musste geschützt werden, und auch wenn ihre Mutter recht behalten sollte, dass es in ihrer Familie nicht die große Liebe gab, würde sie alles tun, um diese besondere Freundschaft nicht unnötigerweise durch ihre persönlichen Probleme zu belasten. Schließlich hatte Julian etwas versucht, was nie zuvor ein Mann getan hatte: Er hatte Fantasie bewiesen, um sie auf originelle Art zu umwerben. Außerdem hatte er sie mit seiner Profession als Forscher und Mediziner vertraut gemacht. Hoffentlich war es ihm dabei nicht zu ernst, dachte Isabel, sonst würde sie bald ins Fitnessstudio gehen, Kalorien zählen und Muskelmasse bewerten müssen. Was, gestand sie sich ein, nun nicht gerade das war, was sie in ihrem bisherigen Leben vermisst hatte. Hoffentlich war Julian kein fanatischer Sportmediziner. Er interessierte sie als Mann, nicht als Mountainbiker oder Marathonläufer.

Sie warf noch einmal einen Blick auf das letzte Bild des Videos. Julian hatte weder Mountainbiking noch Marathonlaufen vorgeschlagen. Er hatte vom *Wandern* gesprochen.

Wandern.

Ihre Sportart, bei der sie sich in den Pfunderer Bergen kennengelernt hatten.

Isabel las seine kurze Mail.

Julian versicherte ihr, es hätte keine Eile, sie solle sich in Ruhe etwas ausdenken. Sein Vorschlag wäre ein Ausflug an die kilometerlangen Ostseestrände auf der Halbinsel Zingst, dort, wo der naturgeschützte Küstenstreifen besonders wild und urtümlich sei.

Wind und Wellen und Freiheit für nackte Füße.

Instinktiv streifte Isabel ihre Sandalen ab.

Laufen am Strand.

Eine wunderbare Vorstellung.

Sie ging auf den Balkon hinaus, es war windstill und noch immer sehr warm. Im Häuserblock gegenüber war es bis auf wenige Wohnungen, in denen Fernseher liefen, bereits dunkel. Im zweiten Stock gegenüber stand ein dünner Mann in kurzen Hosen und halboffener Pyjamajacke rauchend auf dem Balkon, während im Wohnzimmer hinter ihm eine Frau in violettem Unterkleid Wäschestücke in blaue Säcke stopfte. Schräg unter ihnen, im Haus daneben, wummerten aus einem Kippfenster mit weißen Piratenköpfen Techno-Bässe, begleitet von hektischen Schusswechseln eines PC-Kampfspiels.

Dieser Tag, dachte Isabel, war voller Unruhe gewesen. Er hatte sie, wie in einem Kampfspiel, Schlag auf Schlag herausgefordert. Selbst in der Nacht gab es keine Stille. Weder dort draußen noch in ihr selbst. Ein einziges Mal an diesem Tag hatte sie geglaubt, an Gelassenheit gewonnen zu haben. In der U-Bahn zu ihrem ersten Job. Zwischen zwei Haltestellen. Es war ein Irrtum gewesen.

Isabel legte den Kopf in den Nacken.

Die Sterne schimmerten klar wie Wassertropfen eines goldenen Meeres. Erinnerten sie an die stille Schönheit Visingsös. Plötzlich bildete sie sich ein, eine innere Stimme zu hören. Hier war sie zu Hause. Dort, auf Visingsö, würde ihr Herzschlag zur Ruhe kommen, nicht aber ihre Sehnsucht. Ihre Sehnsucht, dort mit Julian friedliche und harmonische Stunden zu verbringen.

Ohne Anstrengungen, ohne Stress.

Hoffentlich hatte sie sich nicht schon längst in einen Traum verliebt.

Hoffentlich nicht.

26

Toblach (Tirol), Pustertal, Juli 1906

Agnes war Paul dankbar, nicht nur, weil er sie ermutigt hatte, sorglos und zu jeder Stunde die Vorzüge des Luxushotels zu genießen. Geld spiele keine Rolle, hatte er ihr versichert. Selbst jetzt, nach fast einer Woche, wunderte sie sich darüber, wie leicht es ihr fiel, Paul gegenüber zu verschweigen, wie selten sie an die Kosten dachte, die sie ihm verursachte. Als wäre sie plötzlich eine andere Frau geworden, unbeschwert und lebensfroh, gefiel es ihr, Servierwagen mit erlesenen Speisen aufs Zimmer zu ordern, Kräuterbäder und Massagen zu genießen, Kutscher zu bestellen, die sie zu Heilquellen oder zur Besichtigung berühmter Kirchen in Welsberg oder Innichen ausfuhren. Heute hatte sie einen Tagesausflug durch das Höhlensteintal geplant, der sie in die Nähe der Drei Zinnen führen sollte. Sie hatte es Paul beim Frühstück erzählt, und er war begeistert gewesen. Er hatte sie am Abend zuvor um ihr Einverständnis gebeten, heute mit einigen alten Bekannten zum Hackhofer Kaser, der bewirtschafteten Alm, zu wandern, die sie beide vor vier Tagen besucht hatten. Der Weg durch den sonnendurchfluteten Lärchenwald, der weite Blick hinab ins Tal und auf die Zillertaler und Stubaier Alpen, habe ihm so gut gefallen, dass er ihn seinen Bekannten unbedingt zeigen wolle. Außerdem lade die leichte Wanderung nebenbei zum Plaudern ein. Er habe nämlich von einem Wiener Justizrat gehört, dass auch in diesem Sommer möglicherweise Gustav Mahler zum Misurina-See jenseits der Drei Zinnen fahren würde … Mahler besitze zwar eine eigene Sommerfrische in Maiernigg am Wörthersee, sei aber schon zum Wandern hier in Toblach gewesen … Schließlich lägen zwischen Wörthersee und Toblach nur ungefähr einhundertfünfzig Kilometer, die mit der Südbahn innerhalb von gut vier Stunden leicht zu bewältigen seien … Gustav Mahler, ja, es mochte ein Gerücht sein, aber man wisse ja nie … Wer würde nicht gern einmal den Komponisten und weltberühmten Wiener Hofoperndirektor sehen … und sei es auch nur im Vorbeifahren … Gerüchte seien immer auch eine gute Informationsquelle für neue Geschäftskontakte … Von Mahlers Frau Alma sei ja bekannt, wie überaus anspruchsvoll sie in Sachen Mode und Geschmack, auch bei Männern, sei …

Paul hatte es als Scherz gemeint und Agnes sogleich versichert, nur mit Herren plaudern zu wollen. Sie jedenfalls solle einfach nur die Zeit genießen und alles tun, damit sie sich wohl fühle. Morgen wolle er mit ihr zum Einkaufen nach Bruneck fahren, sicher fände sie dort schöne Jacken oder Röcke aus feinem Loden. Sie hatte Paul geküsst und gemeint, so anspruchsvoll wie die Ehefrau eines Wiener Hofoperndirektors werde sie bestimmt nie sein.

Nein, sie dachte nicht an die Rechnungen, die täglich im Hotelbüro auf Pauls Namen gesammelt wurden. Sie war felsenfest davon überzeugt, dass all das Gute, das Paul ihr bot, der gerechte Ausgleich für das Unglück war, das sie hatte erleiden müssen. Hatte nicht wahre Liebe ihren Preis? Forderte die große Liebe nicht Opfer? Gab es tiefe Liebe ohne Leiden? Sie hatte für dieses Glück hier in den Bergen bereits einen hohen Preis bezahlt. Und es war nur gerecht, wenn sie sich hier erholte, in federleichte Betten sank, köstliche Menüs, exquisite Weine genoss, nächtelang mit Paul tanzte und sich an der atemberaubenden Schönheit der Bergwelt berauschte.

Es war ihr Glück des Augenblicks. Ihr Ausgleich für ein Leben, das ihr so fremd war, als würde sie die Kleider einer anderen Frau tragen.

Sie war am Morgen mit der Kutsche aufgebrochen. Der Himmel wölbte sich in blankem Blau über das Pustertal, so dass es aussah, als zöge er die Dolomiten noch höher zu sich herauf. Die kalkgrauen Gipfel leuchteten im rötlichgoldenen Sonnenlicht wie kupferne Zacken und Kegel. Durch die Wälder beidseits des Höhlensteintals wehte hin und wieder ein Wind, der nach Harz und feuchtkaltem Fichtenholz roch. Neben dem Weg rauschte die Rienz, und Agnes ließ ihren Gedanken freien Lauf. Sie fühlte sich sicher, hier zwischen den hohen Felsen, frei genug, aufsprudelnden Erinnerungen nachzuhängen, von denen sie wusste, sie würden vorbeifließen wie die Wasser des quicklebendigen Flüsschens.

Als Erstes dachte sie an Paul, natürlich, sie war so stolz auf ihn. Nicht nur, weil er sie liebte und ihr diese Zeit schenkte, sondern auch, weil er von den Reichen und Mächtigen, die aus Wien oder München, Köln oder Innsbruck anreisten, geradezu umschwärmt wurde. Schon oft hatte sie bemerkt, wie er im Hotel an sein Büro in Berlin telegrafieren ließ, um besondere Bestellungen für Pelze weiterzuleiten. Seine Sekretärin würde vom Berliner Büro aus eine Kopie nach Odessa zu seinem Bruder schicken, der die Pelzjäger in den Weiten Russlands informierte.

Berlin … wie fern doch ihre Heimat war. Sie versuchte, nicht an die Schnellzüge zu denken, die zweimal täglich in Toblach hielten und sie daran erinnern könnten, dass in Wahrheit Berlin nur in einundzwanzig Stunden erreichbar war. Aber was sollte ihr hier schon geschehen, hier, wo sie sicher war, sicher in der Liebe Pauls?

Arthur hielt sich in Deutsch-Südwestafrika auf, doch was würde geschehen, wenn Martha ihrer Mutter durch ein unachtsames Wort verriete, wo sie war? Dieser Gedanke ließ Agnes frösteln. Ihrer Mutter verdankte sie die Ehe mit Arthur. Diese hatte im Glauben, etwas Gutes zu tun, sie, die ungeliebte Tochter, mit dem Sohn eines befreundeten Bahnbeamten verheiratet. Noch heute war sie auf diese Leistung stolz und glaubte, das Richtige getan zu haben. Und sie würde ihre Meinung nicht ändern, selbst wenn Agnes behauptete, Arthur würde sie mit einem Ochsenziemer blutig schlagen. Ihre Mutter würde ihr nicht glauben, im Gegenteil. Sie würde ihr vorwerfen, Arthur, diesen herzensguten Mann, mit ihren Launen gequält zu haben. Es würde sie nicht interessieren, wenn sie wüsste, dass Agnes nicht glücklich war. Das Einzige, worum ihre Mutter betete, war, Arthur möge endlich seinen militärischen Rang eines Schutztruppen-Feldwebels hinter sich lassen und aufsteigen.

Nur in einem stimmte sie insgeheim ihrer Mutter zu. Arthur besaß zwei gute Eigenschaften. Er war geduldig wie ein Schaf, und er war dem Kaiser und seinem Vorgesetzten, Hauptmann Höchst, mit Haut und Haaren ergeben. Ihr Problem war nur, dass er sie liebte und niemals freigeben würde. Denn er fühlte sich ihrer Mutter verpflichtet, der er noch vor ihrer Verlobung geschworen hatte, Agnes bis ans Ende aller Tage ein gesichertes Leben zu bieten.

Ein gesichertes Leben.

Ein Leben, das sie in das Joch einer lieblosen Ehe gezwungen hatte.

Sicher fühlte sie sich nur bei Paul.

Die Kutsche hatte den Fuß der Drei Zinnen erreicht. Sie erhoben sich wie Mahnmale in den Himmel. Steil, kahl, stolz. Die Aussicht war atemberaubend, und Agnes ging auf dem Weg entlang, der sie über die Wiesen unterhalb der Berggipfel führte. Es war wunderschön, dem Himmel so nah zu sein. Alles Alltägliche war vergessen. Dohlen schrien in der Nähe. Ein Steinadler stieß mit kurzem Schrei von einem Felsvorsprung ab und segelte stoisch weit über das Tal. Es war erhebend, ihn zu beobachten. Der Wind fegte durch die Scharten und wirbelte Haar und Kleider auf. Agnes erinnerte sich an das Mädchen, das bei einem Sturm beinah im Toblacher See ertrunken wäre. Das Kind hatte auf die Drei Zinnen gezeigt und sie glauben machen wollen, dass hier oben die Saligen, die weisen Wilden Frauen hausten.

Ob es sie wirklich gab? Ob sie ihr zusahen und ahnten, welche Sorgen sie vergessen wollte? Agnes schaute sich um, nichts als nackter, himmelwärts aufragender Fels und unterhalb blumenübersäte Wiesen. Und wenn sie stürzte? Ob die Saligen sie ebenfalls retten würden?

Agnes vertrieb ihre Fragen und folgte dem Weg so lange, bis die Schatten länger geworden waren und sie feststellte, dass ihr Gaumen trocken war, als hätte ihn der Wind ausgedörrt. Sie begegnete Wanderern, die ihr zum Besuch einer bewirtschafteten Hütte rieten. Doch von einer plötzlichen Unruhe gepackt, fragte Agnes sie, ob es eine Abkürzung zum Hauptweg gäbe. Dann raffte sie ihr Kleid und eilte, so schnell es ging, zur wartenden Kutsche zurück. Der Kutscher musste eingeschlafen sein, denn er schreckte hoch, als sie ihm schon von weitem zurief, er solle sie rasch nach Toblach zurückbringen.

Die Turmuhr schlug bereits halb fünf, als sie den Ort erreichten. Später hätte Agnes nicht zu sagen gewusst, was sie dazu veranlasst hatte, den Kutscher statt vor dem Grand Hotel vor der barocken St.-Johann-Kirche anhalten zu lassen.

Die Türen öffneten sich, und eine Gruppe Sommerfrischler trat ins helle Licht. Einige von ihnen erkannte Agnes als Gäste des Grand Hotels wieder. Sie grüßte sie und stieg aus. Der Kutscher hatte so nah bei der Kirchentür gehalten, dass sie als Erstes die kühle, nach Weihrauch duftende Luft wahrnahm. Sie trat zögernd über die steinerne Schwelle, in dem klaren Bewusstsein, dass sie als Protestantin möglicherweise ein Verbot übertrat. Sie blieb stehen und spähte vorsichtig in den Kirchenraum, vor dessen Altar eine ältere Frau in langem Schultertuch kniete und betete. Im Seitenschiff entzündeten Priester Kerzen vor einer Madonnenfigur. Plötzlich bemerkte Agnes eine Bewegung im Halbschatten des Eingangs. Sie wollte schon zurück ins Tageslicht flüchten, als ein katholischer Würdenträger hervortrat, der sie bereits beobachtet haben mochte. Denn er wirkte bei ihrem Anblick sichtlich erschüttert, schlug die Hand auf die Lippen und bekreuzigte sich hastig.

»Verzeihung«, flüsterte sie und wich zurück.

Er starrte sie an und rang um Fassung.

Was hatte sie nur veranlasst, hierherzukommen? Sie war verwirrt, musste diesen Fehler sofort wiedergutmachen. Sie suchte in ihrem Handbeutel nach Münzen. Da sah sie seine beringte Hand auf sich zukommen.

»Die Kirche dankt«, sagte er und bewegte verneinend seinen Kopf. Dabei berührte er sachte ihren Handrücken.

Natürlich, er würde die Spende einer Nichtkatholikin nicht annehmen wollen. »Verzeihen Sie«, wiederholte Agnes, »ich hätte Ihr heiliges Haus nicht betreten sollen. Ich hoffe, ich habe keine Sünde begangen.«

Er sah sie lange an. »Nein, das haben Sie nicht«, erwiderte er schließlich. »Aber ich werde für Sie beten.« Lautlos wich er ins Dunkel zurück, eilte zu seinen Brüdern und sank vor der Madonna auf die Knie.

Agnes verschwieg Paul diese seltsame Begegnung. Nicht weil sie sich schämte, ein Verbot übertreten zu haben. Der eigentliche Grund war ein anderer. Agnes hatte Angst, Paul eine Antwort schuldig bleiben zu müssen. Sie hätte ihm nicht erklären können, warum sie nach ihrem Ausflug nicht sofort ins Hotel zurückgekehrt, sondern zur St.-Johann-Kirche gefahren war. Sie wusste es doch selbst nicht. Ihr fiel kein einziger Grund ein, der ihr auch nur annähernd ihr Verhalten hätte erklären können. So ließ sie es dabei bewenden und beschloss, ihre Aufmerksamkeit wieder auf die Schönheiten des Pustertales zu richten, die Paul ihr in den kommenden zwei Wochen noch zeigen würde.

Sie besichtigten Bruneck, kauften Jacken aus feinem Loden, genossen einen Tagesausflug zum Pragser Wildsee, ließen sich zu den Plätzwiesen nahe der Drei Zinnen fahren und übernachteten dort auf einer Hütte, wanderten im Gsieser Tal, das sie mit einem uralten Tiroler Gasthof überraschte, in dem sie mit köstlichen Speisen bewirtet wurden. Agnes stellte fest, wie gut ihr die Bergluft und die kräftigende Küche taten. Sie erholte sich schnell und wünschte sich, dieser Urlaub würde nie zu Ende gehen. Paul war ein wunderbarer Liebhaber, ein aufmerksamer Partner, der sie mit jedem Wort, jeder Geste fühlen ließ, wie sehr er sie liebte. Er war das Schiff, auf dem sie dem stürmischen Meer des Lebens trotzen konnte. Er war das Segel, das ihrem Leben die Richtung gab. Er war ihr Anker, ihr Halt. Doch trotz aller Versuche gelang es Agnes nicht, Paul das Geheimnis seines besonderen Geschenkes zu entlocken, das er ihr vor zwei Jahren in Swakopmund versprochen hatte.

Am vorletzten Tag ihres Urlaubs hatten sie in Schluderbach wandern wollen. Der Tag versprach sehr heiß zu werden. Schon früh am Morgen waren zwei Tauben auf einer alten Platane vor Agnes' Fenster gelandet. Sie war von ihrem Gurren und Flügelschlagen geweckt worden, war aufgestanden und hatte so vorsichtig wie möglich das Fenster geöffnet. Die Tauben trippelten auf dem Ast hin und her, spreizten ihre Flügel und putzten sich. Glitzernde Wasserschleier stoben aus ihrem nassen Gefieder. Sie mussten in dieser frühen Stunde bereits im Springbrunnen gebadet haben. Agnes' Blick wanderte weiter zu den kahlen Dreitausendern. Unterhalb der weißgrauen Gipfel bildete der Dunst, der aus den Fichtenwäldern aufstieg, einen luftigen Kranz. Es sah aus, als wachte das grauweiße Gestein über einen schlummernden Wald, der leise atmete. Welch ein Friede, dachte Agnes, welch ein Gefühl der Unsterblichkeit. Sie hörte die Tauben gurren und schaute zu ihnen hinüber. Sie hatten mit dem Federzupfen aufgehört und hockten nun nah beieinander. Still und zufrieden.

War es vermessen, sich in diesem Moment etwas zu wünschen und nur diesen einen Wunsch, und sei es nur im Geiste, in Worte zu fassen?

Auf ewig dich lieben, mit dir sterben können.

Sie weinte still, bewegungslos.

Wenig später wanderte Agnes mit Paul zum Rohrwald, zum Neunerkofel, hinaus. Paul hatte vorgehabt, ihr die berühmte Wasserscheide auf dem Toblacher Feld zu zeigen. Am Westhang des Neunerkofels nämlich entsprängen Quellen, die die Rienz speisten. Wie Agnes ja wüsste, rausche diese durch das Höhlensteintal. Aus den Nordhängen des Neunerkofels hingegen sprudelten Quellen, die in die Drau flössen. Diese schlüge eigensinnigerweise einen östlichen Weg ein, der im Schwarzen Meer ende.

Sie verließen den Wanderweg und wählten einen Platz an einem Felsbrocken, der von uralten Bergkiefern umgeben war, und legten sich auf die sonnengewärmte Bergwiese.

»Die Rienz zieht also ihren Weg nach Süden«, schloss Paul seine Erklärung, hob seine Arme, streckte sich und bettete seinen Kopf in seine Hände.

Agnes berührte seinen Bauch. »Ich verstehe, die Rienz fließt gen Süden in die Adria. Du aber hast die Drau gern, denn sie strömt in das Schwarze Meer. Sie erinnert dich an deine Heimat. Vermisst du sie?«

Paul wandte ihr seinen Blick zu. In seinen grünbraunen Augen leuchteten kleine goldene Pünktchen. Er löste seine Arme und zog Agnes zu sich, küsste ihre Stirn, ihren Mund und hielt sie umschlungen. Sie rieb ihre Nase am Stoff seines Hemdes, sog seinen Duft ein, der in ihr leidenschaftliche Bilder weckte. »Vermisst du dein Zuhause, Paul?« Sie berührte mit einer leichten Bewegung seinen Schoß.

Er atmete tiefer, fuhr mit den Fingerspitzen über ihren Nacken und lächelte. »Wir werden hier nicht lange allein sein, Agnes. Sei bitte vorsichtig mit mir.«

Sie seufzte. »Warum sind wir dann hier, Paul? Weil du dich nach Bessarabien sehnst?«

»Nein, keinesfalls«, erwiderte er. »Im Gegenteil, ich bin dem Schicksal dankbar, dass es mich von dort wegtrieb.«

»Du hast mir noch nie davon erzählt, wie es dazu kam.« Sie entdeckte einen Hirschkäfer, der über die Schnürsenkel seiner Stiefel kroch.

»Ja, das ist wahr. Ich habe lange Zeit meine Heimat geliebt. Die Weite der Steppe, die Nähe zum Schwarzen Meer, die Flüsse meiner Kindheit, Pruth und Dnjestr, die Wege und Festungen, die uns daran erinnern, dass bereits Römer, Slawen, Genueser und Türken die günstige Lage und Fruchtbarkeit Bessarabiens zu schätzen wussten. Ja, ich war lange Zeit stolz auf meine Vorfahren, die vor gut achtzig Jahren dem Ruf von Zar Alexander I. folgten, ihre westfälische Heimat verließen und auswanderten. Zu verlockend waren die Versprechen des Zaren. Religionsfreiheit, Selbstverwaltung, vor allem aber Befreiung vom Militärdienst. Doch als sie dann dort ankamen, fanden sie nur Steppe vor. Nichts als Steppe, Sümpfe, keinen Wald, nur meterhohes Gras. Sie hatten kein Holz und konnten noch nicht einmal eine Hütte bauen. Die ersten Aussiedler mussten in Erdhöhlen hausen. Es dauerte Jahrzehnte, bis es ihnen unter großen Mühen gelang, dem fruchtbaren Lößboden Ernten abzuringen. Viele starben an Hunger und Krankheiten. Sie mussten Seuchen, Missernten, Heuschreckenplagen, sogar Erdbeben ertragen. Es heißt bei uns, der ersten Generation bringt das Land den Tod, der zweiten die Not und der dritten das Brot.«

»Dir schmeckte dann eines Tages das Brot nicht mehr«, schloss Agnes.

Er holte tief Luft. »Das kann man so sagen. Als Junge schon hatte ich das Gefühl, dort lebendig begraben zu sein. Eine alte Frau las aus meiner Hand und prophezeite mir, ich würde mein Leben lang reisen. Ja, so war es dann ja auch. Und in der Jugend war ich geradezu süchtig nach Zeichen aus der westlichen Welt. Durchreisende, Händler, Besuche in Bibliotheken, Ausflüge nach Odessa, all das brauchte ich, um nicht an Ackerluft und Dreifelderwirtschaft wahnsinnig zu werden. Ich fühlte mich nicht dazu auserkoren, das Rad unserer Familiengeschichte weiterzudrehen. Das kann glücklicherweise mein jüngerer Bruder besser als ich.«

»Und dein älterer Bruder kümmert sich um die Pelzjäger.« Sie warf ihm einen forschenden Blick zu.

»Ja«, erwiderte Paul, »Karl und ich, wir arbeiten Hand in Hand, das ist nur mit der modernen Technik möglich. Ohne Telegrafen, ohne Eisenbahnen ginge das nicht.«

»Aber solltest du dich eines Tages mit Karl entzweien, wärst du brotlos, Paul. Du hättest du kein Einkommen mehr. Deine Existenz hängt nur von seinem guten Willen ab.«

»Wir vertrauen einander, Agnes.«

»Das kann sich ändern.«

Paul richtete seinen Blick auf einen Sperber, der pfeilschnell auf ein Rotkehlchen zuschoss. Federn stoben auf, doch im letzten Moment konnte das Rotkehlchen entfliehen und Zuflucht im Dickicht einer moosbewachsenen Fichte finden.

»Wir sind Männer, Agnes«, fuhr Paul ruhig fort, »wir sind nicht wankelmütig. Denn wir wissen, was auf dem Spiel steht.

Unsere Abhängigkeit voneinander ist unauflösbar. Fällt einer von uns, sinkt auch der andere. Außerdem ist Karl an meinen Gewinnen beteiligt, Agnes, vergiss das nicht.«

Pauls Worte klangen in ihr nach. *Unsere Abhängigkeit voneinander ist unauflösbar.* Sie verspürte plötzlich eine Kühle in sich aufsteigen, die sich wie eine Klammer um ihren Hals schloss. Sie wollte nicht denken, nicht jetzt. Sie musste das Gespräch wieder auf seinen Ursprung zurückführen. Sie räusperte sich.

»Du hast mir einmal erzählt, dein Vater sei wohlhabend, er besäße große Schafherden.«

»Ja, ich bin froh, dass er mich damals meinen Weg hat gehen lassen. Er hat es nicht bereut und ist stolz auf mich. Der Pelzhandel floriert, es könnte kaum besser sein. Nur mein Plan, unsere Karakulschafe in Südwestafrika züchten zu lassen, wird noch etwas Glück brauchen. Du erinnerst dich? Damals hatte ich Martin Grevenstein und andere Farmer bereits vom Nutzen der Zucht überzeugen können und schon Muttertiere und Böcke verschifft. Einigen Farmern gelang die Zucht ja auch, und dann …«

»Dann erhoben sich die Herero«, schloss Agnes.

»Ja, deshalb wollten wir dich damals auf das Schiff in Sicherheit bringen. Arthur hatte von den ersten Überfällen gehört. Kurz nach deiner Abreise, Mitte Januar, wurden über einhundert deutsche Farmer und Händler getötet. Die Herero rächten sich für Landraub und unehrlichen Handel. Ich kann sie verstehen, aber damals, als du auf dem Schiff auf mich gewartet hast, musste ich Martin Beistand leisten. Er hatte uns schließlich so viel Gutes getan.«

»Erzähl mir«, nahm Agnes das Gespräch wieder auf, »wie es für dich war, als du deine Heimat verlassen hast.«

Paul atmete tief durch und streckte sich aus. »Also, in unserem Dorf tauchte einmal vor langer Zeit ein katholischer Priester auf. Er hatte Verwandte, die über viele Jahrzehnte hinweg einen gutgehenden Eisenwarenbetrieb mit Schmiede aufgebaut hatten. Zunächst hatten sich alle gewundert, dass es bei unseren protestantischen Nachbarn einen katholischen Priester in der Familie gab. Später kamen Gerüchte auf, er sei nur ein Pflegesohn oder ein uneheliches Kind. Ich habe nie herausfinden können, was daran wahr war und was nicht. Sicher war nur, dass er einst als junger Mann nach Wien gegangen war, dort konvertierte und sich der Obhut eines streng konservativen Geistlichen anvertraute. Er muss sich wohl eines Tages mit ihm überworfen haben, denn es hieß, er hätte Wien überstürzt verlassen. In den achtziger Jahren muss sich allerdings etwas Entsetzliches ereignet haben, das ihn zur Flucht nach Bessarabien zwang.«

»Er floh zu euch ans Schwarze Meer, um ein neues Leben anzufangen? Als Priester? Oder trat er aus der Kirche aus?«

»Nein, nein, er blieb Geistlicher. Er tat sogar viel, um bei uns Fuß zu fassen. Er half in der Gemeinde, fuhr regelmäßig ins Nachbardorf, wo katholische Bauern lebten, die es vom Rheinland dorthin verschlagen hatte. Nahm die Beichte ab, half auch schon einmal bei der Ernte. Umsonst. Die Leute erzählten sich, er würde sich während der Beichte mit etwas Hartem kratzen. Eine Frau glaubte sogar, ihn einmal weinen gehört zu haben. Und als man ihn immer häufiger abends am Dnjestr-Ufer ausreiten sah, stieg das Misstrauen gegen ihn. Und dann passierte es. Mitten im Winter brannte unser Getreidespeicher ab. Und eine alte Nachbarin, die ihn am Abend hatte vorbeireiten sehen, behauptete, er habe sein Kreuz hochgehalten und einen Dämon aufs Dach geschickt, der später, als wir alle schliefen, das Feuer entzündet hätte.«

»Aberglaube, purer Aberglaube«, entsetzte sich Agnes. Sie brach eine Alpenrose ab und ritzte mit dem Fingernagel kleine Striche in den Stiel.

»Ja, natürlich ist das Aberglaube, Agnes«, bestätigte Paul, »aber dort, wo ich herkomme, hat der Gedanke der Aufklärung nie gewirkt.«

»Und was hat das nun mit dir zu tun?« Sie strich mit der Alpenrose über Pauls Hals.

Er lächelte. »Um es kurz zu machen: Ich hielt die engstirnige Welt nicht mehr aus. In Bessarabien zu leben ist nicht einfach. Selbst für Großbauern wie meinen Vater nicht. Nun ja, mich zog es in die Welt, in die großen Städte, nicht nach Westfalen, wo meine eigentlichen Wurzeln liegen. Dem Priester ging es wohl ähnlich. Dummerweise war es Winter, eine Jahreszeit, die jeder vernünftige Mensch, der übers Meer fliehen wollte, verstreichen lassen sollte. Das Schwarze Meer ist berüchtigt für seine Winterstürme. Nun ja, es war wie in der Hölle. Meterhohe Wellen schlugen über die Bordwände. Ein Händler, der auf dem Deck seine beiden Pferde samt Packballen mitgenommen hatte, verlor alles, beinahe auch seinen Verstand. Es war eine furchtbare Überfahrt zum Bosporus hinüber.«

»Und der Priester? Hat er nicht gebetet?«

»Das ist es ja. Dieser komische Kerl ging immer wieder an die Reling, band sich mit Seil und Karabinerhaken fest und hielt die eiskalte Gischt aus. Man hätte glauben können, er wollte sich von den Wellen geißeln lassen. Sehr merkwürdig, du kannst es dir denken.«

»Vielleicht wollte er das Schicksal herausfordern.«

»Du meinst, er wollte prüfen, ob Gott ihm eine Entscheidung abnimmt, für die er selbst zu feige war?« Paul lachte. »Mag sein, wer weiß das schon. Als die Böen einmal allzu stark gewesen waren und er halbtot unter Deck taumelte, wollte ich ihm meine Hilfe anbieten. Sein Bart war so vereist, dass er seinen Mund nicht mehr öffnen konnte. Doch das war es nicht, er wollte nicht sprechen. Er kam mir, nass und eiskalt, so nah, dass ich begriff, er wollte in Ruhe gelassen werden. Schon eine merkwürdige Spezies Mensch, diese Priester.« Er griff nach ihrer Hand. »Komm, lass uns an etwas anderes denken. Hab ich nicht die liebste Frau der Welt bei mir?« Er setzte sich auf und nahm ihr Gesicht zwischen beide Hände. »Ich liebe dich.«

Sie senkte den Blick.

»Was ist, Agnes?«

»Paul, ich muss dir etwas sagen, es ... es ist ...«

»Ist es etwas Schlimmes?« Er sah ihr forschend in die Augen.

Sie schloss die Augen, kämpfte mit den Tränen.

»Agnes? Ist es ... ich meine, bist du ...?«

Sie schüttelte schweigend den Kopf.

Paul wurde blass. »Du warst also schwanger?«

Sie atmete, als hätte sie ein Speer durchbohrt. Ungleichmäßig, ächzend.

Er packte sie an den Schultern. »Agnes, sag es mir. Hast du etwas dagegen unternommen?«

Sie sah ihn an und hörte sich schreien. »Nein! Und nochmals nein!«

»Was willst du mir dann sagen?«

Sie war von seiner Reaktion erschüttert, unfähig, ihrer aufgewühlten Gefühle Herr zu werden. Mit größter Mühe versuchte sie, sich zu konzentrieren. »Er, ich meine, Arthur, hat mir geschrieben.« Sie holte Luft. »Er wird niemals in eine Scheidung einwilligen.«

Über Pauls Gesicht legte sich ein Schatten. »Hat er das nicht schon einmal gesagt?«

»Jetzt habe ich es schriftlich«, sagte Agnes hastig. Wie konnte ihr nur so leicht eine Lüge über die Lippen kommen? Wie schäbig sie doch war. Sie konnte den Schmerz in Pauls schönen Augen kaum ertragen. Erleichtert atmete sie auf, als er sie an sich zog.

»Es ist mir klar, dass ihr ein besonderes Abkommen getroffen habt. Ich möchte gar nicht genau wissen, was ihr besprochen habt. Für mich zählt nur, dass du bei mir bist, sooft wir es einrichten können. Aber« – er hob ihr Kinn an – »Agnes, bitte, ich könnte es nicht ertragen, wenn …«

Nein, sie durfte Paul nicht die Wahrheit erzählen. Er wäre entsetzt und würde sie nicht verstehen. Sie liebte ihn und wollte ihn behalten, bis dass der Tod sie trennte. Sie hatte in Paul ihr Glück gefunden, aber sie würde die Frau bleiben, die zwei Männern die Treue hielt, ihrem Ehemann und dem Mann, den sie liebte. Sie kam sich vor wie dieser Berg, der zwei entgegengesetzt fortströmende Quellen speiste. Und sie empfand tiefe Verzweiflung bei dem Bild, wie das imaginäre Wasser ihre innere Substanz im Laufe der Zeit aushöhlen würde.

Sie dachte an die Flüsse, die zu fernen Meeren strömten. Und plötzlich wurden ihr die Berge eng, so eng, dass sie glaubte, sie nähmen ihr die Luft zum Atmen. Warmer, würziger Wind fuhr durch den Wald, doch sie fröstelte. »Lass uns gehen, bitte, Paul. Es ist unser vorletzter Tag.« Sie stand auf.

Er erhob sich ebenfalls. »Natürlich.« Seine Stimme klang tief, etwas brüchig. »Agnes?«

Sie sah ihn an, hoffte, er würde ihr Zittern nicht bemerken.

»Agnes, ich möchte, dass du mich nie belügst.«

»Nein«, flüsterte sie, »nein, Paul. Ich verspreche es dir.« Sie schlang ihre Arme um seinen Hals und schloss die Augen. Sie fühlte sein Herz schlagen, kraftvoll und schnell. Sie durfte niemals ihrer Schwäche nachgeben. Sie musste stark bleiben und schweigen.

27

Visingsö (Schweden), August 2012

Es ist wunderschön hier, Isy, aber bist du dir sicher, dass du hier leben willst?«

Isabel wandte ihren Blick von Simone ab. Sie hätte Simones Gesichtsausdruck im diffusen Licht bunter Lampions und räuchernder Fackeln sowieso nicht genau erkennen können. Sie war verärgert. Kristina hatte ihren Empfang so nett vorbereitet, mit einem mit Papierschmetterlingen und Girlanden geschmückten Garten, Musik und kaltem Büfett. Es hatte Isabel gerührt, Kristina so voll dankbarer Freude wiederzusehen. Ja, Kristina freute sich, dass Isabel ihre Mail ernst genommen und so schnell zurückgekehrt war. Warum, fragte sich Isabel, musste Simone ihr jetzt die schöne Stimmung mit einer solchen Frage verderben?

Sie war so erleichtert gewesen, dass Simone sie noch kurz vor ihrer Abreise nach Namibia nach Visingsö begleiten wollte. Sie waren am frühen Morgen vom Hamburger Flughafen aufgebrochen, aufgeregt wie zwei Teenager, die einen Streich planten. Sie hatten Glück gehabt und zwei nebeneinanderliegende Sitzplätze erwischt. Isabel hatte Simone von ihren Problemen mit Styrger erzählt, ihr von Kristina berichtet und sie noch über den Wolken mit ihrer Begeisterung für die Insel angesteckt. Und sie hatten sich ausgemalt, wie sie Styrger überraschen würden.

Sie hatten das Grundstück in strahlendem Sonnenlicht ausgiebig besichtigt, die hellen, leeren Räume des alten Holzhauses in ihrer Fantasie eingerichtet und beim Ausblick auf den See gespürt, dass das Haus noch immer die Aura eines stillen, erfüllten Lebens ausstrahlte. Isabel hätte den Wert des Grundstücks allerdings nicht zu schätzen gewusst. Es war ihr auch gleichgültig, denn das Besondere dieses Erbes lag für sie allein in der ruhigen Geborgenheit. Warum allerdings ein fremder Mensch ihr dieses kleine Paradies anvertraut hatte, war ihr und Simone schleierhaft. Einig waren sie sich nur darin gewesen, diese Tatsache als Aufforderung zum Innehalten anzusehen, als Chance, das Leben, wie es war, zu hinterfragen.

Und jetzt?

Es ist wunderschön hier, Isy, aber bist du dir sicher, dass du hier leben willst? Isabel fragte sich, ob es an der romantischen Nacht lag, die in Simone plötzlich Neid geweckt hatte. Ihr war nicht entgangen, dass Simone heimlich den ganzen Tag über mit Falk gemailt hatte und mit jeder weiteren Mail, die von ihm kam, verstimmter geworden war. Sicher vermisste sie ihn gerade jetzt sehr.

Isabel bemerkte, dass Kristina unter dem Tisch ein Tablett hervorzog und damit begann, leere Schüsseln darauf zu stapeln. Sie rutschte auf die Stuhlkante vor und wandte sich Simone zu. »Ich freue mich, dass dir mein Grundstück gefällt, Simone.« Sie griff über den Tisch und schob mit der hohlen Hand Brotkrümel zusammen. »Und was denkst du, soll ich tun? Es diesem Styrger Sjöberg verkaufen?«

»Warum nicht?«, entgegnete Simone. »Wenn er genug Geld hat, dass du dir in Hamburg eine großzügige Altbauwohnung kaufen kannst.«

»Oh, lieber nicht«, widersprach Kristina schnell. »Das wäre doch wirklich schade. Du passt so gut hierher, Isabel. Ich meine, ich spüre das irgendwie.«

Simone schwieg. Und Isabel fragte sich, ob Simone möglicherweise Angst hatte, sie zu verlieren. Sie tat, als hätte sie Kristinas Kompliment nicht gehört, und ließ die Brotkrümel in die oberste Schüssel rieseln.

Kristina tupfte einige Krümel auf, die auf das Tablett gefallen waren. »Außerdem, Styrger ist alles andere als reich.«

»Als was hat er denn früher gearbeitet?«

»Er hatte einen ruhigen Job in der Finanzbehörde in Jönköping.«

»Dann wird er bestimmt Ersparnisse haben, oder?« Isabel seufzte. »Kein Wunder, dass er jetzt sein Geld richtig anlegen will.«

»Ich weiß es nicht«, erwiderte Kristina. »Er hat mir einmal erzählt, dass er an der Börse Geld verloren hat.«

»Na, dann frage ich mich, was er von mir will.« Isabel hob ihren Kopf, weil in der Nähe wieder dieser seltsame Vogel zu singen begann, den sie schon beim ersten Mal gehört hatte, frisch und mit spöttischen Trillern.

»Das ist Talltraft, unsere Nachtigall«, erklärte Kristina ihr. Und da Isabel nur nickte, Simone noch immer schwieg, fügte sie hinzu: »Übrigens, ich habe da noch ein Walnusssorbet mit Schokolade vorbereitet, und im Kühlschrank wartet ein besonderer Prosecco von einem Ökowinzer. Habt ihr Lust darauf? Was soll ich holen?«

Wie aus einem Mund sagten Isabel und Simone: »Beides«, und lachten. Aber als Kristina mit dem Tablett benutzten Geschirrs zum Haus ging, beugte sich Simone zu Isabel vor.

»Sag mal, ist diese Kristina schwanger, Isy?«

»Ja, bist du neidisch?«

Simone griff nach der Wasserflasche. »Vielleicht.«

Isabel nahm sie ihr aus der Hand. »Sei ehrlich. Du weißt, unter Freundinnen lügt man nicht.« Sie zog die Flasche zurück, wartete.

Simone schaute über den See. Warmer Wind strich über das Wasser und zerrte das Mondlicht auseinander. Isabel folgte ihrem Blick. Es sah aus, dachte sie, als sähen sie schimmernden Lichtflecken zu, die auf dunkelblauem Grund schwebten. Irgendwie schien sich ihre Perspektive verändert zu haben.

»Damals, in Meran«, hob sie an, »hattest du gesagt, du wolltest nicht schwanger werden.«

Simone sah sie an. »Neulich dachte ich, ich sei es. Isy, ich … ach, verdammt noch mal. Es fühlte sich so gut an.« Sie kämpfte mit den Tränen. »Sorry, Isy, vergessen wir's. Ich denke nur, auf einem solch schönen Grundstück sollten Kinder spielen. Viele Leute würden dich um dieses Erbe beneiden. Und ehrlich gesagt, ich tu's auch ein bisschen. Aber allein in einem romantischen Haus am See? Isy, ich hoffe, du hast dich noch nicht endgültig entschieden. Denk daran, du bist ein Großstadtkind wie ich.«

»Ich habe gestern den Vertrag unterzeichnet. Das Grundstück gehört jetzt wirklich mir.«

»Du hast dein Erbe angenommen?«

»Ja.«

»Wann wusstest du, dass du es tun würdest?«

»Ich wusste es, nachdem ich mit Julian zusammen war, und ganz sicher war ich mir, als er mir sein Video schickte.«

»In dem er dich an die Ostsee einlud?«

»Ja.«

»Isy, hoffst du nicht in Wahrheit darauf, dass es Julian … ich meine, dass es ihm hier eines Tages gefallen könnte?«

»Ja, natürlich wünsche ich mir das, Simone. Es ist doch wunderschön hier, oder? Wenn ich mir vorstelle, dass Julian hier Holz für den Kamin an der Hauswand stapelt, im Garten für uns Fische grillt …«

Simone starrte Isabel an. »Du bist eine hoffnungslose Romantikerin. Ich gebe ja zu, ich hatte damals in Südtirol ein gutes Gefühl bei ihm. Er half dir nach dem Unfall, er schien nett und sympathisch. Aber …«

»Was ist los mit dir, Simone?« Isabels Stimme klang rauh vor Nervosität. »Seit wir hier sind, habe ich das Gefühl, als ob du eine Brille aufgesetzt hättest, die deine Perspektive verschiebt.«

»Isy, hör zu: Dieser Julian liebt Mountainbiking, und ich kann mir nicht vorstellen, dass ein Mann wie er hier Fische grillt. Er hat dich ans Meer eingeladen, schön und gut. Aber könnte es nicht sein, dass er dir etwas vormacht?«

»Simone, ich versteh dich nicht. Julian ist unglaublich kreativ gewesen, um dieses Video herzustellen. Er überlässt mir die Entscheidung, wo wir zusammen wandern können, nicht biken. Er ist einfach nur meinem Interesse entgegengekommen.«

»Das ist es ja, was mich an ihm stört. Hätte er dich in die Harzer Berge zum Biken eingeladen, wäre das, finde ich, überzeugender gewesen.«

»Überzeugender? Es wäre egoistisch gewesen, Simone. Ich frage mich, warum wir miteinander streiten. Kannst du dir nicht vorstellen, dass ich mich hier wohl fühle, auch wenn ich allein bin? Es hat etwas mit der Ausstrahlung des alten Hauses zu tun. Ich finde, es hat eine Seele. Und der Garten, der alte Kirschhain, das alles ist doch wunderschön. Sogar das Seeufer gehört mir. Ich kann hier leben, völlig frei und nach meinem Geschmack.«

Simone hielt Isabels Handgelenk fest. »Welchen Grund hast du, diesem Dr. Roth zu vertrauen?«

Isabel schwieg.

»Liegt es daran, dass er eine so schöne Stimme hat?«

Isabel sah Simone in die Augen.

»Weil er charmant ist? Das sind Psychopathen auch …«

»Was ist mit dir los, Simone?«

»Es hat mit Falk zu tun, das ist alles.« Simone verschränkte die Arme.

»Mit Falk? Was hat er denn gesagt?«

»Wir haben uns zum ersten Mal gestritten. Als ich ihm erzählte, warum ich dich begleiten sollte, regte er sich auf. Er meinte, wenn dir das Grundstück gehört, solltest du dich um diesen Sjöberg nicht kümmern. Er hätte gar nichts zu melden.«

»Das finde ich auch, aber ich möchte ihm das gerne unter Zeugen direkt sagen.«

»Deshalb hab ich ja auch zu Hause alles stehenlassen, um dir zu helfen.«

»Aber was hat das mit Julian zu tun?«

»Ach, Falk ärgert sich darüber, dass du dich in einen Mediziner verguckt hast. Er findet, hättest du Henning früher besser verstanden, könntet ihr noch heute zusammen sein.«

»Falk gibt mir die Schuld? Das ist ja unverschämt, er kennt doch unsere Geschichte.«

»Ja, das weiß ich doch, aber er hat neulich Henning mit dieser Nadja getroffen. Falk war überrascht, dass eine Frau, die ihm gar nicht so anders schien als du, Henning so glücklich macht. Er glaubt, dass du einfach auf puren Charme hereinfällst, ohne den wahren Charakter eines Mannes zu verstehen.«

»Ich habe mich dann wohl auch in Falk getäuscht«, erwiderte Isabel. »Ich dachte immer, er sei auf meiner Seite, ruhig und verlässlich so wie du.«

Simone streichelte ihr über den Arm. »Das ist er auch, aber du kennst ihn doch, er ist so konservativ wie seine Eltern. Als ich ihm gestand, dass ich schwanger war, und es dann doch nicht klappte, war er richtig deprimiert. Seitdem möchte er, dass ich immer bei ihm bin. Ich glaube, er sieht mich jetzt mit anderen Augen.«

»Er war doch so stolz auf deinen Vertrag! Und jetzt sieht er dich als Muttertier? Das ist ja Wahnsinn, und er wirft mir vor, ich hätte Henning nicht verstanden? Und ich würde auch den nächsten Mann unglücklich machen? Du glaubst ihm doch wohl nicht, oder?«

»Nein, natürlich nicht, aber es belastet mich, dass er im Moment so über dich denkt. Glaub mir, ich ärgere mich auch über ihn, Isy, sorry.«

»Und was hältst du davon, dass er jetzt unbedingt Vater werden will? Ich dachte immer, du bist nicht so, willst nicht wie seine Eltern leben.«

»Tja, ehrlich gesagt ist das ein echt schwieriges Problem. Manchmal frag ich mich schon, ob ich den richtigen Mann geheiratet habe.«

Sie sahen einander an. »Und weil du das befürchtest …«

»… habe ich Angst, dir könnte es genauso ergehen …«

»Ach, Simone.« Isabel hatte Tränen in den Augen. »Mensch, wir müssen in Zukunft noch besser aufeinander aufpassen, oder?«

»Tja, sieht so aus.«

Isabel wandte ihren Kopf Richtung Haus. Vorsichtig die Proseccoflasche auf einem überfüllten Tablett mit den Nachspeisen balancierend, kam Kristina langsam näher.

»Lass uns jetzt von etwas anderem sprechen, ja?« Isabel stand auf und eilte Kristina entgegen. Plötzlich überkam sie das Gefühl der Erleichterung. Es tat gut, jemanden zu sehen, der eine solch unbeschwerte Lebensfreude ausstrahlte.

Simone hatte darauf bestanden, über Nacht ins obere Stockwerk zu Kristina zu ziehen. Isabel war es nur recht gewesen. Sie kannten sich zu lange, um nicht zu wissen, dass ihnen nach diesem intensiven Gespräch ein wenig Abstand guttun würde. Isabel hatte ihren Schlafsack unterhalb der Fensterreihe im ehemaligen Wohnzimmer, mit Blick auf den See, ausgebreitet. Sie lag wach und war erleichtert, dass es über ihr recht schnell still wurde. Simone musste also sofort eingeschlafen sein.

In die Ruhe des Hauses mischten sich die Gesprächsfetzen des Abends. Isabel bemühte sich, die Erinnerung zu zerstreuen. Sie wollte sich nicht noch mehr belasten, die Woche war anstrengend genug gewesen.

Doch je länger sie im Halbdunkel lag, desto stärker konzentrierte sich in ihr eine Frage. Hatte Simone sich in Falk getäuscht? So wie sie in Henning einmal den Mann ihres Lebens gesehen hatte?

Simone tat ihr leid, sie war kurze Zeit schwanger gewesen und hatte das Kind verloren. Stark, wie sie war, würde sie wahrscheinlich in Namibia über diesen Schmerz hinwegkommen und mit Ehrgeiz ihre wissenschaftliche Laufbahn vorantreiben. Oder würde Simone ihrem Mann nachgeben und sich nach dem Bild richten, das er plötzlich so reizvoll fand? Alles schien Isabel auf einmal so verkehrt, als hätten sich auf jeden von ihnen neue Scheinwerfer gerichtet. Selbst Falks Vorwürfe hatten in dieser Stunde die Macht, in ihr die alten Zweifel zu wecken. Hatte sie nicht doch Fehler in der Beziehung zu Henning gemacht? Warum, fragte sich Isabel, war sie so gut in der Lage, Menschen schnell einzuschätzen, wenn es um Geld ging, jedoch so unsicher, wenn Liebe im Spiel war?

Warum schien auf einmal alles so verquer? Simone hatte ihre Probleme auf sie übertragen. Die eigentliche Frage aber war doch, ob es ihnen beiden gelingen würde, herauszufinden, wie weit die Anpassung an einen Mann gehen durfte und wann frau die Reißleine ziehen musste, bevor die Selbstverleugnung begann.

Wie auch immer, sie selbst hatte noch immer kein Gespür für eine verlässliche Richtschnur. Der Grund dafür musste daran liegen, dass sie immer noch Angst vor ihren eigenen Gefühlen hatte, so wie es Simone damals in Meran offen ausgesprochen hatte. Isabel versuchte, sich mit dem Gedanken zu trösten, Simone zu helfen, damit sie so bliebe, wie sie ihr vertraut war: offen, selbstbewusst, unkonventionell. So wie sie an jenem Abend auf der Stettiner Hütte mit dem holländischen Marketing-Spezialisten Cees geflirtet hatte.

Isabel merkte, wie erschöpft sie war. Sie musste schon stundenlang wach liegen und fühlte sich jetzt so benommen, als wäre sie ebenso lange im Kreis gelaufen. Der Streit mit Simone und Falks Kritik hatten sie aufgewühlt. Dabei hatte sie noch keine einzige Minute Muße gehabt, sich von ihrer anstrengenden Arbeitswoche zu erholen.

Es ärgerte sie, dass die lange Fahrt von ihrer Wohnung am Alsterlauf nach Rahlstedt sie täglich mehr als zwei Stunden kostete. Zeit, die sie dringend für die zahlreichen komplizierten Kreditvergaben mit schwierigen Kunden benötigte, die ihr der Filialleiter übertrug. Und dann hatte sie nach diesen stressigen Arbeitstagen auch noch drei Ablehnungen ihrer Bewerbungen hinnehmen müssen. Als hätte das nicht schon genug Kraft gekostet, hatte ihr Nachbar Jens-Peter Strumpf, wie befürchtet, sie zum Essen eingeladen. Noch konnte sie ihn mit Klagen über ihre Jobprobleme auf Abstand halten, doch sie ahnte, dass seine Probleme mit Frauen mit einem besitzergreifenden Misstrauen zu tun hatten, das krankhaft war. Er würde sie sicher bald durchschaut haben. Aus Angst vor ihm hatte sie beschlossen, auf den Fahrstuhl zu verzichten und das Treppenhaus nur noch auf Strümpfen zu betreten. Und während der Arbeit in der Bank durchforstete sie heimlich das Internet nach einer bezahlbaren Zweizimmerwohnung. Doch in einer Single-Hochburg wie Hamburg waren diese natürlich so rar wie Steinpilze im norddeutschen Wald.

Kurz vor Morgengrauen fiel sie in einen leichten Schlaf. Nach weniger als einer Stunde aber weckte das Kratzen eines Tieres sie, das auf Krallen über die Dachschindeln jagte. Sie stand auf. Ihre

Glieder schmerzten von dem harten Boden, und ihr Kopf fühlte sich taub an, als hätte sie unter einer Taucherglocke geschlafen. Sie trat an die Fenster und schaute hinaus. Über dem See trieben Regenwolken. Der Wind hatte die Girlanden herabgerissen, und am Ufer trudelten zerknitterte Lampions. Isabel schlüpfte in ihre Strickjacke und trat durch die Verandatür hinaus. Feiner Regen sprühte ihr ins Gesicht. Sie hielt einen Moment inne, dann setzte sie ihre nackten Füße auf die feuchten Holzstufen und folgte dem Rinnsal, das im Sandweg zum See hinabfloss.

Sie hatte vorgehabt, zunächst entlang des breiten Uferstreifens hinauf zum alten Kirschenhain zu laufen, um sich zu vergewissern, dass noch alle Bäume unversehrt waren. Überreizt, wie sie nach der durchwachten Nacht war, hätte sie sich Styrger in boshafter Laune vorstellen können, wie er klammheimlich doch noch den einen oder anderen Ast herausgesägt hatte. Sie hätte ihm schließlich nie nachweisen können, ob er es vor oder nach ihrem ersten Besuch auf der Insel getan hätte. Leider hatte sie damals zu wenig Zeit und innere Ruhe gehabt, um das Grundstück gründlich zu inspizieren.

Bevor Isabel jedoch am Ende des Gartenweges linker Hand abbiegen konnte, nahm sie lautes Flattern aus der entgegengesetzten Richtung wahr. Sie wandte sich um und begann zu laufen, durchnässt und mit feuchtem Haar, das im Nacken klebte. Nach wenigen Minuten entdeckte sie am Strand, oberhalb des kleinen Schilfgürtels, das alte Ruderboot. Es lag unter einer dunkelblauen Plane, die der Wind losgerissen hatte.

Isabel hob die Plane an und stellte fest, dass Styrger das Boot wieder hergerichtet und neu gestrichen hatte. Dieser Anblick erfüllte sie mit einem solchen Glücksgefühl, dass sie beinahe der Versuchung nachgegeben hätte, Styrger zu vergeben. Sie zerrte die Plane wieder fest und richtete sich auf. Im gleichen

Moment traf sie das Licht der über dem Buchenwald aufgehenden Morgensonne. Ergriffen hielt sie den Atem an und beobachtete, wie es über dem See in schaukelnden Lichtflecken verströmte.

Endlich wurde es hell.

Sie traf Kristina auf dem Weg durch den Garten. Sie sah müde aus und wollte mit der ersten Fähre zurück nach Gränna. Sie hatte vergessen, dass eine Freundin sie heute früh zum Shoppen von Babyartikeln außerhalb der Stadt abholen wollte. Sie versprach aber, rechtzeitig zum Treffen mit Styrger am frühen Nachmittag zurück zu sein. Bevor Kristina sich auf ihr Fahrrad schwingen konnte, nahm Isabel sie in die Arme und dankte ihr mit einem Kuss auf die Wange für den wunderbaren Empfang am Abend zuvor. Kristina erwiderte die Umarmung und versicherte ihr, dass sie sich noch immer Britt verbunden fühle, die ihr eine Zuneigung geschenkt habe, die früher Linnea gegolten hatte. Sie, Kristina, würde diese Warmherzigkeit nun an Isabel weitergeben. So seien alle Frauen auf die eine oder andere Weise mit Linnea verbunden. Sie würde jedenfalls alles tun, damit Isabel sich hier in ihrem neuen Zuhause wohl fühle.

Gerührt sah Isabel Kristina nach, wie sie über den Weg durch den lichtdurchfluteten Buchenwald in Richtung des östlichen Ufers radelte. Wenn doch diese Verbundenheit wirklich wahr wäre … Kristina mochte ein wenig vergesslich sein, aber sie war eine gute Seele.

Zum Glück hatte es zu nieseln aufgehört. Nur wenige Regentropfen lösten sich noch von der Dachrinne. Blütenkelche glitzerten nass und schwer, und über der Wiese schwebte ein zarter Dunst. Das Schönste aber war der See, der in dieser frühen Stunde die grenzenlose Weite eines Meeres vortäuschte. Kein Berggipfel war zu sehen, kein Schiff, nur das unruhige Spiel seiner

Wellen erinnerte Isabel daran, dass tief unter der Oberfläche launische Quellen den See in Spannung hielten.

Sie merkte, dass ihre Augen von seinem Glitzern zu tränen begonnen hatten. Sie sah am Haus hoch, entdeckte Moos auf den Schindeln und überlegte, ob sie Simone wecken sollte. Vielleicht würden sie eine Leiter aufstellen und das Moos entfernen. Sie kehrte ins Haus zurück, erleichtert, die trockene Wärme der Holzdielen unter ihren feuchten Füßen zu spüren. Als sie die Treppe ins Obergeschoss hinaufstieg, konnte sie fühlen, wie mit jeder Holzstufe die Wärme in ihre Beine zurückströmte. Vorsichtig öffnete sie die Tür zu Simones Zimmer und spähte hinein.

Simone schlief noch tief. Sie hatte ihren Kopf in ihren Kapuzenpullover gekuschelt und das Smartphone in die hintere Ecke der Fensterbank gelegt. Isabel sah, dass es ausgeschaltet war.

Offline also. Beneidenswert. Aber sollte Simone ruhig ausschlafen.

Leise zog sie die Tür hinter sich zu.

Als sie auf dem Flur stand, fiel ihr die schmale Treppe zum Dachboden auf. Kristina hatte ihr erzählt, dass Styrger dort alles bis auf wenige Gegenstände ausgeräumt und auf den Flohmarkt transportiert hatte. Was, fragte Isabel sich, hatte Styrger dann hiergelassen? Vor allem aber, warum? Von Neugierde gepackt, stieg sie hinauf.

Sie schob die Tür auf. Das schabende Geräusch hallte in der Leere des Dachbodens wider. Es war so dunkel, dass sie kaum die Deckenhöhe erkennen konnte. Vorsichtig tastete sie sich voran. Nichts behinderte ihre Schritte, so dass sie schon umkehren wollte. Doch in einer Ecke, unterhalb eines kleinen Dachfensters, wirbelte plötzlich Staub auf. Es war eine Maus, die im trüben Licht von irgendwoher gesprungen kam und nun schnell davonhuschte. Isabel trat näher und entdeckte einen dunklen Umriss, der sich nach wenigen Schritten als Truhe entpuppte. Neugierig klappte sie den Truhendeckel zurück und spähte hinein. Sie ertastete Wollstoff, hölzerne Figuren, Papier, Seide, Schuhe. Das allerdings, was ihre Fingerspitzen dann fühlten, versetzte sie in Aufregung. Was hatte das zu bedeuten?

Plötzlich hörte sie draußen laute Stimmen. Sie öffnete das Dachfenster und sah Styrger vor ihrem Garten von einem Fahrrad steigen, gefolgt von Kristina, die wütend hinter ihm herrief.

»Styrger! Bist du verrückt? Was soll das?«

Isabel jagte die Treppen hinab.

Was fiel diesem Menschen nur ein, unangemeldet am frühen Morgen hierherzukommen? Ihr zuliebe war Kristina sogar umgekehrt und Styrger gefolgt. Sie würde nun ihre Verabredung verpassen.

Außer sich vor Ärger, lief Isabel ihnen entgegen. Kristina zerrte an Styrgers Ärmel, doch als Styrger Isabel sah, tätschelte er Kristinas Hand und lächelte Isabel zu. »Guten Morgen.«

»Morgen.« Isabel presste die Lippen aufeinander und starrte ihn, um Fassung bemüht, kalt an.

Er nickte nur beschwichtigend, griff in das Einkaufskörbchen vor seinem Fahrradlenker und holte eine gefüllte Papiertüte hervor, die nach frischem Gebäck duftete.

»Schon Appetit auf Frühstück, Isabel?« Er hielt sie ihr entgegen.

»Bist du übergeschnappt? Kannst du die Uhr nicht lesen, Styrger?« Kristina riss ihm die Tüte aus der Hand und reichte sie Isabel.

»Nett, danke«, erwiderte Isabel kühl, »aber wir waren für heute Nachmittag verabredet.«

»Ich weiß.« Er ignorierte Kristina und streckte Isabel die Hand entgegen. »Nicht dass du Böses von mir denkst. Ich gehe auch gleich wieder. Ich dachte nur, wenn du das Boot siehst, würdest du dich freuen.«

So ein Schleimer, dachte Isabel. Was mochte er nur vorhaben? Sie wechselte einen besorgten Blick mit Kristina. Im gleichen Moment kam Simone, ihr Gesicht halb von der Kapuze ihres Shirts verdeckt, hinter der Hausecke auf sie zu. Sie fixierte Styrger. »Sie sind also der Mann, der meine Freundin mit der Motorsäge bedroht hat.«

Er suchte Isabels Blick. »Hast du ihr das gesagt?«

Bevor sie etwas entgegnen konnte, stieß Kristina ihn an. »Hör zu, Styrger, geh nach Hause. Lass meine Freundinnen in Ruhe.«

»Freundinnen?« Er riss die Augen auf, tat, als müsse er die neue Nachricht verarbeiten.

»Ja, wir sind Freundinnen, und mein Haus gehört uns.« Isabel sah die Überraschung in Simones und Kristinas Gesichtern und lauschte verblüfft ihren eigenen Worten nach. Was hatte sie da gerade gesagt?

Styrger hatte sofort ihre Irritation bemerkt. »Kristina wohnt in Gränna, sie gehört nicht hierher.«

Isabel kam Kristina zuvor. »Styrger, mir ist klar, dass es dir lieber gewesen wäre, hättest du hier leben können.«

»Ich will dich nicht anlügen, ja, das ist die Wahrheit.« Er sah Isabel fest in die Augen. »Und ich bin der Meinung, dass es für dich hier nicht einfach sein wird. Du kennst dich mit dem Leben hier, mit dem Landleben, nicht aus.«

»Aha, und woran merkst du das?«

Er verschränkte die Arme. »Du hättest bei deinem ersten Besuch sofort merken müssen, dass kein normaler Mensch Obstbäume aussägt, die in voller Frucht stehen.« Seine Augen glitzerten eiskalt.

Simone schüttelte ihre Kapuze zurück, so dass jeder ihr vor Ärger glühendes Gesicht sehen konnte. »Sie wollten ja wohl auch in Wahrheit keine Bäume fällen, sondern meiner Freundin drohen.«

Isabel wechselte mit ihr einen fragenden Blick, dann begriff sie langsam. Sie nickte Simone dankbar zu und wandte sich an Styrger. »Du hast mir also aufgelauert, Styrger. Von wem wusstest du, wann ich kommen würde?«

Er grinste frech. »Das verrate ich dir nicht.«

»War es der Anwalt?«

Er verneinte mit einer knappen Bewegung.

»Seine Sekretärin?«

»Nein.«

»Wer dann, verdammt noch mal?«

Kristina seufzte laut. »Ich, ich war es, Isabel. Ich hab's vergessen, dir zu sagen. Es tut mir leid, ich hatte es Styrger beiläufig zugerufen, mehr nicht. Erst danach bekam ich ein schlechtes Gewissen. Ich ahnte da schon, dass er neugierig sein würde, dich kennenzulernen und dich vielleicht auch zu verärgern.«

»Ach, du liebe Güte«, rief Simone. »Und von wem hast du erfahren, dass Isabel genau am achtzehnten Juli ihr Erbe besichtigen wollte?«

»Damals, auf dem Musikfestival, hat sich mein Freund mit Sven, dem Sohn von diesem Halland, unterhalten. Sven erzählte ihm, dass sein Vater endlich eine Nachricht aus Deutschland von der Frau erhalten habe, die Linnea in ihrem Testament bedacht hatte. Jeder, der Linnea und Britt gekannt hat, war doch gespannt darauf, wer dies hier eines Tages erben würde. Jeder wusste, dass Linnea keine Familie hatte. Wenn also keine Kinder, keine Enkel oder Urenkel auf der Welt waren, wer, um Himmels willen, war dann dieser Linnea so wichtig, dass sie diesem Menschen ihr Haus schenken würde? Britt war es nicht, Styrger nicht, selbst Britts Tochter Inga nicht. Wer also dann?«

»Du warst auch gespannt, nicht?«

»Natürlich, Simone, aber …«

Isabel umfasste Kristinas Schulter. »Ja, du warst auch neugierig, so wie alle. Aber dann hast du hier heimlich übernachtet, um rechtzeitig vor Styrger hier zu sein …«

»Genau. Um die neue Besitzerin vor diesem Herrn hier zu schützen, natürlich.«

Isabel nahm Kristina dankbar in den Arm, bis sie hinter ihrem Rücken Simones laute Stimme hörte.

»Ich möchte jetzt endlich einmal wissen, was dieses Theater hier soll. Zwei Frauen, die sich ach so lieb haben, und ein Mann, der scharf auf ein Erbe ist, das ihn nichts angeht. Also?«

Verletzt drehte sich Isabel um. »Simone, bitte, ich …«

»Isabel, danke«, erwiderte Simone kühl. »Also, Herr Sjöberg, was wollen Sie von meiner Freundin?«

Styrger zog am Lenker seines Fahrrades. »Ich möchte ihr einen Vorschlag machen, einfach nur so.«

»Einfach nur so? Was soll das?«, fauchte Isabel ihn an. Ihr Herz jagte. Was maßte sich dieser Mann nur an? Was wollte er von ihr? »Ich denke, es wäre besser, du würdest uns allein lassen, Styrger.«

»Jaja, gleich. Es ist nur so, du bist allein, und im Sommer kommen viele Touristen. Niemand kann dir Schutz geben, sollte irgendein Verrückter dich hier entdecken. Versteh das bitte richtig, wir möchten nicht, dass unser Frieden auf der Insel gestört wird.«

»Danke für die Sorge, aber ich versichere dir, sie ist unnötig.«

»Wenn du dir ebenfalls eine Motorsäge zulegst, dann ja, möglicherweise.« Er fixierte sie mit einem durchdringenden Blick. »Aber das wirst du nicht tun. Nein, so eine Frau bist du nicht.«

»Ist das alles, Styrger?« Isabel und Simone hatten die Frage fast gleichzeitig ausgesprochen.

»Nein.« Er straffte die Schultern. »Nein, da gibt es noch etwas.«

»So?«

»Als neulich bekannt wurde, dass du Linneas Erbe antrittst, gab es ziemlich viel Gerede, wie Kristina ja schon sagte. Ein Ferienhaus, das nur hin und wieder genutzt wird … nein, nein. Also, ich kenne jemanden, der dir viel Geld geben würde, um hier zu leben.« Seine Augen verengten sich. »Und zu arbeiten.« Er nickte. »Ja, so ist es. Um hier zu arbeiten.«

»Und welche Provision springt für dich dabei heraus?« Isabel hätte ihn erwürgen können.

»Genau!« Kristina packte Styrgers Lenker und rüttelte wütend daran. »Mein Gott, Styrger, kannst du dir nicht vorstellen, dass Isabel dabei ist, herauszufinden, ob möglicherweise ihre Vorfahren auf Visingsö gelebt haben? Ihre Mutter hier war? Es ist ihr Erbe, Styrger! Es geht um eine Familiengeschichte, die sie aufklären will. Glaubst du etwa, Linnea hat sich irgendeinen Namen aus dem deutschen Telefonbuch herausgepickt? Herrje! Aber ein gefühlskalter Mensch wie du kann sich so etwas ja nicht vorstellen.«

Er ignorierte Kristina, nickte Isabel zu und wendete sein Fahrrad. »Überleg es dir. Wie gesagt, der Interessent ist reich.« Er schwang sich auf den Sattel. »Drei Freundinnen, du liebe Güte.« Er tippte zum Gruß an seine Stirn und radelte davon.

Fassungslos sah Isabel ihm nach. »Und ich dachte, er ist einfach nur missgünstig, weil ich ihm seinen Traum vom ruhigen Lebensabend zerstört habe.«

Kristina, die hektisch eine Mail in ihr Smartphone tippte, sah auf. »Er ist ein Mistkerl, entschuldige bitte.«

Isabel seufzte. »Du hattest recht, Kristina. Ich glaube, er ärgert sich, selbst nicht genug Geld zu haben, mir mein Grundstück abzukaufen. Daher der Kontakt zu einem reichen Interessenten. Ziemlich gerissen, dieser Styrger.«

Kristina schob das Smartphone in ihre Kleidertasche. »Ja, er wird immer unausstehlicher. Inga hat ihn schon vor fünf Jahren verlassen, seine Söhne leben im Ausland, und jetzt giert er nach Geld. Ich wette, er ist der Einzige auf der Insel, der so über dich denkt. Es tut mir wirklich leid, Isabel.«

»Ist schon gut, du kannst ja nichts dafür.«

Kristina hörte ihr Smartphone summen und zögerte einen Moment. »Aber es war nett, wie du das vorhin gesagt hast. Dein Haus gehöre uns dreien. Aber keine Angst, ich gönne es dir.« Sie lächelte ihr zu und nahm das Gespräch an.

Simone beobachtete Kristina, einen kühlen Ausdruck im Gesicht, und wandte sich schließlich Isabel zu. »Ich würde gern mal eine Runde laufen, nach diesem Stress am frühen Morgen. Willst du mitkommen, Isy?«

Wie es aussah, telefonierte Kristina mit ihrer Freundin, mit der sie verabredet war. Am liebsten hätte Isabel sie gebeten, zu bleiben, damit sie alle drei gemeinsam frühstücken könnten. Kristinas Stimme und Miene aber war zu entnehmen, dass sie mit ihrer Freundin über die Ankunft der nächsten Fähre sprach. Außerdem, würde Isabel jetzt Simones Vorschlag ablehnen, wäre diese endgültig verstimmt. Sie nickte. »Ja, das wird das Beste sein.«

Es hatte ihnen gutgetan, am See entlang, über die Wiesen und durch den Wald zurückzulaufen. Sie hatten einander auf die sich verziehenden Wolken, den wärmer werdenden Wind, die hübschen Grundstücke und Farbenvielfalt aufmerksam gemacht, ansonsten aber nicht über das gesprochen, was geschehen war. Und das war auch gut so, schließlich versuchte Isabel mit aller Kraft, Styrger aus ihrem Kopf zu verdrängen. Sie konzentrierte sich auf die frische Luft, die innere Leichtigkeit, die ihr die Bewegung schenkte. Zu ihrer Freude wurde das Wetter immer besser. Der warme Wind trieb sie an, flatterte bei jedem Schritt um ihre nackte Haut und plusterte ihr loses Haar auf. Schwäne kamen aus dem Schilf hervor, und über den glitzernden See rauschten bereits die ersten Segelboote. Es war ihr, als wollte sich ihre neue Heimat für den unschönen Auftakt am Morgen entschuldigen. Und so beschloss sie, sich abzulenken und erst einmal das zu tun, was sie für notwendig hielt. Sie wollte zum ersten Mal auf ihrem Grundstück Verbesserungen vornehmen.

Gleich nach dem Frühstück begann sie, im Garten Unkraut zu jäten, während Simone mit ihrem Smartphone unten am Seeufer auf der runden Bank saß und ab und zu aufs Wasser schaute. Nachdem Isabel die Erde zwischen den Blumenrabatten geharkt hatte, fiel ihr ein, dass sie noch das Moos von den Dachschindeln schaben wollte. Sie suchte eine Leiter, holte alte Flechtkörbe aus dem Schuppen und bat Simone, ihr dabei zu helfen. Isabel stieg die Leiter hinauf, füllte einen Korb mit Moospolstern und ließ ihn dann an einem Seil zu Simone herunter. Nachdem sie das Moos entfernt hatte, kam ihr die Idee, wenn sie schon hier oben wäre, sollte sie auch gleich die Regenrinnen von vermodertem Laub und Zweigen säubern. Sie suchte lange im Schuppen, bis sie eine kleine, handliche Gartenschaufel gefunden hatte, und stieg ein weiteres Mal zum Dach hinauf. Die Regenrinnen zu befreien war anstrengender, als sie zunächst gedacht hatte, doch es machte ihr immer mehr Spaß, etwas tun zu können, das sichtbare Ergebnisse lieferte. Dabei entging ihr nicht, dass Simones Laune schlechter wurde, je besser sie sich fühlte. Es war nicht zu übersehen, wie sehr es Simone nervte, die gefüllten Körbe in Empfang zu nehmen. Noch aber war es Isabel wichtiger, etwas Sinnvolleres zu tun, als zu streiten oder an diesen unverschämten Styrger zu denken.

Als die Sonne hoch am Himmel stand, stieg Isabel zufrieden vom Dach. Sein sauberer Anblick erfüllte sie mit Stolz. Nur Simone wirkte, als würde sie am liebsten nach einem Helikopter rufen, der sie auf der Stelle von hier fortflog.

»Hey, was ist eigentlich los mit dir?« Isabel stieß sie sanft in die Seite, während sie sich mit dem Ärmel den Schweiß von der Stirn wischte.

»Ich erkenne dich nicht wieder, das ist alles.«

Isabel sah sie verblüfft an, dann musste sie lachen. »Ehrlich gesagt, ich erkenne mich auch nicht mehr. Es muss wohl am üblichen Putzwahn liegen …«

»Eine kleine Stadtwohnung zu putzen ist etwas anderes als ein ganzes Hausdach, Isy.« Simone setzte sich auf einen Gartenstein neben die rot blühenden Gerbera. »Glaubst du etwa, diese Linnea hat das getan?«

Linnea, die Glasmalerin … sie hätte auf ihre Hände achtgegeben. Isabel betrachtete ihre mit Erde verschmutzten Fingernägel, die dunkel verkrusteten Linien ihrer Handflächen. Im Stillen musste sie Simone recht geben. Sie hatte gearbeitet, weil es ihr Spaß gemacht und sie von ihrem Ärger über Styrger abgelenkt hatte. Waren das wirklich die einzigen Gründe?

Sie sah zum Dachgiebel auf. Plötzlich schoss ihr ein Gedanke durch den Kopf. »Simone, komm, du musst noch einmal mit anfassen.« Sie zog Simone hoch, lief mit ihr ins Haus und stürmte die Treppen zum Dachboden hinauf.

Die alte Holztruhe die schmale Holztreppe ins obere Geschoss herunterzutransportieren, war schwierig. Einmal vertat sich Isabel sogar um eine Sprosse, so dass sie Simone fast abrupt herabgezogen und die Truhe ihr gegen den Kopf gestoßen wäre. Schließlich aber konnten sie die Truhe unversehrt im ehemaligen Wohnzimmer abstellen. Durch die lange Fensterreihe strömte strahlendes Sonnenlicht herein, und sie sahen, wie durch ihre Bewegungen noch mehr Staub vom Truhendeckel hochflirrte. Isabel öffnete die Fenster und drehte sich um. »Voilà, das erste Möbelstück. Sieht gar nicht schlecht aus, oder?« Sie holte ein feuchtes Tuch und wischte den Staub ab.

Das trockene, weiche Holz erinnerte sie an etwas Vertrautes. An ein Souvenir, das längst zu ihrem Talisman geworden war.

Ja, es war das gleiche Holz wie das ihres Schlüsselanhängers in Pilzform, den sie in Meran gekauft hatte.

Zirbelkiefer.

Berge.

Südtirol.

Wie, fragte sich Isabel aufgeregt, kam ein solcher Gegenstand in ein holzreiches Land wie Schweden?

»Zirbelkiefer«, sagte Simone laut.

»Genau! Und was ist das?« Isabel entnahm der Truhe vorsichtig zwei afrikanische Holzfiguren, ein Bündel Postkarten und Quittungen, einen weißen Herrenschal, Seidenschuhe mit abgetretenen Absätzen, ein mit Spitzen versehenes Kleid aus Wolle und ein Seidenkleid, das früher einmal eine bezaubernde Malvenfarbe gehabt haben musste. Als Isabel es heraushob, rieselten Staub und tote Motten von ihm herab. Es war, als atmete das Kleid auf.

»Wahnsinn! Das sieht ja superschön aus!«, hörte sie Simone rufen. »Es muss dieser Agnes Meding gehört haben.« Isabel nickte aufgeregt und drückte das Kleid sanft an sich. Knisternd entfaltete sich der Stoff, raschelte an ihrem Körper herab. Sie drehte sich vor den spiegelnden Fenstern, als tanzte sie in einem von Kristalllüstern erhellten Saal.

»Es steht dir«, meinte Simone beeindruckt. »Du scheinst die gleiche Figur wie diese Agnes zu haben, die Taille jedenfalls könnte passen.«

Isabel presste das Oberteil an sich. »Und der Busen auch!«

Sie lachten, und Simone wandte sich einer alten Ansichtskarte von Meran zu. »Mensch, weißt du noch, Isy?« Sie zeigte auf die Dächer der Jugendstilvillen, den Passer-Weg, die Laubengasse, Kurpromenade … »Es sind gerade mal ein paar Wochen her, seltsamer Zufall, nicht? Stell dir vor, du wärst in diesem Kleid dort vor hundert Jahren entlangspaziert …« Sie griff nach den Quittungen und blätterte sie durch.

Isabel drückte das Kleid fester an sich, als könne es sie tatsächlich in die Zeit zurückversetzen, als Agnes sich in ihm, von kostbarem Parfumduft umhüllt, an den Mann ihres Herzens geschmiegt hatte …

»Hier, schau mal.« Simone riss sie aus ihren Gedanken. »Übernachtung für zwei Personen im Grand Hotel Toblach vom siebten Juli bis zum dritten August 1906. Oder hier, Einkaufsquittungen aus Meran, Bruneck vom vierzehnten Juli 1906. Und hier, der Beleg für diese Truhe, von einem Holzschnitzer aus St. Magdalena im Pustertal … Also, ich nehme an, das sind die Devotionalien einer großen Liebe.«

»Ja, zwischen Agnes Meding und diesem Paul.« Nachdenklich betrachtete Isabel die Schuhe. »Sie sehen nicht so aus, als wäre Agnes mit ihnen durch den Regen spaziert. Bestimmt hat sie mit ihnen getanzt.«

»Sicher, zieh sie doch mal an.«

Isabel probierte es, doch ihr Fuß war etwas größer. »Ach, es ist einfach dumm. Kristina hatte mir ja die Aufzeichnungen geschickt, die Britt in dieser Truhe gefunden hatte. Und ich dumme Gans habe vergessen, die stenografischen Aufzeichnungen in dem Heft übertragen zu lassen. Hätte ich das getan, wüsste ich jetzt mehr über Agnes und diesen Paul.« Sie stellte die Schuhe in die Truhe zurück und legte das Seidenkleid wieder zusammen. Dabei fiel ihr Blick auf das goldgestickte Etikett. Es kam ihr vor, als hätte sie es schon einmal gesehen, doch bevor sie nachdenken konnte, reichte ihr Simone eine Postkarte. »Schau mal, diese Agnes war mit ihrem Liebsten in Meran. Die Karte ist auf den dreizehnten Juli 1906 datiert und an Fräulein Martha Berger, Berlin, gerichtet …«

»Das muss Agnes' Schwester sein.« Isabel hielt sich die Karte dicht vor die Augen. »*Ihr Lieben*«, las sie laut. »*Wir sind gut angekommen und das Wetter ist herrlich. Die Küche des Hotels verwöhnt uns jeden Tag aufs fürstlichste. Allerliebste Grüße, Agnes.*« Sie sah auf. »Deshalb wusste also ihre Schwester von ihrer geheimen Liebe.«

»Mag sein.« Simone nahm ihr die Karte aus der Hand und legte sie in die Truhe zurück. »Hör mal, Isy, vergiss das alles jetzt mal für einen Augenblick. Ich möchte dir einen guten Rat geben: Nimm all diese Geheimnisse mit, nimm Styrgers Angebot an, kauf dir eine schicke Eigentumswohnung mit Dachterrasse an der Außenalster und löse dort das Rätsel, das dich mit diesen Frauen verbindet.«

»Simone, was ist los mit dir? Zu Anfang warst du begeistert, dass ich dieses Erbe bekomme. Jetzt bist du hier und willst, dass ich auf dieses Grundstück verzichte. Ich gebe ja zu, ich war mir zunächst auch nicht sicher, aber jetzt habe ich mich entschieden. Und du, bist du etwa neidisch?« Sie klang halb ernst, halb belustigt.

Simone lächelte gequält und beugte sich zu ihr vor, bis sie Isabels Nase berührte. »Bin nicht neidisch, nein. Ich habe nur Angst um dich. Vielleicht hat dieser Styrger gar nicht so unrecht. Du und Landleben, in dieser Einsamkeit hier. Außerdem …« Simone holte Luft und presste kurz die Augen zusammen. »Komm mit nach Afrika, Isy. Ich habe seit ein paar Tagen so ein ungutes Gefühl. Warum, weiß ich auch nicht. Aber eine innere Stimme sagt mir, es wäre gut, wenn ich nicht ohne dich fliegen müsste.«

Isabel sah sie verwundert an. Sie hatte einen Job, sie würde weiterhin nach einer festen Anstellung suchen müssen, sie sehnte sich nach einer neuen Wohnung. Und Anfang September würde sie mit Julian an die Ostsee fahren … Und nun bat Simone, die

Pragmatischere von ihnen beiden, sie nach Namibia zu begleiten? Das alles nur wegen eines vagen Gefühls? Oder hatte das etwas mit Falk zu tun?

»Ich bezahle dir auch die Flüge, Isy.«

»Das ist lieb, danke, aber du kennst doch meine Lage. Ich will endlich umziehen und brauche einen neuen Job.«

»Sicher, aber sag trotzdem nicht gleich nein, wenn ich dir einen Vorschlag mache. Ich kenne dich, im Wegschauen und Neinsagen bist du nämlich gut.«

Isabel starrte sie an. »Wie bitte?«

»Ja, so ist es doch. Du bist zwar gut im Kalkulieren, nicht aber, wenn es um deine echten Bedürfnisse geht. Du hast jetzt zwei Probleme. Du lässt dich zu sehr in diese alten Geschichten verwickeln und tauchst in einer Angelegenheit ab, die nichts mit deinem Leben zu tun hat. Und das andere Problem ist dieses Grundstück. Isy, sei realistisch. Du würdest hier doch völlig vereinsamen. Du brauchst etwas anderes als diese Stille hier. Komm ins Leben. Verkauf das Grundstück und komm mit nach Namibia. Dein Job hat wirklich noch Zeit.«

Isabel stand auf. »Simone, ich will nicht wegschauen, schon gar nicht, wenn du Sorgen hast. Natürlich würde ich dich gerne begleiten. Lass mir ein paar Tage Zeit, okay? Du hast ja recht, ich habe schon manchmal Angst, mir könnte das alles über den Kopf wachsen, dieser Styrger mit seiner Drohung, das Grundstück, die Geheimnisse um dieses Erbe und alles andere. Wenn du willst, können wir gerne noch heute zurückfliegen. Aber vorher möchte ich dir noch etwas zeigen.« Sie lief Simone voraus durch den Garten, in dem es in der Hitze intensiv nach Kräutern und Rosen duftete. Bienen und Hummeln schwirrten umher, und Schmetterlinge flatterten über blühende Blumen. Enten stoben nah am Ufer auf, und über ihren Köpfen segelten drei majestätische Reiher seewärts.

Als Isabel den alten Kirschenhain erreicht hatte, breitete sie die Arme aus, legte eine Hand an einen Stamm und tanzte um den Baum. Den Kopf im Nacken, versank sie im Anblick des grünen Blätterdachs mit seinen unzähligen blauen Himmelsflecken. Und hinter den knorrigen, verwachsenen Stämmen der alten Bäume glitzerte der See.

Sie lief an den Baumreihen entlang, berührte ihre Stämme wie eine Gläubige tibetische Gebetsmühlen. An einem Baum, der aus zwei großen Hauptästen bestand, hielt sie inne. Ihre Finger hatten eine Unregelmäßigkeit in der Rinde ertastet. Sie schaute genauer hin.

Zwei Stiele, daran zwei herzförmige Kirschen.

A stand in der einen, P in der anderen.

Agnes und Paul.

Es war seltsam, aber Isabel hatte plötzlich das Gefühl, als hätte sie ihnen gerade eben die Hand gegeben. Wenn ihr dieser Eindruck doch nur bei der Lösung ihres Rätsels helfen könnte. Vergeblich schaute sie sich nach Simone um. Sie wandte sich um und lief zum Garten zurück. Als ihr Simone winkend entgegenkam, blieb sie verwundert stehen.

»Verflixt, Isy, es tut mir leid. Als ich dich gerade so sah, so verzückt … Also, ich musste einfach noch mal unter dem Doppelboden deiner Truhe nachschauen. Also, das hier finde ich wirklich spannend.« Sie hielt ihr eine flache Schachtel mit dem Aufdruck eines Berliner Fotoateliers entgegen.

Isabel öffnete sie sofort und zog ein Kuvert mit alten Negativen hervor. »Ah, das ist ja großartig! Und für dich wird's endlich auch einmal spannend.« Sie lächelte Simone zu und hielt einen Streifen ans Licht. »Wow, sieht nach eleganten Gesellschaften aus, vielleicht zeigen sie Agnes Meding …«

Simone drückte sich an Isabel, um genauer sehen zu können. »Ja, lass dir doch Abzüge und Vergrößerungen anfertigen. Pass auf, Isy, ich kenne da einen Fotografen mit eigenem Studio in Eimsbüttel. Er sträubt sich immer noch gegen die digitale Technik, weil er sie seelenlos findet. Stattdessen arbeitet er mit alten Platten und riesigen Apparaten. Er dürfte der Richtige für diese Negative sein. Wenn du willst, bringe ich sie ihm zum Entwickeln.«

»Wäre nett.« Isabel drückte Simone an sich.

»Finde ich auch.« Simone erwiderte ihre Umarmung. »Hey, ich mein's nur gut mit dir. Ich würde ja die Eigentumswohnung an der Alster nehmen.« Sie grinste.

»Du ja, aber ich nicht.« Isabel lachte und gab ihr einen Kuss auf die Wange. »Los, komm, wir fahren rüber nach Gränna und gehen essen. Ich lade dich ein. Ich glaube, ich habe etwas zu feiern.«

Sie überlegten, ob sie wirklich die Hauptdarsteller ihres History-Rätsels auf den Negativen sehen würden, und fragten sich zum tausendsten Mal, wer Agnes Meding war. Und warum hatte ihre Freundin, die bekannte Glasmalerin Linnea Svensson, deren Aufzeichnungen aufbewahrt, anstatt über ihr eigenes Leben als Künstlerin eine Biographie zu hinterlassen? Simone meinte, vielleicht zeigten die Negative ja Linnea Svensson beim Malen. Wäre das der Fall, solle Isabel die Negative am besten einem Museum übergeben. Für ihre Suche nach der Lösung ihres Familiengeheimnisses wären sie jedenfalls nutzlos. Isabel jedoch erinnerte Simone daran, dass Linnea eine empathische Frau gewesen sein musste, die Anteil an Agnes' Leben genommen habe. Sie könne sich gut vorstellen, dass eine Frau wie Linnea frei von Eitelkeit gewesen und nur ihrem Herzen gefolgt sei. Hätte doch nur ihre Mutter ein Mal mit ihr gesprochen oder ihr irgendetwas hinterlassen, was ihr hätte weiterhelfen können.

Als Simone meinte, Constanze sei schon immer eine eigensinnige Frau gewesen, ließ Isabel ihrer Erinnerung freien Lauf.

Sie berichtete Simone von dem Tag, an dem ihre Mutter sie mit der Entscheidung überrascht hatte, sie wolle in die Seniorenresidenz übersiedeln, die sie sich vor Wochen angesehen hatte. Zuvor war ihre Mutter nachts erneut wegen eines plötzlichen Schwindelanfalls gestürzt. Sie hatte befürchtet, sie könnte sich das nächste Mal Hüfte oder Schulter brechen. Jedenfalls wäre jetzt der richtige Zeitpunkt, den letzten Lebensabschnitt noch so rüstig wie möglich anzugehen. Wie immer hatte Isabel sie für ihre Konsequenz bewundert. Doch als sie die Dinge notieren musste, die ihre Mutter mitnehmen wollte, hatte deren Entschiedenheit sie geradezu bestürzt. Wie Linnea Svensson hatte auch ihre Mutter nur wenig Persönliches aufbewahrt. Sie hatte sogar bereits die Ordner entsorgt, in denen sie jahrzehntelang Fotos und Briefe ihrer Schüler gesammelt hatte. Dabei waren diese immer ihre liebsten Erinnerungen gewesen. Sie musste also rechtzeitig und bei klarem Bewusstsein ihre Vergangenheit abgeschlossen haben.

Es gab eben Frauen, meinte Simone, die dem, was vorbei war, keinerlei Bedeutung mehr beimaßen, weil sie ihre Kraft auf die Gegenwart konzentrierten. Und es gab jene, die im Strom der Zeiten lebten. Und Constanze hatte wohl immer an der Hoffnung festgehalten, Isabel könnte doch noch eines Tages so werden wie sie und ihr Leben ebenso selbstbestimmt und frei von belastender Vergangenheit ausrichten. Isabel stimmte Simone zu. Doch nun saß sie hier in Schweden, konfrontiert mit Fragen, die sie quasi aus Zeit und Raum rissen. Sie überlegten, ob Constanze wohl von der Freundschaft zwischen Linnea Svensson und Agnes Meding gewusst hatte. War Constanze Linnea Svensson überhaupt einmal persönlich begegnet? Die Kernfrage aber war, warum hatte Constanze nie von ihr gesprochen?

Nur ein einziges Mal hatte ihre Mutter ihre Distanziertheit aufgegeben – kurz nach Isabels Geburt. Damals hatte ihre Mutter

Linnea Svensson ein Telegramm geschickt. Es war nur eine Vermutung, aber vielleicht hatte Linnea Svensson ihrer Mutter in den Jahren zuvor das Grundstück als Erbe angeboten und Constanze hatte abgelehnt. Dieser Vorfall hätte das jahrzehntelange Schweigen zwischen den beiden Frauen erklären können. Und erst bei Isabels Geburt hatte Constanze daran gedacht, wie leicht sie Isabels Zukunft würde absichern können, indem sie Linnea von ihrer Existenz in Kenntnis setzte. Isabel fand die Vorstellung keinesfalls abwegig, schließlich hatte es sie früher oft irritiert, dass ihre Mutter trotz ihres sozialen Engagements durchaus kühl und berechnend handeln konnte. Warum also nicht auch in ihrem Fall?

Sie waren beim Dessert angelangt und sich einig, dass Constanze jedenfalls eine Frau wie Agnes Meding wegen ihrer Sentimentalität ausgelacht hätte.

Daraufhin hatten sie das Thema gewechselt. Schließlich gab es Wichtigeres als nur die Fragen der Vergangenheit.

Isabel versuchte, Simone wegen Styrger zu beruhigen. Er war wirklich unsympathisch, doch sie würde, nur weil sie Single war, seine versteckten Drohungen nicht überbewerten. Sie habe in Kristina eine gute Freundin gefunden. Mit ihr an der Seite würde es ihm nicht gelingen, ihr das Leben auf Visingsö schwerzumachen. Simone aber blieb dabei, sie hatte Angst um sie. Sie fühlte sich nicht wohl bei der Vorstellung, Isabel aus dem Hamburger Dunstkreis zu entlassen. Es sei, meinte sie, außerdem doch geradezu eine höhnische Laune des Schicksals, dass ausgerechnet Isabel als Kreditfachfrau in Sachen Immobilien ein Grundstück erbe, das ihr zwei Fremde wieder abjagen wollten.

Dabei beließen sie es und sprachen noch eine Weile über Simones unglücklich verlaufene Schwangerschaft, die ihre Beziehung zu Falk verändert hätte. Sie hatte vorerst keine Kinder in ihrem Leben eingeplant, und Falk war stolz auf ihren wissenschaftlichen Ehrgeiz gewesen. Das war nun anders. Jetzt würde sie mit ihm daran arbeiten, ihre Beziehung neu zu erfinden. Die meiste Zeit hier auf der Insel hätte sie schließlich mit ihm gechattet. Noch sei alles offen, meinte Simone, doch das Wichtigste sei doch, dass keiner von ihnen offline ginge …

Sie waren beide dabei, neue Wege für sich zu finden, und versprachen einander, weiterhin füreinander da zu sein. Zum Schluss erinnerte Simone Isabel noch einmal an ihre Reise nach Afrika, wohl wissend, dass sie Isabel mit ihrer Vorahnung belastete. Isabel konnte sich nicht entscheiden, zumal sie Falks Kritik noch immer inakzeptabel fand.

Am Nachmittag schlug Kristina Isabel vor, sie den nächsten Nachbarn vorzustellen. Ihr lag viel daran, dass sie Styrgers Verhalten nicht für das typische der Inselbewohner hielte. Isabel war erleichtert, denn ohne Kristinas Unterstützung wäre diese wichtige Kontaktaufnahme schwieriger. Sie lud Simone ein, sie zu begleiten, doch Simone war wieder im intensiven Chat mit Falk, und so machten sie sich zu zweit mit dem Fahrrad auf den Weg.

Die meisten Nachbarn sprachen nur Schwedisch, begrüßten Isabel aber freundlich, wenn auch etwas zurückhaltend. Isabel nahm sehr wohl ihre Verwunderung darüber wahr, dass Linnea ausgerechnet sie als Erbin eingesetzt hatte. Und Isabel hätte ihnen am liebsten erklärt, dass es ihr ebenso erging.

Der Ausflug über die Insel mit Kristina aber überzeugte sie vollends davon, dass diesem Fleckchen Erde eine stille Magie innewohnte, die sie längst in ihren Bann gezogen hatte. Und es kam ihr so vor, als wäre sie nach langer Reise endlich wieder heimgekehrt.

Nach dem morgendlichen Regen war die Sicht klar geworden, und ihr wurde der malerische Reiz des Sees bewusst. Sie fuhr mit Kristina zur Burgruine am östlichen Teil der Insel, von der diese ihr erklärte, dass das berühmte Grafengeschlecht der Brahe im siebzehnten Jahrhundert die Burg errichtet hatte. Sie seien nicht die Ersten gewesen, die den Schutz und die Schönheit Visingsös entdeckt hätten. Viel früher, im zwölften und dreizehnten Jahrhundert, hätten bereits Schwedens königliche Herrscher die Insel als Rückzugsort auserwählt.

Isabels Blick glitt über die Touristen, die Torbogen, Wälle und Kräutergärten bestaunten, und versuchte, sich vorzustellen, wie im Frühsommer Tausende von Primeln, Küchenschellen und Orchideen die Ruinen in eine Felsinsel inmitten eines Blütenmeers verwandelten.

Ihre Augen wanderten wieder zum See zurück, schweiften über Ruderer und Segler, wendeten sich der nun vertrauten Fähre mit ihren bunten Wimpeln zu, die gerade wieder von Gränna ablegte.

Das Licht und die friedvolle Ruhe schenkten ihr die Entspannung, die sie immer vermisst hatte. Sie vergaß die Hektik ihres Alltags, die sie von sich selbst entfremdete. Bereitwillig folgten ihre Augen Kristinas ausgestrecktem Arm. Sie blinzelte in die blassblaue Ferne, in der sich bewaldete Hänge steil über dem klaren Blau des Sees erhoben. Omberg und Waberg hießen die Hügel, erklärte ihr Kristina und fügte noch hinzu, dass sie den Vättern beschützten, obwohl er keinesfalls ein einsamer See sei, im Gegenteil. Der im neunzehnten Jahrhundert erbaute Göta-Kanal verbinde ihn im Westen mit dem größeren Vänernsee, im Osten mit der Ostsee.

Eine beruhigende Vorstellung, fand Isabel und lauschte weiter Kristinas verlockenden Besichtigungstipps. Sie erzählte ihr nämlich, dass die steile, zerklüftete Seeseite des Ombergs viele Höhlen aufweise, und wenn man von Hästholmen, einem Hafenort südlich des Ombergs, über Alvastra entlang des Sees weiterfahre, gelange man irgendwann zur großen *Rödgavels*-Grotte.

Wie gerne, dachte Isabel, würde sie diese mit Julian besichtigen. Wenn sie ihn doch nur eines Tages hierher einladen könnte. Vor ihrem inneren Auge sah sie ihn vor sich auf dem Bike, wie er am Ufer entlangsauste, kraftvoll den Omberg erklomm und mit ihr in rasender Fahrt abwärts zu den tiefsten Grotten rauschte …

Kurz vor ihrer Abreise beschloss sie, alles mitzunehmen, was Agnes Linnea zur Aufbewahrung hinterlassen hatte. Kleider, Schuhe, Postkarten und Quittungen. Seltsamerweise fiel ihr dieses Mal der Abschied von Visingsö schwer, selbst Agnes' Nachlass, den sie auf ihren und Simones Koffer verteilt hatte, konnte nichts daran ändern.

Stunden später, als sie die Kleider in ihrem Schlafzimmer auf Bügel hängte, fiel ihr wieder das Etikett auf dem malvenfarbenen Seidenkleid ein. Sie betrachtete es erneut und verglich es mit dem des taubenblauen Kleides, das ihre Mutter ihr hinterlassen hatte. Beide Etiketten waren aus schwarzem, golddurchwirktem Damast, mittig, mit rotem Faden aufgestickt, der Name *Petterson & Wallin*.

Agnes' Tanzkleid und das wildseidene ihrer Mutter im Schnitt der vierziger Jahre stammten also aus der gleichen Schneiderwerkstatt.

Vor Aufregung wurde ihr regelrecht heiß. Sie war überzeugt, der Lösung des Rätsels einen Schritt näher gekommen zu sein. Es war, als hätte sie den losen Faden, den sie schon verloren glaubte, wieder aufgegriffen und könnte endlich am Muster ihres Lebens weiterstricken.

Sie überlegte. Ihre Mutter hatte das taubenblaue Kleid also entweder von Linnea oder Agnes geschenkt bekommen. Wer immer es gewesen war, musste sie sehr gemocht haben. Merkwürdig nur, dass diese Zuneigung von ihrer Mutter nicht erwidert worden war. Sie hatte das Kleid nie getragen, es wirkte immer noch wie neu. Warum hatte sie das Geschenk zurückgewiesen?

Isabel beließ es bei dieser Frage. Sie war viel zu aufgeregt, denn sie hielt endlich den Beweis in den Händen, dass es eine Verbindung zwischen Linnea, Agnes und ihrer Mutter gegeben hatte. Eine Erkenntnis, die sie mit einem Glücksgefühl durchflutete.

Sie wandte sich den Kleidern zu, die vor ihr an der Schrankwand hingen.

Eines aus der Belle Epoque, das Agnes Meding mit ihrem Körperduft, ihrem Parfum, ihren Träumen belebt hatte.

Ein anderes, das unberührt dazu einlud, in eine neue Haut zu schlüpfen …

Eine Weile kostete sie den Reiz der Unentschlossenheit aus, dann gab sie ihrem ersten Eindruck nach und überließ sich der magischen Anziehungskraft.

Sie hatte geduscht und ihr nasses Haar unter einem Handtuch hochgebunden. Ungeachtet des eigentümlichen Anblicks, streifte sie behutsam Agnes' malvenfarbenes Seidenkleid über. Es war ihr, wie sie feststellte, an Taille und Schultern zu eng. Sie hielt den seidenen Stoff an seinen Bändern am Rücken zusammen und drehte sich vor dem Spiegel. Sie hob den Stoff an, ließ ihn rascheln, bis sie der Einbildung erlag, duftende Jasminblüten würden auf sie herabrieseln.

Sie fuhr mit der freien Hand über das spitzenbesetzte Dekolleté und streifte es über ihre nackte Schulter. Sie drehte sich, beschwingt von der Vorstellung, den heißen Atem eines Mannes auf ihrer Haut zu spüren … kraftvolle Hände, die die Bänder in ihrem Rücken dehnten und zu ihren Brüsten vorwanderten, um sie zu erregen.

Sie warf einen Blick zu den Tanzschuhen, hob sie auf, setzte sich aufs Bett und presste ihre Zehen in die zu kleinen Schuhe.

Zu ärgerlich, dass sie ihr nicht passten. Sie ließ sich rücklings aufs Bett fallen und streckte ihre langen Beine in die Höhe. Der Stoff des Kleides rutschte an ihren Schenkeln herab. Die Schuhe, so sah es aus, tanzten in den Lichtflecken, die vorbeihuschende Scheinwerfer an die Decke warfen. Ihre Hände tauchten in den Stoff ein, schwangen ihn hin und her, bis sie sich einbildete, dass der ursprüngliche Duft trotz Staub und Motten überlebt hatte und sie in seinen Besitz nahm. Etwas in ihm war stärker als die Vergänglichkeit … Sie hätte es nicht beschreiben können, nur dass er eine Essenz auf sie übertrug, die etwas enthielt, wonach sie sich sehnte.

Leidenschaft.

KAPITEL V

28

Berlin, April 1926

Agnes hatte in den letzten Tagen versucht, sich an die drei Jahre zu erinnern, die sie an der Seite ihres Mannes in der ehemaligen Kolonie verbracht hatte. Jahre, bevor sie Paul kennenlernte und in denen sie sich nutzlos vorgekommen war. Sie hatte kaum etwas anderes getan, als mit anderen Frauen Alltagsprobleme zu besprechen, Herero-Mädchen an die Regeln ihrer Haushaltsführung zu gewöhnen, mit ihnen anfangs noch Brot in Termitenhügeln zu backen und in ausgehöhlten Kürbissen Milch zu säuern. Ihr war dieses fremde Land schön, aber unbegreiflich erschienen.

Nach und nach fielen ihr kleine Begebenheiten ein. Herero-Mütter mit Säuglingen im Fellsack auf dem Rücken, Herero-Frauen, die geschenkte Kleider so lange trugen, bis sie ihnen in Fetzen vom Leib hingen. Durstige Kleinkinder, die sich an Ziegeneutern zu helfen wussten. Kugelige Pontoks, Hütten aus Stöcken, Lehm und Kuhmist, in die verstorbene Häuptlinge eingemauert wurden, bevor die Herero-Gemeinschaft weiterzog. Regenfluten von November bis Dezember. Abendliches Zusammensein im Freien, um die Laternen Wolken von Faltern, geflügelten Ameisen und Käfern. Geschichten über Herero, die Land und Vieh im Tausch gegen Waffen, Reis, Tabak und Alkohol preisgeben mussten. Gespräche, die ihr Angst machten, Angst vor den Herero, die irgendwann aufwachen und bemerken würden, dass ihnen Wasserquellen und Weideland längst abhandengekommen waren.

Am liebsten war es ihr, sich die wunderschöne Landschaft in Erinnerung zu rufen. Zu Anfang beeindruckte sie die starke Brandung des Atlantiks in Swakopmund, die weißen Jugendstilhäuser und schattigen Parkanlagen, das Farbspiel der Wanderdünen – von Elfenbein über Gold, Orange bis Kastanienbraun –, Farben, die sie stets in eine träumerische Stimmung versetzten. Nichts, schienen sie ihr zu sagen, war, wie es schien, und blieb, wie es aussah …

Später, als sie ins Landesinnere gezogen waren, faszinierte sie der Anblick der Köcherbäume, die wie grüne Wächter in der sandigen Ödnis standen … das Jagen der Spießböcke über Sandbänke am Oranja und die Düfte ungewöhnlicher Pflanzen. Am schönsten aber war es in der Wüste bei Vollmond, wenn das weiße Licht das Meer der Steine zum Glitzern brachte.

Es gab noch so vieles, das schön gewesen war, geradezu rührend, so wie die kleine Büscheleule, die ihr einmal ein Herero aus der Kalahari-Wüste mitgebracht hatte.

Aber es war nicht mehr ihre Welt.

An diesem Morgen ließ Agnes Irene Schmidt hinter dem Paravent warten. Sie brauchte Kraft, um sich zu sammeln. Natürlich hätte sie diesen Termin ausfallen lassen können, aber sie musste darüber sprechen, was vorgefallen war.

Heute musste Linnea zurück nach Visingsö fahren,

begann sie unvermittelt.

Gestern Nacht hatte ihr Mann Knut ihr ein Telegramm geschickt. Als sie es mir über die Bettdecke schob, war es noch immer nass von ihren Tränen. Die Buchstaben waren völlig verzerrt. Ich konnte es nicht lesen, und so musste sie es mir sagen.

Es fiel ihr furchtbar schwer.

Knut hatte wieder einen Streit mit einem dieser Sjöbergs. Es hat etwas mit Linneas ausgewanderter Familie zu tun, was es genau ist, weiß ich nicht. Jedenfalls brannte in der Nacht das Nebenhaus, und Knut hat jetzt endgültig entschieden, nicht mehr länger dort zu leben. Er möchte mit Linnea nach Amerika auswandern. Er liebt sie zwar, aber er möchte wieder seinem wissenschaftlichen Interesse nachgehen. Er hat das Ziel, hitzebeständiges Glas ohne Bleianteil zu entwickeln. Natürlich wird er die entsprechende Unterstützung eher in Amerika als in Schweden bekommen. Linnea weiß das und hat aus Verzweiflung in der Nacht kein Auge zugetan.

Es ist ihr sehr schwergefallen, sich zu entscheiden. Doch heute früh hat sie mir versichert, dass sie bereit ist, Knut allein gehen zu lassen. Sie wird auf Visingsö, in ihrer Heimat, bleiben. Dafür bin ich ihr dankbar. Es ist, als würde sie mir und nicht Knut die Treue halten. Und das tut mir gut. Sosehr ich mit ihr leide, sosehr erfüllt mich aber auch ein Gefühl tiefen Glücks.

Wäre ich gesund, würde ich sofort meine Koffer packen und zu ihr auf die Insel ziehen. Ich habe zwar die Operation gut überstanden, doch ich fühle mich noch sehr schwach und habe Schmerzen. Aber ich hoffe sehr, dass ich Linnea noch einmal wiedersehe.

Martha wird ihr in den nächsten Tagen die schöne Zirbelholztruhe nachschicken, die Paul und ich damals im Pustertal gekauft hatten. Später soll Linnea in ihr manches von dem aufbewahren, an dem mein Herz hängt, meine Ballkleider, Satinschuhe, vor allem aber meine Aufzeichnungen, von denen ich hoffe, dass sie insgesamt erhalten bleiben.

Denn diese ständigen Straßenkämpfe hier in Berlin machen mir Angst. Seit Monaten geht es darum, einen Volksentscheid für die Fürstenenteignung durchzusetzen. Menschen gehen auf die Straße, Arbeitervereine organisieren Proteste, Tausende von Männern und Frauen sind ohne Arbeit, allein dreißigtausend Junglehrer suchen eine Anstellung. Nur tausendfünfhundert fanden eine feste Stelle, die Mehrheit muss als ungelernte Hilfskräfte mühsam ihr Brot verdienen. Wie demütigend für sie! Dabei geht es nur um Gerechtigkeit. Unser jetziger Reichspräsident, von Hindenburg, sagte während des Krieges: ›Das beste Geschenk zu meinem Geburtstag sind Kriegsanleihen.‹ Daraufhin haben Hunderttausende, auch wir, unseren letzten Spargroschen hergegeben. Das Geld ist da, es ist im Krieg nicht verlorengegangen. Jetzt sollen zweiundzwanzig deutsche Fürsten die riesige Summe von 2,6 Milliarden Goldmark bekommen.

Das Geld des hungernden Bürgers an satte Fürsten?

Wir haben zwei Millionen Erwerbslose! Kinder und Frauen leiden, weil die Väter kein Geld verdienen und die Frauen mit geringem Lohn sich zu Tode schuften … Kein Wunder, dass auf den Straßen schon mit Waffengewalt gekämpft wird.

Es ist schrecklich, und ich habe große Angst. Um uns, um unser Land.

Mich würde es beruhigen, wenn das, was von mir zurückbleibt, eines Tages auf Visingsö, bei Linnea, in Sicherheit ist. Ich möchte auf meine stille Weise etwas hinterlassen, das künftigen Generationen helfen könnte, das Wesentliche im Leben zu erkennen. Nämlich wahrhaftig zu sein.

Ich vermisse Linnea sehr, und ich mag nicht an den Abschied von heute Morgen denken. Sie flehte mich an, zur Erholung in ein gutes Sanatorium an der Ostsee zu gehen. Doch ich bleibe hier in Berlin. Ich möchte meine Geschichte zu Ende erzählen, und ich hoffe darauf, Paul bald wiederzusehen. Ich habe vielleicht schon zu lange gewartet, weil ich Angst vor der Operation hatte. Heute Morgen habe ich Martha gebeten, meinen Brief an sein Büro in Charlottenburg zu schicken. Ich hoffe, dass Paul ihn auch erhält. Ich habe Karl nie kennengelernt, weiß aber, dass er nie damit einverstanden war, dass Paul ein heimliches Verhältnis mit mir, einer verheirateten Frau, unterhielt. Was wusste er schon von uns? Von mir? Nichts. Paul wird ihm nicht viel von uns erzählt haben. Sie sind Brüder und konzentrieren sich auf ihr Pelzgeschäft. So hatte es mir Paul damals erklärt.

Agnes verstummte, weil sich Irene Schmidt hinter dem Paravent räusperte. »Gefällt Ihnen etwas nicht?«

»Verzeihen Sie, Frau Meding, sogenannte heimliche Verhältnisse sind heute in vielen Kreisen *en vogue.*«

»En vogue, Sie sind gebildet, Fräulein Schmidt. Aber in meiner Zeit … Kommen Sie, ich darf den Faden nicht verlieren, es ist schon schwierig genug für mich. Also, was wollte ich gleich noch sagen?«

»Sie sprachen von Linnea Svensson.«

»Richtig, ja, Linnea ist nicht nur eine Freundin, sondern sie ist mir im Laufe des Lebens eine Seelenschwester geworden. Schreiben Sie bitte weiter.

In Linneas Heimat, auf Visingsö im Vätternsee, habe ich die unbeschwerteste Zeit meines Lebens verbracht. Es ist ein wunderschönes, friedvolles Fleckchen Erde. Für mich aber bedeutet es noch sehr viel mehr.
Auf Visingsö lehrte mich Paul, dass Liebe mehr ist als ein leidenschaftliches Gefühl. Es ist ein mystisches Band, das mit jedem Schlag eines liebenden Herzens weitergewebt wird, über alle irdischen Qualen, über alle Zeiten hinweg. Diejenigen, die dieses Band eines Tages berührt, müssen aufmerksam sein, damit ihre Seelen sein Muster erkennen.

Wieder brach Agnes ab. »Sie lachen? Sie finden das wohl pathetisch?«

»Ehrlich gesagt, ja. Was meinen Sie mit dem mystischen Band?«

»Es geht um eine spirituelle Verbundenheit, die den Tod überwindet.« Ihr war, als ob ihre Brust plötzlich enger wurde. Sie begann zu husten und stützte sich auf. »Jetzt ist es Ihnen wirklich gelungen, mich aus dem Konzept zu bringen. Erst war es Ihr klirrender Modeschmuck, dann der Tabakgeruch, heute amüsieren Sie sich über eine Frau wie mich, die in der Kaiserzeit aufwuchs, einen Weltkrieg und den Zusammenbruch einer geordneten Welt erlebt hat. Wenn dann noch Seele und Körper angeschlagen sind, ist es mühsam, sich zu erinnern. Glauben Sie mir, diese Diktatstunden kosten mich viel Kraft. Können Sie das eigentlich nachvollziehen, Fräulein Schmidt? Nein, Sie sind ja jung und gesund.«

Zu ihrer Überraschung trat Irene Schmidt hinter dem Paravent hervor. Sie trug ein kurzes Wollbouclékostüm mit einer mehrreihigen Perlenkette und schwarzen Riemenpumps. Ihre Augenbrauen glichen schwarzen Bögen, und ihr Haar glänzte wie gelackt. »Ja, Frau Meding, Sie haben recht. Wir jungen Frauen heute nehmen uns vom Leben, was wir wollen und wonach uns der Sinn steht, und zwar ohne Gewissensbisse, ohne Reue, einfach, weil wir es uns wert sind.«

»Ich verstehe.« Agnes musterte Irene Schmidts schlanke Figur, ihr perfektes Make-up. »Sie sind selbstbewusst, aber denken Sie auch an die, die Sie lieben? An die Folgen dieses Lebenshungers? Ich wollte, ich könnte Sie wiedertreffen, wenn Sie so alt sind wie ich. Zweiundvierzig Jahre.«

Irene lächelte. »Ich weiß schon, was ich will, Frau Meding.«

»Sicher, Sie haben einen guten Beruf, Sie könnten sich sogar eines Tages selbständig machen, nicht?« Sie musste dieses junge Ding prüfen. Sicher wollte sie eines Tages einen reichen Mann heiraten, ohne Gewissensbisse. Doch da Irene nur belustigt lächelte, fuhr Agnes betont freundlich fort: »Sie hatten doch den ersten Preis im Schnellschreiben gewonnen. Wollen Sie mir nicht erzählen, wie Ihre Reise nach Italien war? Erzählen Sie doch bitte, ich bin neugierig.« Sie setzte sich im Bett auf, lächelte aufmunternd und machte eine einladende Geste. Doch statt im Sessel am Fenster Platz zu nehmen, setzte Irene ihre hellgraue Filzkappe mit Feder auf, warf einen Blick in den goldgerahmten Spiegel, der über Agnes' Bett hing, und zupfte den Schleier über ihr Gesicht.

»Ich muss Sie leider enttäuschen, Frau Meding, ich habe die Reise nach Italien nicht angetreten.«

Ich habe die Reise nach Italien nicht angetreten. Wie ein fehlgegriffener Akkord klang der Satz Agnes noch Stunden später in den Ohren.

29

Hamburg, August 2012

Sie musste den Termin zur Wohnungsbesichtigung falsch verstanden haben. Denn von einer Warteschlange nervöser Mitbewerber war weit und breit nichts zu sehen. Isabel war von der S-Bahn-Haltestelle Stadthausbrücke unter peitschenden Gewitterböen an der St.-Michaelis-Kirche vorbei Richtung Landungsbrücken gerannt und völlig durchnässt. Dunkle Wolken verschluckten die kupferne Kuppel des Michels, und über dem Hafen krachte und donnerte es, als wollte der Himmel Lastkräne und Containerschiffe in die Elbe versenken.

Panisch, mit nasskalten Fingern, drückte Isabel auf die Klingelknöpfe des alten Mietshauses und presste sich gegen die zweiflügelige Tür. Irgendjemand musste öffnen. Schließlich hatte sie heute für diesen Termin ihren Job riskiert. Während ein Lehrerehepaar auf ein Kreditgespräch mit ihr gewartet hatte, hatte sie endlich den Vermieter der alten Kaufmannsvilla erreicht und sich mit ihm für acht Uhr verabredet. Und natürlich war ihr Filialleiter genau in dem Moment aufgetaucht, als sie jubelnd auf den Tisch geschlagen hatte. Im ersten Moment war sie wie erstarrt gewesen, dann hatte sie ein Gefühl geistiger Taubheit überwältigt. Ihr Chef hatte sie mit einem eisigen Blick angesehen und leise seinem Bedauern Ausdruck verliehen, leider im Moment auf sie angewiesen zu sein. Beim nächsten geeigneten Bewerber allerdings habe sie selbstverständlich die Freiheit zu gehen.

Sie hatte einen Fehler gemacht und ärgerte sich darüber. Aber die Art, wie sie abgemahnt worden war, kränkte sie zutiefst. Umso wichtiger war es jetzt, dass die Demütigung heute in der Bank nicht ganz umsonst gewesen war.

Die Mail kam ihr wieder in den Sinn, die sie auf der Fahrt von Rahlstedt in die Innenstadt erreicht hatte. Die junge Frau vom Stenografenverein, den sie gleich nach ihrer Rückkehr aus Visingsö kontaktiert hatte, hatte ihr geschrieben, dass die Stenogramme, wie erwartet, mit den maschinengeschriebenen Übertragungen bis zum fünfzehnten April 1926 übereinstimmten. Unter dem Eintrag »September 1926« gäbe es einen Strich, und erst ab 1928 seien wieder Stenogramme aufgenommen worden. Diese führten mit großen Unterbrechungen bis zum Jahr 1958. Mit diesen allerdings habe sie ein großes Problem. Sie seien hastig niedergeschrieben, somit kaum lesbar, und die Kürzel der Eilschrift waren ihr nicht vertraut. Sie bräuchte leider noch etwas Zeit, um sie zu entziffern.

Was sie aber entdeckt hätte, sei eine Lebenserinnerung von Irene Schmidt vom Mai 1926, übrigens die einzige in der Stenogrammmappe.

Was hatte das alles zu bedeuten? Warum endeten Agnes Medings Diktate nach nur wenigen Wochen? Welchen Grund hatte die Stenografin gehabt, eine eigene Tagebucheintragung vorzunehmen? Es kam Isabel vor, als würde sie zwei verschiedene Lebenswege in ständig wechselnden Flashbacks verfolgen müssen.

Sie hörte die Glockenschläge der St.-Michaelis-Kirche, verzerrt vom Toben des Gewitters, zu sich herüberwehen und zählte mit. Halb neun. Eine halbe Stunde Verspätung.

Mit steifen Fingern drückte sie ein weiteres Mal auf die Klingelknöpfe, legte den Kopf in den Nacken und blickte an der Fassade hoch. Das Licht, das in diesem Augenblick im Treppenhaus aufflackerte, ließ sie hoffen. Mit einem Geräusch, als würde das Haus laut einatmen, glitt die Tür auf.

Spät in der Nacht hockte Isabel, in eine Decke gehüllt, auf dem Sofa, heißen Tee neben sich, ihr Tablet auf den Knien. Sie nieste, und ihr Hals kratzte. Sie würde nachher unbedingt ihre Füße in Salz baden müssen, wollte sie nicht morgen früh Fieber haben. Sie überflog die eingegangenen Mails, ohne sich recht auf sie konzentrieren zu können. In ihren Gedanken war sie immer noch bei der Dachwohnung, zu der sie der Enkel des Vermieters, ein junger Student mit Häkelmütze und schwarz-weiß karierten Turnschuhen, geführt hatte. Ein gut erhaltener Fahrstuhl aus der Gründerzeit hatte sie surrend in den vierten Stock bugsiert. Als sich sein schmiedeeisernes Gitter zurückzog, war sie über die vielen Mitbewerber erschrocken gewesen, die auf den Stufen zum Dachgeschoss hockten und genervt versuchten, einen Fragebogen auszufüllen. Der Student hatte sie einem älteren Herrn in grauem Mantel und Anzug vorgestellt, der ihr bedeutete, nur ein Mieter, der über die Zeit Bescheid wisse, in der das Haus errichtet wurde, hätte das Glück, einziehen zu können. Sie hatte die Fragen überflogen und, statt den angebotenen Bleistift zu nehmen, von der rätselhaften Geschichte ihres Erbes und den ungeklärten Geheimnissen aus dem Leben einer Frau erzählt, die heute älter als dieses Haus wäre. Überrascht und mit wachsender Aufmerksamkeit hatte ihr der alte Herr zugehört und seinem Enkel mit einem Wink zu verstehen gegeben, die Bewerber draußen im Treppenhaus nach Hause zu schicken. Sie hatten sich noch lange unterhalten, und Isabel war erst kurz vor Mitternacht, völlig durchgefroren, den unterschriebenen Mietvertrag in der Tasche, nach Hause gekommen. Schon Ende des Monats würde sie endlich ausziehen können.

Sie rückte das Tablet zurecht, öffnete die Mail, die sie im Moment am meisten interessierte, und begann zu lesen. Als Erstes überflog sie die wörtlichen Diktate von Agnes Meding, in denen sie von ihrer Zeit im ehemaligen Deutsch-Südwestafrika berichtete. Vieles davon kannte sie bereits aus den Erzählungen Shackeys und Falks. Sie wusste, wie sehr Namibias Schönheit und seine ursprüngliche Kultur Reisende immer wieder aufs Neue faszinierten, und so scrollte sie die Seiten vor, bis sie zur Eintragung vom fünfzehnten April 1926 kam. An jenem Tag war Linnea Svensson abgereist, und Agnes Meding hatte Mühe gehabt, sich auf ihre Diktatstunde zu konzentrieren. Am Ende war es ihr nicht mehr so recht gelungen, und sie hatte Irene Schmidt aufgefordert, von ihrer Reise nach Italien zu berichten. Die junge Stenotypistin aber hatte die Reise nicht angetreten, und die Eintragungen endeten abrupt. Verwundert stellte Isabel fest, dass nach diesem Datum im April keine weiteren Diktate mehr gefolgt waren. Stattdessen zeigte ihr der Bildschirm einen Text, der einer Tagebucheintragung ähnelte. Es war das erste Mal, dass Isabel die Stimme von Irene Schmidt hörte.

Berlin, 6. Mai 1926

Es ist etwas Seltsames passiert. Ich muss zugeben, die wörtlichen Diktate von Frau Meding haben mich schon seit langem gelangweilt. Ich verstehe diese Frau einfach nicht, und ihr Klagen über ihre unglückliche Liebe könnte ich nicht ertragen, würde sie mich nicht so gut bezahlen.

Aber vor drei Wochen hat sie mich aufgefordert, ihr von meiner Reise nach Italien zu berichten. Ich hatte mich schon gut auf das Land vorbereitet, und da ich gerne schreibe, hätte ich Frau Meding aus dem Stegreif durchaus eine humorvolle Reisegeschichte zaubern können. Aber es passierte etwas ganz anderes. Ich gestand ihr, den Preis nicht eingelöst zu haben, weil ich mich in den Freund von Ilse verliebt habe. Er sieht fantastisch aus, und sie bildet sich ein, er würde sich bald mit ihr verloben. Ich habe ihr natürlich seinen Namen, Richard Grevenstein, nicht verraten, nur dass er aus Amerika kommt. Sein Vater hatte ihn begleiten wollen, erlitt aber kurz vor der Abreise eine Herzattacke. Nun soll Richard dem Wunsch seines Vaters entsprechen und in Deutschland nach verbliebenen Bekannten forschen. Er erwähnte etwas von einer Schuld, die er im Namen seines Vaters durch ein Geständnis tilgen sollte. Um was es genau geht, weiß ich nicht, und es ist mir, ehrlich gesagt, auch gleichgültig. Was geht mich die Schuld anderer Menschen an? Ich denke, die alte Generation misst diesem Wort eine zu große Bedeutung bei. Niemand ist frei von Schuld, aber jeder sollte so leben, dass er glücklich wird. Ohne Reue, ohne Erklärungen, ohne Gewissensbisse.
Meine Eltern waren einfache Landarbeiter auf einem Gut nahe Potsdam, Armut war von früh auf mein Lebensbrot. Mit sechzehn Jahren schmeckte es mir nicht mehr, und hätte ich nicht Unterstützung durch die Dorfschullehrerin bekommen, wäre ich heute nicht so fest davon überzeugt, dass das Leben zu kurz ist, um moralisch zu sein. Ja, das denke ich. Und ich bin mir bewusst, dass ich nur beim Schreiben meinem Gewissen gegenüber ehrlich sein darf. Was ich denke, geht niemanden sonst etwas an. Insofern halte ich Frau Meding für eine völlig abstruse Frau, selbstmitleidig, wehmütig, mit Schuldkomplexen beladen. Was hat sie denn schon Schlimmes getan, als sich in den falschen Mann zu verlieben? Bis jetzt ist sie der großen Schuld, von der sie immer spricht, im Diktat ausgewichen.
Manchmal habe ich das Gefühl, als würde sie mich mögen. Sie zeigt es mir nicht, aber es gibt Momente, in denen sie schweigt und mich so

seltsam entrückt anschaut. Als würde sie den Wunsch in sich verspüren, so jung wie ich zu sein und noch mal die Chance zu bekommen, alles anders zu machen. So wie ich es jetzt mit Richard tun werde.

Ich bin ganz verrückt nach ihm. Richard hat dunkles glattes Haar, ein schmales Gesicht mit breiten Augenbrauen, weiche Lippen und eine selbstbewusste gerade Nase. Alle Mädchen drehen sich nach ihm um. Er aber hat nur Augen für Ilse. Ich kann kaum noch schlafen, ständig sehe ich ihn vor mir, seinen schlanken Körper, seine klaren Augen. Wenn er die Beine übereinanderschlägt, starre ich auf die Kontur seiner muskulösen Oberschenkel unter dem Gabardinestoff. In meiner Sehnsucht spüre ich ihn dicht hinter mir stehen,während seine schönen Pianistenhände unter meine Bluse gleiten und meine Brüste berühren. Ich beneide Ilse, und es bringt mich um den Verstand, dass sie es ist, die sich ihm hingeben darf.

Mein Geständnis hat Agnes Meding sehr aufgeregt. Ich war geradezu erstaunt, über welche Kraft diese von Krankheit und Operation geschwächte Frau verfügt, wenn es um die Verteidigung der sogenannten wahren Liebe geht. Sie muss wirklich einen zähen Willen haben. Vielleicht sollte ich sie hin und wieder mit pikanten Details in Rage bringen. Ich habe mir nämlich vorgenommen, am nächsten Samstag Richard zu verführen. Ich bin mir sicher, dass es mir gelingen wird. Der Plan dafür ist einfach perfekt.

Wenn Frau Meding davon erführe, würde sie mir sicher kündigen. Aber ich brauche das Geld, obwohl Ferdinand und Hans von Bergen wirklich großzügige Liebhaber sind. Nicht mehr lange, und ich werde sie überredet haben, mir eine Wohnung am Müritzsee anzubieten.

Nur diesen verstümmelten Bettler, der mir schon seit Tagen vor dem Bürohaus von Gutzke & Pamier auflauert, wenn ich die Vox-Straße entlanggehe, werde ich Frau Meding gegenüber nie wieder erwähnen. Vor allem nicht, dass er mir heute bis zur Haltestelle der Straßenbahn am Potsdamer Platz gefolgt ist. Er sieht aus, als hätte ihm ein Blinder mit zitternden Händen das halb weggeschossene Gesicht neu geformt. Er ist verrückt. Und deshalb werde ich ihm niemals Geld in seinen Karren werfen. Er könnte sich womöglich Fahrkarten kaufen, um mich weiter zu verfolgen.

Fiebernd tastete Isabel nach ihrem Becher und lehnte sich erschöpft in ihr Kissen zurück. Sie nahm einen Schluck, der Tee war kalt geworden, und sie verspürte ein starkes Kratzen im Hals. Sie würde sich morgen krankmelden müssen. Aber das hier war zu wichtig, um schlafen zu können.

Sie scrollte zu Agnes Medings letztem Diktat vom 15. April 1926 zurück. Der Tag, an dem sie Irene Schmidt das Wort überlassen hatte. Isabel sah sie vor sich, wie sie selbstbewusst die Diktatstunde abgebrochen und eine aufgewühlte ältere Frau zurückgelassen hatte.

Irene Schmidt. Eine junge Frau, die sich verhalten hatte wie viele Frauen heute. Nur war sie in den zwanziger Jahren gegen Konventionen und überholte Moralvorstellungen gestoßen.

Isabel ließ das, was sie über Irenes Leben wusste, kurz Revue passieren. Allein auf sich gestellt, war Irene früh dem Rat ihrer Lehrerin gefolgt und hatte die Chancen der Nachkriegszeit mit ihren wirtschaftlichen und gesellschaftlichen Umwälzungen genutzt. Statt Zuflucht in der Ehe zu suchen und womöglich in kleinbürgerlichen Verhältnissen weiterhin Not und Verarmung zu erdulden, hatte sie eine damals angesehene, moderne Ausbildung absolviert, die sie in die beneidete Welt des *Bureaus* führte. Mit Stenografie und Maschineschreiben konnte sie einer sicheren und angesehenen Arbeit nachgehen, die es ihr ermöglichte, auf eigenen Beinen zu stehen. Eine erstaunliche Leistung für jemanden, der aus so einfachen Verhältnissen kam. Und der in seinen Teenagerjahren das Grauen, die Depression und Hungersnot des Ersten Weltkrieges miterlebt hatte.

Natürlich würde ein solches Mädchen, wenn es attraktiv war, alles versuchen, um ein besseres Leben als das seiner Eltern zu führen. Isabel konnte gut nachvollziehen, dass Irene Schmidt sogar lockere Beziehungen zu Männern unterhielt, um deren Lust für ihre eigene Lebensabsicherung auszunutzen. Dass sie allerdings ihrer besten Freundin den Freund ausspannen wollte, ging wirklich zu weit. Kein Wunder, dass sie diese Absicht der sensiblen Agnes Meding verheimlichte.

Trotz des Fiebers ging sie noch einmal die Aufzeichnungen aus dem Jahr 1926 durch.

Agnes Meding war in der Vorkriegszeit mit einem deutschen Schutztruppen-Soldaten verheiratet gewesen und hatte in dem wohlhabenden Pelzhändler Paul Henrik Söder ihre große Liebe gefunden. Ihr Ehemann hatte diese Beziehung unter der Voraussetzung geduldet, dass er niemals einer Scheidung zustimmen würde. Im März 1926 war sie todkrank zu ihrer Schwester Martha Berger gezogen. Angesichts ihrer schweren Krankheit hatte sie sich zum Schreiben einer Autobiographie entschlossen und war auf dem Weg zum Schreibbureau ihrer Freundin Linnea Svensson begegnet, die sie aus Sorge um ihre Gesundheit besuchen wollte. Linnea verriet Agnes aber auch, dass Paul noch lebte und sie auf Visingsö besucht hatte. Diese Mitteilung hatte Agnes erschüttert. Sie litt an einem schweren Schuldgefühl ihm gegenüber, das sie über ihre Beichte abzutragen versuchte. In Wirklichkeit aber hoffte sie noch immer, ihn wiederzusehen.

Sie hatte ihn sehr geliebt, leidenschaftlich mit ihm Rumba getanzt und mit ihm auf Visingsö die unbeschwerteste Zeit ihres Lebens verbracht. In ihren Diktaten aus dem Jahr 1926 hatte Agnes Meding allerdings zwei Geheimnisse angedeutet. Das eine hatte mit ihrer Schuld Paul gegenüber zu tun, das andere mit einem Kindheitstrauma.

Isabel fragte sich, warum es Agnes Meding so wichtig gewesen war, ihre Diktate wortwörtlich stenografieren zu lassen. Hatte sie damit ein lebendigeres Zeugnis von sich hinterlassen wollen? Sicher würde ihr die Aufschlüsselung der übrigen Eilschriftnotizen bis zum Jahr 1958 Aufschluss geben.

Isabels Kopf glühte, und ihre Lider waren ihr schwer geworden. Ihre Finger hinterließen auf Maus und Tasten feuchte Abdrücke. Sie hatte sich zu sehr angestrengt. Sie musste unbedingt schlafen, doch die Frage, warum die Lebenserinnerungen in der Stenogrammmappe unterbrochen waren, ließ sie nicht los.

Sie konnte kaum noch ihre Augen offen halten, ihr Kopf fühlte sich an, als würde ihn jemand gewaltsam unter einer Trockenhaube festhalten.

Isabel klickte die eingegangenen Mails an. Eine Sparkassenfiliale lud sie zu einem Vorstellungsgespräch ein, Simone wollte die Hoffnung nicht aufgeben und hatte ihr ein Video zu Namibia und eine Liste der Impfungen, die für die Einreise nötig waren, geschickt. Sie musste wohl wirklich Stress mit Falk haben. Mo hatte einen Kurzgeschichtenwettbewerb gewonnen und das gerade entworfene Cover ihres »Heartbreak«-Romans hochgeladen, und von Julian kam ein lustiger Zeitungsartikel über die Folgen lebenslangen Couchpotato-Daseins, der anlässlich des Hamburger Sportmedizinerkongresses veröffentlicht worden war. Isabel kniff die Augen halb zusammen und starrte auf die enggedruckten Zeilen ... schließlich entzifferte sie das Kürzel »MoT«.

Ihr Herz raste. Ihre Gedanken schossen wie im Fieberwahn durcheinander. Und wenn es wahr wäre ...? Hamburger Tageblatt ... Impressum ... Namenskürzel der Redakteure ... Da: MoT stand für Mona Tesch. Mo.

Mo war Journalistin.

Mo hatte Julian interviewt.

Isabel wurde plötzlich bewusst, dass sie Mo deshalb nicht im Netz gefunden hatte, weil Mo nicht als Journalistin, sondern ausschließlich als Autorin berühmt werden wollte. Sie mochte es sich kaum eingestehen, aber Mo war für sie gefährlicher, als sie gedacht hatte.

Was aber war mit Julian? Erschüttert von der Vorstellung, dass ihre Intimfeindin Julian, dem charmanten Mediziner mit Sinn für Humor, gegenübergesessen hatte, jagte Isabels Puls in die Höhe. Im ersten Moment fühlte es sich an, als sei Mo in ihre Wohnung eingebrochen und hätte in ihrem Lieblingskleid eine internationale Modenschau gewonnen.

In Wahrheit war es allerdings noch schlimmer. Isabel überließ sich ihren Grübeleien. Was hatte Mo mit Julian neben den fachlichen Fragen sonst noch besprochen? Was hatte Mo über ihn herausgefunden? Und was hatte Julian ihr über sich verraten?

Ihr kam es vor, als ob sie giftige Dämpfe einatmete, die sie von dem entfernten, was sie früher einmal als ihr Bauchgefühl bezeichnet hätte.

War Julian wirklich nur ein verantwortungsbewusster Mediziner mit dem Anliegen, die Welt über die Folgen von Bewegungsmangel aufzuklären? Ein Arzt, der sich seiner Wirkung auf Frauen bewusst war und jede Gelegenheit wahrnahm, um mit ihnen zu spielen? Oder ein Narziss, der Herausforderungen suchte, um bewundert zu werden?

Im nächsten Moment schreckte sie auf. Wie konnte sie nur so von ihm denken? Sie liebte ihn, vertraute ihm. Doch das, was sie gelesen hatte, verunsicherte sie zutiefst. Sie befürchtete, dass sie den Zugang zu ihrer inneren Stimme verlieren könnte.

Hektisch durchsuchte sie das World Wide Web nach Zeitungsartikeln und Interviews, gierig nach noch so unbedeutenden Details über Julians Leben.

Er war in Norddeutschland aufgewachsen, hatte durch die Scheidung seiner Eltern früh seinen Vater verloren und schon als Kind in der Tierarztpraxis in seiner Nachbarschaft mitgeholfen. Das Interesse an Medizin hatte sich später durch seine an multipler Sklerose erkrankte Mutter auf die Humanmedizin verlagert. Schon früh hatte er für sie Verantwortung übernommen und sie bis zum Tod begleitet. Danach hatte er ein Jahr in Amerika verbracht, hatte Journalistik in Hamburg, später Medizin und Psychologie in Heidelberg studiert und mit der Promotion abgeschlossen. Seine Fachausbildung zum Sportmediziner hatte über vier Jahre gedauert, unterbrochen von einer Auszeit von einem halben Jahr. In dieser Zeit war die Beziehung zu der bekannten TV-Moderatorin Elena Moiré zerbrochen. Er war mit ihr von Sizilien aus zu den griechischen Inseln gesegelt. Eines Nachts war er aufgewacht und hatte nach ihr gesucht, doch sie blieb verschwunden. Schließlich segelte er allein nach Sizilien zurück. Wochen später erreichte ihn eine Nachricht von ihr. Sie gestand ihm, in jener Nacht heimlich das Segelboot verlassen zu haben. Sie hatte tags zuvor auf einer benachbarten Jacht einen berühmten Astrologen entdeckt, den sie schon seit langem unbedingt in ihre Sendung hatte einladen wollen. Er hatte sich lange geweigert, bis sie ihn bat, ihr ein Horoskop zu erstellen. Daraufhin hatte er ihr eine Mail geschickt, die ihr zu verstehen gab, dass ihr eine entscheidende Wende in ihrem Leben bevorstünde und er sie gerne privat kennenlernen würde …

Isabel hustete, in ihrer Brust verspürte sie stechende Schmerzen. Wie im Nebel glaubte sie, einen Anhaltspunkt gefunden zu haben. Ein Mann wie Julian würde, wenn es darauf ankam, einer Frau nie mehr wirklich vertrauen können. Sie erinnerte sich an ihr letztes Treffen. Er war wahnsinnig erotisch, aber er hatte sie zum Mountainbiken überreden wollen. Siedend heiß erfasste der Gedanke sie, dass Julian sie auf die Probe stellte.

Würde sie versagen, würde er sie auf der Stelle verlassen und sich wieder an seiner naturwissenschaftlichen Arbeit festbeißen.

Es war an ihr, dachte sie, ihn zu prüfen, um herauszufinden, ob sie sich seiner Zuneigung sicher sein konnte.

Fiebernd und überreizt, wie sie war, klickte sie den Antwort-Button an.

Hi, Julian,
wie es aussieht, geht es bei mir endlich bergauf. Im übertragenen Sinne, natürlich. Ich habe einen neuen Job in Aussicht, das Beste aber ist, auch eine neue Wohnung. Weil ich heilfroh bin, endlich diesen perversen Mieter über mir loszuwerden, möchte ich die Gelegenheit nutzen, schon zum Monatsende auszuziehen. Das hieße aber, wir müssten den Trip nach Zingst aufschieben. Der 31. August ist ein Freitag, Samstag und Sonntag hatten wir verplant. Es tut mir leid, aber ich würde mich freuen, wenn Du einverstanden wärst.
LG
Isabel (z. Z. total erkältet)

Sie konnte nicht einschlafen, wälzte sich fiebernd im Bett hin und her, nahm gegen drei Uhr ein heißes Fußbad mit Salz, zog eine Wollmütze über und trank Zitronentee. Schwitzend und schweißnass lag sie wach, das Tablet online neben sich auf dem Fußboden. Ihre Lider waren bleiern schwer, doch sie schlief nicht ein, lauschte auf das Geräusch, das ihr den Eingang einer Mail ankündigte. Gegen fünf Uhr fiel sie völlig übermüdet in einen Fieberschlaf. Nur wenige Augenblicke später weckte sie scheppernder Krach vom Flur her wieder auf. Sie war so benommen, dass sie glaubte, sie würde das Treppengeländer vibrieren hören.

Erschrocken setzte sie sich auf.

Jetzt hörte sie es deutlich. Leere Getränkekisten schepperten gegeneinander.

Sie presste ihre Hände auf ihre heißen Schläfen und versuchte zu verdrängen, dass Jens-Peter Strumpf im Treppenhaus dabei sein könnte, sich an ihr zu rächen. Sie erinnerte sich daran, dass er ihr gestern einen Zettel an die Tür geklebt hatte. Wo hatte sie ihn nur gelassen? Es hatte irgendetwas mit dem Postboten zu tun. Womöglich hatte Jens-Peter etwas für sie angenommen und auf sie gewartet … vergeblich gewartet.

Ihr wurde übel. Sie schlang das schweißnasse Bettzeug um sich und richtete sich auf. Ihr Blick fiel auf das Tablet.

Noch immer keine Mail von Julian.

Warum, verdammt noch mal, hatte er ihr nicht geantwortet?

Verstand er sie denn nicht?

Sie hatte Angst.

Sie vermisste ihn.

Und sie musste hier raus.

Übelkeit riss sie hoch, und sie stolperte ins Bad.

30

Berlin, Mai 1926

Irene freute sich auf die Nacht. Sie hatte seit Wochen alles im Voraus geplant, die richtige Adresse, die Auswahl der Freunde, die Schallplatten, das Grammophon, die exquisiten Speisen und eine gute Menge Wein und Champagner. Im Stillen war sie erleichtert, dass Agnes Meding einen gesundheitlichen Rückschlag erlitten hatte. Deren Schwester Martha Berger hatte sie eines Morgens angerufen und ihr völlig aufgelöst den Termin am Nachmittag abgesagt. Es musste wohl etwas Schlimmes passiert sein, denn es hatte geklungen, als sei Agnes Meding bei einer Ausfahrt bei den Straßenkämpfen zwischen Soldaten der Reichswehr und Kommunisten verletzt worden. So genau hatte Irene sie nicht verstanden, es war ihr auch gleichgültig. Sie war nur froh gewesen, alles genau planen und bei ihrer Schneiderin ein Charleston-Kleid aus cognacfarbenem Seidenjersey bestellen zu können. Kniekurz und voller Fransen.

Da einer ihrer Liebhaber, Ferdinand von Bergen, geschäftlich nach London gereist war, hatte sie die geplante Party um drei Wochen verschieben müssen. In dieser Zeit hatte Hans sie ausgeführt und mit dem allerneuesten Tanz, Shimmy, vertraut gemacht, in öffentlichen Tanzlokalen und privat, in ihrer neuen Wohnung am Wannsee: nackt, nur mit Federn oder Paillettengürtel bedeckt, Hüften und Schultern schüttelnd, die Lust in den hüpfenden Brüsten … erotischer ging's nicht. Hans war ein begnadeter Verführer und ein ausdauernder Tänzer. Genau das Richtige für sie und das, was sie vorhatte.

Heute war es endlich so weit. Hans und Ferdinand hatten sie abgeholt und wären bei ihrem atemberaubenden Anblick am liebsten sofort mit ihr ins Bett gestiegen. Sie hatten sie umarmt und leidenschaftlich geküsst. Irene hatte sie aus Gefälligkeit gewähren lassen und ihre vertrauten Hände genossen, die zärtlich und energisch zugleich ihr fransiges Seidenjerseykleid mitsamt dem Unterrock aus Tussorseide hochschoben und ihre Brüste liebkosten. Schließlich hatten Hans und Ferdinand sie zwischen sich genommen, ihr hauchdünnes Miederhöschen herabgerollt und sie ihrer beider Erektion spüren lassen. Irene hatte ihre Hüften wie beim Shimmy geschwenkt, Hans auf die Stirn geküsst und Ferdinand, der hinter ihr stand, mit den Zehen im Schritt berührt. Dann hatte sie sie lachend auf die nächste Nacht vertröstet. Auf den erstaunten Protest hin hatte sie ihnen verraten, dass sie heute Nacht vielleicht Zeugen einer besonderen Verführung werden könnten. Nur widerwillig hatten die Brüder von ihr gelassen, und sie hatte sie in die Küche bugsiert, wo die Pappkartons mit auserlesenen *Amuse-Gueules* standen, die der Bote kurz zuvor angeliefert hatte.

Nun saß sie in der mit sechs Freunden völlig überfüllten, schwarzen Mercedes-Limousine, die Hans von Bergen zielstrebig im Lichterglanz des nächtlichen Berlins Richtung Stadtmitte lenkte. Sie lachten und scherzten, rauchten Zigaretten und malten sich die Gesichter derjenigen aus, die nicht ahnten, wer sie in wenigen Minuten besuchen würde. Überraschungsparty! Der neueste Trend in Berlin! Wer etwas auf sich hielt, kaufte Wein und engagierte Musiker und fiel in fremde Wohnungen ein. Spontan und ohne Hemmungen. Genau das, was Irene brauchte, um ihren Traum endlich wahr werden zu lassen. Außer Paris oder London würde ihr keine Stadt der Welt einen solchen Genuss, ein solches Vergnügen bereiten. Berlin. Ihre Stadt, in der sie niemand daran hindern konnte, so zu leben, wie sie wollte. Und mit dem richtigen Mann würde sie auch noch den Rest der Welt zu ihrer Spielwiese machen. Der Richtige war für sie Richard Grevenstein, reich, aus bester Familie, Nachfahre erfolgreicher Auswanderer. Ja, sie war bereit, alles zu tun, um ihn zu erobern und ihm nach Amerika zu folgen …

Die Limousine glitt am Bordstein entlang. Ferdinand öffnete ihr die Tür. Irene setzte ihren silberglänzenden Satinpumps auf den Wagenholm und starrte erschrocken auf den Bettler, der direkt gegenüber an der Hauswand lehnte. »Ferdi!« Hilfesuchend sah sie zu Ferdinand hoch.

Doch da hob der Bettler den Kopf. Sein zerschossenes Gesicht hatte keine natürliche Farbe mehr, es hätte auch ein zermatschtes Stück Pappe mit zwei gelblichen Eidottern sein können …

»Hans, bitte fahr weiter!« Irene stieß dem Fahrer gegen die Schulter. Da stockte ihr plötzlich der Atem. Sie sah, wie Ferdinand Halt an der Tür suchte und zurückwich, als der Bettler auf seinen Knien auf sie zurutschte. Aus dem Augenwinkel nahm sie wahr, dass Hans im Seitenspiegel spöttisch beobachtete, wie der Bettler vor ihr kniend seine Hände hob.

»Vergeb, vergeb«, nuschelte er und warf seinen verunstalteten Kopf hin und her.

»Verpiss dich! Hau ab!« Ferdinand verlor die Geduld und stieß den Bettler mit seinem Lackschuh in die Seite.

Der Bettler wankte, wandte aber seinen Blick nicht von Irene ab. Mit einer Hand stützte er sich auf die Bordsteinkante, mit der anderen kramte er in seiner eingerissenen Hosentasche. »Gibsi, gibsi, ihr. Anjes, Anjes.«

Da trat Hans unerwartet so heftig aufs Gaspedal, dass die schwere Limousine zwei Wagenlängen vorschoss. Irene schrie auf, klammerte sich am Haltegriff fest, ihr Sitznachbar hielt sie fest, während Ferdinand neben ihnen herlief. Als Irene sich nach dem Bettler umsah, hockte dieser, umhüllt von Abgaswolken, noch immer am Bordstein. Erst als sie ihren Fuß aufs Trottoir setzte, fiel ihr das Stückchen Papier auf, das der Fahrtwind mitgewirbelt hatte. Sie nahm ein Taschentuch und hob den Fetzen mit spitzen Fingern auf. Doch bevor sie die eckigen Buchstaben entziffern konnte, nahm ihr Ferdinand das Papier mitsamt ihres Taschentuchs aus der Hand und stopfte das Knäuel in seine Jackentasche. Ärgerlich reichte er ihr die Hand.

»Was hast du mit einem solchen Abschaum zu tun?«

Sie rutschte auf der Rücksitzbank vor, so dass das Kleid bis zu ihrem Strumpfband hochrutschte. Sie spreizte langsam ihre Schenkel, so dass Ferdinand seine Augen sofort auf ihren Schritt richtete. »Wer weiß schon, wer er ist?«, sagte sie leise. »Vielleicht ein geheimer Bote?« Sie lächelte und stieg aus. »Lass uns später spielen, ja?«

Sie war fest entschlossen, ihm diesen geheimnisvollen Zettel bei der nächsten Gelegenheit zu entwenden.

Die Überraschung glückte, und die Party wurde ein großer Erfolg. Nur Irenes Plan verlief zunächst nicht so, wie sie es erhofft hatte. Richard schien ernsthaft in ihre Freundin verliebt zu sein. Er sah umwerfend aus, in seinem Anzug und mit dem glatt gestrichenen, vollen Haar. Ihr entging nicht, dass seine charismatische Ausstrahlung sogar Hans und Ferdinand verunsicherte und ihre Eifersucht weckte. Als auch noch Nachbarn von nebenan hinzukamen, steigerte sich die Stimmung, Kleider wurden abgelegt, Möbel beiseitegerückt, immer mehr Champagnerflaschen geleert. Alle tanzten und flirteten durcheinander. Irene war sich ihrer Ausstrahlung bewusst und lockte und reizte Richard mit Blicken und geschmeidigen Bewegungen. Ihr Instinkt sagte ihr, dass er sie in Wahrheit hinreißend fand, seine Moral ihn jedoch daran hinderte, Ilse untreu zu werden. Schon fürchtete sie, all ihre Mühe könnte umsonst gewesen sein. Da reichte irgendjemand Kokain herum und pries die Wirkung in den allerhöchsten Tönen. Irene suchte Richards Blick. Wie erwartet, schüttelte er den Kopf und redete auf Ilse ein, die anscheinend eine Prise probieren wollte. Mit dieser kleinen Auseinandersetzung sah Irene endlich ihre Chance gekommen. Aufreizend langsam ließ sie sich von der Armlehne ihres Sessels gleiten, schob sich an den Tanzenden vorbei, auf ihre Freundin und Richard zu, und riss dabei versehentlich Ferdinands Jacke von der Wand, die dort auf einem verlassenen Bilderhaken gehangen hatte. Die Jacke fiel zu Boden, und dabei rutschte Ferdinands zerknülltes Taschentuch mit dem Zettel heraus. Irene begriff, dass er ganz sicher im allgemeinen Tanzgetümmel verlorenginge, wenn sie ihn nicht sofort aufheben würde. Sie bückte sich und entzifferte mit Mühe die ungelenke Schrift.

Agnes, vergib mir bitte. Das Fräulein soll es dir sagen. Der Bettler bin ich, dein Mann. Strafe genug. Muss dich sprechen. Liebe dich auf ewig, Arthur Meding.

Sie war überrascht und vergaß für einen kurzen Augenblick Richard. Der Bettler musste sie und Agnes also lange Zeit beobachtet und geschlussfolgert haben, dass sie als Schreibfräulein für Agnes arbeitete. Sie musste sie gleich morgen anrufen, um ihr diese Neuigkeit zu berichten. Vielleicht würde es sie ja freuen, diese Nachricht von ihrem Mann zu hören. Ungestüm tanzten Paare an ihr vorbei. Irene schloss die Finger um den Zettel und drängte sich an einem dicken Mann in Knickerbockern und breiten Hosenträgern vorbei, der einer zierlichen Blondine Champagner auf den halb entblößten Busen tupfte. Ilse, ihre Freundin, kam ihr wütend entgegen. Hinter ihr am Fenster entdeckte Irene Richard.

»Na? Hast du etwas Schönes bei mir gefunden?« Ilse blitzte Irene mit unterdrückter Wut an. Natürlich hatte diese längst ihre Lust auf Richard bemerkt.

Irene lachte und drehte sich, die Hand mit dem Zettel in die Höhe gestreckt, um die eigene Achse. Saum und Fransen ihres Kleides flogen bis zu den Strumpfbändern hoch. »Was ist schon Ferdis Schusterzettel gegen deine fantastischen Freunde?«

Ihre Freundin sprang auf sie zu, um ihr den Zettel zu entreißen. »Lass Richard in Ruhe!«, fauchte sie.

»Ich liebe ihn!« Irene hatte ihre Stimme gesenkt. »Und ich werde ihn sehr, sehr glücklich machen. Pass nur auf!« Sie winkte Ferdinand herbei, der sie beobachtete. Er trat an ihre Freundin heran und flüsterte ihr etwas ins Ohr, woraufhin diese »Beweis es mir« erwiderte, Irene den Zettel entriss und zum Flur hinausrannte. Irene, Ferdinand und Richard folgten ihr durch die Wohnung, stürzten schließlich ins Schlafzimmer und taten so, als müssten sie um den geheimnisvollen Zettel in Ilses Faust rangeln. Dabei gelang es Irene, sich an Richard zu pressen, ihn auf den Hals zu küssen und seinen Po zu berühren. Zufrieden stellte sie fest, dass seine Augen aufblitzten und seine Pupillen dunkel wurden. Ihre Freundin kreischte und zerrte an Irenes Fransen, bis Ferdinand sie überrumpelte, ihr seinen Finger mit Kokainpulver in den Mund schob und sie küssend vom Bett bis zur Tür zog, von wo er Irene auffordernd zuzwinkerte.

Irene hielt Richard zurück, indem sie nach seinem Fuß griff, unter dem der Zettel lag.

»Warte«, wisperte sie, »warte … einen Moment noch …« Ferdinand hatte die Tür, wie sie feststellte, nur angelehnt. Er würde ihre Freundin weiterküssen und ihnen zusehen. Sie war sich aber nicht sicher, ob sie ihr Versprechen tatsächlich würde erfüllen können. Sie lächelte Richard an, streichelte seinen schmalen Fuß.

Er setzte sich auf. »Was soll das, Irene?«

Sie zog ihm den Strumpf aus, küsste seine Zehen. »Ich liebe dich, Richard, wie ich noch nie einen Mann geliebt habe.«

»Du liebst viele Männer, habe ich gehört.« Richard beobachtete sie und zog sein Bein an sich.

Sie schob ihre Hand unter sein Hosenbein. »Das gehört der Vergangenheit an. Heute verstehe ich, was es bedeutet, zu lieben.«

»Du hast dich auch gedanklich mit der Liebe auseinandergesetzt? Wirklich?« Mochte er nur über sie spotten, sie würde ihn schon für sich einnehmen …

»Ja«, erwiderte sie leise, »lernt man nicht manchmal aus den Fehlern der anderen?« Sie kniete sich auf seine Beine. »Ich habe eine interessante ältere Frau kennengelernt, die mir von ihrer großen Liebe erzählt hat. Es ist eine traurige Geschichte, leider. Aber sie hat eine Moral, die mich beeindruckt hat, Richard. Ich möchte mir in meinen Gefühlen für dich treu bleiben und mir niemals vorwerfen, dich nicht genug geliebt zu haben.« Sie sah in seine Augen, spürte ihr Herz schneller schlagen. Ja, sie hatte den richtigen Ton getroffen. Richard war empfänglich für Worte, die einen tieferen Sinn suggerierten. Und er mochte sie, gleichgültig, ob aus Begierde oder Liebe, Hauptsache, sie würde ihn für sich gewinnen.

Richard atmete tiefer, und sie bog sich elegant zu dem Zettel hinab.

»Ist das eine Liebesanleitung von dieser Fremden?«

Sie lächelte. »Nein, nur das Schuldeingeständnis eines Mannes, der es versäumt hatte, ihr schrankenlose Freiheit für die Liebe zuzugestehen.«

Richard kniff die Augen zusammen. »Lies vor.« Seine Stimme klang rauh.

Sie las mit leiser Stimme.

Richard wurde bleich im Gesicht und hielt die Luft an. »Agnes Meding? Du kennst sie? Zeig her!«

Sie musste sich beherrschen, um sich ihre Überraschung nicht anmerken zu lassen. Woher kannte Richard die Medings? Und was hatte er mit ihnen zu tun? Wortlos reichte sie ihm den schäbigen Zettel, der heute ihr unverhofftes Glückslos geworden war. Denn dieser Zettel schenkte ihr Richard Grevenstein als Gewinn. Sie würde dem kriegsversehrten Bettler beim nächsten Mal eine Handvoll Scheine zum Dank zuwerfen. Sie musste nur weiterhin nach außen Ruhe bewahren.

»Irene, wo hast du Arthur Meding getroffen? Was ist mit ihm?«

Sie senkte ihren Kopf auf seinen Schoß, wärmte ihn mit ihrem Atem, bis sie seine Antwort spürte. Sie küsste seinen Bauch und lächelte Richard an. »Liebe mich, bitte. Dann werde ich dir alles erzählen.«

Sie tauschten einen langen Blick. »Nein, Irene.« Richard schwang ein Bein über die Bettkante. »Du täuschst dich in mir. Ich lasse mich nicht zur Liebe zwingen.«

Sie senkte die Lider, sah auf seinen Schritt, der ihr deutlich etwas anderes sagte. »Natürlich, Richard, verzeih mir. Magst du mir etwas über deine Vorfahren erzählen und wie sie zu diesen Medings standen? Ich meine, es ist doch wohl kein Zufall, dass uns heute die Vergangenheit von Menschen zusammengeführt hat, die wir nie persönlich kennengelernt haben, oder?«

Erleichtert nahm sie wahr, dass er sich zurücklehnte und grüblerisch an die Decke starrte. Sie rutschte zwischen seine Beine und versuchte sich vorzustellen, wie Richard nackt aussähe. Ein Mann, wie aus makellosem Gestein gemeißelt, schön und von verborgener Leidenschaft. Richard besaß dieses gewisse Charisma, nach außen hin kühl, doch von loderndem innerem Feuer. Er hatte sie längst süchtig gemacht, stärker als jede Droge.

Sie nahm Musik und Lärm kaum noch wahr, betrachtete die geschwungenen Bögen seiner dunklen Augenbrauen, als sie ihn plötzlich sprechen hörte. Seine Lippen bewegten sich kaum, während seine Worte ihr im Halbdunkel der lauten Nacht ein junges Ehepaar schilderten, das um die Jahrhundertwende von Hamburg aus an der Atlantikküste entlang nach Afrika gesegelt war, von Swakopmund aus auf Ochsenkarren ins Landesinnere, bis Okahandja im Damaraland, reiste und zwischen der Namib-Wüste im Westen und der Kalahari-Wüste im Osten eine Farm aufbaute.

Irene ertastete neben dem Bett eine noch ungeöffnete Flasche Champagner, füllte ein Glas und führte es an Richards Mund. Er trank es in einem Zug leer.

»Erzähl weiter, bitte.« Sie schenkte für sich selbst nach und streifte dabei mit ihrem kleinen Finger über Richards Schritt.

Er atmete tief durch und fuhr in der Geschichte fort. Grevenstein wurde ein erfolgreicher Farmer, baute Tabak und Mais an und pflegte gute Beziehungen zu Nachbarn und einheimischen Häuptlingen. Er lernte sogar die Sprache der Herero und verstand, dass ihnen die Gier der Weißen nach ihrem Land und Vieh Furcht einflößte und Misshandlungen ihre Wut entfachten. Grevenstein konnte sogar ihre Vorstellung nachvollziehen, dass das Land allen Menschen gehöre so wie Mond und Sterne.

Irene reichte Richard ein neues Glas und küsste seine Halsbeuge. Sie schenkte nach und öffnete seine Gürtelschnalle. Sehr behutsam näherte sie sich ihm, während er die Arme unter dem Kopf verschränkte und über das Land und die Herero-Aufstände zu Beginn des Jahres 1904 erzählte, über einen Schutztruppen-Hauptmann namens Höchst, der heimlich die Ehefrau seines Feldwebels Arthur Meding begehrt hatte und über deren verbotener Liebe zu einem Pelzhändler den Verstand verlor. Martin Grevenstein wurde der engste Vertraute des Pelzhändlers, der ihm und seiner Geliebten Schutz geboten hatte. Viele hatten damals den Pelzhändler beneidet, weil er ein geschickter Geschäftsmann mit weltweiten Kontakten gewesen war und die Frauen ihn seiner Ausstrahlung wegen bewunderten. Er hatte nämlich das Talent besessen, Rumba wie ein Gott zu tanzen, und so manch ein Ehemann hätte Söder dafür gerne in die Wüste geschickt ... Hauptmann Höchst jedoch hatte Schlimmeres getan. Er hatte im Januar 1904 die falsche Entscheidung getroffen und ein Verbrechen begangen.

Nur zwei Menschen auf der Welt kannten die Wahrheit: Arthur Meding und Richards Vater. Auf dem Zettel, den Arthur Meding ihr, Irene, heute gegeben hatte, sehe er das schriftliche Eingeständnis lang verschwiegener Schuld.

Irene sah den Bettler vor sich und fragte sich, was er getan haben könnte. Ob es Agnes Meding trösten würde, wenn sie erführe, dass die Schuld ihres Mannes größer war als die, unter der sie litt und die sie ihr noch offenbaren wollte? Irene beschloss, gleich morgen bei ihr anzurufen und ihr Richard vorzustellen. Sicher würde sich dann das Rätsel lösen und Agnes endlich die Kraft finden, sich von ihrer Last zu befreien. Ja, das würde sie tun. Damit würde sie Richard an sich binden, er würde ihr für immer und ewig dankbar sein.

Irene fiel auf, dass Richard die Augen geschlossen hatte und sich tiefer in die Kissen drückte. Sicherlich war es anstrengend für ihn, sich trotz des Partylärms und der mitreißenden Musik auf die Vergangenheit zu konzentrieren. Sie würde ihn jetzt dafür belohnen …

Sie kniete sich über seine Beine und streifte das Charleston-Kleid samt Unterrock über den Kopf. Wie erwartet, schlug Richard die Augen wieder auf. Sie war nackt bis auf ihr hauchdünnes Seidenhöschen und die spitzenbesetzten Strümpfe. Sie hielt Richards Blick fest und schob langsam die Perlenkette zwischen ihren Brüsten bis zur kleinen Kuhle am Hals hoch, hob die Perlen an ihren Mund und umspielte sie mit ihrer Zungenspitze. Zu ihrer Freude bemerkte sie, wie sich Richards Pupillen weiteten, und sie legte ihre Hand auf seinen geöffneten Gürtel. Er atmete heftiger und schloss energisch seine Finger um ihr Handgelenk. Er wollte sich vor ihr schützen, vor der Lust, die ihr Sieg über ihn bedeuten könnte.

Irene wehrte sich nicht, lächelte ihm aber zu. Dann begann sie, mit der freien Hand ihr Höschen abzustreifen, bis Richard ihre sorgfältig rasierte Scham betrachten konnte. Sie genoss diesen Moment und freute sich über seine pulsierende Erektion, die sie unter ihrer Hand spürte.

Von der Schlafzimmertür in ihrem Rücken war ein Knarzen zu hören. Glücklicherweise schien Richard es nicht wahrzunehmen. Wahrscheinlich hatten sich Ferdinand und Hans an ihr Versprechen erinnert und würden ihr nun zusehen wollen …

Sie streifte die Perlenkette über ihren Kopf, umschloss sie mit ihrer Hand und massierte sanft und gefühlvoll Richards Schoß, bis sie spürte, dass Richard kurz vor dem Höhepunkt war. Er schlug die Augen auf, sah sie blitzend vor Lust und Ärger über sein eigenes Verlangen an. »Hör auf!« Er packte ihr Handgelenk eine Spur fester. »Hör auf, es ist genug, Irene.«

Sie öffnete die Hand und ließ die Perlenkette über seine Schenkel gleiten. »Natürlich, wenn du es so wünschst …«

Wie schwer es doch war, seinen Widerstand zu brechen. Jeder andere Mann … Ihr war schwindelig vor Lust, und die Vorstellung, sie könnte mit Richard vor Ferdinand und Hans ihre geheimen Träume ausleben, steigerte ihre Erregung aufs höchste. Einen Moment lang überlegte sie, was sie tun könnte, während sie in Richards Augen sah. Es kam ihr vor, als wirkten sie wie Magnetpole auf sie, mal anziehend, mal abstoßend, doch nie gleichgültig … Schauer liefen ihr über den Rücken.

Sie seufzte und löste ihre Hand aus seinem Griff. »Gut, gehen wir«, sagte sie gefasst. »Ich möchte dich nur bitten, morgen mit mir zusammen diese Agnes Meding …« Sie verstummte und zog ihr Höschen langsam über ihre Hüfte.

Richard setzte sich auf, dabei stöhnte er leise. Sie musste lachen und drehte sich von ihm weg. Seine Erektion hielt also noch an …

Sie schlüpfte in ihre Satinpumps und bewegte sich lasziv auf das Fenster zu. Noch glitzerten die Lichter der Stadt in nächtlichem Dunkel. Nur ein schmaler Streifen Hellgrau über den Dächern ließ den herannahenden Morgen erahnen. Das Sonnenlicht würde nicht heißer sein als das pochende Verlangen in ihrem Schoß.

Sie fasste einen Entschluss, legte ihre Perlenkette wieder an und warf sie schwungvoll über ihren Rücken, so dass die Perlen ihren Steiß kitzelten. Dann stützte sie ihre Hände auf die Fensterbank und wartete.

Federbett raschelte, und wieder knarzten Dielen.

Da spürte sie plötzlich, wie Richard sie berührte … tiefer berührte … und sie so kraftvoll zu lieben begann, dass ihr schien, als würde die Perlenkette über ihren Rücken peitschen.

31

Hamburg,
August 2012

Sie würde nie wieder in fiebrigem Zustand Mails schreiben. Sie musste völlig benommen gewesen sein, als sie ihre Absage an Julian als Re-E-Mail versehentlich an Mo weitergeleitet hatte. Jetzt hatte Mo seine liebenswerten Zeilen samt seines Videos gesehen und wusste von ihrer brüsken Zurückweisung. Sie musste völlig den Verstand verloren haben. Warum war sie nicht vorsichtiger gewesen und hatte gewartet, bis ihr Kopf wieder klar war? Nach der Lektüre der Artikel hatte sie sich in ein Misstrauen hineingesteigert, das sie jetzt bereute.

Mo würde wissen, dass sie aus Angst gehandelt hatte. Angst davor, Julian zu verlieren.

Oder hatte sie unterbewusst Mo ärgern wollen? Nicht jeder Mann war schließlich so kreativ wie Julian. Sein Video war etwas Besonderes, etwas, auf das sie stolz sein konnte.

Wie auch immer. Sie jedenfalls musste nun damit leben, dass Mo von ihrer Verbindung zu Julian wusste, denn Mo hatte umgehend reagiert.

Isabel starrte, unfähig zu antworten, auf Mos Mail. Seit Tagen schon schmerzte ihr der Magen. Vielleicht lag es an den vielen Medikamenten, mit denen sie den hartnäckigen grippalen Infekt zu bekämpfen versuchte. Vielleicht aber auch daran, dass ihre Zeitarbeitsfirma sie nach den beiden Fehltagen auf Wunsch der Rahlstedter Bank abgezogen hatte. Jetzt saß sie in einem winzigen, fensterlosen Minibüro in St. Pauli, mitten im kalten Luftstrom einer Klimaanlage, die ihr das Gefühl gab, langsam zu vereisen. Starr haftete ihr Blick auf Mos Mail.

Du wirst nie die Liebe Deines Lebens finden, Isy. Sorry, aber Deine Mutter hatte recht.
Vergiss nicht: Ich habe Deinen Vater geliebt, obwohl ihr mich damals dafür gehasst habt. Du und Deine Mutter und all die anderen. Es war mir egal. DAS war auch ein Grund, warum ER leichter den Krebs ertragen konnte, als mich freiwillig aufzugeben.
Übrigens, ist Dir eigentlich bewusst, dass Du und Simone, dass ihr euch in einem ähnlich seid?
Simone muss alles unter Kontrolle haben, sogar ihre Beziehung. Deshalb hat sie sich ein solch konventionelles Eltern-Söhnchen wie Falk ausgesucht. Weil sie nämlich ihre echten Gefühle nicht herauslassen will.
Genau wie Du. Du hast Angst, loszulassen und etwas Neues zu wagen.
Ich wette sogar, Du hast noch nicht einmal meinen Roman »Heartbreak« gelesen, weil Du es nicht ertragen kannst, zu welcher Geschichte mich Deine Postings inspiriert haben.
Du traust Dich nicht, über Grenzen zu springen.
Ehrlich: In Wahrheit hast Du Angst, Du selbst zu sein.
Deshalb hast Du Dir damals Henning ausgesucht, diesen eitlen Macho, in dessen Strahlen Du wunderbar abtauchen konntest.
J. R. aber ist anders. Ich habe ihn kennengelernt. Er hat Charakter.
Und Du kneifst.
Pech für Dich, Isy.

Über ihre Haut jagten heiße und kalte Schauer. Wie Ketten schlugen Mos Worte ihr um den glühenden Kopf. Mo hatte sie tief verletzt, weil sie die Wahrheit ausgesprochen hatte.

Ja, sie hatte Angst. Angst, sich ihren Vorurteilen zu stellen. Ein Grund, warum sie noch immer nicht Mos »Heartbreak«-Manuskript zu Ende gelesen hatte.

Und sie hatte Angst davor, für Julian nicht mehr liebenswert genug zu sein. Sie hatte ihm eine Absage erteilt, um zu prüfen, wie belastbar seine Zuneigung zu ihr war.

Mo hatte recht. Ihr fehlte der Mut, fest zu ihrer inneren Wahrheit zu stehen. Und die bestand darin, dass sie Julian tief in ihrem Inneren vertraute. Liebend vertraute.

Sie hätte ihn niemals verletzen sollen.

Später hätte Isabel nicht mehr zu sagen gewusst, wie sie es dennoch schaffte, eine Excel-Tabelle über den Verlauf von Vorfinanzierungskrediten für Townhouses in Altona, Eimsbüttel und Ottensen, inklusive Sonderzinssätzen, Einkommens- und Wertsteigerungsschwankungen zu erstellen. Ihre Finger fühlten sich spindeldürr an, ihre Zähne schlugen aufeinander, und ihr Magen rumorte.

Als sie gegen fünf Uhr aus der Bank in die abgasgeschwängerte Hitze des Augustnachmittages hinaustaumelte, wurde ihr schwarz vor Augen. Sie musste sich an einer mit Graffiti verschmierten und nach Urin stinkenden Hauswand einer Bordellruine abstützen. Wie Schlieren zogen Autos und Menschen an ihr vorbei. Sie rutschte an der Wand herab, sank auf einen mit Hundehaaren und McDonalds-Resten verschmutzten Pappkarton. Sie nahm die abschätzigen Blicke der Männer, die vor ihr stehen blieben oder vorüberschlenderten, kaum noch wahr. Vermutlich hielten sie sie für eine Drogenabhängige, die sich soeben ihren letzten Schuss gesetzt hatte. Erst als ein Hund an ihrer Wade schnüffelte, öffnete sie ihre verquollenen Lider.

Ein Mädchen in weißem Paillettenshorty, roten Stilettos und trägerlosem Top stieß sie an. »Ey, mach los.« Ihr langes rotes Haar kitzelte sie an der Stirn, dann spürte sie, wie das Mädchen sie mit klebriger Hand am Oberarm fasste und schüttelte.

»Mensch, komm hoch, gleich ist grün«, drängte das Mädchen und zerrte an ihr. »Du hast da 'nen Typen im Cabrio, der hält mit seinem Warnlicht schon alles auf.«

Mühsam richtete sich Isabel, an der Wand abstützend, auf. »Wer? Was ist grün?«

»Komm schon. Da is 'n Bulle bei ihm. Ich soll dich holen.«

Isabel starrte das Mädchen an, sie verstand kein Wort. Das Mädchen legte Isabels Arm um seine Schultern. »Mannomann, bist du fertig. Blasen ist da nicht mehr, würd ich sagen.« Sie schleppte Isabel ein paar Schritte, als ihr auch schon ein Mann in grausilbrigem Anzug entgegenrannte und sie auffing. »Mensch, was machst du denn hier, Isy? Was ist mit dir los?«

»Vollgekifft, würd ich sagen«, erwiderte das Mädchen lakonisch.

»Henning!« Isabel krallte sich an ihm fest, dabei hörte sie ein Rascheln.

»Hier, danke für deine Hilfe.« Anscheinend drückte Henning dem Mädchen Geldscheine in die Hand.

»Okay«, erwiderte es, »komm mal wieder, ja? Im Hochpumpen kenn ich mich echt gut aus.«

Autos hupten drängend, und als Isabel erleichtert auf das sonnenerhitzte Leder des Cabrios sackte, wäre sie beinahe zur Seite gekippt, hätte Henning sie nicht rechtzeitig angeschnallt.

Er wollte sie so schnell wie möglich nach Hause fahren. Bei jedem Spurwechsel, jedem Bremsmanöver schnappte Isabel nach Luft. Schneller, als ihr lieb war, kam sie wieder zu sich. Als er es merkte, fragte er sie, warum sie in einer Filiale in St. Pauli arbeitete. Sie berichtete ihm von den frustrierenden Einsätzen bei der Zeitarbeitsfirma, mit dem Ergebnis, dass sie sich etwas besser fühlte. Er fuhr jetzt rücksichtsvoll, beinahe langsam, um ihr genau zuhören zu können. Hin und wieder stellte er Fragen, und sie versuchte, sich an etwas zu erinnern, das sie ihm unbedingt erklären musste. Erst als Henning vor einer dunkelorangefarbenen Eppendorfer Ampel Vollgas gab, fiel ihr siedend heiß ein, dass sie den alten Parfumflakon in ihre Tasche gesteckt hatte. Sie hatte ihn heute in das Analyselabor bringen wollen, das ihr Julian in jener besonderen Nacht Ende Juli empfohlen hatte. Sie fasste Henning am Arm. »Tu mir bitte den Gefallen, bieg zum UKE ab! Es ist wichtig für mich!«

Er sah sie an. »Geht's dir so schlecht?«

»Nein, hier, warte« – sie fingerte den Zettel mit der Adresse des Labors aus ihrer Handtasche – »Süderfeldstraße, da will ich hin. Ich möchte ein Parfum in einem Analyselabor untersuchen lassen.«

»Was soll denn daran interessant sein?« Er zog die Augenbrauen zusammen. »Willst du dir kein neues kaufen?«

»Es ist etwas Besonderes, das ist alles. Bieg jetzt einfach ab.« Sie wies nach links.

»Okay, aber ich komm mit!« Er trat aufs Gaspedal und lenkte seinen Wagen mit quietschenden Reifen in die schattige Seitenstraße.

Im gleichen Moment torkelte ein Mann vom Seitenstreifen zwischen parkenden Autos hervor auf die Straße. Henning bremste abrupt und hielt knapp vor ihm. Der Mann wirbelte um die eigene Achse, starrte Henning mit geröteten Augen an und stieß mit dem Fuß gegen den Kühlergrill. Henning löste seinen Sicherheitsgurt. Der Mann heulte und stieß unartikulierte Laute aus, zuckte mit den Schultern und spuckte. Eine junge Frau in rosa Leggings und weißem Hemd rannte auf ihn zu, nahm ihn bei der Hand und redete beruhigend auf ihn ein. Widerstrebend ließ er sich von ihr auf die andere Straßenseite führen. Isabel atmete auf. Wäre es zu einem Unfall gekommen, hätte sie sich schuldig gefühlt. Wie gut nur, dass es ihr selbst jetzt etwas besserging, noch ein Drama, und sie wäre endgültig zusammengebrochen. »Idiot«, hörte sie Henning fluchen. Er stieg aus und untersuchte den Kühlergrill nach Spuren.

Ob er sie für einen möglichen Schaden mitverantwortlich machen würde? Sie kannte ihn gut genug, um sich vorstellen zu können, dass er ihre innere Schwäche ausnutzen und behaupten würde, ohne ihre Idee, diesen Umweg zu nehmen, wäre dies hier nicht passiert. Doch Henning richtete sich auf und setzte sich wieder neben sie. »Noch mal Glück gehabt, der Idiot.« Er drückte wütend aufs Gaspedal.

Es fühlte sich an, als wäre gerade ein Megatruck mit zwanzig Tonnen Gewicht von hinten gegen das Heck geprallt. Seltsamerweise vervielfachte der plötzliche Stoß ihre Erinnerung an den Schock, den Mos Mail in ihr ausgelöst hatte. Wie von selbst glitt ihre Hand in ihre Tasche. Der rote Diamant blitzte als Erstes auf, als hätte er viel zu lange das Sonnenlicht entbehrt. Das Glas aber fühlte sich an, als zerflösse es in ihrer fieberheißen Hand.

Henning bog nördlich des UKE-Geländes in eine schmale Allee ein und hielt nach wenigen Metern vor einem zweistöckigen Flachdachgebäude. Sie sah ihn an. »Ich geh allein, Henning, warte hier bitte auf mich.« Sie löste ihren Gurt, tastete nach dem Türgriff.

»Kommt nicht in Frage!« Henning sprang auf und half ihr aus dem Wagen. »Es bleibt dabei. Ich komme mit, in diesem Zustand …«

Von leichtem Schwindel ergriffen, schritt sie auf die im vollen Sonnenlicht liegende Eingangstür zu.

Henning holte sie rasch ein und hielt ihr die Tür auf. Er wies auf den Flakon. »Traust du etwa deinem Neuen nicht? Meinst du, er hat da ein bisschen Gift beigemischt?«

Er wusste von Julian! Und er war eifersüchtig! Wer anders als Mo hätte ihm ihr Geheimnis verraten können? Ein Fieberschub erfasste sie, vor ihr verschwammen für einen Moment die Konturen. Sie fasste nach dem Türholm und betrat die kühle Eingangshalle. Sie durfte nicht zusammenbrechen. Ihr Hals schmerzte, und auf ihren Schläfen lastete ein dumpfer Druck. Sie trat auf den Empfangstresen zu und fragte nach dem Chemiker, den ihr

Julian genannt hatte. Dann sank sie erschöpft in einen schwarzen Drahtgestellsessel. Sie beobachtete Henning, der auf den spiegelnden Marmorfliesen der Eingangshalle auf und ab ging. »Mo hat dir also geschrieben?«

Er blieb stehen, hob überrascht die Augenbrauen. »Mo? Wie kommst du darauf? Nein, ich habe neulich ein paar Freunde eingeladen, um ihnen Nadja vorzustellen. Simone und Falk waren auch dabei. Deine gute alte Freundin hat mir ganz schön zugesetzt.«

»Simone hat was …?« Sie beugte sich vor.

»Sie meinte, du hättest schon genug Ärger, und ob ich den Geschäftsstellenleiter der Bank, bei der du dich nächste Woche vorstellen sollst, nicht kenne.«

»Ihr habt über meine Bewerbungen gesprochen?«

»Über deine Probleme, einen dir angemessenen Job zu finden.« Er presste die Zähne zusammen. »Ehrlich, Isy, bei allem, was geschehen ist – ich begreife nicht, warum du meine Hilfe ablehnst.«

»Findest du nicht, dass du eitel bist, Henning? Immer soll die Welt nach deinen Launen tanzen. Du bist unverbesserlich.«

»Und du, du kannst nicht verzeihen, Isabel.« Er blieb vor ihr stehen und stützte seine Arme auf die Lehnen ihres Sessels. »Falk hat mir Simones Film aus Südtirol gezeigt. Er meinte, hättest du mich damals besser verstanden, wärst du diesem Biker nicht vors Rad gelaufen.«

Männerfreundschaft, wie Simone gesagt hatte. Männer, die jeden Tag aufs Neue den Frauen ihre Deutungshoheit beweisen wollten. Falk als Verteidiger einmal festgelegter Paarungsrollen, Henning als selbstverliebter Bankenkrieger im Armani-Anzug.

»Henning, ich möchte meinen eigenen Weg gehen. Auch dies hier ist meine Angelegenheit. Ich finde, du hast kein Recht, mich in welcher Form auch immer zu kritisieren.« An seiner Miene sah sie, dass er sie trotz ihrer Heiserkeit verstand. Schüttelfrost ergriff sie. Sie schlang ihre Arme um sich und starrte auf den Boden.

Auf dem Marmor waren quietschende Schritte zu hören. Einen Augenblick später blieb ein Paar weiß-braune Ledersneaker unter weißen Hosenbeinen vor ihr stehen. Isabel schob ihre schweißnassen Haarsträhnen aus dem Gesicht, hob den Flakon hoch und konnte gerade noch einen Gruß von Julian ausrichten. Mit einem mitfühlenden Blick nahm ihr der Chemiker den Flakon aus der Hand und hielt ihn gegen das Licht.

»Sieht interessant aus, Frau Hambach, aber Sie sollten jetzt sofort nach Hause fahren. Ich rufe Julian an, damit er wenigstens digital auf Sie aufpasst, okay? Er wird sich freuen, dass Sie zu uns gekommen sind. Und in den nächsten zwei Wochen sollte das Ergebnis feststehen. Gute Besserung.«

32

Berlin,
Mai 1926

Agnes hatte Martha gleich nach dem Aufstehen gebeten, das Taxi für acht Uhr zu ordern. Sie hatte keine Zeit zu verlieren. Sie musste Paul wiederfinden, und wenn es ihre letzten Kräfte aufzehrte. Sie war sich sicher, dass er noch lebte, auch wenn es gestern im ersten Moment anders ausgesehen hatte. Sie hatte Paul auf der Fahrt durch die Innenstadt plötzlich inmitten kämpfender Reichswehr und Kommunisten entdeckt, als er, eine Aktentasche unter dem Arm, im Laufschritt die Straße überqueren wollte. Agnes hatte das Bild noch immer klar vor Augen, als auf Pauls Kopf ein Pflasterstein zuflog, Paul ins

Straucheln geriet, um die eigene Achse wirbelte, die Tasche verlor und vor ein heranrasendes Automobil stürzte. Sie hatte Schüsse gehört, geschrien und am Türgriff gerüttelt, doch der Taxifahrer hatte bereits den Rückwärtsgang eingelegt und war mit Vollgas in die dicht beparkte Nebenstraße gerast. Sie hatte ihre Finger in seinen Jackenkragen gekrallt und gefleht, er solle sie auf der Stelle aussteigen lassen. Das Lenkrad im Zickzackkurs herumreißend, hatte er sie angebrüllt, er müsse Frau und Kinder versorgen und würde jeden krepieren lassen, der seine Fahrerlizenz gefährdete. Ein Taxi habe im Straßenkampf nichts verloren. Hätte ihr nicht ein plötzliches Reißen in der Herzgegend kurz die Luft abgeschnürt, wäre sie ohne zu zögern aus dem fahrenden Wagen gesprungen.

Glücklicherweise wusste sie nun, wo sie Paul finden konnte. Gleich nach dem Unfall hatte sie von zu Hause aus mit Polizei und Krankenhäusern telefoniert, nur um sich die Demütigung zu ersparen, Pauls Bruder Karl anzurufen und von ihm abgewiesen zu werden. Doch am frühen Abend, nachdem sie in der Charité erfahren hatte, dass Paul auf Wunsch seiner Familie in ein Privatsanatorium verlegt werden sollte, hatte sie einsehen müssen, dass sie Paul nie wiedersähe, wenn sie jetzt nicht bereit war, ihre Abneigung gegen Karl zu überwinden.

Zunächst hatte sich in seinem Büro niemand gemeldet. Erst beim vierten Versuch hatte ein erkälteter Mitarbeiter abgenommen und ihr, unterbrochen von heftigen Niesanfällen, erklärt, er dürfe die Privatnummer seines Vorgesetzten an niemanden weitergeben. Daraufhin hatte sie eine schlaflose Nacht verbracht und morgens um sieben ein weiteres Mal das Büro angewählt.

Wie erwartet, war Karl Söder nicht erfreut gewesen, ihre Stimme zu hören. Erst nachdem sie ihm erklärt hatte, dass sie vielleicht nicht mehr lange zu leben hätte, hatte er ihr die Adresse des Privatsanatoriums genannt und ihr geraten, sie solle sich gut überlegen, ob sie Paul nicht doch lieber so in Erinnerung behalten wolle, wie er früher gewesen war.

Entsetzt über die Vorstellung schwerster Verletzungen, waren ihr die Tränen gekommen, doch sie hatte noch ein vehementes Nein hervorgebracht und grußlos aufgelegt.

Agnes warf unruhig einen Blick zur Uhr, es war kurz vor halb acht. Geistesabwesend blätterte sie die Frühausgabe der Berliner Zeitung durch, bis ihre Augen an einem Artikel mit der Überschrift »Exzess neuester Moden« hängenblieben. In der letzten Nacht hatte es einen Kokaintoten infolge einer dieser »Surprise Partys« gegeben, die, nach England und Frankreich, zum Ärger vieler Bürger nun auch hier in Deutschland in Mode gekommen waren. Agnes' Lippen zitterten, als sie bei den Zeilen angelangt war, die die leichtlebigen Söhne eines Brandenburger Freiherrn v. B. erwähnten, die I. Sch., einer einst mit dem ersten Preis im Schnellschreiben ausgezeichneten Stenotypistin, auf diese Weise neue Perspektiven geboten hätten. Wie die Zeiten sich doch geändert hätten. Gerade noch galt das Büro als höchstes Berufsziel junger Frauen, schon hätte es sich zu einer Abflugrampe für den Aufstieg in die höheren Kreise entwickelt. Man müsse es nur klug genug anstellen. Und wer über die entsprechenden Kontakte verfügte, könne als junge Frau in kürzester Zeit den Planeten der reputiertesten Herren erobern, solange einem nicht feiner weißer Staub die Sicht vernebelte.

Irene. Dieses arme, lebenshungrige Mädchen. Frei hatte es sein wollen, und sie, Agnes, hatte schon seit langem Angst vor einem solchen Ende gehabt. In ihrem Ohr vernahm sie ein wattiges Rauschen, in das sich ein unangenehm vibrierender Pfeifton mischte. Vor Schmerz sog sie die Luft ein und drückte ihre Hand gegen ihren Kopf.

»Telefon für dich, es ist die junge Stenografin.« Martha riss die Tür auf.

»Was? Dann lebt sie ja!« Erleichtert, doch mit einem Anflug von Ärger wischte Agnes die Zeitung über den Tisch. Blatt für Blatt segelte auf den glatten Boden. »Warte, nein, ich ... ich möchte sie nicht sprechen. Frag sie nur, was sie will.«

Martha zögerte einen Moment, dann lief sie zurück in den Hausflur. Agnes hörte sie sprechen und zuckte zusammen, als Marthas plötzlicher Aufschrei an ihr pfeifendes Ohr drang. Angespannt richtete Agnes ihre Augen auf ihre Schwester, die, wachsbleich im Gesicht, auf der Türschwelle auftauchte.

»Sie ist Arthur begegnet, er ... er bettelt.« Martha fixierte Agnes mit entsetztem Blick. »Sie sagt, er hätte eine Nachricht für dich.«

Arthur, der Bettler. Ohne dass Agnes sich dagegen wehren konnte, kam es ihr vor, als liefe sie hektisch vor belebten Theaterbühnen im Kreis, von denen überall Arthurs »Nisch, nisch«, mit dem er ihre Spende zurückgewiesen hatte, und sein »Flang flageher« zu hören waren, mit dem er sie daran hatte erinnern wollen, dass sie einmal zusammen gewesen waren. Sie hielt sich die Ohren zu, schloss die Augen.

»Agnes!« Martha schüttelte Agnes an den Schultern. »Das Mädchen wartet. Sie will dir etwas Wichtiges sagen.«

Agnes erhob sich, eilte in den Flur und ergriff den Telefonhörer. »Fräulein Schmidt?« Sie lauschte. »Er hat was? Ihnen einen Zettel gegeben? Er will eine Schuld eingestehen? Oh, mein Gott, wo ist er? Sie wissen es nicht, natürlich ... Was sagen Sie?« Der Hörer in ihrer Hand zitterte, und sie versuchte, Irenes schnellen Erklärungen zu folgen. »Was sagen Sie? Da gäbe es noch jemanden?« Sie spannte sich an, heftete ihren Blick auf das Muster der Tapete vor ihr. »Grevenstein? Richard Grevenstein? Sind Sie sich sicher? Gut, bringen Sie ihn zu mir. Heute, ja, heute noch.« Der Hörer glitt ihr aus der Hand. »Wenn ich von Paul zurückgekommen bin.«

Unter ihr schien der Boden zu schwanken. »Martha, Arthur lebt, und er will mich sprechen. Und heute wird der Sohn von Martin Grevenstein zu uns kommen. Mein Gott, wir haben uns jahrelang gefragt, was aus ihm geworden ist.«

»Denk jetzt nicht an diesen Grevenstein, Agnes, dass Arthur noch lebt, ist entsetzlich. Hättest du mich damals nur nicht daran gehindert, die Gefallenenlisten durchzugehen. Du warst dir aber so sicher, dass er nicht mehr lebt, obwohl du nie eine amtliche Benachrichtigung erhalten hast.«

»Begreifst du nicht, Martha? Ich wollte, dass er tot ist.«

»Natürlich, Agnes, die andere Vorstellung hast du nicht ertragen. Sei ehrlich, du hast dich wieder in deinen Gefühlen geirrt.«

»Nein!« Agnes riss die Augen auf und presste die Finger um Marthas Handgelenke, bis diese aufschrie. »Nein, das ist nicht wahr. Ich wollte, dass er tot ist, weil ich dann frei gewesen wäre. Aber jetzt will ich ihn sehen. Er spricht von einer Schuld, gut, er wird jetzt endlich eingesehen haben, welch unmenschliches Leid ich seinetwegen ertragen musste.«

»Was für ein Durcheinander, wie viele Lügen und welches Leid. Glaube mir, Agnes, hättest du mit einer Frau zusammengelebt, wärst du glücklicher geworden. Eine Frau hätte dich besser verstanden als diese beiden Männer, die dir nichts als Unglück gebracht haben.«

»Dass ausgerechnet du das sagst. Sei ehrlich, es ist nicht wahr.« Agnes erhob sich. Sie musterten sich, als fragten sie sich insgeheim, welch zynisches Schicksal sie zu Blutsverwandten erkoren hatte. Schließlich ging Agnes zurück in die Küche und schenkte Kaffee für sich und Martha ein. »So wie du Dora liebst, so habe ich in Paul die Liebe meines Lebens gefunden. Du weißt, das ist ein seltenes Glück. Wir müssen dankbar dafür sein, Martha.«

Sie sahen einander prüfend an. Schließlich seufzte Martha und legte ihren Arm um Agnes. »Wie oft haben wir darüber schon geredet, Agnes. Es ist doch so einfach. Dieser Mann, dein Arthur, war ein einfacher Soldat mit schlichtem Gemüt. Er war neidisch auf Paul, das ist alles. An eurer Ehe festzuhalten war sein einziger Triumph.«

»Du hättest mir damals helfen können, Martha, aber du hast es nicht getan. Das musst du jetzt nicht mehr beschönigen.«

»Es tut mir leid, aber ich habe nie deine ganze Wahrheit ertragen. Nie, Agnes.«

Agnes sah Martha ernst an. »Du hast mich damals als Schwester alleingelassen.«

»Mutter lebte noch, wie hätte sie verstehen sollen, dass du ein Kind hast?«

»Sie hätte dir eher verziehen als mir, wenn du ihr von einer kurzen Bekanntschaft mit einem Mann erzählt hättest.«

»Nein, du irrst dich, Agnes. Sie hat mich schon in der Jugend erkannt. Sie konnte gewiss sein, dass mich kein Mann ihr wegnehmen würde. Vielleicht liebte sie mich gerade deshalb.«

»Da siehst du's. Du widersprichst dir, Martha. Mit Frauen soll also das Zusammenleben besser sein?« Agnes schüttelte den Kopf. »Als ob es um Mann oder Frau ginge. Das ist Unsinn. Ich habe damals gerne mein Versprechen gebrochen, aber ich bereue, was ich danach getan habe, nur weil ich Arthurs Druck nicht mehr ertragen konnte. Ich gehe heute zu Paul, und danach werde ich Arthur suchen, damit er weiß, dass es dieses Kind gibt. Diese Rache muss mir das Schicksal noch gewähren.«

Das Taxi glitt im Schritttempo durch eine frisch gepflanzte Lindenallee auf eine von weitläufigem Grün umgebene, zweiflügelige Villa zu. Auf den Balkonen standen Holzliegen mit gestreiften Bezügen. Hier und da entdeckte Agnes Kranke, die unter Wolldecken ruhten, lasen oder direkt auf das sprudelnde Nass eines fünfschaligen Springbrunnens schauten, an dessen unterem Teil zwei junge Handwerker in Manchesterhosen knieten, um Majolikasteine auszubessern. Um den Brunnen herum reihten sich Holzbänke aus heller Eiche, auf denen lose gefaltete Decken und bestickte Blumenkissen lagen. In einer von Tuffsteinen eingerahmten Rabatte jätete ein Gärtner zwischen Rosensträuchern Unkraut. Ein weiterer harkte den sandigen Hauptweg, und ein dritter lief mit überschwappenden Wassereimern auf eine Gruppe weißrosa blühender Rhododendren zu. Im hinteren Teil des Parks entdeckte Agnes drei Krankenschwestern, die ihre Patienten in Rollstühlen auf eine Volière zuschoben, in der Kanarienvögel sangen.

Ein friedvolles Paradies, dachte Agnes und setzte sich auf eine Bank, um abzuwarten, bis sich das Pfeifen in ihrem Ohr legte. Der Telefonanruf hatte sie zu sehr aufgewühlt. Arthur lebte und wollte sie um Verzeihung bitten. War es, fragte sie sich, dafür nicht eigentlich zu spät? Er hatte ihr Leben vergiftet, und keine noch so tränenreiche Entschuldigung würde ihre heimliche Wut auf ihn besänftigen können. Wenn nur ihre unglückliche Vergangenheit sie endlich entließe. Sie wollte noch einmal die Gegenwart, das bisschen Leben mit Paul genießen. Am schönsten wäre es, wenn sie noch ein letztes Mal zusammen nach Visingsö reisen könnten.

Sie betrachtete die Blumen und glitzernden Wasserfontänen. Ja, sie hatte Linnea immer ein klein wenig um ihr Seegrundstück beneidet, um die Geborgenheit ihres Holzhauses, um ihre selbstverständliche Genügsamkeit. Sie erinnerte sich daran, wie viel Freude Linnea ausgestrahlt hatte, sobald sie schlichtes Glas mit farbigen Pinselstrichen in kleine Kunstwerke verwandelte. Das eigentliche Wunder geschah jedoch, wenn andere das fertige Glas später in der Hand hielten. Sofort spürte man die Lust, für die Vasen Blumen zu schneiden, für die Becher eine Flasche guten Weins zu öffnen, für die Schalen Beeren oder Kirschen zu pflücken.

Jahr um Jahr hatten sie verfolgt, wie die kleine Wiese weiter auf den Kirschenhain zugewachsen war. Ihren Herzkirschenhain. Und irgendwann war ihr bewusst geworden, dass nur das einfache Leben in der Natur wahres Glück verhieß, vor allem, wenn man es nutzte, um Neues zu schaffen. Wäre sie noch mal jung, würde sie niemals in einem Büro arbeiten wollen und der Hoffnung erliegen, Seidenbluse und Stenografiekenntnisse könnten sie vor machtbesessenen Geschäftsleuten schützen, die ihre Lebenskraft ausbeuteten. Auf Visingsö hatte sie gelernt, wie erfüllend selbstbestimmte Zeit war, erfüllend und tausendmal schöner als jeder Modeschmuck.

Irene Schmidt. Natürlich musste sie ihr jetzt einfallen. Sollte sie Paul wirklich verraten, dass sie einer jungen Frau ihr Leben erzählte, das diese kühl und mit spöttischem Unverständnis in Form von Hieroglyphen notierte? Einer lebenshungrigen Frau, die wahrscheinlich ihren Lohn nach jeder Stunde für die nächste Maniküre ausgab? Sie wünschte sich, sie könnte ihm von ihrer tiefen Verunsicherung berichten, die sie hin und wieder in Irenes Nähe befiel. Zu Beginn hatte sie geglaubt, Irenes Selbstbewusstsein schüchtere sie ein. Doch im Laufe der Zeit ahnte sie, dass das nicht die ganze Wahrheit sein könnte. Allerdings fehlte ihr die Kraft, sich ihren widerstreitenden Gefühlen zu stellen.

Eine Amsel landete in dem Blumenbeet vor ihr. Ihr Flügel streifte einen Rosenstrauch, und ein Tautropfen schaukelte, im Sonnenlicht aufblitzend, auf seinem Blatt. Vielleicht, überlegte Agnes, sollte sie Paul nur das Schöne, das sie zusammen erlebt hatten, in Erinnerung rufen. Alles andere war – bis auf ihre einzige Frage – unwichtig. Würde er ihr ihren Fehler jemals verzeihen? Doch selbst wenn er es nicht täte, würde es nichts an ihrer Liebe zu ihm ändern.

Plötzlich frischte der Wind auf, Sonnenlicht blitzte durch das Blattwerk der Kastanien. Ob es noch Hoffnung für sie gäbe?

Hoffnung auf ein Glück, das ihrer *aller* Lebensfäden zusammenfügte?

Agnes hob ihren Kopf und suchte die Fensterreihen ab. Hatte Paul sie möglicherweise entdeckt? Doch nirgends hatte sich eine Gardine verschoben, hatte ein weiterer Patient auf einem Balkon Platz genommen. Sie musste sich auf die Mahnung seines Bruders besinnen. Sie solle nicht hoffen.

Sie setzte ihren Fuß auf die unterste Stufe der Steintreppe. Es war ihr, als täte sie den ersten und letzten Schritt auf die Liebe ihres Lebens zu.

Die Krankenschwester begleitete Agnes bis vor Pauls Zimmer. Agnes wusste nun, was sie erwartete. Paul würde schlafen, bis zu dieser Stunde hatte er das Bewusstsein noch nicht wiedererlangt. Die Schwester hatte ihr erklärt, dass der Pflasterstein, den Agnes auf Pauls Kopf hatte zufliegen sehen, nicht das Schlimmste gewesen war. Im Fallen hatte ihn eine Gewehrkugel von hinten getroffen und den rechten Lungenflügel durchbohrt. Ein Lungendurchschuss also, der in den meisten Fällen tödlich verlief. Da die Kugel die Aorta nicht zerfetzt hatte, bestünde glücklicherweise ein Funke Hoffnung. Allerdings durfte sich die Wunde nicht entzünden oder gar zu bluten beginnen. Für die Heilung des Unterschenkels, der beim Sturz gebrochen war, hatte die Schwester gemeint, bräuchte es nur Geduld und Zeit.

Zeit, dachte Agnes, wie sollte sie von einem solchen Schicksal noch erhoffen, dass es ihnen Zeit gäbe?

Sie bat die Schwester zu gehen, tupfte sich Tropfen ihres Parfums auf die Haut und schob die Tür zum Krankenzimmer auf.

Als sie Paul sah, den Kopf verbunden, das Bein im Gipsbett, nahm es ihr den Atem. Ein Luftzug schlug die Balkontür zu, und die Zimmertür fiel mit einem lauten Knall ins Schloss. Agnes erschrak und eilte auf Paul zu. Er jedoch schlief weiter, als wollte er ihr bedeuten, dass ihm längst alles Irdische gleichgültig geworden sei.

Sie setzte sich vorsichtig neben ihn. Sein rasselnder, quälend schwerer Atem erschütterte sie. Sie beugte sich über ihn, küsste seine Lider, murmelte liebevolle Worte auf seine blutleeren Lippen, suchte seine Hände, die kühl und feucht unter dem Deckbett lagen. Wenn er stürbe, dachte sie, sie würde ihm folgen. Sie war ihm so nah, dass sie glaubte, sein Herz schlüge in ihr, sein Atem entwiche ihrem Mund, seine schwache Wärme verströmte in ihr. Er war ihr Leben, und sie würde ihn auch in jener Welt lieben, in die der Tod sie hinübertrüge. Hatte Paul es ihr nicht schon so oft erklärt? Damals, auf Visingsö, als er ihr endlich sein wertvollstes Geschenk überreicht hatte. *Seine* Herzkirschen. Kleine zarte Setzlinge und Kerne aus Bessarabien.

Sie drückte ihre Wange an sein Gesicht. Ob er wenigstens den Duft des Parfums wahrnahm, der an sie erinnerte?

Sie wusste nicht, wie lange sie an seinem Bett ausharrte. Sie war glücklich, ihn atmen zu hören. Doch plötzlich bemerkte sie, wie er seine Augen öffnete. Sie setzte sich auf und lächelte ihn an. In seinen Pupillen leuchtete das Erkennen auf. »Agnes.« Er hustete, murmelte ein weiteres Mal ihren Namen.

Sie streichelte sein Gesicht. »Paul, wie geht es dir?«

Er versuchte zu lächeln. »Wie schön, dass du gekommen bist.«

»Ach, Paul, endlich haben wir uns wieder. Sag mir, wie ich dir helfen kann. Ich werde alles tun, nur damit du wieder schnell gesund wirst.«

»Bleib bei mir, Agnes, ich habe dir verziehen.«

Agnes begann, vor Erleichterung zu weinen. Als er hustete und etwas Blut spuckte, wischte sie ihm mit einem Tuch den Mund ab. Er aber sah sie eindringlich an. »Das Kind, lebt es?«

Mit dieser Frage hatte sie nicht gerechnet. Sie verspürte einen Stich. »Paul, ich … ich bin mir nicht so sicher, ob wir jetzt über sie sprechen sollten.« Wie kam er auf das Kind? Auf *sie?* Ihr kam es vor, als hätten sich ihre Gedanken, die sie soeben im Park gehabt hatte, in seine Träume geschlichen.

Das Kind, lebt es? Als sei die Zeit stehengeblieben, und sie hätte es gerade eben geboren. Sollte sie Paul wirklich gestehen, dass sie sich nicht getraute, offen mit dieser jungen Stenografin zu sprechen? Und wenn sie sich irrte? Sie durfte ihn auf keinen Fall beunruhigen … doch sie würde zu einer Notlüge greifen müssen, zu einer flüchtigen Lüge, die für sie aber die Verpflichtung bedeutete, die Wahrheit herauszufinden. Nur jetzt sollte nichts die Freude über ihr Wiedersehen nach so vielen Jahren zerstören. Sie beschloss, das Risiko einzugehen. »Ja, sie lebt.« Sie lächelte Paul an und drückte seine Hände. »Werde du nur wieder gesund, dann wirst du sie sehen.«

»Wie geht es ihr?«

»Nun, ich denke, sie ist wie die anderen modernen Frauen, hübsch und selbstbewusst.« Das musste reichen, das sollte reichen. Sie drückte zärtlich seine Hand, merkte, wie er ruhiger wurde. Nun musste sie ihn ablenken. »Hast du große Schmerzen, Paul?«

»Sie geben mir Morphium, heute lässt es sich aushalten.« Er erwiderte ihren Händedruck. »Erzähl. Erzähl von dir.«

»Also, gestern war ich auf dem Weg zu dir und habe alles gesehen.«

Er versuchte nachzudenken, dann bewegte er den Kopf, als hätte sie ihn missverstanden. »Ich meine nicht den Unfall. Ich meine dich, wie geht es dir? Linnea sagte mir, du seiest krank?«

»Sie ist im März zu mir gekommen, Paul.« Sie strich behutsam über die Bettkante. »Und sie blieb bis Mitte April, bis sie sicher sein konnte, dass ich die Operation überstehe. Knut hat sie verlassen, er ist nach Amerika ausgewandert. Aber mir, Paul, geht es gut. Die Ärzte sagen, ich müsse mich nur schonen.«

»Knut …« Er sah zur Decke. »Linnea wird ohne ihn zurechtkommen.«

»Ich hoffe es. Mir war sie eine große Stütze.«

»Was hattest du, Agnes?«

Sie senkte ihren Blick. Das Wort hatte seinen Schrecken nicht verloren. »Die Ärzte sprechen von einem Zervixkarzinom. Gebärmutterhalskrebs.«

Paul hustete erneut und spuckte Blut. Agnes stand auf, suchte nach einem frischen Tuch, befeuchtete es mit Wasser und reinigte sein Gesicht und seine Hände. Dann entfernte sie die alten Tücher und drückte ihm ein sauberes in die Hand.

»Hast du Linnea verziehen?« Er hustete erneut, röchelte und drehte sich zur Seite.

Sie streichelte seine Arme, wartete, bis er sich beruhigen würde. Ihren Gedanken wanderten zurück ins Jahr 1916, als Linnea Paul auf Visingsö verraten hatte, dass sie, Agnes, ein Kind von ihm geboren und in fremde Hände gegeben hatte. Heute wusste sie, dass Linnea aus Mitleid mit Paul und dem Kind ein einziges Mal ihre Treue zu ihr gebrochen hatte. Paul aber hatte seinen Schmerz nur betäuben können, indem er freiwillig in den Krieg gezogen war, um auf der Seite seines russischen Vaterlandes, für den verhassten Zaren, zu kämpfen. Heute verstand sie, dass Paul nicht nur im Krieg, sondern später auch in seiner Arbeit Betäubung von seinem Schmerz gesucht hatte. Und sie? Sie war verbittert und aus Scham und Verzweiflung krank geworden.

Sie strich ihm über die Stirn, als wollte sie für immer diese Gedanken vertreiben.

»Ja, Paul, Linnea und ich, wir haben uns ausgesöhnt. Alles andere ist vorbei. Nichts zählt mehr, nur wir und das Hier und Heute. Jetzt.« Sie küsste ihn auf den Mund. »Linnea stand mir hier zur Seite. Sie hat mir gesagt, wie sehr sie immer mit uns gelitten hat.«

Paul hob seine Augenbrauen. »Und?«

»Du weißt es, Paul? Du weißt, was sie uns gegenüber empfindet?«

Er drückte ihre Hand und konzentrierte sich auf ihre Augen. »Sie liebt dich. Dich. Und. Mich. In einem geistigen Sinne, ja. Sie ist wahrhaftig und voller Liebe.« Jedes Wort senkte sich tief in Agnes' Seele. Er hatte es endlich ausgesprochen, ihrer aller Wahrheit.

»Wie geht es Martha?«, hörte sie Paul fragen, und sie berichtete ihm, unter welchen Mühen ihre Schwester mit Dora im Laufe der Jahre ein gutgehendes Strickwarengeschäft aufgebaut hatte. Doch bei dem Gedanken an Martha fiel ihr plötzlich ein, dass am Morgen Irene Schmidt angerufen hatte. Und sie beschloss, Paul noch schnell von Arthur zu erzählen, der betteln ginge und eine Nachricht für sie habe.

»Sei vorsichtig mit den Geständnissen der Kriegsheimkehrer«, meinte Paul. »Denk daran, ihr Geist und ihre Seele sind zerrüttet.«

Sie musste Paul schonen, ihm zunächst verschweigen, dass Arthur eine Schuld eingestehen wollte. »Du hast recht, er wird verwirrt sein und sich wichtigmachen wollen. Aber erinnerst du dich noch an Martin? Ein Nachfahre von ihm ist aus Amerika angereist. Ich nehme an, er möchte die Heimat seiner Vorfahren kennenlernen. Er hat sich übrigens für heute Nachmittag bei mir zum Kaffee angemeldet.«

Pauls Augen weiteten sich vor Überraschung. »Martin? Er wurde lange Zeit vermisst. Nach den Aufständen damals haben wir nie wieder etwas von ihm gehört.«

»Ja, er war eine treue Seele und immer so besorgt um uns. Weißt du noch? Ohne ihn hätten wir uns nie so unbeschwert treffen können.«

»Ich verstehe bis heute nicht, warum er plötzlich nicht mehr auf unsere Briefe antwortete.«

»Ja, es ist seltsam. Weißt du noch, wie oft er uns damals beim Tanzen fotografiert hat?«

Paul lächelte. »Natürlich, ich besitze sogar noch die Negative, jedenfalls ein paar davon. Andere sind mit den Fotografien irgendwie verlorengegangen, wahrscheinlich schon damals in der Kolonie. Ach, Agnes, wie oft habe ich dich später noch im Traum in den Armen gehalten. Ich habe dich immer vermisst.«

Sie küsste Paul auf Stirn und Wangen. »Wenn wir doch nur noch einmal zusammen Rumba tanzen könnten …« Sie lächelte.

»Mit diesem Bein?«, fragte er belustigt.

Sie sahen einander tief in die Augen. Sie wussten, es ging nicht mehr darum, Vergangenes wiederzubeleben. Die Gnade auf eine Zukunft geschenkt zu bekommen, das war alles, was sie für ihr Glück brauchten.

Paul nahm ihre Hände. »Agnes, ich möchte unsere Tochter sehen. Kannst du sie nicht das nächste Mal mitbringen?«

Sie legte den Finger auf seine Lippen. »Pscht, noch nicht … Es könnte dich zu sehr anstrengen …«

»Im Gegenteil.« Sein Blick glitt forschend über ihr Gesicht. »Was ist? Was hast du? Stimmt etwas nicht?«

Sie musste ihm einen Teil der Wahrheit sagen. »Sie weiß nicht, dass du in Berlin bist und schwer verletzt wurdest. Bitte gib uns noch ein wenig Zeit, ja? Ich werde sie erst in Ruhe auf eure Begegnung vorbereiten müssen.«

»Wartet nicht zu lange, Agnes, noch sitzt der Tod nah bei mir.«

»Ich sitze bei dir«, erwiderte sie und streichelte seine Wange.

Ohne auf sie einzugehen, fuhr Paul fort: »Und berichte mir vom jungen Grevenstein. Oder noch besser, schick ihn vorbei. Gleich morgen.«

Sie setzte sich auf. »Paul, du darfst dich nicht überanstrengen. Diese Gespräche über die Vergangenheit wühlen uns zu sehr auf.«

»Wir wollen doch endlich Klarheit darüber, wie es Martin geht, oder?«

»Gut, Paul, ich werde es ihm vorschlagen. Denk daran, er ist jung, er könnte Berlin aufregender finden als einen Krankenbesuch bei einem Fremden.«

»Ich vertrau dir, Agnes, aber du musst kommen. Du auf jeden Fall.« Er schloss die Augen. Sie lächelte und küsste ihn. Zu ihrer Freude erwiderte er ihre Berührung für einen kurzen Moment, der für sie sinnlich genug war, um sie alles um sich herum vergessen zu lassen. Sie erinnerte sich an die Zeit der blühenden Herzkirschenbäume, an ihren Duft, bevor ihn der Sommerwind über den lichttrunkenen See hinwegtrug.

33

Hamburg, August 2012

Ihr Smartphone klingelte beharrlich. Wo war es nur? Isabel versuchte genervt, im Durcheinander halb leergeräumter Schränke und Regale, von Umzugskartons und Wäschekörben ihr wichtigstes Utensil zu finden. Vergeblich. Am leichtesten wäre es, es läuten zu lassen, dachte sie. Nach ihm zu suchen, würde sie nur unnötige Kraft kosten. Denn sie hatte trotz ihrer hartnäckigen Erkältung schon am frühen Morgen damit begonnen, ihre Wohnung aufzulösen. Ganz sicher hätte sie es nicht getan, hätte nicht gestern Abend Jens-Peter Strumpf in grauschwarzer Trainingshose und ärmellosem T-Shirt an ihrer Tür gestanden. Er hatte sie angestrahlt und einen Discount-Prosecco zwischen zwei Fingern anzüglich vor ihr hin- und herbaumeln lassen. Er wolle sie an die

Postsendung erinnern, die er vor Tagen für sie angenommen hatte. Sie läge noch oben in seiner Wohnung. Ob sie Lust auf eine spontane Grillstunde auf seinem Balkon hätte?

Ihr war bei seinem Anblick sofort übel geworden. Wahrscheinlich hätte sie auf seine Einladung sogar verzichtet, hätte er für sie die Nachricht auf einen Lottogewinn angenommen. Dankend hatte sie abgelehnt, sich wegen ihres Fiebers seiner Einladung entzogen und hinzugefügt, er solle ihr doch bitte schön die Postsendung einfach vor die Tür legen. Strumpf hatte das Gesicht verzogen, doch rasch beschlossen, so zu tun, als glaube er ihr, und war, die Sektflasche über die Schulter schwenkend, mit einem »Na dann, meld mich wieder!« verschwunden.

Es wurde Zeit, dass sie dieses Haus verließ. So wie es aussah, würde sie sein Jagdfieber mit jeder weiteren Verweigerung nur noch weiter anfeuern. Und wenn sie Pech hatte, würde er so tun, als hätte er heute Morgen vergessen, ihre Postsendung vor ihre Tür zu legen. Sie würde sofort nachschauen. Aber erst sollte sie das Smartphone finden, denn es klingelte immer noch.

Isabel stemmte sich mit schmerzendem Rücken von dem Umzugskarton hoch, in dem sie gerade zusammengerollte Handtücher und Wäschestücke zwischen Kochtöpfen und Geschirr verstaute. Hektisch sah sie um sich. Wohin hatte sie nur das Gerät gelegt? Auf die Fensterbank? Sie wandte ihren Kopf, wischte sich den Fieberschweiß aus dem Gesicht. Nein, dort lagen nur Stapel alter Ordner. Auf den Heizkörper? Nein, dorthin hatte sie die wiedergefundenen Wollknäuel vom letzten Herbst gelegt. Es kam ihr vor, als würde das Läuten wie aus einem Hohlkörper schallen. Irgendwie verfremdet. Wahrscheinlich war das Gerät auf den Boden gefallen und unter irgendeinem Gegenstand begraben worden. Isabel versuchte, sich zwischen den zugeklebten Umzugskartons hindurchzuschlängeln, die das Wohnzimmer verstopften. Hoffentlich legte der Anrufer nicht auf, bevor sie es gefunden hatte. Hektisch suchte sie die wenigen freien Flecken ihrer Wohnung ab. Endlich erklang das Läuten so deutlich vor ihr, dass sie mehr verblüfft als erleichtert eine umgestürzte grasgrüne Plexiglasvase mit Seidenblumen hochhob, unter der das Smartphone energisch vibrierte. Sie nahm den Anruf an und lauschte. Es war das Analyselabor aus Eppendorf. »Kirschholz?«, wiederholte sie erstaunt und spürte, wie es in ihrem Bauch zu flirren begann. »Sind Sie sicher? Die Basisnote ist eine Essenz aus Kirschholz? Amber, Jasmin, Bergamotte, Orchidee, Tonkabohne, jaja, ich verstehe.« Sie schwitzte noch stärker, ihr Ohr pulsierte, so fest drückte sie das Smartphone dagegen. Weiteren Erläuterungen versuchte sie verwirrt, zu folgen. Schließlich lachte sie auf. »Sagen Sie's mir. Düfte können uns spontan mit einer Welle von Emotionen überspülen. Ah, okay, Kirschduft weckt also die Lebensgeister. Heitert auf. Hm, na, dann … eigentlich schade, dass kaum noch etwas davon übrig ist. Dann werde ich mich mit Orchideenduft trösten … Wie? Sie stehen für Reinheit, Eleganz, Schönheit. Was? Aphrodisierende Eigenschaften? Ja, gut, ich begreife. Ja, ich denke schon. Vielen Dank.«

Kirschholz also, deren Holz als Basisnote für ein Parfum der Liebe verwendet worden war. Der einzige klare Gedanke, den sie in ihrem Zustand fassen konnte. Isabel holte tief Luft, um ruhig zu werden. Sie sah den alten Herzkirschenhain vor dem Hintergrund des lichtbesprenkelten Vätternsees vor sich. Sah lose gefächertes Blattwerk mit reifen Früchten über sich, zwischen denen im leichten Wind immer wieder Himmelsblau aufblitzte. Sah verwitterte, schrundige Stämme, knorrig und verwachsen.

Hatte sie sich jemals gefragt, woher diese Bäume kamen? Wer sie gepflanzt hatte?

Herzkirschenbäume in Südschweden.

Früher hätte sie es nicht geglaubt.

Nun waren sie ihr Eigentum.

Ein Eigentum mit einem Geheimnis.

Eine Weile hing sie ihrer Erinnerung an Visingsö nach. Sie sollte, so bald es möglich war, wieder zu ihrem Seegrundstück zurückkehren. Dort hatte sie die Truhe entdeckt, in der Linnea Svensson die Zeugnisse der Liebesgeschichte zwischen Agnes Meding und Paul Söder aufbewahrt hatte. Einige Memorabilien ihrer Liebe hatten also überlebt, selbst die Ingredienzen des Parfums kannte Isabel nun. Wer aber war dieser Paul Söder, der das Parfum hatte kreieren lassen? Und wie war der Flakon in die Hände ihrer Mutter geraten? Und warum hatte ausgerechnet ihre so coole Mutter ein solch romantisches Symbol aufbewahrt? Rätsel, die sich vor ihr im Laufe der letzten Wochen aufgetan hatten. Nur eines verstand sie allzu gut. Die Süße der Kirschen entsprach der sinnlichen Lust, dem erotischen Flirt. Ihre Kerne aber schienen in sich geschlossene Geheimnisse zu symbolisieren.

Isabel fuhr mit dem Zipfel ihrer Hemdbluse über ihre heiße Stirn. Hatte ihre Mutter ihr früher nicht mal ein Gedicht über Kirschen beigebracht? Spöttisch hatte es geklungen, so wie Constanze noch nie etwas hatte leiden können, das auch nur im Entferntesten gefühlvoll war. Isabel versuchte, sich zu erinnern. Ein kurzes Gedicht musste es gewesen sein, ja, ein sehr kurzes. Sie erhob sich, ging ins Bad und betrachtete sich im Spiegel. Sie erschrak über ihre bläulichen Augenringe, ihre blasse Haut. Wie Schneewittchen siehst du aus, dachte sie und streckte ihre Zunge heraus. Blutrot, dachte sie, und plötzlich fiel es ihr ein. »Erst weiß wie Schnee / dann grün wie Klee / dann rot wie Blut / schmeckt allen Kindern gut.«

Herzkirschenzeit. Zeit der Herzkirschen. Zeit der Liebe, der Lust, der Geheimnisse … Sie fing das kalte Wasser in ihren Händen auf und spritzte es sich ins Gesicht, als könne sie sich von einem Spinnennetz befreien. Sie fokussierte ihre fiebrig glänzenden Augen im Spiegel. Sie sah verwirrt aus und biss sich verunsichert auf die Unterlippe. Wassertropfen hingen in ihren Wimpern, zerrannen auf ihren geröteten Wangen. Plötzlich nahm ein Gedanke Gestalt an und erinnerte sie an ihr schlechtes Gewissen. Sie starrte auf das Smartphone.

Sie musste diesen Moment nutzen.

Sie musste Julian anrufen, sofort, sich bei ihm entschuldigen.

Doch es meldete sich nur seine Mailbox.

Sie war enttäuscht und schreckte vom Klingelton eingehender Mails auf. Mechanisch folgte sie ihm. Kristina schickte ihr ein Bild ihrer neuen Wohnung in Gränna, mit Blick auf See und Insel, dazu eine Aufnahme des in lindgrün und hellgelb eingerichteten Kinderzimmers. Es musste wirklich schön sein, ein Kind zu erwarten, für das man neun Monate Zeit hatte, eine gemütliche Kuschelhöhle zu bauen. Isabel freute sich für Kristina, als wäre sie eine gute alte Freundin. Kristina grüßte sie herzlich und hoffte darauf, sie im Spätsommer wiederzusehen. Zu Isabels Beruhigung sei sie immer noch dabei, Styrger das Projekt mit dem Immobilieninteressenten auszureden. Dabei halte sie ihm Isabels eigene Erklärung vor Augen: Linneas Haus sei nicht einfach eine finanziell zu bewertende Immobilie. Styrger müsse endlich einsehen, dass er Isabel nicht mit Geld locken könne. Ein Haus mit Seele verkaufe man eben nicht.

Isabel freute sich und schickte Kristina spontan liebe Grüße mit dem Versprechen, ihr sofort zu schreiben, sobald sie ihren Umzug hier in Hamburg überstanden und einige Probleme gelöst habe …

Von Simone kam die Nachricht, dass sie mit Falk gerade eher auf kameradschaftlicher Basis »verkehre«. Sie schickte ihr einige wenige Fotos, auf denen sie gemeinsam zu sehen waren. Falk sei viel mit alten Kollegen unterwegs, um aus der Luft Namibias Wasserprobleme zu dokumentieren. Ob Isy nicht doch nachkommen könnte? Ihr ungutes Gefühl vor der Abreise hätte sich hier verstärkt, und sie wisse nicht, warum. Zu einem Sangoma zu gehen, wie Shackey es Isabel in Hamburg geraten hatte, fehle ihr der Mut. Es sei hier zwar sehr schön, magisch geradezu, aber sie vermisse Isabel.

Isabel öffnete die Fotogalerie.

Sie sah Simone und Falk neben Schwarzafrikanern, die unter einem Köcherbaum hockten und Pfeile schnitzten, Atlantikwellen, die schäumend gegen das Sandmeer der Namib-Wüste schlugen, Spießböcke, die wie schwerelos über Sandbänke des Oranjo jagten, schaurige Ruinen der einstigen Diamantenstadt Kolmanskop, Simone auf der mit Palmen bewachsenen Uferpromenade Swakopmunds, in weißem Kleid, vor weißen Jugendstilvillen, Falk im Inneren des Landes neben einer Kameldornakazie, den Arm um einen namibischen Kollegen gelegt, im Hintergrund, vor einem Blechschuppen, eine grün-rot-blau bemalte Cessna, in den Nationalfarben Namibias.

»Ich vermisse dich so sehr«, tippte Isabel sofort. »Verflixt, ich brauche dich! Hab den blödesten Fehler meines Lebens …« Erschrocken beobachtete sie, wie die Mail ins Netz hinausging und einen Atemzug später ihr Akku leer war. Sie stöhnte auf. Sie musste Simone unbedingt ausführlich schreiben, unbedingt endlich mit dieser Packerei fertig werden, unbedingt ein neues Zuhause einrichten. Sie stand auf, verkabelte das Smartphone zum Aufladen, schloss die Wohnungstür auf und sah sich im Treppenhaus um.

Keine Post.

Nachbar Strumpf hatte sein Versprechen nicht gehalten.

Wie gut nur, dass sie ihn bald nicht mehr ertragen musste. Ohne länger zu überlegen, stürmte sie zu ihm ins vierte Stockwerk hoch und klingelte an der Tür, bis es im ganzen Treppenhaus widerhallte.

Er öffnete erst nach einer Weile, verschlafen und mit hochrotem Kopf. Er roch, als hätte er letzte Nacht den Prosecco als Auftakt zu einer ganzen Kiste Bier vertilgt.

»Ich möchte auf der Stelle meine Post!«, herrschte Isabel ihn an und fügte, da er nicht reagierte, hinzu: »Herr Strumpf! Sofort!«

Er starrte sie an, hustete und winkelte schwerfällig seinen Arm an, um in die Ellbeuge zu niesen. »Ähm, ja, angesteckt, gestern. Sie …« Er hustete noch einmal und drehte sich zur Seite, um von dem Sideboard aus Stahl neben sich ihre Postsendung zu ziehen. »Musste mich krankmelden heute. Aber Einladung steht, Grillfleisch hab ich tiefgefroren.« Er verzog sein Gesicht zu einem schiefen Lächeln. »'tschuldigung.«

Isabel verbiss sich den Wunsch auf eine gute Besserung, drehte sich auf dem Absatz um und stürmte zurück in ihre Wohnung.

Sollte Jens-Peter Strumpf mit seinem Grillfleisch bis zum Winter warten. Grillen auf schneebedecktem Balkon würde ihm sicher die nötige Aufmerksamkeit der Nachbarn sichern.

Sie riss das hellbraune Päckchen auf. Darin lag Mos BoD-Buch »Heartbreak« mit persönlicher Widmung und einem Foto, auf dem Mo auf einer Bank an der Außenalster saß, ihren Kopf an die Schulter eines älteren Mannes gelehnt. Ihres Vaters.

Hi, Isy,
mein erstes gedrucktes Exemplar zur Güte für Dich.
Ich denke, wir sind alle dabei, uns zu verändern. Jede von uns auf ihre Weise.
Dein Vater jedenfalls war, ob Du es nun glaubst oder nicht, der einzige Mensch, der mich aufgefangen und verstanden hat. Und er war sehr glücklich mit mir.
Manchmal ist Liebe etwas Außergewöhnliches.
Vielleicht liest Du Heartbreak ja doch noch, irgendwann.
Mo

Isabel setzte sich auf die Fensterbank. Sie dachte an ihren Vater, der nur selten zu Hause gewesen war. Heirate nie einen Vertreter, hatte ihre Mutter oft gemeint und dabei so geklungen, als sei er ihnen schon längst abhandengekommen.

34

Berlin,
Mai 1926

Agnes war nach dem Krankenbesuch bei Paul zu aufgewühlt gewesen, um noch, wie vereinbart, am selben Tag Richard Grevenstein und Irene Schmidt zu empfangen. Sie hatte Irene angerufen und gebeten, am nächsten Nachmittag zu kommen. Im ersten Moment wirkte Irene enttäuscht. Dann aber schien sie erleichtert zu sein, als ob ihr gerade eingefallen sei, wie sie mit Richard die freie Zeit auf angenehmere Weise verbringen könnte.

Agnes war es beinahe gleichgültig, sie hing noch viel zu intensiv den Eindrücken an Pauls Krankenbett nach. Pauls vertrautes Timbre, sein Kuss, seine Worte hüllten sie ein wie ein Schleier. Auch wenn er schwer verletzt war, strahlte er Stärke und Leichtigkeit zugleich aus, so wie sie ihn immer in Erinnerung behalten hatte. Sie liebte ihn mit der gleichen Unbedingtheit wie früher, als sie noch jung gewesen waren. Und wie damals gelang es ihm immer noch, ihr das Gefühl zu vermitteln, dass sie der Edelstein in der Fassung seines Lebens war.

Nichts wünschte sie sich so sehr, als wieder mit ihm reisen, tanzen und lachen zu können. Selbst wenn sie vor ihm stürbe, würde sie ihrem Schicksal noch mit dem letzten Atemzug für die wenigen Stunden mit ihm danken.

Sie hatte Paul ein stilles Versprechen gegeben. Sie wollte herausfinden, ob ihr Instinkt sie täuschte oder ob sie ihm vertrauen konnte. Sie war sich nicht sicher, aber einen Versuch wäre es wert, Irene Schmidt nach ihrer Herkunft zu befragen. Die konkrete Vorstellung allerdings machte ihr Angst. Schließlich hatte sie während der Diktatstunden schon zu oft den Eindruck gehabt, dass Irene Schmidt sie für eine verschrobene Frau hielt. Würde diese junge Frau sie verurteilen, wenn sie ihr ihre Geschichte erzählte? Am unerträglichsten aber war für sie die Vorstellung, möglicherweise vom eigenen Kind zurückgestoßen zu werden. Was sollte sie nur tun? Von Scham, Selbstvorwürfen und Zweifeln gequält, wälzte sie sich grübelnd die halbe Nacht im Bett herum und fand keine Antwort.

Um halb fünf Uhr ging sie zu Martha hinüber, die zu ihrer Überraschung ebenfalls wach gelegen hatte. Lange sprachen sie miteinander. Und als der frühmorgendliche Verkehr mit dem Quietschen und Rattern der Straßenbahnen immer lauter geworden war, nahm Martha Agnes in die Arme und riet ihr, nichts zu übereilen und abzuwarten. Niemand, schon gar nicht Agnes, habe es verdient, aus purer Wahrheitsliebe verletzt zu werden. Außerdem gebe sie zu bedenken, dass Irene Schmidt Agnes in keiner Weise ähnlich sehe …

Agnes stimmte Martha zu und nahm sich vor, an diesem Tag besonders achtsam mit sich selbst umzugehen. Sie durfte ihre Kräfte nicht überschätzen, schließlich war sie noch immer von ihrer Operation geschwächt. Ein seelischer Zusammenbruch wäre das Letzte, was sie sich leisten könnte.

Nur wenige Minuten später, sie hatte sich gerade gewaschen, fiel ihr ein, dass Arthur sie sprechen wollte. So tief, wie sie in ihren Sorgen verfangen war, hätte sie annehmen können, dass es ein ironischer Wink des Schicksals war, dass Arthur ausgerechnet Irene Schmidt begegnet war. Er hatte ihr einen Zettel gegeben, auf dem er von einem Schuldgeständnis sprach. Ob er wohl endlich bereute, was er ihr angetan hatte? Sie beließ es bei diesen Fragen, ruhte sich am Vormittag noch etwas aus, gab Bestellungen für die Kaffeestunde auf und freute sich von Stunde zu Stunde mehr auf ihren Besuch.

Schon nach dem Mittagessen begann sie, mit Martha das passende Geschirr auszusuchen, Meißner Porzellan mit Windröschen. Sie ging sogar trotz eines leichten Frühlingsschauers hinaus, um im Blumenladen einen Häuserblock weiter einen Strauß roter und gelber Tulpen auszusuchen. Sie polsterte mit Martha die Korbsessel auf der Veranda mit bestickten Wollkissen auf und deckte den Tisch mit viel Sorgfalt für eine kleine Mahlzeit ein, Silberplatten mit Herzhaftem, aber auch einige Stücke Nusstorte und Obstbaiser. Kurz vor dem erwarteten Eintreffen der Gäste stellte Martha noch eine Kristallkaraffe mit Kirschlikör und den berühmten Kräuterschnaps »Bodenseegeist« hinzu. Pünktlich um drei Uhr hielt das Taxi vor der Tür. Agnes spähte hinaus.

Ein junger Mann in dunkelbraunem Maßanzug und Einstecktuch stieg aus und half Irene Schmidt aus dem Wagen. Dabei drehte er sich jedoch so, dass sie sein Gesicht nicht erkennen konnte.

Irene Schmidt aber beugte sich mit einem so temperamentvollen Schwung in den Wagen zurück, dass sich ihr rechter Absatz in den Fransen ihres kniekurzen Rockes verfing. Sie hüpfte kurz auf einem Bein und ließ sich mit einem fröhlichen Aufschrei von Richard auffangen.

Kurz bevor Richard Grevenstein die Gartenpforte öffnete, küsste Irene ihn, doch er konzentrierte sich auf die Front des Hauses. Agnes hatte ein merkwürdiges Gefühl. Den Sohn oder Enkel ihres alten Freundes Martin Grevenstein hätte sie sich anders vorgestellt. Richard Grevenstein hatte so gar keine Ähnlichkeit mit ihrem alten Freund. Weder sein Äußeres noch die Art, wie er sich bewegte, kamen ihr vertraut vor.

Irene jedoch ging strahlend neben ihm her. Sie hatte sich in seinen Arm geschmiegt und schlenkerte den teuer aussehenden Cardigan nachlässig in der Hand. Was, fragte sich Agnes, irritierte sie, außer der fehlenden Ähnlichkeit mit Martin, an diesem jungen Mann? Lag es daran, dass diese beiden jungen Leute trotz ihrer Jugend und ihres guten Aussehens kein harmonisches Bild abgaben? Vor allem konnte sie sich nicht vorstellen, dass dieser junge Mann einer Frau wie Irene bonbongroße Türkise schenkte, die auf ihren BH-freien Brüsten wippten.

Irene strahlte, sie war zweifellos verliebt. Aber Agnes nahm noch etwas an ihr wahr, das ihr Unbehagen einflößte. Irene wirkte wie eine Katze, die nach langer Jagd endlich einen Singvogel eingefangen hatte. Agnes war verstimmt. Sie hatte heute achtsam sein wollen. Doch in diesem Augenblick bereute sie, dieser leichtlebigen jungen Frau ihre Lebenserinnerungen anvertraut zu haben. Bereute es, Paul gegenüber eine Andeutung über sie gemacht zu haben. Ein solches Mädchen konnte nicht ihr Kind sein. Unmöglich.

Sie trat auf die Vortreppe hinaus und reichte Richard Grevenstein die Hand.

»Herzlich willkommen, Herr Grevenstein, schön, dass Sie den Weg zu mir gefunden haben.« Wieder suchte sie angestrengt in seinen Zügen nach vertrauten Zeichen. Vergebens.

»Frau Meding, ich freue mich, Sie kennenzulernen, vielen Dank, dass Sie uns empfangen.«

Richard Grevenstein hatte einen festen Händedruck, sie erwiderte seinen Blick. Und plötzlich war es ihr, als sähe jemand anders sie an, genauso intensiv, genauso besitzergreifend.

Sie bemühte sich, sich nichts anmerken zu lassen, doch Richard Grevenstein musste ihre Verwirrung wahrgenommen haben.

Denn er lächelte, als hätte er plötzlich etwas verstanden. Er wirkte allerdings keineswegs überrascht oder gar verunsichert. Was wiederum ihr Unbehagen verstärkte.

Während sie am Kaffeetisch Platz nahmen und eine Weile über Belangloses plauderten und Martha ihnen den Kaffee einschenkte, beobachtete Agnes Richard. Er hatte dunkles volles Haar, dichte Augenbrauen über wachsamen blauen Augen. Er sah unzweifelhaft gut aus und besaß ein natürliches Charisma. Seine Stärke aber schien darin zu liegen, dass er seine Haltung zu wahren wusste. Denn ihr fiel auf, dass Richard Grevenstein offensichtlich darauf wartete, dass Irene, die ein wenig zu aufgeregt von der aufsehenerregenden Überraschungsparty berichtete, zum Ende kam.

»Es ist manchmal nicht leicht, über die Vergangenheit zu sprechen, Frau Meding«, begann er, nachdem Irene mit einem kehligen Lachen geendet hatte. »Ich bin nun hier, im Heimatland meines, ja, meines Vaters. Wissen Sie, er hat damals die Nachrichten über den Krieg genau verfolgt und fand sogar recht bald heraus, dass Ihr Mann in Frankreich schwer verwundet wurde. Dass er allerdings überlebt hat, weiß er nicht. Es hat mich selbst überrascht. Gestern habe ich ihm die Neuigkeit telegrafiert. Es … es wird ihn freuen.« Er suchte Agnes' Blick, forschend, mit dieser Intensität, die sie noch stärker irritierte als vorher. »Er hat mich gebeten, Sie aufzusuchen, liebe Frau Meding. Doch bevor ich Ihnen erkläre, um was es geht, möchte ich Ihnen die Frage stellen, die meinen Vater am meisten interessiert: Wie geht es Paul Söder?«

Sie hatte mit allem gerechnet, nur nicht mit dieser Frage. Ihren Fingern entglitt die mit Camembert und Petersilie belegte Pumpernickelscheibe und rutschte auf das weiße Tischtuch. »Paul? Sie fragen nach Paul?«

Und plötzlich brach ihre innere Abwehr unter Richards forschendem Blick zusammen. »Es ist so furchtbar, darüber zu sprechen fällt mir schwer, Herr Grevenstein. Paul wurde vor drei Tagen bei Straßenkämpfen schwer verletzt.«

Richard Grevensteins Augen verengten sich, er zog die Augenbrauen zusammen. »Wie schwer, Frau Meding? Er wird doch überleben?«

Es lag am Ausdruck seiner ruhigen Frage, dass Agnes' Misstrauen geweckt wurde. Ihm fehlte der warme Ton mitfühlender Anteilnahme.

»Er hat einen Lungendurchschuss. Wir alle hoffen, dass es gut ausgeht.« Sie musterte sein Mienenspiel. Er wirkte nicht erleichtert. Mein Gott, dachte sie, wer ist dieser Mann? Ein enger Verwandter ihres alten Freundes jedenfalls hätte anders reagiert. Oder lag es an seinem jungen Alter, das Empathie mit Älteren ausschloss?

Als hätte er ihre Gedanken erahnt, setzte er sich zurück und schlug die Beine übereinander. »Frau Meding, ich glaube, ich sollte mich Ihnen erklären.«

»Das wäre wünschenswert.« Agnes nickte ihm zu und fing einen fröhlichen Blick von Irene auf, die offensichtlich nichts von der Spannung wahrnahm.

»Ach ja, tu das, Schatz. Ich weiß ja eigentlich selbst kaum, mit wem ich bald nach Amerika gehen werde. Nur, dass ich nie mit irgendeinem anderen Mann wohin auch immer gehen werde.« Sie berührte seine Hände und strahlte ihn an.

»Irene, bitte«, er warf ihr einen warnenden Blick zu, »ich bin nicht frei.«

Sie klimperte mit ihrem Armbandanhänger gegen seinen Freundschaftsring, den ihre Freundin ihm geschenkt hatte. »Doch, doch, bald, Richard, Ilse meint es nicht so ernst, wie du glaubst.«

Er bewegte verneinend den Kopf. »Bitte mische dich nicht in diese Sache ein. Glaube mir, ich werde sie schon noch rechtzeitig regeln.«

Irene ließ ihre Zungenspitze sehen und blitzte ihn bedeutsam an. »Wart nicht zu lange, mein Schatz.«

Er blieb ruhig, als wollte er ihre Drohung nicht allzu ernst nehmen. Er sah Agnes an. »Frau Meding, mein Vater bittet mich, Ihnen seine herzlichsten Grüße zu übermitteln.«

»Danke, das ist nach dieser langen Zeit schön zu hören.«

»Er hat Sie nie vergessen.« Er sprach jedes einzelne Wort mit einem solchen Nachdruck aus, als verberge es eine tiefere Botschaft.

Natürlich konnte ihr guter Freund Martin sie nicht vergessen haben. Warum also diese besondere Betonung? »Das hätte ich auch nicht anders erwartet«, erwiderte sie irritiert. »Aber wollen Sie mir nicht verraten, warum er seit unserer Abreise im Januar 1904 nie auf Pauls Briefe geantwortet hat?«

Richard Grevenstein räusperte sich, schob den noch unbenutzten Teller Richtung Tischmitte. »Ja, das will ich Ihnen gerne erklären. Das ist ja auch schließlich der Grund, warum mich mein Vater bat, Sie zu finden.«

»Es gibt da nämlich ein Geheimnis«, unterbrach Irene, »ein Geheimnis, das nur Richards Vater und dieser … dieser gräßliche Bettler …«

»Irene!« Richard Grevenstein rückte entsetzt seinen Stuhl zur Seite. »Du sprichst vom Gatten unserer Gastgeberin, benimm dich bitte.«

»Oh, Verzeihung, Frau Meding, ich wollte doch nur …« Irene bückte sich nach ihrer Handtasche und begann darin zu kramen.

»Nun, ich glaube, Geheimnis ist zu viel gesagt«, nahm Richard Grevenstein den Faden wieder auf. »Aber sicher erinnern Sie sich an die Umstände, die zu Ihrer verfrühten Abreise führten?«

»Natürlich, wir waren damals zu einem Geburtstagsfest eines Freundes in Swakopmund eingeladen. So recht war niemand in

Stimmung, alle Gespräche drehten sich nur um die Gefahr dort draußen, im Farmland.«

»Ja, davon hat mir mein Vater ausführlich erzählt. Die Aufstände der Einheimischen nahmen 1904 zu, und im Sommer kam es zu furchtbaren Überfällen. Aber ich möchte jetzt nicht über den späteren Genozid und Deutschlands Schuld sprechen, Frau Meding, sondern über die Schuld einzelner Männer, vor allem die meines Vaters.« Er taxierte sie. »Herr Söder weiß also nichts von dem, was damals geschah?«

»Nein! Was sollte Paul denn wissen? Hat er etwas mit dem zu tun, wovon Sie sprechen?«

»Nein«, erwiderte Richard schnell, »nein, direkt besehen hat Herr Söder nichts damit zu tun.«

»Direkt nicht?«

»Nein.«

»Und indirekt?«

Er sah sie wieder so merkwürdig an, dass sie erschauderte.

»Ihr Vater aber fürchtet, Paul könnte wissen, was …?«

»… was damals geschehen ist. Das allerdings hätte meinen Vater sehr belastet, ja. Im Januar, als Sie, Frau Meding, abreisten, hat mein Vater große Schuld auf sich geladen.«

»Schuld, die ihn daran hinderte, Pauls und meine Briefe zu beantworten? Sie kamen stets postwendend an uns zurück. Irgendwann glaubten wir, Martin sei Opfer der Eingeborenen geworden. Was ist denn passiert?«

Richard Grevenstein hatte ihr zugenickt, schien aber an etwas anderes zu denken. Hatte er ihr nicht zugehört? Oder überlegte er, wie er ihr die Umstände der brutalen Wahrheit erklären sollte? In diesem Moment schob Irene einen schmutzigen Zettel über die blütenweiße Tischdecke, vorbei an Porzellan und Silber, direkt auf Agnes zu. Agnes berührte ihn nicht und las nur die Worte.

Agnes, vergib mir bitte. Das Fräulein soll es dir sagen. Der Bettler bin ich, dein Mann. Strafe genug. Muss dich sprechen. Liebe dich auf ewig, Arthur Meding.

Er hatte sie hier in Berlin verfolgt, aufgejault, weil sie ihn nicht wiedererkannt hatte. Arthur liebte sie also immer noch. Kurze Erinnerungen blitzten vor ihrem inneren Auge auf. Das stolze Gesicht ihrer Mutter, als diese ihr Arthur als künftigen Ehemann vorstellte. Arthur, der Stunden schluchzend am Sterbebett ihrer Mutter kniete. Arthur, der sie gegen die Wand gedrückt und beschworen hatte, sie dürfe niemals von Paul schwanger werden … Irenes Stimme riss Agnes aus ihren Gedanken, eine Stimme, die wie verfremdet klang, als entstiege sie einem Souffleurkasten …

»Schade, dass Ihr Mann jetzt nicht hier ist, Frau Meding. Er würde Richard sicher unterstützen können. Sie haben sich immer so viel Schuld aufgelastet, wahrscheinlich haben Sie sich die ganze Zeit völlig vergeblich gegrämt.«

»Irene hat recht.« Richard erhob sich. »Verzeihen Sie, Frau Meding, unter diesen Umständen steht es mir nicht mehr zu, Ihnen das Geheimnis zu enthüllen. Derjenige, der es kennt, ist Ihr Gatte. Für heute habe ich vorerst einen Teil meiner Mission erfüllt. Ich würde Ihnen gerne vorschlagen, liebe Frau Meding, dass wir uns ein weiteres Mal treffen, sobald Sie das notwendige Gespräch mit Ihrem Gatten geführt haben.«

»Ich … ich verstehe nicht …« Irritiert sah sie ihn an. »Herr Grevenstein, wollen Sie mir nicht bitte sagen, wer Sie sind?«

Er zögerte. »Ich verstehe Ihr Misstrauen, Frau Meding. Aber bitte vertrauen Sie mir.«

»Ich bitte Sie, wie sollte mir das gelingen? Können Sie mir nicht einen winzigen Anhaltspunkt geben, der mich für Sie einnimmt? Sie sind mir sympathisch, das will ich nicht verleugnen, aber ich glaube Ihnen nicht.«

Er gab sich einen Ruck. »Gut, also dann sage ich Ihnen jetzt, ich bin zu Ihnen gekommen, um Sie im Namen meines Vaters um Vergebung zu bitten.« Er verbeugte sich vor ihr. »Ich verspreche Ihnen, dass ich noch ein zweites Mal mit dieser Bitte zu Ihnen kommen möchte.« Er zog eine Visitenkarte hervor. »Wenn Sie mögen, dann wäre ich Ihnen dankbar, wenn Sie mich nach dem Gespräch mit Ihrem Gatten anriefen. Eine solche Wahrheit, Frau Meding, wird nicht leicht zu begreifen sein. Ich möchte sicher sein, dass Sie mich auch danach noch anhören werden.«

Er war mit der verblüfften Irene Schmidt gegangen. Agnes musste später zugeben, dass ihr die Art seines Auftretens gefallen hatte. Doch das Rätsel, von dem er gesprochen hatte, beunruhigte sie. Was war damals in Deutsch-Südwestafrika geschehen? Und wie ging es Martin?

Abgesehen von diesen Fragen, sorgte sie sich um Irene Schmidt. Am liebsten würde sie sie eines Tages noch einmal zu sich bestellen, um ihr ihre Eindrücke dieses Nachmittags in den Stenoblock zu diktieren. Und wenn ihre Gedanken wie ins Freie entlassene Lämmer hin und her sprängen, Irene Schmidt musste endlich aufwachen.

Merkte dieses Mädchen denn nicht, aus welchem Holz Richard Grevenstein geschnitzt war? Er war klüger als Irene Schmidt und musste über eine gute Menschenkenntnis verfügen. Nicht jede junge Frau schien es zu merken, sie aber ahnte, dass er längst von dem lockeren Charakter berechnender Frauen enttäuscht war. Natürlich fand er Irene attraktiv, aber er sah in ihr nur eine unterhaltsame Ablenkung. Er würde sie nie mit nach Amerika nehmen. Er glich jenen Männern, die nur eine Frau heirateten, die ihren Ansprüchen genügte. Hohen, moralischen Ansprüchen. Er würde weder Irene noch deren Freundin, die Kokain geschnupft hatte, zur Ehefrau nehmen.

Begriff Irene nicht, dass Richard seine Beziehung zu dieser anderen Frau längst aufgegeben hätte, wenn er sie liebte? Begriff sie nicht, dass er nie bereit wäre, die Verantwortung dafür zu übernehmen, dass sie sich in das Bild verliebt hatte, das sie sich von ihm gemacht hatte, aber nicht in ihn selbst? Erkannte sie nicht, dass sie sich mit ihrem Egoismus ins Unglück stürzen würde?

Vielleicht besaß Irene Schmidt ja genug Talent, um aus ihren diktierten Gedankenfetzen eines Tages einen lesbaren Text zu schaffen. Es wäre ganz sicher der bessere Weg für sie, als das Risiko mit diesem jungen Grevenstein einzugehen. Doch dafür würde das Leben sie noch so einiges lehren müssen. Genügsamkeit, zum Beispiel, und eine gute Portion Einfühlungsvermögen.

Unsinn.

Hatte sie, Agnes, jemals über diese Charakterzüge verfügt?

Sie war sich nicht sicher. Und musste sich eingestehen, dass sie noch immer nicht wusste, was sie tun sollte.

Schweigen oder handeln.

Morgen würde sie sich jedenfalls aufmachen, Arthur zu suchen.

35

Hamburg, August 2012

Gegen Mittag war es schwül geworden. Isabel hatte die Fenster weit geöffnet. Noch trieb der heiße Wind Staub und welke Blätter durch die Straßen, doch von jenseits der Elbe war erstes Donnergrollen zu hören, und es sah aus, als duckten sich die Dächer der Stadt unter dem dunkler werdenden Himmel. Isabel hatte versucht, Mos »Heartbreak«-Roman zu lesen, war nervös geworden und hatte irgendwann ihren PC, den sie voreilig bereits verpackt hatte, wieder hervorgeholt und noch einmal die einzige Aufzeichnung gelesen, die die junge Stenografin Irene Schmidt hinterlassen hatte. Die jener Frau, die Agnes Meding im Mai 1926 verraten hatte, dass sie den Freund ihrer besten Freundin verführen wollte.

Wie war Isabel nur noch einmal auf sie gekommen? Es musste, sagte sie sich, daran liegen, dass Mo und Irene Schmidt etwas gemeinsam hatten. Beide hatten aus Verliebtheit eine Grenze überschritten. Mo eine gesellschaftlich sanktionierte, Irene eine moralische.

Aber was sie jetzt fiebern ließ, hatte nichts mehr mit ihrer tagelangen Erkältung zu tun. Seit sie die Datei »Agnes Meding« geöffnet hatte, in der sie alles speicherte, was mit ihr zusammenhing, hatte sie das verstörende Gefühl, als sei sie plötzlich nicht mehr allein. Zwar hatte sie schon oft in dieser Wohnung Seltsames erlebt, noch nie aber hatte sie sich beobachtet gefühlt. Es hätte sie nicht verwundert, hätte jemand neben ihr laut ihre Gedanken wiederholt.

Was war aus Irene Schmidt geworden? Gab es keine weiteren Quellen, die diese Geschichte endlich auflösten?

Verwundert hörte Isabel diese Fragen und sah sich um.

Natürlich war sie allein, doch bevor sie weiter darüber nachdenken konnte, lenkte sie das erneute Ploppen des Mailprogramms ab. Sie öffnete die Mail eines großen Bankhauses im Stadtzentrum und jubelte. Sie hatte eine Zusage bekommen! Sie würde ab dem ersten Oktober wieder eine feste Anstellung als Kreditsachbearbeiterin haben. Das war mehr als erfreulich, denn ihr Konto brauchte dringend eine Auffrischung, schließlich wollte sie beim nächsten Besuch auf Visingsö Möbel, Lampen und Teppiche kaufen … Am liebsten hätte sie natürlich Henning benachrichtigt, ließ es aber sein, um ihren Stolz, im Vorstellungsgespräch persönlich überzeugt zu haben, erst einmal für sich allein zu genießen. Er würde von ihrem Erfolg noch früh genug erfahren.

Rasch überflog sie die weiteren Mails. Shackey und seine Frau luden zu einer Party ein, Mo bekam in zahlreichen Buchportalen viel Lob für ihr E-Book »Heartbreak«, nur ihr Traum eines Buchvertrages hatte sich aus unerfindlichen Gründen zerschlagen. Dafür teilte Mo allen mit, dass sie die Liebe ihres Lebens gefunden habe und Weihnachten heiraten würde. Isabel konnte ihre Ungeduld kaum beherrschen. Mit größter Willensanstrengung musste sie ihre Finger von den Tasten zurückhalten, damit diese nicht loslegten und Mo die entscheidende Frage stellten: Wer, verflixt, war Mos Liebster? Und würde sie sie zur Hochzeit einladen? Stattdessen schickte Isabel ihr eine Mail, in der sie sich für die BoD-Ausgabe bedankte.

Wie ungerecht doch alles war. Ausgerechnet Mo hatte mehr Glück in der Liebe als sie. Die Freude über ihre neue Festanstellung war so rasch verflogen, dass sie sich zu ärgern begann. Mo, immer wieder kam ihr Mo schmerzhaft in die Quere.

Verstimmt überflog Isabel die anderen Mails. Die meisten waren unwichtig, und leider war die, die sie herbeisehnte, wieder nicht dabei. Sie beschloss, sich einen Cappuccino zu machen, und schaltete ihren Kaffeeautomaten ein. Die Süße und das köstliche Kaffeearoma taten ihr gut, und sie ermahnte sich, sich nicht länger von Mo ärgern zu lassen. Sie trat ans Fenster, betrachtete die dunkelvioletten Wolken über den regennassen Dächern und rief sich die heimelige Atmosphäre ihres Seegrundstückes auf Visingsö in Erinnerung. Die Bilder halfen ihr, sich zu entspannen … Sie dachte an Julian.

Finde mich im Traum und melde dich!

Romantisch und fordernd zugleich. Als wenn es so einfach wäre.

Sie wählte ihn an.

»Hi, Isy«, meldete er sich. Er klang etwas matt, im Hintergrund war es laut.

»Julian, hast du meine Mail nicht bekommen?«

»Doch, leider. Schade, Isy, bin wirklich enttäuscht, ich hatte mich sehr auf unseren Kurzurlaub gefreut. Wie geht's dir jetzt?«

»Ich habe endlich einen festen Job, ab ersten Oktober. Ansonsten bin ich seit Tagen ziemlich erkältet.«

Im Hintergrund hörte sie laute Stimmen.

»Glückwunsch, Isy! Sehr schön, übernimm dich bis dahin nicht.«

Isabel hörte ihn mit jemandem kurz sprechen.

»Sorry, Isy« – er nahm das Gespräch angespannt wieder auf – »der Stress hier ist mörderisch. Es tut mir leid, aber danke für deinen Anruf. Ich versprech dir, ich melde mich wieder.«

Sie seufzte, legte ihr Smartphone beiseite.

Es tat ihr leid, ihn so enttäuscht zu haben.

Nun würde sie ihm Zeit geben müssen, bis er wieder an sie dachte.

Sie wandte sich wieder ihrem E-Mail-Programm zu und klickte die mit Anhang versehene Mail von Kristina an.

Styrger, las sie, ging es schlecht. Sein Sohn Björn, der schon seit dem Abitur in Australien lebte, war beim Kitesurfen schwer verunglückt. Er war durch auflandigen Wind mit einer den Hafen ansteuernden Segeljacht kollidiert und lag mit Anpralltrauma und gebrochenen Wirbeln auf der Intensivstation eines Krankenhauses in Sydney. Styrger hatte Kristina sofort angerufen, um sie um Ingas Adresse zu bitten. Inga war nämlich Jahre nach ihrer Trennung mit ihrem neuen Freund nach Dänemark gezogen und hatte endgültig mit Styrger gebrochen. Nun würde sie mit ihm nach Australien fliegen müssen, um Björn beizustehen. Björn tat Kristina furchtbar leid, die Affäre mit ihm sei damals zwar ein

Fehler gewesen, aber er hätte so ein Unglück gewiss nicht verdient. Schlimmstenfalls mussten Inga und Styrger damit rechnen, Björn und dessen kleine Familie nach Schweden zu holen. Die Ärzte jedenfalls hätten bereits signalisiert, dass Björn wohl nie wieder in seinem alten Beruf arbeiten könnte.

Sie schrieb Kristina sofort, bat sie um Styrgers E-Mail-Adresse und sandte ihm wenig später Genesungswünsche für seinen Sohn. Doch bei allem Mitgefühl empfand sie auch eine gewisse Erleichterung. Sie hoffte, die düstere Bedrohung, die von Styrger ausging, seine Missgunst und der Druck, mit dem er sie zum Verkauf ihres Grundstücks überreden wollte, könnten nun vorbei sein.

Dann erst öffnete Isabel den Anhang und atmete tief durch.

Sie sah die Fenster ihres Häuschens mit Blick auf den See weit geöffnet vor sich. Auf den frisch versiegelten Dielen spiegelte sich das Sonnenlicht, glitzerte auf Linneas bemalten Vasen, die Kristina gereinigt und auf dem blau gestrichenen Regal ausgestellt hatte. Isabel meinte, den See, den Firnis, den feuchten Strand, die blühenden Sträucher im Garten riechen zu können. Und je länger sie auf das Foto schaute, desto näher und lebendiger erschien ihr auch das, was sie nicht sah. Unvermittelt gesellten sich ihr zwei barfüßige Frauen in langen Kleidern dazu, die mit ihr durch die Räume schlenderten: Agnes Meding im malvenfarbenen Ballkleid, Linnea in einem blau bestickten, weißen Leinenkleid. Die Säume streiften über das Holz, und in ihr Plaudern mischten sich die Rufe der Seeschwalben. Jetzt beugten sie sich über die Fensterbank, winkten, zogen Isabel an den Händen zur Veranda hinaus und liefen mit ihr den Gartenpfad hinunter zum See.

Dem Ufer näherte sich ein Ruderer mit kraftvollen Schlägen, sprang im seichten Wasser über die Bordkante. Paul Söder.

Paul Söder?

Ein berauschendes Glücksgefühl erfasste Isabel, als sie in seine aufblitzenden blauen Augen sah. Wasserperlen schimmerten in seinem dunklen Haar, und sein schlanker, muskulöser Körper bewegte sich energisch und behende zugleich. Geschickt machte er das Boot am Steg fest und hob mit Schwung einen Korb voller Krebse über die Bordwand. Strahlend kam er mit dem tropfenden Korb auf Isabel zu. Hose und Hemdsärmel waren hochgekrempelt, sein Haar war zerzaust. Sein Lachen aber war so warm, dass Isabel ihm im Wasser entgegenging und das Raunen der beiden Frauen hinter sich überhörte. Sie schlang ihre Arme leidenschaftlich um seinen Nacken und küsste ihn. Er roch so wunderbar, frisch, nach Seewind und dieser Mischung, die sie an Moschus und Nelken erinnerte. Er setzte den Korb ab, schwang sie herum und …

Da! Agnes stand plötzlich weiter oben am Strand und beobachtete sie kritisch.

Störend blinkte eine Mail auf.

Simone.

Isabel atmete tief durch. Ein Tagtraum. Sie hatte von Julian geträumt … und Agnes hatte sie gestört.

Wie gut, dass ihre beste Freundin sie erlöste.

Simone. Endlich.

Isabel las, und die Heiterkeit, die ihr ihre Sehnsucht geschenkt hatte, verflüchtigte sich mit jeder Zeile mehr.

Falk, schrieb ihr ihre Freundin, hatte bis heute Mittag von einer Exkursion in den äußersten Nordosten des Landes zurück sein wollen. Vor gut drei Stunden hatte er sie angerufen. Er hatte vor zwei Tagen mit seinen Kollegen mehrere Wasserbauprojekte vor Ort überprüft. Die letzte Dürre sei zu lang gewesen, der Grundwasserspiegel sei weiter gesunken. Die Anlagen müssten angepasst werden, damit die Bauern weiter ihre Felder bewässern könnten. Dann seien sie der Einladung namibischer und Schweizer

Kollegen gefolgt und in die Ohangwena- und Oshikoto-Region, an der Grenze zu Angola, gefahren. Dort hätten Wissenschaftler vor kurzem zweihundert Meter unter der Wüste ein riesiges Süßwasserreservoir entdeckt, das zehntausend Jahre alt sei und gut fünf Milliarden Kubikmeter umfasse. Mit dieser Menge sei der Wasserbedarf der namibischen Bevölkerung für die nächsten vierhundert Jahre gesichert. Es war eine Sensation. Doch seitdem habe sie, Simone, nichts mehr von Falk gehört. Sie mache sich große Sorgen. Sie fürchtete, ihre ungute Ahnung könne sich bewahrheiten.

Isabel versuchte, Simone zu beruhigen, ihr Zuversicht zuzusprechen. Doch als sie nach einer Stunde immer noch nichts von Falk und seinen Begleitern gehört hatten, wurde auch ihr mulmig. Simone hatte längst Shackey benachrichtigt, der sich nun bei ihnen meldete und Hilfe versprach. Gleichzeitig setzten sich von überall her Freunde und Kollegen mit Simone in Verbindung, die wiederum Isabel per Mail bis zum späten Nachmittag auf dem Laufenden hielten. Es war erleichternd, die Angst um Falk zu teilen und sich gegenseitig zu unterstützen. Dennoch kämpfte Isabel mit sich. Simone drängte sie, zu kommen. Sie brauche nicht mehr als einen Reisepass, der noch mindestens sechs Monate gültig sei, und ein entsprechendes Rückreiseticket. Touristen, die maximal neunzig Tage in Namibia bleiben dürften, bekämen den gebührenfreien »Visitors Entry Permit«, einen einfachen Einreisestempel. Und wenn sie den Direktflug von Frankfurt am Main nähme, bräuchte sie nur ihren aktualisierten Impfpass, keine weiteren Pflichtimpfungen … Warum Isabel denn noch zögere? Sie würde sie auch persönlich vom Flughafen in Windhoek abholen. Was seien schon circa zehn Stunden Flug?

Ja, was waren schon zehn Stunden …

Isabel suchte hektisch Bahn- und direkte Flugverbindungen heraus, war hin- und hergerissen, ob sie ihren Umzug Ende August verlegen sollte, und begann vor Aufregung, die vollgepackten Kartons nach den afrikanischen Holzfiguren zu durchforsten, die sie auf Visingsö aus Agnes Medings Zirbelkiefertruhe mitgenommen hatte, in der Hoffnung, sie könnten ihr Glück bringen. Als Isabel sie endlich gefunden hatte und sie gerade neben ihrem PC aufstellen wollte, rief Shackey an. Seine Frau hätte einen befreundeten Sangoma um Hilfe gebeten. Ob Isabel hinzukommen wolle? Andere Freunde seien ebenfalls zu ihnen unterwegs. Es sei jetzt an der Zeit, Simone und Falk spirituell beizustehen.

Isabel erzählte Simone nichts davon, bat sie nur um etwas Geduld. Denn sie besaß keinen Reisepass und würde sich gleich morgen um die Ausstellung eines Ersatzes bemühen. Gegen Gebühr könne sie innerhalb weniger Tage einen sogenannten »Express-Pass« inklusive biometrischer Daten erhalten.

Und dann würde sie nach Namibia fliegen.

Stunden später trommelte sturzbachartiger Regen auf Isabels Alfa Romeo ein. Sie waren auf der Rückfahrt, und Isabel hatte ein paar von Shackeys Freunden mitgenommen, als das Gewitter ausbrach. Nun schob sich der Alfa im Schritttempo durch knöcheltiefes Wasser. Es regnete so stark, dass es ihnen vorkam, als säßen sie in einer Waschanlage fest. Selbst die Rücklichter vor ihnen waren nur verschwommen zu sehen. Mühsam kämpften die Scheibenwischer gegen die Flut an. Die Luft im Alfa war feucht und stickig. Noch immer hing jeder seinen Eindrücken des Abends nach. Isabel ließ ihr Fenster eine Handbreit herunter. Regen trommelte auf ihre Schulter, ihren Sitz. Sie ließ es noch weiter herunter und streckte ihren Arm hinaus. »Er fühlt sich gut an«, sagte sie und lächelte den anderen zu. »Als wenn es da oben warme Quellen gäbe.«

Langsam kam das Gespräch in Gang. Doch seltsamerweise wagte keiner, zu wiederholen, was er gesehen oder gehört hatte, ganz so, als würde dadurch das Eigentliche, Unsichtbare zerstört. Alle waren sich aber darin einig, im eigenen Körper außergewöhnliche Schwingungen gespürt zu haben, selbst Isabel, die anfangs Shackeys Erklärungen skeptisch gegenübergestanden hatte. Er hatte ihnen den Sangoma als Pflanzenmediziner und Wahrsager vorgestellt, der über besondere spirituelle Kräfte verfüge. Er würde, sagte Shackey, im Laufe der nächsten Stunden in einen Trancezustand verfallen, in dem seine Körperzellen fähig würden, bestimmte Energien aus einer anderen Zeit und aus einem anderen Zustand wahrzunehmen und sich in sie hineinzuversetzen. Der Körper des Sangoma sei so in der Lage, sich an etwas zu erinnern, das ihm helfe, Aussagen über aktuelle Probleme zu geben. Jeder von ihnen solle sich bewusst sein, dass in seiner Seele die Erfahrungen seiner Vorfahren gespeichert seien. In dieser Zeremonie gehe es deshalb darum, Antworten zu finden, die den eigenen Handlungsspielraum erweiterten und Selbstheilungskräfte mobilisierten. Ein guter Sangoma sei ein Mann, der seine ungewöhnlichen Fähigkeiten in den Dienst der Heilung und des Schutzes anderer stelle.

Danach, daran erinnerten sich alle, war es still geworden. Jeder hatte seinen Gedanken nachgehangen, bis sie langsam verebbten. Sie hatten sich den Klängen der Trommel, dem murmelnden Singsang des Sangoma überlassen und irgendwann die Augen geschlossen. Sie dachten an Simone, Falk und seine Freunde, von denen noch immer keine Nachricht eingetroffen war. Niemand ahnte allerdings, dass Isabel ihre Freundin zuvor im Geiste um Verzeihung gebeten und vor der Zeremonie Shackeys Ehefrau in der Küche ins Vertrauen gezogen hatte. Diese hatte Isabel lachend an sich gezogen und ihr Hilfe zugesichert.

Was danach genau geschehen war, daran konnte Isabel sich nicht mehr erinnern. Der Sangoma jedenfalls hatte sie zu sich gerufen und sie berührt. Auch jetzt, im feuchtschwülen Wagen, sprach niemand sie darauf an. Aber Isabel spürte, dass irgendetwas anders war als zuvor. Selbst der Regen störte sie nicht, nicht das um die Räder flutende Wasser, die beklemmende feuchte Enge im Alfa, nicht die Verantwortung, bei diesem Gewitter jeden Einzelnen sicher nach Hause zu bringen. Es war eine Wärme in ihr, ein sanftes Schwingen um sie herum, das Regen und Blitze, Donner und Flut beiseiteschob und einer imaginären Helligkeit Raum gab. Einer Helligkeit, deren Quelle fern und geheimnisvoll war.

Wie in einem leichten Tagtraum, in dem alles gut verlief, schaffte sie es, Shackeys Freunde heimzubringen. Es dauerte Stunden, und als sie nach Hause kam, hatte sich das Gewitter verzogen. Zwischen vereinzelten Wolken schien der Mond. Sie lief die Treppen hoch.

Die afrikanischen Holzfiguren standen noch immer auf dem Küchentisch und warfen lange Schatten. Isabel schaltete ihren PC ein und öffnete das Mailprogramm.

Von Falk und seinen Kollegen gab es noch immer keine Spur, aber sein Landrover war in der Nähe des Waterberges an einer Schotterstraße entdeckt worden. Simone befürchtete Schlimmstes und bat Isabel, schnellstmöglich zu kommen.

Julian hatte noch nicht geschrieben.

Wie in Trance packte Isabel eine Reisetasche.

Irgendetwas stimmte nicht.

Oder brauchten die Stimmen der Ahnen Zeit, bis sie ihr antworteten?

Unsinn, sagte sie sich. Es war alles Einbildung, sogar das weiche helle Licht, das sie wahrgenommen hatte.

Sie stand auf, um sich ein Glas Wasser aus der Küche zu holen.

Überrascht blieb sie stehen.

Das Mondlicht fiel noch immer durch das offen stehende Fenster, doch der Schatten einer der beiden Holzfiguren war kürzer geworden.

Hatten sich die Figuren einander zugewandt?

Oder hatte Isabel sie vorhin so aufgestellt?

Auf jeden Fall schauten die Figuren einander an. Und wenn Isabel nicht schon völlig verwirrt war, dann sah es aus, als atmeten sie.

Erschöpft fiel sie in einen unruhigen Schlaf.

36

Berlin, Mai 1926

Agnes ahnte, was ihr bevorstehen würde, und hatte Martha gebeten, sie zu begleiten. Martha aber litt immer noch unter dem Streit, der zwischen ihr und ihrer Lebensgefährtin Dora ausgebrochen war. Dora wollte nämlich Irene Schmidt unbedingt als Vorführdame für ihre neue Herbst/Winter-Kollektion gewinnen. Eine Idee, die Martha strikt ablehnte. Martha hatte Dora und Agnes am Abend, nachdem sie Richard Grevenstein kennengelernt hatte, verraten, dass sie Irene Schmidt für eine Hure im Damenkostüm hielt. Agnes war schon zu erschöpft gewesen, sich darüber aufzuregen, wunderte sich aber, wie vehement Martha und Dora daraufhin miteinander gestritten hatten. Dora beharrte darauf, egal, wie Irene Schmidt privat auch lebe, sie sei schlichtweg hinreißend. Sie habe eine großartige Figur und würde mit ihrer flirrenden erotischen Ausstrahlung der neuen Kollektion genau den richtigen Akzent geben. Je öfter Dora ihre Ansichten wiederholte, desto verbiesterter war Martha geworden. Diese wusste zwar auch, dass es ums Geschäft ging, darum, mit den modischen Kreationen endlich so viel Erfolg bei den Berlinerinnen zu haben, dass sie sich ein großzügiges Haus würden kaufen können, doch sie litt entsetzlich unter ihrer Eifersucht. Und Agnes fühlte sich in eine Zeit zurückversetzt, in der Martha sich ihr gegenüber ebenso eifersüchtig und hartherzig verhalten hatte.

Heute aber, da alles anders war, sollte es ihr gleichgültig sein. Das Strickwarengeschäft war nicht ihres, und die Liebe zwischen Martha und Dora ging sie nichts an. Sie telefonierte am Morgen mit Irene Schmidt, bat sie zu einem weiteren Diktat und fuhr anschließend zu Paul. Zu ihrem großen Entsetzen war er nicht ansprechbar, da die Ärzte ihm eine hohe Dosis Morphium gegeben hatten. Sein Zustand hatte sich verschlechtert, er hätte tags zuvor über Schmerzen und erhöhte Temperatur geklagt. Niemand konnte ihr die Angst vor einer Lungenentzündung nehmen.

Allein und in sorgenvolle Gedanken versunken, saß sie am frühen Nachmittag mit Irene Schmidt zusammen, kaum fahig, sich zu konzentrieren. Später wusste sie nicht mehr präzise, was sie ihr erzählt hatte. Sie hatte nur noch in Erinnerung, dass Irene sich ihr gegenüber ablehnend verhalten hatte und sie, Agnes, versucht hatte, Haltung zu wahren.

Später, nachdem sie ein weiteres Mal vergeblich Paul besucht hatte, fuhr sie Richtung Potsdamer Platz. Sie wusste, Arthur würde auf sie warten.

Als sie auf das Gebäude zuging, in dem das Schreib*bureau* Gutzke & Pamier seine Räume hatte, wäre sie angesichts der Menschentraube auf dem Trottoir am liebsten umgekehrt. Soeben traf berittene Polizei ein, um die Polizisten, deren Hauben über den Köpfen der Passanten aufblitzten, zu unterstützen.

Agnes zögerte einen Moment, dann riss sie sich zusammen und zwängte sich durch die neugierige Menge.

Arthur hockte, eine Schlinge um den Hals, die er an den Eisenstäben eines Kellergitters befestigt hatte, an der Hauswand. Neben ihm standen zwei junge Männer in zerschlissenen Anzügen, zu ihren Füßen stand ein Karton mit Flugblättern. Offensichtlich wagemutige Sozialisten, für die dieser lebensmüde Kriegsversehrte der anschaulichste Beweis sozialer und politischer Missstände war. Agnes schrie auf, als die Polizisten plötzlich mit dem Schlagstock auf die jungen Männer einschlugen.

»Aufhören!«, rief sie. »Lassen Sie mich vorbei, lassen Sie mich zu meinem Mann!«

Sie stürzte auf Arthur zu, kniete vor ihm nieder und zerrte ihm die Schlinge vom Hals. Dabei versuchte sie, das schockierte Geraune und die entsetzten Rufe um sie herum zu ignorieren. Verständnislos starrten die Polizisten sie an.

»Dieser Kerl hat gegen die öffentliche Ordnung verstoßen.«

»Seien Sie vorsichtig, er hat bestimmt Läuse.«

»Nun halten Sie doch bitte Abstand, werte Dame.«

Agnes griff in ihre Tasche. »Er hat für unser Land gekämpft, sehen Sie das nicht?« Sie schob dem Polizisten Geld zu. Es musste reichen, die angedrohte Strafe abzuwenden. Zu ihren Füßen hörte sie Arthur etwas Unverständliches grummeln.

Schon schrien die Ersten »Bestechung!« und »Unverschämtheit!« und »Weg mit dem Pack!«. Ein Sozialist spuckte vor ihr aus, was ihm eine Ohrfeige bescherte, der andere sah Agnes hasserfüllt an.

Damit hatte sie nicht gerechnet. Sie bekam plötzlich Herzrasen und stützte sich an der Wand ab. Was musste sie eigentlich noch alles aushalten, nur um die Wahrheit ihres Lebens zu erfahren? Sie war fast schon erleichert, zu sehen, wie die berittene Polizei näher kam und Aufklärung über die Situation verlangte.

Der Bettler, sagten ihnen die Kollegen, habe hier seit fast einer Woche herumgelungert. Die Geschäftsleute des Bürogebäudes sowie deren Kunden hätten sich von Tag zu Tag heftiger beschwert. Doch der Mensch sei immer wiedergekommen und hätte eine Pappe mit der Aufschrift »Ich warte auf mein Weib« vor sich aufgestellt. Manche hätten Mitleid mit ihm gehabt, andere hätten ihn für verrückt gehalten. Und insgeheim wären einige Leute des Bürogebäudes auf die Idee gekommen, eine Wette darüber abzuschließen, ob das Weib käme oder nicht. Eine Woche lang habe man diesen Menschen hier im Auge behalten und abgewartet. Heute sei allerdings Schluss mit Nachsicht. Die Schlinge, die er sich wohl in seiner Verzweiflung um seinen Hals gelegt hätte, habe anderes Pack auf ihn aufmerksam gemacht, dic ihn offensichtlich für ihre revolutionären Zwecke missbrauchen wollten.

Das habe der arme Kerl nicht verdient.

Ein Kriegsversehrter. Ein Mann, der für Deutschland gekämpft und seine Familie verloren habe.

Die Stimmung war umgeschlagen. Agnes begriff, dass sie vonseiten der Ordnungshüter nichts mehr zu befürchten hatte. Sie wollte schon nach Arthur fassen, da stemmte dieser sich auf und straffte sich. Er verzog sein entstelltes Gesicht, hob seinen verkürzten linken Arm und salutierte. Dabei stieß das zangenähnliche Ende der metallischen Verlängerungsschiene knapp neben seinem Auge gegen die Schläfe, so dass einige Frauen aufschrien. Die Polizisten nickten ihm aber gemessen zu und scheuchten die Menschen auseinander. Agnes winkte einem Taxifahrer zu, der vom Taxistand herbeigeschlendert war, um die Szene zu beobachten. Er holte eine Decke aus dem Kofferraum, breitete sie auf der Rücksitzbank aus und hieß Arthur dort Platz nehmen.

Agnes sank auf den Beifahrersitz und atmete auf. Bald würde sie alles überstanden haben.

Sie saßen auf einer Bank am Spreeufer, im Schatten einer alten Platane. Es war schwülwarm, zu warm für einen Tag wie heute. Agnes hatte gewartet, bis Arthur die Portion Buletten mit Kartoffelsalat mit einem großen Löffel vertilgt und ein zweites Bier getrunken hatte, eine Stärkung, die sie ihm unterwegs aus einer Imbissbude besorgt hatte. Schließlich holte sie seinen Zettel hervor und strich ihn auf ihrem Knie glatt.

Agnes, vergib mir bitte. Das Fräulein soll es dir sagen. Der Bettler bin ich, dein Mann. Strafe genug. Muss dich sprechen. Liebe dich auf ewig, Arthur Meding.

»Ich habe Richard Grevenstein kennengelernt«, begann sie und zögerte kurz, weil Arthur erschrocken zusammenfuhr. »Er hat mir erzählt, dass sein Vater und du Schuld auf euch geladen hättet. Was habt ihr denn damals getan?«

Arthur rülpste und stellte die leere Bierflasche neben die Bank. Dann begann er umständlich zu erzählen. Zunächst verstand Agnes kein einziges Wort, erst nach beharrlichem Nachfragen, vielen Wiederholungen und hastig auf Papier gekritzelten Stichworten fügte sich für sie eine unfassbare Geschichte zusammen, die in einem Verbrechen gipfelte.

In der Zeit, als Arthur noch als Schutztruppen-Soldat in der Kolonie Deutsch-Südwestafrika stationiert gewesen war, hatte sein Vorgesetzter, Hauptmann Höchst, herausgefunden, dass Arthur und er aus benachbarten Dörfern im Brandenburgischen stammten. Er hatte Arthur signalisiert, dass er Wert auf diese gemeinsame heimatliche Wurzel lege. Arthur war das nur recht gewesen, hoffte er doch auf Beförderung. Doch dann sei ihm im Laufe der Zeit aufgefallen, dass Hauptmann Höchst Agnes bei gesellschaftlichen Anlässen heimlich mit solch intensiven Blicken beobachtete, dass ihm Zweifel an der Ehrlichkeit seines Vorgesetzten gekommen seien. Agnes hatte es wohl nicht gemerkt, zumal sie schon bald Paul Söder begegnete. Höchst aber sei vor Eifersucht fast wahnsinnig geworden, vor allem, wenn

Agnes mit Paul Rumba tanzte. Als die Übergriffe der Herero sich häuften, hatte Höchst Arthur eines Tages gefragt, wie er das aushielte, einen fremden Mann so mit der eigenen Ehefrau tanzen zu sehen, noch dazu nach dieser obszönen Hottentotten-Musik. Ob Arthur kein Interesse daran hätte, diesen Unruhestifter Paul Söder zu beseitigen? Er, Höchst, würde ihm dabei sogar helfen. Ein Mord würde in diesen unruhigen Zeiten kaum auffallen. Schließlich könne man ja jederzeit die Eingeborenen für jegliche Schandtat verantwortlich machen.

Arthur sei entsetzt gewesen, und er schwor Agnes in dieser Stunde am Spreeufer, dass er zwar damals unglücklich über ihre Liebe zu Paul gewesen sei, diesem aber niemals etwas hätte antun können, viel zu groß sei sein Respekt vor einem solch weltgewandten Mann gewesen.

Doch dann kam alles anders. Im Januar 1904 hätte ein Farmarbeiter Martin Grevensteins einen Boten nach Swakopmund geschickt. Man hatte Gerüchte gehört, nach denen in Kürze deutsche Farmen überfallen werden sollten. Paul Söder hätte diese Nachricht ebenfalls gehört und Arthur vorgeschlagen, Agnes auf der Stelle auf einen vor Reede liegenden deutschen Dampfer in Sicherheit zu bringen.

Die Gesellschaft hatte sich sofort aufgelöst, jeder, der nicht in Swakopmund wohnte, war mit Bahn und Ochsenkarren zu seiner Farm gefahren. So auch Paul, der seinem Freund Martin Grevenstein seine Unterstützung angeboten hatte.

Tagelang hatten sie ausgeharrt, das Farmhaus verbarrikadiert, Herden zusammengetrieben, Vorräte geschützt und Wachen aufgestellt.

Nichts passierte.

Nach zwei Wochen war Paul Söder wieder abgereist. Wichtige Geschäfte hatten ihn nach Berlin gerufen.

Als erneut das Gerücht aufkam, dass sich ein Trupp bewaffneter Herero Grevensteins Farm als Angriffsziel gewählt habe, hatte Hauptmann Höchst Arthur vorsichtshalber einen Ausritt zu zweit befohlen. Doch als sie das Farmhaus erreichten, merkten sie sofort, dass ihnen die Herero bereits zuvorgekommen waren. Sie fanden die Grevensteinsche Familie und das Personal niedergemetzelt vor. Der Farmer selbst lag verletzt, doch bei Bewusstsein, auf dem Boden seines Wohnzimmers und war erleichtert, dass endlich Hilfe eintraf. Arthur kniete sich neben ihn, nur Hauptmann Höchst musste irgendetwas auf dem Boden entdeckt haben, das er unverzüglich aufhob. Grevenstein schrie protestierend auf, woraufhin Höchst auf ihn eintrat. Der Farmer schrie vor Schmerz. Höchst aber beachtete ihn nicht, denn er hatte wieder etwas entdeckt und sammelte es ein. Grevenstein flehte ihn an, er könne alles haben, nur möge er ihm sein Leben lassen, da fuhr Höchst wütend herum und stach mit dem Dolch auf ihn ein. Als Grevenstein sterbend in einer riesigen Blutlache lag, setzte Höchst Arthur die blutige Dolchspitze an die Kehle. Er solle für ewig schweigen, sonst, drohte er ihm, würde er Agnes vergewaltigen. Höchst sei völlig wahnsinnig, wie im Rausch gewesen.

Nur um Agnes zu schützen, habe er Höchst das furchtbare Versprechen gegeben, woraufhin Höchst ihn niederschlug. Was danach geschehen sei, daran könne Arthur sich nicht mehr erinnern. Nur, dass er, als er das Bewusstsein wiedererlangte, das einzige lebende Wesen auf der Farm war. Die Herero hatten das Vieh, Werkzeuge und Lebensmittel mitgenommen. Höchst musste also zu Fuß durch die Wüste geflohen sein.

Arthur schabte mit der Metallschließe seines linken Arms am Unterschenkel. »Die Stein warn weische Diamantn, später fand ma ganse Felda am Schtant.«

»Dein Hauptmann nahm also Grevensteins Diamanten mit …«

»Und sein Papier«, fügte Arthur hinzu, »späta nich mehr da.«

Richard Grevenstein war also in Wahrheit der Sohn eines Mörders. Ob Irene Schmidt ihn heiraten würde, wenn sie es wüsste? Schon wieder dachte Agnes an die junge Frau. Plötzlich hörte sie Arthur etwas murmeln.

»Was sagst du?«

»Anjes, ich eian Mörder gschütscht, kannsu mia versein?«

Was sollte sie dazu sagen? Sie konnte sich nicht vorstellen, dass Höchst seine Drohung wahr gemacht und ihr Gewalt angetan hätte. Ihm waren damals die Nerven durchgegangen, und Arthur hatte nur an sein eigenes Leben gedacht. Wog es nicht viel schwerer, dass er auch in der Zeit danach einen Mörder geschützt hatte? Welchen Sinn sollte es machen, wenn sie Arthur verziehe? Vorhin hatte sie noch Mitleid mit ihm gehabt, jetzt aber empfand sie nichts als Wut.

Warum hatte sie damals, als sie jung gewesen war, nicht den Mut gehabt, ihrer Mutter zu widersprechen? Eine einzige falsche Entscheidung in ihrem Leben, ein einziges falsches Ja.

Sie stand auf und stemmte die Hände in die Hüften.

»Hör zu, Arthur Meding, ich habe zwei Kinder geboren, zwei! Eines starb, als ich es am Tag nach der Geburt in ein Findelhaus bringen wollte. Es hatte geregnet, und ich wollte ungesehen durch den Wald gehen. Der Boden war glitschig, ich stürzte über eine Baumwurzel und konnte das Kind nicht mehr halten. Es starb, stell dir das vor, vor meinen Augen. Und als ich Hilfe brauchte, als ich das zweite Kind erwartete, verstieß mich meine eigene Schwester. Kannst du dir meinen Schmerz vorstellen? Was ist schon dein Verbrechen gegen eines, für das ich leide und das ich hätte vermeiden können, wenn du mich nicht zu diesem unglückseligen Versprechen gezwungen hättest.«

Sein Brustkorb hob und senkte sich. Er bebte geradezu und stieß seine Armschließe aufgebracht gegen die Bank.

»Swei Kinda? Du has ihm swei Kinda boren …« Er zog die Schultern hoch und schaukelte vor und zurück. »Weißa das?«

Agnes zögerte. Konnte sie Arthur die Wahrheit sagen? Musste sie nicht vorsichtig sein?

»Und du? Willst du Paul gestehen, dass du den Mörder seines Freundes kennst?«

Sie starrten einander an.

Wie hässlich er doch war, dachte sie, so hässlich wie seine Seele.

»Bring mich schu ihm, ich ihm alles beichtn.«

Der Hass in seinen Augen entging ihr nicht.

»Paul ist sehr krank, er könnte dich gar nicht verstehen.«

»Wo issa?«

»Ich weiß es nicht …«

»Lügscht! Du lügscht!« Seine Stimme überschlug sich. Plötzlich stieß er wieder dieses eigenartige Heulen aus, das ihr bei ihrer ersten Begegnung Gänsehaut verursacht hatte. Er sackte in sich zusammen, schaukelte vor und zurück. »Ich sie so liebt.«

Agnes wusste, wen er meinte. Sie setzte sich ans Ende der Bank und fasste ihn fest ins Auge.

»Du hast sie angebetet, Arthur, und du wusstest, dass sie deinen Vater bewunderte und dich mochte. Es war für dich selbstverständlich, ihr das Versprechen zu geben, mich nie gehen zu lassen. Und aus diesem Grund hast du auch Paul geduldet.«

Er nickte, wimmerte und sackte von der Bank herab. Heulend schlug er mit seiner Armschiene in den Sand und fluchte. Agnes sah ihm schweigend zu. Sie wusste das alles, es war ihr nicht neu. Doch dann hob Arthur seinen Kopf und rutschte auf den Knien zu ihr. Entsetzt merkte sie, wie er mit seinem versehrten Arm ihre Waden umklammerte.

»Sach mir, wo iss Söda, dann sach ich dia, was sie damalsch gschanden hat.«

»Meine Mutter hat dir ein Geständnis gemacht?«

»Aufm Scherbbett, ja.«

»Als du stundenlang vor ihr gekniet und gejammert hast?«

Er nickte. »Geheimnis, sollteschst nie wissn.«

»Welches?« Agnes versagte beinah die Stimme. Ihre Mutter hatte sie geschlagen und gedemütigt und … Sie drängte die Erinnerung an das andere, noch Schlimmere, zurück. Würde Arthur ihr jetzt alles erklären können? Was wusste er über sie?

»Wo iss Söda?«

Er versuchte, sie zu erpressen. Dieser hässliche, gemeine Mensch, dem sie so viel Leid zu verdanken hatte, versuchte, sie zu erpressen!

In der Nähe gingen Spaziergänger vorbei, Agnes war es plötzlich vollkommen gleichgültig. Sie stieß Arthur mit einer Kraft von sich, die sie selbst überraschte. Er stürzte rücklings ins Gras, wobei die aufschnappende Metallschließe ihr Kleid bis auf die Haut aufriss. Sie schrie auf, stürzte sich auf ihn und drückte seinen Kopf in den Sand.

»Ich bringe dich zu Paul, o ja! Aber nicht allein, nein, nein! Ich werde die Polizei benachrichtigen. Ich werde ihnen die Wahrheit sagen, in Pauls Beisein. Du bekommst noch deine Strafe, du … du …«

Er krächzte, rang nach Luft. »Priesch … Prieschta … Vater … sie nur mia verrat … ausch …«

Aus Liebe. Nein, dieses Wort wollte Agnes nie mehr aus seinem Mund hören. Sie schlug ihm ins Gesicht.

Bis spät in die Nacht saßen Agnes, Martha und Dora bei Kerzenlicht zusammen. Sie waren aufgefühlt, versuchten zu begreifen, was vor langer Zeit geschehen war. Es entsetzte sie, dass Arthur seinem Vorgesetzten selbst bei Mord noch Gehorsam erwiesen hatte. Seine blinde Treue, sein verblendeter Obrigkeitsglaube regte die Frauen auf und lenkte, zu Agnes' Erleichterung, Martha und Dora von ihrem Streit über Irene ab. Agnes brauchte ihren Beistand, ihre Nähe, nach einem Tag, der ihre Vergangenheit in einem anderen Licht erscheinen ließ.

Sie hatte Martha und Dora alles erzählt, auch, dass sie damals, als sie mit Paul nach Südtirol gefahren war, in der Toblacher Kirche plötzlich einem Priester gegenüberstand, der bei ihrem Anblick beinahe die Fassung verlor. Nach dem, was Arthur ihr heute gebeichtet hatte, musste er aller Wahrscheinlichkeit nach ihr leiblicher Vater gewesen sein.

Martha fiel es nicht leicht, die Vorstellung zu akzeptieren, dass ihre geliebte Mutter einmal ein heimliches Verhältnis mit einem Geistlichen gehabt hatte. Das erklärte zwar, warum sie so unterschiedlich waren, Martha aschblond und penibel, Agnes kastanienbraun, lebhaft und musikliebend. Aber es erklärte noch lange nicht, meinte sie, warum ihre Mutter Agnes abgelehnt hatte.

»Es war ihr Schuldgefühl«, meinte Dora. »Im Nachhinein schämte eure Mutter sich. Sie hatte ihrer Leidenschaft nachgegeben, sich mit einem Mann eingelassen, der sie verlassen *musste*. Die katholische Kirche duldet nun einmal keine Priester, die gegen den Zölibat verstoßen. Er wird es ihr ganz sicher gesagt und Angst vor den Höllenstrafen gehabt haben. Eure Mutter hat dann später Agnes für ihre Sünde büßen lassen.«

»Das ist wahr.« Agnes nickte, früher hätte sie diese Äußerung aus dem Gleichgewicht gebracht, und nach diesem Tag fand sie jetzt trotzdem noch die Kraft, endlich über ihren größten Schmerz zu sprechen.

»Das schlimmste Erlebnis, das mich mit Mutter verbindet, habe ich lange verdrängt. Ich denke, sie hat mich stärker verletzt, als es irgendjemand auf der Welt hätte tun können. Heute kann ich ihr vergeben, denn ich will nicht noch mehr leiden.«

»Du übertreibst, Agnes«, unterbrach Martha sie. »Man soll über Tote nicht schlecht reden.«

»Hör zu«, begann Agnes, »also, ich war vielleicht sechs oder sieben Jahre alt. Es war Winter, draußen spielte ein Leierkastenmann. Ich hatte mir Kochlöffel aus der Küche geholt und war auf einen Hocker in der Stube gestiegen, um im Rhythmus der Musik aufs Fensterbrett zu trommeln. Ich sang irgendeinen Gassenhauer laut mit. Welcher es war, daran kann ich mich selbst nach jahrelangem Nachdenken nicht mehr erinnern. Der Schock muss ihn in mir ausgelöscht haben. Jedenfalls kam Mutter mit einer Nachbarin zurück. Sie lachte, war fröhlich, bis sie mich hörte. Sie regte sich sofort auf, schloss mich im Schrank in der Stube ein und muss mich auf der Stelle vergessen haben.«

»Das glaube ich dir nicht!«, rief Martha und schenkte hastig Kräuterlikör ein. Dora, die jetzt sehr ernst aussah, nahm das Glas und trank es in einem Zug aus. Martha warf ihr einen überraschten Blick zu, füllte das Glas auf, und Agnes wartete, bis diese es geleert hatte.

»Also, ich saß im Schrank und lauschte. Es war dunkel, und der Staub kitzelte mir in der Nase. Doch ich hielt sie zu, ich wollte nicht auf mich aufmerksam machen. Die Nachbarin erzählte von ihrem Mann, der als Marinesoldat in Warnemünde stationiert war. Der Kaiser würde die Flotte aufrüsten, um gegen Großbritannien gewappnet zu sein. Er fand das natürlich richtig. Deutschland sei stark, die zweitgrößte Wirtschaftsmacht nach Amerika, und habe Respekt verdient, nur sollte es niemals wieder Krieg führen. Sein Bruder sei 1870/71 in Frankreich dabei gewesen, und er könne die schrecklichen Geschichten nicht mehr hören. Sie malte meiner Mutter aus, was alles geschehen könnte, würden feindliche Soldaten in Berlin einmarschieren. Ich höre noch heute, wie meine Mutter sie unterbrach und sagte: ›Sobald das bekanntwürde, würde ich das Kind da‹ – sie muss dem Klang ihrer Stimme nach in meine Richtung gezeigt haben – ›hier zurücklassen, Martha nehmen und aus der Stadt flüchten.‹« Agnes griff zum Likörglas, nippte. »Es ist wahr. Bei ihrer Seele, glaubt mir, es ist die Wahrheit.«

37

Berlin,
Mai 1926

Richard Grevenstein hatte Irene nach einer leidenschaftlichen Nacht die Wahrheit über seine Herkunft gestanden. Sie war im ersten Moment bestürzt gewesen, hatte sich aber rasch gefangen. Vielleicht, dachte sie, wollte Richard sie nur prüfen, die Ernsthaftigkeit ihrer Liebe zu ihm auf die Probe stellen. Sie wusste nun, um was es ging. Richard wollte seine Mission gewissenhaft, aber schnell erfüllen, und er würde jetzt Paul Söder suchen.

Und so hatte sie in ihrer letzten Diktatstunde Agnes Meding beiläufig gefragt, wie denn das Privatsanatorium hieße, das schwer verletzte Lungenpatienten wie Paul Söder aufnähme. Noch am gleichen Tag schlug Irene Richard vor, sie könne ihn zu dem Mann führen, der jetzt endlich die Wahrheit erfahren und den Richard im Auftrag seines Vaters um Vergebung bitten müsse. Paul Söder. Richard war ihr außerordentlich dankbar gewesen und hatte sie sogar zum Tanzen ins Hotel Adlon ausgeführt. Er erzählte ihr auch, dass er am Abend zuvor Ilse ins Theater ausgeführt hätte. Mitten in der Vorstellung hätte diese plötzlich durch das Opernglas in einer Loge ihre alte Jugendliebe entdeckt und sei sofort hinübergelaufen. Er hatte sie dann dabei beobachtet, wie sie den jungen Mann innig umarmt hätte. Das sei für ihn nun Grund genug, die Beziehung zu Ilse zu lösen.

Die Chancen für Irene standen also bereits sehr gut. Wenn es nur so weiterginge. Seit dem Besuch im Adlon hatte sie sowieso den Eindruck, Richard könnte noch wohlhabender sein, als sie zunächst angenommen hatte. Er hatte sich so selbstsicher bewegt, dass ihr Hans und Ferdinand von Bergen dagegen wie lasterhafte Bohemiens erschienen. Welch berauschendes Leben sie mit Richard in der Neuen Welt führen könnte. Mehrmals hatte sie sich schon im Kaufhaus Wertheim Reisekoffer angeschaut und ausgemalt, welche schicken neuen Kleider sie in ihnen würde verstauen können. Vielleicht würde sie sogar einige Wollkostüme günstiger bekommen, wenn sie das Angebot von Dora Hübner zur Modenschau annähme …

Sie schritten über knirschenden Kies durch den belebten Park. Irene hatte kein Auge für die vielen Besucher und Kranken, die an diesem warmen Mainachmittag in Rollstühlen ausgefahren wurden oder, in Decken gehüllt, auf ihren Balkonen die Sonne genossen. Sie hatte sich bei Richard untergehakt und achtete darauf, dass ihr die groben Kiesel nicht die neuen weißen Riemenpumps zerkratzten. Sie trug ein hellgraues Seidenkleid mit breitem Schalkragen, der bei jedem Windstoß aufflatterte und sich elegant um ihren Nacken legte. Sie plauderte über den neuesten Klatsch und schenkte Richard immer wieder ihr schönstes Lächeln. Sie war verliebter denn je und stolz darauf, dass Richard das teure Schweizer Herrenparfum trug, das sie ihm geschenkt hatte. Es unterstrich seine virile Ausstrahlung aufs verführerischste, und sie hätte mit ihm in dieser Stunde bis ans Ende der Welt spazieren können.

In Wahrheit interessierte sie die Geschichte von Agnes Meding und ihrem Liebhaber schon längst nicht mehr. Was ging sie die Liebe anderer Leute an? Sie hatte genug damit zu tun, den Mann ihres Begehrens zu halten.

Von der Straße her war ein Mandolinenspieler zu hören. Er war nicht zu sehen, da dichte Rhododendren und blühende Fliederbüsche den Park umrahmten. Irenes Herz schlug schneller. Hoffentlich war ihr dieser Bettler nicht gefolgt. Sie war zwar glücklich, Richard helfen zu können, aber sie zweifelte plötzlich daran, ob es richtig gewesen war, dem Bettler Paul Söders Aufenthalt verraten zu haben. Er hatte an ihrer Straßenbahnhaltestelle auf sie gewartet und etwas von Verzeihen genuschelt. Irene war sich sicher, sie hätte anders gehandelt, hätte Agnes Meding an jenem Nachmittag Richard nicht misstraut. Sie hatte ihn noch nicht einmal zurückgerufen.

Das kränkte Irene. Und es kränkte sie noch mehr, dass diese Frau sie auch noch in den letzten Diktatstunden ermahnt hatte, nur ja nicht zu früh zu heiraten. Sie, Irene, solle ihrem Beruf nachgehen, sie sei ja so talentiert. Die Meding hatte schlichtweg nicht wahrhaben wollen, dass sie, Irene, bald Richard heiraten würde. Wenn die Meding sich wenigstens bei ihr für ihr Misstrauen entschuldigt hätte, dann hätte sie dem Bettler ein paar Münzen zugeworfen, aber geschwiegen. So aber sollte doch der Krüppel mit seinem Wissen anfangen, was er wollte. Die verrückte Meding war selbst an allem schuld.

Es beruhigte sie, dass Richard ihr gesagt hatte, er wolle in den nächsten Tagen ein Reisebüro aufsuchen, um die Rückreise nach Amerika zu buchen.

Eine ältere Schwester führte Irene und Richard in den ersten Stock. Sie war in Eile. Herrn Söder ginge es seit vorgestern wieder besser, er sei fieberfrei, und man könne annehmen, das Morphium habe ihm zu einem zweitägigen Heilschlaf verholfen. Da er aber gerade eben einen Besucher empfangen habe, wäre es vielleicht besser, wenn sie hier oben in der Loggia warten würden, bis der Besucher wieder gegangen sei. Als sie in den Flur zu Pauls Zimmer einbogen, stieß die Schwester unvermittelt gegen einen metallenen Rollwagen, der mit frischer Wäsche beladen war. Sie begann laut zu schimpfen, wies Irene und Richard noch flüchtig den Weg und öffnete die nächste Tür, um nach der jungen Lehrkraft zu suchen, die ihr schon einmal dieses Vergnügen bereitet hatte.

Irene und Richard hörten Stimmen hinter der Tür und klopften. Niemand antwortete. Richard wechselte einen Blick mit Irene. Sie nickte, und er drückte die Klinke nieder. Langsam glitt die Tür auf.

Der Anblick war grotesk.

Im Krankenbett lag ein Mann mit Verbänden um Arm und Brust und hielt eine Luger-Pistole auf den Bettler gerichtet, der mit erhobenem Arm drohte, ihm die Metallschließe seiner Armschiene zwischen die Rippen zu rammen. Arthur musste ihm die bewährte Kriegswaffe in die Hand gedrückt haben. Er hatte sie gehört, denn er wandte seinen Kopf und zischte: »Wech! Wech!«

Paul Söder aber beachtete Irene und Richard nicht, sondern sah Arthur Meding fest in die Augen.

»Wenn du sie noch liebst, dann lässt du mich leben.«

Das erste Mal hörte Irene die Stimme des Mannes, der ihr bisher nur als Agnes' Liebhaber vertraut war. Sie wunderte sich über seine tiefe, ruhige Stimme, die so gar nicht zu dem Anblick passte, den er bot. Agnes' Ehemann zwang Paul Söder, ihn zu erschießen, sonst würde er ihn mit einem Schlag in seine verletzte Lunge töten. Ihm schien es egal, was aus ihm würde, aber Paul Söder würde entweder sofort sterben oder als Mörder überleben müssen. Und Irene würde sich für den Rest ihrer Tage die Schuld dafür geben, ganz gleich, wie das hier ausgehen würde. Schließlich hatte sie Arthur den Aufenthalt Paul Söders verraten.

Was für ein perfider Racheplan.

Arthur Meding musste verrückt sein.

Irene prallte gegen den Türrahmen, als Richard an ihr vorbeistürzte und sich auf Meding warf. Ein Schuss löste sich, Irene hörte einen Mann lachen, ein weiterer Schuss folgte, woraufhin innerhalb weniger Sekunden Krankenschwestern und Ärzte in heller Aufregung ins Zimmer schwärmten.

Paul Söder lachte immer noch. Er hatte zweimal in die Decke geschossen. Sein Lachen, meinten die Ärzte lakonisch, sei Zeichen seiner Erleichterung und Ausdruck neuer Lebenskraft. Auf jeden Fall ein gutes Zeichen, schließlich befördere Lachen den Heilungsprozess. Noch während Irene überlegte, ob das unter diesen Umständen nicht zynisch klang, wurde Arthur Meding hinunter in die Eingangshalle geführt, wo ihn die Polizei abholen sollte. Die Ärzte vergewisserten sich, dass Paul Söder keine weiteren Verletzungen hatte und auch keine Beruhigungsmittel benötigte, dann ließen sie sie allein.

Paul winkte sie an sein Bett.

Er ließ seinen Blick lange auf ihnen ruhen.

Er war ernst geworden und eine Spur blasser, als er endlich die Stille brach. »Richard Grevenstein. Und wer sind Sie?«

Irene hielt sich zurück, solange Richard über das sprach, was im Januar 1904 auf Martin Grevensteins Farm geschehen war. Paul Söder war erschüttert. Er wandte seinen Kopf zum Fenster und sah lange schweigend hinaus.

»Das ist ungeheuerlich, wirklich unvorstellbar. Und wie so oft, trifft es die Besten. Hören Sie, Martin war nicht nur ein guter Farmer. Er war mit den Eingeborenen nachsichtig und versuchte sogar, ihre Kultur zu verstehen. Er liebte das Land, die Wüste, die fruchtbaren Gegenden, seine Schönheit. Niemals hätte Martin seine Farm aufgegeben. Er handelte auch mit den Herero, aber er übervorteilte sie nicht, schlug sie nicht und hielt sie vom Alkohol fern. Er stellte damals extra Wächter auf, damit wir ungestört in seiner Scheune tanzen konnten. Und er gab Agnes ein Alibi, damit sie unsere gemeinsame Zeit ohne Gewissensbisse genießen konnte. Er liebte die Menschen. Glauben Sie mir, das Land hätte Männer wie ihn gebraucht.«

Richard schwieg, er war angespannt, seine Hände waren kalt. Paul Söder konzentrierte sich auf eine grünblaue Libelle, die durch die Balkontür hereingeflogen war und sich auf dem Rand seines Wasserglases niederließ. Während er ihren bebenden Körper betrachtete, hörten sie einen Polizeiwagen über die Auffahrt nahen, wenig später laute Stimmen, das Schlagen einer Tür, endlich von der Straße her das Aufheulen des Motors.

Irene dachte an Agnes Meding. Ob es sie erleichterte, wenn sie wüsste, dass ihr Ehemann ins Gefängnis käme? Irene betrachtete Paul Söder. Er gehörte zu den Männern, die auch sie attraktiv fand: schmales, markantes Gesicht, breite Augenbögen, sinnlicher Mund. Doch es war noch mehr. Denn selbst hier, auf dem Krankenbett, strahlte er das ruhige Selbstvertrauen eines Mannes aus, der sich seines Charismas bewusst war. Wie viel sie doch von ihm wusste …

Ja, er war anders als jene Männer, mit denen sie ihre Lust teilte, anders auch als Richard, für den sie so viel Raffinesse aufbieten musste, um ihn nicht zu verlieren. Plötzlich verspürte sie einen Anflug von Verbitterung. Warum war sie nie einem Mann wie ihm begegnet? Einem Mann, der nicht nur zu küssen verstand, sondern einer Frau die Sicherheit gab, sie und nur sie allein zu lieben? Was fand er nur an einer sentimentalen Frau wie Agnes Meding so reizvoll?

Er musste sie schon eine Weile lang aufmerksam beobachtet haben, denn als sie ihn fragen hörte, brauchte sie einen Moment, um ihre Gedanken zu ordnen.

»Und was machen Sie, Fräulein Schmidt?«

»Ich bin Richards Freundin.«

»Das dachte ich mir. Ich meine, was machen Sie beruflich? Sie sind doch berufstätig, oder?«

Sie erzählte ihm von ihrem ersten Preis im Schnellschreiben, berichtete von der Handelsschule, den Abendkursen, ihrem Training.

»Sie müssen großzügige Eltern haben. Soviel ich weiß, finden nur die besten Mädchen Zugang zu einer solchen Ausbildung.«

»Das stimmt, viele kommen aus Beamtenhaushalten, andere wie ich müssen nur schneller, besser und hübscher sein.« Sie lachte. »Übrigens arbeite ich seit März für Frau Meding. Sie diktiert mir ihre Lebensgeschichte.«

Überrascht sah er sie an. »Sie sind ihre Stenografin?«

»Ich war ihre Stenografin, Herr Söder. Die Sitzungen sind, glaube ich, beendet. Heute Vormittag habe ich jedenfalls Frau Meding die letzten Seiten gegeben.«

»Auf diese Lektüre bin ich aber mal gespannt.« Paul Söder lächelte. »Ihre Eltern müssen stolz auf Sie sein.«

»Ich bin bei einfachen Landarbeitern bei Rhinow im nördlichen Havelland aufgewachsen. Meine Eltern leben nicht mehr, sie starben während des Krieges an Diphtherie. Meinen Beruf verdanke ich nur meiner guten Lehrerin, das ist alles.« Sie dachte nach. Die Erinnerungen an ihre Kindheit waren blass geworden. »Ich hatte noch vier Geschwister«, sagte sie schließlich, »und unserer Mutter war es wichtig, dass wir ihr auf den Blumen- und Gemüsefeldern halfen. Ich glaube, sie hat mich selten lernen sehen. Das meiste merkte ich mir sowieso schon im Unterricht, Lernen fiel mir leicht.« Sie lächelte. »Und als ich ihr sagte, ich wolle in die Stadt ziehen, war es ihr ganz recht.«

»Und was sagte Ihr Vater dazu?« Er begann zu husten, legte seine Hände auf der Brust übereinander.

»Was sollte er schon über seine Mädchen sagen? Meine Schwester hatte jahrelang unter Knochenerweichung gelitten. Sie ging eines Tages freiwillig ins Wasser. Ein Esser weniger, so sieht man es doch, oder? Vater jedenfalls hatte es nicht leicht. Er arbeitete jahrelang bei einem Bauern, der ihn nur ungern auszahlte, ihm lieber einen Sack mit Kartoffeln oder Rüben gab. Deshalb lernte er später das Maurerhandwerk und setzte durch, dass meine Brüder ihm folgten. Nur der Älteste wurde Zimmermann und ging früh auf die Walz. Er blieb in der Schweiz, wo er sich in eine Bergbauerntochter verguckte. Was aus ihm wurde, wissen wir nicht, wir haben nie etwas von ihm gehört. Warum sollte sich also mein Vater um ein Mädchen kümmern, das aus freien Stücken in die moderne Welt aufbrechen wollte? Das Wort *Bureau* hätte er noch nicht einmal buchstabieren können. Wie sollte er sich vorstellen, was man dort tat? Er konnte gutmütig sein, aber er verstand nichts, gar nichts.«

Paul Söder schloss kurz die Augen. Er röchelte, wandte seinen Kopf zur Seite, hustete.

»Soll ich die Schwester holen?« Irene beugte sich über ihn.

Er schüttelte den Kopf, er wirkte angestrengt. »Wenn nur Agnes heute kommen könnte.«

»Ich könnte sie anrufen und ihr ausrichten, dass sie Sie besuchen soll.«

»Jaja, das ist gut.« Paul hustete wieder, spuckte Blut in sein Tuch. »Höchst?«

»Ja?« Richard straffte sich.

Paul reichte ihm die Hand. »Danke, dass Sie gekommen sind.«

Richard nickte. »Ich erwarte von Ihnen keinen Gruß an meinen Vater, Herr Söder. Vielmehr möchte ich Ihnen dafür danken, dass Sie mich nicht hinausgeworfen haben.«

»Schon gut, und was wollen Sie jetzt tun?«

»Ich werde noch einmal Frau Meding anrufen und sie um ein Gespräch bitten. Ich hoffe, ihr Mann hat sie in der Zwischenzeit aufgesucht und ihr die Wahrheit gesagt.«

»Natürlich, und was haben Sie danach vor?«

»Dann habe ich hier in Deutschland meine Pflicht erfüllt. Ich will so schnell wie möglich wieder zurück in meine Heimat. Mein Vater wartet auf meinen Bericht, hoffentlich lebt er noch, wenn ich eintreffe. Damit ist auch für mich die Vergangenheit meiner Vorfahren abgeschlossen. Ich möchte mich wieder auf meine Arbeit konzentrieren.«

»Was machen Sie?«

»Ich bin Ingenieur, spezialisiert auf Brückenbau.«

»Da werden Sie auf dem amerikanischen Kontinent genug zu tun haben.«

»Allerdings, und ich freue mich auf die Herausforderungen. Ich war im Team um Joseph B. Strauss, den besten Brückenbauer aller Zeiten. Er hat Pläne für eine fantastische Hängebrücke über die Golden-Gate-Bucht entworfen und wartet jetzt auf die Genehmigung durch das Kriegsministerium. Aber seine Konstruktion ist so großartig, dass sie zustimmen *müssen*. Und genau so etwas will ich, sobald ich wieder drüben bin, auch mit einer eigenen Firma tun.«

Irene warf Richard einen eindringlichen Blick zu. Jetzt war der beste Zeitpunkt, einzuflechten, wie sehr er sich darauf freue, sie als Frau an seiner Seite aus der alten Heimat mitzunehmen. Nervös knetete sie ihre Finger und starrte Paul Söder an, der sie beide forschend musterte. Warum sagte Richard nichts? Schwieg er etwa, weil er erst in einer romantischen Stunde um ihre Hand anhalten wollte? Die Vorstellung hellte ihre Stimmung auf.

»Ich denke, wir werden erst einmal goldene Stunden auf der Überfahrt …«

Richard stieß ihr mit dem Ellbogen in die Seite, und sie verstummte. Verlegen sah sie zu ihm auf. Hatte sie sich nicht vorgenommen, Richard Zeit zu geben, damit er sich ihr erklärte? Vielleicht war er ja Paul Söder ähnlicher, als sie angenommen hatte.

Ja, so musste es sein. Nickte nicht Paul Söder Richard aufmunternd zu?

Paul aber ignorierte sie und konstatierte: »Die Diamanten bedeuten Ihnen also nichts, Höchst.«

»Richtig.«

»Gut so. Und sagen Sie Ihrem Vater, er sei ein Schuft. Ich vergebe ihm, aber die Hölle muss er später aushalten.«

»Ich seh's genauso, alles Gute, Herr Söder.«

Hatten sich die Männer nicht mehr zu sagen? Erleichtert und ein wenig irritiert, wandte Irene sich zum Gehen. Richard hatte also die Wahrheit gesagt. Sein Vater war ein Mörder. Und doch verspürte sie eine Art Erregung bei dem Gedanken, ein Mann wäre bereit, für sie aus Leidenschaft zu töten. Es hätte ihre Sehnsucht nach der absoluten Gewissheit befriedigt, geliebt zu sein.

Kurz bevor sie auf den Flur hinaustrat, drehte sie sich noch einmal um.

Paul Söder sah ihr nach und lächelte.

38

Hamburg, August 2012

Seit dem Verschwinden von Falk und seinen Kollegen waren bereits sechs Tage vergangen, und noch immer gab es keine Spur von ihnen. Längst erschien Isabel das Erlebnis mit dem Sangoma als folkloristisches Abenteuer und das, was sie danach in ihrer Wohnung wahrgenommen hatte, als Folge überreizter Einbildungen. Es konnte doch nicht sein, dass sich die alten afrikanischen Holzfiguren von selbst einander zugewandt hatten, oder?

Obwohl zuvor, da war sie sich sicher, ihre Schatten im Mondschein gleich lang gewesen waren.

Und doch. Es war alles unwichtig. So entsetzlich unwichtig.

Sie wartete noch immer auf Julians Anruf, war aber abgelenkt von ihrer Angst um Simone. Sie schlief kaum noch, war ununterbrochen online und fuhr täglich zu Shackey, bei dem sich Freunde und Bekannte versammelten, um Simone via Skype Mut zuzusprechen. Isabel erkannte Simone kaum wieder, sie schien ihr noch nicht einmal zu glauben, dass sie erst morgen ihren Express-Pass abholen konnte. Sie, die immer so tough gewesen war, stand kurz vor dem Nervenzusammenbruch.

Und in der letzten Nacht war es dann passiert. Simone war der Kragen geplatzt, sie hatte nichts mehr von Isabels Problemen hören wollen. Und dann hatten sie sich gestritten. Es war der erste heftige Streit in ihrer langen Freundschaft gewesen. Simone war außer sich geraten und hatte ihr vorgeworfen, dass sie eine romantische Träumerin sei, die sich sogar von Mo habe verunsichern lassen, während sie, Simone, schwanger wäre und erst jetzt Falk verstünde. Sie habe Todesangst um den Vater ihres Kindes, der vor kurzem ohne ihr Wissen eine restaurierte Villa im Kolonialstil gekauft hatte, mit der er sie hatte überraschen wollen. Beim Durchsuchen seines Schreibtisches sei sie auf den entsprechenden Kaufvertrag gestoßen. Eine weiße Villa in einer Parkgegend in Windhoek. Auf Männer wie Falk sei eben doch Verlass. Einen Mann müsse man nach seinem Tun beurteilen, nicht nach dem, was sein Charme verspräche. Dieser Julian habe Isabel damals in den Pfunderer Bergen aufmerksam behandelt, sie hätten sich ineinander verliebt und er hätte sie sogar zum Wandern am Strand eingeladen und keine Mühe gescheut, ein Video für sie zu entwerfen … Was Isabel sich dabei gedacht hätte, eine solche Einladung auszuschlagen, nur weil sie nicht ihrem Bauchgefühl nachgeben wollte? Sie beide hätten doch gleich bei der ersten Begegnung gewusst, dass Julian okay war.

Wisse Isabel denn nicht, dass Misstrauen unangebracht sei, wenn einem das Bauchgefühl etwas anderes sagte? Was sei wichtiger, gelebte Liebe und Freundschaft oder eine labile, träumerische Sehnsucht?

Und sie, Isabel, hatte Simone vorgeworfen, sie habe keine Ahnung davon, wie es sei, wenn man durch das Leben schreite wie durch Sand. Nie unbeschwerte Schritte, nie schwingende Leichtigkeit. Und das Schöne, das sie sähe, entpuppe sich immer nur als Fata Morgana. Das sei die Last ihrer Vergangenheit. Sie sähe ja ein, einen Fehler gemacht zu haben, aber es sei nun einmal geschehen.

Simone hatte sie für übergeschnappt gehalten. Kurz vor dem Morgengrauen hatten sie sich nur noch angeschrien und das verzerrte Gesicht der anderen auf dem flimmernden Bildschirm nicht mehr ertragen können.

Es war entsetzlich gewesen. Sie hatten beide die Nerven verloren.

Sieben Nächte mit kaum mehr als vier Stunden Schlaf hatten ihre Spuren hinterlassen. Isabel konnte an diesem Morgen kaum noch einen klaren Gedanken fassen. Sie nahm ihre Reisetasche, fuhr in die Stadt, holte ihren Ersatz-Reisepass und hoffte, dass das, was sie in der Nacht mit Shackey und seiner Frau besprochen hatte, gutging.

Sie war natürlich viel zu früh am Frankfurter Flughafen eingetroffen. Noch mehr als fünfeinhalb Stunden bis zum Abflug. Sie war mit dem ICE nach Frankfurt gerast und hatte krampfhaft versucht, wach zu bleiben, aus Angst, jemand könne ihr die Umhängetasche mit dem neuen Pass entreißen. Das Einzige, worauf sie sich freute, war der Moment, in dem sie Simone in die Arme nehmen und sich bei ihr entschuldigen würde. Nie wieder würde sie sich so gehen lassen. Freunde ließ man nicht im Stich. Schon gar nicht die beste Freundin.

Seit einer gefühlten Ewigkeit war Isabel vor dem Check-in-Schalter im Frankfurter Flughafen auf und ab gelaufen. Erst in der letzten Stunde hatte sie sich auf eine Plastikbank gesetzt, eine pakistanische Mutter mit drei kleinen Kindern auf der einen und fünf junge, über Musik debattierende Schotten auf der anderen

Seite, und konnte nichts mehr dagegen tun, dass sie zwischen den Ansagen immer wieder in einen Dämmerschlaf fiel. Als die Schotten schließlich aufbrachen und eine schwedische Gruppe in blau-gelben T-Shirts nahte, mit Rucksäcken, auf denen Kronprinzessin Victoria in einem Ballon abgebildet war, stand Isabel auf und ging zu einer Coffeebar hinüber, die sie gleich zu Anfang im Auge gehabt hatte. Vorhin waren zu viele Reisende dort gewesen, jetzt saßen nur noch drei schlanke Geschäftsmänner über ihre Tablets gebeugt und am Tresen zwei japanische Ehepaare in identischen dunkelblauen Anzügen, die einander unter ständigem Gelächter deutsche Vokabeln abhörten.

Isabel bestellte einen Cappuccino und ein Butterhörnchen mit Schinken. Beides tat gut, doch sie musste unentwegt an Julian denken.

Und wenn er in den letzten Tagen doch versucht hatte, sie zu erreichen? Ihr Festnetzanschluss war abgemeldet, und wenn seine Mails im Spam-Ordner gelandet wären, hätte sie das doch sofort gemerkt. Und warum hatte er sie nicht längst angerufen?

Sie holte ihr Smartphone hervor und checkte zum gefühlten hundertsten Mal an diesem Tag den Eingang ihrer Mails. Nichts. Nur Shackey bestätigte ihr, wie erwartet, dass der Umzugswagen pünktlich um halb acht Uhr gekommen sei und Kartons und Möbel bereits in der neuen Wohnung stünden. Sie brauche sich also keine Sorgen zu machen. Isabel atmete auf. Dann beschloss sie, ihrem Bauchgefühl zu folgen und sich auf dem Mailserver ihres Providers einzuloggen. Im selben Moment jagte ihr Puls in die Höhe. Sie musste sich am Tresen festhalten.

Eine fremde Frau mit gleichem Namen, Isabel Hambach, hatte ihr eine Mail mit Anhang geschickt. Sie schrieb, dass der Wortlaut der fehlgeleiteten Mail sie annehmen ließe, dass die Empfängerin wohl sehnsüchtig auf Antwort warte, daher wolle sie sie sofort an Isabel weitergeben.

Isabels Fingerspitzen wurden kalt vor Aufregung. Das war doch nicht möglich. Julian. Er hatte ihr also doch geschrieben. Sie hätte aufschreien mögen vor Verzweiflung. Ihr schien, als ob die Zeilen vor ihr in ihrem Herzschlag pulsierten.

Hallo, Isabel,
ich muss schon sagen, Deine Absage hat mich im ersten Moment etwas schockiert. Sie passt irgendwie nicht zu Dir. Korrigier mich, wenn ich mit meiner Einschätzung falschliege.
Also, eigentlich sehe ich nicht ein, warum ich mein lang ersehntes freies Wochenende ohne Dich verbringen soll. Die Zeit nur mit Osteoklasten und Osteoblasten im Geiste zu verbringen, könnte vorzeitigem geistigen (und emotionalen!) Verfall Vorschub leisten …
Und das will ich keinesfalls! Wir müssen doch noch so viel unternehmen, vom Wandern am Ostseestrand angefangen bis zum Biken um Meran herum oder sonst etwas …
Vorschlag: Du kannst mich ja immer noch fortschicken, aber eigentlich spräche doch nichts dagegen, wenn ich Dir beim Umzug helfen würde, oder magst Du Mediziner lieber in Bikershorts als im Blaumann?
Schreib mir bitte, ohne dass ich mir ein zweites Mal Sorgen um mein Herz machen muss.
Julian

Ihr wurde abwechselnd heiß und kalt. Julian wäre von Heidelberg aus zu ihr nach Hamburg fahren. Er hätte ihr sogar beim Umzug geholfen. Nun war der Umzug vorbei, sie saß hier in Frankfurt und wartete auf den Flieger nach Windhoek – und hatte ihm nicht geantwortet!

Was für ein Wahnsinn. Sie hätte sich ohrfeigen können und wünschte, die digitale Revolution hätte nie stattgefunden.

Sie tippte Julians Nummer ein, hielt aber erschrocken inne, als ihr Blick an der Zeitangabe seiner Mail hängenblieb.

Das konnte doch nicht wahr sein.

Julian hatte seine Mail vor sechs Tagen um 19:19 Uhr abgeschickt. Isabel erinnerte sich noch ganz genau, dass sie am Abend zuvor mit Marian, Shackeys Ehefrau, in der Küche gestanden und dieser ihr Geheimnis anvertraut hatte. Dabei hatte sie auf die Uhr geschaut und sich die Zeit gemerkt – 19:19 Uhr –, und danach waren sie zum Sangoma ins Wohnzimmer gegangen.

Es musste also doch eine Kraft geben, die noch stärker war als die Stimme der Ahnen: die der Liebe …

Sie drückte die Anruftaste.

Er meldete sich sofort. »Isabel, endlich, schön, dass du mich anrufst.«

Sie hätte weinen mögen vor Erleichterung. »Julian, es tut mir so leid! Entschuldige bitte, ich habe gerade eben deine Mail gelesen.« Sie machte eine Pause, weil eine Ansage durch die Abflughalle schallte.

»Wo bist du, Isy?«

»Am Frankfurter Flughafen, ich fliege heute Abend zu meiner Freundin nach Namibia.«

Im Hintergrund war lautes Stimmengewirr und metallisches Scheppern zu hören.

»Na, das ist ja ein Pech für uns.« Er klang amüsiert. »Und meine Mail hast du erst jetzt gelesen?«

»Ja, ach, Julian, ich möchte dich so gerne wiedersehen. Es ist wahnsinnig lieb von dir, dass du mir beim Umzug helfen wolltest. Ich verspreche dir, du wirst der Erste sein, für den ich ein riesiges Menü in der neuen Wohnung kochen werde.«

»Wunderbar, vielen Dank. Also, dein Umzug ist schon überstanden?«

»Ja, heute früh, Freunde haben mir geholfen. Ach, Julian …«

»Und was machst du gerade?«

»Auf den Flieger warten, natürlich. Ich war ja so schlau, schon heute Vormittag loszufahren.«

»Und wo bist du jetzt genau?«

»Was spielt das für eine Rolle? Es ist alles einfach dumm gelaufen. Julian?«

In der Leitung war es still.

»Julian? Wo bist du?«

Sie hörte, wie die Verbindung abbrach. Noch einer mit Akkuproblem, dachte sie enttäuscht.

Sie bemerkte, wie aus einem der Seitengänge eine größere Gruppe Schwarzafrikaner auf sie zukam. Sie bildete sich ein, sie schon einmal bei einem Musikfestival in Hamburg gesehen zu haben. Vielleicht würde sie sie später in der Abflughalle wiedersehen. Ihnen folgten zwei Mädchen mit hennagefärbten Rastalocken. Sie trugen ausgefranste Shorts und zerrten Rollgestänge mit Rucksäcken hinter sich her, auf denen Plüschpandas saßen. Einer von ihnen rutschte in diesem Moment zu Boden. Isabel hob ihn auf und zuckte erschrocken zusammen, als sie Julian ihren Namen rufen hörte.

»Isabel!«

Ihr Herz schlug so heftig, dass sie den Plüschpanda an sich presste, aus Angst, es könnte ihr aus der Brust springen.

Lächelnd sah Julian sie an. Er wirkte, fand sie, noch übernächtigter als sie. »Julian, was machst du denn hier?«

»Bestimmt nicht das, was du vorhast, nämlich davonfliegen.« Er nahm ihr den Plüschpanda aus der Hand und reichte ihn dem Mädchen. Dieses grinste nur und marschierte kichernd mit seiner Freundin weiter.

»Isy« – Julian nahm sie in seine Arme –, »du wolltest doch heute umziehen. Und ich wollte dir helfen. Was ist denn passiert?«

Sie zeigte ihm die Mail. »Schau mal, deine Mail hat einen Umweg gemacht.« Sie beugten sich über das Display.

Julian fuhr sich erschrocken durch das Haar. »Ach herrje, Isy, es ist mein Fehler. Ich war im Stress, wollte dir schnell antworten und war mir ganz sicher gewesen, längst deine Mailadresse im Kopf zu haben. Ich habe die Mail am PC eines Kollegen geschrieben und hab den Provider verwechselt.«

»Genau, statt ›online‹ ›t-online‹ getippt.«

»Richtig, o Isy, das tut mir wahnsinnig leid.« Er legte seinen Arm um sie, streichelte ihren Rücken. »Was für ein Irrwitz, dass die Mail an eine Namensvetterin von dir ging. Aber nett von ihr, dass sie sie dir zurückgeschickt hat.«

»Ja, dumm nur, dass mein Sicherheitsprogramm ihren Absender gleich als Spam klassifiziert hat.« Sie sah zu ihm auf. »Aber warum hast du mich nicht angerufen?«

Er hob die Augenbrauen. »Du hast nicht geantwortet, und ich glaubte, du wärst total im Stress mit deiner Jobsuche, dem Umzug. Da hab ich gedacht, es wäre klüger, dich nicht weiter unter Druck zu setzen.«

Isabel schmiegte sich an ihn. »Ich glaube, wir sollten jetzt mal einen Kaffee trinken, oder?«

Er lachte und küsste sie sanft. »Das ist eine gute Idee. Du siehst sehr erschöpft aus. Was ist denn eigentlich passiert?«

»Es ist alles ein bisschen kompliziert.«

Sie gingen zur Coffeebar und setzten sich.

Julian nahm ihre Hand und spielte mit ihren Fingern. »Hier auf dem Flughafen, so zwischen Ankunft und Abflug, lebt man ein bisschen wie in einer Zwischenwelt, finde ich. Eigentlich genau der richtige Ort, um komplizierte Situationen zu klären.«

Die Wärme in seinen Augen entspannte Isabel. Doch zuvor musste sie ihn noch fragen, warum er hier war.

»Ich wollte eigentlich heute früh zu dir hochfahren, aber ein Kollege, der gerade seinen Dienst angefangen hatte, bekam den Anruf, dass seine Frau einen Schlaganfall hatte. Mit achtunddreißig Jahren. Er wollte sofort losfahren. Seine Hände zitterten, und er stand kurz vor dem Kollaps. Ich habe ihm vorgeschlagen, dass ich ihn zum Flieger bringen würde, damit er schnell nach Mailand kommt.« Er schenkte ihr ein verschmitztes Lächeln. »Ich denke aber, die Zeit hätte trotzdem noch gereicht, dir bei den letzten Kartons zu helfen.«

»Das ist nett von dir, danke, Julian. Trotzdem merkwürdig, dass wir uns hier wiedergefunden haben, oder?«

»Seh ich genauso, fast unerklärlich.« Seine Stimme klang eine Spur tiefer, ihr Herz schlug heftiger.

»Fast unerklärlich«, wiederholte sie leise. »Ich meine ... also, eigentlich haben sich unsere Wege hier gekreuzt, weil jeder von uns ...«

»... einem Freund helfen wollte.«

Sie nahm einen Schluck Kaffee. Wie sollte sie ihm das nur alles erklären?

Er streichelte ihren Arm. »Also, die Fallen der digitalen Kommunikation haben wir aufgedeckt. Jetzt sag mir bitte, was dich belastet, okay? Ich meine, um seinen eigenen Umzug zu verschieben, braucht es einen guten Grund, finde ich.«

Sie nickte und berichtete ihm in wenigen Worten von Falks Verschwinden in Namibia, ihrer Angst um ihn und Simone, dem Abend bei Shackey, an dem er einen Sangoma um Hilfe gebeten hatte. Nur das seltsame Vorkommnis mit ihren afrikanischen Holzfiguren verschwieg sie ihm, aus Angst, er könne sie für eine hysterische Esoterikerin halten. Inzwischen drängten so viele Reisende an die Bar, dass sie kaum noch verstehen konnte, was Julian ihr geantwortet hatte. Sie schaute ihn fragend an. Er beugte sich zu ihr herüber, so dass sich ihre Köpfe berührten.

»Ich hoffe sehr, dass dieser Falk mit seiner Gruppe bald wieder auftaucht, egal, welche Geister auch immer ihm dabei helfen. Namibia ist zwar ein schönes, landschaftlich vielseitiges Land, aber die politische Situation ist zurzeit etwas labil und nicht ohne Gefahren.«

Isabel drehte den Kaffeebecher an dem Henkel hin und her. Julian ergriff ihre Hand. »Wenn ich Zeit hätte, würde ich mit dir fliegen. Dieses Wochenende aber reicht leider nicht dafür.«

»Und was machen wir jetzt?«

Ein schwitzender Mann in schwarzem Blouson und Jeans schob sich zwischen sie und winkte der Bedienung mit einem Schein zu. »Due espressi, per favore!« Er stieß gegen Isabels Schulter. Julian drehte sich zu ihm und bedeutete ihm mit einer höflichen Handbewegung, auf Abstand zu gehen. Der Mann entschuldigte sich und trat zurück. Julian ließ seinen Arm schützend auf Isabels Rückenlehne ruhen.

»Möchtest du noch einen Kaffee? Oder wollen wir woanders hingehen, wo's ruhiger ist? Ich meine, wir haben ja noch Zeit, dein Flug geht erst in dreieinhalb Stunden.«

Die letzten Worte gingen fast im lauten Stimmengewirr um sie herum unter. Isabel zuckte zusammen. Auch Julian wandte sich ihr mit erhobenen Augenbrauen zu. »Ist das dein Phone, das da klingelt, oder meines?«

Doch da hatte sie schon in ihre Umhängetasche gegriffen und öffnete das Mailprogramm.

Ein riesiger Schwarm eingegangener Mails blinkte ihr entgegen. Falk war wieder da! Es war die beste Nachricht, die superbeste Nachricht! Isabel wechselte einen kurzen Blick mit Julian. Er sah sie aufmerksam an.

Er würde sich fragen, wie sie auf diese Nachricht reagieren würde.

Ihr wurde leicht schwindelig. Sie hatte Simone ein Versprechen gegeben, und sie würde es halten. Es sei denn, Simone würde ohne sie …

Julian erhob sich und führte sie durch die Masse der herandrängenden Menschen. An einem freien Fensterplatz mit Blick auf die Landebahnen blieben sie stehen und lauschten Falks Videobericht.

Holländische Trekking-Touristen hatten ihn und seine Kollegen an einer Landstraße in der Nähe des Waterberges gefunden. Erschöpft, wütend und ohne Landrover. Falk berichtete, dass ihnen vor sechs Tagen schon am frühen Morgen Sandböen die Sicht genommen hätten. So sei ihr Landrover auf einer Schotterstraße in eine Fahrrinne geraten, in deren Nähe Rebellen auf der Lauer gelegen hätten. Diese hätten sie überfallen, ausgeraubt und ins Landesinnere verschleppt, in der Hoffnung, Lösegeld erpressen zu können. Doch dann hätten sie riesiges Glück gehabt. Ihre Entführer seien nämlich völlig überraschend in eine gewaltsame Auseinandersetzung verfeindeter Maherero- und Riruaku-Anhänger geraten. Dabei sei es nicht nur um alte Feindschaften, sondern um den jährlichen Maherero-Gedenktag in Okahandja am fünfundzwanzigsten und sechsundzwanzigsten August und vor allem um die Entzündung des Heiligen Feuers gegangen. Parteiisch, wie sie waren, waren die Rebellen schnell dabei. Schließlich sprach sich herum, dass die Polizei aufgrund der Auseinandersetzungen die Feierlichkeiten zum Gedenktag einfach verbot. Die Wut der Clans darüber lenkte die Entführer von ihnen ab. Und so konnten er, Falk, und die anderen in einem günstigen Moment fliehen.

Als hätte Shackeys Sangoma alle Kräfte des Himmels und der Erde mobilisiert …

Isabel tippte eine längere Mail an Simone, antwortete Shackey mit dem Satz »Liebste Grüße bitte an Marian! Sie weiß schon, warum.« Wenige Sekunden später kam Simones Antwort. Lautlos buchstabierte Isabel sie, einmal, zweimal … *Bleib bei ihm, Isy! Dank dir für alles, bis bald, liebste Grüße, S. & F.*

Wahnsinn! Sie hätte alle Engel des Universums umarmen können. Sie antwortete Simone sofort.

Werd dir für diesen Satz für immer dankbar sein. Komm bald zurück! Dir und Falk alles Liebe, passt auf Euch auf. Freu mich auf Dich! Deine Isy, happy allover :-).

Sie legte ihre Hand auf Julians Schulter und hielt ihm die Nachricht vor die Augen.

Mit einem vor Glück strahlenden Gesicht sah er sie an. »Fantastisch, ich freu mich. Grüße die beiden mal von mir, am besten jetzt gleich.«

Isabel tippte eine entsprechende Mail an Simone und sah ihn daraufhin amüsiert an. »Und jetzt könnten Sie Ihr Versprechen einlösen, Herr Doktor.«

»Okay, dann fahren wir jetzt nach Hamburg und packen deine Umzugskartons aus.«

»Genau, zu zweit wäre das einfacher.«

»Und von deiner Dachwohnung aus genießen wir dann später die Aussicht auf den Hafen.«

»Vorher könnten wir noch im alten Fischmarkt essen gehen, dort gibt eine Menge guter Szenelokale.«

»Tolle Idee, ich mag Fisch.«

»Ich auch.«

»Hummer auch?«

»Klar, Hummer und Krebse …« Sie hielt inne. Sie hatten Sätze wie Pingpongbälle ausgetauscht, aber der Gedanke an Krebse weckte in ihr plötzlich die Erinnerung an Visingsö. Hatte Kristina ihr nicht schon von den Krebsfesten erzählt, die Ende August stattfanden?

»Leckere Krebse in Kräutersauce auch?«

»Auch Krebse.« Julian nickte lächelnd.

Sie warf einen Blick auf eine weitere Kurzmail von Simone und lächelte. »*Hoffe, er ist sexy!*« Isabel schickte ihr einen Smiley und schob ihr Smartphone in die Tasche. »Schade, dass

Schweden so weit ist, sonst hätte ich dich in meine zweite Heimat eingeladen.« Verwundert hörte sie sich sprechen. »Ich meine, ich müsste das Haus erst noch einrichten, bevor ich Gäste einlade, aber …«

Vor ihnen schwenkte gerade ein riesiger Airbus auf die Startbahn ein.

Julian straffte sich und sah Isabel mit einem Aufblitzen in den Augen an. »Was hältst du davon, wenn wir rüberfliegen? Vor drei Jahren stand ich kurz davor, mich zu einem Bikermarathon um den See anzumelden, musste aber dann doch absagen. Die Gegend dort oben soll sehr schön sein. Was meinst du, wir haben doch noch Zeit genug, das Wochenende zu nutzen, oder?«

»Das ist doch verrückt, Linienflüge dauern ewig!«

»Ich spreche auch nicht von Normalflügen.« Er ergriff ihre Hand und zog sie mit sich. Noch im Laufen rief er ihr zu: »Ich kenne hier jemanden, der für eine private Fluggesellschaft arbeitet. Gucken wir einfach mal, ob wir Glück haben.«

»So viel Geld hab ich nicht!«

»Ich lad dich ein.« Er drückte ihre Hand und lenkte sie im Laufen um eine Gruppe lärmender Fussballfans herum.

»Julian, bitte, das ist doch Wahnsinn! Das geht doch nicht, ich meine, ich hab keine Betten, weder Tisch noch Stühle … und die paar Wolldecken, die ich habe, dürften bei diesen Temperaturen kaum reichen.«

Er blieb stehen, umfasste lächelnd ihre Schultern. »Ist das so wichtig? Ich bin zwar nur ein einfacher Mediziner, aber ich hab so das Gefühl, dass wir uns bis ans Lebensende ärgern, wenn wir dieses Wochenende nicht endlich anpacken würden.« Er lachte und zog Isabel an sich.

»Dir macht es wirklich nichts aus, wenn wir die Nacht auf Holzdielen verbringen müssen, Julian?« Sie konnte es kaum glauben.

»Wir könnten ja schauen, ob wir hier noch zwei Schlafsäcke kaufen könnten, okay?«

»Wäre gut, ja.« Sie schloss die Augen, erwiderte seinen Kuss. Der angenehme Duft seines Körpers lenkte ihre Gedanken in eine Richtung, die er ihr nicht schon jetzt ansehen sollte.

Sie hatten tatsächlich Glück. Die private Fluggesellschaft war gerade dabei, eine Cessna 172 für einen schwedischen Geschäftsmann bereitzustellen, der nach einem mehrtägigen Job in Frankfurt zurück nach Småland fliegen wollte. Der Pilot beruhigte sie, die 926 Kilometer Luftlinie seien in gut fünf Stunden zu schaffen. Sie kauften noch frische Wäsche und zwei Schlafsäcke und warteten auf den Abflug.

Bevor die Cessna startete, gelang es Isabel gerade noch, Kristina in Gränna zu erreichen. Sie brauchte ihre Hilfe, da sie erst spät am Abend landen würden. Um diese Zeit fuhren sicher keine Fähren mehr, und sie wollte keinesfalls mit Julian in einem Hotel in Jönköping übernachten. Sie war aufgeregt, wollte so schnell wie möglich zur Insel und mit ihm in ihrem Zuhause allein sein. Kristina verstand sie sehr gut, freute sich vor allem, dass Isabel spontan nach Visingsö fliegen würde, und versprach, ihr zu helfen.

Entspannt genoss Isabel, den Kopf an Julians Schulter gelegt, den Flug … über Hamburg … die Ostsee hinweg … über Kopenhagen …

Und dann sah sie ihn, und ihr Puls schlug schneller.

Blau und glitzernd inmitten der Wiesen und Wälder und gestreckt wie eine Erdnuss, die aus dem Himmel gefallen war: der Vättern.

Ihr See. Ihre Insel. Ihr Zuhause.

39

Schweden,
auf der Insel Visingsö,
August 2012

Nach der Landung in Jönköping, als sie bereits im Taxi Richtung Innenstadt unterwegs waren und Isabel schon fürchtete, Kristina hätte sie vergessen, rief diese sie an. Isabel würde sich doch sicher an Knut erinnern, den sie auf dem letzten Flohmarkt kennengelernt habe. Er hätte sich bereit erklärt, sie mit seinem Boot über den See zu fahren.

Als Isabel und Julian jedoch am Hafen ausstiegen, wurde ihnen klar, dass es nicht leicht sein würde, Knut zu finden. Kristina hatte vergessen, ihr zu sagen, dass die letzte Woche des jährlichen Krebsfestes angebrochen war. Der Hafen war überfüllt von Menschen, die unter mondgesichtigen Lampions zwischen allerlei Buden umherschlenderten und an langen Tischen Krebse, *köttbullar* und Käse aßen, Bier und Holunderschnaps tranken. Hier und da hörte man Trinklieder, die von großem Gelächter begleitet wurden. Daher merkte Isabel nicht, dass Julian plötzlich an einem der Tische eine Gruppe Biker entdeckt hatte und ihnen etwas zurief. Einige Männer stutzten, sprangen auf und begrüßten Julian begeistert und unter ausgelassenem Schulterklopfen. Julian stellte Isabel vor, und sie erfuhr, dass er mit einigen von ihnen schon zweimal in Südtirol unterwegs gewesen war. Sie erzählten ihm, dass sie in den letzten Tagen die große Tour um den See gemacht hatten und nun deren Abschluss feierten. Er war sofort bei der Sache und stellte interessiert typische Biker-Fragen. Isabel betrachtete ihn von der Seite und sah, dass seine Begeisterung wuchs, obwohl seine Freunde Beinah-Unfälle, technische Pannen und einen Sturm schilderten, der ihnen die Tour auf der geschwungenen, nassen Küstenstraße streckenweise zur Qual gemacht hätte.

Als Julian aber schließlich sagte: »Das nächste Mal bin ich dabei«, verspürte sie ein ungutes Gefühl. Erwartete er von ihr, dass sie sich seinen Interessen wortlos anpasste? Er unterhielt sich mit den Männern, warf ihr aber hin und wieder fragende Blicke zu. Nein, sie hatte keine Lust, sich am Gespräch zu beteiligen, und nein, sie hatte Knut immer noch nicht entdeckt. Sie war auch nicht in der Stimmung, hier und jetzt Julian zu verlassen und Knut allein zu suchen. Das Warten auf ihn allerdings verstärkte ihre Verstimmung. Doch bevor sie darüber nachdenken konnte, ob das Gefühl des Zurückgesetztseins angebracht war, kam Knut auch schon auf sie zu. Er rief ihren Namen und schwenkte die Zipfel seines Schwedenschals. Sie begrüßten sich wie alte Freunde, und Isabel hatte den Eindruck, dass Knut mit deutlicher Anerkennung Julian die Hand reichte. Er schien es gut zu finden, dass sie einen Mann mitgebracht hatte. Das war ihr gleichgültig, allerdings war sie dankbar, dass Knut sich freute, sie zu sehen, und bereit war, für sie einen Teil dieser festlichen Nacht zu opfern.

Julian indessen hatte sich bereits von seinen Bikern verabschiedet und legte seinen Arm um sie. Als sie seine Hand auf ihrer Schulter spürte, entspannte sie sich ein wenig.

Mit schnellen Schritten folgten sie Knut zur Anlegestelle.

Im kleinen Fährhafen auf Visingsö erwartete sie eine Überraschung. Ein Schiffer, der dort tagsüber seinem Dienst nachgegangen war, hatte auf sie gewartet und richtete ihnen einen Gruß von Kristina aus. Dann führte er sie zu zwei Fahrrädern und erklärte ihnen in radebrechendem Englisch, dass Kristina ihn gebeten hatte, beide Räder für Isabel und ihren Freund zu reservieren. Isabel war gerührt. Sie zog ihr Smartphone hervor und wählte

Kristinas Nummer, um sich bei ihr zu bedanken. Doch Kristina hatte ihr Handy ausgeschaltet, und so sprach Isabel auf die Mailbox. Danach schoben sie die Räder durch den belebten Hafen und kauften Salate, geräucherten Fisch, Butter und einen Wacholderschinken, knuspriges Brot, Bier und eine kleine Flasche Stockholmer Wodka ein. Ein Fischer wies auf den Wodka und bedeutete Julian, dass ihnen die beste Zeit fürs Krebsfischen noch bevorstünde. Erst tief in der Nacht seien sie am leichtesten zu finden.

Julian meinte, für dieses Abenteuer würde er erst einmal üben, vielleicht im nächsten Sommer. Er lächelte Isabel zu und schwang sich auf den Sattel. Dann machten sie sich auf den Weg.

Anders als noch im Juli mit seinen hellen Weißen Nächten war es nun bereits dunkel. Nur die Sterne über ihnen strahlten diamantklar. Die Wiesen ringsum waren gemäht. Ihr Duft vermischte sich mit dem der noch warmen Erde, dem des Sees … Überall am Ufer waren kleine Feuer zu sehen, die anheimelnd und wie heidnische Willkommensgrüße wirkten. Während sie auf den Buchenwald zuradelten, berichtete Isabel von den Sehenswürdigkeiten der Insel, den Ruinen der Burg Näs an der Südspitze, der Kumlaby Kyrka, einer kleinen Kirche im Ort Visingsö, dem früheren Grafengeschlecht der Brahe. Julian hörte ihr zu, und sie hatte das Gefühl, als genösse er die gleiche Spannung wie sie, in der Stille dieser Weißen Nacht durch einen lichthellen Wald auf ein besonderes Stückchen Seeufer zuzuradeln. Je näher sie ihrem Grundstück kamen, desto nervöser wurde Isabel.

Endlich hatten sie den Rand des Waldes erreicht. Vor ihnen lag, umgeben vom Weiß eines neuen Lattenzaunes, ihr Haus. Isabel öffnete die kleine Gartenpforte und schob ihr Rad hindurch. Sie wandte sich zu Julian um, der stehen geblieben war. Er ließ seine Blicke über das blaue Holzhaus, den Garten, den Kirschhain, den schimmernden See schweifen.

»Das ist dein Paradies?«

»Ja, ich habe eine Weile gebraucht, um es anzunehmen. Aber nun gehört es wirklich mir.« Sie lehnte das Rad gegen die Hauswand. Ihr Herz schlug schnell. Ja, sie war glücklich, das sagen zu können. Dieses Paradies war ihr Eigen. Sie hielt einen Moment inne und schickte im Stillen einen dankbaren Gruß himmelwärts, an Linnea, Agnes und Constanze …

Dann hob sie den Blumenkübel an, unter dem der Haustürschlüssel und zu ihrer Überraschung auch ein Umschlag lagen. Dabei fiel ihr ein, dass sie Styrger noch nicht für die Reparatur des Ruderbootes bezahlt hatte. Wahrscheinlich hatte er ihr endlich eine Rechnung geschrieben. Sie riss den Umschlag auf. Er beinhaltete das großzügige Kaufangebot eines Stockholmer Unternehmers. Sie schüttelte belustigt den Kopf und reichte den Brief an Julian weiter.

»Hier, schau, wie findest du das?«

Er überflog die Zeilen. »Nicht schlecht«, meinte er. »Fast eine halbe Million Euro. Du kannst stolz sein.«

»Ja, das bin ich auch.« Sie lächelte und zerriss den Brief. Sie berührte kurz den Türrahmen. »Durch diese Tür bin ich das erste Mal getreten, wir aber nehmen heute den Haupteingang.«

Julian streckte ihr seine Hand entgegen. »Wenn es so ist, dann doch am besten ganz ohne Ballast, oder?«

Sie lachte und gab ihm die Papierfetzen, die er in seine Jeanstasche schob. Er trat einen Schritt beiseite, während sie vor ihm um das Haus bog. Sie warf einen Blick über die Schulter, als sie bemerkte, dass er dem Gartenweg zum Strand hinab folgte. Dort sah er auf den See hinaus und strich versonnen mit der Hand über die Bank unter den drei Birken. Wenn sie nur seine Gedanken lesen könnte! Im selben Moment drehte er sich zu ihr um, und sie tat einen hastigen Schritt über den Weg in den Garten hinein und begann, Schafgarben und Gelenkblumen, Strandflieder und eine Handvoll Margeriten einzusammeln.

»Du hast ja sogar ein Boot!«, hörte sie ihn nach einer Weile aus einiger Entfernung rufen. Sie sah auf. Julian ging am Strand auf das restaurierte Ruderboot zu, in dem vor hundert Jahren schon einmal ein verliebtes Paar auf den See hinausgeglitten war. Isabel beobachtete, wie Julian die Persenning an einer Stelle anhob und einen Blick auf das Boot warf. Dann kehrte er mit raschen Schritten wieder um. Lag es am Licht des rötlichen Mondes, der riesig und zum Greifen nah über den Baumwipfeln schwebte? Jedenfalls erschien ihr Julian plastischer, auratischer, ganz so, als projizierte der riesige Mond ein zweites Abbild auf ihn. Isabel hätte sich einbilden können, dass Julians Schritte Spuren im Sand hinterließen, die niemals eine Welle oder ein Wind würde auslöschen können.

Sie hob den Strauß an ihr Gesicht und schloss die Augen.

Er war hier. Bei ihr. Der Duft der Augustblumen würde sie für alle Zeit an diesen Augenblick erinnern.

Sie hatte ihm den größten Teil des Grundstücks gezeigt. Julian war beeindruckt und schlug Isabel nach dem Abendessen vor, am nächsten Tag notwendige Gartenarbeiten zu übernehmen. Sie zögerte, meinte, ihr wäre es lieber, wenn er ihr bei der Auswahl der Möbel helfen würde, schließlich wolle sie keine zweite Nacht auf dem Fußboden essen und schlafen. Er meinte, das eine würde das andere ja nicht ausschließen, es sei denn, der letzte Augusttag würde sie mit Regen überraschen.

Sie unterhielten sich lange über ihre Familiengeschichten, ihre Jobs, ihre letzten gescheiterten Beziehungen. Aus Neugierde hätte Isabel ihn beinahe nach seinem Eindruck von Mo gefragt, unterließ es aber. Denn Julian erzählte ihr, dass er Mo als eine Journalistin in Erinnerung hatte, die ihn zwar ernsthaft interviewt hatte, offensichtlich aber daran interessiert gewesen war, dass er ihr über seine Ex Kontakt zur TV-Branche vermitteln würde. Das zu hören, reichte Isabel. Sie fand, genau diese Einstellung sah Mo ähnlich. Mo konnte auch skrupellos wie eine Flamme sein, die andere aufsog, nur um selbst heller zu leuchten. Nichts weiter. Dass Julians Ex allerdings noch immer mit dem Astrologen liiert war und dank seiner Beratung eine erfolgreiche Sendung bei einem Privatsender leitete, verwunderte sie. Vielleicht hatten die Sterne manchmal doch recht.

Sie räumten die Reste ihres Abendessens fort und öffneten die Fenster. Von irgendwoher klang Musik zu ihnen herüber. Sie nahmen ihre Gläser und gingen nach draußen. Es war kühl, und Julian hatte seinen Arm um Isabel gelegt. Sie gingen eine Weile am Strand entlang, betrachteten den dunklen See und lauschten der Musik, deren Rhythmen sanfter geworden waren. Dann kehrten sie ins Haus zurück, legten Schlafsäcke und Decken zu einem provisorischen Diwan zusammen, suchten im Satellitenradio südamerikanische Tanzmusik und stellten Windlichter auf.

Die Holzböden schimmerten, als seien sie mit Honig gestrichen. In den Regalen glänzten Linnea Svenssons bemalte Gläser, und es schien Isabel, als ob sich die frisch geweißte Decke, über die das Kerzenlicht flackerte, wie Segeltuch hob und senkte.

Sie hatte ihre Arme um Julians Nacken geschlungen, schmiegte sich im Rhythmus der Salsa an ihn. Sie war hellwach und glücklich. In ihrem Kopf vermischte sich das Rauschen von Wellen mit den Schlägen der Kongas, dem Rasseln der Shekeres, dem Trommeln der Timbales … und dem Herzschlag des Mannes, der sie umfasst hielt und wärmte.

Sie atmete in seine Halsbeuge, genoss die Kraft, die er ausstrahlte, lauschte auf die kleinste Anspannung seiner Muskeln. Wie von selbst passte sich ihr Körper seinen Bewegungen an. Es war, als verströmten sie beide jene Energie, die zwei Kreise zu einer Acht verschmolzen …

Plötzlich spürte sie sein Herz schneller schlagen. Sie hob ihren Kopf und sah ihm in die Augen. »Ja?«

»Es ist sehr schön mit dir.« Er schob seine Hand in ihr Haar, berührte ihren Nacken und sah sie an.

Wunderschöne blaue Augen, deren samtig schwarze Mitte Isabel mit Lust lockte. Sie sah sich nackt in ihnen gespiegelt, aufgelöst in Leidenschaft. Julian würde sie verwandeln, ja, sie war sich sicher, und sie war bereit.

Sie berührte vorsichtig seine Lippen.

Er erwiderte ihren Kuss, die Augen offen.

Sie küsste ihn erneut, umspielte mit ihrer Zunge seinen Mund. Er erwiderte das Spiel, steigerte es langsam, wobei es sie erregte, wie er ihre Körper im Salsa-Rhythmus lenkte. Endlich verspürte sie wieder das Kribbeln im Bauch, diese Hitze, die sie machtlos werden ließ. Sie sanken auf den Boden. Isabel setzte sich auf seinen pulsierenden Schoß. Sie beugte sich über Julian, knöpfte sein Hemd auf. »Liebst du mich?«

Er lächelte. »Wie du siehst, noch nicht.«

Sie hob ihre Augenbrauen und fuhr mit den Fingern über seinen Brustkorb. »Komm, sag es, du weißt, was ich meine.«

»Natürlich, weißt du das denn nicht?« Er nahm ihre Hand, hob sie an die Lippen und küsste zärtlich ihren Puls.

»Nein, absolut nicht.« Sie entzog ihm ihre Hand und spielte an seiner Gürtelschnalle.

»Siehst du die Wahrheit nicht vor dir?«

Sie lachte. »Die nackte Wahrheit ist noch verborgen.«

»Schau doch mal etwas tiefer, Isy.«

Sie streichelte die Wölbung seines Schoßes, glitt zwischen seine Schenkel. »Noch tiefer?«

»Oh« – er atmete tief durch – »ja, natürlich, ich meine, ich möchte wissen, ob du erkennst, wie's in mir ausschaut.«

»In dir?« Sie kniete sich so hin, dass sie seinen Gürtel öffnen konnte, und flüsterte zärtlich: »Die nackte Wahrheit«, und begann, sein Glied zu streicheln.

Julian sagte seufzend: »Die echte Wahrheit, meine ich«, schwieg genießerisch eine Weile, dann beugte er sich vor, schlang seinen Arm um sie und wirbelte Isabel so plötzlich herum, dass sie unter ihm zu liegen kam. »Wenn du mir eine Frage beantwortest, darfst du weitermachen.«

Sie lachte und machte Anstalten, an ihm nach unten zu rutschen, doch er hielt sie fest und tippte gegen ihre Nasenspitze.

»Ich habe mich damals in Südtirol sofort in dich verliebt. Und ich finde, wir passen gut zusammen. Ich jedenfalls möchte dich nicht verlieren. Aber wie ist das mit dir? Liebst du mich?«

Zweifelte er etwa an ihr? Sie schob ihn von sich herab, und er legte sich auf den Rücken. Sie schwang sich wieder auf ihn, streifte ihr T-Shirt ab. Er setzte sich auf, küsste sie und strich die BH-Träger über ihre Schultern. »Komm, sag schon.« Er zog den BH nach unten, liebkoste gekonnt ihre Brüste und presste seinen Mund auf ihre Lippen. Sie wusste, dass sie es nicht mehr lange aushalten würde …

Küssend rollten sie über die Holzdielen. Isabels Haar wirbelte herum, ihre Hände jagten über seinen Körper, sie spreizte ihre Schenkel, bis Julian sich auf sie legte und sie sich fragte, ob es auch stille Höhepunkte gab …

Noch beherrschte er sich, doch sie wusste, sie würde diesen Mann keine Sekunde länger so aushalten können. Täuschte sie sich, oder huschte da ein Lächeln über sein Gesicht?

»Würdest du mit mir im Herbst nach Meran fahren?«, fragte er.

»Meran?«

»Meran, ja, du erinnerst dich doch an meine Bikertour?«

»Biker!«, stöhnte sie auf. »O nein. Ich meine …«

»Ja? Was meinst du?« Er senkte seinen Körper ein Stück tiefer auf sie.

»Ich war doch schon mit Simone dort, hast du es vergessen?«

Er streichelte sie. »Nein, nein, ich wollte dich dort erden, weißt du es nicht mehr?«

»Ich will aber nie wieder dorthin.«

Er küsste sie. »Nie wieder? Soso.«

»Nein! Glaub mir doch mal! Das sind keine schönen Erinnerungen …«

Er lachte. »Lass neue zu!« Er rutschte zwischen ihre Knie und liebkoste ihre Scham.

»Das sind« – sie keuchte – »unüberwindliche …« Sie stöhnte, wand sich, bis er ihre Schenkel weit spreizte und sie derart hartnäckig verwöhnte, dass sie zweimal zum Höhepunkt kam. Etwas, das sie noch nie erlebt hatte. Sie war völlig außer sich, fuhr Julian durchs Haar und nahm sein Gesicht zwischen ihre heißen Hände.

»Und doch, das … das sind unüberwindliche Gegensätze zwischen uns.«

»Gegensätze, das ist schön.« Er lachte, trank einen Schluck Wasser und schob sich aufreizend langsam zwischen ihre Knie. Sie hob ihren Po an und schlang ihre Beine um ihn. »Unüberwindliche Gegensätze, Herr Doktor«, wiederholte sie und küsste ihn fordernd.

Er spielte mit ihrer Zunge, murmelte: »Meinst du uns oder Berge und Meer?«

Sie stieß einen glucksenden Laut aus. »Beides, oder?« Ungeduldig trommelte sie mit den Fersen auf seinen Rücken.

»Du willst es wirklich?«, fragte er.

»Wir müssen es doch herausfinden, oder?«

Er lachte, und sie überließ sich seiner kraftvollen Lust.

Natürlich hatten sie am nächsten Morgen keine Energie, Möbel zu kaufen oder im Garten zu arbeiten. Stattdessen nahmen sie gleich nach dem Frühstück die Räder und besichtigten Isabels neue Heimat. Obwohl die Insel flach wie ein Tuch war, musste

Isabel sich beeilen, mit Julian mitzuhalten, auch wenn er sich bemühte, sein Tempo zu drosseln. Es amüsierte sie, dass neben ihr ein durchtrainierter Mountainbiker offenkundig Höhen und Tiefen vermisste. Als er sie wenig später mit der Frage neckte, ob sie den Vätternsee schon einmal vom Omberg aus betrachtet hätte, überfiel sie leichter Zweifel.

»Vielleicht kommst du später einmal auch zur Bikertour rund um den Vättern mit, Isabel?«

Auf keinen Fall, dachte sie. Merkte Julian nicht, dass die Berichte seiner Freunde am Abend zuvor sie eher abgeschreckt als begeistert hatten?

»Glaubst du, ich könnte das auch?« Sie versuchte, in seinen Augen zu lesen, und entdeckte ein winziges Lächeln.

»Ich denke schon.«

O nein, hoffentlich meinte er das nicht ernst. Hoffentlich würde er nie von ihr verlangen, dass sie all seine Interessen teilte.

Der Omberg, eine kleine Erhebung am östlichen Ufer, verschreckte sie natürlich nicht, doch sie verstand sehr wohl, dass es ihnen beiden um mehr ging.

Angesichts der knappen Zeit, die sie hatten, erkundeten sie beinahe atemlos an der Flanke des Ombergs die Ruine von Alvastra, des ältesten schwedischen Klosters, fuhren mit dem Bus weiter nördlich zum berühmten Birgitten-Kloster in Vadstena und kehrten am Abend nach Gränna zurück. Isabel hatte endlich Kristina erreichen können und lud sie als Dank für die liebevolle Überraschung am Tag zuvor zum Abendessen ein. Kristina freute sich sehr darauf, Isabel wiederzusehen, bedauerte aber, nicht kommen zu können, weil sie Gäste erwartete. Und außerdem wolle Isabel ja doch wohl zu zweit allein sein … Beim nächsten Mal würde sie mit ihrem Freund gern dazukommen.

Die Zeit verging schnell, zu schnell für Isabel, um eine Antwort auf die Frage zu finden, ob es ihr und Julian gelingen würde, mit ihren unterschiedlichen Interessen zu leben. Sie wusste nur, dass sie sich in jeder Stunde in Julians Gegenwart frei und sicher fühlte.

Julian hatte ihr versprochen, am nächsten Wochenende wiederzukommen. Nur noch zwei Wochen, dann sei seine Vertretungszeit in Heidelberg vorbei, und sie würden sich täglich sehen können, wenn Isabel dazu Lust hätte und sie sich auf ihr nächstes Urlaubsziel einigen könnten … Ostsee oder Meran. Er jedenfalls würde ihr versprechen, beim nächsten Visingsö-Aufenthalt die Küche einzurichten, Kaminholz zu schlagen und, wenn sie darauf bestünde, sogar schwedische Möbel zusammenzuschrauben. Dabei war ihr eingefallen, dass sie Julian das nächste Mal unbedingt in aller Ruhe den alten Herzkirschenhain zeigen wollte. Ob er einverstanden wäre, wenn sie zusammen Totholz und überschüssige Äste aussägen würden?

Sonntagnacht, als er wieder Richtung Heidelberg unterwegs war und Isabel von ihrer neuen Wohnung auf die Lichter des Hamburger Hafens hinausschaute, dachte sie an die letzten Worte ihrer Mutter. *Wir Frauen wählen den Mann, nicht umgekehrt.* Hatte sie, Isabel, sich nicht längst in den richtigen Mann verliebt? Würde sie die erste Frau ihrer Familie sein, die wirklich die große Liebe gefunden hatte?

Sie öffnete eine Flasche Bardolino, setzte sich mit ihrem Tablet zwischen die Umzugskartons und verbrachte den Rest der Nacht beim Chat mit Simone.

40

Berlin,
Juni 1926

Die Ärzte waren zuerst nicht einverstanden gewesen, aber Agnes hatte sich durchgesetzt und in Pauls Zimmer ein Grammophon aufgestellt.

Jeden Tag, wenn sie bei ihm war, hörten sie Musik, malten sich aus, wie es wäre, wenn sie Foxtrott, Shimmy oder Charleston lernten, oder schwelgten im Walzerrausch. Sobald aber eine Rumba erklang, schlossen sie die Augen, tasteten nach der Hand des anderen und überließen es ihren Fingern, schmeichelnd, lockend miteinander zu spielen, so als tanzten diese stellvertretend für sie.

Sie führten sie in die Vergangenheit zurück, in die Nähe mitreißender Musiker, die ihnen, ob in eleganten Tanzsälen oder auf Grevensteins Farm, die unbeschwertesten Stunden ihres Lebens geschenkt hatten. Es war für Agnes beglückend, sich wieder dem Sog längst vergessener Leidenschaft zu überlassen, der Erinnerung, einzig aus feuriger Seide zu bestehen, wenn Paul ihr mit sanftem Druck bedeutete, sie solle sich von ihm fortdrehen … Hin und wieder stieg Hitze in ihr auf, und sie spürte, wie ihre Finger sich mit den seinen verschränkten, sich erst aufreizend langsam, dann wieder schnell bewegten. Völlig versunken im imaginären Tanz mit Paul, wiegte sie sich, auf der Bettkante sitzend, im Rhythmus der Musik. »Dile que no«, sag ihm »nein« … Er war es, der sie erobern, sie hatte umwerben wollen. Ob es jemals wieder so weit kommen würde? Jedes Mal, wenn die Musik verklang, verdrängte Agnes diesen Gedanken. Sie war noch nicht ganz gesund, und Pauls Verwundung würde noch Zeit bis zur endgültigen Heilung brauchen.

Doch von Tag zu Tag verbesserte sich sein Zustand, und sie begannen, davon zu träumen, wie es wäre, wenn sie noch einmal nach Visingsö zu Linnea reisten.

Am Tag der Modenschau, für die Martha und Dora bis zur Erschöpfung gearbeitet hatten, saß Agnes am Vormittag bei Paul, als sein Arzt ins Zimmer trat. Noch bevor dieser Paul untersuchen konnte, hatte Paul ihn schon gefragt, wann mit seiner Entlassung zu rechnen sei, er habe nämlich vor, mit Agnes nach Schweden zu reisen. Der Arzt hatte ungehalten reagiert. Bis er Paul in die Welt entlassen könne, wäre es längst Herbst, und Skandinavien sei für einen Lungenkranken nur dann gut, wenn Paul beabsichtige, sich der Gefahr einer Lungenentzündung auszusetzen. Warum er nicht in den Süden fahren wolle, ins milde Klima Tirols, nach Meran, dem schönsten und besten Kurort für Patienten wie ihn?

Agnes und Paul hatten sich angesehen und gelächelt. Meran. Gut, also dann ein zweites Mal nach Meran. Sie würden Linnea schreiben, sie würden sie einladen, ja, Linnea sollte sich zu ihnen gesellen, um ihr Glück zu teilen.

Es war so selbstverständlich.

Drei alternde Freunde.

Liebende Freunde.

Ja, so würden sie es machen.

Das Leben hatte ihnen eine zweite Chance geschenkt, und sie würden sie nutzen und aufeinander achtgeben. Es war diese Gewissheit, die ihnen Kraft gab, an die Zukunft zu glauben.

Es gab nur noch eine Frage zu lösen.

Wer war Irene Schmidt?

Sie sprachen offen darüber, ob es wirklich Sinn machte, wenn Agnes der Herkunft Irene Schmidts nachging. Die junge Stenotypistin war das Kind einfacher Landarbeiter und stammte aus dem nördlichen Havelland. Agnes aber hatte ihr gemeinsames

Kind gleich nach der Geburt 1907 einer Schusterfamilie in Caputh bei Potsdam anvertraut. Es mochte verrückt sein, eine solche mit Umständen verbundene Fahrt auf sich zu nehmen, nur weil ein vages Gefühl sie nicht in Ruhe ließ. Und die Tatsache, dass die Stenografin den gleichen Vornamen trug, reizte darüber hinaus stets ihre Vorstellung, die junge Frau könnte ihre Tochter sein. Vielleicht waren ihre Nerven längst zerrüttet von Selbstvorwürfen und Scham. Doch auch Paul hatte zugeben müssen, dass ihn die junge Frau etwas irritiert hätte. Vielleicht hatte das aber auch nur mit seiner Sympathie für Richard Höchst zu tun. Seiner Einschätzung nach wisse dieser längst, dass Irene Schmidt es geschickt verstand, vordergründig liebenswert zu erscheinen, in Wahrheit aber mit Verbissenheit andere zu manipulieren und Ziele zu erzwingen suchte. Paul glaubte nicht, dass Richard ein tieferes Interesse an Irene Schmidt hatte. Aber er fand sie wohl zu unterhaltsam, um es nicht doch einmal mit ihr zu versuchen. Man könne also durchaus gespannt sein, wer sich dem anderen gegenüber durchsetzen würde. Wäre Irene Schmidt seine Tochter, würde er ihr wünschen, an der Seite dieses mutigen jungen Brückenbauingenieurs innere Reife zu erlangen.

Agnes stimmte Paul zu. Trotzdem würde sie am nächsten Tag nach Caputh am Schwielowsee fahren. Sie musste sich endlich ihrer Vergangenheit stellen.

Agnes hatte Irene Schmidt bei der Modenschau genau beobachtet. Während die anderen jungen Frauen stets in der gleichen Gangart über den Laufsteg schritten, bewegte sich Irene Schmidt je nach Kleid anders. Es kam vor, dass sie den Stoff des Keides wie beiläufig am Oberschenkel anhob. Trug sie Kostüme, streifte sie die Kostümjacke mit einer solch geschmeidigen Bewegung ab, als wollte sie die Blicke der Zuschauer auf ihren Busen lenken. Und in Hosenanzügen bewegte sie sich so langsam, als seien Hose und

Jacke durchsichtig und die Dessous darunter so aufreizend wie ihr kirschrot geschminkter Mund.

Agnes erkannte Irene kaum wieder. Irenes beinah körperlich fühlbares Selbstvertrauen erschreckte sie. Der graue Filzbelag des weit in den Saal hineinreichenden Laufstegs wirkte im kaltweißen Licht der Scheinwerfer wie vereist. Unbeeindruckt und mit lasziver Eleganz eroberte Irene ihn Schritt für Schritt, Geste für Geste. Sie ließ ihre Blicke über das Publikum schweifen und schien sich nichts dabei zu denken, hin und wieder auf einem Gesicht zu verweilen und zu lächeln. Mehrmals schon hatten sich die Zuschauer zu dem Anvisierten umgewandt, doch Irene entschloss sich stets zu einer besonderen Drehung, die die Augen der Frauen und Männer aufleuchten ließ.

Unvorstellbar, dass diese junge Frau noch im März mit einem Diktierblock auf den Knien hinter Agnes' Paravent gesessen hatte. Unvorstellbar, dass diese junge Frau Kind von Landarbeitern sein sollte. In den exquisiten Modellen aus Woll- und Seidegemisch, für die sogar einige Einkäufer namhafter Häuser angereist waren, wirkte Irene nicht nur so, sondern sie *war* die Königin des Abends. Sie war ein Phänomen, mit der Fähigkeit eines Chamäleons, das sich auf eine gewinnende Weise zu wandeln verstand.

In der Pause sah sich Agnes um, in der Hoffnung, Richard Höchst zu entdecken. Doch zu ihrer Verwunderung schien er nicht gekommen zu sein. So machte sie sich ein weiteres Mal auf die Suche nach Irene Schmidt. Es war schwierig, im Getümmel der Gaststube, die für diesen Anlass in einen Umkleideraum umfunktioniert war, jemanden anzusprechen. Der Raum war mit Kleiderständern, Schminktischen und Schrankkoffern zum Bersten gefüllt. Freiwillige Helferinnen und Schneiderinnen halfen den jungen schlanken Frauen, die Martha und Dora für diese Modenschau ausgewählt hatten, in die nächsten Modelle. Vom Saal her ertönte der heitere Marsch des kleinen Orchesters. Agnes stieß versehentlich gegen eine Kosmetikerin, die sich mit einem Augenbrauenstift über eines der Mädchen gebeugt hatte. Wütend richtete sie sich auf, rief Agnes etwas zu, was diese aber wegen des Lärms nicht verstand. Daraufhin wies sie mit dem Stift in Richtung einer offen stehenden Milchglastür, über der ein weißes Emailleschild mit dem Aufdruck *Toiletten* angebracht war. Agnes zwängte sich durch das Gewühl und trat in einen breiten, mit grauem Sisalläufer ausgelegten Flur. Von der Decke hing nur wenige Meter vor ihr eine nackte Glühbirne, in deren Schein zwei Helferinnen ein voluminöses Ballkleid aus Chiffon auffächerten. Agnes trat ein wenig beiseite und sah Irene vor einem Schminktisch aus Nussbaum. Sie trug ein knapp sitzendes Mieder, hatte eine Fußspitze auf einen Hocker gestützt und beugte sich zum Spiegel vor. Sie schob eine Hand unter den schwarzen Strumpf, wie um ihn abzustreifen, und zog mit der anderen andächtig ihre roten Lippen nach. Agnes suchte Irenes Blick im Spiegel.

»Sie machen eine gute Figur, Fräulein Schmidt, ich erkenne Sie kaum wieder.«

»Oh, danke.« Irene bewegte ihre Lippen, besserte mit dem Stift ein weiteres Mal nach. »Ich meine, die Stunden mit Ihnen waren schon interessant, aber ehrlich gesagt hat es mich etwas verstört, hinter einem Paravent sitzen zu müssen. Dabei kommt man irgendwann auf komische Gedanken.« Sie zog ein paar Grimassen, dehnte und schürzte ihre frisch geschminkten Lippen. »Man stellt sich vor, wie es wäre, wenn eines Tages der Vorhang aufgeht und man als eine andere in die Welt hinaustritt. Das verstehen Sie doch, oder?«

Agnes blinzelte nervös. Wieder fühlte sie sich schuldig. Dabei hatte sie damals nur vollkommene Konzentration auf ihre Gedanken gebraucht. Sie räusperte sich. »Die Raupe möchte zum Schmetterling werden, natürlich, ich verstehe Sie.« Ihr Blick begegnete dem Irene Schmidts im Spiegel.

Irene lächelte, griff nach einem schwarzen Stift und malte seitlich von Nase und Oberlippe einen kleinen Schönheitsfleck. »Gut, das ist gut.«

Meinte sie ihre kosmetische Korrektur oder Agnes' Verständnis? Agnes wandte irritiert ihren Blick von Irene ab. Sie betrachtete das Durcheinander von Bürsten, Puderquasten, Döschen und Schmuck auf dem Schminktisch, bis ihr Blick an der herausgezogenen Schublade hängenblieb. Aus ihr ragte ein geflochtener Korb hervor, der mit handgeschriebenen Briefen, aufgerissenen Kuverts, Visitenkarten, Faltprospekten und einem handgroßen Seidenblumenbouquet befüllt war, an dem eine weiße Schleife mit Kärtchen befestigt war.

Agnes merkte, wie Irene Schmidt ihrem Blick folgte.

»Stellen Sie sich vor, die Freundin Ihrer Schwester hat mir ein Angebot für die nächste Saison gemacht. Und da« – sie deutete auf den Korb – »liegt die Konkurrenz.«

»Das heißt, Sie könnten Ihren Beruf wechseln.«

Irene warf Agnes im Spiegel einen scharfen Blick zu. »Selbstverständlich, doch nur unter der Voraussetzung, dass ich hierbliebe. Nur dann, Frau Meding.«

»Dann hat Herr Höchst Ihnen also einen Antrag gemacht? Und Sie wollen ihm in seine Heimat folgen?« Agnes fühlte, wie ihr Herzschlag ungleichmäßig wurde. Im Hintergrund waren die lauten Stimmen von Martha und Dora zu hören. Die beiden Helferinnen ermahnten nun Irene, sich zu beeilen.

Irene zerrte die schwarzen Seidenstrümpfe so ungestüm über die Knie, dass sie rissen. Aufgebracht drehte sie sich zu Agnes herum. »Was interessiert Sie das, Frau Meding? Was?« Sie starrte Agnes an. »Sie spielen sich auf, als wäre ich Ihnen Rechenschaft schuldig. Sie tun gerade so, als müssten Sie mütterliche Ratschläge an alleinstehende junge Frauen wie mich verteilen. Merken Sie nicht, dass Sie meine Generation überhaupt nicht begreifen?« Sie starrte Agnes wütend an. »Sie haben mir Ihr halbes Leben in den Stenoblock diktiert, aber man könnte glauben, Sie verschweigen immer noch den wichtigsten Teil.«

Agnes hielt ihrem Blick nur mit Mühe stand. Später dachte sie, dass sie Irene vielleicht zu drängend, zu bittend in die Augen geschaut hatte, denn plötzlich errötete Irene, und ihre Augen weiteten sich.

»Kommen Sie doch endlich mal mit sich selbst ins Reine, anstatt über andere nachzudenken.« Sie hielt kurz die Luft an und stieg in das Ballkleid, das die Helferinnen ihr hinhielten. Noch während diese es ihr am Rücken zuknöpften, trat sie vor dem Spiegel zurück und zog das Dekolleté tiefer. »Ich fürchte, Sie leiden zu sehr an einem schlechten Gewissen. So etwas kann krank machen, Frau Meding. Aber ich kann Ihnen dabei ganz gewiss nicht helfen. Ich doch nicht! Das wäre nun wirklich völlig verrückt.« Sie drehte sich hin und her, ohne Agnes noch ein einziges Mal zu beachten.

Agnes war paralysiert vor Scham. Was sollte sie nur darauf sagen? Erst eine halbe Stunde später nahm sie die Wut über sich selbst wahr. Sie hätte aus der Haut fahren können. Und doch fühlte sie sich immer noch so, als hätte ihr eigenes Kind sie gerade zurückgestoßen.

Sie erlitt einen Schwächeanfall und musste für einige Tage das Bett hüten. Statt ihre Gedanken mit Brom zu beruhigen, zermarterte sie sich nächtelang den Kopf mit der Frage, warum es ihr unmöglich war, ihre Scham zu überwinden. Wie gern hätte sie Irene bei sich gehabt, in aller Behutsamkeit mit ihr gesprochen, in der Hoffnung, sie wäre ihre Tochter, würde sie verstehen und ihr vergeben.

Was aber, wenn sie sich in eine fixe Idee hineingesteigert hatte?

Ihr fehlte Paul, der ihr einen Rat hätte geben können, denn weder Martha noch Dora hatten Zeit für sie. Die beiden Frauen hatten seit dem überraschenden Aufschwung ihres Strickwarengeschäfts so viel zu tun, dass sie schon neue Arbeiterinnen hatten einstellen müssen. Martha hatte Agnes eine Helferin besorgt, die sich tagsüber um sie kümmerte, ansonsten war sie gereizt und klagte über Rückenschmerzen. Agnes hatte den Verdacht, dass ihre Schwester sich in Wahrheit darüber ärgerte, dass Dora, ohne sich um Marthas Bedenken zu kümmern, mit den schönsten Fotos der bejubelten Modenschau zu einer Druckerei gegangen war, um die Begeisterung der Öffentlichkeit für die Verwirklichung eines eigenen Strickwarenkatalogs zu nutzen. Martha war natürlich gekränkt, und die Missstimmung im Haus, der ungewohnte geschäftliche Wirbel übertrug sich auch auf Agnes. Es war ihr nicht möglich, einen klaren Gedanken zu fassen. Als Agnes am dritten Tag Martha gestand, dass es ihr guttun würde, wenn Irene, wie früher, als schlichte Stenotypistin bei ihr zum Diktat säße, damit sie sich selbst sprechen hören und Irene in ihre Seele blicken lassen könnte, machte Martha nur eine unwirsche Bewegung. »Lass sie endlich in Ruhe, Agnes. Sie ist eine junge Frau und hat ihre eigenen Sorgen. Denk an dich, als du in ihrem Alter warst. Du hast dich kopfüber in eine Ehe gestürzt, und Afrika war für dich gerade fern genug, um uns zu vergessen. Wieso sollte Irene Schmidt anders sein?«

Tags darauf quälte sich Agnes aus dem Bett, nahm das vom Arzt verordnete Brom und empfing Richard Höchst. Er erzählte ihr das, was sie bereits von Paul wusste, und gab ihr einen handschriftlichen Brief seines Vaters. Darin gestand dieser Agnes seine Liebe, die ihn damals in der Kolonie fast in den Wahnsinn getrieben hatte, und bat sie um Vergebung. Als Zeichen seiner Abbitte möge sie die silberne Brosche mit weißen Diamanten annehmen, die Richard ihr in einem schneeweißen Satinetui überreichte. Nach einer Schrecksekunde lehnte Agnes das Geschenk ab. Sie würde keinen Schmuck tragen, der sie an die Ermordung eines guten Freundes erinnerte. Richard war bestürzt. Er würde seinem Vater ihre Begegnung in allen Einzelheiten wiedergeben müssen, und zu hören, dass Agnes sein Geschenk zurückgewiesen hatte, würde für ihn bedeuten, dass sie ihm nicht vergeben konnte. »Das ist nicht das Gleiche«, erwiderte Agnes. »Denken Sie in Ruhe darüber nach.« Dann begleitete sie Richard zur Haustür. Sie würde Zeit brauchen, um vergeben zu können.

»Schreiben Sie mir, wenn Sie wieder in den Staaten sind? Ich würde mich freuen, wieder von Ihnen und Irene zu hören. Sie werden sie doch heiraten, oder?«

Er hatte Agnes' Hand zum Abschied gedrückt, jetzt löste er seine Finger und sah ihr offen ins Gesicht. »Ich mag Irene, sie ist sehr attraktiv, und ich habe für sie eine andere Beziehung gelöst.«

»Das dürfte sie glücklich machen.«

»Ja, Frau Meding, so ist es. Aber ich bin mir nicht sicher, ob sie mir heute Abend die Antwort geben kann, die *mich* glücklich machen würde.«

Der Regen hatte nachgelassen. Vor Agnes lag die Kopfsteinpflasterstraße des alten Schifferdorfes Caputh am Schwielowsee. Im Wind wiegte sich das Schilf am Seeufer, wogten die Kronen uralter Eichen und Rotbuchen. Alles war wie früher, und sie hätte sich sogar einbilden können, wie damals das Gewicht des Säuglings in ihren Armen zu spüren. Sie verlangsamte ihren Schritt. Auf dem Pfad entlang des Bachs, geschützt von alten Weiden, sah sie eine Gruppe älterer Schüler auf Rädern, die wohl von einer weiter entfernten höheren Schule heimkehrten. Diesen Weg war auch sie einmal gegangen, in umgekehrter Richtung, in später Nacht, als niemand sie mehr nach Potsdam hätte zurückfahren können.

In einer Scheune hörte sie jemanden fegen, Schweine quiekten auf der Weide, eine Bäuerin stritt sich mit einem alten Mann. Nichts, dachte Agnes, hatte sich verändert. Sie ging weiter, bis die Dorfkirche aus unbehauenen Findlingen in Sichtweite kam. Agnes beschleunigte ihre Schritte und trat durch die offen stehende Kirchentür. Im dämmrigen Innenraum waren Handwerker damit beschäftigt, ein neues farbiges Bleiglasfenster einzusetzen. Agnes setzte sich in die vorletzte Bank. Hier hatte sie damals mit dem Kind auf dem Schoß gesessen und gebetet.

Wie lange es her war. Mehr als zwanzig, mehr als hundert Jahre.

Sie lehnte sich zurück. Sie musste sich ausruhen, Kraft schöpfen.

Ein Küster eilte aus dem Seiteneingang herbei, ihm folgte ein junger Mann mit schwarzem Kraushaar und Backenbart, den Agnes am Talar als Pastor erkennen konnte. Ob derjenige, der sie damals getröstet hatte, im Krieg gefallen war?

Er war kämpferisch gewesen, hatte ihr Mut zugesprochen. Eine Mutter, die um des Kindes Wohl auf Mutterschaft verzichte und einer anderen Frau den Vorzug gäbe, sei besser als eine Frau, die ihr Kind neben sich vernachlässige.

Sie erhob sich, als der Küster sie ermunterte, sich doch das neue Kirchenfenster anzusehen. Sie lehnte dankend ab, spendete eine Handvoll Münzen und trat wieder auf die Dorfstraße hinaus. Wind wirbelte welke Eichenblätter vor ihr her, trieb sie über die Felder. Endlich kam das alte Feldsteinhaus in Sichtweite. Sein tief herabgezogenes Strohdach war nun mit Moos bewachsen, das im Licht der Sonne schwarz glänzte. Eine grau-weiße Katze kam Agnes mit erhobenem Schwanz entgegengelaufen, schmiegte sich an ihre Beine und mauzte. Agnes nahm sie auf den Arm und streichelte ihren Kopf, während ihr Blick über den blühenden Garten schweifte. Das Erste, was ihr auffiel, war, dass das

Schild mit dem geschmiedeten Stiefel fehlte, der sich wie ein Wetterhahn im Wind drehen konnte.

Sie setzte die Katze, die zu zappeln begonnen hatte, auf den Boden und trat durch die Gartenpforte. Leichter Regen hatte eingesetzt, und unter den Tropfen nickten Primeln, Kapuzinerkresse und Vergissmeinnicht. Sie umrundete das Haus und sah eine Frau in Holzpantinen und dunkelblauer Kittelschürze in einem Gemüsebeet harken.

»Entschuldigen Sie, ich wollte Sie nicht erschrecken, ich suche Elisabeth Lange. Kennen Sie sie?«

Die Frau richtete sich auf, blinzelte und lehnte die Hacke gegen ein Bohnengestänge. »Und wer sind Sie?«

Agnes trat auf sie zu. »Bitte sagen Sie mir, wo ich Elisabeth Lange finde. Es ist mir sehr wichtig.«

Die Frau musterte Agnes, schlug ihre Hand vor den Mund und unterdrückte plötzlich ein Aufschluchzen. »O Gott, nein!«

Agnes runzelte die Stirn. »Könnten Sie mir bitte eine verständige Antwort geben?«

»Geht es um Ihr Kind, Frau Meding?«

»Woher kennen Sie mich?«

Die Frau stieß ein tiefes Seufzen aus. »Ich heiße Hanna Böttger, ich bin Elisabeths Cousine. Kommen Sie ins Haus, ich erzähle Ihnen alles.«

Hanna Böttger ließ Agnes Zeit. Während sie Wasser für Löwenzahntee aufsetzte, ein Honigglas aus dem Keller holte und Butterbrote mit Apfelmus bestrich, hing Agnes ihren Erinnerungen nach. Sie hatte damals, als sie noch mit Irene schwanger gewesen war, über eine Freundin von Elisabeth Lange gehört, die sich in einer Zeitungsannonce als Amme angeboten hatte. Agnes war zu ihr gefahren und hatte die fröhliche junge Frau mit ihren drei kleinen Kindern auf den ersten Blick gemocht. Elisabeth Lange war mit einem Schustermeister glücklich verheiratet, der nicht ohne Stolz in diesem Haus die Werkstatt seiner Vorfahren weiterführte.

Hanna Böttger verteilte Löffel mit Honig und schenkte den nach süßer Nuss duftenden Tee ein. »Ich erinnere mich noch gut an den Tag, als Hinrich zu uns kam. Er war schneeweiß im Gesicht. Es war sehr heiß, wir hatten Heuernte. Überall fehlten Arbeitskräfte, und Elisabeth wollte unbedingt mithelfen, obwohl sie gerade ihr viertes Kind geboren hatte. Sie war oben auf dem Scheunenboden, dort musste ihr wohl plötzlich schwindelig geworden sein, denn sie stürzte durch die Bodenluke auf eine Mistgabel und verblutete.«

»Und Irene?« Agnes versagte die Stimme.

»Nach dem Trauerjahr heiratete Hinrich wieder, er brauchte ja eine Mutter für die kleinen Kinder. Die neue Frau aber war nicht gewillt, auch noch das fremde Kind einer anderen großzuziehen.«

Agnes schrie auf. Wie eine Sturzflut waren plötzlich die Gedanken über sie hereingebrochen, rauschten in Rinnsalen auseinander und fügten sich sekundenschnell zu einem großen Ganzen. Irene musste ihr Kind sein. Die plötzliche Erkenntnis ließ sie erzittern, sie musste sich am Tisch festhalten. »Wohin haben sie Irene gebracht? Zu Leuten, die Schmidt heißen? Nach Rhinow, ins obere Havelland?«

Hanna Böttger wurde blass. »Woher wissen Sie das?«

»O Gott, das ist eine andere Geschichte, eine ganz andere.«

Ihr Gefühl war also doch richtig gewesen. Agnes stützte die Ellbogen auf, raufte sich das Haar und wischte sich die Tränen vom Gesicht. Warum war sie nicht früher darauf gekommen? Weil es sie verunsichert hatte, als Paul ihr erzählt hatte, dass Irene in einer Landarbeiterfamilie im nördlichen Havelland, nicht bei einer Schusterfamilie südwestlich von Potsdam aufgewachsen war.

Nur in einem war sie sich jetzt sicher. Es war der Zeitungsartikel im März gewesen, der ihre Aufmerksamkeit sofort auf die junge Stenotypistin gelenkt hatte. Durch ihn hatte sie den vollen Namen der Gewinnerin des ersten Preises im Schnellschreibwettbewerb erfahren. »Irene Schmidt«, murmelte sie gedankenverloren. »Irene, der gleiche Vorname.«

»Ja, Irene.« Hanna Böttger holte tief Luft, lehnte sich zurück und verschränkte die Arme. »Hinrich fuhr mit ihr zu seinen entfernten Verwandten nach Rhinow, die sie aufnahmen. Der Mann brachte lange Zeit fünf Kinder samt Frau mit seinem spärlichen Lohn als Landarbeiter durch. Er half mal hier, mal dort aus. Später wurde er Maurer, da ging es ihnen besser. Bis zur Konfirmation aber mussten immer alle Kinder mit seiner Frau aufs Feld, Obst und Gemüse … Nun ja, was ich sagen wollte, Hinrich konnte damals nichts dagegen tun. Sie stellte ihn vor die Wahl, entweder sorge ich für dein eigen Fleisch und Blut, oder du musst dir eine andere nehmen.«

»Hätten Sie mir doch nur einmal geschrieben.« Aber was hätte sie damals an Irenes Schicksal ändern können? Sie hätte sich in die Lebensprobleme einfacher Menschen eingemischt, die sie für herzloser als sich selbst gehalten hätten …

»Es tut mir leid, sehr leid, Frau Meding. Aber verstehen Sie, nach Elisabeths Tod war alles anders. Hinrich wurde krank, seine neue Frau war hart zu seinen Kindern. Sie selbst wurde nicht schwanger, konnte ihm aber nicht die Schuld geben. Das verbitterte sie wohl. Wir jedenfalls waren froh, dass die kleine Irene bei Hinrichs Verwandten wenigstens nicht geschlagen wurde, auch wenn sie schon früh mitarbeiten musste.«

»Und was geschah mit meinem Geld? Ich hatte damals Elisabeth …«

»Sie wollen sicher nicht die Wahrheit wissen, Frau Meding.«

»Nur deshalb bin ich hier. Irene soll eines Tages alles erfahren. Also, was geschah mit dem Geld?«

»Hinrich behielt einen Teil für seine eigenen Kinder, den Rest überließ er Irenes neuer Familie in Rhinow. Der Mann finanzierte sich und seinen Söhnen damit später eine Lehre fürs Maurerhandwerk.«

»Ah, so habe ich wenigstens ihnen helfen können.« Agnes wollte nicht ironisch klingen, doch Hanna Böttger verzog das Gesicht. »Trotzdem hätten Sie mich benachrichtigen müssen.«

Hanna Böttger rieb den Löffel auf ihrem Unterarm trocken. »Ehrlich gesagt, hatten wir stets Angst, Sie könnten wiederkommen, um nach Irene zu schauen.«

»Ja, das hatte ich auch immer vor.«

»Aber Sie haben es nicht getan.«

»Ich … ich bin viel gereist.«

»Sehen Sie, das sagte Hinrich auch immer. Eine Dame wie Sie, die ihr Kind weggibt, wird sich hier nicht mehr sehen lassen.«

»Dann haben Sie mir die Briefe über Irene geschrieben? Dass sie in der Schule gut war und von ihrer Lehrerin gefördert würde?«

Hanna Böttger nickte. »Ja, solange Hinrich lebte, konnte ich das eine oder andere über sie erfahren. Erst nachdem er gestorben und seine Witwe mit den Stiefkindern fortgezogen war, brachen alle Kontakte ab. Und ganz ehrlich, ich hatte dann auch genug damit zu tun, uns über Wasser zu halten. Es war ja Krieg.«

»Ich kenne die Not, ja.« Agnes erhob sich. »Danke, und danke für den Tee.« Sie reichte Hanna Böttger die Hand. »Übrigens, haben Sie Irene nicht in der Zeitung gesehen? Sie ist sehr hübsch, arbeitet sogar schon als Modell.«

Verblüfft sah Hanna Böttger Agnes an. »Wie, Sie haben Irene wiedergefunden?«

Agnes trat in den Garten hinaus, wandte sich noch einmal um und lächelte. »Es war Zufall, purer Zufall.«

»Aber Sie sind stolz auf sie, Frau Meding, das merkt man, und ich freue mich für Sie. Bitte sagen Sie Irene, ich würde sie gern an Elisabeths Statt grüßen. Ich erlaube mir das einfach, denn Elisabeth und ich, wir haben uns wie gute Schwestern geliebt. Nur Hinrich, Hinrich mochte mich nicht, sonst hätte ich Irene …« Sie schluchzte auf.

»Es ist alles vorbei, alles vorbei.« Agnes nahm sie in die Arme. Es war nicht die Wahrheit. Sie würde noch lange Angst um Irene haben.

41

Meran (Tirol), September 1926

Agnes hatte eine ungute Vorahnung gehabt. Seit der Modenschau im Juni hatte sie nichts mehr von Irene Schmidt gehört. Weder war diese telefonisch noch postalisch erreichbar gewesen. Paul wusste nun die Wahrheit über Irene, und sie waren enttäuscht, sie nicht in die Arme nehmen zu können. Lange Zeit hatten sie sich Sorgen gemacht, ab Mitte Juli aber, als Pauls Genesung immer rascher voranschritt, fanden sie ein wenig Beruhigung in der Vorstellung, dass Irene höchstwahrscheinlich längst mit Richard nach Amerika ausgewandert war. Sicher würde sie ihnen eines Tages schreiben, wenn nicht, würden sie und Paul nach ihrer Rückkehr aus Tirol entsprechende Nachforschungen in Berlin in die Wege leiten.

Dieser Gedanke tröstete Agnes zunächst. Irgendwann aber befiel sie die Ahnung, sie könnte sich möglicherweise selbst betrügen. Hätte es dieser selbstbewussten Irene nicht bestimmt Vergnügen bereitet, ihr, Agnes, gleich nach der Ankunft in New York eine Karte zu schicken? Oder ein Telegramm direkt von Bord eines Ozeanriesen, der möglicherweise gerade das Blaue Band gewonnen hatte? Tief in ihr schwelte das beunruhigende Gefühl, irgendetwas könnte geschehen sein, das Irene Schmidt gezwungen hatte, in Berlin zu bleiben. Vielleicht aber lag es daran, dass sie glaubte, Irene einmal an einem Ort gesehen zu haben, der für ein Mädchen wie sie keinesfalls geeignet war.

Agnes wusste selbst nicht, wie sie in das Gewirr schmutziger Gassen geraten war. Sie war aufgewühlt umhergehetzt, auf der Suche nach einer Straßenbahn, einem Bus, und war irgendwann entkräftet auf die Fensterbank einer Werkstatt für Papiermaché gesunken. Durch das verschmierte Fensterglas hatte sie eine Weile den Arbeitern zugesehen, die die Pulpe, den klebrigen Papierbrei, anrührten, hatte beobachtet, wie die Arbeiterinnen Puppen, Elefanten und Katzen anfertigten, die mit dem Kopf nicken oder auf Rollen laufen konnten. Zwischen ihnen hatte sie geglaubt, ein Mädchen entdeckt zu haben, das Irene ähnlich sah.

Die Erinnerung an diesen Tag drängte sich ihr noch nach Wochen, selbst hier im friedvollen Meran, immer wieder auf.

Sie war, bestürzt von der Diagnose ihres Frauenarztes, in eine falsche Straßenbahnlinie gestiegen und hatte sich, innerlich erstarrt, durch Berlin treiben lassen. Erst nach Stunden hatte sie weinen können und mit sich gerungen, ob sie Paul die Wahrheit sagen sollte. Der Arzt hatte Metastasen in der Brust festgestellt und ihr geraten, das Leben zu genießen, solange sie keine Schmerzen hätte. Dann würde man weitersehen. Noch am Tag darauf war ihr schwindelig vor Angst gewesen. Und erst als sie später in Pauls strahlendes, zuversichtliches Gesicht sah, fand sie den Mut zu einem Entschluss. Sie würde so lange schweigen, bis es nicht mehr möglich war.

Anfang September hatte sie für sich und Paul die Koffer gepackt und war mit ihm im Schnellzug nach Meran gefahren. Vier

Wochen hatte sie mit ihm bereits das angenehme Flair aus Südtiroler Bergwelt und kosmopolitischer Eleganz genossen. Die leichte Gebirgsluft und das wärmende goldene Herbstlicht hatten ihre Nerven beruhigt und insbesondere Paul endlich wieder aufgeheitert. Agnes freute sich zwar, dass er schon in den ersten Tagen Willenskraft gezeigt und mit ihr trotz Atemnot über die Promenade entlang der Passer spazierte, doch es gelang ihr nur selten, ihre Sorge um Irene zu verdrängen.

Und so begann sie alles zu tun, um Pauls Fortschritte zu fördern. Da sein behandelnder Lungenfacharzt keine Bedenken äußerte, unterstützte sie Paul bei seinem Bemühen, Schritt für Schritt die hundert Meter Höhenaufstieg zur Tappeiner Promenade zu bewältigen. In der zweiten Woche hatte er noch nach wenigen Metern ausruhen müssen, jetzt aber war er schon so weit genesen, dass sie den herrlichen Panoramaweg, der entlang des Küchelberges verlief, bis zur Hälfte bewältigen konnten. Immer wieder ruhten sie auf den Bänken aus und genossen, wie viele andere Besucher auch, die überwältigend schöne Aussicht auf die Stadt, das weite Etschtal, den Ausblick auf die Dreitausender der Texelgruppe. Am leichtesten, ihre Sorgen zu vergessen, war es, wenn Professor Hurtlattner aus Linz mit Begeisterung die Eigenheiten von Eukalyptusbäumen, Korkeichen, Agaven, Zedern und Pinien erklärte.

Abends ließ sie sich vom köstlichen Essen und dem sanften Tanz mit Paul ablenken … und dann war endlich Linnea aus Schweden eingetroffen. Sie hatte ihre Einladung angenommen und war zu ihnen in das elegante Jugendstilhotel in der Nähe des Kurhauses gezogen.

Sie waren wieder zusammen, fast so wie in alter Zeit.

Nach einem besonders schönen Tag, an dem sie sich mit der Kutsche nach Trauttmansdorff hatten hinausfahren lassen, hatte Agnes plötzlich so heftige Herzstiche erlitten, dass ihr übel wurde. Später am Abend, nach dem Abendessen, beschloss sie, nicht länger zu zögern. Sie ging zu Linnea und fragte sie, ob diese ihr einen Gefallen tun könne.

Zu Agnes' Erleichterung war Linnea keinesfalls überrascht. Sie kannte Agnes zu gut und hatte sie genau beobachtet. Mitfühlend hörte Linnea ihr zu, begriff sofort, um was es Agnes in Wahrheit ging, und schlug ihr vor, das Gesagte schriftlich festhalten zu lassen. Beide waren sich einig, vorerst Paul nichts von alldem mitzuteilen, um ihn zu schonen. Agnes war einverstanden, und so erschien im Verlauf des nächsten Tages eine von der Hoteldirektion abgestellte Schreibkraft, der Agnes diktierte, was sie Irene lieber persönlich erzählt hätte. Zum Schluss setzte Linnea ihre Unterschrift unter das Versprechen, dass sie auch nach Agnes' Tod, in Abstimmung mit Paul, nach deren Willen handeln würde.

Nur wenige Tage später traf ein größeres Kuvert von Martha aus Berlin ein. Es enthielt zu Agnes' Überraschung Vorabdrucke der Winterkollektion mit lieben Grüßen von Dora sowie eine schwarzweiße Ansichtskarte von Irene Schmidt aus Chicago.

Wieder und wieder las Agnes die schlichten Zeilen.

Liebe Frau Meding,
Richard und ich werden Weihnachten heiraten. Er hat jetzt eine eigene Firma und ist stolz auf die vielen Aufträge. Er hat sogar Ehrenämter übernommen und erwartet, dass ich alles mit ihm teile. Dabei ist hier alles ganz anders als in Berlin, auf eine andere Weise aufregend und fordernd, aber das schildere ich Ihnen ein andermal.
Ich hoffe von Herzen, dass es Ihnen und Herrn Söder gutgeht.
Mit herzlichen Grüßen
Ihre
Irene Schmidt
Chigaco, 20. August 1926

Sie zeigte auch Linnea und Paul die Karte, die sich zunächst ebenfalls über Irenes Nachricht freuten. Je intensiver sie jedoch die Erinnerung an sie wachhielten, desto mehr verstärkte sich bei ihnen der Verdacht, dass zwischen den Zeilen ein Widerspruch verborgen war. Irene betonte Richards beruflichen Erfolg, wobei seine Ansprüche sie zu überfordern schienen. Sie selbst zeigte keine allzu große Sympathie für seine Lebensauffassung, zumal sie die Erinnerung an Agnes' und Pauls große Liebe wachhielt, die sie früher für sentimental gehalten hatte.

Konnte diese lebenslustige Irene, wie sie sie gekannt hatten, in einer fremden Welt wirklich glücklich sein?

In der Nacht verspürte Agnes wieder heftige Herzschmerzen. Sie nahm etwas Belladonna, stand auf und ging im Salon auf und ab. Martha hatte in ihrem Brief darüber geklagt, wie sehr Dora immer noch Irene als Modell vermisste. Die Bilder der neuen Kollektion waren nicht nur schön, sondern überzeugten von der Qualität ihrer Strickwaren, wie es durch niemanden hätte besser gelingen können als durch Irene. Agnes musste Dora und Martha recht geben. Aber Martha wusste ja nun selbst, dass Irene damit beschäftigt war, sich im fernen Amerika ein neues Leben aufzubauen. Sie konnten ihr dafür nur Glück wünschen, denn mit einem Mann wie Richard verheiratet zu sein, der mit dem Wissen leben musste, dass sein Vater einen anderen Menschen getötet hatte, würde nicht einfach sein. Richard würde bei allem Wert darauf legen, keine Regeln zu verletzen, keinen Unwillen zu erregen, sondern bemüht sein, in der Gesellschaft anerkannt und beliebt zu sein.

Wie gern hätte Agnes Irene auf diesem Weg geholfen, wie gern wäre sie ihr eine Stütze gewesen. Verbittert dachte Agnes darüber nach, welch ein Leid entstand, wenn Kinder geboren und früh aus dem Wurzelstock ihrer Herkunft gerissen wurden. Genau davor hätte sie Irene beschützt, und sie hätte sie ermahnt, dafür zu sorgen, dass so etwas nie wieder in ihrer Familie geschehen durfte. Irene sollte Agnes' Fehler nicht wiederholen.

Diese Gedanken waren nun für allezeit schriftlich fixiert. Darüber, nur darüber allein, war Agnes froh.

Die Ohnmacht, nicht mit Irene sprechen zu können, die Ahnung, möglicherweise nicht mehr viel Zeit zu haben, verstärkte in dieser Nacht allerdings ihre innere Anspannung. Sie musste noch das letzte Rätsel ihrer Lebensgeschichte lösen. Vielleicht würde Irene die Lösung eines Tages erfahren und aus ihr lernen können.

Wie schwierig das Leben sein konnte.

Geschwächt und überreizt von der durchwachten Nacht, beschloss sie am nächsten Morgen, in aller Offenheit mit Paul und Linnea zu sprechen. Sie wolle gerne noch einmal nach Toblach fahren, um herauszufinden, ob der Priester, den sie damals dort getroffen hatte, wirklich ihr leiblicher Vater war. Linnea war sofort einverstanden, nur Paul meinte, sie solle sich schonen und an ihr Herz denken. Ein katholischer Priester, der verantwortungslos ein Kind gezeugt habe, sei eine solche Aufregung nicht wert. Da Agnes aber auf ihrem Wunsch bestand, musste sie ihm versprechen, vor der Reise noch einen Herzspezialisten aufzusuchen.

Es war Markttag, Hunderte von Besuchern drängten sich zwischen Buden mit Schinken und Kaminwurzen, Ziegen- und Schafskäse, Obstpyramiden, Walnüssen und Kastanien und den verschiedensten Gemüsesorten. Überall wurde Wein ausgeschenkt, duftete es nach frisch gebackenem Gewürzbrot und buttrigen Brezeln. Agnes und Paul nahmen sich vor, nach dem Arztbesuch in einer der Lauben auszuruhen und einen guten Tropfen des neuen Weins zu genießen.

Es war kühler geworden, und als sie am Rande der Altstadt in eine Platanenallee einbogen, wirbelte ihnen ein heftiger Windstoß das erste welke Laub entgegen. Vor einer Villa aus dem Jahr 1909 blieb Agnes erschöpft stehen und rang nach Luft. Flüchtig glitt ihr Blick über die Inschrift einer Marmorplatte, die in einen der beiden Gartenpfosten eingelassen war. *Privatsanatorium für Lungenheilkunde Drs. Marelli.* Plötzlich nahm ihr ein stechender Schmerz den Atem, der von ihrem linken Arm in den Rücken strahlte. Sie schwankte und wandte sich zu Paul um, der sie bereits mit einem Arm stützte.

»Komm«, hörte sie ihn hastig sagen und nahm kaum noch wahr, dass er die Pforte öffnete und an der Tür läutete. Noch im Flur gaben ihre Beine nach, während sie Pauls Stimme hörte, der darum bat, dass man unverzüglich den Herzspezialisten benachrichtige, der nur wenige Häuser weiter seine Praxis hatte.

Man hatte ihr auf eine Liege neben dem Behandlungszimmer geholfen. Die Tür stand offen, und sie hörte das knirschende Geräusch von Ledersohlen, die über Parkett eilten. Neben ihr im Raum war ein Rascheln zu hören, dann ein hastiges Gemurmel, dem ein langer Hustenanfall folgte. Angeekelt setzte Agnes sich auf. Draußen auf dem Flur war Paul im Gespräch mit irgendjemandem zu sehen, neben ihr stieß ein Gehwagen gegen die offen stehende Tür. Wieder hustete jemand, als ob er sich mit Vehemenz von der eigenen Lunge lösen wollte. Das Geräusch war so widerwärtig, dass es Agnes von ihren Herzschmerzen ablenkte. Sie stand auf und ging vorsichtig zum Nebenraum hinüber.

Der Mann, dessen Hände sich um die Griffe des Gehwagens krampften, trug ein Priestergewand. Er war mager, sie erkannte ihn kaum wieder. Sein Schädel schien zu groß für die pergamentene Haut, die ihn umspannte. Seine Augen lagen tief in den Höhlen, und in den geschwollenen Adern war kaum noch ein

Pulsschlag zu erkennen. Ein erschreckender Anblick, der Agnes nicht daran hinderte, ihre Hand nach ihm auszustrecken. »Hochwürden?«

Er blieb gebückt, tastete nach seinem Kreuz und schaute von unten zu ihr hinauf. »Johanna?«

Sie schlug die Hände vors Gesicht. Seit ewiger Zeit hatte sie diesen Namen nicht mehr gehört. »Nein!«, flüsterte sie. »Nein, ich bin Agnes, ihre Tochter.« Sie sank vor ihm auf die Knie, umfasste das Gestänge seines Gehwagens. »Schau mich an, ich bin dein Kind!«

Er nickte. »Ja, ein Kind der Sünde.« Seine Augen ruhten auf ihr, als suche er nach einer Antwort. »Steh auf«, sagte er schließlich leise und fasste zittrig nach ihrer Hand. Lange betrachtete er ihr Gesicht.

»Du siehst aus wie sie, aber du bist anders, nicht?«

Aus den Augenwinkeln bemerkte Agnes, dass Paul und zwei Ärzte das Zimmer betraten. Mit priesterlicher Würde hob ihr Vater seine Hand und machte eine ungeduldige Bewegung. »Lasst uns allein.«

Schnell hintereinander schlossen sich nun die Türen zum Flur und Nebenraum. Agnes und der Priester zogen sich auf die gepolsterten Ledersessel unter den hohen Fenstern zurück und schauten auf einen weitläufigen Garten hinaus, in dem ein älterer Mann Äpfel erntete. Gerade näherte sich eine junge Frau in grünem Kleid mit einem Kinderwagen. Sie schob ihn unter einen Granatapfelbaum und begann, herabgefallene Birnen aufzulesen, die sie vorsichtig in eine Korbwanne legte.

Agnes wandte ihren Kopf. Ihr Vater hielt die Augen geschlossen. Er hatte die Ellbogen auf die Lehnen gestützt und die Hände aneinandergelegt. Niemals zuvor hatte sie einen Menschen getroffen, der so deutlich das Abbild innerer Aufzehrung darstellte. Sie wagte nicht, ihn zu stören, und wartete.

»Sprich, Agnes«, sagte er leise, »erzähl mir, was dir auf dem Herzen liegt.«

Sie ließ einen Augenblick vergehen, dann zögerte sie nicht mehr. War es nicht auch selbstverständlich?

42

Hamburg, September 2012

Isabel hatte sich tagelang von Fast Food ernährt und nichts von dem getan, was unter normalen Umständen notwendig gewesen wäre. Noch immer stapelten sich die Umzugskartons zwischen ihren Möbeln, als warteten sie darauf, abgeholt zu werden. Nur einen einzigen Karton hatte sie öffnen müssen, um Handtücher herauszuzerren, weil sie in einer Regennacht vergessen hatte, das Dachfenster zu schließen. Erst als sie ein Rinnsal im Flur schimmern sah, war sie aufgesprungen und hatte das überschwemmte Badezimmer aufgewischt. Diese Unterbrechung und das gelegentliche Läuten des Pizzaboten an der Wohnungstür hatten aber ihre Konzentration auf die Seiten, die vor ihr lagen, nicht stören können. Zumal Isabel den Anblick der Wohnung ihrem eigenen Zustand als durchaus angemessen empfand. Die geschlossenen Umzugskartons und die wie beiläufig aufgestellten Möbel konnten sowohl Abschied als auch Ankunft bedeuten. Ein eigenartiges Gefühl, das dem ihres Schwebezustandes zwischen Vergangenheit und Gegenwart ähnelte, in den stundenlanges Lesen und Nachdenken sie versetzt hatten.

Es hatte an ihrem Umzug gelegen, dass ihr zwei wertvolle Postsendungen erst mit tagelanger Verzögerung nachgeschickt worden waren.

Zwei Sendungen, die ihr die Antwort auf ihr Familiengeheimnis gaben.

Das kleinere Päckchen enthielt das alte Stenogrammheft, von dem die Hamburger Stenografin vermutete, es sei von zwei Frauen geführt worden. Einer, die in sicherer Handschrift die Diktate von Agnes Meding im Jahr 1926 aufgenommen hatte, einer anderen, die in flüchtiger, kaum lesbarer Eilschrift vom eigenen Leben bis zum Jahr 1958 berichtete.

Doch nun, nach stundenlangem Lesen, wusste Isabel, dass die alte Stenogrammmappe nicht von zwei Frauen geführt worden war, sondern nur von einer. Irene Schmidt, ihrer Großmutter.

Die größere Postsendung stammte aus dem Eimsbütteler Fotoatelier. Die Negative waren entwickelt und vergrößert worden. Sie zeigten maschinengeschriebene Seiten, die ausführlich und anschaulich von Agnes Medings Leben berichteten.

Zunächst aber las sie Irene Schmidts kurze Notizen.

Die erste Nachricht, die sie überraschte, war, dass Agnes Meding am 10. Oktober 1926 in Meran an einem Herzinfarkt gestorben war.

Zurück in Berlin, hatte Paul Söder sofort Irene ein Telegramm in die USA geschickt, in dem er ihr offenbarte, dass Agnes Meding ihre Mutter und er ihr Vater sei.

Doch Irene hatte ihm nie geantwortet.

Erst Monate später hatte er erfahren, dass Irene im Laufe ihrer Ehe mit Richard Höchst immer stärker unter gesellschaftlichen Zwängen und kirchlich auferlegten Verpflichtungen einer allzu biederen amerikanischen Gesellschaft gelitten hatte.

Noch im ersten Jahr ihrer Ehe begann Irene eine Affäre mit einem Makler, der für seine Untreue berüchtigt war. Richard, seinem guten Ansehen verpflichtet, löste daraufhin die Ehe. Ende Dezember 1927 kehrte Irene wieder nach Berlin zurück. Entsetzt darüber, dass sie von ihrem Liebhaber bereits im zweiten Monat schwanger war, hatte sie sich auf die Suche nach Agnes' Schwester Martha Berger begeben, in der Hoffnung, diese könne ihr weiterhelfen.

Dora war gerne bereit dazu gewesen, aber Martha hatte sie aus Eifersucht abgewiesen. Sie hatte Irene Pauls Büroadresse gegeben, mit der Bemerkung, es sei die Aufgabe ihres Vaters, sie zu unterstützen, nicht ihre. Sie war genauso halsstarrig gewesen wie einst Agnes gegenüber.

Irene begegnete ihrem Vater eines Tages zufällig auf einem Wochenmarkt. Danach hatten sie sich noch mehrere Male getroffen, bis sie ihm deutlich gemacht hatte, wie verunsichert und verletzt sie war. Sie hatte nicht verstehen können, dass ihre Mutter sie als Kind fortgegeben hätte. Sie selbst würde sogar ein Kind aufziehen, das noch nicht einmal aus Liebe gezeugt worden sei. Es sei furchtbar für sie, dass ihre Eltern nie nach ihr gesucht hätten. Paul hatte sie zu beruhigen versucht, ihr viel über Agnes erzählt und sie schließlich dazu ermutigt, eine Biographie über Agnes zu schreiben. Ende der zwanziger Jahre litt er noch immer unter der Trauer um seine große Liebe. Vielleicht war das auch der Grund für eine Lungenentzündung, die ihn seit ihrem Tod quälte.

Ende Oktober 1929 bot er Irene eine größere Summe Geldes an, doch nur wenige Stunden später verlor er sein gesamtes Vermögen infolge des katastrophalen New Yorker Börsencrashs vom 24. Oktober. Überall in Europa brachen die Märkte zusammen, Aktienkurse stürzten in die Tiefe, Unternehmen bankrottierten, Millionen Menschen verloren ihr Vermögen, ihre Arbeit, sogar ihr Leben. Paul Söder wurde über Nacht arm und verstarb im Februar 1930.

Glücklicherweise hatte er aber noch vor seinem Tod alles, was Agnes jemals diktiert und Irene über sie geschrieben hatte, fotografieren lassen. Er hatte Irene dringend darum gebeten, Agnes' gesamten Nachlass zu nehmen und nach Schweden zu fahren. Außerdem wäre es gut, wenn sie die beste Freundin ihrer Mutter, Linnea Svensson, kennenlernte, diese würde ihr noch mehr über ihre Mutter erzählen können. Er könne es leider nicht mehr tun. Nun sei es an ihr, die letzte Bitte ihrer Mutter zu erfüllen.

Doch erst 1932, zwei Jahre nach Pauls Tod, packte Irene zwei Koffer und reiste mit der vierjährigen Constanze nach Schweden. In ihrer flüchtigen Eilschrift notierte sie später, dass Linnea die kleine Constanze sehr gemocht hatte. Sie hatte ihr sogar ein weißes Leinenkleidchen genäht und sie nicht gescholten, als diese im neuen Kleidchen im Wasser gespielt hatte. Immer wieder hatte Linnea Irene eingeladen, bei ihr zu bleiben. Doch sie hatte sich auf Visingsö gelangweilt und Linneas Angebot ein für alle Mal ausgeschlagen. Wenn sie ehrlich wäre, würde sie zugeben, dass sie diese drei Menschen, Linnea Svensson und ihre Eltern, um eine Liebe beneidet hatte, die von einer Kraft getragen worden war, die sie wohl nie mehr in ihrem Leben erfahren würde.

In den vierziger Jahren hatte Linnea Svensson einen letzten Versuch gemacht und Irene ein teures, taubenblaues Kleid schneidern lassen. Sie hatte es nur ein Mal übergestreift und niemals wieder getragen. Vielleicht würde es Constanze ja eines Tages gefallen.

Natürlich hatte der Mann, den Irene in Berlin geheiratet hatte, sie spüren lassen, dass Constanze, die Irene am 8. Juli 1928 geboren hatte, das Kind eines Fremden war. Erschütternd war nur, dass Irene aus Verbitterung nie mehr die Kraft gefunden hatte, ihr eigenes Kind anders als störendes Anhängsel ihres Lebens wahrzunehmen.

Wie gut nur, dass Agnes nie erfahren hatte, wie unglücklich das Leben ihres Kindes verlaufen war.

Stichworte, flüchtige Stichworte, die Irenes Leben dennoch in einem tiefen Grau zeichneten.

Nach und nach entstanden aus Notizen und Erzählungen plastische Charaktere.

Sie erschienen Isabel plötzlich so wirklich, dass sie meinte, eine Flasche Wein für sie öffnen zu müssen. Sie trank ein Glas und konnte endlich in die türkische Pizza beißen, die nur noch handwarm war.

Erst jetzt konnte sie nachvollziehen, dass ihre Urgroßmutter Agnes Meding ein Kindheitstrauma erlitten hatte. Die tiefe Wunde, dass deren Mutter sie in der Not »zurückgelassen« hätte, war nie geheilt. Und im Januar 1904, als Agnes in Swakopmund auf Paul Söder wartete, hatte sie die Angst, verlassen zu werden, wieder eingeholt. Von da an, glaubte Isabel, musste Agnes beschlossen haben, ihre Liebe zu Paul unter allen Umständen in den Mittelpunkt ihres Lebens zu stellen. Gleichgültig, ob sie ihn wiedersehen würde oder nicht.

Das erklärte auch Agnes' spätere Anhänglichkeit an Paul, erklärte, warum sie ohne Gewissensbisse den Luxus genoss, den er ihr zu bieten vermochte, erklärte ihre fast symbiotische Liebe, die über den Tod hinaus Bestand haben sollte.

Bei Irene indessen war nur am Ton ihrer Aufarbeitungen die Sehnsucht nach familiärer Geborgenheit und Wärme herauszuhören. Sie war ihrer Mutter nur dann wirklich nah gewesen, wenn sie mit ihr im Geiste allein gewesen war und in szenischer Darstellung ihr Leben nachvollzog.

Und Constanze hatte alles anders gemacht. Sie hatte ihren tiefen Schmerz, und damit auch den ihrer Vorfahrinnen, in sich verkapselt und sich auf ihr eigenes Leben, auf die Gegenwart konzentriert.

Wie leicht alles auf einmal zu verstehen war.

Jetzt konnte Isabel nachvollziehen, dass ihre Mutter, geprägt von einer enttäuschenden Kindheit, sich aus voller Überzeugung für ihren Beruf als Lehrerin engagiert und lange mit einer Schwangerschaft gewartet hatte. Es war ihr einfach leichter gefallen, Liebe an Generationen fremder, oft ebenfalls alleingelassener Schüler und Schülerinnen zu verschenken als an ihre eigene Familie.

Isabel hatte lange geweint. Nun aber war sie erleichtert, dass die Zeit der inneren Verunsicherung endlich vorbei war.

Hin und wieder blitzten allerdings die letzten Worte ihrer Mutter in ihr auf, als seien sie Flashbacks, die sie nie vergessen sollte.

Das Beste ist, wenn du alles so lässt, wie es ist. Lebe dein Leben. Schau nicht mehr in die Vergangenheit zurück.

Doch genau das hatte sie getan, und die Vergangenheit lag nun ausgebreitet wie ein Fächer vor ihr.

Du könntest versuchen, die Wahrheit zu finden. Du könntest aber auch alles so lassen, wie es ist.

Sie hatte nichts so gelassen, wie es war. Sie hatte die Wahrheit gefunden.

Sie war im Geiste all jenen begegnet, die sie so hatten werden lassen, wie sie war: Agnes, ihrer Urgroßmutter, Irene, ihrer Großmutter, Paul, ihrem Urgroßvater. Vor allem aber war es ihr jetzt endlich möglich, Constanze, ihre Mutter, zu verstehen.

In unserer Familie gibt es die große Liebe nicht. Das ist auch dein Schicksal.

Das, dachte Isabel, würde sich noch herausstellen, schließlich hatte es in ihrer Familienhistorie sehr wohl eine große Liebesgeschichte gegeben.

Das zu wissen, bestärkte sie im Glauben an Julian.

Sie war sich sicher, sie und Julian würden alles anders machen.

Sie schenkte sich ein zweites Glas Wein ein und ließ die Geschichte ein weiteres Mal Revue passieren.

Und plötzlich begriff sie, dass auch ein letztes Rätsel gelöst worden war.

Es war eine packende, aufregende Erkenntnis.

Linnea Svensson war bis zu ihrem Tod 1978 die alleinige Bewahrerin aller Geheimnisse gewesen. In ihrer Zirbelholztruhe hatte sie über Jahrzehnte hinweg das aufbewahrt, was ihr und Paul nach Agnes' Tod wichtig gewesen war: Das Andenken an sie zu bewahren und an mögliche Nachkommen weiterzugeben.

In Wahrheit aber war sie nie darüber hinweggekommen, dass sie einst ihre Freundin verraten hatte. Ohne mit Agnes vorher zu sprechen, hätte Linnea Svensson niemals Paul von deren Kind erzählen dürfen. Linnea musste also über Agnes' Tod hinaus jahrzehntelang auf den Moment gewartet haben, der es ihr erlaubte, ihren Fehler wiedergutzumachen.

Dieser Augenblick war die Stunde ihrer, Isabels, Geburt gewesen.

Damit schloss sich der Kreis. Endlich hatte sie die Geschichte ihrer Familie verstanden.

Aber sie würde noch Zeit brauchen, um daraus ihre eigenen Konsequenzen zu ziehen.

Agnes hatte der Mut zum konsequenten Handeln gefehlt, Irene hatte aus Neid und Berechnung gehandelt, und Constanze hatte ihr Kindheitstrauma nie verarbeitet. Von Generation zu Generation hatten starke Gefühle einander bedingt, deren Folgen wiederum Leid verursachten. Und doch, war es nicht so, dass sie alle in einem Webmuster verbunden waren, dessen Ursprung in einer fehlerhaften Verknüpfung lag?

Johanna, die mit einem Priester gesündigt hatte.

Sünde, gab es das eigentlich heute noch? Isabel hatte lange nachgedacht, sie würde eines Tages mit ihren Freunden darüber diskutieren müssen. Was sie aber jetzt besser verstand, war, warum ihr Constanze als Letztes die Mahnung mitgegeben hatte:

Vergiss nie, dass wir Frauen es sind, die den Mann aussuchen.

Bei aller unglücklichen Partnerwahl hatten ihre Vorfahrinnen ihr aber auch persönliche Stärken mitgegeben.

Von Agnes hatte sie die Leidenschaft zu lieben, von Irene den Mut zur Kreativität, von Constanze die Kraft, einen eigenen Weg zu gehen, erhalten.

Bei allen Verfehlungen und Schicksalsschlägen konnte sie auf ihre weiblichen Vorfahren stolz sein.

Jetzt würde sie einfach darauf vertrauen, dass deren Stimmen sie weiter leiteten, so wie es der Sangoma ihr versichert hatte.

Sie nahm noch einen Schluck Wein und stellte das Glas ab. Dabei schwappte ein Tropfen über das Papier und hinterließ einen Fleck, der in seiner Form einer großen, dunkelroten Kirsche glich.

In diesem Moment flatterte vor ihrem Fenster ein Schwarm Möwen auf.

Herzkirsche, Möwen, Meer, Fernweh.

Plötzlich durchfuhr Isabel ein Gedanke.

Sie öffnete ihr Tablet und gab einen Suchbegriff ein.

Hastig überflog sie die Seiten.

Bilder, Worte, alles wirbelte in ihr durcheinander und fügte sich zu einer einzigen Antwort.

Die Wahrheit war, das eigentliche Geschenk, das Paul einst Agnes gemacht hatte, mussten Herzkirschkerne und Setzlinge gewesen sein. Deren Heimat war die Gegend um das Schwarze Meer, das frühere Bessarabien, Pauls Heimat. Er musste damals Agnes davon überzeugt haben, dass Kerne und Setzlinge zu Bäumen heranwachsen würden, in denen eines Tages die verstorbenen Seelen ihre mystische Heimat finden würden. Er hatte Agnes Trost gespendet, weil ihr erstes Kind unverschuldet gestorben war. Er hatte ihr Zuversicht gegeben, dass die Seele dieses Kindes und die Seelen all jener, die sie liebten, auf Visingsö im Geiste weiterleben würden. Und er musste Agnes ermutigt haben, daran zu glauben, dass die Aura der weißen Kirschblüten den Lebenden, wie Irene, eines Tages helfen würde, einen neuen Weg zu seelisch-geistiger Erkenntnis zu finden.

All ihre Nachfahren aber würden die süßen Früchte für alle Zeiten an die sinnliche heitere Seite der Liebe erinnern. Paul Söder musste gleich nach Agnes' Tod noch einmal nach Visingsö gefahren sein. Wer sonst hätte die beiden Herzen in die Rinde der jungen Bäume ritzen können? Ein vorausdenkender Mann.

Paul Söder und Agnes Meding, ja, Isabel hätte sie gerne kennengelernt.

Nur schade, dass Irene, ihre Tochter, Pauls gutes Vorhaben nicht vergönnt gewesen war.

Constanze, ihrer Enkelin, ebenfalls nicht.

Aber ihr, Isabel.

43

Visingsö (Schweden),
Dezember 2012

Isabel freute sich auf die Silvesternacht. Seit Weihnachten war sie mit Julian auf der Insel, hatte mit ihm Möbel, Lampen und Teppiche gekauft und das Holzhaus gemütlich eingerichtet. Die Heizung funktionierte, der Kamin brannte, die Vorräte waren aufgefüllt, und ihre Freunde waren in den letzten Tagen angereist. Jeder hatte etwas mitgebracht, Simone und Falk einen beeindruckenden Bildband über Namibia, nützliche Holzschalen, handgewebte Decken und einen wunderschönen Teppich aus Karakulwolle. Isabel war gerührt, es kam ihr vor, als schlösse sich hier und jetzt ein noch größerer Kreis. Hatte nicht Paul vor über hundert Jahren versucht, deutsche Farmer in der ehemaligen Kolonie von der Zucht bessarabischer Karakulschafe zu überzeugen?

Jedenfalls war sie überglücklich. Julian liebte sie, ihre Freunde waren bei ihr, und um Mitternacht würden sie mit einem besonders üppigen Feuerwerk ins neue Jahr starten. Einem Feuerwerk zu Ehren der Ahnen, hatte Shackey gemeint, nachdem Isabel ihnen die alten Fotos gezeigt hatte, auf denen sie Agnes und Paul beim Rumbatanzen sahen, so mitreißend sinnlich, dass einige von ihnen begonnen hatten, voller Begeisterung im Netz nach entsprechender Musik und Schrittanleitungen zu suchen. War auch die Eleganz und friedvolle Atmosphäre einer längst vergessenen Zeit vorbei, die der Erste Weltkrieg so grausam ausgelöscht hatte, so wollten sie doch das genießen, was immer überleben würde: Rhythmus und Musik.

Und die Rumba war allein dafür geschrieben worden, dass zwei Menschen die Welt um sich herum vergaßen.

Nun, da Isabel ihre Familiengeschichte kannte, hatte sie alle Andenken, die sie damals zusammen mit Simone mitgenommen hatte, nach Visingsö zurücktransportiert. Sie waren im ersten Stock in Vitrinen ausgestellt: Agnes' Ballkleid, Briefe und Postkarten, Tanzschuhe, der Parfumflakon und Irenes schwarze Stenomappe, sämtliche Papiere und Aufzeichnungen. Sie würden Isabel daran erinnern, dass sie in einer Reihe von Frauen stand, die jede auf ihre Weise in der Welt, in die sie geboren waren, versucht hatten zu überleben.

Hier, im warmen Holzhaus der schwedischen Glasmalerin Linnea Svensson, bündelte sich ihr Erbe, das über das hinausging, was sichtbar war.

Nur hier, auf Linneas Grund, würde sie den Sinn des Lebens finden. Schönheit und Frieden, Freiheit und Selbstbestimmung.

Vor allem aber würde sie hier Liebe verschenken und empfangen können, ohne dass Flüchtigkeiten einer hektischen Außenwelt sie störten. Sie würde sich hier auf das Wesentliche konzentrieren, das Band zwischen Ahnen und künftigen Nachfahren knüpfen und an diese die Melodie der Liebe weitergeben.

Sie konnte nun das Vergangene ruhen lassen und, bereichert von der Weisheit der anderen, frei in die Zukunft schauen.

Sie würde neu beginnen, nur das war wichtig.

Isabel zog ihre Schuhe aus und trat auf den namibischen Schafwollteppich vor der Fensterfront im Wohnzimmer. Neben ihr stand, frisch aufpoliert, die Zirbelholztruhe. Isabel sah hinaus.

Hoher Schnee bedeckte Sträucher und Büsche. Ein schmaler Pfad führte zum See hinab, und wenn sie weit nach links schaute, konnte sie den verschneiten Herzkirschenhain sehen. Simone trat neben sie und legte ihren Arm um ihre Schultern.

»Herrlich ist es hier, ich freue mich für dich, Isy.«

Sie sahen einander an.

»Ich freue mich, dass du gekommen bist, Simone. Als du das erste Mal hier warst, haben wir uns so blöde gestritten. Aber jetzt denke ich daran, dass du im übernächsten Jahr mit deinem Baby hier im See spielen könntest.«

»Später könnte es bei dir vielleicht Schwimmen lernen.« Simone streichelte versonnen ihren Bauch und lehnte ihren Kopf an Isabels Schulter. »So wie früher die Kinder. Ja, das wäre schön.« Sie drückte Isabel an sich. »Das Leben ist schon seltsam, oder?«

»Manchmal schon«, erwiderte Isabel und sah auf den eisbedeckten See hinaus, über dem der Himmel in makellosem Blau erstrahlte. Julian schob gerade die letzte Schaufel Schnee zur Seite, lachte und stapfte mit einigen Freunden den frischen Pfad zum Haus zurück.

»Ah, bevor ich's vergesse, weißt du schon das Neueste über Mo?«, fragte Simone.

»Sorry, ich hab in den letzten Tagen sämtliche Mails verschwitzt.«

»Also, sie heiratet.«

»Und wen?«

»Ihre Freundin, die, mit der du sie damals am Jungfernstieg gesehen hast. Angeblich hat Mo nur ein Mal in ihrem Leben einen Mann geliebt, deinen Vater. Nun ja, so etwas passiert schon mal, oder? Aber das Beste ist, endlich ist die Community aufgewacht. Du weißt ja, anscheinend hat damals niemand gemerkt, dass Mo deine Postings für ihr Manuskript verwendet hat.«

»Ich habe es mir nur damit erklärt, dass vielleicht die meisten Forenmitglieder mit ihren eigenen Problemen beschäftigt waren.«

»Stimmt, und die anderen waren Mos Bekannte, die nur Mos Aufmerksamkeit suchten, ihr Manuskript aber gar nicht richtig gelesen hatten.«

»Kaum gelesen, aber Spitzenrezensionen, nicht gerade überzeugend.«

»Genau, aber jetzt hat die Psychotherapeutin, die damals darunter litt, zurückgewiesen worden zu sein, noch einmal alle Forenbeiträge gelesen. Sozusagen als Selbsttherapie. Sie hatte ja geschrieben, dass sie Medikamente nähme, die sie keinem empfehlen würde. Geholfen hatte ihr später dann nur die Zeit und pure Nüchternheit. Jedenfalls ist sie wieder ein wenig zu sich gekommen und hat prompt Mos Betrug entdeckt. Das gab ihr den richtigen Schub. Sie hat Mo sogar Hilfe angeboten, vermutlich würde Mo nämlich unter einem Ego-Tuning-Syndrom leiden. Klingt schon krass, oder? Jedenfalls wieder was Neues fürs Medizinhandbuch. Schau doch mal nach, Isy, sie muss dir geschrieben haben.«

»Später mal, es ist mir eigentlich egal, Simone. Mo ist Mo, lass sie tun, was sie will. Sie guckt durch ein Schlüsselloch, hinter dem sie sich im Vergrößerungsspiegel sieht. Ich habe in der letzten Zeit Schicksale von Frauen kennengelernt, die Kriege, existenzielle Not und echtes Leid ertragen mussten. Da gewinnt man andere Einsichten in das Leben. Einmal allerdings hat mir Mo eine durchaus hilfreiche Mail geschickt. Sie ist nicht dumm, aber vielleicht wirbelt sie so viel in der äußeren Welt herum, weil sie sich in ihrer eigenen Haut nicht wohl fühlt. Ich werd ihr mal schreiben und Glück wünschen.«

»Willst du das wirklich tun, ich meine, sie hat …?«

»Mich plagiiert?« Isabel senkte die Stimme. »Ganz ehrlich, von mir wird sie eh kein neues Material mehr bekommen. Wenn Mo weiterhin glaubt, sie brauche nur rigoros und dreist zu sein, um Erfolg zu haben, wird sie eines Tages jemandem begegnen, der sie an Rigorosität und Dreistigkeit noch übertrumpfen wird.«

»Sehe ich genauso.«

Sie hörten, wie die Männer draußen die Schneeschaufeln abklopften.

»Vermisst dein Julian eigentlich nicht die Berge?«, fragte Simone unvermittelt.

»Doch, ja, er möchte unbedingt mit mir nach Meran. In Wahrheit hofft er, er könnte mich zum Mountainbiken überreden.«

»Ist das sein Ernst?«

»Oh, ich denke ja. Aber ich werde das nie tun.«

»Und was sagt Julian dazu?«

»Ganz einfach, wir haben lange darüber gesprochen. Wir werden versuchen, einander nie zu einem Entweder-oder zu zwingen, sondern möglichst immer zu einem Sowohl-als-auch.«

»Und was heißt das konkret?«

»Ich lasse Julian seine Freiheiten, und er lässt mich tun, worauf ich Lust habe. Und wir werden teilen lernen … ich meine, es dürfte ja wohl nicht so schwer sein, die Interessen des anderen zumindest zu *begleiten*. Und abwechselnd mal in die Berge, mal ans Meer zu fahren. Klingt doch gut, oder? Julian jedenfalls hat mir versprochen, aufs Highspeed-Mountainbiken zu verzichten.« Sie lachte. »Verstehst du? Er will keine Risiken mehr eingehen.«

»Wieso?« Simone blinzelte Isabel an. »Bist du etwa auch schwanger?«

»Nein, nein. Ehrlich gesagt habe ich zwar nun den richtigen Mann gefunden, aber ich bin mir nicht so ganz sicher, ob ich eines Tages eine gute Mutter wäre. Hier, auf Visingsö, könnte ich es mir schon vorstellen, aber in Hamburg? Ich weiß nicht. Mit einer Familiengeschichte wie meiner verspüre ich keine Lust, Kinder in die Welt zu setzen und schon als Babys in fremde Hände zu geben.«

»Du hast die Story deiner Vorfahren verstanden.«

»Ja, warten wir also mal ab. Jedenfalls ist der Sex mit Julian fantastisch. Er findet es übrigens lustig, dass mich Kristina auf die Idee gebracht hat, hippe Strickmode zu entwerfen, die wir auf einem Online-Marktplatz für Selbstmacher anbieten könnten. Eine kreative Vorfahrin habe ich ja nun, und mit den eigenen Händen etwas herzustellen, das ist doch befriedigender, als im Job innerlich zu veröden, oder? Außerdem hatte ich ja schon einmal mit dem Stricken angefangen.«

»Stimmt, und hier im Norden wirst du zumindest im Winter leicht auf Ideen kommen«, stimmte Simone ihr zu.

Isabel sah versonnen auf die Winterlandschaft hinaus. »Weißt du, eigentlich halte ich schon einen Faden in den Händen. Ich stell mir vor, dass er dunkelblau ist, weil er in der Vergangenheit wurzelt, und immer heller und farbiger wird, weil er in die Zukunft führt. Ich brauche mir nur noch ein Muster auszudenken, nach dem ich unser neues Leben ausrichten will.«

»Hey, das klingt gut, Isy.«

Isabel spürte plötzlich kühle Hände auf ihren Schultern und drehte sich um.

»Ist es nicht wunderbar hier? Mir fehlen nur noch warme Handschuhe.« Julian war hinter sie getreten und lachte. »Weißt du, was ich entdeckt habe?«

Isabel schaute in seine strahlenden Augen. »Nein, was denn?«

Er küsste sie und zog sie in die Küche. »Schließ mal die Augen, mein Schatz, und halt dir die Ohren zu.«

Sie hörte Simone und Falk und all die anderen Freunde in der Nähe lachen. Sie tat, was Julian gesagt hatte, und wartete.

Plötzlich spürte sie etwas Glattes, Kühles, das über ihre Lippen strich. Sie kniff die Augen fester zusammen und spitzte ihre Lippen. Das Weiche drängte sich zwischen sie und war plötzlich verschwunden. Isabel riss die Augen auf und sah, wie Julian eine große eingelegte Herzkirsche aufreizend langsam zum Mund führte.

Sie stürzte sich in seine Arme und küsste ihn unter dem jubelnden Applaus ihrer Freunde.

FÜNF MONATE SPÄTER

Maiwind strich über den Vätternsee, zauberte einen Schimmer wie von silbernem Brokat auf seine Oberfläche. Sacht fuhr er durch das weiße Blütenmeer der Herzkirschen, hob Lagen aus Chiffon und Organza und blähte sie auf, als wollte er Isabel in ihrem Hochzeitskleid zu den Blütenkronen der Kirschbäume emporheben. Isabel beachtete ihn nicht, sondern tupfte Reste des alten Parfums in die ins Holz geritzten Herzen.

»Für Agnes, für Paul, und ab heute für uns.«

Julian küsste sie auf die Wange. »Und ab jetzt hat kein Kern mehr ein Geheimnis, Isy.«

Sie wandte sich ihm zu und lächelte. »Nein, jetzt gibt es keine Geheimnisse mehr, es sei denn, du würdest mich nach einem fragen.«

Er hob überrascht die Augenbrauen. »Du hast ein Geheimnis?«

Sie spitzte die Lippen, wiegte den Kopf. »Hm.«

Seine Augen glitten forschend über ihr Gesicht, ihren Körper. »Geheimnis und …?« Plötzlich hellte sich seine Miene auf. »Und

Kern, wenn ich das als Mediziner mal so sagen darf …« Er lächelte beglückt, nahm ihr den Flakon ab und stellte diesen in eine Astgabel. Dann zog er Isabel behutsam an sich. »Isy, das ist wunderbar«, flüsterten seine Lippen auf ihrem Mund. »Ich liebe dich, und ich werde dich immer lieben, über alle Zeit hinaus.« Er küsste sie, während der Wind eine Handvoll weißer Blütenblätter auf sie niedersegeln ließ.

Vom Garten her schlenderten die Hochzeitsgäste mit Champagnergläsern in den Händen plaudernd zu ihnen herüber.

NACHWORT

Dieser Roman wollte geschrieben sein. Der Tod meiner Mutter hatte viele Fragen hinterlassen. Ich führte Gespräche mit Freundinnen, Bekannten, Leserinnen, die Ähnliches erlebt hatten oder es zumindest nachvollziehen konnten.

Die Anteilnahme und das gegenseitige Verständnis beflügelten mich, denn ich fühlte mich bereits wie getrieben, der Frage nachzugehen, warum es so schwer ist, die große Liebe zu finden.

Manchmal geben uns die ungeklärten Schicksale unserer Vorfahren Hinweise. Briefe, die uns verschwiegene Lieben enthüllen, Tagebucheinträge, deren Lücken uns zu neuen Vermutungen inspirieren, flüchtige Notizen, die uns in ihrer Offenheit erschüttern.

In meinem Fall war es der Entwurf eines Liebesbriefes in einer kleinen schwarzen Kladde.

Er füllt kaum eine DIN-A5-Seite.

Ohne Datum, ohne Anrede, ohne den Hinweis darauf, ob er jemals abgeschickt wurde.

Das Einzige, worauf er hindeutete, war die Zeit des Zweiten Weltkrieges.

Die wenigen Zeilen bergen ein Geheimnis, das heute natürlich nicht mehr geklärt werden kann. All jene, die es betraf, leben nicht mehr. Ich vermute, dass der Briefentwurf nie zu jenem Glück führte, das die Verfasserin sich damals erhoffte. Sie verschwieg diesen Teil ihres Lebens bis zu ihrem Tod.

Aber mich berührte die emotionale Tiefe der Worte. Worte einer jungen Frau, die sich nur wenige Stunden zuvor von ihrer Liebe verabschiedet hatte, in ihrem ungeheizten Zimmer angekommen war und sofort zu Papier und Bleistift gegriffen hatte. Ich sehe sie vor mir, in schwarzem, steifem Wintermantel, fröstelnd und mit klammen Fingern. Wann sehen wir uns wieder? Zu Weihnachten? Hoffentlich, ja hoffentlich zu Weihnachten … nur schnell, schnell, die Zeit möge nur so dahinfliegen … ich kann es kaum erwarten, dich wiederzusehen.

Das sehnsuchtsvolle Timbre in ihrer Stimme ließ mich nicht los. Es war, als würde sie mich anfeuern wollen, mich auf das zu besinnen, was ich am liebsten tue, nämlich fiktiven Figuren Leben einzuhauchen und für sie eine eigene Welt aufzubauen.

Und so begann ich wie üblich, zu diesem Roman historische Fakten zu recherchieren, die es mir erlauben würden, ein weites Netz zu spannen. Meine Figuren sollten, wie es realistisch ist, in ihrer Lebenswirklichkeit überzeugen, sollten in die Welt geworfen sein, die vor dem Ersten Weltkrieg eine andere war als danach. Sollten in all ihrer Verletzlichkeit, ihrer Schuld und ihrem Leiden plastisch vor uns treten.

Mir ist es wichtig, dass wir sie sprechen hören, damit wir uns vergangene Epochen näher »heranzoomen« können. Damit wir hören, was wir hören könnten, wenn wir den Stimmen unserer Vorfahren Raum in uns gäben.

Wir sind ihnen stärker verbunden, als wir in der heutigen Zeit zulassen wollen.

Aber sie sind in uns. Die Stimmen der Ahnen.

Es ist an uns, sie wahrzunehmen. Konzentriert und in Stille.

Und irgendwann wird jede / jeder die Frage nach dem Glück der großen Liebe für sich allein beantworten können.

Katryn Berlinger

DIE MEERESFLÜSTERIN

Roman

Ahlbeck 1906: Die junge Fenja tritt nach dem Tod ihrer Mutter als Kindermädchen in den Dienst einer wohlhabenden Familie. Bald spürt sie die Spannungen, die unter der Oberfläche gären, denn Liane, ihre Herrin, ist in ihrer Ehe todunglücklich – und wird zu ihrer Rivalin. Fenja hat sich nämlich in Achim, einen Freund der Familie, verliebt, auf den auch Liane ein Auge geworfen hat – ein Skandal zu dieser Zeit …

Knaur Taschenbuch Verlag

Katryn Berlinger

DIE MUSCHELSAMMLERIN

Roman

Sommer 1885: Lilly, Süßspeisenköchin in Heiligendamm, Deutschlands erstem Seebad, sitzt verzweifelt am Strand. Neben ihr liegt ein Kochbuch mit dem Titel *Cuisine d'amour.* Ihm verdankt sie ihre gute Stellung in einem Luxushotel. Doch sie hat einen folgenschweren Fehler gemacht, der nicht nur ihre Arbeit, sondern auch ihre Liebe in Gefahr bringen kann …

Knaur Taschenbuch Verlag

Katryn Berlinger

DAS SCHOKOLADEN-MÄDCHEN

Roman

Ende des 19. Jahrhunderts in Riga: Hierher kommt die junge Madelaine, ehrgeizig und gierig auf das Leben. Der Schweizer Zuckerbäcker Martieli, der überzeugt von ihrem Talent ist, setzt sie als Leiterin seiner florierenden Confiserie ein. Madelaine erweist sich schon bald als seines Vertrauens würdig und erobert mit ihren süßen Kreationen die Stadt im Sturm – und so manches Männerherz. Ihr Herz aber gehört einem ungarischen Adligen, doch der soll eine andere heiraten ...
Ein Roman, bei dessen Lektüre die Lust auf eine Praline (oder mehr) unwiderstehlich wird!

Knaur Taschenbuch Verlag

Annette Dutton

DER GEHEIMNISVOLLE GARTEN

Roman

Nach dem Tod ihrer Mutter stößt Natascha in deren Nachlass auf ein verwirrendes Dokument. Ihre Familie soll Aborigine-Vorfahren haben? Neugierig geworden, macht sie sich in Australien auf die Suche nach ihren Wurzeln. Sie ahnt noch nichts von jenem dunklen Geheimnis, das dem Leben der deutschen Auswanderin Helene Junker zu Beginn des 20. Jahrhunderts seinen Stempel aufdrückte – und das auch Nataschas Leben eine entscheidende Wende geben wird …

Knaur Taschenbuch Verlag

Katryn Berlinger

DER KUSS DES SCHOKOLADENMÄDCHENS

Roman

Kurz vor dem Ersten Weltkrieg: Madelaine Gürtler, die einst als »Schokoladenmädchen« mit ihren süßen Kreationen Furore und die Männer verrückt machte, ist mit ihrem Mann, dem Grafen Mazary, in seine Heimat Ungarn gezogen. Doch ihre Ehe steht unter keinem glücklichen Stern: Der lang erwartete männliche Erbe bleibt aus, und Madelaine erträgt den Druck kaum mehr, den die gräfliche Familie auf sie ausübt. Verzweifelt flüchtet sich Madelaine in die Arme eines anderen Mannes, doch dann droht sie die Liebe beider Männer zu verlieren …

Knaur Taschenbuch Verlag